CHRISTINA REY

EIN KLEINES STÜCK VON HOFFNUNG AFRIKA

Roman

Lübbe

Dieser Titel ist auch als Hörbuch und E-Book erschienen.

Die Bastei Lübbe AG verfolgt eine nachhaltige Buchproduktion. Wir verwenden Papiere aus nachhaltiger Forstwirtschaft und verzichten darauf, Bücher einzeln in Folie zu verpacken. Wir stellen unsere Bücher in Deutschland und Europa (EU) her und arbeiten mit den Druckereien kontinuierlich an einer positiven Ökobilanz.

FSC www.fsc.org
MIX
Papier | Fördert gute Waldnutzung
FSC® C014496

Originalausgabe

Dieses Werk wurde vermittelt durch
die Literarische Agentur Thomas Schlück GmbH, 30161 Hannover.

Umschlaggestaltung: Kirstin Osenau
Landkarte: © Kirstin Osenau, Bastei Lübbe
unter Verwendung von Motiven von Shutterstock.com
Umschlagmotiv: © Richard Jenkins Photography
© Shutterstock: Oleg Znamenskiy | Milan Zygmunt | EcoPrint | Vytenis84 | panda3800 | sonchacha | Ola-la | GoodFocused | Al.geba | LukyToky
Satz: hanseatenSatz-bremen, Bremen
Gesetzt aus der Adobe Garamond Pro
Druck und Einband: GGP Media GmbH

Printed in Germany
ISBN 978-3-7857-2836-9

5 4 3 2 1

Sie finden uns im Internet unter: luebbe.de
Bitte beachten Sie auch: lesejury.de

Hoffnung ist der Anker der Welt.

Sprichwort aus Afrika

1

Kenia, 1926

Die beiden kleinen Mädchen, die vor dem Haupthaus der Edgecumbe Farm Hüpfekästchen spielten, hätten unterschiedlicher kaum sein können. Ailbert Edgecumbe, der die Szenerie mit scharfen Augen erfasste, kaum dass Reggie Derringer den Jeep über die gepflegte Zufahrt gelenkt hatte, registrierte ein zierliches kleines Ding mit dunklerer Haut, das barfuß in und über die Kästchen hüpfte. Sein schwarzes krauses Haar war zu einem lustigen Dutt zusammengefasst, es trug ein kurzes hellblaues Leinenkleidchen. Das andere Kind hatte seltsamerweise ein langärmeliges Hemd und lange Hosen an, Söckchen und Leinenschuhe. Nur der Blumenschmuck an seinem riesigen, das Gesicht völlig verdeckenden Sonnenhut ließ darauf schließen, dass es sich um ein Mädchen handelte. Die Aufsicht über die Kinder führte eine schlanke junge Frau mit kurzem gekräuseltem Haar und edlen Gesichtszügen, die sofort Lennox Edgecumbes Aufmerksamkeit erregte. Ailbert warf seinem Sohn einen strengen Blick zu, als der einen bewundernden Pfiff von sich gab.

»Kennst du die?«, wandte Lennox sich nichtsdestotrotz an Reggie.

»Eine Massai«, gab der desinteressiert Auskunft und parkte das Automobil vor dem Eingang zur Rezeption.

Edgecumbe Farm war ein privates Safariresort, das Besuchern

aus aller Welt die Möglichkeit bot, die vielfältige Tier- und Pflanzenwelt Kenias zu entdecken. Trophäen konnten die Gäste allerdings nur in Form von Fotografien mitnehmen. Bejagt wurden die Tiere hier nicht.

Ailbert warf einen Blick auf das Haus, einen zweistöckigen Natursteinbau mit einer umlaufenden Veranda und verglasten Türen, die sicher viel Licht hineinließen. Es lag auf einer Anhöhe, die Nebengebäude – Ställe und Schuppen – waren tiefer gelegen. Ursprünglich war die Farm von einem Rinderzüchter erbaut worden. Die Auffahrt war von Schirmakazien gesäumt. Ein riesiger, uralter Affenbrotbaum beschattete Teile der Veranda. Zwischen den geschotterten Wegen, die vom Haus zu den Nebengebäuden führten, gab es Blumenbeete mit Ebenholzgewächsen und Palmen.

Ailbert öffnete entschlossen die Wagentür und stieg aus, etwas irritiert davon, dass die Kinder und die junge Frau keine Notiz von ihnen nahmen, bis Reggie ebenfalls ausstieg und sie ansprach.

»Wo ist Miss Ivy?« Der Frage einen Gruß voranzustellen, hielt er offenbar nicht für nötig.

Die Antwort fiel entsprechend knapp und missmutig aus. »Weiß nicht. Unterwegs.«

Die Mädchen zeigten sich jetzt etwas interessierter – oder einfach nur wohlerzogen. Beide kamen auf sie zu und knicksten vor Reggie.

»Guten Tag, Mr. Reggie!«, piepsten sie im Chor.

Jetzt konnte Ailbert auch dem zweiten kleinen Mädchen ins Gesicht sehen. Dabei stockte ihm fast der Atem. Die Kleine hatte ausgeprägte afrikanische Gesichtszüge, jedoch cremeweiße Haut und sehr helle blaue Augen. Das erklärte ihre Kleidung – sie musste vor den Strahlen der heißen kenianischen Sonne geschützt werden.

»Tag, Kinder«, grüßte Reggie kurz angebunden, als wäre es ihm peinlich, von den Mädchen angesprochen zu werden.

Eine freundschaftliche Beziehung schien auch nicht zwischen

ihm und den Kindern zu bestehen, die zwei rannten sehr schnell wieder zu ihrem Spiel – allerdings nicht, ohne Ailbert und Lennox Edgecumbe, der jetzt ebenfalls ausstieg, kurz gemustert zu haben. Sie machten jedoch beide keinen großen Eindruck auf sie. Er und sein Sohn waren wie Reggie in khakifarbene Safarikleidung gewandet und unterschieden sich damit nicht sonderlich von den sonstigen Gästen des Resorts.

Nun tat sich etwas im Inneren des Hauses. Ein großer junger Mann in der Uniform eines Hausdieners trat aus der Tür und begrüßte die Ankömmlinge mit einem herzlichen Lächeln.

»Mr. Derringer, Sir«, wandte auch er sich zunächst an Reggie. »Bringen Sie womöglich verspätete Gäste? Mr. Zulu hat gar nicht gesagt, dass noch jemand erwartet wird …«

Bevor Reggie antworten konnte, begrüßte er formvollendet die vermeintlichen Feriengäste. »Auf jeden Fall herzlich willkommen auf Edgecumbe Farm, meine Herren. Mein Name ist Thabo, ich bin der Erste Hausdiener und Assistent von Mr. Zulu, Sie können sich mit allen Fragen und Anliegen an mich wenden.« Er sprach weiter, als Ailbert und Lennox nicht reagierten. »Ich hoffe, die Anreise war nicht zu beschwerlich. Ihr Zug muss jedenfalls Verspätung gehabt haben, unser Bus hat die neuen Gäste schon heute Morgen am Bahnhof abgeholt. Mit weiteren hatte ich nicht gerechnet, da muss es ein Missverständnis gegeben haben. Aber keine Sorge, Ihnen wird gleich ein Begrüßungscocktail gereicht werden, und hier sind auch schon Amaniel und Nio, um sich Ihrer Koffer anzunehmen …«

Zwei Pagen standen hinter ihm bereit und schauten verwundert, als Reggie keine Anstalten machte, den Kofferraum des Wagens zu öffnen.

Ailbert verzog das Gesicht. Er war bereits einige Tage in Kenia, doch von einem Einheimischen in gepflegter Uniform in perfektem Englisch angesprochen zu werden, war er nicht gewöhnt.

Er wusste auch nicht recht, wie er reagieren sollte. Bisher hatte er lediglich knappe Befehle gebellt, wenn er mit Afrikanern zu tun gehabt hatte.

»Das sind keine Safarigäste, Thabo«, bequemte sich Reggie nun zu erklären. »Es sind Verwandte von Miss Ivy … äh …«

»Ich möchte Mrs. Edgecumbe sprechen«, sagte Ailbert, während Lennox eine weitere Afrikanerin mit den Augen verschlang, die in einem dunkelblauen Dienstmädchenkleid mit weißer Schürze und Häubchen ein Tablett mit Champagnercocktails aus dem Haus brachte.

Thabo verbeugte sich. Er ließ sich seine Befremdung nicht anmerken. »Miss Ivy ist mit den neuen Gästen unterwegs. Eine erste kleine Rundfahrt. Es sind zwei Kinder dabei, und sie waren so begierig, zumindest ein paar Zebras und Giraffen zu sehen, da hat sie sich breitschlagen lassen.« Er lächelte. »Sie verpassen aber nichts, falls Sie auch Lust auf eine Safari haben«, erklärte er verbindlich. »Die meisten Tiere sieht man kurz vor und bei Sonnenaufgang und Sonnenuntergang. Jetzt am Nachmittag ruhen sie. Miss Ivy wollte zum Tee zurück sein. Möchten Sie eintreten, während Sie warten?«

»Alternativ könnte ich Ihnen die Farm zeigen«, bot Reggie an.

Das schien Thabo noch mehr zu befremden. In seinem Mienenspiel spiegelte sich der Zwiespalt zwischen der erwarteten Höflichkeit Gästen gegenüber und der möglicherweise ebenfalls erwarteten Pflicht, Außenstehenden Grenzen zu setzen. Wie Ailbert wusste, war Reggie Derringer seit Langem nicht mehr für das Resort tätig, sein Angebot musste dem Angestellten übergriffig erscheinen.

»Ich könnte Mr. Zulu rufen lassen«, schlug Thabo vor. »Der ist bei den Gästezelten …«

Nun befreite den mit der Situation überforderten Hausdiener jedoch die Ankunft eines großen Safarifahrzeugs, das sich in einer Staubwolke näherte. Sie senkte sich erst, als es die gekieste Auffahrt erreichte. Der Wagen wurde von einem jungen Afrikaner gefahren, auf dem erhöhten Beifahrersitz des Guides saß eine hellhäutige Frau, unter deren Sonnenhut lockiges hellblondes Haar hervorschaute. Auch sie trug Khaki – einen Rock und eine Bluse, die ihre schlanke Taille betonte. Sie hatte leuchtende blaue Augen und ebenmäßige Züge, die ein wenig an die des kleinen Mädchens in dem hellblauen Leinenkleid erinnerten, das Ailbert gleich nicht ganz afrikanischstämmig vorgekommen war.

»Miss Ivy, gut, dass Sie kommen«, begrüßte Thabo sie erleichtert. »Diese Herren …«

»Guten Tag, Mr. Reggie!« Das eben noch strahlende Lächeln der jungen Frau wich einem eher misstrauischen Ausdruck. »Und …«

»Ailbert und Lennox Edgecumbe«, stellte sich Ailbert selbst vor. »Falls du uns nicht einordnen kannst, ich bin der Bruder deines Gatten …«

Das Hausmädchen kicherte.

Die Frau seines Bruders warf ihm einen strengen Blick zu. »Ivory Zulu«, stellte sie sich vor. Ailbert registrierte, dass sie die Lage mit einem kurzen Rundblick einschätzte und sofort unter Kontrolle zu bringen trachtete. »Shania, da die Herren deinen Willkommenstrunk anscheinend verschmäht haben, könntest du ihn vielleicht den Teilnehmern meiner ersten kleinen Safari anbieten«, wandte sie sich zunächst an das Hausmädchen. Sie lächelte den Leuten in ihrem Fahrzeug, die eben dabei waren, mithilfe des Fahrers aus den erhöhten Sitzen zu klettern, verbindlich zu. »Und dann geleitest du sie zu den Zelten, Thabo. Sie werden sich vor der Abendsafari und dem Dinner einrichten wollen. Ach ja, und lass bitte ausnahmsweise dort den Tee servieren. Sag Mr. Zulu, die Anweisung käme von mir, falls er fragt.«

Inzwischen waren auch die Kinder auf Ivorys Ankunft aufmerksam geworden und liefen vergnügt auf sie zu.

»Mummy, wir haben Hüpfekästchen gespielt! Ich bin viel schneller als Hope!« Das war das barfüßige kleine Mädchen in dem Leinenkleid.

Die junge Frau beugte sich zu den Kindern hinunter – beide mochten um die fünf Jahre alt sein – und ordnete die Kleidung der Kleinen mit dem Hut. Ein winziges Stück Haut war unbedeckt gewesen.

»Das sind nur diese blöden Sachen, die stören mich«, verteidigte sich das Mädchen. »Und die Schuhe … Wenn ich barfuß hüpfen könnte wie Ebony …«

Ivory Edgecumbe strich dem einen Kind übers Haar, dem anderen über die Schulter. »Morgen können wir das Spiel gern nach Sonnenuntergang wiederholen. Da kann ich die Schiedsrichterin sein. Heute werde ich keine Zeit haben. Ich muss mich um die neuen Gäste kümmern.«

Die Mädchen nickten.

»Aber Ebony muss dann meine Sachen anziehen«, verlangte Hope, »und ich nur ein Hemd und ein Höschen!«

»Wir werden es so gerecht wie möglich gestalten«, versprach die junge Frau. »Und nun geht rein.« Sie wandte sich an die Massai, die ihre Töchter beim Spiel beaufsichtigt hatte. »Inaya, gib ihnen etwas zu essen, und falls ich nicht mehr dazukommen kann, mach sie bettfertig und lies ihnen eine Geschichte vor. Ich muss mich jetzt diesen Herren widmen …« Ailbert Edgecumbe sah, dass sie auch ihm und seinem Sohn ein Lächeln schenkte, doch das wirkte eher geschäftsmäßig, wenn nicht gezwungen. »So, Mr. Edgecumbe«, wandte seine Schwägerin sich ihm schließlich zu. »Wie kann ich Ihnen helfen?«

Ailbert rang sich ein Lächeln ab. »Ailbert, meine liebe Ivory. Wir sind verschwägert … Ich denke nicht, dass der ›Mister‹ da angebracht ist.«

Ivory schüttelte den Kopf. »Wir waren verschwägert«, erklärte sie. »Mein Mann Adrian ist im Krieg gefallen. Das ist viele Jahre her. Sie wurden doch darüber in Kenntnis gesetzt?«

»Uns erreichte ein Schreiben, ja …«, bemerkte er. »Und … in der letzten Zeit kamen uns sehr hässliche Gerüchte zu Ohren. Gerüchte, denen ich befand, auf den Grund gehen zu müssen. Es heißt, Ivory, du brächtest Schande über unsere Familie.«

Sie erschrak sichtlich ob des plötzlichen Angriffs, fing sich jedoch schnell. »Inwiefern, Schwager Ailbert?«, fragte sie kühl. »Und was geht Sie das überhaupt an? Sie leben in Schottland, oder?«

»Das ist richtig«, erklärte Ailbert. »Ich bin der Erstgeborene unserer Familie, Adrian war mein jüngerer Bruder. Insofern bin ich der Erbe des Familiensitzes in Schottland und der Vorstand der Familie. Es geht mich also durchaus etwas an, wenn die Witwe meines Bruders hier mit einem Afrikaner in wilder Ehe zusammenlebt, und …«

Ivorys Mund verzog sich. »Ich habe mich erneut verheiratet«, gab sie an. »Mein gutes Recht, das mir niemand streitig machen kann.«

»Nun, du bewohnst weiterhin die Farm meines Bruders …«, wandte Ailbert ein.

»Adrian und ich haben Edgecumbe Farm gemeinsam aufgebaut«, erwiderte seine Schwägerin. »Zunächst als Jagdresort. Er führte die Safaris, ich war für die Betreuung der Gäste verantwortlich, was Adrian stets sehr wichtig war. Mr. Sanele Zulu verwaltete den Gästebetrieb. Mr. Reggie Derringer, den Sie ja bereits kennengelernt haben, war als angestellter Jäger hier tätig und übernahm kommissarisch die Leitung des Resorts, als mein Mann zunächst zu einer Tigerjagd nach Indien reiste und sich dann im Krieg der britischen Armee anschloss. Während des Krieges war das Resort geschlossen, und als ich es nach Adrians Tod wieder öffnete, änderte ich das Geschäftsmodell hin zu unblutigen Tierbeobachtungen. Mr. Zulu war mir dabei behilflich, wir haben den Betrieb auf der Grundlage von Adrians Erbe nach dem Krieg gemeinsam wiederaufgebaut. Ich bewohne also keineswegs das Haus Ihres Bruders, sondern führe auf der von ihm geerbten Farm ein gut gehendes Geschäft …«

»Du erwähnst diesen ›Mr. Zulu‹ ziemlich oft«, sagte Ailbert ungehalten, während sein Sohn grinste und in Richtung Reggie eine eindeutige Handbewegung machte.

Seine Schwägerin blickte ihn strafend an. »Mr. Sanele Zulu ist mein zweiter Gatte«, erklärte sie. »Wir leiten das Resort gemeinsam.«

»Es stimmt also«, folgerte Ailbert missbilligend. »Du lebst in Schande. Eine weiße Frau mit einem solchen … Kaffer …«

Ivory blitzte ihn an. »Auf meinem Land werden Sie nicht so abfällig von meinem Gatten oder anderen Afrikanern sprechen! Sanele gehört zum Stamm der Zulu. Thabo, der Sie willkommen geheißen hat, gehört zum Stamm der Kikuyu, ebenso Shania, das Hausmädchen. Inaya, die sich um die Kinder kümmert, ist eine Massai. Sowohl ein Dorf der Massai als auch eines der Kikuyu befinden sich auf beziehungsweise nah bei unserem Land. Nach einigen Querelen leben sie friedlich miteinander, wozu sicher unter anderem die Christianisierung durch die katholische Mission beiträgt, die ebenfalls auf dem Gelände der Edgecumbe Farm angesiedelt ist …«

»Und die Kinder?«, ließ sich jetzt erstmals Lennox vernehmen.

»Gehören zu Sanele und mir«, sagte die Frau seines Bruders, sichtlich um Ruhe bemüht. »Ebony ist unsere leibliche Tochter, ehelich geboren, und Hope ist adoptiert. Wie Sie vielleicht bemerkt haben, ist sie von Albinismus betroffen. Solche Kinder sind bei den Stämmen nicht erwünscht, sie werden gewöhnlich gleich nach der Geburt getötet. Eine der Missionsschwestern hat Hope gerettet, und wir haben uns ihrer angenommen. Jetzt wissen Sie alles über uns. Vielleicht verraten Sie mir nun auch, was Sie zu mir führt?«

»Nun, ich sagte es bereits«, erklärte Ailbert. »Ich gedenke, die

Ehre meiner Familie wiederherzustellen, die du in den Augen aller anständigen Bürger dieser Kolonie beschmutzt, indem du mit einem afrikanischen Mann zusammenlebst. Ihr könnt nicht wirklich verheiratet sein. Das lässt die Krone nicht zu ...«

Seine Schwägerin verzog das Gesicht. »Da sind Sie falsch informiert, Mr. Edgecumbe. In Kenia ist die Ehe zwischen Afrikanern und Briten keineswegs verboten. Sie ist nur nicht üblich, und wie Sie selbst sagen, bei den weißen Siedlern nicht gern gesehen. Wir wurden deshalb auch nicht von einem anglikanischen Geistlichen getraut, sondern in der Missionsstation von einem katholischen Priester. Dazu sind wir beide zum katholischen Glauben übergetreten, und die Kinder sind katholisch getauft. Ich kann Ihnen die Urkunden gern vorlegen, obwohl ich nach wie vor der Meinung bin, dass Sie das nicht das Geringste angeht! Vielleicht könnten wir nun kurz klären, was Sie tatsächlich von mir wollen, dann kann ich mich wieder meinen Aufgaben zuwenden. Sie mögen ja auf einer Ferienreise sein oder auf einer moralischen Mission«, sie erdreistete sich eines unverschämten spöttischen Lachens, »aber ich habe das Haus voller Übernachtungsgäste.«

Ailbert sah sie lange an. »Ich bin nicht der Ansicht, dass mich der Ruf meiner Schwägerin nichts angeht, zumal sie sich derart skandalös verhält, dass die Kunde davon bis in den letzten Winkel Schottlands reicht. Tatsächlich bin ich hergekommen, um die Würde meines Bruders wiederherzustellen. Ich verlange, dass du diese angebliche Ehe mit einem Schwarzen löst und mich nach Schottland begleitest, um dort ehrenhaft deinen Witwensitz zu nehmen. Alternativ wäre natürlich auch eine Rückkehr in dein Elternhaus nach London möglich.«

Ivory lachte. »Das ist ein Scherz, oder?«, fragte sie. »Mr. Edgecumbe, falls ich mich bislang unklar ausgedrückt habe: Ich bin wieder verheiratet, und ich leite ein Safariresort. Wer sollte das denn Ihrer Ansicht nach übernehmen, wenn ich nach Schottland ziehe?«

Ailbert blieb ernst. »Mein Sohn Lennox ist ein guter Jäger«, erklärte er. »Ich bin überzeugt, er würde das Unternehmen im Sinne seines Onkels weiterführen. Mit Unterstützung von Mr. Derringer …«

Ivory griff sich an die Stirn. »Entschuldigen Sie, aber Sie sind nicht bei Verstand! Ich werde mich jetzt auch nicht weiter mit Ihnen unterhalten, damit vergeude ich nur meine Zeit. Und Sie, Mr. Reggie … Wenn Sie noch einmal mit ungebetenen Gästen kommen wollen, rufen Sie bitte vorher an. Grüßen Sie Ihre Eltern herzlich von mir. Schwager Ailbert und Neffe Lennox, bleiben Sie meiner Farm fürderhin fern!«

Damit wollte sie sich abwenden, doch Ailbert hielt sie auf. »So einfach geht das nicht, Ivory!«, sagte er drohend. »Du wirst noch von uns hören. Wenn du dich im Guten nicht fügen willst, dann werden wir eben gerichtliche Schritte einleiten. Bis dahin auch dir noch einen guten Tag!«

2

Noch aufgebracht von dem Gespräch und Ailberts Drohungen trat Ivory, die von fast allen nur Ivy gerufen wurde, auf die Terrasse hinter ihrem Haus, von der aus man zu den luxuriösen Safarizelten hinunterblicken konnte, in denen die Gäste des Resorts stilvoll untergebracht waren. Dort musste sich jetzt auch Sanele aufhalten, und sie wünschte sich nichts mehr, als ihm direkt von der Begegnung mit ihrem Ex-Schwager zu berichten. Allerdings zwang sie sich zur Gelassenheit, die Gäste durften nichts von ihrem inneren Aufruhr mitbekommen. Ivy atmete tief durch, ging ins Haus, um nach den Kindern zu sehen und die Gutenachtgeschichte selbst vorzulesen. Dann wurde es Zeit für die erste längere Safarirunde mit den neuen Gästen, die sie selbst zu begleiten pflegte.

Während Sanele die Vorbereitungen für das festliche Willkommensdinner überwachte, wies sie den Teilnehmern die Fahrzeuge zu und bemühte sich, ihre Ruhe wiederzufinden. Das gelang ihr im Busch fast immer. Die Fahrt durch die Savanne, ihre Weite mit den Bergen im Hintergrund, der Anblick der Giraffen und Zebras, Gazellen und Warzenschweine, die sie ihren Gästen vorstellen konnte, faszinierte sie auch noch nach vielen Jahren in Afrika. Es waren keine Zäune zu sehen, das Farmgelände erstreckte sich über viele tausend Hektar, die Begrenzungen wurden den Tieren somit nicht bewusst. Sie lebten hier im Kedong Valley wie in freier Wildbahn, nur geschützt vor Jägern und Wilderern. Das bewirkte, dass sie Menschen gegenüber entspannter waren als Tiere, die bejagt wurden. Ivy war glücklich, als sich auf diesem Ausflug auch Nashörner zeigten und schließlich, in der Dämmerung, eine Löwenfamilie.

Noch ganz erfüllt von den Beobachtungen kamen die Leute zurück auf die Farm und tranken einen Sundowner, während Ivy sich rasch für das Dinner umzog. Erst als sie in einem eleganten Kleid zu den Zelten kam, vor denen die Abendtafel bereits aufgebaut war, sah sie Sanele wieder, und wie immer schlug ihr Herz gleich etwas schneller, als sie seine schlanke Gestalt in der kleidsamen Butleruniform erkannte und sein Lächeln sah, das er eben einer älteren Lady schenkte. Mit ruhigen, geschickten Bewegungen kredenzte er ihr einen Portwein und scherzte mit ihr, bis er sie, Ivy, entdeckte. Seine dunklen Augen leuchteten bei ihrem Anblick auf, doch obwohl sie davon überzeugt war, sich zu beherrschen, bemerkte er sofort, dass etwas nicht in Ordnung war. Sein Blick umwölkte sich.

»Ist etwas schiefgegangen bei der Safari?«, fragte er leise, und reichte auch ihr einen Aperitif. Ivy empfand es schon als tröstlich, seine ruhige, tiefe Stimme zu hören. »Mir schienen die Leute alle sehr zufrieden …«

Ivy zwang sich zu einem Lächeln. »Das waren sie tatsächlich. Mit den Gästen hat es nichts zu tun … und nichts mit den Kindern. Wir reden später darüber, ja?«

Sanele nickte und strich leicht über ihren Arm. Sie pflegten sich mit dem Austausch von Zärtlichkeiten vor den Gästen zurückzuhalten. Und jetzt war auch keine Zeit für ein vertrauliches Gespräch. Die Gäste scharten sich bereits mit ihren Gläsern um Ivory. Sie erwarteten eine charmante Gesprächspartnerin – und einen perfekten Service, für den sich Sanele verantwortlich zeigte. Der Afrikaner war im Haus eines weißen Plantagenbesitzers aufgewachsen. Dessen Frau hatte das offenbar elternlose Kind bei einem Besuch beim Stamm der Zulu in Südafrika gefunden und sich seiner angenommen. Solange der Kleine niedlich war, hatte sie ihn wie ein Haustier verwöhnt, ihn farbenfroh in Samt und Seide gekleidet wie eine Gestalt aus dem Märchenbuch, und wenn es ihr gerade in den Sinn gekommen war, hatte sie Schule mit ihm gespielt. Dabei hatte er sich selbst das Lesen und Schreiben beigebracht. Als sie später das Interesse an ihm verloren hatte, war er dem Personal zur Hand gegangen, hatte Aufgaben im Haus übernommen und so den Beruf eines Butlers von der Pike auf gelernt. Nebenbei hatte er sich durch die gesamte Bibliothek der Herrschaft gelesen und war so zu beachtlicher Bildung gelangt.

Bedauerlicherweise hatte Sanele mit alldem wenig anfangen können, als die Herrschaft schließlich nach England zurückging und er sich nach einer neuen Stellung umsehen musste. Einen afrikanischen Butler wollte auch heutzutage niemand, egal wie fließend und gewählt er sich auf Englisch ausdrückte. Am Ende hatte er Arbeit bei einem Safariveranstalter gefunden, der Adrian Edgecumbe als Jäger beschäftigt hatte. Beide verliebten sich in Ivy, die mit ihrem Vater an einer der Jagdreisen teilnahm. Sie war damals noch sehr jung gewesen und auf Adrians Werben eingegangen, Saneles Gefühle hatte sie gar nicht bemerkt. Als sie den berühmten Großwildjäger am Ende geheiratet hatte, hatte er sie auf ihre Farm begleitet und beim Aufbau des Jagdresorts geholfen, wobei er immer mehr zu ihrem Vertrauten geworden war. Er sagte ihr immer wieder, dass er diese Zeit nicht hätte missen wollen – auch wenn noch viele Jahre vergangen waren, bis sie sich ihre Liebe zu ihm eingestand.

»Und das können keine Betrüger sein?«, fragte er, als sie sich endlich in ihre privaten Räume hatten zurückziehen können und Ivy vom Auftritt der Edgecumbes berichtet hatte.

Während des Dinners hatte sie sich erneut in Aufregung und Unsicherheit hineingesteigert. Nun empfand sie Saneles Nähe als tröstlich. Auf seine Frage hin musste sie jedoch den Kopf schütteln.

»Nein. Tatsächlich war ich bis ins Mark erschrocken, als ich diesen Lennox gesehen habe, Adrians Neffen. Er ist Adrian wie aus dem Gesicht geschnitten. Das kann kein Zufall sein.«

»Und er ist vermutlich der jüngere Sohn«, überlegte Sanele. »Er hat in Schottland nichts zu erben, und da ist seinem Vater die Farm in Afrika eingefallen. Die versucht er sich nun unrechtmäßig anzueignen.«

»Was kann er denn machen?«, fragte Ivy nervös. »Ich bin die vom Gericht bestätigte Erbin, selbst wenn es dem Richter vielleicht nicht gefällt, wie wir hier leben. Und als wir geheiratet haben, war Adrian seit Jahren tot.«

Sanele nickte beruhigend, obwohl sich in seinem Gesicht die gleiche, hoffentlich irrationale Furcht spiegelte, wie in dem ihren. »Er kann überhaupt nichts tun«, erklärte er. »Die Farm gehört dir, und wir haben eine gültige Heiratsurkunde. Du gehörst fraglos zu mir. Er kann dich nicht nach Schottland verschleppen, sosehr es ihm gefällt, seinem Sprössling ein einträgliches Erbe zuzuschanzen. Hab keine Angst!«

In den nächsten Tagen bemühten sie sich beide, sich nicht zu fürchten oder den jeweils anderen seine Furcht zumindest nicht spüren zu lassen. Nun fiel das nicht allzu schwer, schließlich hatten sie mit den Safarigästen reichlich zu tun – und bei denen stieß die Vielfalt in ihrer Familie zum Glück nicht auf Ressentiments. Sie hängten ihre Beziehung allerdings auch nicht an die große Glocke. So hatten sie den Namen der Farm nicht geändert, als Ivory von Mrs. Edgecumbe zu Mrs. Zulu wurde. Für die Gäste und das Personal war sie von jeher Miss Ivy, ihre charmante Gastgeberin, und Sanele kannten sie als Mr. Zulu, den zuvorkommenden Geschäftsführer und Butler. Mit den Kindern kamen sie nur wenig in Berührung, schließlich spielte sich das Leben der Gäste hauptsächlich bei den Zelten ab, nur der Tee wurde vor der abendlichen Safarirunde im

Foyer des Haupthauses gereicht. Hope und Ebony begegneten sie dabei nur gelegentlich, sie fanden sie beide niedlich. Fragen wurden eher nach Hopes seltener Hautfarbe als nach der Abstammung der Kinder gestellt. Vielen der Gäste aus aller Welt wurde gar nicht bewusst, dass es sich um Ivys und Saneles Töchter handelte.

Ganz anders sah es aus bei den weißen Kolonisten in Kijabe, einem kleinen Ort am Rande des Kedong Valley, und in Nairobi. Von ihnen wurde Ivy geächtet, seit sie sich zu Sanele bekannt hatte. Sie erhielt keinerlei Einladungen zu gesellschaftlichen Ereignissen wie früher, und als Ebony geboren wurde, ebbte das Gerede über die junge Familie nicht ab. Es war durchaus möglich, dass der Klatsch über sie auch England und Schottland erreicht hatte. Viele Kolonisten stammten aus großen, bekannten Familien des Königreiches, und sie waren vermögend. Man reiste gern, und es gab regen Austausch zwischen den Kolonien und den Heimatländern der Siedler.

Ivy und Sanele störte all das wenig. Ihre Safarigäste boten ihnen ausreichend Anregung und Unterhaltung, die Kinder würden später ohnehin die Schule der Mission besuchen. Vorerst waren sie sich selbst genug und brauchten keine weiteren Spielgefährten. Ivy und Sanele begrüßten das sehr, lebten sie doch immer etwas in Angst um Hope. Der Aberglaube rund um Menschen mit Albinismus war in ganz Afrika weit verbreitet, es bestand immer die Gefahr, dass ein davon betroffenes Kind entführt und getötet wurde, um seine Körperteile zu diversen »Wundermedizinen« zu verarbeiten. Zauberer und Heiler zahlten dafür viel Geld – Sanele hatte seine gesamten Ersparnisse aufbringen müssen, um Hope ihren Eltern abzukaufen und damit vor diesem Schicksal zu bewahren. Die Massai, in deren Stamm sie hineingeboren worden war, erkannten diesen Handel an – und die Kikuyu, deren Dorf in unmittelbarer Nähe der Farm lag, wagten nicht, dem Kind etwas anzutun. Bei ihnen genoss Ivory Zulu als Mama wa Wanyama, was so viel wie

Mutter der Tiere bedeutete, mythische Verehrung. Man traute ihr zu, die dämonischen Mächte, die man mit einem Kind wie Hope in Verbindung brachte, unter Kontrolle zu halten. Er glaube nicht, dass jemand es wage, das Kind zu stehlen, hatte Sanele damals in der regnerischen Nacht, in der er ihr das Neugeborene gebracht hatte, zu ihr gesagt. »Nicht wenn die weiße Missus es bei sich hat.«

Ivy wollte nicht daran denken, was ein Verlust der Farm für ihre Familie bedeuten könnte, doch in ihren Albträumen hörte sie Ailbert Edgecumbe immer wieder seine Drohung ausstoßen, und als sie sich damit beruhigen wollte, Heiratsurkunde und Geburtsurkunden der Kinder noch einmal zu prüfen, entdeckte sie die Dokumente auf Saneles Schreibtisch. Ihn plagten also die gleichen Sorgen ... Und dann erreichte sie zwei Wochen nach der Begegnung mit den Edgecumbes, es war kurz nach dem Weihnachtsfest 1926, ein Brief vom Amtsgericht in Nairobi.

Sanele brachte ihn mit von einer Fahrt nach Kijabe, und Ivy wurde von lähmender Angst erfüllt, als sie die Anschrift sah: *Mrs. Ivory Edgecumbe.*

»Was ... was kann das bedeuten?«, fragte sie tonlos.

Sanele führte sie in den kleinen Raum neben der Empfangshalle, den sie sich als Büro eingerichtet hatte, schloss die Tür und ging zu einem Sideboard, um ein Glas Cognac für sie zu holen. Er tat das immer, wenn sie verstörende Nachrichten erreichten.

»Öffne ihn«, sagte er leise und wies auf den Brief. »Mir hätte er auf der Fahrt beinahe ein Loch in die Tasche gebrannt ...« Mit dem Wagen war man von Kijabe zur Farm eine gute Stunde unterwegs.

Ivys Hände zitterten so sehr, dass sie den Umschlag kaum aufreißen konnte. Als sie zu lesen begann, wurde sie kreidebleich.

»Wir haben ihn unterschätzt«, flüsterte sie. »Das ... das ist unglaublich perfide ...«

Sanele hob das Deckblatt des Schreibens auf, das sie zu Boden hatte fallen lassen. Das Amtsgericht in Nairobi teilte Ivory mit, dass Ailbert Edgecumbe den Antrag gestellt hatte, die von ihr veranlasste Todeserklärung seines Bruders Adrian aufheben zu lassen.

Ivy hatte inzwischen weitergelesen. »Sowohl er als auch sein Sohn Lennox haben eidesstattlich erklärt, Adrian Edgecumbe noch vor rund einem Jahr in Schottland gesehen zu haben. Mr. Edgecumbes älterer Sohn, seine Frau und seine Tochter sowie die gesamte Dienerschaft auf seinem Anwesen sind ebenso dazu bereit«, gab sie den Inhalt des Briefes wieder.

Sanele runzelte die Stirn. »Adrian soll in Schottland gewesen sein? Nach all den Jahren? Warum kam er denn nicht nach Hause? Warum hat er sich nicht bei dir gemeldet?«

Ivy studierte die dem Behördenbrief beigefügte Aussage ihres ehemaligen Schwagers.

»Angeblich hat er erst lange mit einer schweren Kopfverletzung in einem Hospital gelegen. Da hat ihn niemand erkannt, und er erinnerte sich nicht an seinen Namen. Als sich das schließlich legte, kam er hierher zurück und musste zu seinem Entsetzen erkennen, dass seine Gattin ihn mit einem schwarzen Hausdiener betrog. Tief enttäuscht und verletzt hat er sich dann zurückgezogen, ohne sich zu erkennen zu geben, und ist in aller Welt umhergereist, bis er vor einem Jahr in Schottland bei seiner Familie auftauchte …«

»Tief enttäuscht und verletzt? Adrian Edgecumbe?« Sanele schüttelte den Kopf. »Der Mann hätte mich umgebracht, wenn er uns bei irgendetwas Verbotenem gesehen hätte, und dich womöglich gleich mit!« Er rieb sich die Stirn. »Das wird niemand glauben!«

Ivy sah ihn verzweifelt an. »Lediglich jemand, der es nur zu gern glauben will«, sagte sie. »Und das könnte in Bezug auf unseren hiesigen Gouverneur und seine Richter durchaus zutreffen. Ich werde nun aufgefordert, mich dazu zu äußern, und man wird die Dokumente, aufgrund derer die Sterbeurkunde für Adrian ausgestellt wurde, noch einmal prüfen.«

»Das sind ja leider nicht viele«, meinte Sanele besorgt. Tatsächlich beruhte die Entscheidung des Gerichts lediglich auf der Aussage eines alten Freundes und Mitstreiters Adrians, der geschworen hatte, ihn fallen gesehen zu haben. »Und man müsste Major Wiltshire nicht einmal eine Lüge unterstellen. Er kann ja gesehen haben, dass der Bwana getroffen worden ist, aber seinen Tod nur angenommen haben.«

»Trotzdem muss er noch mal aussagen!«, rief Ivy, deren Entsetzen langsam Kampfbereitschaft wich. »Und kann man nicht etwas tun, um die Aussagen der Edgecumbes zu widerlegen? Es müsste Aufzeichnungen über Verwundete geben. Bei einem Gedächtnisverlust sollten doch Versuche gemacht werden, den Soldaten zu identifizieren. Wir … wir müssen sie zwingen, Adrian als Zeugen zu laden. Wenn er am Leben ist, dann soll er sich zeigen.«

»Wo ist er denn jetzt angeblich?«, fragte Sanele.

Ivy las nach. »Laut Ailbert hat er sich erneut zurückgezogen. Er wolle kein Aufsehen. Die Familie fand aber, man könne die Sache nicht einfach auf sich beruhen lassen, und ihr Oberhaupt ist deshalb hergereist, um auf Edgecumbe Farm ›nach dem Rechten zu sehen‹. Die hier herrschenden Zustände hätten ihn davon überzeugt, dass mir Einhalt geboten werden müsste. Tja, und da sind wir nun.«

Sie sah hilflos zu Sanele auf, der sich jetzt auch einen Cognac einschenkte und einen Schluck trank. Ivy hatte den ihren noch nicht angerührt.

»Wenn er recht bekommt, hat er ganze Arbeit geleistet«, sagte Sanele langsam. »Dann verlieren wir nicht nur die Farm, unsere Eheschließung wird ebenfalls ungültig. Und Ebony wird zum Bastard.«

Ivory entfuhr ein bitteres Lachen. »Oh, Ebony wird dadurch eher zu einer Edgecumbe, wahrscheinlich das Einzige, woran Ailbert bei der Sache nicht gedacht hat. Wenn Adrian nicht tot ist, bin ich immer noch mit ihm verheiratet und Ebony damit ein eheliches Kind. Adrians Kind.«

Sanele lächelte schief. »Die Vaterschaft lässt sich leicht widerlegen«, murmelte er. »Doch das ist ja noch nicht das Schlimmste. Da ist schließlich Hope …«

»Die zum Freiwild wird, wenn wir die Farm verlassen müssen.« Ivory erblasste erneut. »Der Gouverneur oder der Richter oder wer auch immer das entscheidet, muss für uns stimmen. Er muss einfach!«

Sanele seufzte. »Ich denke, wir brauchen erst einmal einen Anwalt. Und vielleicht wendest du dich an deinen Schwager, der arbeitet doch in der Verwaltung in Mombasa. Er könnte Nachforschungen anstellen, die Aufzeichnungen der Militärkrankenhäuser durchsehen …«

Ivy zog die Augenbrauen hoch. Von Jeffrey Olden-Carmichael, dem Ehemann ihrer Schwester Rosamond, erwartete sie nicht viel Hilfe. Die beiden hatten den Kontakt zu ihr abgebrochen, als sie sich zu Sanele und ihrem gemeinsamen Kind bekannt hatte. Und auch vorher schon war das Verhältnis zu ihnen nicht das beste gewesen.

»Ich kann's versuchen«, erklärte sie. »Wir müssen alles tun, um das von uns und den Kindern abzuwenden.«

3

Es war nicht leicht für Sanele und Ivy, einen Anwalt zu finden, der bereit war, ihre Sache zu vertreten. Die alteingesessenen Anwälte in Nairobi und der Provinzstadt Kijabe im Kedong Valley, dem die Edgecumbe Farm am nächsten lag, hatten ihre Klienten unter den angesehenen Kolonisten. Sie mochten sich nicht für ein Paar einsetzen, dessen Zusammensein allgemein als Skandal empfunden wurde. Dabei hatte Ivy gehofft, dass die Bürger von Kijabe den Betrug sofort durchschauen würden. Adrian war ein geachteter Mann im Ort gewesen, jeder hatte ihn gekannt, und sie mussten wissen, dass Ailberts Behauptungen in keiner Weise zu seinem Wesen passten. Niemals hätte ein Mann wie er sich zurückgezogen und seine Farm seiner untreuen Frau und ihrem afrikanischen Liebhaber überlassen. Adrian war ein Jäger gewesen, ein Kämpfer, hatte im Krieg eine Auszeichnung und Beförderung nach der anderen erfahren. Aufsehen hatte er nie gescheut. Eigentlich musste das den erfahrenen Anwälten klar gewesen sein, die Ivy bisher aufgesucht hatte – einer von ihnen war früher sogar gelegentlich für Adrian tätig gewesen. Auch er lehnte das Mandat jedoch ab.

»Er kann sich geändert haben«, gab er zu bedenken, als Ivy ihm vorhielt, wie unwahrscheinlich Ailberts Behauptungen waren. »So eine Kopfverletzung …«

»Die Gegenseite müsste doch erst mal beweisen, dass es einen Mann mit einer Kopfverletzung und Gedächtnisverlust in irgendeinem Krankenhaus gegeben hat!«, rief Ivy.

Der Anwalt zuckte mit den Schultern. »Das müssten eher Sie beweisen. Die Gegenseite hat reichlich Zeugen für ihre Sache. Sie haben keinen.«

Schließlich suchte Ivy einen jungen Anwalt in Nairobi auf, der noch nicht lange dort ansässig war. Eigentlich war es sein Name – Abraham Lorimer –, der sie auf ihn aufmerksam machte. Ein Abraham Lorimer, allerdings ein älterer Herr, und seine Frau Anne hatten mehrmals auf Edgecumbe Farm Urlaub gemacht und die unblutigen Safaris sehr genossen. »Gewalt und Schusswaffen hatte ich genug in meinem Beruf«, hatte er einmal gesagt, und dann launig von seinen Erlebnissen als Detective Constable im Dienste von Scotland Yard erzählt. Die Lorimers waren erst nach seiner Pensionierung nach Kenia gezogen und bewohnten ein Haus in Nairobi, einer schnell wachsenden Stadt, deren Bild Verwaltungsgebäude, Wohnhäuser für weiße Siedler und die ärmlichen Hütten der Einheimischen prägten.

Die kleine Kanzlei des jungen Lorimer lag am Rande des noch im Bau befindlichen Regierungsviertels – Nairobi war stolz darauf, zur Hauptstadt Kenias bestimmt worden zu sein. Der Anwalt öffnete Ivy und Sanele selbst die Tür und lächelte ihnen zu, als er sie beide mit herzlichem Händedruck begrüßte. Er schien Sanele gegenüber keine Ressentiments zu hegen.

»Natürlich vertrete ich Sie!«, erklärte er. »Nachdem ich schon so viel von Ihnen und Ihrer Farm gehört habe. Meine Eltern werden nicht müde, von dem Aufenthalt bei Ihnen zu schwärmen. Meine Mutter hätte das Löwenbaby, das Sie gerade aufzogen, beim letzten Mal am liebsten mitgenommen …«

Ivory zog oft verwaiste Wildtiere auf oder pflegte kranke gesund. Besonders Jungtiere wurden dabei schnell zahm, und es gehörte zum besonderen Vergnügen für viele Gäste, sie zu streicheln und mit ihnen zu spielen. Jetzt hatte sie das Gefühl, ihr fiele ein ganzes Gebirge vom Herzen. Der junge Anwalt war offensichtlich der Sohn ihrer Stammgäste und äußerst motiviert, Ivy zu verteidigen.

Nun ging er zunächst ihre eidesstattliche Aussage mit ihr durch, die nun bald erfolgen musste, und bat um die Anschrift von Major Wiltshire, der Adrians Tod – oder seine Verwundung – mit angesehen hatte.

»Und dann müssen wir Nachforschungen anstellen. Irgendwo müsste Ihr Gatte ja in all den Jahren gewesen sein. Er müsste seinen Lebensunterhalt verdient haben …«

Lorimer, der seine neuen Klienten gleich gebeten hatte, ihn einfach Abe zu nennen, machte sich Notizen.

Ivy berichtete ihm von ihrem Schwager, den sie bereits wegen medizinischer Aufzeichnungen kontaktiert hatte. »Er scheint mir allerdings nicht helfen zu wollen«, erklärte sie traurig. »Meine Schwester hat mir nur kurz mitgeteilt, sie wollten in diesem Fall keine Partei ergreifen.«

Abe winkte ab. »Da kommen wir auch so ran. Hören Sie, ich würde gern meinen Vater fragen, ob der nicht Lust hätte, die Nachforschungen für Sie zu übernehmen. Das würde seinen detektivischen Spürsinn mal wieder fordern, ich habe schon längst das Gefühl, dass er sich hier langweilt. Was meinen Sie, möchten Sie ihn treffen?«

Ivy und Sanele stimmten natürlich zu und trafen sich am nächsten Tag mit der ganzen Familie Lorimer in einem Café in Nairobi. Sie waren für einige Tage in der Stadt, um sich genauer darüber zu informieren, was ihnen im Kampf mit den Edgecumbes bevorstand. Nun begrüßten Abraham senior und Anne Lorimer sie herzlich und lauschten Ivys Geschichte mit großer Anteilnahme. Sie hatten nicht zu den Gästen gehört, denen Ivys und Saneles Beziehung verborgen geblieben war, dafür waren sie zu neugierig und interessiert an der Welt um sie herum. Insofern kannten sie auch Hope und Ebony recht gut, nach denen sie sich gleich erkundigten.

»Es wäre ja eine Katastrophe für die Kinder, ihr Zuhause zu verlieren«, sagte Anne und zeigte sich äußerst betroffen darüber, dass für Hope vielleicht sogar ihr Leben auf dem Spiel stand.

»Abe macht das schon«, tröstete sie.

Tatsächlich verschaffte der alte Ermittler sich schnell Zugang zu diversen Akten.

»Also, eine Kriegsrente hat er nicht beantragt«, berichtete er beim nächsten Treffen, diesmal in Kijabe, wo er vorhatte, frühere Freunde von Adrian dazu zu befragen, ob sie in den letzten Jahren irgendein Lebenszeichen von ihm bemerkt hätten. »Und in den Unterlagen der Militärhospitäler, speziell in denen der Stadt Moshi, wo er ja verwundet worden sein soll, findet sich nichts. Weder sein Name noch ein Bericht über einen Mann mit Gedächtnisverlust. An sich trägt ja auch jeder Soldat eine Erkennungsmarke – damit hätte man ihn leicht identifiziert haben können.«

»Das ist doch gut für uns, nicht?«, fragte Ivy.

Lorimer zog die Brauen hoch und nippte an seinem Kaffee. »Schon«, sagte er. »Aber ganz schlüssige Beweise sind das nicht. Was wir hier haben, kommt der Bedeutung von Zeugenaussagen nicht im Entferntesten nahe. Wir sind allgemein in einer schwierigen Situation. Was wir brauchten, um seinen Tod schlüssig zu beweisen, wäre eigentlich eine Leiche.«

Sanele runzelte die Stirn. »Die wäre schon verwest«, wandte er ein.

Lorimer nickte.

»Und ein lebender Adrian wäre längst wieder in Erscheinung getreten«, sagte Ivy. »Abe muss darauf bestehen, dass er vorgeladen wird.«

»Wohin soll man denn die Vorladung schicken?«, fragte Sanele resigniert.

Lorimer zuckte erneut mit den Schultern. »Was das angeht, haben wir auch schon Anstrengungen gemacht. Ich habe einen Aufruf in diversen Tageszeitungen im gesamten englischsprachigen Raum veröffentlichen lassen. Edgecumbe soll sich melden und außerdem jeder, der etwas über seinen Verbleib zu wissen meint. Anne wertet die Meldungen schon aus, sie kamen körbeweise. Leider stammen die meisten von irgendwelchen Wichtigtuern. Ich habe da nicht viel Hoffnung.«

Der Richter bat nun wirklich Ivy zu einem Gespräch und einer Aussage. Sie reiste erneut nach Nairobi und schlug sich tapfer. Sachlich berichtete sie von dem Besuch Major Wiltshires, eines Freundes und Kriegskameraden ihres Mannes, der sie von seinem Tod in Kenntnis gesetzt hatte – bis dahin war Adrian Edgecumbe in den Akten als vermisst geführt worden.

»Der Major erklärte, dass eine von ihm und meinem Mann geführte Einheit eine Gruppe Askari verfolgte, also die afrikanischen Krieger, die Deutschland unterstützten. Sie verschanzten sich in einem Gebüsch, Adrian und seine Leute umzingelten sie und griffen an. Unglücklicherweise war es ein Hinterhalt. Die ersten Angreifer hatten keine Chance, und mein Mann war seinen Leuten wie immer ein Vorbild. Er stürmte voraus, Major Wiltshire sah ihn fallen. Er selbst wurde verwundet, die Einheit zog sich zurück. Später wurden Minenwerfer eingesetzt, um die Askari auszuräuchern. Es hat gebrannt. Leichen konnten nicht geborgen werden.«

»Und Major Wiltshire konnte sich nicht irren?«, fragte der Richter. Er war ein großer, streng wirkender Mann mit gewaltigem Schnäuzer und stechenden Augen.

»Er war sich völlig sicher«, erklärte Ivy. »Der Major hat eine weite Fahrt auf sich genommen, um mich von Adrians Tod in Kenntnis zu setzen, er hatte großen Respekt vor ihm.«

»Und Sie glaubten ihm?«, erkundigte sich der Richter erneut. »Während Sie sich jetzt nicht bereit zeigen, seinem eigenen Bruder zu glauben, er hätte Mr. Edgecumbe lebend gesehen? Hatten Sie vielleicht ein gewisses Interesse daran, Ihren Mann für tot erklären zu lassen?« Er blitzte Ivy durch dicke Brillengläser an.

Ivy senkte den Blick. Abe hatte diese Frage vorausgesehen und die Antwort mit ihr geübt. »Herr Richter, ich wusste damals längst, dass Adrian nicht mehr unter uns ist. Ich wusste es schon, bevor die Nachricht kam, er sei vermisst. Eine liebende Frau spürt so etwas … wenn plötzlich keine Briefe mehr kommen … wenn man versucht, den anderen mit seinen Gedanken zu erreichen, doch da ist nichts als Leere … Die Todesnachricht hat mich nicht überrascht.«

Der Richter runzelte die Stirn. »Sie sind dann gleich am nächsten Tag nach Kijabe gefahren, um die Behörden zu informieren?«, fragte der Richter. Es klang vorwurfsvoll. »Sie brauchten keine Zeit um sich … zu sammeln?«

Ivy biss sich auf die Lippen und sah den Richter wieder an. »Ich hätte gern Zeit gehabt, um zu trauern, aber ich musste weitermachen. Das Resort neu eröffnen, es renovieren, Einkäufe tätigen … Solange Adrians Konten gesperrt waren, war mir das nicht möglich. Ich bekam allein auch keinen Bankkredit. Insofern erschien es mir notwendig, die Angelegenheiten zu ordnen.« Sie sah den Richter offen an. Der schien jedoch nicht überzeugt.

»Und eine … Neuordnung Ihrer persönlichen Verhältnisse spielte dabei keine Rolle?«, erkundigte er sich. »Sie haben wieder geheiratet. Und wie ich hörte, lebten Sie auch schon am Ende des Krieges mit Ihrem heutigen Gatten zusammen.«

Ivy straffte sich. »Meine zweite Ehe schloss ich 1921, lange, nachdem Adrian gefallen war. Jahre, in denen er, falls er denn am

Leben gewesen wäre, zu mir hätte zurückkehren können. Er hätte nichts gefunden, was er mir hätte vorwerfen können. Obwohl natürlich auch mein zweiter Ehemann Sanele Zulu wie andere unserer Angestellten auf Edgecumbe Farm lebte. Er war Butler …«

»Den Sie brauchten, obwohl der Gästebetrieb noch nicht wieder aufgenommen worden war? Während des Krieges? Denn da war er doch auch bei Ihnen, oder?« Der Richter spielte mit seinem Federhalter.

»Ebenso wie unsere Köchin und ein Hausmädchen«, erklärte Ivy, die langsam wütend wurde, sich jedoch eisern beherrschte. »Ich konnte ein so großes Haus nicht allein führen, zumal ein guter Freund meines Gatten, Gerrit Harper, in der Kriegszeit mein Gast war. Sie sollten sich mit ihm über mein damaliges Verhältnis zu Sanele Zulu unterhalten, sofern das Thema der anstehenden Entscheidung ist. Ich weiß allerdings nicht, was es mit Adrians Tod zu tun haben sollte.«

»An dessen Feststellung Sie heute größtes Interesse zu haben scheinen«, bemerkte der Richter.

Ivy verzichtete darauf, ihm vorzuhalten, was eine anderweitige Entscheidung für ihre Familie bedeuten würde. Er musste das wissen.

»Ich habe größtes Interesse an der Feststellung der Wahrheit«, sagte sie nur leise.

Der Richter nickte. »Wie wir alle«, behauptete er und entließ sie.

Ivy hoffte nun noch auf den Gouverneur, dessen Meinung sicher den Ausschlag geben würde, egal, wie dieser Richter entschied. Sie wappnete sich allerdings gegen das Schlimmste, als Abe sie darüber in Kenntnis setzte, dass für den 30. März 1927 eine Anhörung anberaumt worden war. Ivy und Sanele waren nicht geladen, die Anwälte beider Parteien würden dem Richter ihre Beweise und

Gegenbeweise vortragen. Aufgrund derer würde die Entscheidung fallen.

»Es ist Ermessenssache«, meinte der junge Anwalt, als sie ihn erneut aufsuchte. »Der Richter muss entscheiden, wem er glaubt oder glauben will.«

4

Abe gab sich alle Mühe, Ivys und Saneles Angelegenheit so überzeugend wie möglich zu vertreten, doch er war nicht sehr optimistisch, als er sie nach der Anhörung traf.

»Was werden Sie machen, wenn gegen Sie entschieden wird?«, fragte er.

»Ich weiß es nicht«, antwortete Sanele. »Ich weiß es wirklich nicht, und ich kann nur hoffen, dass die Edgecumbes uns wenigstens etwas Zeit geben, etwas Neues zu finden. Dabei mache ich mir keine Sorgen wegen einer Arbeit, ich finde schon etwas, im Zweifelsfall weit unter meinen Qualifikationen. Aber wir können mit Hope nicht in einem afrikanischen Stadtviertel leben. Sie wissen, wie die Häuser dort aussehen … Lehm- und Wellblechhütten. Niemals ließe sich das Kind da versteckt halten. Und Skrupel, es zu entführen und umzubringen, hat in diesem Umfeld keiner …«

»Wir haben Freunde in Tansania«, ließ Ivy vernehmen. »Gerrit und Fiona würden helfen.«

Gerrit Harper, ein Biologe, der früher ebenso wie Adrian für den Safariveranstalter Newland, Tarlton & Co. gearbeitet hatte, war jetzt als Kurator für das naturwissenschaftliche Museum in Daressalam tätig. Er hatte die ehemalige Missionsschwester Fiona geheiratet, die zwei bewohnten ein großes Haus, in dem Hope möglicherweise Zuflucht finden konnte.

»Vielleicht«, relativierte Sanele. »Doch allein die Reise wäre ein gewaltiges Risiko. Und du weißt, wie Gerrit zu der Sache steht …«

Gerrit hatte Ivy zunächst abgeraten, Hope aufzunehmen. Er hatte während seiner Zeit in Nairobi erlebt, dass ein von Albinismus betroffenes Kind vor den Augen seiner Mutter umgebracht und zerstückelt worden war. Sein damaliger Arbeitgeber hatte versucht, die Frau und ihren Sohn zu schützen, doch es war ihm nicht gelungen. Gerrit hatte auch Sanele und Ivy wenig Chancen eingeräumt, das Mädchen großzuziehen. Ob er sich nun bereit erklären würde, es in seinem eigenen Haus zu verstecken?

Ivy erblasste, als der gefürchtete Brief dann tatsächlich eintraf. Sie erahnte seinen Inhalt bereits, als sie sah, dass er erneut an *Ivory Edgecumbe* gerichtet war. Das Amtsgericht und der Gouverneur hatten sich von Ailbert Edgecumbe und seinem Sohn Lennox davon überzeugen lassen, dass Adrian Edgecumbe noch am Leben war und dass es in seinem Interesse sein würde, wenn sein Neffe Lennox mit der Verwaltung seines Besitzes in Kenia betraut würde.

»Und was ist mit mir?«, fragte Ivy mit erstickter Stimme, konnte die dahin gehenden Vorstellungen ihres Schwagers jedoch gleich einem weiteren Brief von seinem Anwalt entnehmen. Die Edgecumbes boten Ivory an, mit Ailbert nach Schottland zurückzukehren.

Mr. Edgecumbe wird versuchen, mit seinem Bruder Adrian Kontakt aufzunehmen. Er bezweifelt nicht, dass dieser im Falle Ihrer Reue bereit wäre, Ihnen Ihren Ehebruch zu verzeihen und einen Neuanfang mit Ihnen anzustreben, las sie.

»Wie denkt er sich das?«, fragte Ivy bitter. »Mittels einer Séance? Schottland war ja schon bei Shakespeare voller Geister …«

»Du ziehst das nicht ernstlich in Erwägung?«, fragte Sanele verunsichert.

Ivy schmiegte sich in seine Arme. »Natürlich nicht. Ich gedenke eher, mich um eine Scheidung zu bemühen. Auch wenn Abe mir da wenig Hoffnung gemacht hat. Ohne Adrians Zustimmung …«

»Es ist ein Teufelskreis …« Sanele seufzte. »Aber wir brauchen jetzt erst mal ein Obdach … ein sicheres Haus. Denkst du, die Lorimers …?«

»Wir können die Unterstützung der Lorimers unmöglich noch weiter in Anspruch nehmen«, meinte Ivy. »Sie haben schon so viel für uns getan, und wir haben kaum genug Geld, um Abes Rechnung zu zahlen. Nein, wir können es drehen und wenden, wie wir wollen: Ich muss bei meiner Schwester zu Kreuze kriechen. Die Olden-Carmichaels müssen uns aufnehmen. Schließlich haben sie uns lange genug auf der Farm auf der Tasche gelegen, bevor Jeffrey die Stellung bei der Regierung bekam. Jetzt brauchen wir Hilfe, und Rosamond kann sie uns nicht versagen.«

Lennox Edgecumbe hatte seine Ankunft auf der Farm für die folgende Woche in Aussicht gestellt, Ivory hatte nur wenig Zeit, ihrer Schwester zu schreiben und die Angelegenheiten auf der Farm zu regeln. Sie tröstete ihre Bediensteten damit, dass sie ihre Stellungen sicher behalten würden, teilte den schon angemeldeten Gästen mit, was geschehen war, und dass Lennox plane, Edgecumbe Farm wieder in ein Jagdresort umzuwandeln. Nur wenige hielten daraufhin an ihren Buchungen fest – Lennox würde um neue Kunden werben müssen. Ivy blutete das Herz, als sie die letzten Fahrten hinaus zu ihren Tieren unternahm – und die letzten von ihr gepflegten Wildtiere in die Freiheit entließ. Der zahme Pavian Kurti wollte die Farm nicht verlassen. Kurti kehrte zurück, egal wie weit fort sie ihn brachten. Ivy konnte nur hoffen, dass Lennox den Wert erkannte, den er für die Unterhaltung der Gäste darstellte, und ihn nicht gleich erschießen ließ. Sie machte sich keine Illusionen darüber, welche Blutbäder die Jäger unter den Tieren im Resort anrichten würden. Die Elefanten, Löwen, Leoparden, Büffel und Nashörner waren seit Jahren nicht bejagt worden. Sie würden Lennox' schießwütigen Gästen vertrauensvoll entgegenblicken.

Rosamond Olden-Carmichael beantwortete Ivys Brief umgehend und äußerte sich erfreut darüber, dass Adrian doch am Leben sein sollte. Wäre Ivy nicht übereilt eine neue Beziehung – und obendrein eine derart unpassende – eingegangen, schrieb sie, so hätte sich jetzt vielleicht alles für sie zum Guten wenden können. Sowohl sie als auch ihr Gatte befürworteten Ivys Übersiedlung nach Schottland, aber als Mutter könne Rosamond ihre Sorge um die beiden »in ihrer Obhut befindlichen Kinder« dennoch nachvollziehen. Sie respektierte Ivys Entscheidung, bei den Kindern in Kenia zu bleiben, und bot ihr vorübergehend Unterkunft in ihrem Haus in Nairobi an. Des Weiteren schrieb sie:

Du wirst allerdings verstehen, dass Dein afrikanischer Liebhaber nicht bei uns willkommen ist. Wir spielen eine wichtige Rolle in der Gesellschaft von Nairobi, und wir könnten Dich dort zumindest in begrenztem Maße einführen, sofern Du Deinen Lebenswandel anpasst und auch nicht darauf bestehst, dass den so fremdartig aussehenden Kindern in deiner Begleitung freundschaftlicher Kontakt zu den unseren gewährt wird …

»Das ist unglaublich!«, sagte Ivy und ließ den Brief sinken. »Es klingt, als sollten Hope und Ebony in der Besenkammer wohnen.«

Sanele seufzte. »Ich hatte mir schon so was gedacht«, gab er zu. »Aber wir werden in den sauren Apfel beißen müssen. Nur dass die Kinder von dir getrennt werden, geht nicht. Auch die Olden-Carmichaels werden afrikanische Bedienstete haben, die Hope womöglich nach dem Leben trachten. Liebes, ich werde alles tun, was ich kann, um euch da so schnell wie möglich herauszuholen. Ich weiß zwar noch nicht, wie, aber irgendwie schaffen wir es. Wir fahren morgen nach Nairobi. Mit einem der Wagen der Farm, auch wenn sie uns nicht mehr gehören. Ich kann ihn ja dem Anwalt der Edgecumbes vor die Tür stellen. Die Zugfahrt werden wir Hope nicht zumuten. Es hilft alles nichts, Ivy. Wir müssen Abschied nehmen.«

Ivy verabschiedete sich tränenreich von ihrer Köchin Wawira, mit der sie so viele Jahre zusammengearbeitet hatte, und der ihr lieb gewordenen Dienerschaft. Die meisten kannte sie von Kindheit an, sie hatten in der Missionsschule Englisch gelernt und schließlich gute Stellungen auf der Farm gefunden. Auch unter den Frauen im Stamm der Kikuyu weinten viele, als die Mutter der Tiere sie nun verließ, während einige der Männer durchaus gespannt auf die neue Leitung der Farm warteten. Nicht allen behagte es, dass sie im Resort nicht oder doch nur sehr selten jagen durften. Sie erhofften sich nun vielleicht sogar Arbeit als Fährtensucher oder Jäger.

Auch die Schwestern und Patres in der Mission Maria Kedong beteuerten ihr Bedauern über Ivorys Fortgang, doch wirklich gebilligt hatten sie ihr Zusammenleben mit Sanele nicht, obwohl einer der Patres sie getraut hatte. Schwester Elisabeth, die Hebamme und Leiterin der Krankenstation, war der Meinung gewesen, eine Mischehe zu fördern sei besser, als ein Kind unehelich aufwachsen zu lassen. Außerdem sah sie nur in einer Ehe zwischen Ivy und Sanele eine Chance für Hope. Die bärbeißige alte Nonne hatte sich gegenüber den Patres durchgesetzt, doch nun, da die Ehe der beiden annulliert war, zeigten die Geistlichen erneut ihren Missmut. Lediglich Schwester Elisabeth umarmte Ivory mit ehrlichem Mitgefühl. Sie konnte sich an Adrian Edgecumbe, den Bwana, wie er sich von Gästen und Personal hatte nennen lassen, noch gut erinnern, und sie glaubte kein Wort von dem, was Ailbert ausgesagt hatte.

»Nie und nimmer wäre der Bwana untergetaucht, es sei denn, er hätte etwas auf dem Kerbholz gehabt. Wo soll er denn gewesen sein in all den Jahren? Eigentlich käme da nur der Aufenthalt in einem Kloster infrage. Aber als einen gebrochenen Mann, der Einkehr in einem Orden sucht, kann ich ihn mir nicht vorstellen. Es wird schon so sein, wie Sie glauben, Miss Ivy: Die Familie will sich die Farm auf unrechtmäßige Weise aneignen. Man wird sehen, was daraus wird. Gottes Segen liegt darauf sicher nicht!«

Ivy jedenfalls wünschte den Edgecumbes die Pest, als sie am Tag danach die weite Fahrt nach Nairobi in Angriff nahmen. Hope und Ebony sahen die Reise zuerst als Abenteuer, doch nach ein paar Stunden wurden sie quengelig. Es war sehr warm, und sie langweilten sich – zumal Ivy und Sanele nicht danach war, sie mit lustigen Liedern oder Spielen bei Laune zu halten. Obwohl es für sie eine vorläufige Trennung bedeutete, atmeten sie auf, als Sanele den Wagen vor dem hochherrschaftlichen Haus der Olden-Carmichaels anhielt und das Gepäck seiner Frau und seiner Kinder auslud.

Sie hatten vereinbart, sich möglichst oft um die Mittagszeit am Bahnhof zu treffen und die Lage zu besprechen. Dort herrschte immer ein reges Treiben, ein Afrikaner und eine Engländerin, die miteinander sprachen, würden nicht auffallen.

Rosamond begrüßte ihre Schwester bereits auf der Treppe zu dem großen, repräsentativen Steinbau, dessen Auffahrt durch Blumenrabatten gesäumt war. Sie wollte wohl sichergehen, dass Sanele wirklich wieder abfuhr und sich nicht ungeladen auf ihr Anwesen begab. Nun hieß sie Ivy mit einer förmlichen Umarmung und gezierten Wangenküsschen willkommen, ihr Lächeln wirkte gezwungen. Ivy fand, dass ihre Schwester sich kaum verändert hatte. Immer noch war sie etwas knochig, ihr aschblondes Haar war nicht lockig wie ihr eigenes und wirkte stumpf. Ihre blaugrauen Augen zeigten keinen Glanz, ihr Gesicht war lang und nicht herzförmig wie ihres. Rosamond fehlten Ivys Ausstrahlung und ihr einnehmendes Wesen.

»Und das sind nun Hope und Ebony«, stellte Ivy ihre nach der langen Fahrt verschwitzten, missgelaunten Töchter vor. »Hope, Ebony, das ist eure Tante Rosamond.«

Hope war müde und gereizt, Ebony dagegen vergaß die Anstrengungen der Reise schnell und sah neugierig zu den Kindern hinüber, die ihrer Tante aus dem Haus gefolgt waren und sich nun hinter den gewaltigen steinernen Löwen versteckten, die den Eingang säumten. Rosamond und Jeffrey hatten drei Kinder, die älteren Jungen George und Richard sowie die kleine Madeleine, die nur vier Jahre älter war als Ivys Töchter. Bei Rosamonds letztem Aufenthalt auf Edgecumbe Farm hatten sich die Jungen als ziemliche Rüpel erwiesen, Madeleine als ängstlich und schüchtern. Nun interessierten sich wohl alle drei so brennend für die Neuankömmlinge, mit denen sie auf keinen Fall spielen sollten, dass sie das Verbot gleich missachteten und sich anscheinend aus dem Haus geschlichen hatten.

Rosamond, die das nicht bemerkt hatte, musterte Ivys Töchter, als handelte es sich um Haustiere, die sicher Schmutz in ihre elegante Wohnung tragen würden. Als beide brav vor ihr knicksten und ihr die Händchen zum Gruß reichten, wich sie sogar zurück, schien sich dann jedoch an ihre gute Erziehung zu erinnern und streifte sie kurz mit ihren Fingern.

»Komische Namen«, bemerkte sie.

Ivy lächelte. »Hope steht für die Hoffnung, dass unser Kind gesund groß wird, und Ebony … Ich dachte stets an Ebenholz, wenn ich Sanele sah. Wir spielten oft mit den Worten ›Ebony und Ivory‹, Ebenholz und Elfenbein. Da lag es nahe, unsere Tochter so zu nennen.«

»Aber deine … deine ist doch die da?«, fragte Rosamond und deutete auf Hope, die ein langärmeliges Kleid und ein Tuch um ihre fast weißen Haare gewunden trug. Rosamond musste aufgrund ihrer weißen Haut darauf geschlossen haben.

Ivy verzog den Mund. »Beide sind meine Töchter, aber mein leibliches Kind ist Ebony … Findest du nicht, sie sieht mir ähnlich?«

Rosamond musste sich erkennbar zwingen, das Kind näher anzusehen, doch sie konnte sich der Ähnlichkeit zwischen ihm und Ivy nicht verschließen. Auch das Blitzen in Ebonys Augen und ihre Entdeckungsfreude mussten sie an Ivy erinnern. Eben fand sie eine Puppe unter einem Rosenbusch, sicher Madeleines.

»Guck mal, die hat ihre Mummy verloren«, vermeldete sie und war auch schon auf allen vieren unterwegs, um das Puppenkind zu retten. »Ich bring sie zurück, ja?«

Bevor Rosamond antworten konnte, war Ebony mit der blonden Puppe auf dem Weg zum Hauseingang, und Madeleine kam hinter dem Löwen hervor. Bestimmt hatte sie Angst davor, dass das fremde Kind mit ihrer Puppe verschwand. Als sie sah, dass Ebony keine Entführung plante, lächelte sie ihrer kleinen Kusine zu.

»Danke, dass du Elinor zurückgebracht hast«, sagte sie höflich.

Ebony lachte sie an. »Wir haben auch eine Ellie«, verkündete sie fröhlich. »Aber die ist ein Zebrababy!«

Ivy hatte das vor einigen Wochen verletzt aufgefundene Fohlen am Tag zuvor blutenden Herzens zurück in den Busch gebracht.

»Ach, du machst Spaß«, meinte Madeleine.

Rosamond schien nicht viel von Ivy und ihrer Farm erzählt zu haben.

»Neieiein … Mummy, sag ihr, dass wir wirklich ein Zebra haben. Und Äffchen und Elefanten …« Ebony kam zurück zum Haus und nahm Hopes Hand. »Und das ist meine Schwester. Hast du auch eine Schwester?«

»Dies zur Verhinderung freundschaftlicher Kontakte«, bemerkte Ivy trocken. »Rosamond, ich will ja nicht drängen. Aber können wir nicht ins Haus gehen und uns etwas frisch machen? Die Kinder sind müde von der Reise und bräuchten eigentlich ein Bad und dann ein Bett …«

»Ich hab Hunger«, ließ sich erstmalig Hope vernehmen.

Madeleine lächelte ihr zu. Sie schien ihre kleinen Kusinen schon ins Herz zu schließen, vielleicht erwachte in ihr der Mutterinstinkt.

»Ihr könnt mit reinkommen, unsere Köchin hat Kekse gebacken. Mögt ihr Scones? Wir bitten sie für euch um Kekse und Milch …«

»Um Gottes willen!« Rosamond nahm ihre Tochter entschlossen an die Hand, die sie eben der kleinen Kusine hatte reichen wollen. »Du gehst jetzt auf dein Zimmer, Madeleine, und ich zeige dir euer Reich, Ivy. Ihr könnt im Gartenhaus wohnen. Das ist recht hübsch, und die Kinder kommen … Na ja, sie fallen Besuchern nicht gleich so auf …«

Ivy war das durchaus recht, wenn auch aus anderen Motiven als aus denen ihrer Schwester. Von ihr aus brauchte das Hauspersonal Hope gar nicht zu Gesicht zu bekommen, aber das war natürlich illusorisch. Immerhin musste man die Köchin nicht gleich mit dem »Geisterkind« überfallen.

Tatsächlich war das Gartenhaus – ursprünglich für eine Gärtner- oder Hausmeisterfamilie gebaut – sehr einfach, aber wohnlich eingerichtet. Es gab ein Bad, der Zuber musste allerdings noch mit Brunnenwasser aus dem Garten gefüllt werden, das auf dem Herd erwärmt wurde, und zwei Schlafzimmer, dazu einen kleinen Wohnraum und eine Küche.

»Vielleicht kannst du die Kinder hier verpflegen«, bemerkte Rosamond, als sie ihr alles zeigte. »Verstehst du, es ist nicht wegen mir, aber Jeffrey ist gar nicht begeistert von dieser Einquartierung. Schade, dass die Mädchen noch so klein sind, sonst hätte man sie als Dienstboten ausgeben können …«

»Sie könnten ihrer Herrin mit Palmzweigen Kühlung zufächeln«, sagte Ivy sarkastisch. »Dazu zog man auf Südstaatenplantagen schon die kleinsten Sklavenkinder heran.«

Rosamond lachte nervös. »Ich lasse euch dann mal allein. Und schicke gleich jemanden mit Scones und Milch für die Kinder …«

Madeleine stand allerdings bereits mit einem Tablett vor der Tür, als sie das Gartenhaus verließ.

»Nicht böse sein, Mummy«, bat sie ängstlich ihre Mutter. »Aber sie sind doch Gäste, und zu Gästen muss man höflich sein …«

Schon in den nächsten Tagen zeigte sich, dass man Ivys kleine Töchter nicht im Gartenhaus verstecken konnte. Dafür waren sie zu lebhaft – und auch Rosamonds Kinder spielten hier nicht mit. Das Verbot ihrer Eltern, Kontakt zu den neuen Kindern im Haus aufzunehmen, missachteten die Jungen vom ersten Tage an, wie sie Verbote ohnehin gern zu ignorieren pflegten. George und Richard waren wild wie eh und je, Ivy musste stets aufpassen, dass die Späße, die sie mit den kleinen Mädchen trieben, für Hope nicht gefährlich wurden. Wenn sie nur wenige Minuten ungeschützt in der Sonne war, während sie versuchte, den Bengeln ihren gestohlenen Hut abzujagen, konnte ihre Haut verbrennen. Nun hatte sie allerdings zwei Schutzengel. Madeleine, sonst ein gefügiges Kind, schlug ebenfalls über die Stränge. Sobald sie im Garten spielen durfte, stahl sie sich ins Gartenhaus und ließ Hope nicht mehr aus den Augen. Sie wurde nicht müde, mit ihren beiden Kusinen zu spielen, und versteckte sich mit ihnen vor ihren wilden Brüdern. Auch Ebony verteidigte ihre Schwester mit Zähnen und Klauen.

Am dritten Tag ihres Aufenthaltes beschwerte sich Rosamond entrüstet, das Kind habe Richard gebissen.

»Er hat angefangen«, erklärte Ebony lakonisch. »Er hat an meinem Zopf gezogen und wollte Hope ihren Schal wegnehmen.«

Ivy entschuldigte sich und versuchte, ihrer kampflustigen Tochter klarzumachen, dass man seinen Vetter trotzdem nicht beißen durfte.

»Du wolltest deine Kinder doch von ihnen fernhalten«, spottete sie Rosamond gegenüber. »Schließlich hast du von Anfang an befürchtet, dass meine Mädchen kein Umgang für deine drei Rangen sind. Wenn du das nicht schaffst, darfst du dich nicht wundern …«

Rosamond zog sich daraufhin wutschnaubend zurück.

Sanele, dem Ivy bei ihrem ersten Treffen am Bahnhof davon erzählte, musste trotz des Ernstes der Situation lachen. »Sie wird euch noch rauswerfen!«, drohte er, obwohl es unwahrscheinlich war, dass die Olden-Carmichaels einem Familienmitglied die Gastfreundschaft aufkündigen würden. Wer einmal in einem hochherrschaftlichen Haus zu Gast war, blieb im Allgemeinen, solange er wollte.

»Ich wusste ja, dass es nicht einfach wird«, meinte Ivy, nachdem Sanele seine Töchter umarmt und ihre Hand diskret gestreift hatte. Er führte seine Familie zu einem Bahnhofskiosk, wo er Tee und Limonade kaufte. Davor standen ein paar Tische und Stühle, auf denen man Platz nehmen und die hier erstandenen Erfrischungen zu sich nehmen konnte. Sanele lotste Ivy und die Kinder in den Schatten eines großen Gummibaumes, dessen ausladende Blätter ihnen sicheren Schutz boten – vor der Sonne und vor neugierigen Blicken. Sie nahmen an zwei dicht beieinanderstehenden Tischchen Platz und konnten sich nun endlich richtig ansehen und in Ruhe reden, während die Mädchen ein mitgebrachtes Puzzle legten. »Neben diesen Anfangsschwierigkeiten gibt es auch Gutes zu vermelden«, fuhr Ivy mit ihrer Erzählung fort. »Hope ist sicher auf diesem Anwesen. Das Gartenhaus liegt recht versteckt in einem riesigen Park. Und das Beste … Die Familie meiner Schwester zeigt noch immer ein gewisses Misstrauen, wenn nicht sogar Furcht gegenüber Afrikanern, wie damals, als sie bei uns lebten. Im Allgemeinen gibt sich so was ja, wenn die Leute ein paar Jahre im Land sind, aber Jeffrey und Rosamond scheinen weiterhin nichts von afrikanischem Hauspersonal zu halten. Bis auf die Köchin, die ihr Reich praktisch nie verlässt, sind alle Dienstboten Inder.«

»Wo kommen die denn her?«, fragte Sanele verblüfft.

Es gab zwar eine große Zahl indischer Einwanderer in Kenia, die in Mombasa und Nairobi eigene Stadtviertel bewohnten. Die meisten von ihnen waren jedoch im kaufmännischen Bereich tätig oder als Handwerker. Als Diener und Zimmermädchen verdingten sie sich selten, und wenn doch, stellten sie deutlich höhere Lohnforderungen.

»Das weiß ich nicht«, erwiderte Ivy, »vielleicht zahlen sie gut. Jedenfalls sprechen die Leute gut Englisch, sind sehr höflich und finden Hopes Aussehen zwar eigenartig, lehnen sie jedoch nicht ab und denken nicht daran, ihr etwas anzutun. Die *ayah*, das bedeutet Nanny, ist sogar ganz entzückt von ihr und Ebony. Sie ist großartig, eine Frau in mittleren Jahren, die schon eigene Kinder großgezogen hat. Mani, so heißt sie, hält Rosamonds Jungen unter Kontrolle, ist sehr liebevoll mit Madeleine und nimmt unsere zwei ganz selbstverständlich mit unter ihre Fittiche, ob das Rosamond nun gefällt oder nicht. Sie hat mir sogar angeboten, sie im Gartenhaus zu hüten, wenn ich von Jeffrey und Rosamond zum Dinner gebeten werde. Bislang habe ich die Teilnahme an den Abendmahlzeiten abgelehnt, weil ich die Mädchen nicht allein lassen wollte, aber auch nicht mit ins Haupthaus bringen darf. Heute Abend werde ich den Herrn des Hauses allerdings endlich begrüßen können, Mani wird auf die Kinder aufpassen.«

»Lass dich nicht provozieren«, warnte Sanele. »Wenn sie sticheln, lächle es weg.«

Er selbst hatte damit, wie wohl jeder afrikanische Dienstbote, langjährige Erfahrungen, doch für Ivy würde es schwierig werden, Demütigungen wegzustecken.

»Nun erzähl von dir!«, forderte sie ihren Mann auf. »Wie sieht es aus mit einer Stellung?«

Sanele seufzte. »Arbeit als Tagelöhner gibt es immer. Aber davon kann man keine Familie ernähren. Ich habe jetzt schon zweimal beim Be- und Entladen der Züge geholfen, da würden sie mich wohl anstellen. Ein ›Boy‹, der Listen abzeichnen und lesen kann, ist schließlich selten. Allerdings werden sie mir kaum viel mehr bezahlen als den anderen Arbeitern. Das kenne ich ja schon von Newland und den Tarltons.«

»Würden die dich nicht wieder anstellen?«, fragte Ivy. Die Safariveranstalter waren damals sehr zufrieden mit Sanele gewesen.

»Sofort«, antwortete ihr Mann. »Nur nicht mit der Garantie, in Nairobi zu bleiben. Ich müsste wieder Safaris begleiten, sie organisieren nach wie vor Jagdreisen und wissenschaftliche Exkursionen. Natürlich ist man heute nicht mehr wochenlang unterwegs wie zu der Zeit, als alles noch von Trägern transportiert wurde. Inzwischen haben sie Safarifahrzeuge und Lastwagen. Aber ein paar Tage ist man immer weg, und in einer afrikanischen Siedlung würde ich dich und die Mädchen nicht ohne Schutz allein lassen.«

Ivy griff unauffällig nach seiner Hand. »Liest du Stellenanzeigen?«

Er nickte. »Ich bewerbe mich. Als Hausdiener, in der Gastronomie, in Geschäften, als Buchhalter ... Aber entweder ist es lausig schlecht bezahlt oder sie wollen keine Afrikaner. Nun sind es ja erst ein paar Tage ... Gib die Hoffnung nicht auf, ich finde schon was.«

5

Ivy kleidete sich sorgfältig für das Abendessen mit Schwester und Schwager. Sie trug ein knielanges, an der Seite leicht gerafftes und damit die Taille andeutendes Kleid, mit großen blauen Blumen bedruckt und halblangen Ärmeln. Es entsprach der Mode und ließ daneben Rosamond in ihrem gerade geschnittenen Rock und dem spitzenbesetzten Oberteil etwas altbacken aussehen. Dazu legte sie ihren liebsten und wertvollsten Schmuck an, ein goldenes, fein ziseliertes Collier mit Tiermotiven, das ihr einst die Maharani von Rajasthan geschenkt hatte. Ihr Haar trug sie seit Langem kurz – das war modisch und praktisch, sie hatte früher Stunden gebraucht, um die Lockenpracht aufzustecken oder zu flechten.

Jeffrey Olden-Carmichael hatte sich stärker verändert als seine Frau. Er war deutlich auseinandergegangen und wirkte fast feist – strotzend vor Selbstzufriedenheit. Damit passte er in Rosamonds überladenes, mit schweren, viktorianischen Möbeln und Samtvorhängen eingerichtetes Esszimmer. Ivy begrüßte er mit dem unumgänglichen familiären Kuss auf die Wange und musterte sie dann streng.

»An deinem Auftreten musst du wohl noch nicht sparen«, bemerkte er. »Was mich etwas wundert, da du dich Rosamond gegenüber als ziemlich mittellos dargestellt hast.«

Ivy bemühte sich um das Sanele versprochene Lächeln, das allerdings ziemlich schief ausfiel. »In Anbetracht dessen, dass der neue ›Verwalter‹ unseres Besitzes mit Frauenkleidern nichts anzufangen weiß, durfte ich meine Garderobe behalten«, erklärte sie mit beißendem Spott. »Und natürlich hätten mein Gatte und ich uns durchaus eine Unterkunft leisten können, wenn auch keine hochherrschaftliche. Dass ich darum bat, eure Gastfreundschaft in Anspruch nehmen zu dürfen, hat andere Gründe. Ich denke, Rosamond wird sie dir erläutert haben.«

»Dein Gatte?«, blaffte Jeffrey. »Du denkst immer noch daran, an dieser … unpassenden Beziehung festzuhalten? Einer illegitimen obendrein, denn wie das Gericht entschieden hat, ist deine Ehe mit Adrian Edgecumbe noch gültig. Bestand nicht sogar der Vorschlag einer … äh … Wiedervereinigung in Schottland?«

Ivy ballte die Fäuste. »Adrian Edgecumbe«, erklärte sie beherrscht, »ist tot. Ich erwarte ein Wiedersehen mit ihm frühestens beim Jüngsten Gericht.«

»Ich dachte, es gäbe Augenzeugen?« Jeffrey ließ nicht locker.

Ivy zwang sich, gelassen zu bleiben. »Schottland ist für seine Gespenstergeschichten bekannt …«

Rosamond lachte nervös und tat dann das einzig Richtige. Sie reichte Ivy ein Glas Portwein – ein indischer Hausdiener hielt auf einem Tablett Aperitifs bereit – und wandte sich an ihren Gatten.

»Jeffrey, nun lassen wir doch dieses unerquickliche Thema und freuen uns einfach über Ivys anregende Gesellschaft. Ivy, du wirst noch viele Gelegenheiten haben, deine geschmackvolle Garderobe in angemessenem Rahmen zu präsentieren. Wir geben das Dinner nun sicher am 17. Juli, Jeffrey? Kann ich die Einladungen herausschicken?«

Jeffrey nahm sich einen Whiskey und nickte, sichtlich unwillig, von Ivy abzulassen, doch höflich genug, um sich seiner Frau zuzuwenden. Der Diener bat zu Tisch.

»Willst du diesen indischen Geschäftsmann tatsächlich dabeihaben?«, kam Rosamond, gleich als die Suppe serviert wurde, auf das Thema Dinner zurück. »Er ... wird nicht unangenehm auffallen?«

Jeffrey nahm einen weiteren Schluck Whiskey, bevor er sich auf die Vorspeise konzentrierte, und schüttelte den Kopf.

»Keinesfalls. Mr. Jeevanjee ist ein Gentleman. Sicher wird er dir gefallen, meine Liebe. Ach ja, als ich die Einladung aussprach, bat er mich, seine Nichten mitbringen zu dürfen. Sie erhielten eine exzellente Erziehung, meinte er, soweit das hier möglich sei, doch sie hätten selten Gelegenheit, sich in guter Gesellschaft zu bewegen.«

Rosamond nickte. »Ich werde sie dazubitten. Und dann vielleicht noch die Kormans? Oder die van der Velts? Wobei mir die meisten Leute des Happy Valley Sets etwas dubios erscheinen ...«

Das weitere Tischgespräch drehte sich um das Happy Valley Set, eine Gruppe von Aristokraten und Abenteurern, die für ihren dekadenten Lebensstil bekannt war. Die meisten von ihnen waren von Adel, alle waren reich – beides Gründe für die konservativeren Mitglieder der britischen Kolonie, zumindest gelegentlich gesellschaftliche Kontakte mit ihnen zu pflegen.

Ivy hatte von der Gruppierung nie gehört und beteiligte sich deshalb nicht an der Konversation. Sie trank in Ruhe ihren Wein, genoss das reichliche und sehr gute Essen und dachte an Sanele. Wo mochte er jetzt stecken? In einer billigen Pension, getrieben von Sorge um seine Familie? Bei der Lektüre von Stellenanzeigen, die sich nicht wirklich an Afrikaner richteten – die meisten Tagelöhner konnten schließlich nicht lesen. Die Situation erschien ihr ziemlich aussichtslos. Vielleicht hätten sie doch versuchen sollen, sich nach Tansania zu den Harpers durchzuschlagen oder nach England. Vielleicht hätten sie dort als Paar leben können, wenn auch in prekären Verhältnissen. Zumindest hätte in einer britischen Arbeitersiedlung niemand der kleinen Hope nach dem Leben getrachtet.

Sie verabschiedete sich früh und fand zumindest die Mädchen wohlversorgt in den Händen der Inderin Mani. Nachdem sie ihr gedankt und etwas Lohn gegeben hatte, ging sie gleich zu Bett und starrte durchs Fenster in den klaren afrikanischen Sternenhimmel. Er war so wunderschön – und Mond und Sterne schienen einander nicht ins Gehege zu kommen.

Warum nur waren die Menschen so zänkisch und kompliziert?

In den nächsten Wochen ergaben sich keine größeren Änderungen im Leben von Ivy, ihren Kindern und Sanele. Er verdiente Geld als Tagelöhner und legte kleine Summen zurück, um irgendwann ein Haus kaufen zu können, aber sie beide wussten, dass er dazu jahrelang würde sparen müssen.

Ende Juni berichteten die Zeitungen von der Wiedereröffnung von Edgecumbe Farm als Jagdresort. Einige der Blätter ließen es sich nicht nehmen, Ivys und Adrians Geschichte noch einmal breitzutreten, hielten sich aber in Bezug auf ihre Ehe mit Sanele zurück. Wahrscheinlich fanden sie das zu schockierend, um es ihren Lesern zuzumuten. Tatsächlich freuten sich die meisten über die erneute Umwandlung in ein Jagdresort und erinnerten begeistert an den Großwildjäger Adrian Edgecumbe, der das sicher begrüßt hätte – oder begrüßen würde, wäre es ihm möglich, zur Wiedereröffnung anwesend zu sein.

»Was für ein Eiertanz!«, rief Ivy ungehalten, als sie die Artikel las. »Den Journalisten ist völlig klar, dass Adrian tot ist, aber keiner wagt es, die Entscheidung des Gerichts kritisch zu hinterfragen.«

Einige wenige Gazetten äußerten immerhin ihr Bedauern darüber, dass in Kenia nun keine unblutigen Safaris mehr möglich sein würden. Ivys Geschäftsmodell war erfolgreich gewesen und hatte Kenias Angebote für den Fremdenverkehr bereichert. Jagdreservate gab es viele. *Der Markt mag hier sogar gesättigt sein*, schrieb eine der kritischeren Zeitungen. *Man wird sehen, ob der*

Name Edgecumbe genügt, um die Jäger erneut ins Kedong Valley zu locken.

»Ich hoffe, bei Rosamonds Dinner wird diese Neueröffnung nicht das große Thema sein …« Ivy seufzte. »Für mich wird das sowieso ein Spießrutenlauf, ich kenne die meisten Gäste von früher. Nicht gut, aber doch so, dass ich schon aus Höflichkeit ein paar Worte mit ihnen wechseln muss. Hoffentlich sprechen sie mich nicht auf die Sache mit den Edgecumbes an.«

»Lächle es weg«, riet Sanele erneut, obwohl er aussah, als verginge ihm gerade sein eigenes Lächeln.

Er hatte abgenommen, die Ringe unter seinen Augen wurden immer tiefer, und in seinem ebenmäßigen Gesicht zeigten sich erste Sorgenfalten. Er verriet Ivy nicht, wo er wohnte – wahrscheinlich hatte er sich in der letzten Spelunke eingemietet, um Geld zu sparen, und er arbeitete so viele Stunden am Tag, wie er eben konnte. Ivy fühlte sich des Drohnenlebens, das sie derweil führte, immer stärker schuldig. Auf dem Anwesen ihrer Schwester hatte sie nichts zu tun, außer ihren eigenen kleinen Haushalt zu führen, wobei ihr zudem Mani zur Hand ging. Die tatkräftige *ayah* hatte schnell erkannt, dass Ivy praktische Dinge der Haushaltsführung nicht lagen oder zumindest nicht vertraut waren. Kinderkleidchen ausbessern und plätten, kochen und putzen gingen ihr nicht leicht von der Hand, zu solchen Dingen hatte sie zeit ihres Lebens nur Anweisungen geben müssen. Sie nun selbst zu tun zeitigte eher mäßige Ergebnisse, und sie war dankbar, dass Mani das Haus jedes Mal sauber und ordentlich zurückließ, wenn sie am Abend kam, um die Kinder zu hüten. Oft stand dann sogar noch ein schmackhaftes indisches Gericht auf dem Herd. Ivy konnte der fleißigen Frau nicht genug danken.

Am Abend des großen Dinners erklärte Mani, sie würde nicht ins Gartenhaus kommen können. »Die Kinder Ihrer Schwester sind außer Rand und Band, ich muss aufpassen, dass sie sich nicht in die Gesellschaftsräume schleichen, um die Leute in ihren Abendtoiletten zu sehen. Wenn es Ihnen allerdings recht ist, nehme ich Hope und Ebony mit ins Kinderzimmer im Haus. Miss Madeleine kann mit ihnen spielen, da ist sie abgelenkt. Und die Memsahib wird nicht kommen, um die Kinder ins Bett zu bringen. Sie hat genug anderes zu tun.«

Ivy gab zu bedenken, dass Mani damit ein ziemliches Risiko einging – womöglich würde Rosamond sie feuern, wenn sie ihren Anweisungen, Ivys Kinder aus dem Haus zu halten, zuwiderhandelte. Die *ayah* war allerdings unbesorgt. Sie kannte ihre Memsahib, und sie war sich ihrer Stellung im Haus sicher. Es war nicht leicht, mit Richard und George zurechtzukommen, Rosamond hatte viele Kindermädchen vor ihr gehabt. So schnell würde sie Mani nicht entlassen.

»Und sonst spielt Miss Madeleine eben Verstecken mit den Kleinen«, sagte Mani und zwinkerte Ivy wissend zu.

Madeleine nahm die Kinder oft mit in Gartenbereiche, in denen sie auch mal auf ihre Eltern treffen konnte. Dann stieß sie nur einen kurzen Pfiff aus, und Hope und Ebony duckten sich hinter Bäume und Büsche. Die Kleinen amüsierten sich königlich bei diesem Spiel.

»Du hilfst mir damit jedenfalls sehr«, versicherte Ivy. »Ansonsten könnte ich nicht an der Gesellschaft teilnehmen, und ich glaube kaum, dass Rosamond und Jeffrey das besonders begeistert aufnehmen würden. Ich fürchte, ich gehöre zu den Attraktionen. Die Gäste werden wissen wollen, wie ich mit den Entwicklungen rund um Edgecumbe Farm zurechtkomme.«

Ivy war entschlossen, sich auf keinen Fall eine Blöße zu geben, und bemühte sich um ein besonders elegantes und distinguiertes Auftreten in einem dunkelblauen, körperbetonten Samtkleid mit breitem, auf der Hüfte liegenden Gürtel. Wieder trug sie den Schmuck der Maharani und ein barettförmiges Hütchen auf dem kurzen, bauschig frisierten Haar. Die Gäste streiften sie mit bewundernden Blicken, und während man noch im Empfangsbereich stand und Champagner trank, näherten sich ihr auch schon die ersten Bekannten und stellten mehr oder weniger diskrete Fragen. Ivy lächelte, bis ihre Züge fast verkrampften, doch dann trat ein fülliger, freundlich wirkender älterer Herr auf sie zu. Der Turban, den er zu seinem westlichen Abendanzug trug, sowie seine etwas dunklere Haut wiesen ihn als Inder aus.

»Mrs. Ivory Edgecumbe?«, sprach er sie freundlich an. »Mein Name ist Alibhai Mulla Jeevanjee. Ich bin Kaufmann in Nairobi. Und Ihr Tischherr, wie es aussieht.«

Er war wohl, wie viele andere Gäste, an der gedeckten Tafel entlanggegangen, um sich über die ihm zugewiesene Tischdame zu informieren.

Ivy schenkte Mr. Jeevanjee ein etwas entspannteres Lächeln. »Wie schön. Meine Schwester hat von Ihnen gesprochen. Sie wollten Ihre Nichten mitbringen?«

Über das Gesicht des Kaufmanns ging ein Strahlen. »Oh ja, Esha und Davita. Da drüben sind sie, bei der Gastgeberin. Sie sind ein wenig schüchtern ...« Ivy blickte hinüber und erkannte zwei bildhübsche Mädchen in westlichen Abendkleidern, die nur sehr entfernt an Saris erinnerten. Eine Schneiderin musste hier äußerst elegant den Bogen zwischen den beiden Kulturen geschlagen haben. Das Kleid der einen war goldfarben und passte wunderbar zu ihren hellbraunen Augen. Die andere, wohl die Jüngere, trug ein dunkelrotes Kleid, das ihren goldfarbenen Teint glänzen ließ. Beide hatten ihr schweres schwarzes Haar aufgesteckt, doch wer das gemacht hatte, war nicht sehr geschickt vorgegangen. Ivy befürchtete, dass sich die Strähnen im Laufe des Abends lösen würden. »Die zwei haben nicht oft Gelegenheit, an gesellschaftlichen Anlässen teilzunehmen«, erklärte Mr. Jeevanjee. »In der indischen Gemeinde ist es nicht üblich, Mädchen oder Frauen einzubeziehen, sie sind ans Haus gebunden. Aber wir leben hier in einer vielfältigen Gesellschaft, ich möchte, dass meine Nichten darin bestehen können. Gleichzeitig will ich sie ihrer Kultur nicht völlig entfremden und die indische Gesellschaft schockieren, indem ich sie zum Beispiel an Bällen teilnehmen lasse …«

Ivy nickte. Es war ein Tanz auf dem Drahtseil. Wieder dachte sie an Ranjana, die Maharani, die mit ihrem viel älteren Gatten auf Edgecumbe Farm zu Gast gewesen war. Auch sie hatte man so erzogen, dass sie Englisch sprach und Konversation zu machen verstand. Doch schon das ungewohnte Essen beim förmlichen Dinner hatte sie überfordert, und hätte Ivy nicht eingegriffen, hätte sie während des Jagdausflugs ihres Gatten das Zelt überhaupt nicht verlassen. Sie beschloss, ihrem freundlichen Tischnachbarn von Ranjana zu erzählen, und hatte seine volle Aufmerksamkeit.

»Ja, ich hörte davon«, meinte er. »Also damals, als der Maharadscha sie zur Frau nahm. Sie war erst vierzehn oder fünfzehn Jahre alt, ich möchte meine Nichten ungern so früh verheiraten. Wenn allerdings ein Maharadscha anfragt …«

Ivy lächelte traurig. »Auch ich bin von Adel«, sagte sie. »Und zweifellos hätten meine Eltern nicht gezögert, hätte der Kronprinz um meine Hand angehalten. Aber darauf hat er zum Glück verzichtet … obwohl mir ein Königreich versprochen wurde …«

Die letzten Worte waren ihr herausgerutscht, sie bezogen sich auf Adrians Werben um ihre Hand bei ihrem Vater. Die ungeheure Weitläufigkeit der Farm waren diesem wie ein Königreich erschienen, und Adrian hatte versprochen, es Ivy zu Füßen zu legen.

Der Inder hatte ausreichend Taktgefühl, nicht nachzufragen. Er reichte Ivy nun galant den Arm, um sie zu Tisch zu führen. Zu ihrer beider Freude hatte man Esha und Davita ihnen gegenüber platziert. Ivy schätzte Esha auf etwa fünfzehn Jahre, Davita auf höchstens siebzehn. Die jungen Mädchen lächelten befangen und schauten hilflos auf die fein gedeckte Tafel. Die vielen Messer, Gabeln und Löffel schienen sie zu verwirren. Ivy lächelte ihnen zu.

»Ihr habt eine englische Gouvernante?«, erkundigte sie sich.

Wenn jemand seinen Töchtern – oder Nichten wie in Mr. Jeevanjees Fall – erstklassiges Benehmen vermitteln wollte, war es üblich, eine Britin – oft schon etwas älter und möglichst von Adel – einzustellen, um sie zu schulen.

Beide schüttelten den Kopf, Davita antwortete. »Leider nicht, unser Onkel hat keine gefunden, die in Little India leben wollte.«

»Dabei haben wir ein sehr schönes Haus«, ergänzte Esha.

»Wir gehen zweimal in der Woche zu Mrs. Leesham«, sprach Davita weiter.

»Sie ist Witwe«, sagte Esha. »Ihr Mann war Kapitän.«

Ivy runzelte fast unmerklich die Stirn. Eine Kapitänswitwe, die feine Lebensart unterrichtete? Es erschien ihr etwas seltsam, auch dass die Dame keine Lady war.

»Ich hoffe, ich tue da das Richtige«, bemerkte Mr. Jeevanjee, »doch Mrs. Leesham war die Einzige, die sich auf meine Anzeige meldete. Es gibt wohl nur wenige alleinstehende Damen in Nairobi, die eine Stellung benötigen.«

Das konnte Ivy bestätigen. Die meisten Damen kamen mit ihren Gatten nach Kenia und reisten mit diesen wieder ab, wenn deren Regierungsamt oder die Stellung in der Verwaltung erlosch. Natürlich kamen auch Siedler, mitunter ebenfalls gebildet oder von Adel, allerdings behielten nur wenige Frauen ihre Farmen, wenn ihr Mann plötzlich verstarb. Falls doch, so bewirtschafteten sie die Kaffee- oder Kakaoplantagen selbst weiter und brauchten keine zusätzlichen Einkünfte.

Die Diener servierten jetzt die erste Vorspeise – Roastbeef mit dreierlei Saucen – und Esha und Davita schauten ratlos auf die Besteckansammlung neben ihren Tellern. Ivy beschloss zu helfen.

»Das Silber ist wirklich hinreißend«, lobte sie das Design der

Aussteuer ihrer Schwester und griff demonstrativ nach der ganz außen liegenden Gabel und dem kleinen, aber für das Zerteilen des Roastbeefs ausreichend scharfen Messer. Die Mädchen taten es ihr aufatmend nach und spießten einigermaßen geschickt kleine Stücke Fleisch auf ihre Gabeln. Es schien ihnen wenig zu munden, aber Mrs. Leesham hatte wohl den Lehrsatz »Was auf den Tisch kommt, wird gegessen« vermittelt, und so kauten die Mädchen tapfer.

Ivy schmeckte es gut, doch um Esha und Davita zu zeigen, dass dies nicht verboten war, ließ sie einen Teil ihrer Portion auf dem Teller liegen.

Davitas Tischherr, ein junger Mann aus einer britischen Kaufmannsfamilie, begann, ein wenig Konversation mit ihr zu betreiben, und Davita bemühte sich, zu antworten und zu lächeln. Es ging um das Wetter, er sprach von der augenblicklich herrschenden Trockenheit und den Schäden, den die letzte große Regenzeit am Anwesen seiner Eltern angerichtet hatte. Der junge Mann fragte, ob es so etwas auch in Indien gebe, und Davita erzählte vom Monsunregen. Eshas Tischherr erwartete von ihr keine Beteiligung am Gespräch. Er erzählte unablässig von seinem Internat in England. Zurzeit war er zu Besuch bei seinen Eltern, einem Farmerehepaar.

»Mein Onkel wurde auch in England erzogen«, gab Esha kund und konnte sogar die Schulen benennen, die er besucht hatte. So war das Gelingen des Gesprächs sichergestellt.

Ivy fand, dass die jungen Frauen sich sehr gut schlugen – obwohl sie nicht ausreichend auf ihren Auftritt in der vornehmen Gesellschaft vorbereitet waren.

Mr. Jeevanjee seinerseits erwies sich als angenehmer Gesprächspartner. Er berichtete von seinen Geschäften und seinen Reisen, auch von einer Safari, an der er einmal teilgenommen hatte. Er war allerdings weder ein guter noch begeisterter Jäger und erklärte, die Beobachtung der Tiere mehr genossen zu haben als die Jagd.

Ivy schloss daraus, dass er ihre Geschichte kannte. Er sprach sie jedoch nicht darauf an, was sie als sehr angenehm empfand. Dazu erzählte er von seinen erwachsenen Söhnen und seinen Nichten, die er nach dem tragischen Unfalltod ihrer Eltern in seiner Familie aufgenommen hatte und sehr liebte.

»Haben Sie ebenfalls Kinder?«, fragte er Ivy freundlich, als schließlich das Dessert serviert worden war.

Da nur noch ein kleiner Löffel und eine Gabel vom Besteck übrig waren, griffen Esha und Davita beherzt zu und zerteilten ihre Schokotörtchen mit Mandelmus recht geschickt, wohlwollend beobachtet von Ivy und ihrem Onkel.

Ivy beschloss, mit ihren Familienverhältnissen nicht hinter dem Berg zu halten. »Zwei Töchter«, erklärte sie, doch bevor sie weitersprechen konnte, machten Jeffrey und Rosamond Anstalten, die Tafel aufzuheben. Kaffee und Liköre würden im Empfangsraum an kleineren Tischen gereicht werden, an denen sich die Gäste beliebig platzieren konnten.

Ivy und Mr. Jeevanjee erhoben sich gemeinsam, gewillt, ihr Gespräch im Nebenraum fortzusetzen. Nun gesellte sich jedoch Rosamond zu ihnen, die Gastgeberin machte selbstverständlich die Runde, um mit jedem ihrer Gäste zumindest kurz zu plaudern. Ivy und Mr. Jeevanjee machten ihr Komplimente für das vorzügliche Dinner, der indische Geschäftsmann lobte die hervorragend ausgebildete Dienerschaft.

»Gutes Personal ist so schwer zu finden«, erklärte er seufzend.

Rosamond stimmte ihm zu, sie erinnerte Ivy dabei an eine zufrieden schnurrende Katze. »Es ist nicht wie in England«, sagte sie, »wo man einfach per Annonce nach geschulten Kräften sucht. Hier muss man sich die jungen Leute selbst erziehen …«

»Was Zeit und Kenntnisse voraussetzt«, bemerkte Mr. Jeevanjee. »Einem großen Haushalt westlicher Orientierung vorzustehen ist nicht leicht, neben meiner Arbeit kann ich unmöglich Bedienstete schulen. Meine Gattin ist sehr traditionell indisch erzogen, sie wüsste nicht, wie man das anstellt ... Leider ist sie heute nicht hier, sie fühlt sich nicht wohl.«

»Vielleicht bräuchten Sie einen Butler«, sagte Rosamond. »Oder eine Hausdame.«

Der Inder nickte. »Einen Butler suche ich händeringend, aber locken Sie mal einen englischen Butler nach Kenia, noch dazu in einen Haushalt in Little India ...«

Ivory horchte auf. Sollte sich hier eine Chance für Sanele auftun?

»Mr. Jeevanjee«, begann sie, als Rosamond sich in Richtung der nächsten Gästegruppe entschuldigt hatte. »Ich ...«

»Schauen Sie mal, was ich gefunden habe!« Die dröhnende Stimme von Mrs. Summers, einer couragierten Farmersfrau, übertönte die Gespräche der Gäste. Sie betrat eben die Gesellschaftsräume, nachdem sie wohl das Bad besucht hatte, und hielt ein kleines Mädchen im weißen Spitzennachthemdchen an der Hand. »Das kleine Ding hier sucht seine Mummy. Wo sind denn wohl Ihre Dienstbotenunterkünfte, Lady Olden-Carmichael?«

Ebony liefen zwar die Tränen übers Gesicht, doch ihre wachen Augen entdeckten Ivy sofort, als sie den Blick einmal über die Gesellschaft schweifen ließ.

»Mummy!« Das kleine Mädchen riss sich los und hing bereits am Hals der erschrockenen Ivy, bevor Rosamond etwas sagen konnte. »Ich bin ... ich bin aufgewacht und musste mal, und dann hab ich mich verlaufen ... und alles war so dunkel ... aber hier war Musik, da bin ich hingegangen, und dann hat mich die Frau mitgenommen.«

Ebony vergrub ihr verweintes Gesichtchen im weichen Stoff von Ivys Abendkleid.

Rosamond errötete. Ihr fiel erkennbar nichts ein, wie sie die Anwesenheit des afrikanischstämmigen Kindes in ihrem Haus erklären sollte.

Ivy übernahm es so selbstverständlich wie möglich. »Vielen Dank, Mrs. Summers, dass Sie sich meiner Tochter angenommen haben. Meine Kinder durften die Nacht im Kinderzimmer verbringen, damit ich ungestört bin, aber die Weitläufigkeit des Hauses hat sie wohl überfordert … Warum hast du denn Mani nicht geweckt, Ebony?« Sie wandte sich an ihre Tochter.

Rosamond erwachte wieder zum Leben. »Bring auf der Stelle das Kind hier raus, Ivory! Das ist ein Skandal …« Sie wandte sich an ihre Gäste. »Ich muss mich bei Ihnen allen entschuldigen …«

»Aber ein sehr niedlicher Skandal«, meinte Mrs. Summers. »Das ist wirklich Ihre Tochter, Mrs. Edgecumbe? Wir hörten …«

Sie schwieg erschrocken, gab sie damit doch zu, über Ivory und Sanele geredet zu haben. Einige weitere Damen zeigten sich ebenso interessiert. Ebony stand plötzlich im Mittelpunkt der Aufmerksamkeit – wobei nur Eshas und Davitas Begeisterung ehrlich gemeint zu sein schien. Sie fanden Ebony süß und konnten ihre Tränen gar nicht schnell genug trocknen. Ein paar Pralinés trugen dazu bei, dass die Kleine gleich wieder lachte.

»Das ist meine Tochter aus meiner inzwischen durch Gerichtsbeschluss annullierten zweiten Ehe«, gab Ivory Auskunft. »Ich werde sie gleich wieder ins Bett bringen …«

»Bitte, lassen Sie die Kleine noch bleiben!«, rief Esha.

Sie und Davita interessierten sich weit mehr für das kleine Mädchen als für die gestelzten Unterhaltungen mit den anderen Gästen, denen sie sich bislang wohlerzogen gewidmet hatten. Ivory wusste nicht recht, wie sie darauf reagieren sollte. Auf keinen Fall wollte sie weitere Auskünfte über Ebonys Anwesenheit oder gar Abstammung geben, doch sich jetzt Richtung Kinderzimmer zu stehlen und dem Gerede über sie damit das Feld zu überlassen erschien ihr auch nicht die richtige Strategie.

Zum Glück erschien nun die sichtlich aufgewühlte Mani, die ihren Schützling endlich vermisst und wohl in zunehmender Panik gesucht hatte. Rosamond fuhr wutschnaubend auf sie los, erinnerte sich jedoch rechtzeitig daran, dass man die Sache besser nicht zu sehr aufbauschte.

»Wir sprechen uns noch!«, raunte sie der Kinderfrau also nur zu, die Ebony unter Entschuldigungen wieder an sich nahm.

»Tut mir so leid, Memsahib … Miss Ivy …« Auch sie war errötet.

Ivy winkte ab. »Ebony ist leider schon eine sehr selbstständige junge Dame«, sagte sie. »Sie wollte einfach niemanden wecken, und schon war sie verlorengegangen. Aber jetzt ist ja alles wieder gut. Sag auf Wiedersehen zu Esha und Davita, und bedank dich noch einmal bei Mrs. Summers …«

Ebony knickste artig und verschwand dann an der Hand der Kinderfrau.

Rosamond warf Ivy einen wütenden Blick zu. »Ich hatte es mir ausdrücklich verbeten«, zischte sie. »Wenn Jeffrey dieser Auftritt zu Ohren kommt … Das wird Folgen haben!«

Jeffrey hatte sich mit einigen anderen Gentlemen ins Herrenzimmer zurückgezogen, um Zigarren zu rauchen.

»Von meinen Kindern weiß doch sowieso jeder«, begütigte Ivy ihre Schwester.

Die anderen Gäste hatten ihre Gespräche wieder aufgenommen, und es war leicht zu erraten, worum es dabei ging.

»Nein«, bemerkte Mr. Jeevanjee, der Ebonys Erscheinen mit einem Ausdruck zwischen Befremden und Belustigung verfolgt hatte, »ich weiß nichts von ihnen. Ihr Mann war doch dieser Großwildjäger, Adrian Edgecumbe, nicht wahr? Der im Krieg verschwand und jetzt irgendwo wieder aufgetaucht sein soll. Ihre Kinder mit ihm müssten inzwischen viel älter sein …«

Ivory rieb sich die Stirn. Jetzt musste sie doch die ganze Geschichte erzählen. Andererseits hatte sie ihm sowieso von Sanele berichten wollen.

»Ich habe ein zweites Mal geheiratet«, erklärte sie. »Unter meinem Stand, wie Ihnen hier zweifellos jeder bestätigen würde. Mein Mann ist Afrikaner, vom Stamm der Zulu. Er ist allerdings in einem britischen Haushalt aufgewachsen. Und er ist gelernter Butler …«

Die Schwester seiner Frau verdarb Jeffrey Olden-Carmichael am nächsten Morgen gründlich seinen großen Auftritt. Noch in der Nacht war er mit Rosamond übereingekommen, dass sie ihre missratene Verwandtschaft aller Gastfreundschaft zum Trotz aus dem Haus zu weisen gedachten. Er hatte vorgehabt, seiner Schwägerin das gleich mit großer Geste mitzuteilen. Nun traf sie ihn allerdings noch im Schlafrock an, denn sie suchte ihn und seine Frau sehr früh auf, um mit ihnen zu reden. Ein wenig, so befand er, untergrub das seine Autorität.

»Du hast uns gestern zum Spott unserer Gäste gemacht«, begann er nichtsdestotrotz mit scharfer Stimme. »Wir gedachten, dich vorsichtig wieder in die Gesellschaft einführen zu können … Zumindest so, dass du dich nicht verstecken musst.«

Ivory winkte ab. Sie trug ein einfaches graues Kleid und einen fliederfarbenen Schal. Es sah aus, als plante sie einen Ausgang.

»Vielen Dank für die Mühe«, antwortete seine Schwägerin steif. »Aber ich habe nun einmal zwei Kinder, die könnt ihr nicht wegdenken, egal, was euch mich betreffend vorschwebt. Doch es hat sich sowieso erledigt. Sofern nicht alles schiefgeht, werden wir in kürzester Zeit ausziehen. Sanele soll sich bei Mr. Jeevanjee als Butler vorstellen. Wenn die beiden sich einig werden, wird er uns ein Haus in Little India vermitteln. Also nochmals: Vielen Dank für eure Gastfreundschaft!«

Er wollte etwas antworten, doch seine Frau kam ihm zuvor.

»Ihr werdet auch dort anecken«, prophezeite Rosamond. »Solche wie ihr sind nirgends gern gesehen.«

Ivory sah ihre Schwester unbewegt an. »Dann muss das eben so sein. Aber vorerst erscheint es mir als die beste Lösung.«

Damit wandte sie sich majestätisch zum Gehen.

Ivy wäre am liebsten vor Freude gesprungen. Endlich, endlich würde sie wieder mit Sanele zusammen sein.

6

Jodhpur, Rajasthan, 1928

»Guten Morgen, Ranjana!«

Naeku weckte ihre geliebte Freundin mit einem sanften Kuss in ihr Haar, das sie am Abend zuvor zu einem lockeren Zopf geflochten hatte. Es war noch sehr früh, doch eine der anderen Dienerinnen, die bald kommen mussten, um die Maharani anzukleiden, sollte auf keinen Fall herausfinden, dass Naeku in deren Bett geschlafen hatte. Meistens schlich sie sich bereits nachts hinaus, sobald Ranjana schlief, doch mitunter verloren sie sich in einer zärtlichen Umarmung und schliefen darüber ein. Es waren stets schöne Nächte, in denen sie beide ihre Ängste und ihre Einsamkeit vergaßen. Naeku glaubte deshalb nicht, dass es etwas Schlechtes war, was sie taten, es war dennoch sicher besser, es geheim zu halten.

»Guten Morgen, meine Sonne«, grüßte Ranjana sie mit ihrer sanften, singenden Stimme. Der Name Naeku, das hatte sie gleich in den ersten Tagen erfragt, bedeutete »geboren bei Sonnenaufgang«. »Wird es ein schöner Tag?«

Naeku – offiziell war sie die Erste Dienerin der Maharani – löste sich von ihr, stand auf und öffnete die Tür, die von den Räumlichkeiten der Maharani aus in ihren tropischen Garten führte. Die Sonne ging eben auf.

»Ein jeder Tag mit dir ist ein schöner Tag.« Naeku lächelte, sie meinte es ehrlich. Sie konnte sich an Ranjanas Schönheit nicht sattsehen, doch auch davon abgesehen war sie gern mit der jungen Frau zusammen. In den Jahren, seit sie ihren Stamm in Afrika verlassen hatte, um für Ranjanas zahme Leopardin Desna zu sorgen, hatte sie unendlich viel gelernt, war selbstsicher und wortgewandt geworden. Selbstsicherer und wortgewandter als die zurückhaltende Maharani selbst. Naeku war es oft, die für sie sprach, wenn Ranjana irgendeinen Wunsch nicht zu äußern oder einen Diener nicht zu tadeln wagte. »Möchtest du gleich aufstehen, oder soll ich dir den Tee im Bett servieren?«, fragte Naeku.

Ranjana räkelte sich. »Ich würde ihn gern mit dir im Bett nehmen … Wäre das nicht schön? Ohne sich zu verstecken? Einfach so … als … als wärest du mein Mann?«

Naeku lachte. »Der Maharadscha würde mich hinrichten lassen, wenn ich ein Mann wäre und er mich mit dir im Bett ertappen würde, selbst wenn wir dort nur Tee tränken.«

Der Maharadscha liebte seine junge Frau sehr und las ihr jeden Wunsch von den Augen ab. Es war auf sein Verlangen hin geschehen, dass Ivy Edgecumbe ihr nach einer Safari in Kenia vor dem Weltkrieg ein Leopardenjunges schenkte, das Ranjana dort so große Freude gemacht hatte. Als Ivy die Bitte mit dem Argument ablehnen wollte, das kleine Tier brauche noch spezielle Pflege, hatte er Naekus Familie kurzerhand einen fürstlichen Brautpreis für das damals dreizehnjährige Mädchen bezahlt und es als Betreuerin der Raubkatze mit nach Indien genommen. Naeku und Ranjana hatten sich gleich gut verstanden, und über die Jahre war ihre Beziehung immer inniger geworden. Den Maharadscha hatte Ranjana dagegen nie geliebt – obwohl sie ihm größte Achtung entgegenbrachte und nie einen anderen Mann außer ihm auch nur angesehen hätte. Ihr fülliger Gatte, der schon in den Sechzigern war, konnte für die weniger als halb so alte Ranjana nicht attraktiv sein – im Gegenteil, noch immer bereitete das Zusammensein mit ihm der zarten jungen Frau mehr Schmerz als Vergnügen. Naeku fragte sich, ob das der Grund dafür sein konnte, dass Ranjana bislang kein Kind von ihm empfangen hatte. Dem Maharadscha machte das nichts aus, er hatte Söhne aus seiner ersten Ehe.

Naeku kleidete sich rasch an. Sie trug Saris – sehr schöne, Ranjana hatte ihr mannigfaltige zum Geschenk gemacht. Ihr Haar lang wachsen zu lassen wie das der Inderinnen hatte die junge Massai jedoch nach einiger Zeit aufgegeben. Es war zu kraus dafür. Sie trug es streichholzkurz, was ihre edle Kopfform und ihre klaren, majestätischen Gesichtszüge hervorhob. Auf ihre Art war Naeku eine ebenso schöne Frau wie die Maharani, doch sie brauchte keine Angst davor zu haben, mit irgendjemandem verheiratet zu werden. Sie gehörte Ranjana – mit Körper und Seele.

»Steht heute irgendetwas an?«, fragte Ranjana. »Muss ich irgendetwas … machen?«

Ranjana hatte gelegentlich Repräsentationspflichten an der Seite ihres Gatten, die waren in Indien allerdings wesentlich seltener als in westlichen Königreichen. Meist fand sich für sie nichts anderes zu tun, als ihre Schönheit zu pflegen – wozu mannigfaltige Dienerinnen beitrugen, die sie badeten und ihre Haut ölten, sie ankleideten und ihre Gesichtszüge durch ein wenig Farbe betonten – und in den Gärten zu flanieren, mit Desna zu spielen oder sich ihrem Steckenpferd, dem Entwerfen von Schmuck und Kleidung, zu widmen.

»Der Maharadscha empfängt den Kronrat«, erklärte Naeku. »Sie werden darüber debattieren, wie mit den neuesten Forderungen der Briten umzugehen ist …«

Rajasthan war ein sogenannter Fürstenstaat, der trotz der britischen Herrschaft in Indien über beträchtliche Möglichkeiten zur Selbstverwaltung verfügte. Natürlich sollte die Herrschaft des Maharadschas möglichst in Harmonie mit den Besatzern einhergehen, was mitunter diplomatische Winkelzüge nötig machte.

»Dann werde ich ja nicht gebraucht«, sagte Ranjana aufatmend.

»Aber ich stehe trotzdem auf. Du kannst mich ankleiden, lass die anderen Dienerinnen einfach noch schlafen. Wir nehmen den Tee bei Desna im Garten …«

Ranjana hatte es am liebsten, wenn ihre zahme Leopardin in ihrem Zimmer schlief, doch viele ihrer Bediensteten hatten Angst vor ihr, und auch der Maharadscha zog es vor, seine Gattin bei seinen wöchentlichen Besuchen nicht Auge in Auge mit einer ausgewachsenen Raubkatze zu lieben.

Während Ranjana aufstand, suchte Naeku einen schlichten Sari heraus und drapierte den Seidenstoff geschickt um den schmalen Körper ihrer Herrin und Freundin. Sie löste Ranjanas Zopf und wand ihr hüftlanges, schweres Haar im Nacken zu einem Knoten, über den sie einen leichten Schleier legte. Ranjana wählte den Schmuck aus, den sie an diesem Tag tragen wollte, doch als Naeku das Collier in ihrem Nacken schließen wollte, brach der Verschluss.

»Ach, das ist ärgerlich«, bemerkte Ranjana und suchte in ihrer Schmuckschatulle nach einem passenden Ersatz. »Du musst dringend zum Goldschmied, wir haben fast keine heilen Stücke mehr … Ahmed fertigt wunderbaren Schmuck, nur mit den Verschlüssen macht er irgendetwas falsch … Hier, der Ohrring ist auch zerbrochen.«

»Es wäre zudem mal wieder Zeit für eine Reinigung«, stimmte Naeku ihr zu. »Er könnte die Schmuckstücke reparieren und gleich polieren. Soll ich heute in die Stadt gehen? Sonst hast du kaum noch etwas, das du anlegen kannst, wenn die Briten das nächste Mal zum Dinner laden.«

Es waren meistens Würdenträger der Kolonialverwaltung, die den Maharadscha gemeinsam mit seiner Gattin einluden – oft zu Wohltätigkeitsveranstaltungen oder wenn ein Mitglied des britischen Königshauses Indien besuchte.

Ranjana nickte und ließ sich erst mal mit einer schlichten Kette und passenden Ohrringen schmücken. Zuletzt umrahmte Naeku ihre Augen mit Kajal, zog das Bindi, das Kastenzeichen zwischen ihren Augen, nach, und Ranjana schlüpfte in Sandalen. Naeku läutete einer Hausdienerin und bat sie, ein Frühstück für die Maharani in den Garten zu bringen. Dann geleitete sie ihre Freundin hinaus zu Desnas großem Gehege. Die Leopardin, die eben noch an ihrem eigenen Frühstück, einer halben Ziege, genagt hatte, ließ das Futter sofort liegen und lief auf ihre Besitzerin zu. Sie gab brummende Laute von sich, als Ranjana und Naeku sie freiließen und streichelten, und folgte ihnen wie ein Hund in den Garten, wo eine Dienerin eben das Frühstück servierte. Zum Glück war es eines der Mädchen, die sich nicht vor Desna fürchteten, doch dazu bestand auch kein Grund. Desna machte es sich gleich zu Füßen ihrer Herrin gemütlich, und Naeku bewunderte wie jeden Tag das anmutige Tier und die wunderschöne Frau, mit denen sie ihr Leben teilen durfte.

Während ihrer Kindheit in Kenia hätte sie sich das nie träumen lassen. Für ein Massai-Mädchen stand der Werdegang fest: Es musste der Mutter im Haushalt und bei der Versorgung der Tiere helfen, die Männer des Stammes kümmerten sich lediglich um die Rinder. Die Arbeit mit Ziegen und Schafen sowie die Feldarbeit oblag den Frauen. Irgendwann wurden die Mädchen dann verheiratet, meist schon mit dreizehn oder vierzehn Jahren, und nicht etwa an einen selbst gewählten Mann. Die Väter des Stammes gaben ihre Töchter demjenigen, der die meisten Rinder als Brautpreis für sie zahlte.

Naeku hatte nie gehofft, sich dem entziehen zu können, doch als aufgewecktes Mädchen hatte sie neben ihrer Arbeit täglich die Missionsschule der Schwestern vom Kostbaren Blut besucht und sich ein wenig mit Ivy Edgecumbe angefreundet, der Frau des Bwana, auf dessen Land die Massai ihre Rinder zu bestimmten Jahreszeiten weiden lassen durften. Naeku war das Lernen leichtgefallen, sie hatte mit dreizehn schon gut Englisch gesprochen und lesen und schreiben können. Die Schwestern hätten sie gern zur Universität geschickt, doch ihr Vater hatte andere Pläne gehabt. Naeku sollte für den Gegenwert von vierzig Rindern die vierte Frau eines alten Mannes werden. Der Maharadscha, die Maharani sowie ihre Gönnerin Ivy, die das Ganze gemeinsam mit den Ordensschwestern geplant hatte, hatten sie gerettet. Naeku würde ihnen ewig dankbar sein.

Sie und Ranjana tranken Tee und spielten ein wenig mit Desna. Dann begaben sie sich, gefolgt von der Leopardin, wieder in Ranjanas Gemächer, und die Maharani wählte den Schmuck aus, den Naeku zum Goldschmied bringen sollte. Sie füllte fast all ihre Juwelen in ein Säckchen, das Naeku in ihrer Choli, dem traditionellen Oberteil zum Sari, versteckte.

»Soll ich dir einen Wachmann mitgeben?«, fragte Ranjana besorgt.

Naeku schüttelte den Kopf. »Wer sollte bei mir solche Kostbarkeiten erwarten? Und so weit ist es ja nicht.«

Sie schlang rasch einen Schleier um ihren Kopf und verließ die Gemächer der Maharani. Im Palast – er war Teil der weitläufigen Festung Meherangarh – herrschte reges Treiben. Dienstboten waren mit dem Reinemachen beschäftigt, Waren für die Küche wurden angeliefert, reich gekleidete Herren warteten auf die Audienz beim Maharadscha. Von Naeku nahm niemand Notiz, auch nicht, als sie den Palast verließ und die lange, sich windende Straße zur Stadt hinunterlief. Hier waren viele Dienstboten zu Fuß unterwegs, außerdem Automobile und Sänften, in denen sich Würdenträger und Verwaltungsbeamte in den Palast hinaufbefördern ließen.

Naeku ließ sich durch die bevölkerten Straßen von Jodhpur, der Hauptstadt von Rajasthan, treiben. Es wimmelte von Pferdekarren und Automobilen, Kamele trugen Lasten, Esel zogen Gemüse zum Markt, geführt von Bauern aus dem Umland. Auf den Plätzen versuchten Feuerspeier und Jongleure, Schlangenbeschwörer und

Wahrsagerinnen Müßiggänger zu unterhalten, Frauen in bunten Saris und Schleiern trugen ihre Einkäufe auf dem Kopf. Straßenhändler und Wasserverkäufer priesen ihre Waren an, und überall standen Kühe, offenbar erfüllt von der Würde ihrer Heiligkeit. Immer wieder hielten Leute ihnen frisches Gras hin, das sie extra für die Tiere kauften, um sich damit die Gunst der Götter zu sichern. In Konkurrenz zu den Rindern hielten auch Sadhus – heilige Männer – und Sanyasin, orangerot gekleidete Mönche, den Passanten ihre Bettelschalen hin. Sie alle wurden bedacht, schließlich diente jedes Almosen der Verbesserung des Karmas, was den Hindus wichtig war. Nur ein gutes Karma erlaubte die Wiedergeburt in einer besseren Existenz, man strebte nach spirituellen, aber auch weltlichen Vorteilen im nächsten Leben.

All das hatte Ranjana Naeku erklärt, als sie mit ihr nach Indien gekommen war, doch sie fragte sich immer noch, ob es erstrebenswert war, nach dem Tode als Kuh ins Leben zurückzukehren, was viele Inder zweifellos bejahten. Auch bei ihrem eigenen Volk waren Rinder hoch geachtet.

Nun strebte sie dem Viertel um den Uhrenturm zu, das wie ein einziger großer Basar wirkte. Hier hatte der Goldschmied Ahmed sein Geschäft, einen kleinen, dunklen Laden, in dem er Schmuckstücke herstellte und verkaufte. Er sprang eilfertig auf, als er die Dienerin der Maharani erkannte.

»Was kann ich für deine Herrin tun?«, fragte er. »Ein neues Schmuckstück? Es ist mir immer eine besondere Freude, nach ihren Entwürfen zu arbeiten!«

Naeku glaubte ihm das. Ranjanas Zeichnungen waren präzise und originell. Sie forderten die Kunst des Goldschmieds, der sonst nur einfache Ringe und Ketten nach traditionellen Entwürfen fertigte.

»Heute nur einige Reparaturen«, erklärte Naeku. »Und eine Politur, damit das Gold wieder richtig glänzt.« Sie zog das Säckchen aus ihrem Oberteil, und Ahmed pfiff durch die Zähne, als er die Ansammlung von Kostbarkeiten sah.

»Da bleibt der Herrin ja kaum noch etwas, um unseren geehrten Maharadscha zu erfreuen … Wie schmückt sie sich für ihn, wenn du all das Gold bei mir lässt?«

Naeku lächelte. »Die Maharani versteht auch so zu leuchten. Ihr Herr würde es gar nicht bemerken, wenn sie keinen Schmuck mehr trüge, sind ihre Augen doch schöner als jeder Diamant und strahlt ihre Haut doch goldener als all das Geschmeide.«

Ahmed beeilte sich, ihr zuzustimmen, versprach ihr jedoch auch, die Reparaturen so schnell wie möglich durchzuführen.

»In drei Tagen kannst du alles wieder abholen«, versprach er.

Naeku nickte und gab ihm ein paar Drachmen als Vorschuss. Dann überließ sie ihn seiner Arbeit – und gönnte sich selbst noch einen Spaziergang durch das quirlige Viertel. Aus Spaß erstand sie ein Büschel Gras und verfütterte es an eine Kuh, wobei sie an die Rinder ihres Stammes in Kenia denken musste. Sie kaufte Feigen für Ranjana, weil sie wusste, dass sie die Früchte liebte, und obendrein einiges an Naschwerk. In einem Laden, der mit Duftölen handelte, verbrachte sie genüsslich Zeit damit, an all den Phiolen und Fläschchen zu riechen. Schließlich erwarb sie sie eine fruchtige Mischung – Orangen, Pampelmusen und Zimt verbanden sich hier zu einem frischen Duft, den sie lieber mochte als die oft schweren Parfüms, die von den Inderinnen bevorzugt wurden.

Es war schon Mittag, als sie ihre Schritte endlich wieder in Richtung der Festung und des Palastes wandte. Ranjana hatte sie sicher schon vermisst. Vor dem gewaltigen Bauwerk, das die gesamte Bergkuppe einnahm, staute sich wie immer der Verkehr, doch an diesem Tag stand zudem eine ganze Traube Menschen vor dem verschlossenen Tor. Naeku wunderte sich. Im Allgemeinen wurden die sieben Tore zur Festung zwar bewacht, waren tagsüber jedoch nicht geschlossen. Nun standen zwei vierschrötige Wächter vor dem Siegestor, einem der wichtigsten Eingänge. Naeku sprach einen von ihnen an.

»Wenn ihr mir bitte Einlass gewährt, ich bin die Dienerin der Maharani«, erklärte sie und ließ den Schleier sinken.

Sie war überall im Palast bekannt, der Wachmann nickte sofort. »Himal wird dich zu einem Nebeneingang geleiten«, sagte er und wies auf den anderen Wächter. »Hier lassen wir vorerst niemanden ein. Die Festung ist geschlossen.«

»Aber warum denn?«, fragte Naeku und fragte sich, ob sie irgendeinen Feiertag vergessen hatte. Auf dem Markt hatte jedoch alles normal gewirkt.

»Der Maharadscha …«, wisperte ihr der Wachmann zu, »… er ist in der Ratsversammlung zusammengebrochen. Die Ärzte sind jetzt bei ihm. Es heißt … es heißt, er liege im Sterben.«

7

Naeku durchfuhr es eiskalt. Schien es doch so, als wäre der Tag gekommen, vor dem sich Ranjana fürchtete, seit ihr der Maharadscha »die übergroße Ehre erwiesen hatte, um ihre Hand anzuhalten«. So hatte es jedenfalls ihr Vater ausgedrückt und keinen Zweifel daran gelassen, dass er die Werbung des Herrschers annehmen würde. Was es für Ranjana bedeuten würde, einen Mann zu heiraten, der wahrscheinlich vor ihr sterben würde, war ihm gleichgültig gewesen – oder er hatte es einfach als Schicksal betrachtet. In Adelskreisen war es immer noch Sitte, dass eine Frau ihrem Mann nach seinem Tode auf den Scheiterhaufen folgte. Die Briten hatten die Witwenverbrennung zwar längst verboten, doch sie wurde nach wie vor praktiziert, und von der Maharani wurde selbstverständlich erwartet, dass sie mit ihrem Gatten in die Flammen ging. Sollte Ranjana sich weigern, würde ihre Familie entehrt sein. Die junge Frau hatte eine Flucht nie in Erwägung gezogen – obwohl die Furcht vor dem Feuertod sie zeit ihrer Ehe verfolgte. Naeku wusste nur zu gut, wie oft sie schreiend aus dem Schlaf fuhr, weil man sie im Traum in die lodernden Flammen stieß. Sie musste jetzt so schnell wie möglich zu ihrer Freundin!

Naeku hastete zu der Seitentür, zu der sie der Wächter begleitete, und dann durch die weitläufige Festungsanlage bis in die Flure, Innenhöfe und Gärten des Palastes. Vor den Gemächern der Maharani standen weitere Wachen. Der Palast wusste einer Panik der jungen Frau vorzubeugen.

Naeku fand Ranjana zitternd vor Angst zusammengerollt auf ihrem Bett. Zwei ihrer Dienerinnen waren bei ihr – ältere Frauen, die Ranjana von jeher vertraut waren. Sie hatten sie damals auch nach Afrika begleitet. Naeku kannte sie gut und glaubte ihnen ihre Sorge um die junge Herrin, die sie versuchten, mit Tee und süßen Früchten zu verwöhnen und mit Musik abzulenken. Amba ließ die Sitar allerdings gleich sinken, als Naeku eintrat.

Charu, die ein duftendes feuchtes Tuch bereithielt, um Ranjanas heißes Gesicht zu kühlen und ihre Tränen zu trocknen, verhielt ebenso. »Gut, dass du da bist!«, sagte sie.

Naeku ließ den Korb mit ihren Einkäufen einfach fallen und eilte zu ihrer Freundin. Ranjana schmiegte sich zitternd in ihre Arme.

»Er ist noch nicht tot«, versuche Naeku zu trösten. »Vielleicht erholt er sich ja. Hast du ihn gesehen?«

Ranjana schüttelte den Kopf. »Er ist … er ist nicht bei Bewusstsein«, erklärte sie mit kraftloser Stimme. »Man hält es nicht für ratsam …«

»Ein Besuch könnte den Maharadscha aufregen, meinen die Ärzte«, führte Charu aus. »Sie haben sich jetzt an die Briten gewandt, die sollen einen Spezialisten schicken. Aber es gibt nicht viel Hoffnung …«

»Und warum wurde der Palast verriegelt, warum werden die Räumlichkeiten der Maharani bewacht?«, fragte Naeku.

»Du kennst Jaspal, Naeku«, sagte Amba. Sie war dafür bekannt, mit der Wahrheit nicht hinter dem Berg zu halten, weshalb Ranjana sie in Gesellschaft ihr weniger ergebener Bediensteter lieber die Sitar spielen als mitreden ließ. »Er überlässt nichts dem Zufall …« Jaspal war der Sohn des Maharadschas aus erster Ehe und der designierte Erbe. Es gab allerdings noch weitere junge Verwandte, die ihm den Thron streitig machen konnten – vor allem diejenigen von ihnen, die sich besser mit den britischen Besatzern verstanden. Insofern war es verständlich, dass er den Palast sicherte. Aber Ranjanas Räumlichkeiten? »Ich denke, er befürchtet, die Maharani könnte sich ihrer Pflicht verweigern«, erklärte Amba. »Was gleich einen Schatten auf den Beginn seiner Regentschaft werfen würde. Womöglich ist auch ihr Vater besorgt um die Wahrung seiner Ehre.«

Ranjana schluchzte auf. »Ich … ich würde ihn nie enttäuschen«, flüsterte sie. »Ich … ich bin mir meiner Pflicht bewusst.« Dann nahm sie den Kopf von Naekus Schulter und richtete sich auf. »Ich muss nur für Desna vorsorgen. Ich … ich schicke sie zurück zu Mrs. Edgecumbe. Da kann sie frei sein. Das … das wäre doch schön, nicht?« Sie rieb sich über die Augen. »Und du, Naeku, du wirst sie begleiten. Was willst du hier machen allein?«

Naeku strich über ihr Haar. »Du musst dich jetzt ausruhen, Herrin«, sagte sie sanft. »Vielleicht etwas schlafen … Morgen mag alles anders aussehen. Der Maharadscha wird sich erholen …«

»Das mögen die Götter fügen«, sagte Amba fromm, doch ohne rechte Überzeugung.

»Ich werde Euch einen beruhigenden Tee holen, Eure Hoheit«, versprach Charu.

Ranjana blickte nur Naeku an. »Holst du Desna?«, fragte sie. In dieser Nacht würde sich der Maharadscha nicht darum scheren, dass die Leopardin im Zimmer seiner Gemahlin schlief.

Das Tier schmiegte sich schließlich an sie wie ein Kätzchen, und Ranjana vergrub das Gesicht in seinem Fell. Naeku wagte es nicht, sich zu ihnen zu legen, sie schlief auf dem Boden. Auch Amba und Charu blieben in dieser Nacht in den Gemächern der Maharani, doch Naeku fand keinen Schlaf. Sie würde nicht zulassen, dass Ranjana einer grausamen Tradition geopfert wurde.

Am nächsten Morgen pochte es früh an die Tür zu Ranjanas Gemächern. Naeku, die in ihren Kleidern geschlafen hatte, öffnete mit den schlimmsten Erwartungen, die sich dann auch gleich erfüllten.

»Seine Hoheit, der Maharadscha von Rajasthan, ist soeben verstorben«, verkündete ein hoher Regierungsbeamter. »Er wird im großen Saal aufgebahrt. Sein Sohn, Prinz Jaspal, erwartet die Maharani, um gemeinsam mit ihr von seinem Vater Abschied zu nehmen. Die Zeremonie, zu der auch die in Rajasthan residierenden Vertreter der britischen Krone geladen sind, wird um die elfte Stunde stattfinden. Die Herren werden der Maharani kondolieren wollen.«

Naeku biss sich auf die Lippen. Also war ein letzter öffentlicher Auftritt der Maharani geplant, um die Besatzungsmacht in Sicherheit zu wiegen. Die Briten mussten wissen, dass Ranjana in Gefahr war, aber sie würden sich mit ziemlicher Sicherheit nicht in die Handlungen der Einheimischen einmischen.

»Wann … ist die Einäscherung?«, fragte Naeku tonlos.

»Die ist für morgen im großen Innenhof des Palastes geplant«, gab der Regierungsbeamte bereitwillig Auskunft. »Die Maharani wird sich bereit machen müssen …«

Naeku glühte vor Zorn, als sie die Tür hinter ihm schloss. Amba und Charu waren ebenfalls aufgewacht und brachen in Weinen und Wehklagen aus. Vermutlich wurde dies von der Dienerschaft des Palastes erwartet. Naeku gedachte nicht, es ihnen gleichzutun.

»Du musst aufstehen, Ranjana«, sagte sie leise. Die Maharani hatte sich noch nicht gerührt, sondern war an Desna geschmiegt liegen geblieben. Naeku erkannte jedoch an ihrem schnellen Atem, dass sie nicht schlief. »Liebste, ich überlege mir etwas«, wisperte sie ihr zu. »Du musst nicht sterben …«

Ranjana setzte sich auf. »Ich bin dazu bestimmt, eine *sati* zu werden«, flüsterte sie. *Sati* war das Wort für Witwenverbrennung und für die Frau, die sich bereitwillig opferte. »Daran … daran ist nichts zu ändern. Aber ich will sicher sein, dass Desna nichts passiert. Bitte wende dich an den Haushofmeister. Er soll sich auf der Stelle um eine Transportgelegenheit nach Kenia kümmern – für Desna und Naeku.«

»Herrin, er wird anderes zu tun haben«, wandte Charu ein. »Die Feierlichkeiten …«

»Ich sagte, auf der Stelle!«, fuhr Ranjana sie an. »Ich verlasse diese Gemächer erst, wenn er gegangen ist. Und ich erwarte, dass er erfolgreich ist.«

Naeku hatte ihre Freundin nie in so bestimmtem Ton reden hören. Sogar Desna sprang erschrocken auf.

»Ich bringe Desna in ihr Gehege und werde den Haushofmeister dann gleich aufsuchen«, versprach Naeku. »Er wird die Dringlichkeit deines Ansinnens einsehen.«

Sie war entschlossen, sich im Zweifelsfall an den neuen Maharadscha persönlich zu wenden, wenn Dinesh, der Haushofmeister, nicht gewillt war, ihren Anweisungen Folge zu leisten. Tatsächlich machte der jedoch keine Schwierigkeiten. Die Maharani war beliebt bei der Dienerschaft, sie war stets freundlich und stellte keine überhöhten Ansprüche. Unzweifelhaft bedauerte man das Schicksal, dem sie entgegenging. Wenn sie jetzt um die Erfüllung eines letzten Wunsches bat … Dinesh übertrug seine Pflichten auf seine Stellvertreter und machte sich gleich auf den Weg zum Hafen.

Naeku kehrte zurück in Ranjanas Gemächer, wo Amba und Charu sowie zwei weitere Dienerinnen damit beschäftigt waren, die Maharani in eine perfekte Schönheit zu verwandeln, bereit, die Trauerfeier für ihren Gemahl stoisch zu ertragen. Tränen erwartete man nicht, sie waren verpönt, glaubte man doch an eine baldige Wiedergeburt des geliebten Verstorbenen.

Ranjana wurde in die Trauerfarbe Weiß gekleidet, und man legte ihr den ihr verbliebenen Schmuck an. Gemeinsam mit Charu begleitete Naeku sie in den Saal, in der der Leichnam ihres Gatten aufgebahrt war – traditionell in ein weißes Tuch gehüllt, um das rote Blumen drapiert waren. Als Ranjana eintrat, war bereits der gesamte Hofstaat versammelt, dazu etliche schwarz gekleidete Vertreter der britischen Krone. Einige heilige Männer sangen spirituelle Lieder. Sie trugen saubere Lendenschurze oder Gewänder. Normalerweise demonstrierten sie ihre Abkehr von allem Weltlichen, indem sie sich und ihre Kleidung so selten wie möglich wuschen. Naeku fragte sich, ob man sie von der Straße geholt hatte oder ob der Hof Gurus alimentierte, die bei Begräbnissen von Würdenträgern angemessen auftraten.

Ranjana trat an das Podest, auf dem der Maharadscha aufgebahrt war, und verbeugte sich leicht. Dann gesellte sie sich dem ebenfalls reinweiß gekleideten Jaspal zu. Stiefmutter und Stiefsohn waren etwa gleichaltrig. Was mochte der junge Mann bei dem Gedanken empfinden, dass er am kommenden Morgen die Fackel an den Scheiterhaufen seines Vaters halten sollte, auf dem die schöne Frau neben ihm Platz genommen hatte, den Flammentod stoisch erwartend, wie sie jetzt den Trauerreden und Gesängen zu Ehren ihres Gatten lauschte?

Am Ende der kurzen Feier stand Ranjana bereit, die Kondolenzbekundungen der Gäste entgegenzunehmen. Sie gab den Briten sogar die Hand, was sonst nicht üblich war. Schließlich führte man sie wieder in ihre Gemächer. Naeku erwartete ihren Zusammenbruch, Ranjana blieb jedoch gefasst – und nahm erleichtert wahr, dass der Haushofmeister sie schon vor ihrer Tür erwartete.

Dinesh verbeugte sich tief, gab seinem Bedauern über ihren Verlust Ausdruck und berichtete dann von seinen vormittäglichen Bemühungen.

»Es wird nicht einfach mit dem Leoparden, Eure Hoheit«, erklärte er unglücklich. »Aber ich habe mein Bestes getan. Morgen Abend fährt ein Motorkraftwagen nach Surat. Der Fahrer hat Waren dabei für Afrika, er sagte, er könne das Tier mitnehmen und auf einem Frachtschiff nach Mombasa unterbringen. Ich habe also veranlasst, einen Transportkäfig bauen zu lassen, mit der Arbeit wurde schon begonnen. Eure Dienerin kann ebenfalls mitfahren. Wenn ich es richtig verstanden habe, wollt Ihr doch, dass sie Desna begleitet …«

»Ist das eine lange Reise?«, erkundigte sich Naeku.

Der Haushofmeister nickte. »Eine lange, sehr anstrengende Reise. Der Fahrer schätzt, dass er die ganze Nacht und den folgenden Tag unterwegs sein wird.«

»Und wie können wir sicher sein, dass der Mann uns nicht betrügt?«, fragte Naeku.

Der Haushofmeister hob die Schultern. »Das können wir nicht, wir müssen ihm schon vertrauen. Er gilt als ehrlich. Und was sollte er auch mit einem Leoparden anfangen? Eher unwahrscheinlich, dass er Eurer Dienerin etwas antut, Hoheit, um das Tier zu stehlen. Zumal, wenn er gut bezahlt wird.«

»Ich möchte, dass Naeku sich den Mann und den Wagen ansieht und persönlich mit ihm verhandelt«, befahl Ranjana. »Und … und dass Desna heute schon dorthin gebracht wird.«

»Aber Herrin …«

Amba sah Ranjana unglücklich an. Sie wollte wohl einwenden, dass die Leopardin in der letzten Nacht ein solcher Trost für die Maharani gewesen war und in der folgenden noch dringlicher gebraucht werden würde.

Ranjana schüttelte jedoch den Kopf. »Sie muss fort sein, bevor ich … Ich möchte alles geregelt haben. Wer weiß, was Jaspal sonst mit ihr anstellt …«

Der designierte Erbe des Maharadschas hatte Ranjana nie gemocht. Er hatte immer befürchtet, die junge Frau könnte seinem Vater noch ein Kind schenken, das dieser ihm dann womöglich vorzog.

Naeku nickte. »Ich werde sie mitnehmen«, versprach sie.

Ranjana gab dem Haushofmeister ein paar Münzen. »Ich danke dir für deine Bemühungen«, sagte sie. »Mögen die Götter sie dir vergelten.«

Naeku ließ ihre Freundin ungern allein, doch wenn es zu deren Seelenfrieden beitrug, wollte sie ihr den Wunsch erfüllen. Desna wurde von vier Bediensteten in einem engen Käfig getragen, was der Leopardin wenig gefiel – sie knurrte und fauchte die Männer an. Als Naeku den Schuppen betrat, in dem die Fracht vor dem Verladen gelagert wurde, folgten ihr neugierige Blicke. Der Haushofmeister suchte nach dem Fahrer des Lastwagens, der noch am Motor seines Gefährts schraubte, sich seinem noblen Kunden dann jedoch gleich zuwandte.

»Bis morgen ist er wieder wie neu«, erklärte er optimistisch, wies auf den Wagen und schenkte dem Haushofmeister und Naeku ein sympathisches Lächeln. »Bist du die Frau, die ich mitnehmen soll? Ich bin Nadi. Und das ist die Raubkatze?« Interessiert blickte er in Desnas Käfig. Sie schlug mit der Tatze in seine Richtung. »Sie verreist wohl nicht allzu gern.«

»Sie wird sich beruhigen«, sagte Naeku und stellte sich vor. »Zumal, wenn ich bei ihr bin. Ich hörte, wir werden lange unterwegs sein. Und dann noch das Schiff … Was ist, wenn es uns nicht mitnimmt?«

»Ach, das wird es schon«, meinte Nadi unbekümmert. »Es kostet natürlich ein hübsches Sümmchen. Aber … das Tier gehört doch der Maharani. Wird sie denn …? Ich meine … der Maharadscha ist tot …«

Er sprach das Wort *sati* ebensowenig aus wie die Leute bei Hof, aber auch in seinen Worten schwang die Frage mit, ob die Maharani ihrem Mann auf den Scheiterhaufen folgen würde.

Naeku beantwortete sie nicht. »Der Kapitän … ist er Inder oder Engländer?«, fragte sie.

»Engländer«, antwortete Nadi sofort. »Fährt ständig hin und her zwischen Indien und Afrika. Ich hab schon sehr oft mit ihm Geschäfte gemacht. Er wird nicht Nein sagen.«

Naeku konnte darauf nur hoffen, doch immerhin Nadi schien ihr vertrauenswürdig. Und ganz offensichtlich bedauerte er Ranjanas Schicksal.

»Es ist die einzige Möglichkeit, den Leoparden zurück nach Kenia zu schaffen«, mischte sich der Haushofmeister ein. »Zumindest so kurzfristig.«

Naeku überlegte. »Du sagtest, es ist ein Frachtschiff, Dinesh. Aber nimmt es wohl auch menschliche Passagiere mit? Gibt es ... Kabinen?«

»Du erwartest nicht wirklich, dass du reist wie eine Maharani persönlich!«, empörte sich der Haushofmeister. »Du wirst schön auf den Planken oder unter Deck oder wo auch immer das Tier untergebracht wird, neben dem Käfig schlafen!«

Naeku beachtete Dineshs Einwand nicht, während Nadi sofort einlenkte. »Ein paar Passagiere nimmt er meistens mit. Engländer in der Regel, Kolonialbeamte. Du brauchst keine Angst zu haben, dass du womöglich die einzige Frau an Bord bist.«

Auch diese Bemerkung machte Naeku den jungen Inder sympathisch. Er mochte es mit seinem kleinen Transportunternehmen noch weit bringen. Jetzt gab sie ihm erst mal einen Vorschuss und einigte sich mit ihm darauf, am nächsten Tag, kurz vor dem Dunkelwerden, aufzubrechen. Schließlich gab sie Desna drei tote Hühner, um das Tier in seinem Käfig zu beschäftigen, und wandte sich zum Gehen.

»Falls ich früher hier bin«, sprach sie Nadi kurz noch einmal an, »kann ich dann hier im Schuppen auf dich warten, oder wird er abgeschlossen sein?«

Nadi grinste. »Guck dir den Schuppen genau an. Glaubst du im Ernst, da lohnt sich ein Schloss?« Tatsächlich war das Gebäude aus billigstem Holz und Leinwand zusammengehämmert. Es schützte die Waren wohl vor Regen, aber sicher nicht gegen entschlossene Diebe. »Doch ich werde da sein. Ich bin immer da, wenn hier Waren lagern. Deine Leopardin ist sicher, keine Sorge.«

Desnas Sicherheit war eigentlich nicht das, um das Naeku sich sorgte. Sie dachte eher an Ranjana. Es würde nicht einfach werden, doch sie war fest entschlossen, mit ihrer Liebsten zu fliehen. Sie konnte nicht zulassen, dass ihre Freundin nur um einer Tradition willen einen grausamen Tod starb.

Die Bewachung der Palastanlage erschien Naeku etwas weniger streng als am Tag zuvor, doch es waren noch überall Männer postiert. Sie begab sich zunächst in die Gemächer ihrer Freundin und erschauerte, als sie sah, dass im großen Innenhof bereits der Scheiterhaufen für den Maharadscha errichtet wurde. Ihr erster Gedanke, als sie Ranjana nicht in ihren Räumlichkeiten vorfand, galt der Hoffnung, dass die Freundin die Begräbnisvorbereitungen noch nicht gesehen hatte. Andererseits würde sie das vielleicht wachrütteln. Ihr war klar, dass sie Ranjana würde überzeugen müssen. Ihrer Freundin erschien eine Flucht undenkbar, zeitlebens war ihr gepredigt worden, dass der Tod auf dem Scheiterhaufen ihre heilige Bestimmung war, sollte sie ihren Gatten überleben.

Naeku sah sich im Garten nach ihr um, dann fiel ihr der Tempel ein. Ranjana mochte Trost bei den Göttinnen suchen, die nach ihrem Glauben ihre Hand über die Frauen hielten, die sich den Bräuchen unterwarfen. Naeku suchte also den Kali-Tempel auf, der zur Festungsanlage gehörte und zu dem es vom Palast her einen direkten Zugang gab. Man diente hier der Schicksalsgöttin Kali, die Wünsche erfüllen konnte. Ranjana pflegte ihr regelmäßig zu huldigen. Naeku fand sie dort nicht, nahm allerdings eine Gruppe Mönche wahr. In ihren orangefarbenen Gewändern waren sie überall in der Stadt präsent, nun mussten sie sich im Tempel versammelt haben, um Mantras für den verstorbenen Herrscher zu sprechen – und hinterher vielleicht etwas Geld oder Essen aus der Küche zu erbetteln.

Naeku hörte mit halbem Ohr auf ihre Gesänge – doch dann kam ihr die entscheidende Idee. Wenn sie jetzt schnell handelte, musste es möglich sein, Ranjana heimlich aus dem Palast zu bringen, ohne dass auch nur der Schatten eines Verdachts aufkam. Mit etwas Glück würde man die Maharani erst nach Stunden vermissen.

Zunächst musste sie Ranjana jedoch finden. Sie dachte angestrengt nach, bis ihr die Zeremonie wieder einfiel, die eine Witwe durchlaufen musste, um zur *sati* zu werden. Rituelle Waschungen gehörten dazu – und tatsächlich fand sie die Freundin in den weitläufigen Bädern des Palastes. Sie lag auf einem der Ruhebetten und schluchzte, während um sie herum junge Frauen tanzten und sangen. Naeku sah verständnislos auf die Szenerie.

»Wir sollen sie aufheitern«, erklärte eines der Mädchen. »Sie soll voller Freude sein … Eine *sati* …«

Naeku scheuchte die Mädchen hinaus. »Lasst sie in Ruhe, sie hat alles Recht der Welt, um ihren Gatten zu weinen. Morgen wird sie dann umso heiterer an seine Seite eilen. Jetzt braucht sie Zeit, sich zu fassen.« Ranjana schaute ungläubig auf, als die Mädchen den Raum verließen. »Steh auf!«, sagte Naeku unmissverständlich. »Wir werden jetzt gehen. Ich bringe dich hier raus.«

»Aber ich … ich kann nicht … Man wird sagen, ich hätte den Maharadscha nicht gewürdigt. Ein … ein Mann hat für die Ehefrau die Stellung eines Gottes, er …« Ranjana sah sie Verständnis heischend an, doch Naeku erkannte einen Schimmer von Hoffnung in ihren Augen.

»Für deine anderen Götter lässt du dich auch nicht verbrennen«, erwiderte Naeku. Sie hatte bereits begonnen, ihre Sachen zusammenzuraffen. Rasch nahm sie Ranjana ihren Schmuck ab und ließ ihn in einen Beutel gleiten. Naeku verfluchte die Idee ihrer Freundin, die meisten ihrer Ketten, Ohrgehänge und Armbänder ausgerechnet am Tag zuvor zum Goldschmied gebracht zu haben. »Und mit dem Maharadscha hast du genug erduldet, du warst ihm eine gehorsame Frau, solange er lebte. Jetzt schuldest du ihm nichts mehr. Wenn Jaspal sein Gesicht verliert, weil du nicht bereit bist, dein Leben zu opfern, dann muss das eben so sein. Jetzt komm!«

»Wo soll ich denn hin?«, fragte Ranjana. »Ich komme nicht raus aus dem Palast. Es stehen überall Wachen.«

»Wir gehen in den Tempel«, gab Naeku Auskunft. »Komm einfach mit, überlass alles andere mir.« Naeku führte ihre Freundin in den Kali-Tempel, in dem die Mönche immer noch sangen, und dort in eine abgelegene Nische, wo Lakshmi verehrt wurde, die Göttin des Glücks und der Schönheit. »Warte hier«, wies sie Ranjana an, die sofort die Hände zum Gebet zusammenlegte. Dann wandte sie sich den singenden Mönchen zu.

Was sie jetzt vorhatte, war der gefährlichste Teil ihres Plans. Sie musste den richtigen Mann finden, einen Sanyasi, der das asketische Leben nicht aus Berufung, sondern aus der Not gewählt hatte – oder weil es ihm bequemer erschien, als einer harten Arbeit nachzugehen. Hinter einer Götterstatue versteckt musterte sie die Männer, die zum Teil noch Jungen waren. Dabei stach ihr ein schmächtiger Mann ins Auge, der weniger entrückt als begehrlich auf die mit viel Gold geschmückten Götterstatuen blickte. Er stand etwas abseits und wirkte hungrig, gelangweilt, vielleicht sogar zornig, obwohl er sich immer wieder redlich bemühte, den sanften Ausdruck beizubehalten, der die Sanyasin auszeichnete. Naeku hoffte, dass sie sich nicht irrte, aber sie meinte, seine Ungeduld und Unzufriedenheit geradezu zu spüren. Sie musste es wagen.

»Du …« Sie schlich sich zu ihm. »Folge mir!« Sie hoffte, dass der Mönch nicht zögern würde, doch sie sprach mit der Autorität einer hochgestellten Palastangestellten. Der Sanyasi blickte sie verwundert an, folgte ihr dann jedoch in einen Nebenraum. Naeku hielt sich nicht mit Vorreden auf. »Ich brauche dein Gewand«, sagte sie. »Zieh es bitte aus. Ach ja, und deinen Beutel mit der Bettelschale.« Der junge Mann starrte sie an, als wäre sie verrückt geworden. Sein Gewand war verschlissen und alles andere als sauber. Warum eine Dienerin des Palastes es haben wollte, konnte er sich nicht vorstellen. »Hör zu«, setzte Naeku noch einmal an. »Ich habe nicht viel Zeit. Wenn du mir dein Gewand gibst, gebe ich dir das …« Sie zog eine kleine Spange aus Silber aus den Falten ihres Saris.

Der Mönch griff verwirrt nach dem Schmuckstück. »Herrin, das ist viel mehr wert als mein Gewand.« Er machte Anstalten, sich auszuziehen. »Nur was … was mache ich dann …?«

»Du wirst doch darunter nicht nackt sein«, hoffte Naeku. Der Mönch schüttelte den Kopf, zog sich seine Kutte nun wirklich über den Kopf und entblößte einen abgemagerten Körper und ein um die Lenden geschlungenes Tuch. »Du siehst aus wie ein Sadhu«, bemerkte Naeku. Sadhus entsagten allem Weltlichen und standen in der spirituellen Hierarchie weit über den Sanyasin. »Wenn du jetzt noch zu den Verbrennungsstätten am Fluss gehst und dich mit Asche einreibst, wirst du viel mehr Almosen einnehmen als hier.«

Der junge Mann blickte immer noch verwirrt. »Aber ich bin nicht weise«, wandte er ein. »Ich bin kein Lehrer …«

»Das sieht man dir nicht an«, erklärte Naeku. Sie lebte schon lange in Indien, die Verehrung der Einheimischen für vermeintlich Heilige, die ihr wie ganz normale Menschen erschienen und von Almosen lebten, hatte sich ihr dennoch nicht erschlossen. »Und … Weisheit kommt erst zu einem Menschen, wenn …«, sie ließ ihre Fantasie spielen, »… wenn sie … Weisheit erschließt sich durch Wandern. Du musst den Weg gehen, der dir bestimmt ist.«

Der Mönch sah sie voller Ehrfurcht an. »Herrin! Herrin, ich hielt Euch für eine Dienerin des Palastes. Aber … aber … könnte es sein, dass Ihr eine Göttin seid?«

»Ich kann dir nur den Weg weisen«, sagte Naeku mit getragener Stimme. So langsam wurde sie ungeduldig. »Gehen musst du ihn selbst.«

Der junge Mann verbeugte sich mehrfach vor ihr, während er sich rückwärts entfernte und sich dann zum Haupttor des Tempels umwandte. Naeku wartete kurz, um zu sehen, ob ihn die Wachen aufhielten, doch das schien nicht der Fall zu sein. Halb nackte glatzköpfige Männer fielen im Tempelbereich nicht auf – und die anderen Sanyasin schienen ihren Freund nicht zu vermissen. Aufatmend kehrte sie zurück zu Ranjana, die immer noch vor dem Schrein der Göttin kniete.

»Bleib in dieser Haltung, frag nicht nach meinem Tun«, bat Naeku und suchte das Rasiermesser, das sie aus den Gemächern der Maharani mitgebracht hatte. Normalerweise befreite sie Beine, Achseln und Schambereich ihrer Herrin damit von Härchen. Nun fiel zu Ranjanas Entsetzen ihr prächtiges Haupthaar. Naeku steckte es ein – Haar ließ sich verkaufen, und außerdem durften sie keine Spuren hinterlassen. Schließlich half sie Ranjana aus ihren Gewändern und in die schmutzige Kutte des Mönchs und wischte ihr zum Schluss den Kajal von den Augen und das Kastenzeichen von der Stirn. Ranjanas Kleidung drapierte sie vor der Götterstatue – so konnte man meinen, sie läge in tiefem Gebet vor Lakshmi. »Ich werde die Wachen jetzt bitten, die Sanyasin aus dem Tempel zu werfen, weil die Maharani Ruhe zum Beten braucht. Du schließt dich ihnen einfach an. Und dann hockst du dich auf den Platz vor dem Tempel und hältst den Leuten deine Bettelschale entgegen. Ich hole dich dort ab.«

Kurze Zeit später sah Naeku zu, wie Ranjana im Gefolge der Mönche zum Haupteingang des Tempels schritt und damit die Palastanlage verließ.

8

Naiku hatte keine Zeit zu verlieren. Sie musste Ranjana unbemerkt in Sicherheit bringen – möglichst bevor man sie suchte. Dass sie selbst nicht gerade unauffällig war, verkomplizierte ihren Plan noch. Als groß gewachsene Afrikanerin in den Diensten der Maharani war sie in der Stadt nicht unbekannt. Trotzdem musste sie noch einiges erledigen, bevor sie sich im Schuppen des jungen Fuhrunternehmers Nadi verstecken konnten. Sie wandte sich nicht in Richtung der Souks, wo sie sicher mehr Geld für die Schmuckstücke, die sie versetzen wollte, erhalten würde, sondern suchte einen Pfandleiher auf. Für ein paar Ohrringe erhielt sie, wie sie hoffte, genügend Geld, um bis Surat zu kommen. Dort wollte sie den Rest verkaufen. Der Pfandleiher wies ihr den Weg zu einem Perückenmacher, der ihr Ranjanas Haar abkaufte, und wusste, wo man Mönchskutten erstehen konnte.

Schließlich besaß Naeku zwei reinweiße Kutten und Lendenschurze für den »Guru«, als den sie Ranjana auszugeben gedachte, einen roten Beutel, in dem er seine Habseligkeiten verstauen konnte, sowie Wasser und Lebensmittel als Reiseproviant. Ranjana war ihr die ganze Zeit willenlos gefolgt, nachdem sie wie verabredet auf dem Platz vor dem Tempel auf sie gewartet hatte. Wortlos befolgte sie nun Naekus Anweisungen – wann immer sie ein Geschäft betrat, platzierte sich die Freundin mit ihrer Bettelschale davor auf der Straße. Naekus Rechnung ging auf – Bettelmönche verschmolzen in indischen Städten mit dem Stadtbild. Sie waren so zahlreich vertreten, dass niemand sie beachtete, wenn sie nicht lauthals um Almosen baten oder sonst auf sich aufmerksam machten.

Bald darauf erreichten sie den Schuppen, der tatsächlich offenstand. Nadi musste irgendwo dort drinnen sein, und dann hörten sie auch schon seine Stimme. In gebrochenem Englisch verhandelte er mit einem Mann, der ziemlich aufgebracht wirkte. Die Plane des Lastwagens, der vor dem Schuppen stand, war hochgeschlagen, er wurde also bereits beladen – wie es aussah, mit dem Umzugsgut des Kunden. Nadi hatte die erste Fuhre, voluminöse Polstermöbel, ganz hinten im Frachtraum untergebracht und sehr sorgfältig mit Decken gesichert. Die gewaltige Kommode, die gerade auf einem Handkarren angeliefert worden war, wollte er nun darauf platzieren, aber der Kunde fürchtete, sie könnte beschädigt werden.

Nadi widersprach ihm. »Ich bin wirklich vorsichtig«, versicherte der junge Mann. »Aber wenn wir die Möbel nicht übereinanderstellen, ist kein Platz mehr für alles andere.«

Naeku warf einen weiteren Blick auf die Ladefläche des Lastwagens und sah ihre Chance.

»Da hinein, Ranjana«, wisperte sie ihrer Freundin zu. »Unter die Möbel. Zieh die Decken über dich. Wenn sie anderes Frachtgut davorstellen, bist du sicher.«

Ranjana sah sie entsetzt an. »Allein?«, fragte sie verzagt.

»Spätestens morgen laden sie Desna zu«, sagte Naeku ungeduldig. »Und du weißt doch, dass ich mitfahre. Nun mach schnell! Ich lenke die Männer ab.«

»Aber ich … Wie lange …?« Ranjana blickte in den Lastwagen wie in einen Höllenschlund.

»Bis wir in Surat sind«, erklärte Naeku. »Also mindestens zwei Tage. Hier, nimm die Flasche Wasser mit, etwas zu essen ist in dem Beutel. Und jetzt rein mit dir!«

Sie selbst betrat nun den Schuppen und begrüßte Nadi und seinen Kunden.

»Ich wollte noch mal nach Desna sehen«, erklärte sie. »Kann ich helfen? Ich spreche fließend Englisch.«

Der Kunde erklärte ihr daraufhin wortreich, dass die Kommode ein Familienerbstück und ihm äußerst lieb und teuer sei – während mit der nächsten Fuhre hauptsächlich Kleinmöbel kommen sollten, die man leicht stapeln konnte. Der Handwagen mit ein paar leichteren Leuchtern, Tischchen und Stühlen wurde auch eben gebracht, und die Männer einigten sich im Sinne des Kunden. Naeku half beim Verladen der kleineren Teile und bemerkte aufatmend, dass Ranjana nirgends mehr zu sehen war. Sie meinte, sie unter den Möbeln atmen zu hören, und versicherte ihr leise, dass alles gut sei, während Nadi und die Fahrer der Handkarren unter der Aufsicht des Kunden die Kommode in den Frachtraum wuchteten. Damit blockierten sie die Ladeklappe, was Ranjana zweifellos beängstigte, da sie nun eingesperrt war, doch andererseits trug es zu Naekus Erleichterung bei. Ihre Freundin war in Sicherheit, und Nadi bedankte sich bei Naeku für die Vermittlung zwischen ihm und dem Kunden.

»Major Lester oder wie er heißt, ich kann mir diese komplizierten britischen Namen nie merken, will übrigens ebenfalls auf das Schiff nach Mombasa. Er wird einen neuen Posten in Kenia annehmen, nach drei Jahren Jodhpur. Hofft, das Klima wird da besser sein für seine Frau. Ist es das?«

Naeku zuckte mit den Achseln. »Es ist zumindest weniger feuchtwarm. Aber Malaria gibt's da auch. Ich … ich geh dann mal. Wirst du … hier schlafen?«

Nadi sah sie prüfend an. Er schien zu spüren, wie schwer es ihr fiel zu gehen. »Bist du auf der Suche nach einem Nachtquartier?«, wollte er wissen. »Oder nach einem Mann?«

Naeku schüttelte entsetzt den Kopf. »Nein … nein, auf keinen Fall nach einem Mann. Allerdings …«

Sie wusste nicht, wie sie es erklären sollte, ohne ihn argwöhnisch zu machen, aber natürlich wäre eine Übernachtung im Schuppen die sicherste Lösung für sie.

Nadi runzelte die Stirn. »Irgendwas mit dir ist seltsam«, konstatierte er. »Die Erste Dienerin der Maharani … ihre Vertraute … Doch du läufst weg, einen Tag, bevor sie …« Er sprach nicht weiter.

»Ich laufe nicht weg«, rief Naeku empört. »Jedenfalls nicht vor der Maharani. Ich …«

Nadi schien mit sich zu ringen. »Hör zu, ich will keinen Ärger. Und auch nicht, dass du welchen bekommst. Also, wenn du mir gleich hilfst, auch noch die letzten Kisten einzuladen und den Leoparden, dann können wir von mir aus heute schon fahren. Ich dachte, Major Lester bringt morgen noch Sachen, aber es ist alles bereits hergeschafft worden. Er und seine Frau nehmen nun doch schon den Nachtzug nach Surat und erwarten uns dort. Was meinst du, sollen wir?«

Naeku hätte ihn am liebsten umarmt. Zwei Stunden später waren sie unterwegs.

Naeku hatte natürlich wach bleiben und ihren freundlichen Fahrer wenigstens mit etwas Geplauder unterhalten wollen, doch nach dem anstrengenden Tag wiegte sie das gleichmäßige Brummen des Lastwagenmotors schon nach den ersten Meilen in den Schlaf. Als sie erwachte, war die Sonne schon aufgegangen. Die Straße führte zwischen Reis- und Baumwollfeldern hindurch, auf denen Bauern mit ihren Wasserbüffeln tätig waren. Sofort hatte sie Schuldgefühle. Wie mochte es Ranjana in dem beengten Frachtraum ergehen?

Nadi wünschte ihr gut gelaunt einen guten Morgen und erklärte, dass sie bereits die Hälfte der Strecke geschafft hätten. Naeku bat ihn zu halten, um ihre Notdurft verrichten zu können. Nadi nickte.

»In Mehsana halten wir sowieso. Ich muss Benzin kaufen. Da

können wir uns ein bisschen die Beine vertreten. Wenn du willst, kannst du nach deiner Raubkatze schauen.«

Naeku trank ein paar Schluck Wasser und übte sich in Geduld, doch tatsächlich tauchten nach wenigen Minuten die ersten Häuser eines Ortes auf, und kurz darauf hielt Nadi vor einer Werkstatt und grüßte den Betreiber, der wohl auch Treibstoff feilhielt, wie einen Bruder.

Naeku konnte ungestört die Plane am vorderen Teil des Lastwagens etwas anheben.

»Ranjana?«, fragte sie aufgeregt.

»Sind wir da?«, kam Ranjanas erstickte Stimme aus dem Dunkeln.

Naeku verspürte Erleichterung, obwohl sie natürlich wusste, dass ihre Freundin ihr Versteck nicht hatte verlassen können.

»Noch nicht. Aber wie geht es dir? Bist du wohlauf? Hast du ein bisschen geschlafen?«

Naeku schaute sich vorsichtig um, bevor sie weiterfragte, doch von Nadi war nichts zu sehen.

»Ich glaube … Ich weiß nicht, aber irgendwann bin ich wohl eingeschlummert.« Ranjana klang nun wacher. »Wie lange wird es noch dauern? Ich … ich kann Desna hören, sie will auch raus …«

»Es wird den ganzen Tag dauern«, verriet ihr Naeku widerstrebend. »Hast du noch Wasser? Du musst etwas trinken. Und essen, wenn möglich …«

»Ich hab alles«, sagte Ranjana. »Mach dir … mach dir keine Sorgen. Du sagst, die Nacht ist vorbei? Dann … dann werden sie heute …«

Der Scheiterhaufen stand ihr wohl immer noch vor Augen.

»Sie werden den Maharadscha heute einäschern. Aber du bist in Sicherheit. Wir sind über zweihundert Meilen von Jodhpur entfernt.«

Während sie sprach, sah sie Nadi mit zwei riesigen Kanistern aus der Werkstatt kommen, gefolgt von seinem Freund. Rasch verabschiedete sie sich von Ranjana und gesellte sich zu den beiden Männern. Bevor sie sich wieder auf den Weg machten, wurden sie noch zu Tee, einem Curry und Fladenbrot eingeladen. Nadi meinte, er sei nicht müde, sondern könne jetzt gestärkt weiterfahren.

Naeku vertrieb ihm die Zeit, indem sie vom Leben im Palast erzählte, von Desna und wie sie nach Indien gekommen war. Nadi seinerseits berichtete, dass er den Lastwagen von einer kleinen Erbschaft gekauft hatte und seitdem als selbstständiger Fuhrunternehmer arbeitete. Sein Ziel war es, irgendwann einen großen Fuhrpark zu besitzen und Waren durch ganz Indien zu transportieren.

»Auch in die kleinen Dörfer, in die der Zug nicht kommt«, erklärte er. »Die Leute werden mir die Sachen aus den Händen reißen.« Bis jetzt waren die meisten seiner Kunden allerdings Engländer, und er beklagte seine schlechte Kenntnis der Sprache. »Kannst du vielleicht ein bisschen mit mir üben?«, bat er.

Schließlich brachte sie ihm ein paar nützliche Vokabeln bei und ein Lied, das sie in der Missionsschule gelernt hatte. Am Abend fuhren sie singend in die Hafenstadt Surat. Naeku hoffte, dass Ranjana sie in ihrem Versteck hören konnte und dass die Melodie sie tröstete.

Major Lester erwartete sie schon am Kai, um die Verschiffung seiner Möbel, besonders seiner geliebten Kommode zu überwachen. Zunächst musste jedoch Desna ausgeladen werden, was die Schiffsbesatzung und die schon eingetroffenen Passagiere mit Interesse beobachteten.

»Der gehört auch Ihnen?«, fragte einer der Arbeiter, die dabei halfen, den Major.

Der blickte ihn an, als hätte er den Verstand verloren.

»Nein!«, mischte sich Nadi ein. »Aber auch diese hübsche Katze will nach Mombasa. Nach Hause sozusagen. Kann jemand den Captain holen oder den Zahlmeister? Dann können wir die Passage für sie buchen.«

Kurz darauf erschien der Zahlmeister, und Naeku übernahm die Verhandlungen selbst. Sie behielt den Lastwagen im Auge, doch das Ausladen der Kommode schien sich aus irgendwelchen Gründen zu verzögern. Der Major diskutierte mit den Arbeitern und Matrosen, Ranjana hatte also Zeit.

Naeku wurde mit dem Zahlmeister schnell einig. Er meinte, er habe kein Problem mit der Leopardin, der Käfig müsse jedoch an Deck stehen und dort sicher fixiert werden.

»Ich weiß bloß nicht, wie wir das machen mit dem Raubtier dadrin«, überlegte der gutmütige bärtige Offizier.

»Das ist nicht schwierig«, erklärte Naeku. »Ich nehme sie einfach solange an die Leine.«

Sie wartete, bis die Kommode aus dem Wagen geholt worden war, öffnete dann den Käfig und befestigte die Leine an Desnas goldenem Halsband. Über eine provisorische Rampe lief sie mit ihr hinunter. Damit hatte sie natürlich die gesamte Aufmerksamkeit der am Kai versammelten Seeleute, Passagiere und Händler. Kein Mensch achtete auf den kleinen, schmutzigen Bettelmönch, der sich aus dem Lastwagen stahl und hinter den Bergen von Frachtgut und Gepäck versteckte, die darauf warteten, verladen zu werden. Lediglich Naeku sah ihre Freundin aus den Augenwinkeln und atmete auf.

Der Zahlmeister wich zurück, als sie sich ihm mit dem Raubtier an der Leine näherte.

»Darf ich noch etwas fragen?«, erkundigte sie sich. »Nadi, unser Fahrer, meinte, Sie hätten einige Kabinen an Bord. Also für … menschliche Passagiere.«

Der Zahlmeister nickte peinlich berührt. »Es wäre schon noch eine frei«, meinte er. »Nur … also mir wäre es egal, ich guck nicht drauf, wie Leute aussehen, und Sie scheinen mir ja durchaus so was wie eine Lady zu sein. Aber unsere Passagiere sind alle Briten, und die haben oft einen gewissen Dünkel, wenn Sie wissen, was ich meine.« Sein Blick streifte ihre hochgewachsene Gestalt, ihren Sari und ihr krauses Haar. »Also, wenn Sie die Pflegerin von dem Tier sind und mit ihm an Deck schlafen, das wird keinen stören. Ich fürchte nur, im Kabinenbereich wird man Sie nicht willkommen heißen.«

»Es wäre nicht für mich …«, sagte Naeku.

9

Nachdem Desnas Käfig an den Deckplanken festgeschraubt worden war, führte Naeku das Tier hinein. Sie entrichtete eine Anzahlung an den Zahlmeister und erklärte, den Passagier am Bahnhof abholen zu müssen.

»Ich wurde von seinem Kloster damit beauftragt, ihn zu betreuen. Er spricht noch kaum Englisch, doch er wird von der indischen Gemeinde in Nairobi erwartet und muss mit größter Ehrerbietung behandelt werden«, behauptete sie und verließ dann noch einmal das Schiff, um sich von Nadi zu verabschieden und Ranjana am Kai zu suchen. Ihre Freundin sah so jämmerlich aus, dass ihr ein paar englische Ladys tatsächlich einige Rupien in die Bettelschale geworfen hatten. Als Naeku ihr die guten Nachrichten überbrachte, schaffte sie ein schwaches Lächeln. Ihr Gesicht wirkte jedoch eingefallen, sie war schmutzig und erschöpft und machte den Eindruck, als habe sie seit Tagen nichts gegessen.

Naeku kaufte ihnen beiden ein Linsengericht in einer Garküche und fand einen Brunnen, an dem Ranjana sich notdürftig waschen konnte. Schließlich stellte sie sich vor eine Mauernische in einem Hinterhof und schirmte ihre Freundin so weit ab, dass sie das stinkende, orangefarbene Gewand gegen die reinweiße Kutte tauschen konnte, in der sie das Schiff besteigen sollte. Ein paar billige Ketten mit Mandalas und anderen Glückszeichen fanden sich auf einem Markt, und in Hafennähe gab es wie überall Pfandleiher. Naeku versetzte Ranjanas letzten Schmuck.

»Macht es nichts, wenn wir jetzt schon aufs Schiff gehen?«, fragte die frühere Maharani leise, als Naeku sich aufatmend zurück zum Kai wandte. »Es legt doch erst morgen ab.«

Naeku legte ihr beruhigend eine Hand auf den Arm. »Ich muss Desna füttern. Und diese Lesters scheinen auch schon an Bord zu sein. Ich mache das. Heute Nacht wirst du ein Bett haben.«

Der Kapitän und der Zahlmeister des Schiffes nach Mombasa waren gleichermaßen verblüfft, als ein junger Mönch die von Naeku gebuchte letzte Kabine bezog. Naeku erläuterte, dass der heilige Mann direkt aus einem Kloster in den Bergen käme und sich von dem Trubel in der Stadt überfordert fühle.

»Es wäre sehr entgegenkommend, wenn er schon vor dem Ablegen des Schiffes hier nächtigen könnte. Er wird sicher nicht stören. Sobald er allein ist, wird er sich ganz dem Gebet und der Meditation hingeben.«

Der Zahlmeister, der schon viel in Indien unterwegs gewesen war, runzelte die Stirn. »Der Knabe erscheint mir jung für einen Sadhu«, bemerkte er. »Und ziemlich unbedarft. Wie kann er in dem Alter schon so viel Weisheit angehäuft haben, dass sich die indische Kolonie in Nairobi darum reißt, zu seinen Füßen zu sitzen?«

»Ich bin keine Hindu«, erwiderte Naeku. »Aber es hat mit Wiedergeburt zu tun. Er ist wohl die Reinkarnation eines ganz großen Gurus, von den Göttern berührt. Er hat besondere Fähigkeiten und wurde im Kloster von den weisesten Mönchen aufgezogen und unterrichtet. Ich kenne mich nicht sehr gut aus, ich wurde nur darum gebeten, mich ein bisschen um ihn zu kümmern.«

Der Zahlmeister guckte sie immer noch skeptisch an. Anscheinend konnte er gerade so nachvollziehen, dass die Maharani ihre afrikanische Dienerin und ihre Leopardin nach Kenia schickte. Aber sicher fragte er sich, wie dazu dieser heilige Mann passte und wer eine Tierpflegerin damit beauftragt haben sollte, ihn in seine neue Wirkungsstätte zu begleiten. Dem Mann standen die Fragen auf der Stirn geschrieben, aber Naeku sah ihn treuherzig an und tat, als wäre ihr Auftrag das Selbstverständlichste der Welt.

»Hier ist übrigens das restliche Geld für die Überfahrt des Sadhu«, erklärte sie dann und zog ein Bündel Rupienscheine aus ihrem Beutel. »Es ist sehr freundlich von Ihnen, uns so kurzfristig noch an Bord zu nehmen.«

Ranjana hielt sich hinter ihr und verbeugte sich schließlich traditionell mit zusammengelegten Händen vor dem Offizier.

»Na dann herzlich willkommen, Hochwürden. Oder was auch immer man sagt«, murmelte der Mann.

Er fand Naeku und ihren Anhang sicher eigenwillig, doch solange sie keinen Ärger machten und die Passage gut bezahlten, war ihm das anscheinend egal.

Ranjana hatte sich eisern beherrscht, doch als sie sicher in ihrer Kabine untergekommen war, begann sie zu zittern. Anscheinend wurde ihr erst jetzt wirklich bewusst, wo sie war und wie viel Zeit vergangen war, seit sie Jodhpur verlassen hatten. Die Einäscherung des Maharadschas musste längst erfolgt sein, sie war in Sicherheit. Doch das schien sie nicht so zu empfinden. Sie wehrte Naeku, die sie tröstend umarmen wollte, ab.

»Naeku, was habe ich getan?«, flüsterte sie. Ihr Gesicht war immer noch blass. »Wie konnte ich so … so pflichtvergessen sein? Die Götter werden mich strafen. Mein Karma wird verdorben sein, ich werde durch viele Leben wandern müssen …«

»Erst mal wanderst du weiter durch dieses«, erklärte Naeku. »Und jetzt schläfst du dich aus. Du hast doch seit Tagen kein Auge zugemacht. Morgen verlassen wir Indien, dann ist das alles vorbei …«

Ranjana ließ sich gehorsam zu Bett bringen. Aber sie wusste natürlich, dass sich ihr Karma nicht betrügen ließ. Wo auch immer sie war – sie musste damit leben, was sie getan hatte.

Am folgenden Morgen erwachte Naeku von den Rufen der Seeleute und dem Knattern der Motoren. Das Schiff legte ab. Sie hatte an Deck geschlafen, um Desna zu beruhigen und kein Aufsehen zu erregen, falls nachts noch Passagiere an Bord kamen oder Offiziere patrouillierten. Nun blickte sie zurück auf Surats bunt gestrichene Häuser und das Treiben im Hafen. Als das Schiff aufs Meer hinausglitt, hätte sie jubeln können vor Glück. Wenn sich nun noch Ranjana von ihren Schuldgefühlen befreien könnte … Naeku machte sich auf die Suche nach einem Frühstück für sich und ihre Freundin und fand die Kombüse.

»Der Zahlmeister sagte schon, dass der Mönch, mit dem Sie unterwegs sind, wahrscheinlich in der Kabine essen wird, sofern er überhaupt etwas isst«, bemerkte der Smutje, ein gemütlicher, rundlicher Schotte. »Ist das nicht so eine Art Fakir? Also … schläft er auf einem Nagelbett?«

Naeku lachte. »Nein, das nun doch nicht. Und Nahrung nimmt er auch zu sich. Nur bitte keinen Schinken …«

Der Smutje hatte schon begonnen, etwas von dem für Mannschaft und Passagiere zubereiteten Rührei für seinen seltsamen Passagier auf einen Teller zu füllen.

»Überhaupt kein Fleisch. Vielleicht etwas Toast? Mit Honig?«

Danach stand zumindest Naeku der Sinn, und der Smutje versorgte sie darüber hinaus mit Marmelade und Früchten.

»Aber der Tiger, der frisst Fleisch, oder?«, erkundigte er sich noch, was Naeku bejahte.

An diesem Tag würde sie bestimmt noch mehrmals erklären müssen, dass Desna keine Tigerin, sondern eine Leopardin war und an Menschen gewöhnt. Der Smutje ließ sich davon zum Glück leicht überzeugen, und sie brachte erst eine große Schüssel mit Fleisch und Knochen zu Desna, bevor sie sich zurück zu Ranjana begab.

Sie hatte gehofft, dass die Freundin ihren Tee und ihr Frühstück schon ungeduldig erwartete. Ranjana kniete jedoch auf dem Boden, sprach Mantras und war nur schwer davon zu überzeugen, ihre Sühnegebete zu unterbrechen, um etwas zu essen. Dabei hatte Naeku eigentlich den Plan gehabt, mit ihrer Freundin gleich das weitere Vorgehen zu besprechen. Es war nicht unbedingt nötig, dass sie die Rolle des Sadhus beibehielt, sie konnte den Schiffsoffizieren und den anderen Passagieren ruhig die Wahrheit sagen und sich als frühere Maharani von Rajasthan vorstellen. Niemand würde ihre Flucht verurteilen, im Gegenteil, man würde sie zu ihrem Mut beglückwünschen und damit vielleicht auf andere Gedanken bringen.

Ranjana lehnte jedoch ab, als Naeku das vorschlug. »Ich will keine Zerstreuung«, sagte sie. »Ich muss … ich muss erst mal mit alldem fertigwerden. Du hast ja recht, ich lebe, und ich sollte mich darüber freuen. Aber ich habe alle Regeln gebrochen, ich habe meine Familie entehrt, mich als meines Mannes unwürdig erwiesen, ich habe Schande über mich gebracht. In meiner Kaste bin ich jetzt eine Ausgestoßene …«

»Du bist nicht mehr in Indien«, argumentierte Naeku. »Wir werden in Afrika leben, vielleicht nimmt Mrs. Edgecumbe uns auf ihrer Farm auf, oder wir gehen in die Mission.«

»Muss ich mich dann taufen lassen?«, fragte Ranjana ungehalten.

»Du solltest jetzt erst mal frühstücken, danach kannst du weitermeditieren«, erwiderte Naeku. Sie merkte, dass ihre Geduld langsam zu Ende ging. »Und was deine Rolle betrifft … Während der Reise kannst du als Mönch verkleidet bleiben, aber wenn dein Haar wieder wächst, werde ich dich nicht erneut rasieren. Also finde heraus, was du willst. Ich kümmere mich solange um Desna.«

Sie verließ Ranjana, nachdem diese wenigstens ein paar Früchte und einen Honigtoast zu sich genommen hatte. Desna hatte mit weit mehr Appetit gespeist.

Naeku gesellte sich zu der Leopardin und beantwortete bereitwillig die Fragen der Passagiere, die das Raubtier respektvoll beobachteten. Sie erzählte, dass Desna jetzt nach Hause zurückkehre, nachdem sie von Ivy Edgecumbe, der Besitzerin eines Safariresorts, vor Jahren an die Maharani verschenkt worden sei.

»Nach dem Tod des Maharadschas kann der Palast sie nicht weiter halten«, erklärte sie. »Also soll sie nach Edgecumbe Farm zurückkehren.«

Einige der Passagiere, die nur vorübergehend in Indien gewesen waren und nun in ihre Stellung in Kenia zurückkehrten, hatten von Ivy Edgecumbe und ihrer Farm gehört und stellten Naeku jetzt auch Fragen nach ihrer eigenen Herkunft. Sie berichtete von ihrem Stamm und der Mission sowie ihrer Stellung als Dienerin im Palast von Jodhpur.

Eine Frau wagte es schließlich, die Frage zu stellen, die wahrscheinlich allen auf der Seele brannte, die sich mit indischen Bräuchen etwas auskannten.

»Ist es möglich, dass die Maharani tot ist? Ich meine … die … die Frauen in Indien …« Sie vermochte das Schreckliche nicht auszusprechen. »Der Maharadscha ist doch gestern verbrannt worden.«

Naeku lächelte ihr zu. »Ich habe gehört, dass die Frau, welche die Maharani war, am Leben ist und mit allen Ängsten und Sorgen abschließen kann. Sie ist noch jung. Sie wird neu beginnen …«

Mit dieser Auskunft, die allein ihrer Hoffnung entsprang, verließ sie die Gruppe der Passagiere und ging erneut zu ihrem Aussichtspunkt an der Reling. Die Küste war ihren Blicken längst entschwunden.

Die Reise nach Mombasa dauerte zwei Wochen, Naeku versuchte unentwegt, Ranjana etwas aufzuheitern. Ihre Freundin war jedoch weder durch eine vorbeiziehende Delfinschule noch durch ein vergnügliches Konzert mit Seemannsliedern, das die Mannschaft häufig zum Besten gab, aus der Kabine zu locken. Sie steigerte sich immer mehr in ihre Schuldgefühle und Ängste hinein, in ihren Albträumen war das Feuer jetzt die Rettung vor den Dämonen, die sie verfolgten. Naeku schlich sich jede Nacht zu ihr und versuchte, sie zu trösten, doch das Ungeheuerliche, das sie mit ihrer Flucht gewagt hatte, ließ sie nicht los. Schließlich besann sich Naeku auf die heilende Wirkung, die das Zusammensein mit Desna stets auf ihre Freundin ausgeübt hatte. Als eines Nachts alle schliefen, die Zugang zum Deck mit Desnas Käfig hatten, rüttelte sie die unruhig schlafende Ranjana wach.

»Komm, wir gehen Desna besuchen«, sagte sie. »Du hast sie so lange nicht gesehen, sie hat sicher schon Sehnsucht nach dir. Sie wird dich hoffentlich davon überzeugen, dass du auf dieser Welt noch gebraucht wirst und nicht nur ich glücklich darüber bin, dass du am Leben bist!«

Der Aussicht, Desna zu sehen, konnte Ranjana nicht widerstehen. Sie warf ihre Mönchskutte über und folgte der Freundin an Deck. Desna gab sofort ein Brummen von sich und rieb sich an den Stäben ihres Käfigs.

»Desna, meine Schöne … Liebe …« Ranjana fand ihre sanfte Stimme wieder, in den letzten Tagen hatte sie eigentlich nur heiser geflüstert. »Desna, mein Schatz, mein Geschenk!«

Naeku betrachtete mit Tränen der Erleichterung, wie sie das Tier durch die Gitter liebkoste und schließlich den Käfig öffnete. Desna kam heraus, schmiegte sich an ihre Besitzerin, streckte sich und machte Freudensprünge um Ranjana herum. Eine verzauberte Stunde lang spielte die junge Frau mit ihrer Leopardin wie ein Kind mit seinem Kätzchen. Dann mahnte Naeku zum Aufbruch.

»Nicht dass uns noch ein Schlafwandler entdeckt«, sagte sie lächelnd. »Ich denke, das hier wäre schwer zu erklären.«

In dieser Nacht schmiegte sich Ranjana wieder glücklich an ihre

Freundin. Was auch immer ihr nächstes Leben bringen würde – in diesem war sie reich gesegnet.

Ranjana und Naeku wussten nicht, dass sie entdeckt worden waren. Mrs. Rudyard, eine der Frauen unter den Passagieren, hatte tatsächlich unter Schlaflosigkeit gelitten und war in der Nacht an Deck gekommen, um frische Luft zu schnappen. Atemlos vor Staunen hatte sie Ranjanas Wiedersehensfreude mit Desna beobachtet. Und sehr schnell eine Erklärung gefunden.

Am nächsten Morgen beim Frühstück, das die Gäste gewöhnlich gemeinsam in der Schiffsmesse einnahmen, sorgte sie für Gesprächsstoff.

»Der junge Mönch, dieser … Sadhu … der … also der hat magische Kräfte. Anscheinend spricht er mit Tieren. Ich sah ihn mit dieser Raubkatze, die Miss Naeku betreut. Er hat sie aus dem Käfig gelassen … Sie leckte ihm die Hand und folgte ihm wie ein Hündchen …«

10

»Dieser Flegel Akono ist wieder nicht aufgetaucht!« Lennox Edgecumbe wandte sich verärgert an seinen Mitarbeiter Reggie Derringer. Akono war Fahrer und Fährtensucher, ohne ihn konnte Lennox seine Jagdgäste nicht auf die Pirsch führen. »Kannst du gerade einspringen?«

Im Gegensatz zu Lennox kannte Reggie das Gebiet von Edgecumbe Farm wie seine Westentasche. Er wusste, wo Löwen und Nashörner sich bevorzugt aufhielten – oder das jedenfalls früher getan hatten. Seit die Tiere wieder bejagt wurden, hatten sie ihre Gewohnheiten geändert. Allerdings verstand sich Reggie auch auf Fährtensuche. Mit ihm würden die Gäste ohne einheimischen Führer ebenso erfolgreich zum Schuss kommen.

»Ausnahmsweise«, brummte Reggie. »Eigentlich wollte ich mit Lord Tatenham allein losziehen. Sehen, ob ich einen Leoparden finde …«

Lord Tatenham war ein erfahrener begeisterter Jäger, und vor allem einer der wenigen repräsentativen Gäste, die sich noch auf die Farm verirrten. Lennox war es nicht wirklich gelungen, an die Erfolge seines Onkels anzuknüpfen und das Jagdresort zu alter Stärke zurückzubringen. Woran genau das lag, konnte er nicht sagen. War es Adrians Ruf als einer der erfahrensten Großwildjäger gewesen, der die Gäste angezogen hatte? Sein Charisma, wenn er, wovon seine Kunden heute noch schwärmten, sie einlud in »sein Afrika«? Vielleicht lag es auch daran, dass die Einführung geländegängiger motorisierter Fahrzeuge inzwischen Safaris in die echte Wildnis einfacher machte. Die Jäger aus Europa mussten sich nicht mehr für Monate freimachen, um einmal Löwen oder Elefanten schießen zu können. Agenturen wie Newland, Tarlton & Co. brachten sie in wenigen Stunden in den Busch und halfen bei der Fährtensuche. Ein möglicher Grund, den Lennox sich besonders ungern eingestand, war das Fehlen einer geschickten, engagierten Gastgeberin wie Ivy Edgecumbe. Adrian mit seinem untrüglichen Gespür für sein Geschäft hatte das Resort erst eröffnet, als er Ivy gefunden und gleich als künftige, charmante Dame des Hauses erkannt hatte. Die Nächte unter dem Sternenhimmel auf Edgecumbe Farm waren legendär gewesen – die Menüs, der Service und die geistreiche Unterhaltung. Viele Gäste, die in der Hoffnung auf dasselbe Erlebnis wiedergekommen waren, hatten davon erzählt. Lennox und Reggie versuchten natürlich, an die Tradition anzuschließen, doch das Personal spurte nicht richtig, wie Lennox es ausdrückte, und ohne die Anwesenheit einer kultivierten Frau wurden Jagdgesellschaften nun mal schnell zu Trinkgelagen.

»Tut mir leid«, sagte Lennox. »Ich hatte fest mit Akono gerechnet. Aber diese stinkfaulen Afrikaner …«

»Sie wären vielleicht zuverlässiger, wenn du mal darauf verzichten würdest, sie dauernd zu brüskieren«, bemerkte Reggie.

Er nahm Lennox gegenüber kein Blatt vor den Mund – der neue Bwana brauchte ihn viel mehr als umgekehrt.

»Soll ich sie etwa siezen und mit Sir ansprechen?«, höhnte Lennox.

»Es würde schon genügen, wenn du deine Hände von ihren Frauen und Mädchen ließest. Falls es dir entgangen ist: Njeri ist Akonos Frau …«

Njeri, eine hübsche, junge Kikuyu-Frau, war auf der Farm als Hausmädchen tätig, und Lennox hatte nicht widerstehen können, als er sie einige Tage zuvor in einem der Gästezelte getroffen hatte, wo sie gerade etwas unter einem Bett hervorgeholt hatte. Ihr ausladendes Hinterteil hatte so einladend unter ihrem hochgerutschten Rock hervorgeschaut – Lennox hatte einfach zugreifen müssen. Und sie hatte sich auch nicht gewehrt, als er sie dann gleich auf dem Bett im Zelt genommen hatte. So behaglich, hatte Lennox geschlossen, hatte sie es dabei vermutlich noch nie gehabt.

Jetzt lachte er ungläubig. »Du willst mir weismachen, der nähme das übel?«, fragte er. »Komm, sonst sind die doch auch nicht prüde. Ich seh immer wieder Mädchen aus den Gästezelten kommen … Die werden von ihren Vätern da hingeschickt. Bestimmt bekommen sie viel Geld dafür. Warum die so oft heulen, weiß ich nicht. Ich frag mich, was es dabei zu heulen gibt.«

Reggie nickte. Die Kikuyu – seltener die Massai – verkauften ihre Töchter und mitunter Ehefrauen an die Gäste des Resorts. Ivy Edgecumbe hatte dieser Praxis energisch einen Riegel vorgeschoben – schon zu Lebzeiten ihres Mannes Adrian, dem sie sich in anderen Dingen meist untergeordnet hatte.

»Das ist was anderes«, meinte er jetzt. »Aber für Njeri wird Akono … na ja, ich denk mal, den Wert von dreißig Rindern als Brautpreis bezahlt haben. Da fühlt er sich betrogen, wenn du sie einfach nimmst, wann es dir passt.«

Lennox verdrehte die Augen. »Versteh einer die Kerle! Was soll ich machen? Akono eine Kuh schenken?«

Reggie seufzte. »Nein, nur besser überlegen, was du tust. Die Afrikaner sind nicht deine Leibeigenen. Hat bei euch in Schottland übrigens immer noch der Herr das Recht auf die erste Nacht mit den Bräuten? War schon eine interessante Sitte, nur hier nicht üblich. Wie gesagt, halt dich ein bisschen zurück.«

Lennox kam allgemein nicht allzu gut klar mit den Sitten der Kikuyu und Massai, auf deren Hilfe er bei der Führung der Jagdsafaris angewiesen war. Er eckte immer wieder an, was Reggie dann auszubügeln hatte. Dabei war er auch nicht gerade gut gelitten im Stamm der Kikuyu. Mit den Massai kam er hervorragend klar. Er sprach ihre Sprache und hatte schon als Kind mit den Jungen des Stammes gespielt und gejagt. Auf die Kikuyu, die erst Adrian wieder in der Region angesiedelt hatte, nachdem der Stamm vor Jahren einem Massaker durch die Massai zum Opfer gefallen war, schaute er – genau wie seine Massai-Freunde – eher hinunter.

»Ich sag dann mal Lord Tatenham, dass er sich leider der Gruppensafari anschließen muss. Sind nur fünf Männer, das wird er schon verkraften, und auf Leopardenjagd kann ich ja morgen früh mit ihm gehen«, erklärte Reggie jetzt besänftigend. »Hast du den Brief gesehen? Nio hat ihn auf deinen Schreibtisch gelegt. Adressiert an Ivory Edgecumbe. Sollen wir ihn aufmachen oder weiterleiten?«

»Aufmachen«, entschied Lennox, trat aus der Empfangshalle in das kleine Büro, das ehemals Ivy Edgecumbe für sich beansprucht hatte, und entdeckte den Brief sofort. Ohne zu zögern, riss er ihn auf und runzelte die Stirn, als er ihn überflog.

»Eine Notiz vom Hafenmeister von Surat, Indien. An uns ist eine Sendung unterwegs mit einem Frachtschiff. Ein Leopard.«

»Ein lebender Leopard?«, fragte Reggie verdutzt. »Davon haben wir hier doch mehr als die Inder. Bestimmt kein Tiger?«

»Wer sollte uns denn einen Tiger schicken?«, erkundigte sich Lennox. »Also nach Angaben des Hafenmeisters ist es ein Leopard. Empfängerin ist Ivory Edgecumbe, und die Absenderin ist Ranjana, Maharani von Rajasthan.«

Reggie schwante etwas. »Ach je! Das ist lange her. Ich glaub, ich weiß, worum es geht. Der Maharadscha war mal zur Jagd hier, und Miss Ivy hat sich um seine Frau gekümmert. Ein halbes Kind damals … bildschön, aber noch ziemlich verspielt. Miss Ivy hatte damals drei kleine Leoparden. Sie hat ja öfter Jungtiere aufgezogen, und die Maharani war entzückt von ihnen. Also bestand Adrian darauf, dass seine Frau ihr einen der Welpen schenkte. Der passte das nicht. Sie hatte Angst um ihre Miezen, aber schließlich hat sie doch eins der Tiere auf den Weg geschickt und ein Massai-Mädchen dazu, das sich um das Vieh kümmern sollte. Der Maharadscha hat es seinem Vater abgekauft, für vierzig Rinder. Der Inder hat seiner kleinen Frau jeden Wunsch von den Augen abgelesen, und jetzt schickt sie die Katze zurück. Scheint nicht mehr damit klarzukommen …«

Lennox runzelte die Stirn. »Nach all den Jahren? Egal. Jedenfalls müssen wir das Tier in Mombasa abholen, wenn das Schiff eintrifft. Man wird uns telegrafisch benachrichtigen.«

Reggie lachte. »Interessante Geschichte. Na ja, wenn alle Stricke reißen, haben wir den nächsten Leoparden für einen gut zahlenden Kunden …«

Die Nachricht vom erwarteten Eintreffen des Schiffes mit seiner ungewöhnlichen Fracht erreichte Lennox eine gute Woche später. Es passte recht gut, waren Reggies Eltern, die ein Geschäft für Jagdbedarf in Kijabe führten, doch auch gerade an der Küste. Die Firma Winchester stellte neue Jagdgewehre vor und hatte ihre Handelspartner in Kenia zu einer Waffendemonstration und Informationsveranstaltung eingeladen. Sie fand in einem guten Hotel statt, und der Aufenthalt war zweifellos ein Bonus für gute Umsätze.

»Wir können sie da treffen, uns die Veranstaltung mit ihnen ansehen und zweifellos sehr guten Whiskey auf Kosten der Firma Winchester trinken«, sagte Reggie, als Lennox ihm die Nachricht überbrachte, und lachte.

Auf Edgecumbe Farm musste keiner die Stellung halten. Das Schiff traf während der Woche ein, und in der letzten Zeit hatte das Resort hauptsächlich Wochenendgäste. Reggie sagte es Lennox nicht, doch er sah das ebenfalls als Zeichen des gesunkenen Niveaus. Wo früher erfahrene Jäger gekommen waren, die das Resort nur aufgrund von Zeitdruck einer Safari in die Wildnis vorzogen, waren die jetzigen Gäste Ausflügler aus Nairobi und Umgebung – meist Freunde, die sich ein Männerwochenende gönnen wollten. Sie protzten mit teuren Jagdflinten, doch sehr treffsicher waren sie nicht. So nah man sie auch an das Wild heranführte – meist mussten Reggie, Lennox oder der afrikanische Fährtenleser den Tieren den Fangschuss geben. Familien oder die Ehefrauen der Jäger empfing man auf Edgecumbe Farm kaum noch. Was sicher damit zu tun hatte, dass Lennox schamlos mit den weiblichen Gästen flirtete. Reggie Derringer mochte seinen Chef, sie freundeten sich mehr und mehr an, nur gegen Adrian Edgecumbe fiel der neue Bwana in vieler Hinsicht ab.

Die Fahrt nach Mombasa zog sich hin – zumal der geländegängige Wagen, mit dem sie unterwegs waren, nicht schnell war. Reggie und Lennox steuerten ihn abwechselnd durch die Savanne, an kleinen Ortschaften vorbei und durch bewaldete Gegenden. Der Kilimandscharo, den sie passierten, grüßte majestätisch herüber wie stets. Lennox, der die Strecke noch nicht oft gefahren war, fand ihn sehr beeindruckend. Schließlich erreichten sie die große, geschäftige Hafenstadt Mombasa gegen Ende eines sehr langen Reisetages. Reggie plädierte dafür, erst ins Hotel zu fahren, sich frisch zu machen und mit seinen Eltern zu speisen und sich dann am nächsten Tag um die Raubkatze zu kümmern. Lennox hielt ihm allerdings vor, dass das Telegramm eindeutig gewesen war: Die Leopardin habe am ersten Februar abgeholt zu werden.

»Das Schiff will ja sicher wieder auslaufen«, gab er zu bedenken. »Und wo am Hafen soll man eine Raubkatze unterbringen?«

Die beiden lenkten ihren Wagen also zum Hafen und fragten nach dem Frachtschiff aus Surat. Wie sie erfuhren, war es erst kurz zuvor eingelaufen, entsprechend rege war das Treiben rundum. Waren wurden gelöscht, Passagiere überwachten das Ausladen ihres Hausrates, Koffer standen am Kai.

Lennox sprach einen der Schiffsoffiziere an, der gleich erfreut nickte. »Ja, die Raubkatze können Sie mitnehmen. Da brauchen Sie nur etwas Werkzeug, der Käfig wurde fest mit dem Oberdeck verbunden, damit er bei stärkerem Seegang nicht ins Rutschen geriet. Miss Naeku wird Sie zweifellos dort erwarten.«

»Miss Naeku?«, fragte Lennox. »Reist das Tier in Begleitung?«

Der Seemann nickte. »Ja, mit einer Afrikanerin. So hübsch wie unnahbar …« Er grinste. »Na, Sie werden ja sehen.«

Damit wandte er sich wieder der Beaufsichtigung der Arbeiter zu, die das Schiff entluden, und strich Listen ab. Lennox und Reggie bewaffneten sich mit Hämmern, Kuhfuß und Schraubenzieher – einen Werkzeugkasten musste man während einer so weiten Fahrt mit dem Automobil immer dabeihaben – und begaben sich an Deck.

Naeku saß neben dem Käfig, in dem Desna an diesem Abend nicht zur Ruhe kam. Sie musste spüren, dass die Reise zu Ende war. Naeku stand auf, als sie die Männer auf sich zukommen sah. Der eine gönnte ihr nur einen kurzen Blick, der andere konnte die Augen nicht von ihrem Körper und ihren Gesichtszügen lassen. Eine Afrikanerin im Sari hatte er wohl noch nie gesehen, und sie wusste, dass der Seidenstoff in bunten Farben ihrer Haut schmeichelte und ihre hohe Gestalt noch besser wirken ließ als die Gewänder der Einheimischen.

»Das ist der Leopard für Edgecumbe Farm?«, vergewisserte sich der Jüngere, ohne sich mit Höflichkeitsfloskeln aufzuhalten. Er glaubte sicherlich, dass sie eine untergeordnete Stellung innehatte. »Sprichst du etwas Englisch?«

Naeku verneigte sich, wie es in Indien üblich war. Sie war beleidigt. Als Erste Dienerin der Maharani war sie daran gewöhnt, mit mehr Ehrerbietung behandelt zu werden. Nun gut, Ranjana war nicht mehr die Maharani, aber für sie, Naeku, würde sie es immer bleiben.

»Ja, das ist Desna«, sagte sie in fließendem Englisch. »Kommen Sie von Mrs. Edgecumbe?«

Der Mann lachte. »Nein, Mädchen, Mrs. Edgecumbe hat die Leitung der Farm nicht mehr inne. Ich bin Mr. Lennox Edgecumbe, der Erbe.«

Naekus Gesicht verzog sich in Sorge. »Ist Miss Ivy tot?«, fragte sie.

Der andere Mann – sie hatte das Gefühl, ihn schon einmal gesehen zu haben – schüttelte den Kopf. »Nein. Trotzdem ist Mr. Lennox der neue Bwana. Die Farm gehört ihm und insofern auch der Leopard. Und ich bin Reggie Derringer und stehe ihm zur Seite. Geh mal weg da, dann bauen wir den Käfig ab.«

Naeku verstand nicht, was geschehen sein konnte. Sie richtete sich auf und machte ihre Stellung deutlich.

»Es tut mir leid, das Tier gehört der Maharani von Rajasthan«, erklärte sie ruhig, aber in sehr bestimmtem Ton. »Es wurde ihr geschenkt. Also kann nur sie anordnen, wem es übergeben wird. Ich jedenfalls wurde angewiesen, es zurück zu Miss Ivy zu bringen. Von einem Mr. Edgecumbe war nicht die Rede.« Desna fauchte, als sich Reggie Derringer nichtsdestotrotz an den Schrauben zu schaffen machte, die den Käfig an Deck fixierten. »Sie brauchen den Käfig auch nicht abzubauen, während Desna drin ist«, fügte Naeku hinzu. »Ich kann sie an die Leine nehmen. Sie ist zahm.«

Das Auftreten der beiden Männer passte in keiner Weise zu ihren Plänen. Sie hatte gehofft, dass Miss Ivy Desna selbst abholte oder doch jemand Vertrauenswürdigen damit beauftragte. Den hatte sie dann in ihre Geschichte einweihen wollen und bitten, Ranjana und sich selbst nach Nairobi oder gleich nach Edgecumbe Farm mitzunehmen. Darüber, ob sie sich mit dieser Bitte an den neuen Bwana und Reggie Derringer wenden wollte, war sie sich nicht sicher. Sie erinnerte sich noch dunkel an Mr. Reggie, der im Massai-Dorf gern gesehen gewesen war, die Frauen jedoch genauso geringschätzig behandelt hatte wie die Massai-Männer selbst dies taten. Auch jetzt nahm er von Naeku keinerlei Notiz, sondern arbeitete weiter.

Lennox Edgecumbe interessierte sich etwas mehr für sie. »Wer bist du denn überhaupt?«, fragte er.

Naeku warf sich in die Brust. »Ich bin Naeku, die Erste Dienerin der Maharani von Rajasthan und Desnas vertraute Pflegerin. Das Tier hört auf mich. Es …«

»Das ist die kleine Massai, die der Maharadscha damals ihrem Vater abgekauft hat«, bemerkte Reggie Derringer. »Ich erinnere mich jetzt auch an den Namen. Wirst du zurückgegeben, Mädchen?« Er grinste. »Dein Vater wird sich freuen. Kann er noch mal vierzig Rinder erhandeln.«

»Ich bin frei«, rutschte es Naeku heraus.

Voller Entsetzen sah sie, dass die Männer johlend lachten. Und ausgerechnet in diesem Moment kam Mrs. Rudyard auf sie zu, Arm in Arm mit einer anderen Britin, die ähnlich elegant gekleidet war, aber nicht so aufgeregt wirkte.

»Kommen Sie wegen des Tigers?«, fragte sie die Männer eifrig. »Sind Sie die neuen Besitzer? Und haben Sie den Mönch gesehen?«

»Es ist ein Leopard, Mrs. Rudyard«, korrigierte Naeku, was sie der neugierigen Passagierin schon so oft erklärt hatte. »Und …« Sie hatte die Leute von Edgecumbe Farm eigentlich erst später mit Ranjana bekannt machen wollen, die noch in ihrer Kabine wartete.

»Welchen Mönch?«, erkundigte sich Lennox.

»Na, den Sadhu! Den Heiligen. Ich glaube, der ist noch an Bord, jedenfalls waren keine Inder am Kai, um ihn abzuholen. Seine Leute werden ihn doch abholen, nicht wahr?« Mit den letzten Worten wandte sie sich an Naeku. »Ich wollte ihn meiner Freundin zeigen. Ihn und den Ti…, den Leoparden. Du machst dir wirklich keine Vorstellung, Elizabeth …«

Lennox Edgecumbe runzelte die Stirn. »Was hat das jetzt zu

bedeuten?«, erkundigte er sich, nicht sicher, ob er sich an die aufgeregte Lady oder die sichtlich wenig von deren Auftritt erbaute Naeku wenden sollte.

»Der Mönch ist ein Magier«, sagte Mrs. Rudyard. »Er spricht mit den Tieren, er zähmt sie. Man muss das gesehen haben …«

Naeku seufzte. Auch ihr war in den letzten Tagen der Reise zu Ohren gekommen, dass Ranjana und ihr Umgang mit Desna zum Thema des Schiffsklatsches geworden waren. Nachdem Mrs. Rudyard sie nachts beobachtet hatte, näherten sich die Passagiere ebenso fasziniert wie furchtsam Ranjanas Kabine und Desnas Käfig. Naeku wurde mehrmals daraufhin angesprochen, ob der Mönch vielleicht Amulette segnete oder sonst irgendwie Glück verheißend tätig werden könne. Alle Passagiere kannten die in Indien allgegenwärtigen Bettelmönche und die abergläubischen unter ihnen hatten ihnen öfter mal ein Almosen zugesteckt oder eine Kuh gefüttert. Natürlich waren sie gute Christen, aber falls an der Sache mit dem Karma vielleicht doch etwas dran war …

Naeku riss sich zusammen. Sie musste diesem Mr. Edgecumbe ohnehin von Ranjana erzählen. Nur die Maharani selbst hatte die Autorität, ihn daran zu hindern, sich Desna einfach anzueignen. Andererseits mochte er wirklich der Rechtsnachfolger von Ivy Edgecumbe sein – und zudem befanden sich Naeku und Ranjana in einer Notlage. Wo sonst außer zu Naekus Stamm oder der Mission auf Edgecumbe Farm sollten sie hin? Noch dazu mit einem Leoparden?

Widerstrebend bat sie die Männer zu warten und begab sich in Ranjanas Kabine. Sie lag in der Nähe von Desnas Käfig. Wenn Ranjana gelauscht hatte, musste sie zumindest Teile ihres Gesprächs mit Lennox Edgecumbe und Reggie Derringer mitbekommen haben.

»Du musst rauskommen«, sagte sie. »Ich weiß nicht, wie das weitergehen wird, aber ohne dich schaffe ich es nicht. Du hast es vielleicht mitbekommen: Ich bin nur das damals verkaufte Massai-Mädchen.«

Ranjana nickte. Sie war eingeschüchtert und hatte Angst, aber sie war immerhin die Frau des Maharadschas gewesen. Sie musste den Männern Respekt einflößen. Aufgeregt folgte sie Naeku an Deck, die ihr die Männer vorstellte, doch dann überwog die Freude am Anblick ihrer Leopardin, zumal Desna sofort ihr Begrüßungsbrummen hören ließ. Ohne die Männer und die Britinnen zu beachten, kauerte sie sich neben den Käfig, streichelte Desna durch die Gitterstäbe und ließ sie kurz darauf heraus, worauf weitere Freudenkundgebungen der großen Katze folgten.

11

Lennox und Reggie wichen erschrocken zurück – ebenso die Ladys, doch dann betrachteten die Männer sich den jungen Mönch genauer. Lennox genügte ein scharfer Blick, um zu erkennen, dass er hier keinen jungen Mann vor sich hatte. Ranjanas weibliche Formen zeichneten sich unter der unförmigen Kutte ab, auch ihr Gesicht hatte feine Züge … Lennox betrachtete fasziniert den fast ins Goldene tendierenden Teint, ihre zarten Lippen und die riesigen Augen. Zu Desna sprach sie mit sanfter, heller Stimme. Es mochte Knaben geben, die ähnlich schön waren, doch vor dem Stimmbruch war dieses bezaubernde Wesen sicher nicht mehr …

Lennox musste sich dazu zwingen, die kleine Betrügerin hart anzugehen. »Was soll das, Mädchen? Welches Spiel wird hier gespielt? Wenn das ein Mönch ist, und dazu ein Heiliger, dann bin ich St. Andrew!« St. Andrew war der schottische Nationalheilige.

»Aber der Tiger …«, wandte Mrs. Rudyard ein.

Lennox stöhnte. »Der Leopard wurde mir als zahm avisiert. Den musste keiner verzaubern. Also, wer bist du?«

Ranjana straffte sich. »Ich war die Maharani von Rajasthan«, sagte sie leise. Es waren die ersten Worte, die sie zu jemand anderem als Naeku sprach, seit sie den Palast verlassen hatten. »Nach dem Tod meines Mannes musste ich fliehen. Und ich hoffte auf Asyl auf Mrs. Edgecumbes Farm. Für mich, meine Dienerin und Desna.« Sie wies auf die Leopardin. »Desna bedeutet Geschenk.«

Sie sah Lennox Edgecumbe an, seine Augen hatten sich bei ihrer

Vorstellung geweitet. Sie hatte nie einen Europäer von so Nahem gesehen, und was sie sah, gefiel ihr. Lennox hatte wache blaue Augen, seine Züge erschienen ihr fremdartig, doch durchaus anziehend. Er sah Adrian Edgecumbe, der lange in ihrem Palast zu Gast gewesen war, zweifellos ähnlich. Und Adrian hatte sie immer höflich und zuvorkommend behandelt. Vielleicht verdankte sie sogar ihm, dass sie Desna zum Geschenk erhalten hatte. Seine Frau war am Anfang gar nicht so begeistert davon gewesen, das Raubtierbaby abzugeben.

Jetzt war der junge Mann anscheinend sprachlos. Da sie nicht weitersprach, begann Naeku zu erklären. Die Männer lauschten fasziniert, die britischen Ladys voller Ehrfurcht.

Reggie sah sich Ranjana näher an. »Es stimmt, das ist sie«, sagte er schließlich. »Sie hatte natürlich langes Haar, und ihre Augen waren mit Kajal umrahmt nach indischer Art. Und dann hatte sie diesen Punkt zwischen den Augen. Den hat die hier allerdings nicht!«

»Damit werden Inderinnen nicht geboren«, erklärte Naeku. »Er wird jeden Morgen neu aufgemalt.«

Lennox jedenfalls war überzeugt, ohne deshalb besondere Ehrfurcht zu erfinden. Das kleine Ding war also eine entlaufene Adlige, bildschön, und sie brannte darauf, ihn auf seine Farm zu begleiten. Selbstverständlich würde er ihr und der nicht minder attraktiven Massai-Frau den Gefallen tun. Er malte sich ihre möglichen Gegenleistungen schon einmal aus.

Für Reggie war die Sachlage nicht so klar. »Was … äh … machen wir denn jetzt mit … euch?«, fragte er.

Die beiden Britinnen knicksten vor Ranjana.

»Willkommen in Kenia, Eure Hoheit«, sagte Mrs. Rudyard.

»Nun, wir geben dem Wunsch der Lady selbstverständlich nach«, erklärte Lennox mit gewinnendem Lächeln. »Ihr seid auf Edgecumbe Farm mehr als willkommen, Eure Hoheit!«

Ranjana schaute verwirrt, doch Naeku war alarmiert. Etwas in Lennox' Ausdruck gefiel ihr nicht.

»Wir müssen noch packen«, behauptete sie, obwohl sie ihre Habseligkeiten in wenigen Minuten zusammengerafft haben würde. »Und ich werde der Maharani helfen, sich umzukleiden. Eine Tarnung ist jetzt ja nicht mehr nötig.«

Sie schob Desna wieder in ihren Käfig und geleitete Ranjana in ihre Kabine. Vielleicht würde dieser Edgecumbe sie mit mehr ehrlichem Respekt behandeln, wenn sie ihm in der Aufmachung einer Fürstin entgegentrat.

Reggie Derringer war klar, dass sein Freund sich nicht angemessen verhielt. Als Naeku und Ranjana gegangen waren – ebenso die Briteninnen, zweifellos um die Neuigkeiten überall zu verkünden –, nahm er ihn beiseite.

»Lennox, du kannst die Kleine nicht einfach mitnehmen! Das ist keine Kikuyu oder Massai, die sich nicht zu beschweren wagt, wenn der Bwana das Bett mit ihr teilen will. Sie ist eine Aristokratin, eine Prinzessin. So eine Frau will anständig behandelt werden, umworben … und letztlich geheiratet.«

Lennox runzelte die Stirn. »Ich denke, sie ist Witwe«, meinte er. »Und weggelaufen. Betrachtet die Familie sie nicht als so was wie ein gefallenes Mädchen?«

»Sie hat sich einem grausamen Brauch verweigert, und ihre Familie wird sie zweifellos verstoßen haben, als sie davon erfuhr«, führte Reggie geduldig aus. »Aber jetzt ist sie hier. Und im Grunde ist sie genau das, was du brauchst für dein Resort: eine wohlerzogene, wunderschöne und charmante Gastgeberin. Glaub's mir, ich hab sie erlebt. Wenn du es geschickt anstellst, bekommst du mit ihr eine zweite Ivory Edgecumbe …«

Lennox verzog das Gesicht. »Das ist das Letzte, was ich brauche. Die entzückende Ivory ist meinem Onkel ganz schön auf der Nase herumgetanzt.«

Reggie rieb sich die Stirn. Schon er war nicht der größte Diplomat, aber Lennox' mangelndes Gespür für Menschen war kaum zu übertreffen.

»Dieses Mädchen wird dir nicht auf der Nase herumtanzen«, erklärte er. »Sie ist keine Britin, die meint, sie müsste die gleichen Rechte haben wie ein Mann. Mensch, Lennox, sie war drauf und dran, sich mit ihrem Gatten zusammen verbrennen zu lassen! Wenn du ein bisschen nett zu ihr bist, dann wird sie dir in jeder Beziehung zu Willen sein. Du bist wie ein Gott für sie.«

Lennox überlegte kurz. Der Gedanke war reizvoll. Und Reggie hatte recht, er brauchte eine standesgemäße Ehefrau. Ein dafür infrage kommendes Mädchen konnte er nicht einfach mit auf die Farm nehmen.

»Also, was machen wir?«, fragte er.

Als die beiden Frauen zurückkehrten, stand der Plan der beiden Männer. Und wenn Lennox noch darüber im Unklaren gewesen war, ob er sich die einstige Maharani als Ehefrau vorstellen konnte, überzeugte ihn jetzt ein erster Blick auf die zarte Schönheit, die Naeku vorausschritt. Ranjana trug einen mit Goldfäden durchzogenen Sari. Um ihren kahlen Kopf hatte sie einen Schleier gelegt. Die Lippen waren himbeerrot nachgezogen, ebenso das Kastenzeichen zwischen ihren mit Kajal umrandeten Augen. Lennox war erneut sprachlos.

Reggie schlug vor, die Inderin und ihre Begleitung in das Hotel zu bringen, in dem seine Eltern logierten. Vielleicht ließ sich dort ein Zimmer für sie buchen. Sie würden alle gemeinsam dinieren und nach einer längerfristigen Lösung für den Aufenthalt der jungen Adligen suchen. Reggies Eltern kannten in Kenia Gott und die Welt. Wenn jemandem etwas einfallen würde, dann ihnen.

Ranjana hätte Lennox' Gastfreundschaft lieber angenommen und wäre direkt nach Edgecumbe Farm gereist. Allerdings hatte Naeku ihr ihre Bedenken in der Kabine vorgetragen. Es schickte sich nicht, in einem Haus zu logieren, in dem es keine Frau gab und nicht einmal abgeschlossene Frauenbereiche. Dass sie Lennox obendrein misstraute – als Dienerin im Palast hatte sie gelernt, lüsterne Blicke und zweideutige Anspielungen als solche zu erkennen –, hatte Naeku nicht erwähnt. Ranjana sollte sich nicht fürchten, nur Abstand halten.

Susan und Peter Derringer erwiesen sich dann tatsächlich als hervorragende Ratgeber. Schon das Hotel, in dem sie untergebracht waren, wirkte auf Ranjana vertrauenerweckend. Es entsprach den hochherrschaftlichen Häusern, in denen man das Herrscherpaar auch auf ihrer ersten Reise nach Afrika untergebracht hatte, und der zuvorkommende junge Rezeptionist hatte natürlich noch ein Zimmer für die ehemalige Maharani von Rajasthan.

»Wir fühlen uns geehrt, Eure Hoheit«, erklärte er und zeigte sich nur etwas darüber verwundert, dass die Lady eine Dienerin, jedoch kaum Gepäck bei sich hatte.

»Die Ehre wird ihn aber nicht daran hindern, uns eine gewaltige Rechnung zu schreiben«, bemerkte Naeku und ließ den Blick bewundernd über das elegant eingerichtete Zimmer schweifen, in das sie sich zurückgezogen hatten, um sich nach der Automobilfahrt vom Hafen etwas frisch zu machen. »Wir können uns ein Hotel dieser Klasse nicht wirklich leisten.«

Naeku hatte noch etwas Geld, aber es standen auch noch etliche Ausgaben an. Sie würden beide westliche Kleidung brauchen – schon jetzt folgten ihnen in ihren Saris alle Blicke im Foyer und auf der Terrasse des Hotels, wo die Teilnehmer der Winchester-Veranstaltung nach der Demonstration der Waffen mit Meerblick dinierten. Reggie und Lennox hatten sie an der Rezeption erwartet und führten sie nun hinaus zu Reggies Eltern. Susan und Peter nahmen entspannt einen Aperitif und unterhielten sich mit einem Herrn im weißen Leinenanzug, der dazu einen Turban trug. Lennox registrierte seine etwas dunklere Haut und fremdartigen Züge. Ein Inder?

Die Derringers begrüßten ihren Sohn und seinen Freund freundlich und stellten ihren Tischgenossen dann vor.

»Reggie, Lennox … kennt ihr Mr. Jeevanjee? Großhändler, Im- und Export in Nairobi? Das ist unser Sohn Reggie, Mr. Jeevanjee, und Mr. Edgecumbe, der vor einiger Zeit ein Jagdresort bei Kijabe geerbt hat …«

Der Inder lächelte, auch wenn das Lächeln etwas gezwungen wirkte, als er Lennox Edgecumbe vorgestellt wurde. Dann hatte er nur noch Augen für die beiden Frauen, die sich unsicher hinter den Männern gehalten hatten. Er musterte Ranjana – und ziemlich verwundert Naeku. Eine Afrikanerin im Sari begegnete ihm nicht oft.

Lennox nahm die Anwesenheit des indischen Kaufmanns als glückliche Fügung und fiel sofort mit der Tür ins Haus.

»Darf ich vorstellen: die einstige Maharani von Rajasthan«, sagte er.

Über Ranjanas Gesicht zog sich eine glühende Röte. Sie senkte beschämt den Kopf.

Susan und Peter Derringer zeigten Erstaunen, während Mr. Jeevanjee die Stirn runzelte.

»Der Maharadscha, hörte ich, sei kürzlich verstorben.« In der Kaufmannschaft verbreiteten Nachrichten sich rasch.

»Das ist er. Und …« Reggie wollte erklären, doch der Inder unterbrach ihn.

»So darf ich Eurer Hoheit mein Beileid aussprechen«, wandte er sich an Ranjana. »Und meine Hochachtung für Euren Mut, sich gleich nach diesem traurigen Ereignis auf Reisen zu begeben. In Jodhpur wird jetzt sicher vieles neu geordnet …«

Naeku bewunderte, wie subtil der Kaufmann auszudrücken wusste, dass er sich über Ranjanas Reisegründe bewusst war. Eine verwitwete Maharani hatte keinen Platz mehr an einem indischen Hof, selbst wenn man sie nicht gleich verbrannte. Die Derringers forderten Reggie, Lennox und Ranjana nun auf, sich zu setzen, Naeku blieb hinter Ranjanas Platz stehen.

»Meine Dienerin«, stellte Ranjana sie vor. »Naeku. Sie stammt aus dem Kedong Valley. Wir wollten … unter anderem … ihren Stamm besuchen.«

Mr. Jeevanjee nahm diese Vorstellung zum Anlass für eine höfliche Konversation über den Stamm der Massai und scherzte, dass er mit Naekus Volk die große Hochachtung gegenüber Rindern gemeinsam habe. Naeku entnahm dem, dass er Hindu war, doch bestimmt nicht streng religiös. Sie fand ihn äußerst sympathisch, aber auch Susan Derringer wusste Ranjana geschickt ins Gespräch einzubeziehen. Sie beobachtete ganz offensichtlich angetan ihre exzellenten Umgangsformen und ihr gutes Englisch. Ranjana sprach langsam und sehr korrekt. Lennox Edgecumbe hing an ihren Lippen.

Reggie berichtete nun von der Leopardin Desna, die auf Edgecumbe Farm Aufnahme finden sollte. Vorerst befand sie sich noch in ihrem Käfig in seinem Wagen.

»Natürlich nur, sofern es Ihrer Hoheit recht ist«, bemerkte Lennox mit einem Seitenblick auf Naeku. »Vielleicht gedenkt sie ja, das Tier anderswo unterzubringen.«

Er sah Ranjana an, die unter seinem Blick wieder errötete.

»Nein … nein, natürlich nicht«, erwiderte sie. »Wo sollten wir sie denn lassen?«

Naeku, die sich ihrer Rolle als Domestikin nur zu bewusst war, schwieg – so gern sie den Namen Ivy Edgecumbe in die Diskussion geworfen hätte. Immer noch wusste sie nicht, was mit ihrer früheren Gönnerin geschehen war.

»Wo werdet Ihr wohnen, Eure Hoheit?«, fragte Mr. Jeevanjee freundlich.

Ranjana wusste nicht, was sie erwidern sollte. »Vielleicht … vielleicht in der Mission«, murmelte sie, um dann doch ehrlich von

Lennox' Angebot zu berichten. »Mr. Edgecumbe hat mir ebenfalls Logis angeboten …«

Susan Derringer fiel ihr sofort ins Wort. »Das ist völlig unmöglich!«, erklärte sie.

Auch Mr. Jeevanjee hatte etwas einzuwenden. »Seid Ihr denn getauft?«, fragte er verwundert. »Ansonsten … ich wüsste nicht, warum die Schwestern und Patres Euch sonst aufnehmen sollten. Zumindest nicht über ein paar Tage hinaus …«

Ranjana verneinte. Wieder mit gesenktem Kopf.

Mr. Jeevanjee lächelte freundlich. »Das scheint mir alles nicht sehr angemessen, Hoheit, wenn ich das anmerken darf. Dagegen … Wie wäre es, wenn Ihr mit meiner Gastfreundschaft vorliebnehmen würdet? Ich führe ein großes Haus in Nairobi – im indischen Viertel. Ihr würdet Euch wie zu Hause fühlen. Meine beiden Nichten nehmen Euch zweifellos auf wie eine große Schwester. Und meine Gattin wird entzückt sein über den hohen Besuch. Mein Angebot gilt zeitlich unbeschränkt. Ihr würdet Ruhe finden, über Euren Verlust hinwegkommen und Euch neu orientieren können. Eure Dienerin ist natürlich ebenfalls willkommen.«

Dabei blickte er Naeku an – was nicht selbstverständlich war. Dienstboten wurden sowohl in Kenia als auch in Indien nicht gefragt, ob sie ihre Herrinnen oder ihre Herren an einen anderen Ort begleiten wollten oder nicht. Naeku nickte ihm kaum merklich zu. Sie war ihm jetzt schon dankbar.

»Was für eine wunderbare Lösung«, freute sich Susan Derringer. »Wir werden uns dann sicher bald wiedersehen. Mr. Jeevanjee pflegt seine Nichten zu allen gesellschaftlichen Veranstaltungen mitzunehmen …«

»Sofern es nicht gerade um Waffen geht«, bemerkte der Inder. »Darf ich auf eine zustimmende Antwort hoffen, Eure Hoheit?«

Ranjana hob den Kopf, ihre sanften Augen strahlten. »Ja. Ja, sehr gern. Wenn Sie … wenn Sie über ein paar Dinge hinwegsehen würden …« Sie ließ den Schleier kurz sinken und zeigte ihren kahlen Schädel.

Susan Derringer erschrak, doch Mr. Jeevanjee brachte auch das nicht aus der Ruhe. »Ihr habt zweifellos Euer prächtiges Haar den Göttern geopfert, um sie um Wohlwollen für die Seele Eures Gatten zu bitten. Eine sehr noble Geste, ich wusste nicht, dass sie in Rajasthan üblich ist … Gewöhnlich geht man dazu ja in den Tempel von Palani. Ihr werdet mir später mehr darüber erzählen müssen.«

Ranjana biss sich auf die Lippen. »Andere Frauen«, sagte sie sehr leise, »bringen noch viel größere Opfer für ihren verstorbenen Mann …«

Der Inder lächelte. »Ihr spielt auf den Brauch an, eine *sati* zu werden. Doch das verlangen die Götter heute nicht mehr. Und wenn Ihr mich fragt, so ging es den Familien der Gatten immer viel mehr darum, sich der Witwen zu entledigen. Wie gut, dass sich eine so grausame Sitte überlebt hat, und wenn ich auch sonst sehr kritisch auf die Gesetze blicke, mit denen unsere britischen Kolonialherren uns bedenken«, er ließ den Blick kurz über Lennox und die Derringers schweifen, »das Verbot der Witwenverbrennung unterstütze ich in jeder Hinsicht.«

Ranjana und Naeku fühlten sich gleichermaßen erleichtert. Es sah aus, als hätte ihre Flucht zumindest vorerst zu einem guten Ende gefunden.

12

Als Naeku am nächsten Morgen in aller Herrgottsfrühe verlegen nach der Hotelrechnung fragte – sie und Ranjana hatten den Luxus ihres Zimmers weidlich genossen und nach einem ausgiebigen Bad eng umschlungen zwischen Seidenlaken geschlafen –, erwies die sich als bereits beglichen. Naeku vermutete ihren Wohltäter in Mr. Jeevanjee, doch als sie Ranjana freudig davon berichten wollte, trat Lennox Edgecumbe zu ihnen.

»War mir ein Vergnügen«, verriet er sich und wies auf den Hotelprospekt, den der Rezeptionist Naeku in die Hand gedrückt hatte.

Naeku bedankte sich peinlich berührt, Ranjana lächelte. Sie hatte in ihrem Leben noch nie eine Rechnung bezahlt und wunderte sich insofern nicht, dass auch diesmal kein Geld von ihr gefordert wurde. Am Tag zuvor hatte sie allerdings genügend Zutrauen zu ihrem neuen Bekannten gefasst, dass sie ihn offen ansah – und Naeku las aus ihrer offenen Miene, dass sie ihn ansprechend fand.

»Darf ich Euch nun auch noch die Mitreise nach Nairobi anbieten?«, fragte Lennox Edgecumbe. »Bis dahin haben wir denselben Weg, ich könnte Euch bei Mr. Jeevanjee absetzen.«

Naeku registrierte, dass er zwar die Höflichkeitsanrede benutzte, dass sie sich bei ihm aber eher aufgesetzt anhörte, während aus den Worten des indischen Kaufmanns ehrlicher Respekt für die Stellung der ehemaligen Maharani sprach. »Ihr könntet Eurer Desna noch ein wenig nahe sein«, lockte Lennox.

Ranjana schien hin- und hergerissen. An sich hatte sie dem Kaufmann bereits die Mitfahrt in seiner Limousine zugesagt. Daran erinnerte nun auch Naeku.

»Nichts gegen Ihr Safarifahrzeug, Mr. Edgecumbe, aber in Mr. Jeevanjees Wagen hat meine Herrin es doch erheblich bequemer«, erklärte sie.

Lennox musste den Einwand einsehen, ebenso Ranjana, die sich wenig später unter Tränen von ihrer Desna verabschiedete.

»Ihr könnt sie jederzeit besuchen«, stellte ihr Lennox in Aussicht und schaute ihr direkt in die Augen. »Ihr werdet sie doch besuchen?«

Ranjana nickte.

Die Reise nach Nairobi zog sich über den ganzen Tag hin, doch Mr. Jeevanjees Wagen war geräumig und gut gefedert, und der Kaufmann erwies sich als ebenso anregender Gesprächspartner wie am Abend zuvor. Er berichtete von seinen Nichten und seinen Söhnen sowie von Little India in Nairobi, erzählte von den kulturellen Angeboten in der jungen Hauptstadt und dem Völkergemisch.

»Eigentlich wäre es gar nicht nötig, dass jede Nationalität ihr eigenes Viertel bewohnt«, meinte er. »Im Gegenteil, das hindert die Leute nur, sich als Nation zu fühlen, und das müssen sie, wenn Kenia irgendwann die Unabhängigkeit erlangt …«

»Ist das denn zu erwarten?«, fragte Naeku, die sich viel mehr für Politik interessierte, als die bislang von allem abgeschottete Ranjana. Sie hoffte, dass der Kaufmann es ihr nicht als Unbotmäßigkeit auslegte, wenn sie sich am Gespräch beteiligte.

»Auf die Dauer ganz sicher«, meinte Mr. Jeevanjee freundlich. »Die Kolonialstaaten werden sich langfristig von allen Kolonien trennen müssen, der Drang zur Selbstverwaltung ist zu groß, und mitunter ist das Joch zu schwer zu ertragen, um es nicht irgendwann abschütteln zu wollen. Es wäre dann nur wünschenswert, dass sich alle Einwohner als Kenianer fühlen würden und nicht als Schwarze, Weiße oder Menschen anderer Hautfarbe … Manche machen das ja im Kleinen schon vor: Mein Butler ist Afrikaner und lebt mit einer gebürtigen Engländerin zusammen.«

Weder Naeku noch Ranjana konnten sich eine solche Konstellation vorstellen, doch als der Wagen am Abend die Auffahrt zu Mr. Jeevanjees hochherrschaftlichem Anwesen, das vielen Palästen in Indien in nichts nachstand, hinauffuhr, öffnete ihnen ein afrikanischer Diener in Butleruniform.

Naeku, die ihre ganze Kindheit in der Nähe von Edgecumbe Farm verbracht hatte, erkannte ihn sofort. »Mr. Zulu!«, rief sie verblüfft.

Sanele musste kurz nachdenken, dann verzog sich sein ernstes Gesicht zu einem Lächeln. Immerhin ließ er sich nicht so weit gehen, die Begrüßung gleich zu erwidern, sondern verbeugte sich nur unterwürfig, während sein Arbeitgeber den Blick von einem zum anderen schweifen ließ.

»Sie kennen sich?«, fragte er und erinnerte sich dann gleich. »Natürlich, Ihre Hoheit berichtete ja von einem Aufenthalt auf Edgecumbe Farm. Da müssen Sie Mr. Zulu getroffen haben.«

»Es war mir eine Ehre, den Hoheiten aufzuwarten«, erklärte Sanele. Er schien sich zu fragen, wie es die Maharani allein hierher verschlagen hatte, doch er hielt sich zurück. »Und mir ist natürlich auch Naeku bekannt … Miss Naeku … Sie war noch ein kleines Mädchen, als meine Frau sie mit nach Indien schickte.«

»Ihre Frau?«

Naeku hätte tausend Fragen gehabt, doch Mr. Zulu gab ihr mit einem Blick zu verstehen, dass jetzt nicht die Zeit für ein Gespräch mit ihm war. Förmlich begrüßte er Mr. Jeevanjee und fragte, ob die Herrschaften eine gute Reise gehabt hatten.

Der Kaufmann nickte. »Dennoch freuen wir uns jetzt über eine Erfrischung, vielleicht im Gartenzimmer. Bitte lassen Sie Tee servieren – und dann müssen wir standesgemäße Räumlichkeiten für die Maharani und ihre Dienerin vorbereiten lassen. Ihre Hoheit macht mir die Freude, eine Zeit lang unser Gast zu sein. Seid willkommen, Maharani von Rajasthan, die Götter mögen Euren Einzug in mein bescheidenes Heim segnen.« Er verbeugte sich vor Ranjana. »Sie können meine Nichten rufen lassen, Mr. Zulu. Sicher freuen sie sich über unseren hohen Gast. Meine Gattin will Ihre Hoheit sicher später allein empfangen.«

Esha und Davita freuten sich tatsächlich. Nachdem sie die erste Schüchternheit überwunden hatten – schließlich hatten sie nie eine leibhaftige einstige Maharani getroffen –, unterhielten sie sich lebhaft in ihrer Muttersprache mit Ranjana. Die junge Frau blühte in ihrer Gesellschaft auf. Das Lachen und die Neugier der Mädchen ließen all die Angst und die Sorgen der Flucht in den Hintergrund treten. Esha und Davita erzählten von ihren Pferden – ihr Onkel hielt Reitunterricht für einen wesentlichen Bestandteil der Erziehung – und Ranjana von Desna. Dabei kam die Sprache auf Ivy Edgecumbe, und die Mädchen erklärten begeistert, dass ihnen die ehemalige Leiterin von Edgecumbe Farm Unterrichtsstunden in Konversation und damenhaftem Benehmen erteilte.

»Das ist unserem Onkel sehr wichtig«, erklärte Esha.

»Und es macht Spaß!«, fügte Davita hinzu. »Besonders, wenn Miss Ivy ihre Kinder mitbringt. Die sind so niedlich …«

Ranjana hatte nicht gewusst, dass Miss Ivy Kinder hatte, aber nun klärten die beiden Mädchen sie eifrig über die Familienverhältnisse der ehemaligen Mrs. Edgecumbe auf, gelegentlich unterbrochen von ihrem Onkel, der sie zur Diskretion anhielt. Dabei hätten Esha und Davita ganz gern ihre Meinungen über die Geschichte mit dem angeblich wieder aufgetauchten Mr. Edgecumbe kundgetan. Das jedoch, so ließ sich ihr Onkel vernehmen, sei ganz und gar nicht ladylike.

Naeku stand wie am Tag zuvor hinter ihrer Freundin und

konnte es kaum abwarten, dass Ranjana sie mit irgendeinem Auftrag betraute. Die beiden Mädchen waren ja ganz unterhaltsam, doch von Mr. Zulu erwartete sie sich mehr Aufschluss bezüglich der Zustände auf Edgecumbe Farm. Schließlich erschien der Butler mit der Meldung, die Zimmer für die Gäste seien gerichtet und alles stünde bereit. Wenn Ihre Hoheit ein Bad nehmen oder sich anderweitig frisch machen wolle, könne sie das jetzt gern tun. Während ein Hausmädchen Anstalten machte, Ranjana und Naeku in ihre Räumlichkeiten zu führen, tauschte er ein paar Worte mit Mr. Jeevanjee, der daraufhin seine Nichten zu sich rief.

Kurze Zeit später klopfte jemand an die Tür der mit jedem Luxus ausgestatteten kleine Suite, die Ranjana und Naeku bezogen hatten, und eine Dienerin überreichte der öffnenden Naeku einige mit Gold- und Silberfäden durchzogene Saris, die durchaus einer ehemaligen Maharani würdig waren.

»Wenn Ihre Herrin damit vorliebnehmen will, zumindest bis Ihr Gepäck eintrifft …«, sagte Mr. Zulu, der hinter ihr stand. »Ach, und Miss Naeku … Sie müssen hier während der Mahlzeiten nicht hinter Ihrer Herrin stehen, es gibt genügend Personal, um den Herrschaften aufzuwarten. Kommen Sie stattdessen in die Räume der Dienstboten, wo das Essen für die Dienerschaft serviert wird. Sie werden doch ebenfalls Hunger haben.«

Eigentlich hatte Naeku den schon an den Tellern mit Pralinés und Früchten gestillt, die sie in den Räumlichkeiten ihrer Herrin vorgefunden hatten. Aber sie brannte natürlich darauf, mit Mr. Zulu zu sprechen.

Die Gelegenheit ergab sich erst, als die Dienerschaft mit ihrer Arbeit fertig war. Der Butler wusste die Herrschaften mit Champagner und Likör nach dem Dinner gut versorgt und wäre jetzt wohl heimgegangen, es war sehr spät geworden. Die anderen Dienstboten hatten ihr schon berichtet, dass sie nicht alle im Haus wohnten, sondern zum Teil Familie im indischen Viertel hatten. Afrikaner beschäftigte Mr. Jeevanjee nur wenige. Als er ihren fragenden Blick bemerkte, erlaubte der Butler Naeku jedoch noch, ihn in den jetzt verwaisten tropischen Garten des Anwesens zu begleiten. Sie sprudelte sofort mit ihren Fragen heraus.

»Was ist denn mit Edgecumbe Farm passiert? Ist es wahr, dass Sie und Miss Ivy geheiratet haben? Wir hörten vom Tod des Bwana, aber … Wieso hat sein Neffe die Farm geerbt?«

Sanele schien zu überlegen, ob er ihr vorhalten sollte, dass es sich für eine Dienerin nicht schicke, zu viele Fragen zu stellen, oder ob ihre Wissbegierde durchaus angebracht war für eine junge Frau, die seit Jahren nichts aus ihrem Heimatort gehört hatte. Schließlich entschied er sich, Auskunft zu geben.

Naeku hatte einiges zu erzählen, als sie wenig später zu Ranjana zurückkehrte.

13

Ivys und Saneles Leben verlief wieder in ruhigeren Bahnen, nachdem Sanele seine Stellung im Hause Jeevanjee angetreten hatte. Der Inder lernte ihn sehr schnell zu schätzen – er hatte sich ja schon mit Ivy gut verstanden – und begriff die Zwangslage, in der sie sich wegen Hope befanden.

»Natürlich kann ich ihre Sicherheit auch in Little India nicht garantieren«, hatte er zu Sanele beim Einstellungsgespräch gesagt, als er das Problem vortrug, von dem Mr. Jeevanjee schon über Ivy wusste. »Allerdings habe ich hier großen Einfluss. Ich glaube nicht, dass einer meiner Gärtner oder Hausdiener es wagen würde, der Kleinen etwas anzutun. Den meisten Indern in meinem Viertel würde ich zudem nicht zutrauen, das Kind an afrikanische Schamanen zu verscherbeln. Sie werden ja sicher zurückhaltend leben und niemanden provozieren.«

Auf seine Anweisung hin hatte die Familie Zulu dann wieder ein Gärtnerhaus bezogen, eine Hütte am äußersten Ende seines Anwesens. Sie war nicht eingerichtet, und so hatten Ivy und Sanele einen großen Teil ihrer knappen Geldvorräte dafür verwenden müssen, den nötigsten Hausrat anzuschaffen. Ivy hatte fast all ihren Schmuck versetzt, außer zwei goldenen Halsbändern, die Ranjana ihr damals für Desnas Geschwister geschickt hatte. Die wollte sie als Notgroschen behalten.

Mrs. Jeevanjee hatte Ivy ein paar Tage nach der Ankunft in ihrem Heim zum Tee empfangen und sich als sehr freundlich, jedoch genauso zurückhaltend erwiesen, wie ihr Mann sie geschildert hatte. Sie hatte ihr ausdrücklich für das Angebot gedankt, sich der weiteren Ausbildung ihrer Nichten zum richtigen Verhalten in Gesellschaft anzunehmen.

»Ich weiß, dass das wichtig ist«, hatte sie gesagt. »Moderne indische Männer verstecken ihre Frauen nicht mehr in eigenen Gemächern, die britischen Kolonisten unter den Gastgebern von Gesellschaften sprechen oft sogar ausdrücklich Einladungen für die Ehefrau aus. Meinem Mann würde es gefallen, wenn ich ihn stets begleite, doch das tue ich nicht. Ich verstehe mich nicht darauf, Konversation zu machen, jedenfalls nicht mit den Briten. Und dann diese Sitte mit den Tischherren … Fremde Männer, mit denen eine Frau sich unterhalten soll … Noch meiner Generation war es verboten, mit anderen Herren als dem eigenen Gatten zu sprechen. Jedenfalls fühle ich mich nicht wohl in den Salons der Briten. Meinen Nichten würde ich das gern ersparen, und ich freue mich wirklich sehr über Ihre Hilfe.«

Ivy fand eigentlich, dass die immer noch sehr schöne, dunkelhaarige Frau gar nicht so schlecht darin war, eine angenehme, höfliche Unterhaltung zu führen. Sie jedenfalls genoss das Zusammensein mit ihr, berichtete von ihrem Leben in England und später auf der Farm und erfuhr mehr darüber, wie junge Mädchen in Indien aufwuchsen. Immer wieder dachte sie dabei an Ranjana, die junge Maharani. Sie würde sie jetzt noch besser verstehen.

Auch Sanele hatte keinerlei Probleme mit seiner neuen Dienstherrin. Mrs. Jeevanjee ließ ihn schalten und walten, wie es ihm beliebte. Sie selbst verbrachte viel Zeit in ihrem Garten, wobei sie gelegentlich auf Ivy und ihre Töchter traf, denen gegenüber sie sich sehr aufmerksam zeigte. Hope und Ebony waren begeistert, wenn sie ihnen Geschichten erzählte oder ihnen erlaubte, beim Schneiden der Blumen zu helfen.

Mr. Jeevanjee bezahlte Sanele gut, er bestand darauf, auch Ivy für den Benimmunterricht zu entlohnen, den sie seinen Nichten gab. Obwohl sie versicherte, das sei ihr eine Freude, und die Aufmerksamkeit, die ihren kleinen Mädchen dabei von Esha und Davita zuteilwurde, sei ihr reichlich Lohn genug. Die beiden jungen Mädchen ließen es sich nicht nehmen, die Kinder weidlich zu verwöhnen. Sie kleideten sie in kleine Saris, in denen sie entzückend aussahen und in Little India weniger auffielen als in ihren westlichen Kleidchen. Kichernd griffen die mittlerweile sechsjährigen Mädchen auch in Eshas und Davitas Schminktiegel. Ebony malte sich mit großem Eifer einen Punkt auf die Stirn, Hope strich braune Tönungscreme auf ihre weiße Haut. Ihr ungewöhnliches Aussehen erfuhr im indischen Viertel wenig Beachtung – Menschen mit Albinismus führten in Indien ein gänzlich normales Leben.

Leider achtete außer Ivy kaum jemand darauf, dass Hope besonders vor der Sonne geschützt werden musste. Nach einem ausgelassenen Spiel mit dem Gärtnerjungen unter der Aufsicht von dessen Mutter, zeigte Hopes Haut regelrechte Verbrennungen. Hope weinte vor Schmerz, und Ivy sah es als sinnvoll an, mit ihr einen Arzt aufzusuchen. Der englischstämmige Mediziner war teuer und machte obendrein keinen Hehl aus seiner Verachtung für Ivys und Saneles Verbindung. Er behandelte die Familie unfreundlich und von oben herab. Hope war völlig verstört nach dem Besuch bei ihm, und Ivy sprühte vor Zorn. Immerhin verschrieb er ihnen eine Salbe, die Hope Linderung verschaffte, und ihre verbrannte Haut heilte bald. Ivy lernte daraus, dass man ihre empfindliche Tochter auch mit ihr wohlgesinnten Menschen nicht alleinlassen konnte.

Nach wie vor pflegten Ivy und Sanele keine Kontakte zur englischen Bevölkerung von Nairobi, zur afrikanischen ohnehin nicht, und selbst die Inder waren reserviert. Die Mischehe irritierte sie – außerdem neideten die indischen Angestellten im Hause Jeevanjee

Sanele die leitende Stellung. Wären Esha und Davita nicht gewesen, wäre Ivy wohl völlig vereinsamt, doch Mr. Jeevanjees fröhliche Nichten heiterten sie immer wieder auf.

Als Sanele nun heimkam und von Ranjana und Naeku erzählte, brannte sie darauf, mit beiden zu sprechen.

»Dann ist die kleine Maharani ihrem Schicksal also doch entronnen«, freute sie sich. »Als sie damals bei uns war, wies mich Adrian darauf hin, was ihr beim Tod ihres Gatten bevorstünde ... Ich hatte wochenlang Albträume. Wer hätte gedacht, dass es zu einem solchen Segen werden würde, dass wir ihr Naeku mitgaben! Kann ich Naeku wohl bald zu mir einladen und selbst mit ihr sprechen?«, fragte sie ihren Mann. »Die Maharani wird sie sicher dafür freistellen.«

Sanele versprach, sich danach zu erkundigen, doch bevor ihm das möglich war, erhielt Ivy eine Einladung zum Tee bei Ranjana. Sie wurde in deren Räumlichkeiten empfangen – für Mr. Jeevanjee war es selbstverständlich, ihr größtmögliche Privatsphäre in seinem Haus zu ermöglichen. Esha und Davita hüteten derweil gern die kleinen Mädchen. Ranjana äußerte sich enttäuscht darüber, dass Ivy sie ihr vorenthielt.

»Sind es ... Töchter von Mr. Adrian oder aus ... aus Ihrer zweiten Ehe?«, erkundigte sich Ranjana nach einer herzlichen Begrüßung. Sie schien entschlossen, sich Ivy gegenüber sehr offen zu geben. »Und Sie müssen mir unbedingt alles darüber erzählen, warum Sie Ihre Farm nicht mehr haben.«

Naeku hatte ihr zwar schon in groben Zügen von dem Unrecht berichtet, das Sanele und Ivy Zulu getroffen hatte, doch so recht hatte sie das nicht glauben wollen. Mr. Edgecumbe hatte schließlich einen sehr freundlichen Eindruck auf sie gemacht – und immerhin hatte sie ihm Desna anvertraut.

Ivy erzählte – wobei sie bei der Tigerjagd anknüpfte, zu der

Adrian Egdecumbe kurz vor dem Weltkrieg von Ranjanas Mann geladen worden war. Er hatte damals mehrere Wochen in Rajasthan verbracht und war auch zu Beginn des Krieges nicht zu ihr zurückgekehrt. Stattdessen hatte er sich einem indisch-britischen Bataillon angeschlossen, das ausgerechnet in Ostafrika eingesetzt wurde. Er war dann in Deutsch-Ostafrika bei Moshi gefallen. Ein Major war Zeuge seines Todes während eines Gefechts geworden.

»Sanele und ich haben den Gästebetrieb nach dem Krieg wiederaufgebaut«, erläuterte sie, »mit einem ganz anderen Konzept. Die Besucher sollten die Tiere nur noch beobachten und vielleicht fotografieren, aber nicht mehr schießen. Es … es waren bewegte Zeiten, und eines Tages stellten wir fest, dass wir uns liebten. Ich weiß, dass dies kaum jemand wahrhaben will, aber Gefühle haben mit der Farbe der Haut überhaupt nichts zu tun …«

Sie nahm die Blicke nicht wahr, die bei ihrer Bemerkung zwischen Naeku und Ranjana hin und her gingen, und wie gut sie von den Freundinnen verstanden wurde. Schließlich erzählte sie von der Intrige der Edgecumbes. Naeku nickte verständnisvoll, Ranjana dagegen begann, Entschuldigungen für Lennox zu suchen.

»Vielleicht wusste er es einfach nicht … vielleicht … hat ihm sein Vater nur gesagt, der Mann, der in Schottland gesehen worden war, sei sein Onkel gewesen …«

Ivy schüttelte den Kopf. »Hoheit, bei meiner ersten Begegnung mit Vater und Sohn haben die beiden Adrians Tod in keiner Weise infrage gestellt. Sie forderten mich ausdrücklich auf, meinen Witwensitz in Schottland zu nehmen. Erst als sie feststellten, dass ich so leicht nicht einzuschüchtern war, kamen sie auf die hinterlistige Idee, ihn gesehen zu haben. Wobei ich schon glaube, dass sich Ailbert das hat einfallen lassen und nicht sein Sohn. Aber mitgemacht hat dieser Lennox, das steht außer Frage.«

Ranjana biss sich auf die Lippen.

»Willst du denn jetzt einmal nach Edgecumbe Farm fahren und

deinen Stamm besuchen?«, wandte sich Ivy an Naeku und wechselte damit das Thema. »Deine Mutter und deine Geschwister würden sich bestimmt freuen. In der Mission haben die Schwestern gewechselt, aber Schwester Elisabeth ist noch da …«

»Der Drachen …« Naeku lachte. »Ich habe schon gehört, dass Sie und Schwester Margaret sie damals so genannt haben.«

»Im Grunde ist sie eine gute Seele«, meinte Ivy – auch wenn sie nicht immer so von der alten Missionsschwester gedacht hatte. »Also planst du einen Besuch?«

Naeku zuckte mit den Schultern. »Ich weiß nicht … wie sollte ich dorthin kommen?«

»Mr. Edgecumbe hat mich ausdrücklich eingeladen, Desna zu besuchen«, warf Ranjana ein. »Vielleicht … würde er uns abholen.«

Naeku rieb sich die Stirn, Ivy entging ihr Zögern nicht.

»Ich weiß nicht, ob wir solch ein Angebot annehmen können«, bemerkte sie. »Es ist eine lange Fahrt, hin und zurück, und …«

»Vielleicht ergibt sich ja mal etwas mit einem Fahrzeug von der Mission«, schlug Ivy vor, »zumindest für Naeku. Warum schreibst du nicht an Schwester Elisabeth? Sie würde eine ehemalige Missionsschülerin sicher gern willkommen heißen.«

Naeku hielt das für eine gute Idee, doch als Ivy später gegangen war, sah Ranjana sie bittend an. »Du würdest nicht ohne mich nach Edgecumbe Farm fahren, oder? Ich … ich würde dein Dorf gern mal sehen und …«

Naeku nickte, aber sie hatte ein ungutes Gefühl dabei. Irgendetwas sagte ihr, dass Edgecumbe Farm kein guter Ort für ihre Freundin war. Sie konnte sich noch so oft selbst der Eifersucht zeihen, es war etwas anderes, und Ivys Schilderungen bestärkten sie noch darin. Naeku traute Lennox Edgecumbe nicht.

Vorerst ergab sich keine Reise auf die Farm, Ranjana und Naeku lebten sich im Haushalt der Jeevanjees ein. Ranjana gelang das erstaunlich schnell, das Familienleben glich dem Alltag in ihrem Elternhaus. Sie war zusammen mit drei Schwestern und zwei Brüdern aufgewachsen, wobei sie Letztere kaum gekannt hatte. Ihr Vater war sehr konservativ gewesen, er hatte die Mädchen von den Jungen streng getrennt gehalten. Die Erziehung der Mädchen hatte er allerdings an britischen Gepflogenheiten orientiert, wie Mr. Jeevanjee es tat. Auch in Ranjanas Kinderstube hatte es britische Nannys gegeben und später eine Hauslehrerin, die die Zöglinge der gut situierten Familien in Literatur und Konversation unterrichtete. Alles hatte darauf hingezielt, die Schwestern an möglichst hochgestellte Persönlichkeiten des Reiches zu verheiraten – Ranjanas Vater hatte zu den engsten Vertrauten des Maharadschas gehört. Als deren Ehefrauen mussten sie sich in der Gesellschaft der Kolonialherren benehmen können. Als dann der Maharadscha auf Ranjana aufmerksam geworden war und sie schließlich zur Frau genommen hatte, hatte sie bei Empfängen und Staatsbesuchen all diese Kenntnisse anwenden können. Ihre gute Erziehung war Ivy bei ihrem Besuch auf Edgecumbe Farm sofort aufgefallen – allerdings auch ihre Schüchternheit.

Mr. Jeevanjee unterschied sich insofern von Ranjanas Vater, dass er seine Nichten nicht nur theoretisch auf mögliche Begegnungen mit den britischen Kolonisten und deren Ehefrauen vorbereitete, sondern sie zu Gesellschaften und kulturellen Ereignissen mitnahm. Sie übten ganz selbstverständlich, was für Ranjana als Mädchen völlig undenkbar gewesen wäre – etwa höfliche Konversation mit einem Tischherrn, den sie vorher nicht kannten und später vielleicht nie mehr wiedersahen. Es machte sie weltoffener, als die junge Ranjana und ihre Schwestern es gewesen waren, sie gingen zudem mit weniger Ernst an ihre Studien heran.

Nun wurde auch Ranjana eingeladen, mit der Familie Jeevanjee an Empfängen oder Vernissagen teilzunehmen. Sie hörte fasziniert ihr erstes Klavierkonzert, betrachtete interessiert die Kunstwerke, die so gänzlich anders aussahen als die sehr bunten, traditionell indischen, und machte sogar lachend mit, als Ivy ihren Freundinnen im Benimmunterricht beibrachte, wie man einen Walzer tanzte.

»Ich weiß, euer Onkel wird euch nicht auf Bälle gehen lassen, doch auch auf Gesellschaften, die nur als Dinner angekündigt sind, gibt es mitunter Tanz, und ich weiß nicht, ob er die Herren, die euch dann vielleicht auffordern würden, wirklich abwehren würde. Das entspräche jedenfalls nicht den besten Umgangsformen. Also versucht es mal!«

Zur Begeisterung der Mädchen machte sie es mit Sanele vor, und Naeku lächelte über die strahlenden Blicke, die beide dabei tauschten. Am Abend tanzte sie mangels musikalischer Begleitung summend mit Ranjana, und sie beide genossen es, sich so in Harmonie miteinander zu bewegen.

Als Ranjana gerade mal zwei Wochen im Hause der Jeevanjees weilte, machte überraschend Lennox Edgecumbe einen Höflichkeitsbesuch. Er erschien eines Sonntagmorgens und bat förmlich darum, die einstige Maharani sehen zu dürfen. Sanele, der ihn mit steinerner Miene in die Empfangsräumlichkeiten geleitete, richtete es Ranjana aus, die daraufhin in gelinde Aufregung verfiel. Sie hatte noch nie einen förmlichen Besuch erhalten, und da sie niemanden erwartet hatte, trug sie nur einfache Hauskleidung. Naeku beeilte sich, sie möglichst rasch repräsentativ herzurichten. Immer noch verbarg sie ihren geschorenen Kopf unter einem Schleier, obwohl das Haar schon wieder zu sprießen begann. Stoppelkurz wollte Ranjana es jedoch nicht zeigen. Es dauerte ein wenig, bis sie so zufrieden war, dass sie sich die Treppen hinuntertraute. Mr. Jeevanjee hatte Lennox inzwischen unterhalten.

»Natürlich habe ich ihr nichts vorzuschreiben«, sagte der Inder gerade mit recht strenger Stimme. »Aber Ratschlägen gegenüber sollten Sie doch offen sein, Mr. Edgecumbe. Halten Sie wenigstens die Trauerzeit ein, bevor Sie Einladungen zu … frivolen Vergnügungen aussprechen …«

Lennox Edgecumbe wehrte ab. »Es läge mir fern, sie zu ›frivolen‹ Vergnügungen einzuladen … Ah, da ist ja die Maharani! Hoheit …« Er sprang auf und verbeugte sich vor Ranjana. Dann überreichte er ihr ein Blumenbukett. »Hoheit, ich musste einfach vorbeischauen, um Euch von Desna zu berichten! Sie hat sich sehr gut bei uns eingelebt … und wartet auf Euren versprochenen Besuch.«

Mr. Jeevanjee schien er völlig zu vergessen, zumindest bezog er ihn nicht in das Gespräch mit Ranjana ein. Der Inder blieb jedoch trotzdem dabei und lauschte der angeregten Unterhaltung zwischen Ranjana und ihrem Besucher. Er horchte auf, als es um Edgecumbe Farm ging. Der angebliche Erbe des Resorts berichtete anschaulich von den Begegnungen der Jäger mit der zahmen Desna.

»Meinen Sie nicht, es hätte Ihrem Geschäft gutgetan, bei dem Konzept Ihrer Vorgängerin zu bleiben und unblutige Safaris anzubieten?«, mischte er sich schließlich in das Gespräch ein. »Soweit ich gehört habe, war das sehr lukrativ.«

Lennox Edgecumbe antwortete ihm, doch während er sprach, wandte er seine blitzenden Augen Ranjana zu. »Sir, ich bin Jäger wie meine Vorfahren. Ich habe meinem Onkel Adrian nachgeeifert, seit ich meinen ersten Hirsch geschossen habe. Die Großwildjagd ist etwas derart … Ursprüngliches, Elementares … eines der letzten Abenteuer! Auge in Auge mit einem riesigen gefährlichen Tier, und dann soll ich auf den Auslöser einer Kamera drücken, statt das Gewehr abzufeuern? Das erscheint mir unnatürlich. Gäste, die das bevorzugen, gehen doch besser in den Zoo und wandern auf Parkwegen zwischen den Gehegen. Habt Ihr je gejagt, Eure Hoheit?«

Ranjana hatte seinen Worten ohne eine Regung gelauscht. Sie

konnte dem Töten von Tieren nichts abgewinnen und hatte Ivys Konzept sehr viel ansprechender gefunden. Nichtsdestotrotz antwortete sie höflich.

»Ich war mit auf Tigerjagd. Mit meinem verstorbenen Gatten – und Mr. Adrian. Der hat den Tiger letztlich erlegt. Es … es musste sein, er terrorisierte ein Dorf … Aber es war so ein schönes Tier …« Aus ihren letzten Worten sprach Bedauern.

»Ihr könnt ihn wiedersehen, wenn Ihr uns besucht, Hoheit«, sagte Lennox Edgecumbe eifrig. »Sein Kopf ziert unsere Empfangshalle. Eine der eindrucksvollsten Trophäen meines Onkels und eine ständige Erinnerung an ihn.«

»Und an den Tiger«, fügte Ranjana traurig hinzu.

Ihr Besucher lachte. »Ihr wollt doch nicht sentimental werden, Hoheit! Ihr sagt selbst, die Jagd hat ihre Berechtigung. Aber gut, es spricht für Euer sanftes, frauliches Wesen, dass das Töten Abwehr in Euch auslöst. Mir waren die Flintenweiber des britischen Adels, die gar nicht abwarten konnten, sich auf der Pirsch mit ihren Gatten zu messen oder den Fuchs zu Tode zu hetzen, immer zuwider. Rotgesichtige, vierschrötige Weiber mit wettergegerbter Haut, die oftmals ihren Jagdhunden glichen …«

Ranjana musste bei der Vorstellung lächeln. In Indien hatte sie der Jagd nur zugesehen. Dort wäre man nie auf den Gedanken gekommen, einer Frau eine Waffe in die Hand zu geben.

»Ich bevorzuge kulturelle Vergnügungen wie Musik oder Kunst«, sagte sie nun und berichtete von den Konzerten und Vernissagen, die sie mit Mr. Jeevanjees Nichten besucht hatte.

Lennox Edgecumbe ging höflich darauf ein, obwohl er hierzu wenig beizutragen hatte. Am Ende hatte Ranjana das Gefühl, ein sehr erquickliches Gespräch geführt zu haben, und auch ihr Besuch schien zufrieden.

»Ich würde mich freuen, Euch bald wiederzusehen«, sagte er zum Abschied. »Vielleicht ergibt sich ja die Möglichkeit, einmal gemeinsam einem Konzert oder einer Theateraufführung beizuwohnen …«

Ranjana wusste nicht, wie sie auf diese Bemerkung reagieren sollte. War das eine Einladung?

Mr. Jeevanjee antwortete an ihrer statt. »Meine Nichten würden sich dabei sicher gern anschließen«, sagte er freundlich.

Ranjana lächelte erleichtert. Sie konnte sich nicht vorstellen, mit einem Mann allein etwas zu unternehmen.

Eine Woche später erreichte sie dann überraschend eine Einladung von Susan Derringer. Sie plane gemeinsam mit ihrem Mann einen Besuch auf Edgecumbe Farm sowie auf der Mission, die sie mit ihrem Frauenverein unterstütze. Wieder einmal seien eine Menge Spenden zusammengekommen, die sie den Schwestern bringen wolle, schrieb sie, und sie würde Ranjana und Naeku gern mitnehmen, damit Naeku ihre Familie und die Maharani Desna wiedersehen könne.

Ranjana war erwartungsgemäß begeistert – lediglich ihre Garderobe machte ihr etwas Sorge. Sie hatte nichts anzuziehen, das für einen Farmbesuch geeignet war.

»Wir müssen etwas einkaufen«, sagte sie. »Ich brauche Tropenkleidung für die Farm … und die Safari.« Susan hatte angemerkt, dass Ranjana sicher gern einmal mit ihrem Sohn und Lennox herausfahren würde, um die Tiere zu sehen.

Naeku stimmte widerwillig zu. Auch sie würde ein Kleid brauchen – sie wollte sich ihrem Stamm nicht im Sari präsentieren. Am Abend nach dem Einkaufsbummel, der ihre Barschaft beträchtlich reduziert hatte, schaute sie bei Ivy und Sanele vorbei. Ranjana führte Esha und Davita derweil ihre neue Kleidung vor.

Wie immer freute sich Ivy, Naeku zu sehen, und da die Kinder bereits schliefen, konnten sie in Ruhe reden. Sanele servierte ihnen einen Mokka. Naeku lächelte über den Luxus, den die beiden sich immerhin leisteten. Dann schüttete sie ihnen jedoch ihr Herz aus.

»Du wirkst nicht, als ob du dich auf den Ausflug auf die Farm freuen würdest«, bemerkte Ivy, nachdem sie von Susans Angebot erzählt hatte. »Willst du deinen Stamm nicht wiedersehen? Hast du womöglich Angst, dein Vater könnte dich dortbehalten und verheiraten?«

Naeku lachte. »Nein. Nein, das glaube ich nicht. Dafür bin ich viel zu alt. So schnell fände sich da keiner, der auch nur ein oder zwei Rinder für mich zahlen würde.« Die meisten Mädchen bei den Massai und Kikuyu wurden schon mit dreizehn Jahren verheiratet, mitunter sogar jünger. »Ich mache mir nur Sorgen ... Miss Ivy, Sie kennen sich besser aus mit den Sitten der Briten. Was will Lennox Edgecumbe von der Maharani?«

Immer noch sprach Naeku von Ranjana als von der Maharani oder ihrer Herrin, obwohl Sanele und Ivy Zulu längst wussten, dass sie eher Freundinnen waren und einander beim Vornamen nannten, wenn sie allein waren.

Ivy rieb sich die Stirn. Sie überlegte offensichtlich, was sie sagen sollte. »Nun, es ... also für mich sieht es fast so aus, als hätte der junge Mann vor, in althergebrachter Weise um sie zu werben.«

Naeku schaute verblüfft. »Werben heißt ... heiraten?«, vergewisserte sie sich.

»Es ist die Vorstufe«, erklärte Ivy. »Ein Mann interessiert sich für eine Frau und lotet nun aus, ob sie sein Interesse teilt. Wenn sie das nicht tut, versucht er, sie umzustimmen und für sich einzunehmen. Er lädt sie ein, macht ihr Geschenke, versucht, sich bei ihrer Familie einzuschmeicheln ...«

Naeku wurde blass. »Aber das ... das geht nicht! Er kann doch nicht ... Sie kann nicht ... Mr. Jeevanjee ...«

»... hat sie in sein Haus aufgenommen. Die Einladung ist nicht zeitlich begrenzt«, bemerkte Sanele. »Das ist allerdings nur eine höfliche Umschreibung dafür, dass sie gilt, bis sich ihr Leben wieder geordnet hat. Ich glaube nicht, dass er sich dabei vorgestellt hat, sie sollte bei ihm alt werden. Und wenn wir uns ihre Situation jetzt mal ganz nüchtern ansehen, so ist sie mittellos. Sie kann nicht allein leben, und ich kann sie mir auch nicht in der Position einer Gouvernante oder Hauslehrerin vorstellen, die einzige für eine Witwe ihres Standes gesellschaftlich akzeptierte Erwerbstätigkeit. Mr. Jeevanjee hat zweifellos die Absicht, einen geeigneten zweiten Gatten für sie zu finden, wenn über die Angelegenheit mit der Flucht erst mal Gras gewachsen ist. Er nennt sie ja jetzt schon ›Miss Ranjana‹, statt ›Hoheit‹, womit er sie vom Thron heben will. Ihm wird allerdings klar sein, dass es schwierig ist, einen indischen jungen Mann zu finden, der die ehemalige Maharani von Rajasthan zur Frau nehmen will. Und noch schwieriger, eine Familie, die ihn darin unterstützt. Auch in der indischen Gesellschaft heiratet man jung, die Eltern haben großen Einfluss auf die Wahl der Ehefrauen und -männer ihrer Kinder …«

»Du meinst, Mr. Jeevanjee könnte Lennox Edgecumbe für sie in Betracht ziehen?«, fragte Ivy empört. »Nach allem, was er über ihn weiß?«

»Wir wissen nicht, wie viel er uns glaubt«, bemerkte Sanele. »Vielleicht ist es ihm auch nicht so wichtig, wie der Mann an seine Farm gekommen ist. Tatsache ist, dass er Besitz hat und von Adel ist, sein Ruf in der Kolonie ist weitgehend tadellos. Wir sind die Verfemten, Ivy, Lennox Edgecumbe ist es nicht. Ich bin mir sicher, halb Nairobi und ganz Kijabe würden auf seiner Hochzeit tanzen.«

Ivy wirkte erschüttert. »Und du denkst, Susan Derringer macht dabei mit?«, fragte sie.

Sanele zuckte mit den Schultern. »Auch die Derringers haben nach unserer Hochzeit den Kontakt zu uns abgebrochen. Und Reggie arbeitet wieder im Jagdresort, das muss eine Erleichterung für sie gewesen sein. Ich glaube nicht, dass er sich in ihrem Geschäft sehr nützlich gemacht hat. Wenn Mrs. Derringer also einen Vorteil für Edgecumbe Farm darin sieht, eine standesgemäße Frau ins Haus zu bringen, warum soll sie nicht eine kleine Reise unternehmen, um die Sache zu forcieren? Ihre Spenden brauchte sie nicht persönlich in der Mission vorbeizubringen. Die könnte sie in der Kirche abgeben, und der nächste Pater, der hinausfährt, nähme sie mit.«

Naeku biss sich auf die Lippen. »Das … das …« Sie brachte keinen ganzen Satz heraus.

Ivy legte ihr beruhigend die Hand auf den Arm und schob ihr die Kaffeetasse hin. »Du siehst aus, als bräuchtest du einen Brandy, leider haben wir keinen. Mich schockiert der Plan auch. Aber vorerst müssen wir uns darüber noch keine allzu dunklen Gedanken machen. Ein solches Werben dauert Monate, zudem muss das Trauerjahr eingehalten werden, bevor sich Ranjana irgendwo mit einem jungen Mann zeigt. Sie kann sich anderweitig verlieben … oder Lennox findet ein Mädchen, das ihm besser gefällt.«

Naeku antwortete nicht. Sie glaubte nicht, dass Ranjana je einen Mann lieben würde, doch es war gut möglich, dass die junge Inderin bezüglich ihrer Situation ganz ähnliche Gedanken hegte, wie Sanele sie hier aufgezeigt hatte. Ranjana war naiv und unerfahren – sie kannte dennoch die Regeln, die für eine Frau aus ihrer Gesellschaftsschicht galten, und sie wusste um die Kriterien, nach denen eine indische Familie die Frauen für ihre männlichen Mitglieder auswählte. Ihr war klar, dass sie ihnen nicht genügte. Und Lennox mochte ihr noch aus einem ganz anderen Grund attraktiv erscheinen: Wenn sie ihn überlebte, würde niemand von ihr erwarten, auf seinen Scheiterhaufen zu steigen.

14

Es wurde Herbst, die Große Regenzeit hätte eigentlich schon beginnen müssen, doch als die Derringers Ranjana und Naeku abholten, strahlte die Sonne, und es war sehr heiß. Ranjana schwitzte in ihrer Safarikleidung, einem langen Rock und einer Bluse. Auch Susan und Peter Derringer trugen Tropenkluft für die Fahrt in die Wildnis. Susan war eine zierliche Frau mit braunem Haar, tief gebräuntem, von Lachfältchen durchzogenem Gesicht und offenem Wesen. Peter war massig und rotgesichtig – man sah ihm an, dass er gern aß und trank und es mit dem Sonnenschutz nicht allzu genau nahm. Ranjana fand, dass Peter ein bisschen wie eine Bulldogge aussah, Susan eher wie ein wendiger lebhafter Spaniel. Die beiden fuhren einen großen, offenen Geländewagen, auf dessen Rückbank Ranjana und Naeku sich den Platz mit einem verheißungsvollen Picknickkorb teilten, und waren äußerst guter Laune.

Peter wusste viel von dem Land zu erzählen, durch das sie fuhren, als sie erst Nairobi und später dann auch Kijabe hinter sich gelassen hatten. Ihr Ziel, so verriet er, sei das Kedong Valley.

»Ist durch Vulkanaktivität entstanden«, erklärte Peter, »wie der ganze Ostafrikanische Graben. Verwerfungen der Erdkruste sind das. Ein Teil der Vulkane hier ist immer noch aktiv, aber keine Angst, in den letzten paar tausend Jahren ist niemand durch sie zu Schaden gekommen …«

»Die Umgebung der Farm ist wunderschön«, fügte Susan hinzu, »und die Landschaft ist abwechslungsreich. Die Ebene, Savanne, wo die riesigen Tierherden weiden … die Berge … Den ›Hausberg‹ der Farm, den Mount Longonot, kann man besteigen. Außerdem gibt es Seen und Wasserläufe. Die Wasserlöcher auf Edgecumbe Farm trocknen auch in den heißesten Sommern nicht aus …«

Naeku fragte sich, wem sie all das erzählte – sie selbst war schließlich in dieser Landschaft geboren und aufgewachsen, und Ranjana hatte die Farm mit dem Maharadscha besucht. Doch vielleicht war das ja Teil des Werbens um Ranjanas Hand für Lennox Edgecumbe. Sie sollte sich möglichst in das Land verlieben, in dem sie mit ihm leben würde.

Ranjana hörte sich alles geduldig an. Sie hatte der Unterhaltung nicht viel beizusteuern. Naeku dagegen erzählte von den Massai, dass sie dieses Land schon seit undenkbaren Zeiten bewohnten und mit ihren Herden erwanderten. Susan und Peter Derringer sprachen sehr freundlich von ihrem Stamm. Eine Gruppe Massai hatte früher oft ihr Lager in der Nähe ihrer eigenen Farm aufgeschlagen, und Reggie war praktisch mit ihren Kindern groß geworden.

Die Fahrt von Nairobi nach Kijabe kam ihnen lang vor, doch der Weg von Kijabe nach Edgecumbe Farm, der letzte Teil der gut dreistündigen Reise, gestaltete sich recht kurzweilig. Rechts und links der Straße sah man oft schon Wildtiere, vor allem Antilopen- und Zebraherden, auch die Felsformationen, die in verschiedenen Farben leuchteten, und der Anblick des majestätischen Longonot erfreuten das Auge.

Naeku empfand echte Vorfreude. Es würde schön sein, ihre Familie wiederzusehen, erneut afrikanische Speisen zu kosten und der Musik ihres Stammes zu lauschen. Ranjana konnte sie in der Obhut der Derringers sicher allein lassen. Sie hatte Herzklopfen, als der Wagen das Tor zur Farm passierte. Darüber prangte ein Schild: EDGECUMBE PRIVATJAGDRESORT. Das Land war eingezäunt, Susan musste aussteigen und das Tor öffnen. Allerdings ging es noch fast zwei Meilen durch den Busch, bevor die Gebäude der Farm sichtbar wurden.

Peter Derringer fuhr über die Auffahrt und hielt direkt vor dem Haupthaus. Ranjana und Naeku registrierten, dass sich hier nicht viel geändert hatte – allenfalls waren die Blumenrabatten und Kieswege nicht mehr so gepflegt wie zuzeiten von Ivy und Adrian. Damals waren hier fast ständig Gärtner beschäftigt gewesen, und vor dem Haus hatten sich bei der Ankunft des Maharadschas und seines Gefolges ein Heer von Dienern und Dienerinnen versammelt, um sie zu begrüßen, ihnen die Türen zu öffnen und ihr Gepäck hineinzubringen. Unter der Aufsicht des Butlers Sanele waren den Gästen Erfrischungen gereicht worden, beim Eintritt ins Haus hatte Ivy sie willkommen geheißen. Jetzt schaute nur ein afrikanischer Mitarbeiter kurz aus dem Haus und verschwand wieder, anscheinend, um den Bwana zu benachrichtigen. Lennox Edgecumbe begrüßte die Ankömmlinge selbst und strahlte dabei über das ganze Gesicht.

»Willkommen! Susan … Peter … Und Eure reizende Hoheit! Ihr seht entzückend aus in der Safarikleidung. Das darf ich doch sagen, nicht? Wir werden Euch die Jagd schon noch schmackhaft machen …«

Naeku würdigte er keines Blickes, aber das hatte sie auch nicht erwartet. Dafür schien sich Ranjana von seiner Herzlichkeit etwas überrumpelt zu fühlen. Naeku beschloss, zunächst bei ihr zu bleiben.

»Wo ist Desna?«, fragte Ranjana, als Lennox ihnen einen Begrüßungscocktail anbot. Ich möchte sie gern gleich sehen.«

»Die Leopardin ist im Stall«, sagte Lennox. »Ich kann Euch nachher hinführen …«

»Nein, sofort bitte«, sagte sie sehr bestimmt. Wenn es um Desna ging, konnte die sanfte Ranjana herrisch werden.

Lennox lächelte schief. »Natürlich, natürlich, kommt nur mit mir.«

Naeku folgte ihm und Ranjana zu einem der Nebengebäude, in denen Miss Ivy früher ihre verwaisten oder verletzten Tiere untergebracht hatte. Die Leopardin saß hier in einem Verschlag und beklagte sich darüber mit einem Brüllen, als die Menschen eintraten. Es wich allerdings gleich dem bekannten Brummen, als sie Ranjana und Naeku erkannte.

Ranjana öffnete den Käfig sofort, Lennox wich zurück, als sie Anstalten machte, ihn zu betreten – die Leopardin schien ihm nicht ganz geheuer zu sein. Desna hatte für ihn jedoch keinen Blick, sie gab sich ganz der Begrüßung ihrer Herrin und ihrer Pflegerin hin, rieb sich an ihnen, maunzte wie eine Katze und ließ sich schließlich eine Leine anlegen.

»Wollt Ihr … sie mitnehmen?«, fragte Lennox.

Ranjana nickte. »Sie hat mich im Palast in Jodhpur immer begleitet. Sie ist gut erzogen. Sie brauchen sich nicht zu fürchten …«

Lennox beeilte sich, ihr zu versichern, dass er sich nicht im Geringsten fürchtete, doch Naeku registrierte, dass er auf dem Schiff weniger ängstlich auf das zahme Tier reagiert hatte. Womöglich hatte er schon mit Desnas Krallen Bekanntschaft gemacht. Sie war nicht gefährlich, aber wenn sie von jemandem geärgert wurde, konnte sie durchaus mal kratzen. Und die Unterbringung in diesem Verschlag hatte sie zweifellos verärgert.

»Sie ist viel mehr Freiheit gewöhnt«, sagte denn auch Ranjana.

Lennox Edgecumbe schluckte, bot ihr jetzt jedoch erst mal an, ihr die Farm zu zeigen. Er schien ebenfalls vergessen zu haben, dass sie die Umgebung und das Anwesen bereits kannte. Desna wanderte in federndem Schritt neben ihr her, als sie ihm um das Haus herum zu den Gästezelten folgte.

Hier herrschte Betrieb – ein Herrenclub aus Mombasa war für ein paar Jagdtage eingetroffen und ließ sich Bier und Whiskey auf dem Platz vor den Zelten servieren, der den Blick auf ein Wasserloch ermöglichte. Dort fanden sich bereits die ersten Tiere ein – ein Nashorn senkte den Kopf, um zu trinken. Die Männer kommentierten das mit launigen Bemerkungen. Man müsse hier ja wohl nicht mal das Bett verlassen, um seine Trophäe zu schießen, sagte einer der Jagdgäste.

Reggie, der die Gentlemen zum Sundowner gebeten hatte, erklärte den Herren, die Tiere würden rund um das Haus nicht bejagt. Sie begännen sonst, das Wasserloch zu meiden und die Gäste damit um den schönen Anblick zu bringen. Susan Derringer schaute ihren Sohn ungnädig an. Die Herren aus Mombasa waren ganz offensichtlich bereits angetrunken. Adrian hatte so etwas stets zu verhindern gewusst. Vor dem Dinner war nur mäßig getrunken worden – erst wenn sich danach die Damen zurückgezogen hatten, stand es den Jägern frei, sich zu berauschen. Die meisten verzichteten jedoch darauf, um am nächsten Tag einen klaren Kopf zu haben. Adrians Gäste waren in der Regel passionierte Jäger gewesen, die sich waidgerecht zu benehmen pflegten.

Ranjana bemerkte nicht, dass die Männer verstummten, als sich ihre Aufmerksamkeit jetzt auf ihr ungewöhnliches Haustier richtete. Sie blickte zu den Zelten hinüber, die sehr einladend wirkten. Sie waren echten Safarizelten nachempfunden, doch viel komfortabler ausgestattet und mit Terrassen versehen, auf denen man in Schaukelstühlen sitzen und die Aussicht bewundern konnte. Aus Holz geschnitzte Tiere standen am Rand der Wege dazwischen, Arbeiten der Kikuyu, die Miss Ivy gekauft hatte. Sie machten die Anlage noch interessanter.

»Da habe ich gewohnt«, sagte Ranjana und zeigte auf das Zelt, das sie damals mit ihren Dienerinnen geteilt hatte. Die Entourage des Maharadschas hatte das gesamte Resort bevölkert, sie selbst hatte ihr eigenes Zelt gehabt, wie sie auch im Palast ihre privaten Gemächer bewohnt hatte. Sie wandte sich mit einem Lächeln an

Lennox. »Es war sehr schön. Könnte ich ... könnten wir ...«, sie blickte zu Naeku, »... dort wohl wieder übernachten?«

Susan Derringer griff ein, bevor Lennox antworten konnte. »Das kommt überhaupt nicht infrage! Zwischen den Kerlen in den anderen Zelten werden Sie keine Damen unterbringen, Lennox! Wer weiß, was denen mitten in der Nacht einfällt. Nein, ich erwarte, dass ... Miss Ranjana ...«, Ranjana hatte sie während der Fahrt gebeten, die Anrede Maharani nicht mehr zu verwenden und sie nicht mehr mit »Hoheit« anzusprechen. Susan hatte dann darauf bestanden, dass sie beide sich beim Vornamen nannten, »... in einem Gästezimmer im Haupthaus untergebracht wird!«

Ranjana hatte nicht gewusst, dass es dort überhaupt Gästezimmer gab. Sie vermutete, dass diese privaten Besuchern der Besitzer vorbehalten blieben, während die zahlenden Gäste in den Zelten wohnten.

Lennox beeilte sich, Susan Derringer zuzustimmen. Auch die Derringers sollten im Haupthaus schlafen.

»Dort habt Ihr es erheblich bequemer«, behauptete er Ranjana gegenüber. »Fließendes Wasser zum Beispiel ...«

Ranjana hatte bei ihrem ersten Aufenthalt zwar nichts vermisst, brachte jedoch keine Einwände vor. Sie hatte mit Betrunkenen nie Erfahrungen gemacht und empfand die aktuellen Gäste des Resorts nicht als bedrohlich, doch sie fügte sich willig. Naeku sah die Bedrohung durchaus, und sie nahm Susans Einwand als Beweis dafür, dass Ranjana bei der resoluten Kolonistin gut und sicher aufgehoben war. Deshalb bat sie jetzt, sich entfernen und ihr Dorf aufsuchen zu dürfen.

Lennox setzte die Führung durch sein Resort fort. Er zeigte Ranjana die modernen Safarifahrzeuge, die noch von der Frau seines Onkels angeschafft worden waren, was er natürlich nicht erwähnte – ebenso wenig wie die Tatsache, dass sie zurzeit kaum gebraucht wurden. Mehr als zwei Fahrzeuge waren nie gleichzeitig unterwegs. Schließlich musste jeder Gästegruppe ein erfahrener Jäger zugeordnet werden, und daran mangelte es ihnen.

Ranjana fiel all das nicht auf, sie interessierte sich weder für Automobile noch für die Organisation der Jagd. Auch die Gesellschaftsräume im Haupthaus, das Foyer mit Rezeption und der Veranstaltungssaal machten keinen großen Eindruck auf die Inderin. Aus ihrer Sicht hatte sich hier seit ihrem ersten Besuch praktisch nichts verändert. Lennox und Reggie hatten die Fotografien, mit denen Miss Ivy die Wände geschmückt hatte, sofort wieder durch Adrians alte Jagdtrophäen ersetzt und die bunten Teppiche durch Zebra- und Löwenfelle. Als Erstes fiel Besuchern der Kopf des Tigers ins Auge, der sie gleich beim Betreten des Foyers mit gebleckten Zähnen empfing.

»Schau nicht hin, Desna«, wies Ranjana ihre Leopardin, die sie immer noch an der Leine mit sich führte, an.

Bei Peter Derringer erregte sie damit Heiterkeit. Lennox fehlte der Humor.

Die Gästezimmer erwiesen sich wirklich als schön und komfortabel, Ranjana fiel es allerdings schwer, sich ohne Naeku fürs Dinner frisch zu machen und umzukleiden. Ihre feinen Seidensaris brauchten geschickte Hände, um perfekt um ihren Körper drapiert zu werden. Weder Ranjana noch Naeku hatten daran gedacht, doch Ranjana wollte die Wiedersehensfreude ihrer Freundin mit ihrer Familie nicht stören, indem sie einen Boten zu ihr schicken ließ. Schließlich entschied sie sich für ein westliches Kleid, das sie wie die Safarikleidung in Nairobi gekauft hatte. Es fiel locker, und seine tief angesetzte Taille verlangte keine Schnürung – der Verkäufer hatte etwas von Charleston-Stil gesagt. Seine orange-schwarze Koloration passte zudem perfekt zu Desnas Fellfarbe.

Ranjana lächelte, als sie sich im Spiegel betrachtete, und befand, dass sich sogar ihr Haar zu diesem Aufzug sehen lassen konnte.

Es war gut nachgewachsen, und wenn sie es ein bisschen in die Stirn kämmte, ging es fast als eine der modischen Kurzhaarfrisuren durch, die jetzt viele mondäne Frauen trugen. Ihre Seidenschuhe passten nicht dazu, Ranjana beschloss jedoch, darüber hinwegzusehen. Sie umrahmte ihre Augen mit Kajal, so gut sie es vermochte, und war schließlich zufrieden mit ihrem Aufzug. Eigentlich hatte sie sogar ein positives Gefühl dabei, sich wie eine Britin allein angekleidet zu haben. Sie war guten Mutes, als sie die Derringers in der Eingangshalle traf, Susan ebenfalls im Abendkleid. Das Dinner unter dem Sternenhimmel auf Edgecumbe Farm wurde immer in förmlicher Kleidung abgehalten – wenn es auch noch nie ein so seltsames Accessoire dabei gegeben hatte wie eine Leopardin mit goldenem Halsband, die sich zu Füßen ihrer Herrin unter der festlich gedeckten Tafel ausstreckte.

Auf den Herrenclub aus Mombasa hatte der Auftritt der Damen eine deutlich ernüchternde Wirkung. Für romantische Abendessen hatte dieser Gästetyp wenig Sinn, ein rustikales Barbecue kam da meist besser an. An diesem Abend war die Konversation jedoch gesittet – was sicher weniger an Susan Derringer lag, die durchaus mit Jägerlatein aufwarten und über rauere Scherze lachen konnte, als an Ranjana, deren stille Vornehmheit ihre Wirkung tat. Die Männer machten ihr Komplimente und wetteiferten darum, sie zu unterhalten. Die teilweise noch von Sanele ausgebildeten Diener setzten ihren ganzen Stolz darein, jeden Wunsch der Lady formvollendet zu erfüllen. Der Aufenthalt auf Edgecumbe Farm, so mussten die Jagdgäste denken, hatte Stil. Beim nächsten Besuch mochten sie ihre Frauen mitbringen.

Was die Speisefolge betraf, so wurde an Lennox Edgecumbes Tafel kaum Gemüse serviert. Das Fleisch der geschossenen Tiere musste ja verwendet werden, und die meisten Gäste empfanden Straußensteak und Antilopenpastete als sehr schmackhaft. Ranjana konnte dem ebenso wenig abgewinnen wie bei ihrem ersten

Besuch, doch die Köchin Wawira – sie war jahrelang für Miss Ivy tätig gewesen, und Lennox Edgecumbe hatte sie behalten – erinnerte sich an die Vorlieben der Inderin und brachte ein paar scharfe afrikanische Bohnen- und Gemüsegerichte auf den Tisch. Natürlich wollten auch die Jagdgäste davon probieren und waren durchaus angetan – wieder etwas, das sie nach der Rückkehr zu ihren Familien erzählen konnten. Reggie Derringer warf Lennox einen triumphierenden Blick zu. Dies war genau das, was er sich von Ranjanas Einfluss erhofft hatte.

Lennox bemerkte das allerdings gar nicht. Er war absolut fasziniert von der jungen Inderin. Ob sie für Edgecumbe Farm nützlich sein konnte oder nicht, war ihm gleichgültig. Er wollte sie haben!

15

Naeku entdeckte ihre Heimat neu, als sie den Weg von Edgecumbe Farm zur Mission einschlug. Er war breit und gut ausgefahren, und Tiere ließen sich entlang der Route kaum sehen, seit sie wieder bejagt wurden. Aber das Licht in der Savanne, die Silhouetten der Schirmakazien vor den von der untergehenden Sonne rot gefärbten Wolken waren ihr vertraut und die vielfältigen Laute des Waldes, den sie durchschritt. Sie fühlte sich fast ein wenig berauscht von der Wanderung durch die beginnende Nacht im Busch – erschrak dann jedoch zu Tode, als plötzlich etwas von einem Baum sprang und sich ihr in den Weg stellte. Verblüfft erkannte sie einen Pavian, der in unterwürfiger Haltung vor ihr kauerte und zu ihr aufsah. Im Gegensatz zu seinen Artgenossen, die stets in Horden auftraten und sehr übergriffig sein konnten, wenn sie bei einem Menschen etwas Essbares oder etwas Glitzerndes entdeckten, war dieser allein unterwegs.

»Kurti?«

Naeku erinnerte sich an Miss Ivys zahmen Pavian, von dem sie jetzt noch gelegentlich sprach, wenn die Rede auf Edgecumbe Farm kam. Sie hatte ihn nur unter größter Besorgnis zurückgelassen und fürchtete, dass Mr. Reggie und Mr. Lennox dem kleinen Frechdachs längst den Garaus gemacht hatten.

Kurti schien jedoch geahnt zu haben, dass er nach dem Wegzug seiner Besitzerin in Gefahr war, und schlug sich nun wohl in der Wildnis durch. Mehr schlecht als recht, wie seinem stumpfen Fell und seinem mageren Körper anzumerken war. Naeku tat es leid, nichts Fressbares für ihn bei sich zu haben, und erinnerte sich dann an die Tüte Bonbons, die sie für die Kinder ihres Stammes in ihre Schultertasche gepackt hatte. Kurti gab begeisterte Töne von sich, als sie ihm ein paar davon gab, schmiegte sich an sie, um gestreichelt zu werden – und schob schließlich seine vom Zucker klebrige, ledrige Affenhand in die ihre. Kurti war mit Menschen aufgewachsen – ganz offensichtlich vermisste er sie.

Naeku brachte es nicht übers Herz, ihn wegzuschicken, und betrat die Mission folglich mit Kurti an der Hand. Der Affe lief auf zwei Beinen und schien sich wichtig zu fühlen. Sie waren denn auch sofort von Kindern umringt, als sie den von einer riesigen Akazie beherrschten Platz vor der kleinen Kirche betraten. Hier war eben die Abendandacht für die Dorfbewohner zu Ende gegangen – ein paar erfolgreich missionierte Massai- und Kikuyu-Familien lebten und arbeiteten auf dem Missionsgelände. Ihre Kinder wurden angehalten, ein Handwerk zu erlernen oder Hauswirtschaft, um dann in Kolonistenhaushalten tätig zu werden. Dienstboten waren in Kijabe und Nairobi gefragt. Die meisten Mitglieder der Stämme blieben allerdings lieber bei ihrer traditionellen Lebensweise und verdingten sich allenfalls auf Edgecumbe Farm als Fährtenleser und Jäger.

Die Missionare und Missionarinnen, Patres und Ordensschwestern, musterten Naeku verwundert, doch nicht unfreundlich. Sie machte in ihrem neuen gepunkteten Musselinkleid wohl einen vertrauenerweckenden Eindruck. Schließlich kam einer der Patres auf sie zu und erkundigte sich in gebrochenem Massai nach ihrem Begehr. Naeku antwortete auf Englisch, stellte sich als ehemalige Missionsschülerin vor und fragte nach Schwester Elisabeth. Daraufhin wurde sie gleich von einer Gruppe junger Nonnen umringt, die alles über diesen offensichtlichen Erfolgsfall wissen wollten.

»Und woher kennst du den Affen?«, fragte eine kleine, noch sehr junge und sehr sympathisch wirkende Schwester, die von Kurti sofort begrüßt worden war. »Ich geb ihm manchmal etwas Futter … er scheint zahm zu sein«, vertraute sie Naeku an. »Und ständig hungrig.«

Naeku stellte ihren Begleiter daraufhin vor und bat für ihn um Aufnahme in der Mission. »Sie werden ihn wohl nicht bekehren können, aber er ist jetzt zum zweiten Mal verwaist und braucht eine helfende Hand.«

Die meisten Schwestern schauten konsterniert, nur die kleine, unter deren Schleier blondes Haar hervorlugte und deren Sommersprossen und Spitznase ihr einen drolligen Ausdruck gaben, lächelte.

»Ich finde ihn süß«, bekannte sie. »Wir dürfen hier nur keine Tiere halten …«

Nichtsdestotrotz war Naeku zuversichtlich, dass sie, wann immer sie konnte, Früchte und Brot für den Affen abzweigen würde, den sie nun immerhin beim Namen kannte.

Schließlich erschien Schwester Elisabeth, woraufhin die jüngeren Schwestern davonstoben, bevor ihr womöglich irgendetwas auffiel, das sie tadeln konnte. Lediglich Kurtis junge Freundin blieb. Sie konnte sich nicht von ihm trennen und streichelte ihn selbstvergessen. Schwester Elisabeth schien allerdings entschlossen, diesmal nicht zu streng zu sein. Sie begrüßte Naeku herzlich, fragte nach ihrer Zeit in Indien und äußerte sich nicht mal allzu schockiert über den Pavian.

»Ich weiß noch, wie Mrs. Edgecumbe mich damals in meiner Funktion als Säuglingsschwester aufsuchte und fragte, wie man wohl einen kleinen Elefanten aufpäppeln könnte«, erzählte sie. »Diese Frau versündigte sich ständig, indem sie die Tiere den Menschen vorzog, aber sie hatte das Herz am rechten Fleck. Es ist eine Schande, dass sie so von Haus und Hof gejagt wurde … Nun holen

Sie dem Affen schon eine Banane, Schwester Teresa, es ist ja nicht mit anzusehen, wie er Sie anbettelt …«

»Sie sind … also nicht so begeistert von der neuen Führung der Farm?«, fragte Naeku, als sich die junge Schwester erfreut auf den Weg machte, gefolgt von dem übermütig hopsenden Kurti.

Die alte Missionarin hob die Schultern. »Die Patres sind ganz angetan. Mr. Edgecumbe ist Schotte, und die Familie ist römisch-katholisch. Sehr oft sieht man ihn allerdings nicht in der Messe. Und die Schwestern, die bei den Kikuyu Schule halten, berichten auch von … Prostitution.« Schon das Wort auszusprechen, schien ihr zuwider zu sein. »Die Männer der Stämme verkaufen ihre Töchter an die Gäste, das war schon einmal ein Problem, noch zu Zeiten von Mr. Adrian. Ivy Edgecumbe hat das abgestellt, und ihrem Mann war es egal, doch Mr. Lennox Edgecumbe will davon nichts hören. Dabei habe ich ihn persönlich zur Rede gestellt. Angeblich weiß er von nichts. Er ist wohl selbst ein ziemlicher Weiberheld. Wir schicken nur noch ältere, gefestigte Schwestern zu den Kikuyu. Ein paar jüngere und hübschere mussten sich schon zotige Sprüche von ihm anhören …«

»Er … sollte vielleicht heiraten«, bemerkte Naeku.

Die Schwester nickte. »Eine christliche Ehe hat schon so manchem zum Vorteil gereicht. Wenn es hier nur mehr weiße Frauen gäbe … Nun gut, irgendwann wird ihn sicher eine zähmen …«

Kurti war wohl in der Obhut von Schwester Teresa geblieben, sodass Naeku ihren Weg von der Mission zum Dorf der Massai allein fortsetzte. Sie musste Edgecumbe Farm dazu verlassen, die Siedlung lag außerhalb. Allerdings durfte der Stamm seine Rinder weiter im Farmbereich weiden lassen, das hatte Naeku schon von den Derringers gehört. Ihr Sohn ließ sie wissen, in welchen Gegenden des riesigen Gebietes gerade nicht gejagt wurde.

Kurz nach Passieren des Tores sah Naeku bereits den *enkang* der

Massai, das Gelände ihres Stammes, eine Ansammlung von Hütten, gefertigt aus Lehm und Kuhdung. Sehr bald waren die auch zu riechen, was Naeku früher nie aufgefallen war. Um das Dorf herum zog sich ein Zaun aus dornigen Ästen. Innerhalb und außerhalb der Ansiedlung standen Rinder, Schafe und Ziegen und knabberten an den jetzt, vor der Regenzeit, trockenen Gräsern und Büschen. Die Hunde im Dorf wurden sofort auf Naeku aufmerksam. Sie bellten und alarmierten damit die Menschen, die hier ihren Verrichtungen nachgingen. Die meisten erkannten Naeku nicht, obwohl ihr die Zugehörigkeit zum Stamm auf den ersten Blick anzusehen war. Wie fast alle Massai war sie langgliedrig, groß und schlank. Hätte sie traditionelle Kleidung getragen, wäre sie hier nicht aufgefallen.

Dann erhob sich jedoch eine Stimme von der Hütte her, in der Naekus Mutter mit ihr und ihren Geschwistern gelebt hatte.

»Naeku!« Sie sah ihre Mutter auf sich zueilen und senkte den Kopf, um sich ihre Hand zur Begrüßung auflegen zu lassen. Gleich danach hielten sie einander an den Händen – Umarmungen waren nicht üblich. »Naeku, du bist zurück! Aus dem fernen Land … Wirst du bleiben?«

Auch die anderen Frauen und Kinder kamen heran und wollten sie begrüßen und anfassen. Naeku versuchte, sich in dem Schwarm von Menschen zurechtzufinden. Ihre Mutter war stark gealtert, hielt aber nichtsdestotrotz ein Baby auf dem Rücken, und ein Kleinkind klammerte sich an ihr rotes, abgetragenes Gewand. Naeku erinnerte sich daran, dass ihre Schwestern Malaika, Adzo und Amari genauso an ihrer Mutter gehangen hatten. Und dann Zendaya und Oromo … Sie fragte sich, wie viele Geschwister sie inzwischen hatte. Sicher mehr als zehn von ihrer eigenen Mutter, doch schon als sie den Stamm verlassen hatte, hatte ihr Vater eine zweite Frau gehabt.

Naeku fragte zunächst nach Adzo und Amari, die ihr vom Alter her am nächsten waren, woraufhin Inaya lachte. Beide Mädchen, so erklärte sie, seien längst verheiratet und hätten bereits selbst Kinder. Naeku grauste es bei der Vorstellung. Auch sie hatte als Dreizehnjährige verheiratet werden sollen und hätte sich nicht gewundert, hätte man dem enttäuschten Mann nach ihrem Weggang die jüngere Schwester angeboten.

Das Dorf und die Wiedervereinigung mit ihrer Familie verloren sehr schnell ihren Reiz für sie. Sie erinnerte sich an die herablassende Behandlung der Missionsschwestern und anfänglich auch Miss Ivys durch die Ältesten, dachte an all die schwere Arbeit, die den Frauen aufgebürdet wurde, und das Drohnenleben der Männer, die sich allein um ihre Rinder kümmerten sowie gelegentlich die Jagd und den traditionellen Tanz. Während sie ihre Schwestern begrüßte und versuchte, ihr Entsetzen darüber zu verbergen, wie verhärmt und gealtert sie wirkten, und ihre Mutter ihr ein Geschwister- und Enkelkind nach dem anderen vorstellte, wurde ihr immer deutlicher klar, dass sie nicht hierhergehörte. Ihre Familie war Ranjana – und selbst in der Mission hatte sie sich mehr zu Hause gefühlt als hier.

Das Treffen mit den Dorfältesten versuchte sie rasch hinter sich zu bringen – im Allgemeinen brachten sie Frauen wenig Interesse entgegen, aber nun waren sie neugierig. Ihr Vater befragte sie nach Indien und wollte wissen, warum sie keine Kinder habe. Er hatte die Sache mit Desna damals für einen Vorwand gehalten und war fest davon ausgegangen, dass der Maharadscha seine Tochter als zweite Frau hatte haben wollen. Naeku versuchte ihm von ihrem Leben als Dienerin in den Frauengemächern zu erzählen, und er fragte, ob sie vielleicht verstoßen worden sei, weil sie keine Kinder gebären könne oder wolle. Sie verneinte das, hatte jedoch nicht das Gefühl, dass er ihr zuhörte.

»Du warst immer ein aufmüpfiges Kind«, ließ er sie wissen. »Ein Wunder, dass ich dich trotzdem so gut verkauft habe.«

Naeku wusste nicht, ob sie lachen oder weinen sollte, und entschied sich für zustimmendes Nicken. Dann stand sie wieder den Frauen Frage und Antwort dazu, wie man in Indien lebte, was man aß und wie die Menschen ihren Tag verbrachten. Naeku berichtete, dass die Kühe dort heilig seien, was die Frauen nicht sehr beeindruckte. Auch die Massai glaubten, dass die Rinder ihnen von den Göttern geschenkt worden waren – ihre traditionelle Religion versicherte ihnen, alle Rinder der Welt gehörten allein ihrem Stamm.

Die Nacht verbrachte Naeku in der Hütte ihrer Mutter, doch sie fand kaum Schlaf, da sie die Unterkunft mit ihr und den zwei jüngsten Kindern teilte. Sie hatte sich nicht mehr daran erinnern können, wie eng es war und wie drückend die Luft, wie es stank und dass Insekten allgegenwärtig waren. Früher hatte sie die Krabbeltiere kaum wahrgenommen, jetzt sehnte sie sich nur noch nach einem Bad.

»Komm bald wieder«, bat ihre Mutter, als sie sich schließlich zurück auf den Weg zur Farm machte. »Wir haben dich vermisst.«

Naeku versicherte ihr, dass es sicher nicht mehr Jahre dauern würde, bis sie zurückkehrte. Sie selbst hätte zwar gut darauf verzichten können, doch ihr schwante, dass Ranjana einen guten Eindruck von Edgecumbe Farm gewonnen hatte. Womöglich konnte die Freundin einen erneuten Besuch kaum abwarten.

16

Ranjana schlief sehr gut im Gästezimmer auf Edgecumbe Farm, wurde jedoch schon um vier Uhr früh von Susan Derringer geweckt.

»Wenn Sie mit auf Safari wollen, müssen Sie jetzt aufstehen, Miss Ranjana«, erklärte sie hellwach. »In der Morgen- und Abenddämmerung sind die Tiere aktiv. Sonst sieht man sie selten. Los, kommen Sie, es ist ein Erlebnis!«

Ranjana erhob sich tapfer und legte ihre Safarikleidung an, auch Helm und Schleier gegen die Malariamücken. Diese waren laut Susan zwar nachts besonders stechfreudig, aber auch in den Morgenstunden war man nicht vor ihnen gefeit. Voller Bedauern brachte sie Desna, die vor ihrem Bett genächtigt hatte, zurück in ihren Verschlag. Sie beschloss, Lennox Edgecumbe zu bitten, sie woanders unterzubringen, in dem dunklen Verlies konnte die Leopardin nicht den ganzen Tag verbringen.

Vor dem Aufbruch wurden Tee, Kaffee und etwas Toast im Haupthaus serviert, dann verteilten sich die Jäger und Gäste auf die Fahrzeuge. Susan und Ranjana bestiegen Lennox' Wagen. Er begleitete einen der Jäger aus Mombasa, der ein Nashorn schießen wollte. Nashörner gab es ebenfalls in Indien, doch Ranjana hatte noch nie eines gesehen.

»Vielleicht begegnen wir ja auch Löwen«, hoffte Lennox.

Löwen war Ranjana in freier Wildbahn ebenfalls noch nie begegnet.

Tatsächlich trieb Lennox, auch er hatte sie gebeten, ihn beim Vornamen zu nennen, und sie erlaubte ihm, sie nicht mehr so förmlich anzusprechen, nach nur knapp einstündiger Fahrt zwei Löwinnen mit ihren Jungen auf. Ranjana war entzückt von den Kleinen. Lennox versuchte, dem Jäger klarzumachen, dass die Muttertiere und ihr Nachwuchs geschützt werden mussten, da sie sonst in ein paar Jahren nichts mehr zu schießen hätten.

Dem Gast ging das allerdings nicht in den Kopf. Wenn sich die Gelegenheit schon mal ergebe, versuchte er, Lennox umzustimmen, solle man sie doch nutzen. »Wann trifft man sonst zufällig auf eine Löwenfamilie?«, fragte er.

Zu Ranjanas Erleichterung ging Lennox nicht darauf ein.

»Das war natürlich kein Zufall«, klärte Susan bei der Weiterfahrt Ranjana auf, ohne dass die Männer sie hören konnten. »Lennox wusste genau, wo er die Tiere finden würde. Das ist ja gerade das Geschäftskonzept eines Jagdresorts: Den Jägern werden die Abschüsse praktisch garantiert. Sie brauchen der Beute nicht endlos nachzuspüren, wie es früher der Fall war, sondern alles spielt sich auf einem begrenzten Gebiet ab. Die Fährtensucher und Jäger des Resorts kennen es wie ihre Westentasche. Sie bringen die Gäste zuverlässig zum Schuss.«

»Ist das denn … fair?«, fragte Ranjana. Man hatte ihr Fairness stets als einen Grundzug des britischen Wesens dargestellt.

Susan lachte. »Das ist eine philosophische Frage. Ist es allgemein fair, einem Tier mit Jagdgewehren nachzustellen, das selbst nur Zähne und Klauen zur Verteidigung hat? Sehen Sie es so: Die Jagd im Resort bedeutet eine gigantische Zeitersparnis. Wenn ein Gast einen Löwen will, bekommt er ihn, ohne ihm wochenlang nachstellen zu müssen wie früher. Im nächsten Jahr reist er vielleicht für ein Nashorn wieder an.«

Ranjana wusste nicht, was sie darauf antworten sollte. Der Maharadscha war lange unterwegs gewesen, um einen Tiger zu erlegen. Großwildjagd als Wochenendvergnügen mit garantierten Abschüssen erschien ihr nicht richtig.

»Man könnte dann ja gleich im Zoo auf Tiere schießen«, wandte sie leise ein.

Lennox und sein afrikanischer Fährtensucher inszenierten nun jedoch eine spannende Jagd für den Gast aus Mombasa. Sie spürten Nashornkot auf und versuchten, daraus auf die Wege zu schließen, die das Tier in der Nacht genommen hatte. Lennox machte sich schließlich mit dem Mann allein auf den Weg, während sein Helfer das Safarifahrzeug mit Susan und Ranjana in Sichtweite eines Wasserlochs fuhr und dort parkte. Mit Gemütsruhe wartete er, bis ein prächtiges Nashorn aus dem Busch trat, um dort zu trinken. Ranjana bewunderte seinen schweren Körper, die wachsamen kleinen Augen und das mächtige Horn. Sie hielt den Atem an, um nur das Tier nicht zu stören und den Anblick länger genießen zu können.

Doch dann knallte ein Schuss. Der Bulle schien erschrocken, hob noch einmal kurz den Kopf – und fiel um. Ranjana weinte, als sie den schweren Körper fallen sah. Die Beine zuckten noch, der Kopf hob sich ein letztes Mal, da erschienen auch schon Lennox und der stolze Schütze, um sich vom Tod des Tieres zu überzeugen.

Susan versuchte, sie zu beruhigen. »Aber Miss Ranjana, Sie sagten doch, Sie wären schon bei einer Jagd dabei gewesen …«

»Das war ich, ja …«, flüsterte Ranjana. »Nur da musste es sein. Der Tiger hat Nutztiere angegriffen, und man befürchtete, dass er auch vor Menschen nicht zurückscheuen würde. Trotzdem hat es mir nicht gefallen. Wie kann man Freude daran finden, Tiere zu töten? Ich hasse die Jagd! Können wir jetzt zur Farm zurückfahren?«

Natürlich mussten sie noch abwarten, bis Lennox und sein begeisterter Gast zum Wagen zurückkehrten. Susan beglückwünschte den Mann zum erfolgreichen Abschuss. Ranjana war verstört. Susan drängte ihr einen großen Schluck Whiskey auf, als Lennox zur Feier der erfolgreichen Jagd den Flachmann herumgehen ließ.

»Was haben Sie denn, Miss Ranjana?«, fragte er schließlich, als er ihrer Schweigsamkeit gewahr wurde. »War das Nashorn nicht beeindruckend? Was für eine Trophäe, Harry! Das ist das größte Horn, das wir hier je erbeutet haben!«

»Ich hasse die Jagd«, wiederholte Ranjana.

Harry, der Schütze, lachte wiehernd auf. »Solange Sie den Jäger nicht hassen, kann ich damit leben«, bemerkte er.

Ranjana antwortete nicht.

Ranjana schmiegte sich in Naekus Arme, als sie endlich wieder vereint in ihrem Zimmer waren. Es sollte noch ein gemeinsames Frühstück geben, dann würden Reggie Derringers Eltern abfahren. Naeku, die sich früh am Morgen auf den Weg zurück zur Farm gemacht hatte, fragte sich, wann sie die Spenden des Frauenvereins wohl in der Mission abgeliefert hatten, aber sie war sich ja schon mit Miss Ivy und Mr. Zulu darüber einig geworden, dass dies nur ein Vorwand für die Fahrt gewesen war.

»Du riechst streng, ich werde dir ein Bad einlassen«, sagte Ranjana schließlich, als sie sich voneinander trennten.

Naeku lachte. »Du mir?«

Ranjana nickte. »Ich bin gestern ganz allein zurechtgekommen«, sagte sie stolz. »Und alle sagten, ich hätte wunderbar ausgesehen.«

Über Naekus Gesicht flog ein Schatten. »Dann brauchst du mich womöglich gar nicht mehr?«, fragte sie leise.

Ranjana streichelte den Schatten weg. »Ich werde dich immer brauchen«, flüsterte sie.

Naeku legte ihr die Hand auf den Scheitel und nahm sie damit an nach dem Brauch ihres Volkes. »Und ich dich. Verlass mich nie, Ranjana.«

17

Während der Regenzeit hatte das Jagdresort nur selten Gäste, und Lennox Edgecumbe nutzte die Gelegenheit, um Besuche zu machen. Fast jeden Sonntag fand er sich bei den Jeevanjees ein und bat, Ranjana sehen zu dürfen. Inzwischen überraschte sie das nicht mehr, sie erwartete ihn in edler Hauskleidung, wie der Brauch es vorsah. Meistens trug sie einen Sari – das war üblich bei den Jeevanjees, doch als ihr Haar von einem britischen Friseur zu einer modernen Kurzhaarfrisur geschnitten worden war, empfing sie ihn in einem westlichen Nachmittagskleid. Lennox' Bewunderung für sie war zweifellos echt, er gab sich größte Mühe, eine angenehme Konversation zu führen, und er brachte wohlüberlegte kleine Geschenke mit – den Gedichtband eines indischen Meisters, indische Süßigkeiten, die er auf dem Markt in Little India erstand, und einmal eine Fotografie ihrer geliebten Desna.

»Ich dachte, Sie veranstalten keine Fotosafaris mehr«, bemerkte Ranjana, die sich an dem Bild kaum sattsehen konnte. »Wer hat das gemacht?«

Lennox antwortete, dass es selbstverständlich einen Fotografen auf Edgecumbe Farm gäbe – schon zu Adrians Zeiten hatten die Jäger großen Wert darauf gelegt, mit ihren Trophäen abgelichtet zu werden.

»Einen lebenden Leoparden hat unser Meister aber selten vor der Kamera«, erklärte er lachend. »Wann kommen Sie Desna wieder einmal besuchen, Miss Ranjana? Wird Ihnen die Zeit nicht lang?«

Die Zeit wurde Ranjana tatsächlich lang – nicht nur, dass sie Desna vermisste, sie begann, sich im Haus ihres Gönners zu langweilen und sich die Frage zu stellen, wie lange sie seine Gastfreundschaft noch beanspruchen konnte, ohne lästig zu werden. Auf Ivys Anregung hin begann sie erneut, Schmuck zu entwerfen, und sandte Naeku mit ihren Zeichnungen zu einem Juwelier in Little India. Der wollte von den Entwürfen der ehemaligen Maharani jedoch nichts hören und sehen. Er gehörte zu den Indern, die Ranjanas Flucht vor ihrem vorbestimmten Ende missbilligte. Auf keinen Fall wollte er ihr dazu verhelfen, auf eigenen Füßen zu stehen, und sich damit noch weiter von seinem Bild der tugendhaften Frau entfernen. Naeku hörte sich seine Schmähungen ihrer Herrin gegenüber geduldig an – einen zweiten Versuch, die Entwürfe zu verkaufen, machte sie nicht.

Nach Ende der Regenzeit unternahmen die Derringers dann noch einmal einen Ausflug nach Edgecumbe Farm und luden Ranjana und Naeku dazu ein. Wieder freute sich Ranjana an ihrer Leopardin – und daran, dass Lennox ihren Wünschen entsprochen und der Raubkatze ein großes Außengehege hatte bauen lassen. Die sonstigen Gäste waren diesmal zwei Paare aus England – alle vier begeisterte Jäger, die Frauen prahlten mit dem Abschuss eines Elefanten und einer Gazelle am Morgen.

»Ein Zebrafell brauchen wir noch«, erklärte Lady Peaborn eifrig. »Wirst du morgen ein Zebra schießen, Bob? Oder bestehst du auf deinem Löwen?«

Ranjana fand die Gäste abstoßend, bereicherte den Abend aber auch dieses Mal mit ihrem sanften Charme und ihrer freundlichen Konversation. Sie brachte das Thema schnell ab von der Jagd, indem sie von Indien erzählte. Nachdem Lennox den Gästen verraten hatte, dass hier eine leibhafte ehemalige Maharani am Tisch saß, konnten sie nicht genug vom Leben in indischen Palästen hören. Natürlich bestaunten sie Desna, die wieder geduldig zu Füßen ihrer Herrin lag.

»Da hat man ja fast Hemmungen, die Viecher zu schießen«, meinte einer der Gentlemen, und die anderen lachten.

»Wenn sie ausgestopft sind, machen sie aber weniger Arbeit«, erklärte seine Gattin.

Als hätte Desna sie verstanden, richtete sie sich auf und brüllte ihren Protest in den Abendhimmel. Ranjana konnte kaum glauben, wie schnell die eben noch so unerschrockenen Jäger aufsprangen und Deckung suchten.

Lennox bat Ranjana daraufhin, das Tier in sein Gehege zu bringen, doch sie entschuldigte sich gleich ganz und zog sich mit Desna in ihre Räumlichkeiten zurück. Unglücklich wartete sie auf Naeku, obwohl ihre Freundin schon angedeutet hatte, dass sie in der Nacht wohl nicht zurück auf die Farm kommen werde.

»Ich denke, ich schlafe in der Mission und plaudere ein bisschen mit den Ordensschwestern. Vielleicht treffe ich ja Kurti …«, hatte sie gesagt. Diesmal hatte sie Früchte und Brot für den Affen mitgenommen. »Und vorher muss ich beim Stamm vorbei. Meine Mutter wird sich freuen …«

Naeku selbst freute sich nicht allzu sehr auf die Heimkehr, doch sie wollte ihre Mutter nicht enttäuschen. Eine weitere Nacht in der Lehmhütte gedachte sie jedoch nicht zu verbringen. Sie konnte sich kaum noch vorstellen, darin ihre ganze Kindheit verbracht zu haben. Umso anregender fiel ihr Aufenthalt in der Mission aus. Schwester Elisabeth freute sich über ihre Teilnahme an der Abendmesse und bot ihr gern einen Schlafplatz in ihrer bescheidenen Gästehütte an. Sie war kaum größer als die ihrer Mutter, doch wenigstens sauber, und der Schlafplatz war mit einem Moskitonetz versehen.

In der Morgenmesse traf sie dann zu ihrer Überraschung eine

Bekannte, Wawira, Miss Ivys langjährige Köchin. Nach dem Gottesdienst berichtete sie freimütig über die Veränderungen auf Edgecumbe Farm, seit Miss Ivy und Mr. Zulu hatten gehen müssen. Wawira war eine Stütze der christlichen Gemeinde und ehrlich empört über die Zustände unter Lennox' Herrschaft.

»Die Hausmädchen sind alle weggelaufen. Mr. Lennox hat ihnen schamlos nachgestellt, und so gut, wie die ausgebildet waren, haben sie alle sofort Stellungen in Kijabe oder sogar Nairobi gefunden. Die Gäste sind längst nicht mehr so vornehm wie früher, sie geben kaum noch Trinkgeld. Und die Haushaltsführung … Mit Miss Ivy habe ich immer alles abgesprochen, doch jetzt stehe ich allein mit der Menüplanung und den Einkaufslisten und alldem. Ich hab das nicht gelernt, Naeku. Ich hab immer nur gekocht.«

Wawira war von Miss Ivy aus dem Kikuyu-Dorf als Köchin rekrutiert worden, gleich nachdem sie als junge Frau nach Edgecumbe Farm gekommen war. Zunächst hatte sie nur für Miss Ivy und die beiden Missionsschwestern gekocht, noch vor der Eröffnung des Gästebetriebes. Später hatte Adrian einen französischen Maître engagiert, der raffinierte Menüs für die Gäste kreiert hatte. Miss Ivy hatte jedoch an Wawira festgehalten, und inzwischen gelangen der begabten Köchin auch kompliziertere westliche Gerichte. Lesen und schreiben hatte sie allerdings nie gelernt – mit der Führung einer Gästeküche war sie heillos überfordert.

»Es ist nicht gut, dass der Bwana und Mr. Reggie das Resort ganz allein leiten«, resümierte Wawira. »Der Bwana braucht eine Frau, die das Haus führt. Wie Miss Ivy damals für Mr. Adrian …«

Ganz ähnlich äußerte sich auf Edgecumbe Farm Susan Derringer, nachdem ihre Frühstücksbestellung vom Personal zur Hälfte vergessen worden war und sie feststellte, dass das Silber seit Langem nicht poliert und die Möbel in den Gesellschaftsräumen nur flüchtig abgestaubt worden waren.

»Hier fehlt die ordnende Hand einer tüchtigen Hausfrau«, erklärte die resolute Kolonistin. »Es wird Zeit, dass Sie heiraten, Lennox!« Dabei zwinkerte sie vielsagend.

Lennox behauptete, er habe seine Fühler bereits ausgestreckt.

»Aber gut Ding will Weile haben«, meinte er. »Besonders, wenn man um eine Prinzessin freit.«

Ranjana ließ den Kopf gesenkt, um in dieses Gespräch möglichst nicht einbezogen zu werden. Dabei hegte sie an diesem Tag wieder freundlichere Gefühle für Lennox. Er hatte am frühen Morgen eine ganz eigene Safarirunde für sie veranstaltet und ihr die Tiere gezeigt, ohne auf sie zu schießen. Es war traumhaft schön gewesen, in der Morgendämmerung durch den Busch zu fahren, die Sonne über der Savanne aufgehen zu sehen und vorbeiziehende Zebra- und Giraffenherden zu beobachten. Ranjana war es gelungen, ein bisschen aus sich herauszugehen, und sie hatte von ihrem ersten Aufenthalt auf der Farm erzählt – von Bori, Miss Ivys junger Elefantenkuh, die ihr den Schleier weggerissen und damit übermütig durch ihr Gehege getobt war, von Kurti, der ihr die Seide ganz gentlemanlike zurückgebracht und vorher nur ein bisschen zerkaut hatte ...

»Miss Ivy war damals sehr nett zu mir«, hatte sie angefügt, wozu Lennox nicht viel hatte sagen können.

»Ich hab sie gar nicht richtig kennengelernt«, hatte er sich schließlich geholfen. »Mein Vater hat mit ihr verhandelt und ihr Vorschläge in Bezug auf Zukunftsperspektiven gemacht. Sie wollte davon nur nichts hören, sondern an dieser verrückten Beziehung zu dem Schwarzen festhalten ...«

Ranjana hatte sich auf die Lippen gebissen. »Miss Ivy und Mr. Zulu lieben sich«, hatte sie leise gesagt. »Ich weiß ja, dass sie das nicht dürften, aber ... aber manchmal ... Ich hab auch nicht getan, was ich hätte tun müssen ...«

Lennox hatte den Kopf geschüttelt und den Arm um die Lehne ihres Sitzes gelegt. »Ach, Miss Ranjana, Sie können Ihre Weigerung, sich mit ihrem verstorbenen Gatten verbrennen zu lassen, doch nicht mit einer derart unpassenden Heirat vergleichen! Miss Ivy hat sich damit zur Ausgestoßenen gemacht. Wir konnten ihr das Familienvermögen nicht lassen, damit sie es mit ihrem Kaffer durchbringt!«

Ranjana zuckte zusammen ob dieser harschen Sprachwahl. Sie hatte bisher immer geglaubt, Ivy und Sanele Zulu hätten das Resort recht erfolgreich geführt, Lennox stellte es jetzt anders dar. Vielleicht musste man es auch von seiner Warte aus sehen und aus der Sicht der anderen Kolonisten. Susan und Peter Derringer hatten den Kontakt zu den Zulus schließlich ebenfalls abgebrochen. Sie schwieg also und dankte Lennox am Ende für den schönen Ausflug. Wieder trennte sie sich nur schwer von Desna.

»Diesmal hat es Ihnen besser gefallen, Miss Ranjana, nicht wahr?«, fragte Susan Derringer auf dem langen Rückweg.

Ranjana nickte und war froh, als Naeku das Wort nahm und von der Mission berichtete. Edgecumbe Farm war für sie immer noch eine fremde Welt – der Gedanke, dort vielleicht einmal zu leben, jagte ihr Angst ein. Egal, wie freundlich Lennox zu ihr war.

Mit jedem Monat, den Ranjana im Hause Jeevanjee verbrachte, erweiterte der Kaufmann die Unternehmungen, zu denen er sie und seine Nichten mitnahm. Gegen Ende ihres Trauerjahres waren es häufig private Einladungen, die er annahm – sowohl bei britischen Einwanderern als auch bei Indern. Die britischen Gesellschaften waren für Ranjana kein Problem, sie unterhielt sich höflich mit ihrem jeweiligen Tischherrn, meist einem jungen Kaufmann oder Regierungsangestellten. Die Männer überschlugen sich mit Aufmerksamkeiten ihr gegenüber, doch nie kam anschließend jemand zu einem Höflichkeitsbesuch ins Haus der Jeevanjees außer Lennox Edgecumbe.

Die Teegesellschaften der Inder gaben ihr Rätsel auf. Hier waren die Frauen allein mit den Gastgebern, Familien, zu denen in der Regel mindestens ein, wenn nicht zwei junge Herren gehörten. Ranjana und die Jeevanjee-Nichten wurden mit Letzteren nie allein gelassen, sie wechselten höchstens ein paar Worte mit ihnen. Die Gesprächsführung lag bei den Müttern und hier hatte Ranjana mitunter das Gefühl, regelrecht ausgehorcht zu werden.

Esha und Davita lachten, als sie die beiden darauf ansprach. »Natürlich horchen sie uns aus, das sind ja Gespräche zur … na ja … Eheanbahnung. Die Männer müssen entscheiden, ob wir ihnen gefallen, und die Mütter, ob wir zur Ehefrau taugen, ob wir also tugendsam sind und gehorsam und sanft und arbeitswillig …«

»Arbeiten werden wir nicht viel müssen«, fügte Davita der Erklärung ihrer Schwester hinzu. »Die Familien sind alle reich. Aber in rangniederen Kasten schaut die Mutter auch darauf, ob die Frau kräftig genug ist für harte Arbeit …«

»Und deine Figur schauen sie sich ebenfalls an …« Esha kicherte. »Ob dein Becken breit genug ist, um Kinder zu bekommen.«

Ranjana fühlte sich peinlich berührt. Sie hatte an den Brauch der Familienbesuche zwecks Eheanbahnung gar nicht mehr gedacht, obwohl sie in Indien davon gehört hatte. Sie selbst war dieser Begutachtung nie unterworfen worden. Der Maharadscha hatte sie gesehen und erwählt. Seine Mutter hatte damals schon nicht mehr gelebt.

»Da hattest du ja Glück«, bemerkte Davita, als sie davon erzählte. »Die Mütter können nämlich ganz schön unangenehm werden gegenüber den jungen Frauen. Wenn wir heiraten, gehören wir praktisch der neuen Familie, und wer Pech hat, gerät an eine Schwiegermutter, der es Spaß macht, die junge Frau zu quälen. Unser Onkel schaut sich die Mütter der Männer, denen er uns vorstellt, deshalb sehr genau an. Er möchte nicht, dass wir in die Hände einer Tyrannin geraten.«

Ranjana bemühte sich, ebenso zu lächeln wie Esha, doch im

Grunde war ihr himmelangst. Natürlich hatte sie damit gerechnet, dass Mr. Jeevanjee versuchen würde, auch sie in Little India zu verheiraten. Aber würde er daran Bedingungen knüpfen wie bei seinen Nichten? Und wer würde ihre Mitgift zahlen? Mitgift war bei indischen Eheschließungen eine wichtige Sache, Ranjana war fürstlich ausgestattet in das Haus des Maharadschas gekommen. Ihr wurde bewusst, dass Mr. Jeevanjee immer wieder in Verhandlungen mit Familien trat, denen Davita oder Esha vorher Besuche abgestattet hatten, doch für sie, Ranjana, schien sich niemand aus Little India zu interessieren.

Dafür intensivierte Lennox Edgecumbe seine Anstrengungen. Als das Trauerjahr endgültig vorbei war und sich die Gartenpartys und Picknickveranstaltungen in der britischen Kolonie häuften, lud er Ranjana ein, sie mit ihm zu besuchen. Er lachte, als sie ihn bat, Mr. Jeevanjee um Erlaubnis zu fragen.

»Sie sind doch selbst für sich verantwortlich, Miss Ranjana, Mr. Jeevanjee ist nicht Ihr Vater!«

Ranjana senkte den Kopf. »Ich bin Gast in seinem Haus. Ich möchte kein ungebührliches Benehmen an den Tag legen …«

»Wenn Sie unbedingt darauf bestehen …«, erwiderte Lennox. »Dann bitte ich den Herrn mal um eine Audienz.«

Sie wunderte sich nicht, als Mr. Jeevanjee sie später zu einer Unterredung bat.

»Miss Ranjana«, sagte er freundlich, er war der Letzte, der damit aufgehört hatte, sie mit Maharani anzusprechen, »ich fühle mich sehr geehrt, dass Sie Mr. Edgecumbe an mich verwiesen haben, um zu entscheiden, ob Sie mit ihm ausgehen möchten, aber ehrlich gesagt weiß ich nicht recht, wie ich ihm antworten soll …«

»Ich auch nicht«, flüsterte Ranjana, der die Röte ins Gesicht stieg. »Ich weiß, dass es in Indien nicht üblich ist, sich vor … vor einer Hochzeit mit einem jungen Mann zu treffen … also allein zu treffen …«

»Na ja, allein würden Sie ja nicht sein«, erklärte Mr. Jeevanjee. »Es sind immer viele Menschen auf diesen Festen, und Sie könnten Ihre Dienerin anweisen, sie in diskretem Abstand zu begleiten. Aber Sie haben natürlich recht. Mit einem jungen Inder dürften Sie nicht ausgehen, und wenn Sie es jetzt mit Mr. Edgecumbe tun, so vergeben Sie sich endgültig alle Chancen, von einer indischen Familie akzeptiert zu werden.«

Ranjana biss sich auf die Lippen. »Habe ich die denn überhaupt?«, fragte sie. »Bei den Besuchen, die wir gemacht haben … hat irgendjemand sich für mich interessiert?«

Ihr indischer Gastgeber schüttelte den Kopf. »Den jungen Männern haben Sie gefallen, ebenso den Briten, mit denen Sie bekannt gemacht wurden. Die Familien allerdings … Eine Witwe zu vermitteln ist immer schwierig, und ich denke mir, es macht den Familien Angst, dass Sie zuvor im Rang einer Maharani standen. Man nimmt an, dass Sie Ansprüche stellen, denen eine normale, wenn auch wohlhabende Familie nicht gerecht werden kann. Hinzu kommt die fehlende Mitgift. Ich könnte einen gewissen Betrag für Sie aussetzen …«

»Das kann ich nicht annehmen!«, wehrte sich Ranjana.

Mr. Jeevanjee winkte ab. »Es wäre obendrein niemals genug. Die Forderungen wären immens. Es sei denn, wir würden uns unter weniger angesehenen Familien umsehen …« Ranjana erschrak. Was hatten Esha und Davita noch über die Frauen gesagt, die es zu weniger begüterten Familien verschlug? Würde sie dann mit dem Krug auf dem Kopf zum Brunnen gehen müssen? Waren auf dem Markt feilhalten? Das Haus putzen und die Wäsche waschen und ein Kind nach dem anderen gebären? »Oder Sie ziehen einen Mann aus einer anderen Ethnie in Betracht«, sprach Mr. Jeevanjee weiter. »Wie etwa Mr. Edgecumbe …«

Ranjana schluckte. »Hat er um meine Hand angehalten?«, fragte sie.

Der Inder hob die Schultern. »In seiner Kultur ist es üblich, zuerst die Frau um ihr Jawort zu bitten. Aber seinem Verhalten nach zu urteilen hegt er durchaus ernsthafte Absichten. Wobei es natürlich auch darauf ankommen wird, wie die Gesellschaft auf Sie reagiert. Er will ja nicht geächtet werden wie weiland Ivory Edgecumbe.«

Ranjana spielte mit ihrem Schleier. »Dann muss ich … diese Leute bei den Picknicks und in den Country Clubs … von mir überzeugen?«

Mr. Jeevanjee lachte. »Miss Ranjana, Sie werden sie beeindrucken! In kürzester Zeit wird Ihnen die britische Kolonie zu Füßen liegen.«

Ranjana lief verzagt und aufgewühlt zu Esha und Davita, denen Ivy Zulu gerade die Rangfolge im europäischen Klerus sowie des britischen Adels erklärte. Die Mädchen sollten lernen, wie genau welcher Würdenträger angesprochen werden wollte.

»Ich bin ein Erzbischof«, wurde sie von Ebony, die sich dazu eine Papiertüte auf den Kopf gesetzt hatte, begrüßt.

»Und ich der König«, übertrumpfte Hope ihre Schwester.

Ranjana schenkte den Kindern ein freundliches Lächeln. »Erfreut, Eure Bekanntschaft zu machen … Eminenz … Eure Majestät …« Sie verneigte sich leicht, wandte sich dann jedoch ernst an deren Mutter.

»Miss Ivy, ich … ich fürchte, Sie müssen mir das Tanzen beibringen.«

18

In den nächsten Wochen tanzte Ranjana im Muthaiga Country Club und dinierte mit den Stützen der Gesellschaft von Nairobi. Sie wurde wichtigen Mitgliedern des Happy Valley Sets vorgestellt – jener partyfreudigen Gruppierung meist britischer Aristokraten und Kolonisten, die sie als laut und trinkfreudig wahrnahm. Lennox bemühte sich jedoch um ihre Gunst – sie waren durchweg vermögend und frönten fast ausnahmslos der Jagd. Er bemühte sich, sie als Gäste für sein Resort zu gewinnen.

Ranjana fühlte sich sicherer, wenn sie mit Kolonialbeamten umgingen oder Geschäftsleuten. Die erschienen in der Regel als Ehepaare, und sie musste als die schöne Inderin hauptsächlich den Damen Rede und Antwort stehen, die ihr freundlich gegenübertraten. Lediglich ein paar jüngere Frauen betrachteten Ranjana argwöhnisch. Sie neideten ihr die allgemeine Aufmerksamkeit, wurden jedoch zugänglicher, wenn sie feststellten, dass ihre indische Konkurrentin keine Anstalten machte, mit ihren Männern oder Verehrern zu flirten. Ranjana trug westliche, elegante Abendkleider, doch sie verhielt sich zurückhaltend wie eine Inderin im Sari. Die Kolonisten fanden das entzückend.

Aus Lennox Edgecumbes Sicht schlug sie sich glänzend. Es überraschte denn auch niemanden, als er ihr bei einem förmlichen Höflichkeitsbesuch an einem Sonntagmorgen im November einen Antrag machte. Er kam mit Blumen und einem Ring und fasste sein Ansinnen in gefällige Worte. Ranjana errötete, als er ihr versicherte, in den letzten Monaten eine tiefe Liebe zu ihr entwickelt zu haben.

»Und auch wenn ich Ihnen kein Land schenken kann und wenn es kein Palast ist, in den ich Sie führe, Sie werden doch die Herrin Ihres kleinen Königreiches sein. Wo Ihnen selbst der König der Tiere zu Füßen liegt …«

»Zumindest sein Fell«, kommentierte Naeku kühl, als sie ihr später davon erzählte. »Hast du Ja gesagt?«

Ranjana sah sie unglücklich an. »Was sollte ich denn sonst tun?«, fragte sie. »Wir können Mr. Jeevanjee nicht weiter auf der Tasche liegen. Wo er ohnehin schon so viel für mich ausgelegt hat … Allein die Kleider für die Gesellschaften haben so viel Geld gekostet, wir können das nie zurückzahlen. Ich muss Lennox jetzt einfach heiraten. Und … und zwischen uns ändert das ja nichts.«

Lennox würde ihr nicht verbieten, ihre Dienerin mit auf die Farm zu nehmen. Sie hatte das gleich angesprochen, worauf er mit für sie etwas befremdlich wirkenden Worten geantwortet hatte: »Für ein so hübsches Ding wird sich dort wohl eine Beschäftigung finden.«

Ranjana war eigentlich davon ausgegangen, Naeku würde ihr weiter aufwarten, sie hatte das Thema jedoch vorsichtshalber nicht vertieft.

»Wenn ich unterhalb meines Standes geheiratet hätte, wäre meine Schwiegermutter befugt gewesen, mir zu verbieten, dich bei mir zu behalten«, gab sie Naeku zu bedenken.

Naeku nickte und zog sie an sich. »Ich weiß. Ich sage ja auch nichts. Du wirst eine wunderschöne Braut sein.«

»Aber Miss Ivy wird mich hassen«, erwiderte Ranjana unglücklich.

Naeku schüttelte den Kopf. »Sie wird das verstehen. Und sich freuen, wenn wir uns um ihre Tiere kümmern. Wir werden Desna wieder um uns haben und den lustigen Kurti …«

Ranjana lächelte. »Es wird schön«, erklärte sie tapfer. »Es wird sicher schön.«

Lennox richtete die Hochzeit im Muthaiga Country Club aus und ließ sich das Fest somit eine Menge kosten. Susan und Peter Derringer hatten dafür plädiert, in Kijabe zu feiern. In dem kleinen Ort saßen die Geschäftsleute, die Edgecumbe Farm mit Lebensmitteln und Getränken belieferten, die Handwerker, die dort Reparaturen durchführten, und eigentlich alle, von denen der Betrieb der Farm abhing. Es war wichtig, dass diese Gemeinschaft ihr neues Mitglied kennenlernte und auch etwas verwöhnt wurde. Man hätte das Fest auf der Farm geben können und praktisch den ganzen Ort einladen. Lennox lehnte das jedoch ab. Er wollte eher um Gäste werben, und entsprechend pompös sollte die Feier ausfallen. So wollte er unbedingt in der Kathedralbasilika getraut werden, wogegen sich die Brüder vom Orden des Heiligen Geistes, die dort zu entscheiden hatten, wehrten. Ranjana war schließlich nicht getauft. Lennox löste das Problem mithilfe der Mission auf seinem Land, die immerhin von ihm abhängig war. Einer der Patres taufte seine künftige Frau und bestimmte Naeku und Wawira zu ihren Patinnen. Er machte die beiden persönlich für ihre religiöse Unterweisung verantwortlich.

»Damit sind wir auf immer verbunden«, raunte Naeku ihr nach der Zeremonie zu. »Mach nicht so ein Gesicht, Ranjana! Mich haben sie auch schnell noch getauft, bevor sie mich nach Indien schickten, um meine Seele auf jeden Fall zu retten. Ich war völlig überrumpelt. Jedenfalls hat das nicht viel zu bedeuten …«

Nur die Abkehr von Lakshmi und Kali, den Göttinnen, zu denen Ranjana von Kindheit an betete. Der Pater hatte ihr nachdrücklich erklärt, dass jeder Rückfall ins Heidentum als schwere Sünde zu betrachten sei. Ranjana fragte sich verstört, ob ihr Gatte von ihr fordern würde, sich den Lehren der neuen Religion tatsächlich vollständig unterzuordnen. Sie glaubte nicht, dass sie das schaffen würde, und begann mit der Auflehnung, indem sie ihren Taufnamen – Barbara – umgehend wieder vergaß und niemals jemandem nannte. Auch warf sie die Abbildungen von Lakshmi und Kali nicht weg, sie hatte sie in ihren Räumlichkeiten bei Mr. Jeevanjee aufgestellt, und wann immer es ihr möglich wäre, so versprach sie den Göttinnen heimlich, würde sie ihnen erneut einen Schrein errichten.

Das Brautkleid verwirrte sie vollends. Sie hatte den Maharadscha in einem roten Sari, durchzogen mit Goldfäden, geheiratet. Dass sie nun ganz in Weiß vor den Altar treten sollte, empfand sie als unpassend, schließlich war weiß für sie eine Trauerfarbe. Lennox bestand jedoch auf einem traditionellen Kleid, und Naeku bat Miss Ivy, beim Aussuchen zu helfen.

»Auch wenn Sie diese Eheschließung sicher missbilligen, wäre ich für Ihre Hilfe sehr dankbar«, sagte sie vorsichtig.

Die ehemalige Farmbesitzerin seufzte. »Für die Farm kann es eigentlich nur von Vorteil sein, wenn dort wieder jemand lebt, dem die Tiere am Herzen liegen. Vielleicht werden Sie sich erneut um vierbeinige Waisen kümmern wie ich damals. Und wenn Miss Ranjana Lennox wirklich liebt, wie sollte ich missbilligen, dass sie ihrem Herzen folgt? Ich selbst habe alle Warnungen missachtet, als ich Adrian Edgecumbes Werben nachgab, und das, obwohl ich damals bereits einen anderen liebte. Es war mir nur noch nicht bewusst.«

Naeku gestand ihr nicht, dass auch Ranjanas Herz längst vergeben war – und war froh, dass sie ihr Erröten nicht bemerkte. Ivy Zulu war in den letzten Monaten zu der Ansicht gekommen, dass sich tatsächlich eine Liebesbeziehung zwischen Ranjana und Lennox entwickelt hatte. Und wie sie ihr anvertraute, erinnerten die beiden sie an ihre eigene Verliebtheit in Adrian Edgecumbe, dessen Charisma und selbstbewusstes Auftreten sie bei ihrem ersten Aufenthalt in Afrika beeindruckt hatten. Er war jedoch niemals ehrlich zu ihr gewesen und hatte sie letztlich enttäuscht, doch daraus, so sagte Miss Ivy ihr, sei nicht unbedingt zu schließen, dass Ranjana mit seinem Neffen unglücklich werden müsse.

Miss Ivy half also gern und wählte ein schlichtes sahnefarbenes Kleid für Ranjana aus, einen Schleier aus Tüll und einen Kranz aus bunten Blumen, um dem Gewand die Strenge und Verbindung mit dem Tod zu nehmen, die für Inder mit der Farbe Weiß verbunden waren. Nach der Anprobe am Tag vor der Hochzeit umarmte sie die junge Frau und wünschte ihr Glück. Ranjana dankte leise mit gesenktem Kopf.

Sanele formulierte ebenfalls förmliche Glückwünsche aus Höflichkeit. Er glaubte allerdings nicht an eine Liebesheirat. Natürlich hatte Lennox Edgecumbes hartnäckiges Werben alle im Hause Jeevanjee beeindruckt, doch er hatte auch die Blicke bemerkt, die der junge Mann auf jedes andere hübsche Mädchen warf, allen voran Naeku. Deren Berichte aus der Mission und dem Dorf der Massai hatten ihn in der Meinung bestärkt, dass Ranjana keinen Abenteurer und Jäger heiratete wie Adrian Edgecumbe, sondern einen Schürzenjäger, der nur sein eigenes Vergnügen im Blick hatte. Die Tatsache, dass er im vergangenen Jahr lange Automobilfahrten und häufige Abwesenheit von seiner Farm auf sich genommen hatte, um Ranjana zu umwerben, bewies Sanele nur, dass er die junge Frau brauchte. Ob eine indische Prinzessin jedoch die Richtige war, um seine Ivy als Gastgeberin eines Safariresorts zu ersetzen, bezweifelte er.

Die Hochzeit war wunderschön und feierlich, Ranjana machte während der Trauung alles richtig, obwohl sie kurz mit dem Jasagen zögerte, als der Priester sie mit ihrem neuen Taufnamen Barbara ansprach. Anschließend wurde im elegantesten Country Club der Stadt diniert und getanzt bis zum Morgengrauen. Fast alle Mitglieder des Happy Valley Sets waren anwesend, sodass der Alkohol in Strömen floss und später in der Nacht sogar Rauschmittel in Umlauf kamen. Da hatten sich Lennox und Ranjana allerdings längst verabschiedet.

Lennox hatte für die Hochzeitsnacht ein Hotelzimmer gebucht, wo Naeku ihre Freundin erwartete, um sie auszukleiden und für die Nacht vorzubereiten. Das stieß allerdings nicht auf Lennox' Zustimmung.

»Bei aller Liebe, Ranjana, das geht zu weit! Ich kann meine Frau selbst ausziehen, Mädchen, du musst ihr nicht bis in ihr Schlafzimmer nachlaufen. Dieses ständige Kümmern muss sowieso aufhören. Ich lasse mir ja eine Dienerin gefallen für meine Frau, aber sie braucht kein Kindermädchen!«

Ranjana war über diesen Ausbruch so erschrocken, dass sie gar nichts sagte.

»Das Hochzeitskleid wird morgen noch gebraucht«, gab Naeku zu bedenken.« Auf Susan Derringers Anraten sollte in Kijabe ein weiterer Empfang für die dortigen Freunde und Geschäftspartner stattfinden, und Lennox Edgecumbe hatte ihn gleich für den nächsten Tag anberaumt. Danach gedachte er, mit seiner Braut nach Edgecumbe Farm zurückzukehren. Für eine Hochzeitsreise war keine Zeit, es wurden neue Gäste erwartet. »Miss Ranjana wird ihr Kleid bei der kleinen Feier in Kijabe noch einmal tragen«, fuhr Naeku fort, »es wäre also sinnvoll, es vorsichtig auszuziehen und sorgfältig aufzuhängen.«

Der frisch getraute Bräutigam winkte jedoch ab.

»So schwierig kann das nicht sein«, blaffte er. »Ich werde meiner Frau das Kleid schon nicht vom Leib reißen. Und jetzt verzieh dich, Mädchen! Ich weiß nicht, wo du unterkommst, von mir aus nimm dir ein Zimmer. Aber deine Herrin lässt du in Ruhe, die gehört von nun an mir!«

Naeku zog sich entsetzt über seine Wortwahl zurück und hockte sich auf den Korridor neben dem Hotelzimmer. Sie konnte sich kein Zimmer nehmen – Afrikaner und Afrikanerinnen waren zwar als Dienerschaft zugelassen, doch nicht als Hotelgäste. Also wartete sie vor der Tür, horchte nervös auf jeden von drinnen herausklingenden Ton und machte kein Auge zu.

Ranjana hatte sich vor der Hochzeitsnacht gefürchtet, sie wurde jedoch angenehm überrascht. Lennox Edgecumbe war zwar kein geschickter Liebhaber, doch er tat ihr keine Gewalt an. Er übte keinen Zwang aus und bemühte sich darum, dass sie sich entspannte, während er ihr vorsichtig und liebevoll aus ihrem Kleid und ihrer Leibwäsche half. Erstaunt nahm sie wahr, dass er schmeichelnde Worte murmelte, sie küsste und streichelte, bevor er in sie eindrang. Für Ranjana war das etwas gänzlich Neues. Der Maharadscha hatte sie zwar vergöttert und verwöhnt, sie im Bett jedoch wie eine Puppe behandelt. Er war ein beleibter Mann gewesen, der keinen Gedanken daran verschwendet hatte, wie er mit einem zierlichen, noch so jungen Mädchen hätte umgehen müssen. Er hatte anscheinend nicht mal wahrgenommen, dass er ihr unweigerlich Schmerzen zugefügt hatte. Ranjana hatte in jeder Liebesnacht Sorge gehabt, von dem massigen Körper ihres Gatten regelrecht erdrückt zu werden.

Lennox dagegen war jung und schlank. Er nahm sie mit Vorsicht und bewegte sich langsam in ihr. Zum ersten Mal verspürte sie keinen Schmerz beim Zusammensein mit einem Mann und war überaus dankbar, als er schließlich befriedigt neben sie glitt.

»Habe ich es richtig gemacht?«, fragte sie ängstlich, als er einige Minuten brauchte, um wieder zu Atem zu kommen.

Lennox lachte und zog sie an sich. »Ganz wunderbar, meine Kleine! Allerdings könntest du ein bisschen mehr mitmachen. Es ist ja ganz schön, wenn du so daliegst wie Schneewittchen im Sarg, aber ich hatte von Inderinnen eigentlich etwas anderes erwartet. Wie war das mit eurem Kamasutra?«

Ranjana errötete. Sie hatte von Tantra gehört, der Kunst, sich der Erkenntnis durch rituelle Liebeshandlungen zu nähern und damit sein Karma zu verbessern. Im Kamasutra, den Versen des Verlangens, wurden die Techniken dazu erklärt. Eine junge Frau ihres Standes wurde allerdings nicht in dieser Kunst unterrichtet. Sie hatte nur hinter verschlossenen Türen davon erfahren, dass hochgestellte Herren Tantra mit ihren Konkubinen betrieben und dass es Tempel gab, in denen Gurus es lehrten. Das grundlegende Buch hatte auch in der Bibliothek des Maharadschas gestanden.

»Ich habe das Kamasutra nicht gelesen«, gab sie zu.

Lennox lächelte und begann erneut, sie zu streicheln. »Vielleicht solltest du das tun«, bemerkte er, während Ranjana sich für einen weiteren Vollzug des Liebesaktes wappnete.

Wieder ließ sie ihn über sich ergehen und wunderte sich, um wie viel angenehmer es war als in ihrer ersten Ehe. Was sie allerdings selbst dazutun sollte, um Lennox' Erwartungen gerecht zu werden, wusste sie nicht.

Irgendwann ließ er von ihr ab und küsste sie sogar zärtlich zur Nacht, bevor er sich zusammenrollte und einschlief. Ranjana hätte jetzt gern Naeku an ihrer Seite gehabt, aber sie wusste nicht, wo sie war, und es wurde wohl auch von ihr erwartet, im selben Bett wie ihr Mann neben ihm zu schlafen. Sie rückte etwas von Lennox ab und schloss die Augen. Nach den Anstrengungen des Tages schlief sie nach kurzer Zeit tief und fest.

19

Am nächsten Tag fuhr man nach Kijabe, und Reggie Derringer, der mit in Lennox' Geländewagen saß, sparte nicht an Neckereien und Zoten über die Freuden der ersten Nacht, über die er wohl gern Näheres erfahren hätte. Ranjana war froh, dass Lennox nicht darauf einging und dass Naeku während der ganzen Fahrt schlief. Sie hatten noch keine Zeit gefunden, vertraut miteinander zu sprechen, nur als Naeku ihr das Reisekostüm gebracht und ihr Haar gerichtet hatte, waren sie dazu gekommen, ein paar Worte zu wechseln. Ranjana hatte die Freundin beruhigen können.

»Die Nacht mit Lennox war wirklich nicht schlimm«, hatte sie ihr anvertraut.

»Aber ich habe vor der Tür gesessen und gehört, wie er geredet hat. Es hat sich angehört … es hat sich angehört, als betrachtete er dich jetzt als seine Sklavin«, hatte Naeku eingewandt. »Du gehörst jetzt ihm, hat er gesagt.«

»Ich denke, er meinte, ich gehöre zu ihm«, hatte Ranjana die Worte abgeschwächt. »Und das … das stimmt ja auch … Die Frau gehört dem Mann.«

Naeku hatte etwas erwidern wollen, doch dann war Lennox' Ruf erfolgt, zum Frühstück zu kommen, das die Eheleute im Hotel gemeinsam einnahmen. Der Brauch war Ranjana ebenfalls fremd, in Indien waren ihr die Mahlzeiten in der Regel in ihren Privaträumen serviert worden. Sie wusste allerdings, dass westliche Ehepaare mehr Zeit miteinander verbrachten – selbst dann, wenn sie nicht mangels Platz und Geld dazu gezwungen waren. Also lächelte sie und machte Konversation, während sie ungewohnte Speisen wie Pancakes und Rührei zu sich nahm.

Auch in Kijabe war ein Hotelzimmer gebucht, und wieder fand der Empfang in einem Country Club statt. Es ging etwas ruhiger zu als am Tag zuvor. Viele der Anwesenden kannten Ranjana noch nicht, und sie übte sich diesmal mehr in der Kunst der Konversation als in der des Tanzes. Wieder bestand sie mit Bravour. Die Honoratioren der Kleinstadt fanden sie reizend, und die Frauen brannten darauf, etwas vom Leben an der Seite eines Maharadschas zu erfahren. Ranjana vertröstete sie auf spätere gemeinsame Teegesellschaften.

»Heute möchte ich nur an mein neues Leben an der Seite meines wunderbaren Mannes denken«, erklärte sie.

Lennox war zufrieden mit ihr und machte ihr Komplimente, bevor sich bei Nacht das Liebesspiel der vergangenen wiederholte. Diesmal nahm er sie nur einmal – die zwei Tage lange Feier hatte wohl auch ihn ermüdet.

Am nächsten Morgen ging es gleich nach Edgecumbe Farm. Lennox hatte das Resort für ein paar Tage geschlossen. Bereits am folgenden Tag sollten jedoch neue Gäste eintreffen.

»Es tut mir leid, dass dir dadurch ziemlich wenig Zeit zur Eingewöhnung bleibt«, bemerkte er Ranjana gegenüber. »Versuch einfach, dich so weit wie möglich mit den Abläufen vertraut zu machen. Wawira wird dir da hoffentlich helfen, ein paar der Bediensteten sind auch ganz gut geschult … Du wirst sie sicher alle nach deinen Vorstellungen formen wollen, und wenn sich Kleinigkeiten ändern, ist mir das durchaus recht.«

Ranjana runzelte die Stirn. Sie hatte eigentlich gemeint, die Abläufe auf der Farm schon recht gut zu kennen, und wen sie in welche Richtung formen sollte, war ihr ebenfalls schleierhaft. Sie mochte allerdings nicht fragen. Vielleicht hatte Naeku ihn ja verstanden. Auf der Farm schritt sie höflich die Reihe der Diener und Zimmermädchen ab, die sich in der Auffahrt aufgestellt hatten, um sie, die neue Hausherrin, zu begrüßen und zu gratulieren. Dann bestand sie darauf, Desna zu sehen, und erschien gleich darauf wieder im Haus, die Leopardin an der Leine.

Lennox war nicht begeistert. »Ranjana, bitte, ich dachte, du schaust dich im Haus etwas um und regelst vielleicht schon etwas für morgen. Sieh dir die Anmeldungen an, und überleg, wo wir die Leute unterbringen. Ob es vielleicht besondere Wünsche gibt oder Einschränkungen … Dabei kannst du gleich die Liste der gebuchten Abschüsse erstellen. Reggie bringt das immer wieder durcheinander und Nio erst recht.«

Ranjana schwirrte der Kopf nach all diesen Anweisungen. »Kann ich … kann ich nicht erst meine Räumlichkeiten sehen?«, fragte sie.

»Du meinst unser Schlafzimmer?«, erkundigte sich Lennox und schenkte ihr ein anzügliches Grinsen. »Das siehst du heute Nacht noch früh genug …«

Ranjana schüttelte den Kopf. »Nein, ich … ich meinte meine Privaträume … da, wo ich …«

»Das Büro ist gleich neben der Empfangshalle, da findest du alles, was du brauchst«, sagte Lennox.

Reggie Derringer, der eben den Gewehrschrank im Empfangsbereich inspizierte – er stand da eigentlich nur zur Zierde und enthielt hauptsächlich alte Waffen von Adrian Edgecumbe –, mischte sich ein.

»Ich glaube, sie will ein eigenes Zimmer. Wo sie ihre Kleider und die tausend Schuhe unterbringen kann, die Frauen so haben. Meine Mutter hat auch eins. Ihr Ankleidezimmer nennt sie das.«

»Ist das nicht üblich in Schottland?«, fragte Ranjana vorsichtig. »Dass die Frauen ihre eigenen Räume haben, in die sie sich zurückziehen können?«

Lennox lachte. »Kleines, wann willst du dich denn hier zurückziehen? Du wirst ganz schön eingespannt sein als Frau des Hauses.«

»Trotzdem … ich … Naeku muss doch auch irgendwo untergebracht werden, und Desna …« Was die Leopardin betraf, war sie nicht gewillt, Kompromisse einzugehen.

»Ich dachte, dein Mädchen bei der Dienerschaft unterzubringen, und die Katze hat doch wohl ihren Käfig«, gab Lennox zurück, was bei Ranjana einen regelrechten Schrecken auslöste.

»Naeku hat immer bei mir gelebt … und Desna … Sie ist ganz zahm, das weißt du doch!«

Ranjana sprach mit zunehmender Verzweiflung. Sie hatte sich nie für eine Sache einsetzen müssen, und war es nicht gewohnt, sich zu streiten. Man hatte sie gelehrt, ihrem Ehemann nicht zu widersprechen – aber alles in ihr wehrte sich dagegen, in diesem Haus auf einen Rückzugsort zu verzichten. Sie brauchte Zonen der Ruhe. Wo sollte sie sonst Musik machen und zeichnen, Schmuck entwerfen und mit Naeku allein sein?

»Nun mach ihr doch die Freude!« Reggie begann sich zu langweilen. »Es stehen schließlich reichlich Zimmer leer – und irgendwo muss sie auch mit dem ganzen indischen Kram hin, den sie mitgeschleppt hat.«

Mr. Jeevanjee und seine Nichten hatten Ranjana mit Schränkchen, Raumteilern, Lampen und Vorhängen beschenkt, mit denen sie ihre Räumlichkeiten auf Edgecumbe Farm ein bisschen heimatlicher gestalten sollte. Die Ladefläche des Geländewagens war voll bepackt, und dieses Argument mochte den Ausschlag geben.

Lennox sah Ranjana entsetzt an. »In mein Schlafzimmer kommt das Zeug ganz sicher nicht! Räucherstäbchen, Kerzen und indische Götterbilder? Unmöglich. Also gut, wenn es unbedingt sein muss, überleg ich mir was …«

Nach weiterem Hin und Her erwies er sich als großzügig und bot Ranjana und Naeku eine kleine Zimmerflucht an, die früher schon länger verweilenden Hausgästen zur Verfügung gestanden hatte.

»Ich danke dir«, sagte Ranjana erleichtert und bat Naeku, sie einzurichten, während sie Lennox ohne erneuten Widerspruch über die Farm folgte.

»Schau dich in den Zelten um, ob die Leute alles bereit gemacht haben für die neuen Gäste. Im Haus müsste auch mal gründlich durchgeputzt werden, meinte Mrs. Derringer. Du wirst die Einheimischen in Schwung bringen müssen, die sind faul, wenn man sie nicht überwacht. Wawira ist da überfordert. Und wie gesagt, mach einen Plan für die Unterbringung! Es sind acht Gäste, zwei Ehepaare und vier Freunde aus Mombasa. Die machen einen gemeinsamen Jagdausflug, ohne Frauen … Bei so was wird immer viel getrunken, also bring die vier nicht direkt neben den Ehepaaren unter …«

Ranjana unterbrach seinen Redeschwall. »Was soll ich tun?«, fragte sie verwirrt.

Lennox verdrehte genervt die Augen. »Ranjana, du hast doch schon mal einem Haushalt vorgestanden, einem Palast! Da wirst du hier ja wohl die einfachsten Dinge schaffen. Also nochmals: Du machst dich über die Verhältnisse kundig, erstellst einen Belegungsplan, begrüßt morgen die Gäste und veranlasst, dass ihr Gepäck gleich in die Zelte gebracht wird. Außerdem besprichst du mit der Köchin die Speisefolge. Es kommen heute noch Lieferungen aus Kijabe, überlegt euch zusammen, was ihr fürs Begrüßungsdinner daraus macht. Nach den Jagden verarbeitet ihr dann das Fleisch der Beutetiere. Am besten sprichst du gleich mit Wawira. Falls ihr irgendetwas Besonderes braucht, kannst du es telefonisch nachbestellen …«

»Ich?«, fragte Ranjana. »Aber … aber macht das nicht ein Haushofmeister? Oder der Butler?« Im Hause Jeevanjee hatte Sanele diese Aufgaben übernommen.

Lennox' Geduld ging langsam zu Ende. »Du warst jetzt schon

dreimal hier«, hielt er ihr vor. »Hast du jemals einen Haushofmeister gesehen?« Ranjana wollte antworten, dass sie den auch im Palast selten zu Gesicht bekommen hatte – er hatte seine Arbeit so leise und diskret verrichtet, dass er den Herrschaften gar nicht aufgefallen war. Allenfalls mit den Leibdienern des Maharadschas und der Maharani hatte er Kontakt gepflegt. Als sie Lennox' wütendes Gesicht sah, schwieg sie aber lieber. »Einen Butler haben wir genauso wenig, nur ein paar Hausboys und Leute, die annehmbar ausgebildet sind, um bei Tisch zu bedienen. Außerdem die Zimmermädchen. Das Personal hat sich dir doch vorgestellt. Also nutz den Tag heute noch, um möglichst viele kennenzulernen, und wie gesagt: Bring sie auf Trab!« Lennox wandte sich ab. Der Schießstand sei noch vorzubereiten, sagte er, und er plane eine Fahrt mit Reggie Derringer durch das Resort, um sich dort zu orientieren. »Morgen, spätestens übermorgen steht die nächste Jagd mit Gästen an, und die wollen möglichst gleich erfolgreich zum Schuss kommen.«

Ranjana blieb ziemlich ratlos zurück, begab sich dann jedoch gehorsam in die Küche zu Wawira, die sie immerhin von ihren früheren Aufenthalten und der Taufe flüchtig kannte. Die Köchin werkelte herum, erklärte ihr jedoch, dass sie für die Gäste in der größeren, draußen eingerichteten Küche kochen werde.

»Es soll ja genauso sein, wie bei einer richtigen Safari im Busch«, wiederholte sie, was sie gelernt hatte. »Da hatten sie auch immer Köche und einen ganzen Stab Dienerschaft dabei. Völlig verrückt! Unsere Männer sind nur mit Speer und vielleicht Pfeil und Bogen auf die Jagd gezogen.«

Wawira sprach von den Jägern des Stammes der Kikuyu – Ranjana kannte eine Jagd ebenfalls nur als größeres gesellschaftliches Ereignis, wozu sich der halbe Hofstaat in den Dschungel begab, um der Herrschaft standesgemäßes Auftreten zu ermöglichen.

»Was hätten Sie denn morgen gern zum Dinner, Memsahib?«, erkundigte sich die Köchin.

»Also mir genügen ein leichtes Curry und ein paar Früchte«, antwortete Ranjana. »Aber … es soll wohl ein großes Essen für die Gäste geben …«

Wawira lachte und machte einige Vorschläge, die Ranjana dankend annahm.

»Und ein Curry werde ich auch zubereiten, Memsahib«, versprach die erfahrene Köchin. »Außerdem das Linsengericht, das Sie so sehr mögen … Sie müssen nur noch die Weine aussuchen. Da hab ich keine Ahnung. Der Bwana allerdings auch nicht, glaube ich. Sehen Sie bloß zu, dass Sie keinen Rotwein zum Fisch servieren lassen … Und nicht den Champagner als Aperitif vergessen. Der wird immer gern getrunken. Vergewissern Sie sich am besten, ob genug davon da ist …«

Ranjana ging also zu den Zelten, inspizierte sie weisungsgemäß und befand sie als durchaus einladend und aufgeräumt. Dann suchte sie die Bar auf und zählte die Champagnerflaschen. Es waren drei. Ranjana, die nie mehr als ein Glas getrunken hatte, befand das als ausreichend.

»Damit kommen wir aus, oder?«, fragte sie die junge Afrikanerin, die dort eben Gläser polierte.

»Das denke ich, Memsahib«, antwortete das Mädchen höflich.

Ranjana kam nicht auf den Gedanken, dass es vielleicht nicht wusste, wovon es sprach. Immerhin gesellte sich nun wieder Naeku zu ihr, und sie bemühte sich, so genau wie möglich zu wiederholen, was ihr Mann von ihr verlangt hatte.

»Du bist doch von hier«, schloss sie. »Weißt du nicht mehr, wie Miss Ivy das gemacht hat? Ich bin sicher, sie hat sich darum gekümmert, es war immer alles da, was wir uns nur wünschen konnten. Sie muss also die Leute zum Arbeiten gebracht haben. Aber wie macht man das?«

»Ich bin im *enkang* meines Stammes aufgewachsen«, erklärte Naeku. »Wir werden demnächst gemeinsam hingehen, dann siehst du, wie es da aussieht. Natürlich war ich oft in der Mission, da bin ich zur Schule gegangen, und ich hab den Schwestern manchmal geholfen, Gäste zu bewirten. Deshalb weiß ich, wie man bei den Briten einen Tisch deckt und einen Tee kocht. Hier auf der Farm war ich aber nur selten. Ich weiß mehr über die Abläufe im Palast in Jodhpur als über das Safariresort.«

»Und wie war es im Palast?«, fragte Ranjana begierig. »Vielleicht ist das gar nicht so unterschiedlich …«

Naeku rieb sich die Stirn. »Also das, was der Bwana dir da aufgetragen hat … das hat der Haushofmeister gemacht …«

Ranjana fand an diesem Tag nicht viel mehr über ihre Pflichten heraus. Die Zimmermädchen, die sie weisungsgemäß versuchte, etwas kennenzulernen, wussten nur, dass sie täglich die Zelte der Gäste zu reinigen und aufzuräumen hatten.

»Wenn eines von einem Paar belegt ist, stellen wir auch einen Obstkorb auf und einen Samowar, bevor die Gäste einziehen«, erläuterte Shania, die eine der aufgewecktesten jungen Frauen zu sein schien. »Wenn wir es nicht vergessen. Bei den Männern ist das nicht nötig, meint der Bwana, die wollen lieber Whiskey oder Bier. Den Alkohol servieren die Hausdiener.«

Die wagte Ranjana nicht zu befragen, sie wirkten so geschäftig und unnahbar – sie war auch nicht daran gewöhnt, mit männlicher Dienerschaft zu verkehren. Sanele hatte die einzige Ausnahme gebildet, doch dessen untadelige Höflichkeit hatte alle Bedenken ausgeräumt.

Naeku kannte diese Hemmungen nicht. Während Ranjana ihrem Mann in ihr gemeinsames Schlafzimmer folgte, befragte sie die jungen Männer, die in förmlichen Uniformen die Gäste bedienten oder in einfacherer Kleidung als Hausdiener und Pagen fungierten. So erfuhr sie das Wichtigste darüber, wie die Gäste auf Edgecumbe Farm willkommen geheißen wurden: Zunächst halfen Diener den

Herrschaften aus den Automobilen und reichten Berüßungscocktails, dann führten sie sie ins Haupthaus. Der jetzige Erste Diener, Nio, der schon für Ivy und Sanele Zulu gearbeitet hatte, erinnerte sich, dass Miss Ivy die Gäste erst dort begrüßt hatte. Naeku vergaß allerdings, nach der Kleidung zu fragen, die sie dabei getragen hatte, und so stand sie am nächsten Vormittag mit Ranjana vor der Frage, in welchem Aufzug die neue Hausherrin der Farm die Gäste wohl am besten in Empfang nehmen sollte. Mit ihrer Ankunft war gegen Mittag zu rechnen. Alle reisten mit dem Zug an, Reggie würde die Jagdgesellschaft aus Mombasa in Kijabe abholen, die beiden Paare aus Nairobi wollten Automobile mieten.

»Was ist eigentlich mit dem Belegungsplan?«, erinnerte sich Naeku. »Und mit der Abschussliste?«

Daran, Meldebögen bereitzulegen und Informationen über die Mahlzeiten und Jagdaktivitäten vorzubereiten, hatte Ranjana gar nicht mehr gedacht.

»Können die Leute sich ihre Zelte nicht einfach allein aussuchen?«, fragte Ranjana.

Naeku hob unsicher die Schultern. »Du hättest den Bwana fragen sollen«, rügte sie dann ihre Freundin.

Ranjana errötete. Die eheliche Intimität für Alltagsgespräche zu nutzen, erschien ihr offenbar undenkbar. Sie war dafür auch zu angespannt, wenn Lennox nach ihr verlangte, zumal er sich nicht mehr so freundlich zeigte wie in den ersten Tagen. Ranjana wusste, dass sie irgendetwas falsch machte, doch wie sie es besser machen konnte, erschloss sich ihr nicht. Naeku, die sie natürlich einweihte, wusste keinen Rat.

Unsicher sah Ranjana nun der Ankunft der Gäste entgegen, und ihr Gebet zu den Göttinnen Lakshmi und Kali, denen Naeku zu Ranjanas Freude in ihren neuen Räumlichkeiten wieder einen Schrein errichtet hatte, konnte ihr da nicht helfen.

20

Ranjana entschied schließlich, dass sie sich in einem Sari am wohlsten fühlte. Ihr Haar wuchs zum Glück schnell, es war jetzt gerade lang genug, um es traditionell zu frisieren. Naeku scheitelte es in der Mitte und fasste es im Nacken mit einer Spange zusammen. Ranjanas zarte, edle Gesichtszüge und ihr fast goldener Teint kamen dadurch am besten zur Geltung, der sorgfältig aufgetragene Puder und das Lippenrouge taten das ihre dazu.

»Du siehst aus wie ein Bild aus einem Märchen, meine Sonne«, raunte ihr Naeku zu und küsste sie sanft auf den Scheitel, bevor sie ihr ins Foyer folgte. »Du wirst diese Leute mit deinem Strahlen wärmen. Hab keine Angst, sie werden dich lieben.«

Tatsächlich wirkten die Neuankömmlinge, die sie im Empfangsbereich des Resorts erwartete, gleich äußerst beeindruckt. Eine fremdländisch aussehende Frau im Sari, die ihre zahme Leopardin an der Leine hielt, hatten sie bestimmt noch nie gesehen. Die Männer aus Mombasa tranken schon ihr erstes Bier, um sich nach der Reise zu erfrischen, und hatten sich eben noch mit der Schilderung ihrer früheren Jagdabenteuer gegenseitig zu übertrumpfen versucht. Jetzt verstummten sie und starrten sie ungläubig an, als wäre sie eine unwirkliche Erscheinung.

Eines der Ehepaare, Lord und Lady Aberdeen, wie ein Hausdiener Ranjana zuflüsterte, trug Safarikleidung, die nicht neu wirkte, sondern wohl schon so manche Pirsch hinter sich hatte. Die zwei waren rotgesichtig und kräftig – man glaubte ihnen die eingefleischten Jäger. Jetzt blickte die Lady entgeistert auf Ranjana und Desna, die artig neben ihr stand. Der anderen Frau unter den Gästen, Mrs. Wendersley, entfuhr sogar ein Laut des Erschreckens, als sie erkannte, dass eines der Tiere, mit deren Fellen und Gehörn das Foyer geschmückt war, lebendig war. Hinter den Gästen trat Reggie ein, und auch seine Augen weiteten sich.

Ranjana lächelte und begann mit ihrer eingeübten Begrüßungsrede. »Ich bin Ranjana Edgecumbe, und ich möchte Sie auf Edgecumbe Farm ganz herzlich willkommen heißen. Mein Mann und ich freuen uns, dass Sie hier sind, und hoffen, Ihnen Ihren Aufenthalt auf der Farm unvergesslich machen zu können.« Letzteres hatte sie jetzt schon erreicht. Mrs. Wendersley starrte sie immer noch ungläubig an. »Dies ist Desna«, stellte Ranjana ihre Leopardin vor. »Wenn Sie … wenn Sie irgendwelche Fragen haben …«

»Wo sollen wir mit den Koffern hin, Memsahib?« Nio war hinter den Gästen eingetreten und wandte sich an sie, die neue Hausherrin. »Haben Sie den Plan für die Belegung der Zelte?«

Ranjana sah ihn hilflos an, doch es war Reggie Derringer, der es zu ihrer Erleichterung wohl an der Zeit fand, die Initiative zu übernehmen.

»Vielleicht füllen Sie erst mal die Anmeldebögen aus«, bat er die Gäste, »und nehmen Sie dabei noch einen Drink … Wo sind denn die Champagnercocktails, Miss Ranjana?«

Ranjana errötete. Sie hatte gedacht, die Cocktails würden draußen gereicht, und auf jeden Fall wäre der Erste Diener dafür verantwortlich.

»Herrgott, Miss Ranjana, der Champagner wird doch hier nicht rationiert!«, zischte Mr. Reggie ihr zu, als sie hilflos auf das Tablett mit den leeren Gläsern wies, das Nio in der Hand hielt. Er hatte die Drinks also nicht vergessen – und rief nun eilig nach einem der Hausmädchen, das neue Gläser brachte, während er eine weitere Flasche öffnete. Reggie Derringer verteilte die Gäste derweil auf die Zelte, Jagdgesellschaft und Ehepaare tunlichst voneinander getrennt. »Ich hoffe, Sie haben die Zelte wenigstens vorbereiten lassen«, bemerkte er Ranjana gegenüber vorwurfsvoll, bevor er Anstalten machte, die Gäste zu ihren Unterkünften zu führen.

Ranjana fiel siedend heiß ein, dass die Zimmermädchen sicher kein Obst und Teewasser in die Zelte gebracht hatten, da sie nicht gewusst hatten, wo die Ehepaare untergebracht werden sollten. Immerhin hatten alle sechs Zelte am Vortag aufgeräumt gewirkt, also würden die Gäste zumindest mit der Sauberkeit zufrieden sein.

Während sie sich noch sammelte, stürmte Lennox ins Haus und blickte sie wutentbrannt an.

»Ranjana, in den Zelten ist kein Wasser, um sich frisch zu machen. Es gibt keinen Tee oder Eiswasser zum Trinken, keinen Obstkorb … Und hast du mal daran gedacht, dass wir uns der Mittagszeit nähern? Hast du irgendein kleines Buffet vorbereiten lassen, ein paar Snacks? Die Leute müssen etwas zu essen bekommen. Ich mache derweil die Einführung, und dann können sie sich einrichten und ausruhen bis zur ersten abendlichen Safarirunde. Nun mach schon, Ranjana!« Ranjana rang um Fassung. Sie war noch nie mit so harschen Worten getadelt worden und blickte hoffnungsvoll Naeku an, die versuchte, zu retten, was zu retten war. Zum Glück hatte sich Wawira bereits Gedanken darüber gemacht, was man den Gästen anbieten konnte. Gewöhnlich wären die Platten mit den Snacks auch schon vor den Gästen bei den Zelten gewesen, doch die Hausdiener hatten das Gepäck nicht aus den Wagen holen können, solange die Zeltbelegung nicht klar war. Als Lennox sah, dass alle sich beeilten, den von ihm verlangten Aufgaben nachzugehen, beruhigte er sich wieder. »Das muss deutlich besser werden, Ranjana!«, zischte er ihr dennoch zu. »Für heute will ich die Fehler entschuldigen, es ist ja das erste Mal, aber mach wenigstens später beim Dinner eine gute Figur!«

Sein Ärger hatte zur Folge, dass Ranjana dem abendlichen Dinner mit Furcht und Anspannung entgegensah. Immerhin machte das Personal keine Fehler, denn zur Kontrolle der Tafel kam sie nicht mehr, obwohl sie das immerhin gekonnt hätte. Tischgestaltung hatte zu Miss Ivys Benimmunterricht für Esha und Davita gehört, dem Ranjana interessiert beigewohnt hatte.

Zu einer weiteren kleinen Aufregung kam es erst, als die Gäste nach der ersten Begegnung mit der Tierwelt des Resorts und der Aufregung darüber, dass Lady Aberdeen gleich einem Gnu den Garaus gemacht hatte, in kürzester Zeit die drei Flaschen Champagner leerten, die in der Bar bei den Zelten noch vorrätig gewesen waren. Nio erinnerte sich zum Glück an eine weitere Flasche im Haus, sodass die Gläser wenigstens noch einmal nachgefüllt werden konnten, bevor Lennox die Gäste zum Dinner bat, das an einer langen Tafel vor den Zelten eingenommen wurde. Zur Vorspeise sollte der erste Wein serviert werden, und prompt wandte sich Nio an Ranjana. Ihr fiel Wawiras Anweisung jetzt wieder ein.

»Weißwein!«, bestimmte sie, schließlich kam geräucherter Lachs auf den Tisch. »Süd… südafrikanischen …« Sie meinte sich zu erinnern, dass es Weißwein aus Südafrika gab. Bei den Jeevanjees war er oft serviert worden.

Nio hatte dann die Freundlichkeit, selbst die Entscheidung zu treffen, welche Flasche er öffnete, doch im Laufe des Dinners unterliefen ihm Fehler bei der Auswahl. Erleichtert nahm Ranjana wahr, dass weder die Herren aus Mombasa noch die Aberdeens Weinkenner waren, und die Wendersleys schienen die Sache mit Humor zu nehmen. Die noch recht jungen Leute – frisch verheiratete Engländer auf Weltreise, wie Ranjana im Laufe des Dinners erfuhr – fanden sie entzückend und ihr ungewöhnliches Haustier interessant. Die beiden hätten auch sicher gern über andere Themen als nur die Jagd gesprochen, aber die Herrengruppe und die Aberdeens, die sich blendend verstanden, beherrschten das Tischgespräch mit Jägerlatein.

Ranjana schwieg und stocherte in den Speisen herum, die ihr schon in ausgeglichenem Seelenzustand nicht allzu sehr behagten. Jetzt stießen Roastbeef und gefüllte Straußenbrust sie regelrecht ab. Sie aß nur etwas von dem Curry und dem Linsengericht, das auch Mrs. Wendersley ausgesprochen lobte. Als die junge Frau ihr schließlich erzählte, dass sie selbst nicht jage, und fragte, womit sie ansonsten den Tag auf der Farm verbringen könne, lud Ranjana sie zum Tee ein – und hatte das Gefühl, damit zum ersten Mal an diesem Tag etwas richtig gemacht zu haben.

»Die Unterhaltung der nicht jagenden Gäste gehört natürlich auch zu deinen Pflichten«, erklärte ihr Lennox, nachdem sie ihm auf dem Weg zum Haus von Mrs. Wendersley erzählt hatte. Er hatte die Gesellschaft früh aufgehoben – die erste Jagd war für den kommenden Morgen um vier Uhr früh angesetzt. Ranjana hatte ein Lob erwartet, aber das schien Lennox gar nicht einzufallen. Wie immer wollte sie ihm in ihr gemeinsames Schlafzimmer folgen, unglücklich, weil dort sicher kein Waschwasser auf sie warten würde, mit dem sie sich vor der Nacht mit Lennox erfrischen konnte. Doch dann sorgte ihr Mann für eine Überraschung.

»Du kannst in deinen Privaträumen nächtigen, wenn du willst«, blaffte er zu ihrem Erstaunen. »Dies war ein anstrengender Tag, und ich muss morgen ausgeruht sein für die Gäste …«

Ranjana brachte vor Erleichterung kein Wort heraus, aber sie vermutete, dass ein förmlicher Dank auch nicht angebracht gewesen wäre. So nickte sie nur gefügig und verneigte sich vor ihrem Gatten. Naeku, die gewöhnlich allein in ihrem kleinen Reich übernachtete, würde überglücklich sein.

Ranjana floh in die Arme ihrer Freundin.

21

Am nächsten Tag fand Lennox nicht mehr so viel zu tadeln – lediglich die Liste mit den gebuchten Abschüssen der Gäste fehlte, und als Reggie sie erstellte, trat Mr. Wendersley vom geplanten Schuss eines Leoparden zurück. Seine Frau hatte sich hoffnungslos in Desna verliebt. Sie streichelte die große Katze und empörte sich über die Idee, ihr Gatte könne ihre freilebenden Verwandten schießen. So entschied er sich für eine Antilope, was Lennox viel weniger Geld einbrachte.

Mit ihren Bemühungen zur Beschäftigung der nicht an der Jagd teilnehmenden Mrs. Wendersley konnte Ranjana hingegen punkten. Sie verstand sich sehr gut mit der jungen Frau, mit der sie sich angeregt über die Länder unterhielt, die sie mit dem Maharadscha besucht hatte und die noch auf der Liste der Wendersleys standen. Naeku führte sie später ins Dorf der Kikuyu, wo Mrs. Wendersley Schnitzereien aus Ebenholz kaufte, und zur Mission, der die vermögende junge Frau eine ansehnliche Spende hinterließ, nachdem die Schulkinder sie mit einem Lied auf Englisch begrüßt hatten. Auf dem Weg dorthin hatten sich einige Zebras und Giraffen sehen lassen, was die Engländerin entzückte, und dann tauchte Kurti auf und schloss sich Ranjana und Naeku auf dem Rückweg zur Farm an. Der Pavian schien einen sechsten Sinn dafür zu haben, dass es dort wieder Fürsprecher für ihn gab. Er verließ die enttäuschte Schwester Teresa ohne Abschied. Nicht einmal Reggie Derringer, für den Paviane nichts anderes als gefährliche und lästige Unholde waren, konnte sich gegen ihn durchsetzen, als er der Jagdgesellschaft am Nachmittag vorführte, wie gut er das Mischen und Austeilen von Spielkarten beherrschte.

Am Abend war Ranjana nicht mehr so eingeschüchtert und still – Champagner war bestellt worden, und den einzelnen Gängen hatte sie auf gut Glück Weine zugeordnet. Nio brachte ihr den Katalog des Weinhändlers, der einige Angaben zu jeder Sorte enthielt.

»Ich glaube, es steht hier, aber ich kann nicht gut genug lesen«, gab er zu. Ivy und Sanele Zulu hatten stets darauf geachtet, nur erfolgreiche Missionsschüler in leitender Stellung zu beschäftigen. Abgesehen von Wawira, für die einfach ihre Genialität als Köchin sprach, waren alle des Lesens mächtig gewesen. Ranjana bedankte sich und beschloss, die Broschüre so bald wie möglich ausgiebig zu studieren. Später entschied sie, das lieber Naeku zu überlassen, die sich mehr dafür interessierte und keine Gäste unterhalten musste.

Tatsächlich übernahm Naeku in den nächsten Wochen die meisten der Pflichten, die eigentlich Ranjana zugedacht gewesen wären. Sie kümmerte sich um die Anmeldeformalitäten, wenn Gäste kamen, wies ihnen Zelte zu und kontrollierte, ob die Zimmermädchen sie ordentlich vorbereitet hatten. Ranjana war so aufgeregt vor der Begrüßung der Gäste, dass sie keinen klaren Gedanken fassen konnte.

Naeku fand mehr und mehr Gefallen an der Organisation des Haushalts. Sie scheuchte die Hausangestellten genauso herum, wie sie es in Indien mit den ihr untergebenen Dienerinnen der Maharani getan hatte. Damit schuf sie sich natürlich keine Freunde – abgesehen von Reggie Derringer, der seinem Freund Lennox einmal für sie gut hörbar zuraunte, er hätte vielleicht lieber die kleine Afrikanerin heiraten sollen.

Lennox Edgecumbe schien das als Aufforderung zu sehen, sein Glück als Freier auch mal bei Naeku zu versuchen. Wie die meisten

Zimmermädchen war sie bald ständig auf der Flucht vor seinen Händen, die dreist nach ihren Brüsten oder ihrem Gesäß griffen.

»Diese Klagen kommen immer wieder von den Mädchen. Ich hatte gedacht, das wird besser, wenn er verheiratet ist, aber ich hab mich getäuscht«, sagte Wawira, der sich das Personal eher anvertraute als Naeku oder gar Ranjana. »Am Anfang hat er selbst mich begrabscht, und hinter sich und einem Mädchen auch schon mal eine Zimmertür oder ein Zelt geschlossen, wenn er es allein dort antraf. Du weißt, was ich meine …«

Naeku wusste jetzt zumindest, warum die weibliche Dienerschaft auf der Farm, auf deren Schulung Ivy und Sanele Zulu so stolz gewesen waren, jetzt nur noch aus desinteressierten und schlecht ausgebildeten jungen Mädchen bestand. Die meisten waren kaum älter als vierzehn oder fünfzehn Jahre. Sie sprach mit Ranjana darüber, die sich fortan besondere Mühe damit gab, die Mädchen zu motivieren und zu schulen. Sie versuchte, ihnen ihren ausgeprägten Sinn für Schönes zu vermitteln, machte sie darauf aufmerksam, wie die Möbel aus Eben- und Akazienholz glänzten, wenn man sie polierte, und zeigte ihnen, wie hübsch sich die Kissen, Decken und Vorhänge aus edlen Stoffen auf den Betten der Gäste drapieren ließen. Auch um Blumenschmuck für die Wohn- und Gesellschaftsbereiche kümmerte sie sich. Sie fand ein Buch, in dem das Serviettenfalten erklärt wurde, regte die Mädchen dazu an und verschönte die Abendtafel unter dem Sternenhimmel durch aufwendige Kreationen. Beim Nachmittagstee ließ sie die Scones und Sandwiches nach Farben auf silbernen Etageren ordnen und das Buffet mit bunten Tüchern und Tierfiguren aus der Werkstatt der Kikuyu schmücken. Bei den Gästen kam das sehr gut an – wenngleich Lennox murrte, sie verschwende damit die Zeit der Küchen- und Zimmermädchen. Tatsächlich haperte es bei ihnen nach wie vor an Kenntnissen der Haushaltsführung. Ranjana hatte nie ein Bett bezogen oder ein Bad geputzt – wie man das am besten und zeitsparendsten anstellte, konnte sie den Mädchen nicht vermitteln.

Weder Ranjana noch Naeku verstanden sich zudem auf sparsame Haushaltsführung. Es kam Naeku nicht in den Sinn, bei der Weinbestellung nicht den für die Begleitung von Wildgerichten besonders gerühmten Wein zu bestellen, sondern einen preiswerteren. Ranjana ließ indische Leckereien kommen, um die Gäste zu verwöhnen, ohne einen Gedanken daran zu verschwenden, dass sie ein Vermögen kosteten.

Lennox kochte vor Wut, als er die ersten Rechnungen erhielt und feststellte, dass sich die Ausgaben für Küche und Dekoration verdoppelt hatten, seit Ranjana dem Haus vorstand. Wieder einmal machte er ihr heftige Vorwürfe, die sie nicht nachvollziehen konnte. Er ließ sie seine Unzufriedenheit immer deutlicher spüren, wobei es nicht nur um die Haushaltsführung ging. Sie vermochte es nicht mehr, ihn zu erregen, und er gab ihrer unterwürfigen Haltung die Schuld. Ranjana verstand das nicht, und die Anweisungen die er ihr gab, um sich zu ändern, verwirrten sie.

»Verdammt noch mal, beweg dich, fass mich an! Lieg nicht da wie ein toter Fisch. Wehr dich, wenn es dir nicht gefällt, aber tu nicht so, als ... als ... wärst du eine missbrauchte Nonne, die dabei den Rosenkranz betet!«

»Ich ... soll dabei den Rosenkranz beten?«, stammelte Ranjana verschüchtert. Das konnte sie inzwischen, Wawira nahm die christliche Erziehung ihres Patenkindes ernst.

»Machst du dich jetzt auch noch lustig über mich?«, donnerte Lennox. »Ach, verzieh dich doch in deine indische Räucherkammer und schlaf mit deiner Raubkatze! Ivory Edgecumbe hätte dir besser einen Kater schenken sollen, vielleicht hätte der's dir ja gezeigt!«

Mit der Räucherkammer war ihr Indienzimmer gemeint, so nannten die afrikanischen Hausmädchen Ranjanas und Naekus kleines Reich im ersten Stock des Hauses. Sie liebten es, sich dort aufzuhalten, die fremdländischen Möbel und Dekorationen zu bestaunen und den Duft der Räucherstäbchen, die Ranjana regelmäßig abbrennen ließ, zu genießen.

Ranjana fragte Naeku um Rat und schließlich sogar Schwester Elisabeth. Sie reagierte mit Entsetzen auf Lennox' Bemerkung, presste die Lippen zusammen, bekreuzigte sich und versicherte Ranjana dann, sie benehme sich wie eine gute christliche Ehefrau, an deren Verhalten nichts auszusetzen sei.

»Bete ruhig, Kind«, sagte sie freundlich und machte eine segnende Geste. »Aber still für dich. Dann ist es leichter zu ertragen.«

Der Rat der Schwester brachte Ranjana zwar nicht weiter, doch sie besuchte trotzdem sehr gern die Mission, obwohl sie mit dem christlichen Glauben nicht viel anfangen konnte. Ihr gefielen jedoch die Schule und die feierlichen Gottesdienste, vor allem der Gesang und der Klang der Orgel. Sie freute sich mit den Schwestern und den Frauen der Massai und Kikuyu über die im Store, einer Art Warenhaus, angebotene gespendete Kleidung, die hier gegen landwirtschaftliche Erzeugnisse eingetauscht werden konnte, spendete selbst zwei Saris und zeigte den Frauen, wie man sie kunstgerecht anlegte. Alle hatten Spaß dabei. Ranjana lernte ein bisschen Massai und Kikuyu, um mit den Kindern sprechen zu können. Sie hätte gern regelmäßig in der Schule geholfen, und wenn es ihre Zeit erlaubte, kam sie ins Kikuyu-Dorf, wo zwei Schwestern täglich Unterricht gaben, um die Stunden zu bereichern, indem sie mit den Kindern zeichnete und spielte. Bald begrüßten die Kleinen auch Desna begeistert und Kurti sowieso. Der Pavian hatte sich in Ranjana verliebt und folgte ihr, wohin sie ging und stand.

»Der Geist der Mama wa Wanyama ist zurück«, sagte eine der alten Frauen, als sie Ranjana und ihren Anhang zum ersten Mal sah. »Vielleicht kommt mit ihm wieder Hoffnung und Frieden ins Land …«

»Mama wa Wanyama, Mutter der Tiere, war der Name der Kikuyu für Miss Ivy«, übersetzte Naeku für ihre Freundin. »Aber was sie mit dem Frieden und der Hoffnung meint …«

»Vielleicht die Unruhen in Nairobi und Mombasa«, überlegte Ranjana. »Die Gäste sprechen oft darüber, dass die Afrikaner sich gegen die Kolonisten wehren. Sie gehen auf die Straße und schreien Parolen. Weil sie nicht genug Geld verdienen und unterdrückt werden … Sie … sie reden davon, die Briten rauszuwerfen. Sie wollen … kämpfen!«

Ranjana schien ein Aufstand der Bediensteten undenkbar, Naeku dagegen hatte schon mitbekommen, dass auch auf Edgecumbe Farm die Angestellten murrten. Lennox zahlte schlechter, als Miss Ivy es getan hatte, zudem behandelte er sie unmenschlich. Wawira, die sich stets als Anwältin ihrer Leute sah, hatte sich schon bei ihm für höhere Löhne eingesetzt, war jedoch nur mit rüden Worten abgewiesen worden. Seit einiger Zeit, so hatte sie Naeku allerdings stolz berichtet, gebe es in Nairobi die Kikuyu Central Association, eine Gemeinschaft, die speziell die Interessen ihres Volkes vertrete. »In Indien gewinnt Mahatma Gandhi an Anhängern«, hatte Ranjana dazu angemerkt. »Aber der will keine Gewalt.«

Naeku machte für die Unzufriedenheit der Einheimischen auf der Farm allerdings weniger den allgemein aufkommenden Protest gegen den Kolonialismus, sondern das Verhalten des neuen Herrn verantwortlich. Auch bei den Massai brodelte es, da Lennox oft gegen die Abmachungen verstieß, die es ihnen ermöglichen sollten, ihre Rinder ungefährdet durch seine Jäger auf Farmland weiden zu lassen. So kam es immer wieder vor, dass ein Wochenendjäger ein Rind mit einem Büffel oder Gnu verwechselte und versehentlich erlegte. Bislang hatte Lennox den Besitzer großzügig entschädigt, doch die Massai hatten ein persönliches Verhältnis zu ihren Rindern und wollten sich damit nicht mehr zufriedengeben. Das bekam dann meist Reggie Derringer zu spüren. Er war mit dem Stamm von jeher befreundet, hatte eine Frau im Dorf, die er regelmäßig besuchte und für die er eine eigene Hütte hatte bauen lassen. Bislang hatte ihr Vater sie ihm aus Freundschaft zur Verfügung gestellt, doch jetzt verlangte er einen Brautpreis. Die weiblichen Massai verfolgten gespannt das Feilschen um die junge Frau.

»Sodom und Gomorra«, sagte Schwester Elisabeth, als sie davon erfuhr.

Ranjana verstand nicht, was sie meinte, aber sie fürchtete sich.

22

»Wie läuft es denn auf der Farm?«, fragte Miss Ivy und stellte eine Tasse Tee vor Naeku, die eine Reise mit ihrer Herrin nach Nairobi nutzte, um ihre damalige Fürsprecherin zu besuchen.

Ranjana und sie lebten jetzt seit einem Jahr auf Edgecumbe Farm, und eigentlich hatte Miss Ivy wohl längst damit gerechnet, dass eine Taufe gefeiert worden wäre. Sie selbst lebte nach wie vor mit ihrer Familie im Gartenhaus der Jeevanjees, doch sie fürchtete, dass ihre Sicherheit dort langsam ins Wanken geriet. Sie hatte Naeku anvertraut, dass es nicht gut aussah um die Geschäfte des Kaufmanns. Die gewaltige Mitgift für seine Nichten hatte ein großes Leck in sein Vermögen geschlagen, und bei seinen letzten Transaktionen war er vom Pech verfolgt gewesen. Gerüchten zufolge ergab er sich dem Glücksspiel, aber das wollte Miss Ivy nicht glauben, ohne es bestätigt zu wissen.

»Nicht gut«, erwiderte Naeku. »Die Kikuyu und Massai sind unzufrieden, und die Gäste bleiben seit einiger Zeit aus. Ich weiß nicht, woran es liegt. Vielleicht gibt es zu viele Jagdresorts, oder die Weißen halten ihr Geld zusammen. Viele fürchten sich vor Aufständen und wollen dann lieber mit einigermaßen gut gefüllter Börse nach England zurück, als hier das Geld für Jagdurlaube zu verschleudern …«

»Und was ist mit Miss Ranjana und dem … Bwana?«, erkundigte sich Sanele, der sie gebeten hatte, ihn nicht mehr mit »Mr. Zulu« anzusprechen, sondern beim Vornamen zu nennen. »Ich hörte neulich, wie sich Mr. Jeevanjees Nichten über sie unterhielten. Sie schreibe so selten …«

Naeku biss sich auf die Lippen. »Sie ist sehr unglücklich«, sagte sie. »Der Bwana ist unfreundlich, er macht sie dafür verantwortlich, dass die Geschäfte schlecht gehen. Seiner Ansicht nach kümmert sie sich nicht genug um seine Gäste.«

»Das kann ich mir gar nicht vorstellen«, bemerkte Miss Ivy. »Am Anfang war sie bestimmt noch unsicher, doch aus den letzten Briefen an Esha und Davita – solange sie noch hier im Haus wohnten, durfte ich mitlesen –, ging hervor, dass sie besser zurechtkam. Auch dank deiner Unterstützung. Sie ist zwar sicher nicht geschult für die Führung eines großen Haushalts, aber ansonsten doch ganz reizend. Ich kann mir nicht vorstellen, dass die Gäste sie nicht mögen.«

Naeku rieb sich die Stirn. »Die Gäste, die wir anfänglich hatten, mochten sie schon. Das hat sich allerdings geändert. Der Bwana setzt nicht mehr auf Jagdausflüge, er veranstaltet etwas, das er Jagdpartys nennt. Da wird getrunken und getanzt. Es geht mehr um die Geselligkeit als um die Jagd, obwohl die natürlich auch stattfindet. Ist Ihnen das Happy Valley Set ein Begriff?«

Miss Ivy schüttelte den Kopf.

Sanele hatte allerdings schon einmal von der Gruppe reicher Lebemänner und -frauen gehört, denen Gesellschaften nicht wild und ausgefallen genug sein konnten. »Sie haben von Liebe und Partnerschaft eine eher freie Vorstellung.«

»Das haben Sie schön ausgedrückt.« Naeku lachte, als Sanele sein Wissen kurz und taktvoll zusammenfasste.

»Tatsächlich sind die Leute … obszön … Ihre ganze Art, ihr Verhalten, ihr Umgang miteinander und mit anderen ist abstoßend. Sie betrügen und beleidigen sich gegenseitig … sie behandeln ihre Diener wie Sklaven …«

»Und diese Leute habt ihr auf der Farm?«, wunderte sich Ivy. »Ich erinnere mich jetzt übrigens, dass meine Schwester und mein

Schwager sie einmal kurz erwähnten. Rosamond bezeichnete sie als dubios.«

Naeku nickte. »Der Bwana lädt sie ein, er veranstaltet eine Jagd, und danach wird gefeiert. Sie sind in den Highlands ansässig, im Wanjohi Valley und Umgebung. Ein Ausflug in unsere Gegend ist für sie eine Abwechslung. Dabei bietet der Bwana nicht nur Jagden auf der Farm an, sondern geht mit ihnen zum Mount Longonot auf Büffeljagd, oder er fährt zu einem der Seen. Beim letzten Mal haben sie am Lake Naivasha aus Spaß bestimmt fünfzig Flamingos abgeschossen. Der See war voller Blut. Ranjana ... die Maharani ... also die Memsahib ...«, Naeku verbesserte sich schnell, »... hat geweint. Dafür wurde sie verhöhnt, auch vom Bwana. Der demütigt sie bei diesen Partys ständig. Neulich sagte er, sie sehe selbst in einem Charleston-Kleid aus wie in einem Sari. Dabei sah sie ganz entzückend aus. Und wieder mal haben alle sie ausgelacht. Und sie weiß natürlich, dass ... dass er ihr untreu ist. Verstehen Sie mich richtig, ganz sicher hatte der Maharadscha ebenso seine Konkubinen. Er hätte seine Gattin aber niemals gedemütigt. Der Bwana stellt nicht nur den Hausmädchen nach und mir, er treibt es auch mit den Frauen vom Set. Die wechseln ihre Liebhaber ständig. Jetzt scheint der Bwana allerdings eine Favoritin zu haben. Mrs. Danielle van der Velt. Wissen Sie etwas über sie, Sanele?«

Sanele schüttelte den Kopf. Einzelheiten aus der Welt des Happy Valley Sets kannte er nicht.

»Sie ist verheiratet, was die Memsahib besonders schockierend findet. Verstehen Sie, in Afrika ... da stellen Männer schon mal ihre Frauen oder Töchter anderen zur Verfügung ... aus Gastfreundschaft oder gegen Geld. Aber eine verheiratete Inderin, die fremdgeht ... das ist für Ranjana ... also für die Memsahib ... einfach unvorstellbar!«

»Du kannst sie ruhig Ranjana nennen«, merkte Ivy an. »Wir wissen ja, dass ihr eher Freundinnen seid als Herrin und Dienerin.«

Über Naekus Gesicht flog eine leichte Röte. Nach wie vor waren Ranjana und sie weit mehr als das. Ranjana suchte immer noch Trost in ihren Armen, sie beide verband eine tiefe Liebe. Ranjana schien sich deswegen in keiner Weise schuldig zu fühlen, obwohl sie nun schon seit Jahren in der Mission ein und ausging, wo jegliche körperliche Liebe verpönt war. Naeku war sich ziemlich sicher, dass sie gegen die Regeln der Schwestern verstieß, wenn sie Zärtlichkeiten mit Ranjana tauschte, bis beide vor Lust explodierten. Sie sprach das Thema also vorsichtshalber niemandem gegenüber an. Ranjana war jetzt für sie die Memsahib, und sie war die Dienerin, die nach indischem Brauch auf ihrer Türschwelle schlief. Mehr brauchte niemand zu wissen.

Während Naeku sich kurz in die Gedanken an ihre Freundin verlor, hatte Sanele gerechnet.

»Lohnen sich die Jagdpartys denn überhaupt?«, fragte er. »Diese Leute vom Set sind doch verwöhnt, denen kann man nicht einfach ein Stück Gazelle von der letzten Jagd vorsetzen. Und teuren und preiswerten Champagner wissen sie auch voneinander zu unterscheiden. Dazu könnt ihr nicht mehr als sechs Paare aufnehmen.«

»Es kommen mehr Leute«, antwortete Naeku. »Die schlafen dann in ganz alten kleinen Zweierzelten. Der ehemalige Bwana hat wohl manchmal Büffeljagden in den Bergen organisiert, nur für Männer, das wissen Sie ja bestimmt noch.« Miss Ivy nickte. »Den Leuten vom Set gefällt das.«

»Kann ich mir lebhaft vorstellen«, bemerkte sie. »Schnelle Rückzugsorte für ein Bäumchen-wechsel-dich-Spiel zwischendurch. Trotzdem hat Sanele sicher recht, das kann sich nicht lohnen, Lennox macht bestimmt Verluste. Warum ist er jetzt überhaupt hier mit Miss Ranjana?«

Seit Lennox geheiratet hatte, war er nur noch äußerst selten nach Nairobi gereist, und mitgenommen hatte er seine Frau noch nie.

»Eine Einladung«, gab Naeku Auskunft. »Der Bwana fühlt sich hoch geehrt. Lady Ireen und Lord Russell heiraten …«

Über Saneles Gesicht flog ein Lächeln. »Über die Feier spricht halb Nairobi«, wusste der Butler. »Dabei sollte es langsam Routine werden. Für sie ist es die dritte Ehe, für ihn die zweite.«

»Happy Valley Set?«, fragte Miss Ivy.

Sanele nickte.

»Im Rahmen einer dreitägigen Party«, erklärte Naeku. »Heute findet ein Picknick am Ufer des Nairobi River statt. Die Lady hat da ein Haus. Und sie gibt eine weiße Party. Alle Besucher müssen in weißen Kleidern und Anzügen erscheinen. Ranjana ist sich sicher, das bringt Unglück.«

Die Zulus lachten. »Wahrscheinlich führt es sehr schnell in die zweite und dritte Scheidung«, meinte Ivy. »Warum umgibt sich Lennox mit solchen Leuten?«

Sanele verzog das Gesicht. »Weil er gern auf großem Fuße lebt«, sagte er dann. »Sich als Abenteurer sieht und Aristokrat. Weil er dabei sein will, mitspielen in der ersten Liga. Deshalb konnte er sich auch nicht mit ein paar Besitztümern in Schottland zufriedengeben, die er sicher geerbt hätte. Er brauchte ein Königreich in Afrika. Er hat um die ehemalige Maharani von Rajasthan geworben, obwohl es viel geeignetere Frauen gegeben hätte, mit deren Hilfe er ein Jagdresort hätte leiten können. Lennox Edgecumbe ist ein Schaumschläger, der vor nichts zurückschreckt, das seinen eigensüchtigen Zielen dient. Wer weiß, was ihm als Nächstes einfällt, wenn er Edgecumbe Farm nicht mehr halten kann.«

Naeku erschrak. Sie hatte es nie für möglich gehalten, dass ein Weißer mit seinen Unternehmungen scheitern konnte, doch wenn jetzt sogar ein Imperium wie das von Alibhai Mulla Jeevanjee schwankte, was würde dann aus ihr und Ranjana werden, wenn Lennox die Farm eines Tages verkaufen musste? Nicht einmal als jetzt die Kinder vom Spielen im Garten hereinkamen und die kleine Teegesellschaft fröhlich durcheinanderbrachten, konnte sie an etwas anderes denken als ihre und Ranjanas Zukunft. Dabei hatte sie den Mädchen eigentlich von Kurti und seinen Streichen erzählen wollen sowie von zwei verwaisten Zebrafohlen, um die Ranjana und sie sich kümmerten. Tatsächlich rang sie sich nur ein paar nette Worte dazu ab, wie gut sich die beiden entwickelt hatten.

Hope war gerade neun Jahre alt geworden, Ebony wurde es bald, und hätten sie sich nicht so nahe gestanden wie Zwillinge, hätte niemand sie für Schwestern gehalten. Hope war viel größer als Ebony, eine typische Massai, langgliedrig mit sehr schmalem Gesicht, einer hohen Stirn und etwas vorspringendem Kinn. Ihr krauses Haar trug sie zu Zöpfchen geflochten, die natürlich vom Kopf abstanden, was sie lustig aussehen ließ, doch sie war zweifellos auf dem Weg, eine aparte Schönheit zu werden. Ebony wirkte dagegen wie eine afrikanische Ausgabe von Miss Ivy. Sie war eher klein, sehr quirlig und ein wenig koboldhaft. Wenn sie erst älter war, würde sie wohl eher an eine Elfe erinnern, falls sie sich bis dahin etwas mädchenhafter entwickelte. Jetzt führte sie ihren Eltern stolz ein Paar Hosen vor, die sie mit dem Sohn eines der indischen Gärtner gegen ihren Rock getauscht hatte.

»Avan wollte mal ein Mädchen sein«, erklärte sie. »Und ich werde vielleicht besser ein Junge, dann kann ich Hope besser beschützen, falls wir hier mal wegmüssen.«

Miss Ivy runzelte die Stirn. Sicher überlegte sie, woher die Mädchen von Alibhai Mulla Jeevanjees möglichem Konkurs wussten.

»Die Jadoos müssen jetzt nämlich weg«, berichtete Hope. »Mr. Jeevanjee hat Mr. Jadoo entlassen. Er braucht nicht mehr so viele Gärtner …«

Naeku sah, dass Sanele und Ivy einen besorgten Blick wechselten. Es kam also tatsächlich zu ersten Entlassungen. Sie konnte für die beiden und ihre Mädchen nur hoffen, dass es sie so schnell nicht treffen würde.

23

Lennox Edgecumbe saß an der Hotelbar des Country Club und hatte dort eine Begegnung, die ihm ganz neue Perspektiven eröffnen sollte. Er trank gelassen ein Bier – sein Zimmer war schließlich von den Frauen mit Beschlag belegt, die sich für das abendliche Fest zurechtmachten –, als sich ein mittelgroßer, leicht untersetzter Herr in Safarikleidung neben ihn setzte.

»Darf ich?«, fragte er höflich mit einem harten Akzent.

Lennox nickte. »Bitte«, erwiderte er.

Der Mann orderte ebenfalls Bier und stellte sich dann vor.

»Mein Name ist Wilhelm Jonas.«

Lennox freute sich, richtig geraten zu haben. Er hatte sich gleich bei den ersten Worten seines Gegenübers gedacht, einen Deutschen vor sich zu haben. Oder einen Niederländer.

»Aus Deutschland?«, erkundigte er sich und nannte dann auch seinen eigenen Namen. »Lennox Edgecumbe. Edgecumbe Farm, Kedong Valley.«

Jonas lächelte. »Alfeld, Leinetal«, verriet er seinen Herkunftsort. »Werden Sie nicht kennen.« Das stimmte. »Aber ich hab von Ihnen gehört«, sprach Jonas weiter. »Sie betreiben ein Jagdresort.« Lennox begann, sich für das Gespräch zu interessieren. Womöglich konnte er hier einen Kunden anwerben. »Und man sagt, Sie hätten einen zahmen Leoparden.«

Lennox lachte. »Nicht ganz, er gehört meiner Frau«, berichtigte er. »Oder besser ›sie‹, es ist ein weibliches Tier. Ranjana behandelt es wie ein Miezekätzchen. Desna kann ihre Krallen allerdings ausfahren …«

Als ein betrunkener Gast Desna vor Kurzem hatte necken wollen, hatte ihm das tiefe Kratzwunden eingebracht. Er war sehr empört abgereist.

»Das Tier wäre nicht zufällig zu verkaufen?«, fragte Jonas.

Lennox runzelte die Stirn. »Wozu brauchen Sie denn einen Leoparden?«, erkundigte er sich. »So einfach sind die nicht zu handhaben … Also, ich würde von einer Raubkatze als Haustier eher abraten.«

Der Deutsche lächelte und trank ihm zu. »An ein Haustier hatte ich auch weniger gedacht, aber ein Zirkus könnte sich für ein schon gezähmtes Tier interessieren. Gestatten Sie, dass ich mich ausführlicher vorstelle. Ich arbeite für Ruhes Tierhandlung in Alfeld. Wir sind spezialisiert auf Zoo- und Zirkustiere, die wir in den verschiedensten Teilen der Erde fangen oder einhandeln. Ich wurde als Agent hierher nach Kenia geschickt, um eine solche Jagd- und Handelsstation aufzubauen. Und da ich nun von Ihrem Leoparden hörte …«

Lennox überlegte kurz. Es wäre sicher ein gutes Geschäft, Desna an diesen Mann zu verkaufen, der wohl schnelle Erfolge brauchte und bestimmt hervorragend zahlte. Andererseits konnte er sich gut vorstellen, wie Ranjana auf ein solches Ansinnen reagieren würde. Seine Frau entsprach zwar nicht in jeder Hinsicht den Erwartungen, die er an sie als Hausherrin auf Edgecumbe Farm gestellt hatte, aber wenn sie jetzt nur noch schmollte und weinte, würde das dem ohnehin schlecht laufenden Geschäft den Rest geben. Außerdem gehörte Desna zu den Attraktionen des Resorts. Viele Gäste fanden es aufregender, sich mit einem lebenden statt einem geschossenen Raubtier ablichten zu lassen.

»Meine Frau würde mich umbringen«, meinte er. »Der Leopard

ist ihr Ein und Alles. Aber brauchen Sie vielleicht zwei junge Zebras?«

Die Fohlen waren auch schon recht zahm, sicher leichter zu handhaben als Wildfänge.

Wilhelm Jonas nickte interessiert. »Durchaus«, erwiderte er. »Ich schaue sie mir gern mal an, und dann reden wir über einen Preis. Vor allem bin ich jedoch auf der Suche nach einem perfekten Sammelplatz für unsere Tiere. Wir fangen sie häufiger selbst, als sie von örtlichen Händlern zu kaufen, es gibt hier ja kaum professionelle Tierfänger. Sooft wie möglich organisieren wir dann einen Transport nach Deutschland.«

Lennox überlegte, was er über Tierfang in Afrika wusste. »Von einer Tierhandlung Ruhe habe ich nie gehört«, erklärte er. »Lediglich von Hagenbeck …«

Jonas nickte lächelnd. »Ja, der Marktführer. Konzentriert sich jetzt allerdings mehr auf seinen eigenen Tierpark. Ansonsten gab es noch die Tierhandlung Reiche, doch mit der haben wir fusioniert. Man darf wohl sagen, dass wir seitdem die größte Tierhandelsfirma der Welt sind. Wir betreiben eine Zweigstelle in Queens/New York und beliefern Zoos und zirzensische Unternehmen von Russland bis Australien …«

Lennox war beeindruckt.

»Wo wollen Sie Ihre Sammelstelle denn eröffnen?«, erkundigte er sich. »Ich meine … da muss doch einiges an Gehegen, Käfigen und Ställen gebaut werden, und man braucht Unterkünfte für die Arbeiter … Wer jagt überhaupt für Sie? Es ist ja was anderes, die Tiere zu schießen, als sie einzufangen.«

»Das ist es in der Tat«, sagte Jonas. »Wir haben spezialisierte Tierfänger, und wir bilden vor Ort welche aus. Natürlich sollten die Leute sich mit den Betreibern der Station verständigen können, in den tiefsten Urwald möchten wir nicht gehen. Es muss außerdem eine Eisenbahnstation in erreichbarer Nähe sein. Allerdings können wir uns nicht in der Großstadt ansiedeln. Die Sammelstelle muss schon nah an unserem Jagdgebiet sein ...«

Lennox eröffneten sich ganz neue Aussichten. Edgecumbe Farm lag mitten in seinem Jagdgebiet, es gab eine ausgebaute Straße nach Kijabe und dort einen Bahnhof. Selbstverständlich waren die Tiere im Resort nicht herrenlos. Der Tierhandel würde für sie zahlen müssen ...

»Hören Sie«, begann er seine Idee in Worte zu fassen. »Sie brauchen ein leicht zugängliches Jagdgebiet mit der Möglichkeit, die gefangenen Tiere unterzubringen. Und ich habe fünfzehntausend Hektar Land. Busch, Savanne, Berge, Täler, in denen es vor Tieren wimmelt. Unsere Gäste können gar nicht so viel jagen. Die Farm ist eine Stunde mit dem Automobil vom nächsten Bahnhof entfernt. Auf dem Gelände ist ein Kikuyu-Stamm angesiedelt, dessen Mitglieder auf einer Missionsstation Englisch gelernt haben. Die Einheimischen sprechen nicht alle fließend, doch für Sie dürfte es reichen. Wie wäre es, wenn Sie darüber nachdächten, Tierfang und Tierhandel zu verbinden? Ich würde natürlich pro Tier einen noch auszuhandelnden Preis verlangen ...«

Lennox bemerkte nicht, dass es in Wilhelm Jonas' Augen aufleuchtete.

»Pro Tier, das Ihre Farm lebend verlässt?«, fragte er.

Lennox nickte. »Ja, genau. Dafür wird die Jagd für Sie erheblich einfacher. Wir wissen, wo die Tiere sich aufhalten. Das Gebiet ist zwar riesig, aber eingezäunt. Entwischen kann Ihnen da eigentlich keins. Wenn Sie einen Leoparden wollen, kriegen Sie einen Leoparden.«

Jonas rieb sich die Schläfe. »Ich werde mit meinem Arbeitgeber Rücksprache halten«, meinte er. »Und wir müssen darüber reden, wer für die Umbauten aufkommt. Oder haben Sie bereits Gehege für Giraffen und Elefanten?«

Lennox berichtete, dass seine Vorgängerin auf der Farm dort

einen kleinen Zoo betrieben hatte, aber natürlich würde noch einiges verändert werden müssen.

»Daran würden wir uns selbstverständlich beteiligen«, meinte Jonas. »Also ich könnte mir so eine Zusammenarbeit gut vorstellen ... Lassen Sie mich meinem Chef telegrafieren, und dann unterhalten wir uns noch mal darüber. Darf ich Ihnen jetzt einen Whiskey ausgeben? Auf eventuelle künftige Partnerschaft?«

Er hielt ihm die Hand hin, und Lennox schlug ein. Beschwingt stießen sie miteinander an, und dann war es für Lennox Zeit, sich für die Party mit dem Happy Valley Set umzuziehen. Ranjana und Naeku sollten inzwischen fertig sein. Und am Abend würde er einiges zu erzählen haben. Edgecumbe Farm sollte zu ganz neuen Ehren kommen – womöglich machte ihn der Tierhandel reich!

Ranjana war erfreut, als Lennox ihr von der geplanten Umwandlung der Farm in ein Aufzuchtgebiet für Zootiere berichtete. Jetzt würden die Tiere nicht mehr geschossen werden. Ihr würde nicht mehr jedes Mal übel werden, wenn sie an dem Schuppen vorbeiging, in dem die Tierpräparatoren arbeiteten. Vielleicht würde sich ihr schlechtes Gewissen gegenüber Ivy Edgecumbe dann auch beruhigen, hatte der Geist der Mutter der Tiere, von dem die alte Kikuyu-Frau gesprochen hatte, doch endlich gesiegt!

Als Wilhelm Jonas zwei Wochen später die Farm besuchte, um das Geschäft abzuschließen, bereitete sie ihm einen freundlichen Empfang. Er bewunderte pflichtschuldig Desna, lachte über Kurti und sprach beim abendlichen Dinner ausführlich über die große Tierliebe seines Arbeitgebers, der den Handel schon in der dritten Generation führte. Für die beiden Zebrafohlen bot er Lennox einen ordentlichen Preis und beschwichtigte Ranjana, die sich nicht von den Tieren trennen wollte.

»Sehen Sie es doch so, Mrs. Edgecumbe: Wenn die Tiere mit uns kommen, sind sie in Sicherheit. Ob im Zirkus oder im Zoo, es wird gut für sie gesorgt werden, und sie werden nicht zur Beute eines Löwen oder vor dem Kamin eines Jägers enden. Natürlich ist der Transport strapaziös, aber die Aussichten für Ihre Tiere sind bei uns sehr viel besser als hier.«

»Sie werden ihr Leben lang eingesperrt sein«, gab Naeku zu bedenken, als Ranjana ihr später von dem Dinner erzählte und von Wilhelm Jonas schwärmte. »Ich weiß nicht, ob sie das vorziehen würden. Aber ich hab auch noch nie einen Zoo gesehen … oder einen Zirkus …«

Schwester Teresa hatte beides schon gesehen, und der tierlieben jungen Ordensschwester taten die Tiere, die dort leben mussten, eher leid.

»Besonders im Zirkus sind die Käfige klein, und der Umgang der Dresseure mit den Tieren ist oft brutal«, erklärte sie. »Allerdings bin ich schon lange hier«, schwächte sie dann hoffnungsvoll ab. »Vielleicht hat sich inzwischen ganz viel geändert.«

Naeku konnte sich das nicht recht vorstellen – Schwester Teresa war tatsächlich erst seit fünf Jahren in Afrika. Sie sagte jedoch nichts, um Ranjana die Freude nicht zu verderben. Zum ersten Mal seit Langem wirkte ihre Freundin nicht mehr niedergedrückt und ängstlich – auch weil Lennox sie wieder freundlicher behandelte und ihre Tierliebe gegenüber Jonas herausstrich. Er fuhr sie nicht einmal an, als sie am nächsten Tag bei der ausführlichen Begehung der Farm Ideen zur Planung der Tiergehege beisteuerte, und wirkte fast stolz auf sie, als sie rasch eine Karte der Anlage erstellte und neue Gebäude und Zäune skizzierte.

»Sie sind ja eine kleine Architektin, Mrs. Edgecumbe!«, äußerte sich Wilhelm Jonas wohlwollend. »Mit dieser Unterstützung, Lennox, kann einfach nichts schiefgehen!«

Die Männer hatten sich anscheinend geeinigt, sich beim Vornamen zu nennen. Reggie Derringer war am Vorabend noch zu ihnen gestoßen, und Naeku hatte mitbekommen, dass es dem eingefleischten Großwildjäger nicht behagte, demnächst keine Jagdgäste mehr auf Safari begleiten zu können. Dennoch hatte auch er sich von diesem Mr. Jonas überzeugen lassen. »Sie kommen schon noch genug zum Schuss«, hatte der gemeint. »Es ist ja nicht so, dass wir hier Mäuse in Lebendfallen fangen, einige Tiere sind ganz schön wehrhaft. Und dann müssen wir, so leid es uns tut, mitunter einem den Fangschuss geben.«

Ranjana hatte das wieder erschrocken, sie hatte sich vorgestellt, dass die Tiere in Fallen gefangen würden, aus denen sie nicht entkommen, in denen sie sich aber auch nicht verletzen konnten. Naeku hoffte, dass Mr. Jonas wirklich von seltenen Ausnahmen gesprochen hatte.

Schließlich saßen Wilhelm Jonas, Lennox und Reggie Derringer noch zu abschließenden Besprechungen zusammen, auf deren Grundlage dann ein Vertrag geschlossen werden sollte. Naeku wunderte sich, dass Lennox sie und Ranjana nicht wegschickte, doch er war an diesem Tag so euphorisch, dass er ihre Anwesenheit vielleicht gar nicht bemerkte. Naeku verfolgte gespannt das Gespräch.

Wilhelm Jonas begann mit der Zusammenfassung der Beschlüsse. »Also, wir einigen uns grundsätzlich darauf, dass Mr. Lennox der Firma Ruhe erlaubt, auf dem Gelände seines Jagdresorts Wildtiere zu fangen. Außerdem vermietet er uns die Einrichtungen auf seiner Farm, in der die Tiere bis zum Abtransport nach Deutschland untergebracht werden, und sichert ihre Versorgung zu.«

»An den Futterkosten müssen Sie sich beteiligen«, verlangte Lennox.

Jonas nickte. »Wir übernehmen die Hälfte der Futterkosten und die Gehälter des Pflegepersonals. Für die Auswahl desselben, von einigen von uns gestellten Fachkräften einmal abgesehen, sind

Sie zuständig. Das ist schlichtweg einfacher. Sie kennen die Leute, arbeiten schon länger mit ihnen zusammen ... Sicher können Sie uns Afrikaner empfehlen, die wir beim Tierfang brauchen und dahingehend ausbilden können.«

»All unsere Fährtensucher und Jäger«, meinte Reggie Derringer.

»Wie gesagt, wir folgen da gern Ihrem Rat«, bestätigte Jonas. »Sie sind weiterhin verantwortlich für die Pflege und Gesunderhaltung der Ihnen bis zum Abtransport anvertrauten Tiere. Für jedes Tier, das die Farm lebend verlässt, erhalten Sie einen je nach Tierart und Tieralter gestaffelten Betrag. Sind wir uns so weit einig?«

Erneut hielt er Lennox die Hand hin.

»Wir beginnen dann gleich nächste Woche mit den Umbauten«, erklärte Lennox. »Wir haben gute Kontakte in Kijabe, es wird sicher nicht zu teuer.«

Wilhelm Jonas nickte freundlich. »Wir vertrauen Ihnen da völlig und übernehmen die Hälfte der Kosten«, sagte er, während Lennox einschlug.

Ranjana lächelte ihm zu. »Möchten Sie ein Glas Champagner?«, fragte sie sanft. Und machte damit erneut etwas richtig.

24

Die Umbauarbeiten begannen umgehend, und Ranjana sah fasziniert, wie die Gebäude, die sie skizziert hatte, in die Höhe wuchsen. Naeku hatte sie nie so begeistert erlebt, außer wenn der Goldschmied die nach ihren Entwürfen gefertigten Schmuckstücke in den Palast gebracht hatte. Ihre Freundin vertraute ihren eigenen Fähigkeiten nicht, es hatte sie immer wieder gewundert, wenn die Ketten, Ohrgehänge und Armreifen genauso schön, funktional und außergewöhnlich wurden, wie sie sich das vorgestellt hatte. Die Ställe und Gehege, die nun auf Edgecumbe Farm entstanden, waren allerdings alle sehr klein, was ihr nicht behagte.

»Das geht nur nicht anders«, erklärte sie Naeku dennoch entschuldigend. »So viel Platz ist hier einfach nicht, und die Tiere müssen sich ja an beengte Verhältnisse gewöhnen. Auf dem Transport stehen sie in noch kleineren Verschlägen. Ich hoffe bloß, in den Zoos haben sie dann wieder mehr Bewegungsfreiheit.«

»Desna sitzt ja auch manchmal in ihrem Käfig«, meinte Naeku, um sie zu beruhigen. »Ohne dass es ihr viel ausmacht.«

Ranjana hatte durchgesetzt, dass sie die Raubkatze mit in ihre Räumlichkeiten nehmen durfte, doch wenn sie dort allein gelassen wurde, musste sie in den Transportkäfig, in dem sie von Indien nach Afrika gereist war. In der Regel nahm sie das gelassen hin.

Schließlich besuchte Wilhelm Jonas die Farm ein weiteres Mal und inspizierte zufrieden die Käfige und Verschläge, die für Giraffen, Elefanten, Löwen und Nashörner gebaut worden waren.

Ein paar zusätzliche Gitter ordnete er noch an, doch grundsätzlich fand er, dass seine neuen Partner gute Arbeit geleistet hatten. Er brachte die Verträge mit, die Lennox gern unterschrieb, und fand diesmal auch Zeit für eine Safarirunde, um sich vom Tierreichtum des Resorts zu überzeugen.

In den nächsten Wochen wurde das Equipment für die Tierfänger geliefert. Die letzten Jagdsafarigäste beobachteten interessiert den Auftrieb von Fangfahrzeugen – Geländewagen, die mit einer Art überdimensionaler Angel versehen waren – und schweren Lastwagen zum Transport der Tiere. Auch Netze und Fallen wurden ausgeladen, und Futtermittelhändler brachten Heu und Stroh für die Pflanzenfresser. Fleischvorräte für Raubtiere wurden nicht angelegt, was Naeku und Ranjana wunderte.

»Vielleicht konzentrieren sie sich ja zuerst auf Zebras und Gazellen«, meinte Lennox, als Ranjana zu fragen wagte.

Desna ernährte sich vom Fleisch der gejagten Tiere – nach dem Präparieren und Verarbeiten zu Mahlzeiten blieb meistens noch reichlich davon übrig. Wenn nun allerdings Löwen und Leoparden gefangen würden, aber nicht mehr geschossen wurde, konnte es knapp werden.

Wilhelm Jonas reiste erneut an und stellte Lennox und Reggie Oscar Brooks vor, der den Tierfang leiten sollte. Damit waren sie gar nicht einverstanden. Sie hatten eigentlich angenommen, selbst stärker und vor allem in leitenden Positionen in die Vorgänge einbezogen zu werden.

»Wenn Sie nicht zu zart besaitet sind, können Sie gern mitmachen«, erklärte der Tierfänger gelassen. »Wir werden jeden Mann brauchen.«

»Er sieht ein bisschen aus wie der alte Bwana«, stellte Naeku fest. Sie erinnerte sich noch recht gut an Adrian Edgecumbes imponierende Gestalt. Tatsächlich unterschied sich Oscar Brooks nicht sehr von den Großwildjägern alter Schule. Er war schlank, doch kräftig und sehnig, trug einen wilden Bart und wusste zweifellos mit einem Jagdgewehr umzugehen. Er war selbstsicher, ja fast arrogant, und erschien mit einer Truppe ähnlich abenteuerlich wirkender Männer, die meisten waren Weiße. Sie begannen gleich damit, im Kikuyu-Dorf Fährtensucher und Männer für die Jagd zu rekrutieren, bevorzugt entschieden sie sich für körperlich kräftige Afrikaner.

Lennox versprach den nicht Ausgewählten Arbeit als Tierpfleger auf der Farm. Das stieß allerdings auf wenig Gegenliebe. Die Versorgung der Tiere, so hielt man ihm unmissverständlich vor, sei Aufgabe der Frauen. Sie kümmerten sich um die Schafe und Ziegen – die Männer hüteten allenfalls die wertvolleren Rinder.

»Hier geht es nicht um Schafe und Ziegen, sondern um Löwen und Nashörner«, gab Lennox ungehalten zurück. »Da brauche ich Leute, die zupacken können. Wenn ihr Arbeit wollt, kommt morgen auf die Farm, und ich erkläre euch, was zu tun sein wird.«

»Sie werden kommen, sie brauchen das Geld«, erklärte er Oscar Brooks und behielt recht.

Am nächsten Morgen erschienen nicht nur die künftigen Tierfänger, sondern auch diejenigen, die bereit waren, als Pfleger auf der Farm zu arbeiten. Unwillig begannen sie, die Ställe mit Stroh einzustreuen – Brooks hoffte, schon am Abend die ersten Tiere anliefern zu können. Tatsächlich forderte er bereits am Nachmittag einen Lastwagen zum Transport eines jungen Nashorns an. Seine Fänger brachten fünf Strauße mit, die sie mit ihren Fahrzeugen in eine Falle getrieben und eingefangen hatten. Sie trieben die vom Transport in den Kastenwagen noch ziemlich panischen Vögel wenig rücksichtsvoll in den ihnen bestimmten Pferch, wo sie aufgeregt umherliefen, nur ein Strauß konnte das nicht mehr.

»Dem habt ihr das Bein gebrochen«, rief Lennox den Fängern, zu denen zwei der Kikuyu gehörten, vorwurfsvoll zu.

Auch Brooks tadelte die Männer, machte aber keine große Sache daraus. »Heut Abend gibt's dann eben Straußenfleisch«, meinte er lapidar und erlöste das verletzte Tier mit einem gezielten Schuss, was Ranjana entsetzt mit ansehen musste. »Und falls jemand Nashorn mag ... ich denke, das Horn lässt sich verkaufen.« Hinter dem Lastwagen, auf dem das junge Nashorn angekettet war, schleiften die Fänger ein totes erwachsenes Tier her. »Die Alte hat uns angegriffen«, erklärte Brooks gelassen. »Wir mussten sie erschießen.«

Das junge Nashorn brüllte jämmerlich, als man den Körper seiner Mutter wegbrachte, und im Gegensatz zu den Straußen, die bald anfingen, Mais und andere Körner zu fressen, rührte es sein Heu nicht an.

»Womöglich braucht es noch Milch«, überlegte Ranjana, als sie Lennox am Abend bei einem Rundgang durch die Ställe begleitete.

Sie hatte mit Naeku allein gehen wollen, doch Oscar Brooks bestand darauf, dass niemand sich den eingesperrten Tieren ohne ein Gewehr in der Hand näherte. Es kam wohl immer wieder vor, dass ein verzweifeltes Nashorn oder ein wütender Elefant Amok lief und sein Gefängnis sprengte.

»Ich sage den Pflegern, sie sollen ihm morgen welche geben«, erklärte Lennox. Sogar er wirkte schockiert darüber, dass gleich am ersten Fangtag zwei Tiere umgekommen waren. Immerhin wusste er jetzt, wie die Fänger eventuelle Raubtiere ernähren wollten.

Am folgenden Tag schüttete der Pfleger dem kleinen Nashorn weisungsgemäß Milch in einen Trog, die das Tier jedoch nicht anrührte.

»Miss Ivy hat Ziegenmilch gefüttert«, erinnerte sich Naeku. »Ich weiß noch, wie sie in unserem Dorf auftauchte und Ziegenmilch für ein verwaistes Elefantenkind wollte. Unsere Frauen haben das zuerst gar nicht verstanden, aber dann haben sie gemerkt, dass es ein gutes Geschäft für sie war.«

»Miss Ivy hat den Tieren auch die Flasche gegeben, wie man es mit Babys macht«, fügte Ranjana hinzu. »Ich habe so gelacht, als eine ihrer Bediensteten auf eine Leiter stieg, um eine kleine Giraffe zu füttern.«

Lennox, der gerade die Anlage inspizierte, runzelte die Stirn. »Nuckelflaschen für Nashörner? Ich glaube nicht, dass ich das den Pflegern verständlich machen kann. Aber mit Ziegenmilch können wir's ja versuchen.«

Er wies den Pfleger umgehend an, ins Kikuyu-Dorf zu gehen und dort alle Ziegenmilch aufzukaufen, die vorrätig war. Das kleine Nashorn machte ihn nervös. Wenn es lebendig auf den Transport kam, brachte es ihm eine schöne Summe Geld ein, falls es starb, hätte er zwei Tiere verloren, die Mutter und das Kleine.

Oscar Brooks machte sich an diesem Tag mit einheimischen Führern auf die Suche nach Leoparden. Es war Frühjahr, viele Tiere hatten Nachkommen, und er hoffte auf einen Wurf kleiner Raubkatzen.

»Er wird die Mutter aber nicht erschießen?«, erkundigte sich Ranjana besorgt bei ihrem Mann.

Lennox sah sie entnervt an. »Geplant ist, die Kleinen zu fangen, wenn sie auf Jagd ist. Das geht natürlich erst, wenn sie ein paar Wochen alt sind, das will Brooks abwarten. Sollte sie allerdings zurückkommen und die Fänger gefährden …«

Lennox hatte sich am Abend noch lange mit Brooks über die Fangmethoden der Tierhändler unterhalten und dabei erfahren, dass die Jagd nach Giraffen, Antilopen und Zebras meist unblutig verlief. »Die lassen ihren Nachwuchs schmählich im Stich, wenn man sie vorantreibt und die Jungtiere nicht schnell genug sind, um mitzukommen«, hatte Ranjana dem Gespräch entnommen. »Elefanten dagegen, Nashörner und Raubkatzen sind schwieriger zu überlisten. Da gelingt es zwar auch oft, einem Kleinen den Weg abzuschneiden und es zu fangen, aber wenn es dann schreit, kommen die Mütter gewöhnlich zurück und lassen es auf einen Kampf ankommen. Wir müssen sie in diesem Fall fast unweigerlich erschießen, so traurig das ist.«

Brooks schien eine gewisse Hochachtung für die todesmutigen Tiermütter zu empfinden, während er die Fluchttiere verachtete.

Was Ranjana und Naeku dann am Abend erlebten, erschütterte sie zutiefst. Auch die Paviane verteidigten ihren Nachwuchs, was eine Fanggruppe unter Reggie Derringers Führung dazu bewogen hatte, ein Blutbad unter ihnen anzurichten. Paviane waren den Jägern von jeher ein Dorn im Auge. Die frechen Affen unternahmen immer wieder Raubzüge in ihre Luxuszelte, erschreckten die Gäste und schienen ihre Erfolge dann bei Nacht ausführlich zu feiern und auszudiskutieren – die Lautstärke, die eine gut gelaunte Pavianhorde entwickeln konnte, ließ niemanden in einem Safaricamp Schlaf finden. Großwildjäger wie Adrian Edgecumbe hatten es jedoch immer als unter ihrer Würde empfunden, die aufdringlichen Primaten einfach abzuschießen, das wusste Naeku von Miss Ivy. Meist hatte er sie mit ein paar Warnschüssen vertrieben, nur selten wurde ein Exempel statuiert. Kurtis Mutter hatte durch die Kugel eines angetrunkenen Jagdgastes ihr Leben verloren. Sanele hatte den Kleinen in den Armen der toten Äffin gefunden und Ivy gebracht.

Jetzt berichteten die Tierfänger, dass eine in der Nähe der Farm lebende Rotte acht Junge mit sich führte, und Reggie Derringer gab die Erlaubnis zum Abschuss der erwachsenen Tiere, um die Kleinen an sich zu bringen. Ranjana und Naeku hörten die Schüsse auf der Farm, und als Kurti völlig verstört zurück auf die Terrasse kam und sich in der Hängematte versteckte, in der er gewöhnlich schlief, ahnten sie Schlimmes.

Wenig später kamen die Tierfänger triumphierend mit Käfigen zurück, in denen je zwei kleine wimmernde Paviane saßen. Reggie gab freimütig zu, sich der lästigen Affen entledigt und gleichzeitig ordentlich Beute gemacht zu haben. Kurti war dem Massaker nur entgangen, weil er sich zwar mitunter in der Nähe seiner Artgenossen aufhielt, sich aber nie einer Gruppe anschloss. Jetzt schlich er um die Käfige der Kleinen herum und schien nicht recht zu wissen, wie er reagieren sollte. Die Äffchen jammerten die ganze Nacht, und am Morgen war eins von ihnen gestorben.

»Ist vielleicht verletzt worden, als die Mutter vom Baum fiel«, mutmaßte Oscar Brooks. »Ärgerlich. Aber Affen kriegt man nicht anders. Man kann Fallen aufstellen, muss sie dann jedoch beobachten. Wenn man die nicht rasch genug leert, befreien die anderen ihre Kumpane.«

Die kleinen Paviane hatte man inzwischen in einen Gemeinschaftskäfig gebracht, wo sie sich in der äußersten Ecke aneinanderklammerten. Erst zwei Tage nach dem Fang begannen die ersten, die Früchte anzurühren, die ihnen die Wärter in den Käfig warfen, und im Laufe der Zeit begannen sie sich darum zu balgen, mitunter sogar miteinander zu spielen. Allerdings waren es nur die Ältesten und Kräftigsten, die so über ihren Verlust hinwegkamen. Die Jüngsten, die wohl noch Milch gebraucht hätten, und die Schwächeren, die sich nicht durchsetzen konnten oder wollten, wenn es Futter gab, starben. Von den acht jungen Pavianen überlebten drei.

Das nächste wertvolle Tier, das die Fänger verloren, war das junge Nashorn. Von der ungewohnten Nahrung, die es schließlich zu sich nahm, bekam es Krämpfe und Durchfälle. Nach drei Wochen starb es an Entkräftung.

Seinen Platz nahmen zwei junge Elefanten ein, deren Fang teuer erkauft war. Die Fänger hatten sich, als die Jungtiere zu schreien begannen, nicht nur ihren wütenden Müttern, sondern der gesamten kampfbereiten Gruppe gegenübergefunden. Zwei Männer wurden verletzt, bevor auch die letzte Elefantenkuh einer

Kugel zum Opfer gefallen war. Immerhin waren die Jungtiere bereits alt genug, um feste Nahrung aufzunehmen, und trösteten sich gegenseitig. Sie überlebten also, und Ranjana hätte es genossen, sie fressen und spielen zu sehen, hätte sie nicht gewusst, was der Preis dafür gewesen war.

25

Sanele Zulu ahnte nichts Gutes, als sein Arbeitgeber ihn an einem heißen Freitagnachmittag im Januar 1931 in sein Büro bat. Alibhai Mulla Jeevanjee erwartete ihn hinter seinem Schreibtisch, auf dem allerdings keinerlei Papiere lagen, die zu bearbeiten waren. Der indische Kaufmann war in den letzten Wochen erkennbar gealtert. Seine Haut wirkte grau, sein Haar schütter. Er hatte an Gewicht verloren und saß nicht aufrecht wie sonst, sondern wirkte in seinem ledergepolsterten Sessel etwas verloren.

»Setzen Sie sich, Mr. Zulu«, forderte er Sanele auf und machte eine einladende Handbewegung. Sanele nahm Platz. »Sie sind ein aufgeweckter Mensch«, bemerkte der Kaufmann. »Ich denke, die Entwicklungen der letzten Wochen sind Ihnen nicht entgangen.«

»Ich pflege dem Gerede der Leute keinen Wert beizumessen«, sagte Sanele. »Dennoch habe ich natürlich registriert, dass Sie die Belegschaft verkleinert haben. Unsere Töchter sind sehr betrübt über den Verlust ihres Spielfreundes Avan, und ich habe seinen Vater als Gärtner geschätzt.«

»Ich habe zudem meinen Fahrer entlassen und den Wagen verkauft«, sprach Mr. Jeevanjee weiter. »Ihre Diskretion habe ich immer zu schätzen gewusst. Umso unangenehmer ist es mir, mich auch von Ihnen trennen zu müssen, genau genommen von all meinem Personal. Ich werde das Haus verkaufen …«

»So schlimm?«, rutschte es Sanele heraus.

Um Mr. Jeevanjees Mund spielte ein vages Lächeln. »So

schlimm, Mr. Zulu«, gab er zu. »Ich habe mich in meinen Ausgaben übernommen, dazu Fehlinvestitionen getätigt … und obendrein versucht, mein Kapital am Spieltisch wieder aufzustocken. Ich muss Ihnen wohl nicht sagen, dass dies noch nie jemandem gelungen ist, aber es war ein Versuch. Als Folge dessen bin ich praktisch mittellos. Das Geld aus dem Verkauf des Hauses wird dazu dienen, meine Schulden zu bezahlen; zu meiner großen Erleichterung hat die neue Familie meiner Nichte Esha die Freundlichkeit, meine Frau und mich bei sich aufzunehmen.«

Wie viele junge Inder hatten Esha und ihr Gatte noch keinen eigenen Haushalt, sie lebten im Haus seiner Eltern. Für den weltgewandten, selbstständigen Kaufmann musste es die Hölle sein, dort unterzukriechen, und für seine scheue Gattin erst recht.

»Das tut mir sehr leid, Mr. Jeevanjee«, sagte Sanele ehrlich betroffen. »Meine Frau und ich haben gern für Sie gearbeitet. Ich kann wohl auch für sie sprechen, wenn ich sage, dass Ihr Unglück uns persönlich nahegeht.«

»Es wird Sie ja auch persönlich betreffen«, folgerte der Kaufmann. »Wie alt ist Ihre Adoptivtochter jetzt?«

»Hope ist neun«, antwortete Sanele. »Sie kann also schon ein bisschen auf sich selbst aufpassen. Als Sie die Freundlichkeit hatten, mich anzustellen und sie unter Ihren Schutz zu nehmen, war sie noch deutlich gefährdeter.«

Mr. Jeevanjee seufzte. »Sagen Sie nichts, was Sie nicht meinen. Ich weiß genau, dass auch eine Neunjährige noch hilflos ist, wenn ihr Verrückte nach dem Leben trachten. Deshalb habe ich schon versucht, mich bei Bekannten nach einer neuen Stellung für Sie umzuhören. Es ist jedoch das alte Lied … Sie haben die falsche Herkunft, und Ihre annullierte Ehe mit Ivory Edgecumbe, die Beziehung, die Sie trotzdem weiterführen …«

Sanele nickte. »Ich weiß das alles. Machen Sie sich keine Sorgen um uns. Wir haben etwas gespart, davon sollten wir ein kleines Haus erwerben können, in das nicht so leicht einzubrechen ist, wie in eine der Hütten in den Siedlungen der Afrikaner. Und ich werde mich bei meinen früheren Arbeitgebern, Newland und den Tarlton-Brüdern, nach einem Job erkundigen. Vielleicht gibt es ja Arbeit in der Safariorganisation, die ich von einem Büro aus erledigen kann. Ich würde Ivy und die Mädchen ungern für längere Zeit verlassen.«

Mr. Jeevanjee reichte ihm einen Umschlag mit seinem letzten Gehalt. »Ich habe es so weit aufgestockt, wie es mir möglich war. Ach ja, und … nehmen Sie das …« Er ging zu einem verschlossenen Schrank, den Sanele oft hatte abstauben lassen, den er jedoch nie geöffnet gesehen hatte. Der Kaufmann entnahm ihm ein Jagdgewehr und einen Revolver. »Ich habe diese Waffen eigentlich nie benutzt«, erklärte er. »Können Sie damit umgehen?«

Sanele bejahte. »Einigermaßen. Die bessere Schützin ist allerdings meine Frau …«

Ivy verstand nicht sofort, als Sanele die Waffen auf den Küchentisch des Gartenhauses legte.

»Gelüstet es deinen Arbeitgeber nach Wildpastete?«, fragte sie lächelnd. »Und seit wann gehört es zu deinen Aufgaben, die Antilopen selbst zu schießen?«

Sanele schaute sie ernst an. »Es geht nicht um Antilopen«, erwiderte er. »Eher um Selbstschutz. Wir müssen das Haus verlassen, Ivy. Es sieht schlimmer aus mit Mr. Jeevanjee, als wir gedacht haben. Er hat mir die Waffen geschenkt …«

»Er ist ein guter Mensch. Es tut mir so leid für ihn. Aber wir haben das ja schon erwartet.« Ivy schmiegte sich an Sanele, löste sich dann jedoch von ihm, um nach den Kindern zu sehen, die im Nebenraum über ihren Aufgaben saßen. Ivy unterrichtete sie notgedrungen selbst. Die wenigsten indischen Kinder gingen zur Schule, die wohlhabenden wurden von Privatlehrern unterrichtet. Für afrikanische Kinder gab es Missionsschulen, doch Ivy und Sanele hätten es nie gewagt, Hope dorthin zu schicken. »Wirst du es bei Newland und den Tarltons versuchen?«, fragte sie, als sie zurückkam. »Wie lange haben wir hier noch Zeit? Bis zum Ersten?«

»Ich denke, bis das Haus verkauft ist. Aber es wäre das Beste, sich schnell nach etwas Neuem umzusehen. Ich gehe gleich los. Wünsch mir Glück!«

Sanele küsste seine Frau und seine Kinder und machte sich dann auf den Weg an den Stadtrand Nairobis, wo das Hauptquartier von Newland, Tarlton & Co. lag.

Seit er viele Jahre zuvor schon einmal bei dem Safariveranstalter gearbeitet hatte, war einiges verändert worden. Damals hatte es nur ein paar Schuppen und Pferche für die Pferde gegeben. Jetzt wirkte das Quartier viel repräsentativer, und die Pferde waren durch eine Flotte von Safarifahrzeugen und geländegängigen Lastwagen ersetzt worden. Da man motorisiert war, brauchte man keine Träger mehr. Zur Begleitung einer Safari reichte eine kleine Belegschaft für den Service sowie natürlich Jäger und Fährtenleser.

Sanele hörte, dass Newland nach dem Krieg in seine Heimat Australien zurückgekehrt war. Seitdem führten die Brüder Tarlton das Unternehmen allein, und die Geschäftsfelder hatten sich ausgeweitet. Neben der Organisation von Safaris unterhielt man jetzt unter anderem eine Immobilienagentur, handelte mit Kraftfahrzeugen und bot ihre Wartung an. Stolz zeichneten die Tarltons als einzige Vertragshändler der Ford Motor Company in Ostafrika.

Mr. Leslie Tarlton, der an dem Tag im Büro die Stellung hielt, in dem Sanele beschlossen hatte, sich zu bewerben, begrüßte den ehemaligen Mitarbeiter herzlich.

»Sam!«, nannte er ihn vergnügt bei dem einfacher auszusprechenden Namen, mit dem man ihn damals meist angesprochen hatte. »Das ist ja mal ein unerwarteter Besuch. Obwohl wir mit dir gerechnet hatten, als das damals passierte mit eurer Farm ...«

»Wir wurden übervorteilt«, sagte Sanele steif.

»Miss Ivy wurde betrogen«, ereiferte sich Tarlton. »Kein Mensch, der Adrian Edgecumbe kannte, hat diese Geschichte geglaubt. Der Mann ist tot, heldenhaft gefallen zweifellos, etwas anderes hätte man nie von ihm erwartet. Miss Ivy ist eine großartige Frau, ein bisschen seltsam vielleicht ... und es ist zweifellos ... unkonventionell, dass sie später mit dir ... Aber wie auch immer, sie war keine Frau, die ihren Mann hintergeht, und Adrian kein Mann, der sich betrügen ließ ... Nun, lassen wir das. Was kann ich für dich tun, Sam? Brauchst du eine Arbeit?«

Sanele schluckte seinen Ärger über Ivys unkonventionelle Beziehung zu ihm herunter und berichtete sachlich von Hope und seinen Problemen.

Leslie Tarlton pfiff durch die Zähne. »Wir hatten hier schon mal so was«, sagte er dann. »Eine Frau, die wir als Putzkraft beschäftigten. Der Mann war Träger. Er verstieß sie, als sie solch ein weißes Kind zur Welt brachte ...«

Sanele nickte. »Mr. Gerrit hat uns davon berichtet«, erklärte er. »Das Kind wurde vor ihren Augen getötet, obwohl Mr. Newland den beiden Zuflucht geboten hatte.«

»So war es«, erwiderte Tarlton. »Und wir könnten das natürlich auch für euch tun. Ihr müsstet in das alte Haus ziehen, das wir Mwala damals zur Verfügung gestellt haben. Nur sie wohnte auf dem Gelände. Mittlerweile haben wir hier eine kleine Siedlung, in der unsere Arbeiter mit ihren Familien leben. Es sind nicht mehr so viele, und wir sind nicht an ständigem Wechsel interessiert. Früher war das egal, Lasten schleppen konnte jeder, jetzt haben wir weniger, dafür qualifiziertere Mitarbeiter. Du kannst hier jederzeit anfangen, und wir werden versuchen, das Kind zu schützen. Ob es uns jedoch gelingt ... Garantien abgeben kann ich nicht.«

»Ivy hat eine Waffe«, sagte Sanele und hoffte, dass sein neuer Chef das nicht rügen würde.

Der alte Jäger lachte. »Und sie versteht sich darauf, sie zu benutzen. Ich weiß noch, wie verblüfft Adrian war, als ausgerechnet dieses verwöhnte und sentimentale kleine Ding jedes Mal ins Schwarze traf. Sie soll auf den Schießstand gehen und üben, damit jeder gleich weiß, mit wem er sich anlegt, wenn er Ivory Edgecumbes Kind bedroht!«

»Ivory Zulus Kind«, korrigierte Sanele, auf die Gefahr hin, seinen Arbeitgeber damit zu verärgern.

Ivy tat genau das, als sie mit ihrer Familie ein paar Tage später das heruntergekommene alte Haus bezog, das etwas abseits der neuen Arbeitersiedlung lag. Letztere bestand, wie die meisten Afrikanerviertel in der Stadt, aus einem Sammelsurium verschiedener Unterkünfte von Wellblechkonstruktionen bis zu traditionellen Lehmhütten. Ihr neues Heim war noch das stabilste, Tarlton hatte zudem dafür gesorgt, dass es mit einer stabilen Tür, Schlössern und Gittern vor den Fenstern versehen wurde. Sanele und Ivy waren ihm dafür sehr dankbar, während es ihre neuen Nachbarn eher misstrauisch machte. Sanele wurde schon schief angesehen, solange er noch allein da war, um das Haus auszuräumen und zu säubern. Als dann noch seine weiße Frau eintraf und ihre Möbel geliefert wurden, wollte das Gerede nicht mehr enden. Der Anblick der Kinder machte sie endgültig zu Außenseitern – auch weil die Tarltons sie ausdrücklich unter ihre Fittiche nahmen. Sie versammelten ihre Arbeiter und deren Frauen und drohten jedem mit Anzeige und Entlassung, der die kleine Hope in irgendeiner Weise bedrohte oder ihr etwas antat.

Ivys Auftritt auf dem Schießstand unterstrich ihre Worte. Sie ließ keinen Zweifel daran, dass sie Hopes Sicherheit mit der Waffe verteidigen wollte und konnte.

Ivy fühlte sich schließlich ziemlich sicher auf dem Gelände der Company, wäre sie nur nicht ganz so isoliert gewesen. Von den Frauen der Arbeiter suchte niemand das Gespräch mit ihr. Im Gegenteil, wenn sie sich nach draußen wagte, um zum Beispiel Wasser vom Brunnen zu holen, trafen sie feindselige Blicke, mitunter spuckten die Frauen sogar vor ihr aus. Sanele führte das darauf zurück, dass er sofort in leitender Stellung eingestellt worden war. Natürlich nicht so gut bezahlt, wie es ein Weißer in seiner Position gewesen wäre, doch wesentlich besser als die meisten Arbeiter, die nicht lesen und schreiben konnten.

Ivy hielt das für möglich, es nutzte ihr nur nichts. Ihr Leben bewegte sich zwischen quälender Langeweile und Anspannung. Sie wagte es nicht, die Kinder aus den Augen zu lassen, doch sie konnte sie auch nicht ausschließlich im Haus halten. Die beiden waren im Garten der Jeevanjees viel Freiheit gewohnt gewesen, obendrein war das neue Haus sehr klein. Ivy hielt darin ihre Schulstunden ab, und die Mädchen machten ihre Aufgaben, doch dann wollten sie nach draußen, zumal es im Hauptquartier der Company eine Menge zu sehen und zu entdecken gab. Natürlich streunten dort alle Kinder der Bewohner der Siedlung herum. Sie trafen unweigerlich auf Hope und Ebony und waren nicht so schnell einzuschüchtern wie ihre Eltern. Ob die Zulus unter dem Schutz der Tarltons standen, war ihnen völlig egal, sie lehnten die Mädchen von vorneherein ab. Ebony und Hope wehrten sich gegen Schmähungen und Bewurf mit getrocknetem Kuhmist – wobei Hope meist den Kopf einzog, während Ebony zielsicher zurückwarf. Nachdem ein Junge eine Platzwunde davongetragen hatte, musste Ivy ihr energisch verbieten, das mit Steinen zu tun.

Auch verbal teilte Ebony kräftig aus, was ihr mitunter allerdings schwerfiel, denn bei den Hänseleien der anderen ging es immer darum, dass alle Kinder der Siedlung eine Schule besuchten, außer ihr und Hope. Es gab verschiedene Schulangebote für afrikanische Schüler und Schülerinnen in Nairobi – Privatschulen für die wenigen Begüterten, Missionsschulen diverser christlicher Konfessionen für alle anderen, vor allem solche, deren Eltern bekehrt werden sollten. Die Tarltons hielten die Familien ihrer Arbeiter dazu an, die Kinder hinzuschicken, je mehr Bildung sie erlangten, in desto qualifizierteren Positionen konnten sie später angestellt werden. Die Kinder gaben nun gegenüber Hope und Ebony mit ihrem Status Schüler und Schülerinnen der Mission an und mutmaßten, die beiden müssten wohl nicht getauft sein.

»Geisterkinder dürfen nicht getauft werden«, behauptete ein frecher kleiner Junge, der selbst gerade erst den wichtigen Tag der Taufe erlebt hatte und stolz die neue Kleidung ausführte, die er von den Missionaren erhalten hatte. »Eure Eltern haben einen Pakt mit dem Teufel, deshalb lassen sie euch nicht in die Kirche rein.«

Ebony baute sich wütend vor ihm auf. »Klar sind wir getauft worden. Schon als wir ganz, ganz klein waren. Das ist viel besser, als wenn man vorher erst bekehrt werden muss. Da ist man von Anfang an dabei!«

Hope war gleich nach ihrer Geburt von Fiona, der damaligen Missionsschwester Margaret, getauft wurden, um sie dem Einfluss des sie bedrohenden heidnischen Zauberers zu entreißen, und Ebony hatten Ivy und Sanele in der Missionskirche taufen lassen, um sich für die Segnung ihrer Ehe erkenntlich zu zeigen.

Wobei sie allerdings von Anfang an dabei gewesen waren, konnte Ebony nur mutmaßen. Seit sie Edgecumbe Farm verlassen hatten, besuchten die Zulus keine Messe mehr. Jetzt erschien das den Mädchen jedoch erstrebenswert, und sie bestürmten ihre Eltern, sie in der nächstgelegenen katholischen Missionsschule anzumelden.

»Eigentlich könnten wir sie doch hinschicken«, überlegte Ivy Sanele gegenüber. »Ich hab mir das Gebäude angesehen, es ist ziemlich leicht zu sichern. Wenn ich mich davorsetze und aufpasse, dass keiner eindringt … Eigentlich ist es ja sowieso unwahrscheinlich, dass jemand ein Kind aus der Schule entführt.«

Sanele zog die Augenbrauen hoch. »Aus Ehrfurcht vor der Religion und den Ordensschwestern? Wo lebst du, Ivy? Wenn jemand Hope an sich bringt, kann er sie für ein Vermögen verkaufen. Schon als Säugling hätte der Zauberer gut für sie gezahlt. Du erinnerst dich? Ich habe ihn mit einem Betrag überboten, der zum Kauf eines Hauses gereicht hätte. Was für den Körper eines neunjährigen Kindes bezahlt würde, mag ich mir gar nicht ausmalen. Die Mörder hätten ihr Leben lang ausgesorgt.«

»Ich dachte eher daran, dass der Täter in der Schule leicht erkannt und gefasst werden könnte«, verteidigte sich Ivy. »Die Behörden würden da kurzen Prozess machen.«

Sanele seufzte. »Das kann man nur hoffen. Ich würde die Mädchen nur zu gern in die Schule gehen und normal aufwachsen lassen. Wenn du also meinst, du kannst sie schützen … vertraue ich dir, Ivy. Ich weiß nur nicht, ob du die Situation richtig einschätzt. Wir dürfen uns keinen einzigen Fehler erlauben.«

… *Das alles ist ein einziger Albtraum*, schrieb Ivy ihrer Freundin Fiona Harper, die mittlerweile ebenfalls zwei Kinder hatte, nach Tansania. *Wenn Du hier wärest, Du würdest mich nicht wiedererkennen. Ich verlasse das Haus nur noch mit dem Gewehr geschultert und bedenke jeden, dem ich begegne, mit grimmigen Blicken, wenn ich die Kinder zur Schule bringe. Vor dem Haupteingang harre ich aus, in unregelmäßigen Abständen mache ich die Runde um das Anwesen. Es gibt einen Hintereingang, und der Schulhof ist gut einsehbar, im Grunde brauchte man drei Bewaffnete, um Hope durchgehend im Auge zu behalten. In die Klassenräume lassen die Nonnen mich nicht. Sie sehen unsere persönliche*

Problematik zwar ein, meinen jedoch, meine Waffe könnte die Kinder verstören, und da haben sie ja recht.

Mit den Schulleistungen der Mädchen sind sie übrigens sehr zufrieden, beide sind ihren Altersgenossen weit voraus – was sie in der Klasse leider nicht beliebt macht. Neuerdings behaupten die Kinder, die Geister seien Hope bei Klassenarbeiten behilflich. Hope bleibt dabei erstaunlich ruhig, während Ebony schon zweimal wegen einer Prügelei mit ihren Mitschülern getadelt wurde. Neulich habe ich sie mit dem Revolver von Mr. Jeevanjee erwischt, der zum Glück nicht geladen war. Sie wollte ihn mit in die Schule nehmen und ihre Schwester selbst verteidigen. Ihre Lehrerin sagt, sie benehme sich wie ein Junge, was natürlich unerwünscht ist. Dabei finde ich es sehr schön, dass sie Hope in Schutz nimmt. Ich hasse es, sie dafür bestrafen zu müssen.

Manchmal denke ich, ich halte das alles nicht mehr aus. Ich habe das Gefühl, wir leben nicht mehr, seit wir Edgecumbe Farm verlassen haben. Wir kämpfen nur noch ums Überleben. Sanele scheint das ebenso zu empfinden. Er zieht sich immer mehr zurück, wird wortkarg und sieht krank aus. Wir reden kaum noch, aber wir haben auch keine Möglichkeit, uns mal zurückzuziehen. Das Haus ist so klein, wir schlafen alle in einem Zimmer. Ach, Fiona, ich liebe Sanele und unsere Kinder von ganzem Herzen, doch oft fürchte ich, dass mir die Kraft ausgeht. Ich weiß nicht, wie es weitergehen soll. Kannst Du mir einen Rat geben? …

Fiona schrieb umgehend zurück, ohne allerdings eine wirkliche Lösung anbieten zu können.

… Wenn uns in der Mission die Kraft ausging, wenn wir Heimweh hatten oder die Hitze nicht mehr ertrugen oder die ständige nicht immer befriedigende Arbeit, dann riet man uns zu beten. Vorwärts, mit Gott, es geht *waren die Worte unseres*

Missionsgründers Franz Pfanner. Nun weiß ich, dass Du Dir davon nicht viel versprichst, doch ich werde auf jeden Fall für Dich beten. Gott wird seine Hand über Euch halten, da bin ich sicher …

Fiona hatte den Orden zwar verlassen, ihren Glauben jedoch nicht verloren. Und zu Ivys größter Verwunderung geschah ein paar Tage später etwas, das Fiona zweifellos darauf zurückgeführt hätte, dass Gott ihre Gebete erhört hatte.

Ivy erledigte Hausarbeit, die Mädchen machten am Küchentisch Schulaufgaben, als es leise an der Tür klopfte. Unwillkürlich griff sie nach dem Gewehr, bevor sie sich aufmachte, um zu öffnen. Im Allgemeinen erhielten sie keinen Besuch – jedes Klopfen war verdächtig.

Vor dem Haus stand jedoch niemand, der sie bedrohte, sondern nur eine Afrikanerin, das krause Haar kurz geschoren, das Gesicht faltig und verhärmt, die magere Gestalt steckte in einem verwaschenen Kleid.

»Memsahib … verzeihen Sie, Memsahib …«, begann sie sofort, sich zu entschuldigen, bevor Ivy noch grüßen und sie nach ihrem Begehr fragen konnte. »Ich … ich … es heißt … ich habe gehört … ich habe gehört, Sie hätten ein Geisterkind …«

Im Allgemeinen fuhr Ivy sofort wütend auf, wenn jemand Hope so bezeichnete, aber diese Frau war so devot, sie sprach so leise und schnell, als gäbe es Heimlichkeiten. Es klang einfach nicht, als wollte sie das Mädchen beleidigen.

»Also als Geist würde ich meine Tochter nun nicht bezeichnen«, bemerkte sie folglich in freundlichem Ton. »Hope ist eigentlich ein ganz normales nettes kleines Mädchen, das leider mit Albinismus geboren wurde. Sie ist sehr empfindlich gegen Sonnenstrahlen, und …«

»… mit blauen Augen wie der Himmel … und Haut wie

Milch … Ich … bitte, Memsahib, ich würde es so gern sehen, das kleine Mädchen …«

Ivy verhärtete sich. »Und was versprichst du dir davon? Die Heilung von irgendwelchen Krankheiten? Soll jetzt schon der Anblick von Menschen mit Albinismus reichen, um magische Kräfte zu mobilisieren?«

Die Frau sah sie an, als verstünde sie nicht. Dabei führten sie die Unterhaltung auf Kikuyu, Ivy sprach die Sprache fließend.

»Nein«, sagte sie dann. »Nein, so ist das nicht … Ich weiß, dass die Kinder keine Zauberkräfte haben. Ich bin Mwala, Memsahib. Ich … ich hab hier gewohnt. Mit meinem Sohn …«

»O Gott!« Ivy verstand. »Du bist die Frau, deren Kind man getötet hat?«

Mwala hatte sofort Tränen in den Augen. »Meinen Sohn. Gachii. Er war so lieb, so süß … und schön … für mich war er schön.«

Ivy zog sie spontan in die Arme. »Meine Tochter ist ebenfalls schön«, sagte sie. »Komm, ich stelle sie dir vor!«

Sie wusste, dass sie Mwala eigentlich hätte durchsuchen sollen. Sie war gewarnt worden, jeder, den sie in die Nähe ihres Kindes ließ, konnte ein Messer ziehen und ihm etwas antun. Doch sie spürte, dass diese Frau ehrlich war. Sie begann zu schluchzen, als sie Hope am Küchentisch sitzen sah, die Feder in der Hand und angestrengt in ein Heft schreibend.

»Wie heißt sie?«, fragte Mwala.

Hope sah sie an, als ahnte sie, dass es hier um sie ging und antwortete selbst.

»Hope«, sagte sie. »Ich heiße Hope. *Tumaini.*« Das Kiswahili-Wort für Hoffnung. Im Dorf hatte man sie oft so genannt.

Ivy setzte Tee auf und wartete, bis Mwala sich ein wenig beruhigt hatte.

»Mwala ist aber nicht die richtige Mutter von Hope?«, fragte Ebony. Die Mädchen wussten, dass Hope adoptiert war.

Ivy schüttelte den Kopf. »Nein, sie ist die Mutter eines kleinen Jungen, der so war wie Hope. Aber sie konnte ihn nicht beschützen.«

»Nicht so wie du es tust?« Ein Satz zwischen Frage und Feststellung.

»Nein, nicht so wie ich und euer Daddy es tun, obwohl sie ihr Bestes gegeben hat.« Ivy stellte eine Tasse Tee vor Mwala und drückte sie sanft auf einen Stuhl.

»Willst du uns nicht etwas von dir erzählen, Mwala?«, fragte sie dann freundlich. »Und von Gachii? Was hast du gemacht, nachdem er … getötet wurde?«

Mwala berichtete, dass sie nach dem Mord an ihrem Sohn gern zu ihrem Stamm zurückgekehrt wäre, doch sie war verstoßen worden, nachdem sie ein Kind wie Gachii zur Welt gebracht hatte und es obendrein hatte aufziehen wollen. Vorübergehend hatte sie in einer Fabrik gearbeitet sowie als Hausmädchen, doch sie hatte keine Stellung lange behalten können.

»Wer will eine Frau, die jeden Tag weint?«, fragte sie und kämpfte schon wieder mit den Tränen.

Zurzeit lebte sie von Gelegenheitsarbeiten und wohnte in einem Verschlag aus Blech und Pappe in einer der ärmsten Gegenden am Rande der Stadt.

Ivy hörte zu und traf einen spontanen Entschluss, ohne sich vorher mit Sanele darüber zu beraten.

»Willst du hierbleiben, Mwala? Willst du mir helfen, Hope und Ebony zu beschützen? Ich kann dir kein Geld geben, aber was wir zu essen haben, teilen wir gern mit dir. Einen Raum mit einem Schlafplatz müssten wir anbauen, doch so gut wie eine Blechhütte wird der allemal.«

Mwala sah sie ungläubig an. »Ich soll ihre *mami* sein?«, fragte sie leise und verbesserte sich dann gleich. »Ihre Nanny?«

Ivy lächelte. »Ich hätte nichts dagegen, wenn sie Mama Mwala zu dir sagen.« Mama war bei den afrikanischen Stämmen der Ehrentitel für vor allem ältere Frauen.

»Wir werden auch ganz lieb sein«, erklärte Ebony, die es nicht ertragen konnte, andere Menschen weinen zu sehen.

»Wir bringen dich nicht zum Weinen«, ergänzte Hope.

Mwala wischte sich die Tränen ab. »Ich werde nicht mehr weinen«, versprach sie. »Wenn du nur lebst.«

26

Lennox Edgecumbes anfängliche Euphorie in Bezug auf seine neue Geschäftsidee wich im Laufe der ersten Monate erheblichen Zweifeln. Er hatte inzwischen festgestellt, wo der Haken bei den Verträgen war, die er mit Jonas abgeschlossen hatte – und er musste sich eingestehen, dass er selbst den verhängnisvollen Vorschlag gemacht hatte, seinen Verdienst an die Menge der lebend abgelieferten Tiere zu koppeln. Tatsächlich starben ständig Tiere in seiner Sammelstation – und der Verlust an Muttertieren war hoch beim Versuch, die Jungen zu fangen, die überdies selten überlebten. Einer der Gründe dafür war, dass sich die Pfleger nicht sonderlich anstrengten, den Jungtieren die Mütter zu ersetzen. Ranjana fiel das auf, als kleine Leoparden eintrafen und sie den Unterschied zwischen Miss Ivys Pflege der Welpen und ihrer desinteressierten Versorgung durch die Tierwärter beobachten konnte. Lennox zwang die Männer, den ohne ihre Mütter nicht lebensfähigen Tieren Ziegenmilch mit der Flasche einzuflößen, aber die stolzen Kikuyu taten das ungern, wollten sie doch von ihren als Jagdhelfer beschäftigten Stammesgenossen nicht dabei beobachtet werden. Ranjana erbot sich mit Naeku, wenigstens bei den Katzen einspringen zu dürfen, Lennox stellte sich allerdings stur. Er wolle keine hysterischen Frauen in den Ställen, erklärte er rüde. Zu oft hatte Ranjana geweint, wenn sie wieder einmal Zeugin des Sterbens eines Jungtieres geworden war.

»Das wird schon anlaufen«, hoffte er weiterhin und bemühte sich, sowohl die Tierfänger dahingehend zu überwachen, dass sie nicht zu viele Tiermütter töteten, sowie die Pfleger dabei, dass sie ihre Schützlinge nicht vernachlässigten. Schließlich versuchte er, ihnen den Lohn zu kürzen, wenn ihnen zu viele Tiere starben. Einige erschienen daraufhin nicht mehr zur Arbeit. Es wurden außerdem Tiere gefangen, mit denen selbst Reggie Derringer nie zu tun gehabt hatte. Die Jäger hatten sich stets auf Großwild konzentriert und kannten sich mit dessen Verhalten zumindest so weit aus, wie es ihnen half, es im Busch aufzuspüren. Die Zoos in aller Welt waren allerdings ebenso an Kleintieren interessiert, Hauptsache sie kamen von weit her und waren besonders. So fanden zwei Ameisenbären den Weg in die Käfige sowie Echsen und – zu Lennox' Entsetzen – sogar Giftschlangen. Was diese Tiere fraßen, ob sie tag- oder nachtaktiv, gesellig oder Einzelgänger waren, wussten auch die Kikuyu nur ungefähr.

In Bezug auf Schlangen meinten zumindest Ranjana und Naeku Grundkenntnisse zu haben, Schlangenbeschwörer mit ihren Kobras waren in Indien allgegenwärtig.

»Sie fressen Mäuse«, sagte Ranjana im Brustton der Überzeugung, woraufhin Lennox Fallen aufstellen ließ.

Die Schlangen rührten die ihnen vorgeworfenen toten Nager jedoch nicht an. Immerhin konnten sie lange ohne Nahrung auskommen – obwohl sie tagelang nichts zu sich nahmen, starben sie nicht.

Auch in anderen Teilen Kenias waren Tierfänger für Ruhe unterwegs, sie stellten unter anderem Flusspferden nach. Die ersten drei Jungtiere, die sie anlieferten, wiesen blutende Verletzungen auf – sie waren mit einer Art Harpune gefangen worden, die keine tiefen Wunden schlug, aber doch die Oberhaut durchbrach und die Tiere fixierte. Brooks erklärte, gewöhnlich ginge ein Flusspferd nicht an solchen Verletzungen ein, bei einem der Jungtiere entzündeten sich die Wunden dennoch, es schien Fieber zu entwickeln, lehnte sein Futter ab und starb.

Später kamen die jungen Flusspferde unversehrt an – die Fänger hatten sich darauf verlegt, Fallen zu bauen, in denen sich eigentlich nur Jungtiere fingen, da Flusspferdmütter ihre Kleinen vorauslaufen ließen. Schwierig war es dann nur, sich die Mütter vom Leib zu halten, während man die Jungtiere aus den Fallen barg. Die Fänger sprachen nicht darüber, doch jeder auf der Farm konnte sich vorstellen, dass die Muttertiere getötet wurden.

Ranjana litt an dem Tierleid, das sie seit der Eröffnung der Fangstation ständig mitansehen musste. Eigentlich war es schlimmer als zu Zeiten des Jagdresorts, während der das Wild wenigstens einen schnellen Tod gefunden hatte. Die Tierfänger entpuppten sich zudem als raue Kerle, die Lennox in Bezug auf den Umgang mit Frauen in nichts nachstanden - sie bedienten sich an den Frauen und Mädchen der Kikuyu, als hätten sie ein Anrecht auf sie, was Schlägereien und Messerstechereien mit den zugehörigen Männern oder Vätern nach sich zog. Nur wenige zahlten für sexuelle Dienste. Brooks versuchte oft zu schlichten – doch die Kikuyu wandten sich meist an Lennox. Mitunter standen sich die beiden Männer dann auf gegnerischen Seiten gegenüber – Brooks verteidigte seine Leute, Lennox versuchte, bei den Kikuyu gut Wetter zu machen, indem er höhere Entschädigungszahlungen für sie erstritt.

Ranjana und Naeku besuchten die Mission nur noch selten. Ranjana zog sich zurück, wie immer, wenn sie sich unglücklich und hilflos fühlte. Sie verkroch sich in ihren Räumlichkeiten, zeichnete oder spielte die Sitar. Naeku ließ sich nicht so leicht aus dem öffentlichen Raum verbannen, doch sie trug bald für alle gut sichtbar ein Messer bei sich und übte sich darin, es auf ein Ziel zu schleudern. Mitunter besuchte sie die Massai und berichtete, dass auch sie nicht glücklich mit dem neuen Geschäft auf Edgecumbe Farm waren. Die Jagden auf Antilopen und Gnus brachten ihre Rinder durcheinander, die oft gemeinsam mit den Wildtieren weideten.

Manche sahen allerdings auch eine Möglichkeit, sich etwas zu verdienen – die Hirten fingen kleinere Tiere, Affen oder Vögel, um sie den Leuten von Ruhe zu verkaufen.

Dann erging jedoch ein Ruf an Ranjana, der sie aus ihrer Lethargie riss. Ein kleiner Junge aus dem Kikuyu-Dorf bestellte ihr einen Gruß von Mama Achera.

»Sie will dich sehen, Memsahib. Du sollst zu ihr kommen.«

Ranjana schaute Naeku hilflos an.

»Das ist die alte Frau, die damals den Geist der Mama wa Wanyama in dir gesehen hat«, half ihr Naeku. »Sie ist im Stamm hoch angesehen, die Dorfälteste. Wahrscheinlich versteht sie sich ein bisschen auf Magie und spricht mit den Geistern. Miss Ivy sagt, sie verdankt es ihr, dass die Kikuyu die kleine Hope in Ruhe gelassen haben. Sie ist anscheinend davon überzeugt, dass der Geist der Mama wa Wanyama stärker ist als die Dämonen, die das Kind beherrscht haben. Wir sollten hingehen. Zumindest mal sehen, was sie von dir will. Ich werde für dich übersetzen.«

Mama Achera saß vor ihrer Hütte. Sie trug ein langes erdfarbenes Wickelkleid, hatte sich ein buntes Tuch um die Schultern gelegt und um ihren Hals hingen Ketten. Ranjana und Naeku hatten ihr Geschenke mitgebracht, bunten Stoff und Süßigkeiten, doch sie schien keinen Wert darauf zu legen. Dafür sah sie Ranjana ernst an.

»Du erfüllst deinen Auftrag nicht«, sagte sie ohne Gruß. »Die Geister der Tiere sind erbost.«

»Ich bin nicht Miss Ivy ...«, sagte Ranjana in der Annahme, die alte Frau könnte sie verwechseln. »Ich wüsste nicht, was ich tun sollte.«

»Geh hinaus und sieh es dir an!«, befahl die Alte. »Du fühlst mit den Gefangenen, das lähmt dich. Geh hinaus und fühl mit den Kämpfenden.«

»Ich soll mit den Tierfängern hinaus?«, fragte Ranjana. Naeku sprach nicht perfekt Kikuyu, sie gab sich Mühe mit dem Übersetzen. »Aber ich kann doch nicht einfach in den Busch gehen …«

»Meine Enkelin wird dich führen«, sagte Mama Achera. »Sie ist geschickt, keiner wird euch sehen. Du wirst sicher mitgehen wollen, Massai-Frau.«

Naeku nickte. »Ich lasse Ranjana nicht allein mit einem Kind in den Busch. Die Tiere sind gefährlich. Unbewaffnet sollte man nicht rausgehen.«

Die alte Frau lachte. »Du würdest dich einem Löwen in den Weg stellen, wenn er deine Freundin bedroht? Ja, ich sehe, dass du stark bist. Aber der Löwe wird dich und deine Freundin an seiner Seite brauchen. Also geht. Geht noch heute.«

Die Wildfänger, das wussten Naeku und Ranjana, planten eine Jagd auf Zebras und Giraffen, außerdem war Brooks hinter zwei Löwinnen her, die ihre Welpen zusammen aufzogen.

»Ich … ich muss mich erst umziehen …«

Ranjana fühlte sich nach wie vor am wohlsten und sichersten in einem Sari, für den Besuch bei der alten Frau hatte sie traditionelle Kleidung angelegt.

»Mumbi wird bei euch sein, bevor die Sonne untergeht.«

Mama Achera wies auf ein Mädchen von vielleicht zwölf Jahren, das etwas abseits ihrer Hütte unter einem Busch hockte und die Unterhaltung mitangehört hatte. Es war mager, das westliche Kleid, das man ihm wohl in der Missionsschule gegeben hatte, schlackerte um seinen Körper. Es grinste die Frauen mit fehlenden Schneidezähnen an. Naeku erinnerte es an Ivorys Tochter Ebony.

»So ganz geheuer ist es mir ja nicht, nur begleitet von dem kleinen Ding in die Wildnis zu ziehen«, bemerkte Ranjana, als sie sich auf dem Weg zurück zur Farm befanden.

Naeku lächelte. »Ich bin auch allein in den Busch gegangen, als ich so alt war wie sie. Ich fürchte nur, ich habe es verlernt, mich so lautlos zu bewegen. Die Kleine macht einen pfiffigen Eindruck. Lass es uns versuchen. Du kannst Lennox sagen, wir gingen zur Messe in die Mission.«

»Er wird uns hinfahren lassen«, gab Ranjana zu bedenken. »Du weißt, er will nicht, dass ich ohne Schutz gehe.«

Naeku nickte. »Das stimmt, aber er wird mit Brooks unterwegs sein. Wir müssen nur früher auf der Farm sein als er.«

»Wenn er entdeckt, dass ich weg bin, wird er mir zürnen«, sagte Ranjana. »Weil ich einfach so gegangen bin …«

Naeku runzelte die Stirn. »Mir ist es ehrlich gesagt lieber, Lennox zürnt dir als Mama Achera. Sie klang ganz schön bedrohlich. Obwohl sie dir natürlich nichts tun kann …«

Ranjana lächelte. »Sie könnte mich in eine Kröte verzaubern.«

»Und dann landest du womöglich im Zoo.« Naeku lachte. »Komm, es passiert schon nichts. Du ziehst deine Safarikleidung an, und ich werde mich in eine Massai-Frau zurückverwandeln.«

Ranjana zog festes Schuhwerk an, Naeku trug Sandalen. Mumbi lief wie alle Stammeskinder barfuß. Sie setzte sich sofort in eine Art Trab – Naeku, die ein kurzes rotes Gewand trug, kam kaum mit, Ranjana gar nicht.

»Nicht so schnell«, bat Ranjana, woraufhin Mumbi etwas langsamer ging.

»Wir müssen schnell sein, Memsahib«, erklärte sie dennoch. »Sonst kommen wir nicht bis zur Dämmerung zu den Löwinnen. Die Männer haben da eine Falle gebaut, sie wollen sie hineinjagen und ihre Kleinen stehlen.«

Zu Ranjanas Verwunderung sprach Mumbi fließend Englisch.

»Seit wann bauen sie Fallen für die Löwen?«, fragte Naeku.

»Der Bwana will nicht, dass die Löwinnen erschossen werden. Am liebsten will er alle fangen, die *mamis* und ihre Jungen«, gab das Mädchen Auskunft.

Ranjana staunte darüber, wie gut die Kleine informiert war. Womöglich arbeitete ihr Vater als Fährtensucher für die Tierfänger.

Es gab ihr einen kleinen Stich, dass Lennox ihr nichts über die neue Fangmethode erzählt hatte. Dabei wusste er doch, dass sie sich darüber freuen würde, wenn er die Löwinnen rettete. Allerdings war es zwischen ihr und Lennox wieder zunehmend so wie zu der Zeit, als das Jagdresort nicht mehr genügend Geld eingebracht hatte. Er schien ihr alles übel zu nehmen, obwohl sie sich keiner Schuld bewusst war. Natürlich hatte sie ihn in der Idee mit der Fangstation bestärkt – doch niemand hatte wissen können, wie das ausging.

Mumbi führte sie über einen Höhenzug, von dem aus man einen weiten Blick über die Savanne hatte.

»Da sind die Fänger«, raunte sie plötzlich und wies hinunter in die Ebene, auf der eben noch eine Herde Zebras sowie einige Giraffen friedlich gegrast hatten.

Tatsächlich tauchten eben drei Safarifahrzeuge auf, an denen je eine Bambusstange wie eine Art Angel befestigt war. Daran hing nun eine Schlinge, und Ranjana und Naeku sahen zum ersten Mal, wie diese eingesetzt wurde. Zwei der Wagen fuhren in die Herde hinein, was die Tiere in Aufregung versetzte, aber noch nicht panisch fliehen ließ. Zu Miss Ivys Zeiten waren von diesen Fahrzeugen keine Gefahren ausgegangen, und Lennox hatte sich mit seinen Jägern stets versteckt angeschlichen.

Die Fänger schienen sich auf bestimmte Opfer zu konzentrieren – der erste verfolgte eine junge Zebrastute, die ein Fohlen führte. Beide Tiere liefen nun davon, ebenso wie der Rest der Herde, und die Frauen verfolgten in morbider Faszination, wie der Fahrer versuchte, so nah wie möglich an die Zebrastute zu kommen. Je erschöpfter das Tier war und je weiter das Fohlen zurückblieb, desto besser gelang ihm das – und nun trat der Fänger in Aktion. Die Schlinge der Angel legte sich um den Hals der Stute, der Wagen wurde langsamer. Das Tier kämpfte, wurde umgerissen und ein Stück mitgeschleift, bevor der Wagen zum Halten kam. Daraufhin sprangen drei Männer heraus, sahen nach, ob sie dem Tier nicht das Genick gebrochen hatten, und begannen die Stute zu fesseln, solange sie noch benommen vom Sturz war. Das Fohlen näherte sich, erschrocken, doch gewillt, wieder zu seiner Mutter zu kommen. Es wurde ebenfalls umgerissen, weitere Männer halfen.

Die Fänger im zweiten und dritten Fangfahrzeug hatten sich auf eine junge Giraffe konzentriert. Sie versuchten, das Tier zu fixieren, es bewährte sich wohl nicht bei jedem Tier, es durch Zug am Hals zu Fall zu bringen. Tatsächlich gelang es den Fahrern, die verzweifelt um ihre Freiheit kämpfende Giraffe festzuhalten. Während man die Zebras mittels Seilwinde auf den Transporter zog und dort erst von ihren Fesseln befreite, zwang man die Giraffe, auf eigenen Beinen in den Verschlag zu gehen, gezogen von fünf starken Männern.

»Das ist schrecklich«, flüsterte Ranjana, atmete allerdings auf, als sie sah, dass die Zebrastute wieder aufstand.

Man musste kein Spezialist für Pferde sein, um erahnen zu können, wie oft die Tiere sich bei dieser Fangmethode die Knochen brachen.

»Könnte man sie nicht in einen Pferch treiben?«, fragte Naeku.

Mumbi schüttelte den Kopf. »Haben sie versucht, aber das geht nicht gut mit den Wagen. Und so ein Zaun müsste sehr stabil sein, damit die Tiere ihn nicht durchbrechen, wenn sie zu vielen sind.«

Zumindest Naeku verstand. Material für sehr stabile Zäune gab es kaum in der Savanne. Ein Massai-Stamm umgrenzte seinen *enkang* gewöhnlich mit einer Art Hecke aus übereinandergehäuften dornigen Zweigen. Das hielt die Rinder, Schafe und Ziegen in der Regel auf dem Gelände, aber Giraffen und Zebras, die in Panik flohen, würden sich davon nicht aufhalten lassen, Gazellen sprangen über solche Begrenzungen einfach hinweg.

»Diese Fangmethode erzielt sicher die besten Ergebnisse mit dem geringsten Aufwand«, schloss Naeku sichtlich mitgenommen.

Es war eine Sache, die erschöpften, während des Transports oft resignierten Tiere auf der Farm ankommen zu sehen, und eine andere, ihrem brutalen Fang beizuwohnen. Mama Achera hatte recht: Wenn es einen Geist der Tiere gab, musste er erbost sein.

»Komm jetzt, Memsahib«, drängte Mumbi und sah Ranjana an. »Weiter. Sonst siehst du die Löwinnen nicht. Mama Achera will, dass du sie siehst, Memsahib, Mama wa Wanyama.«

Sie liefen durch die Savanne, dann in ein Waldstück, in dessen Nähe sich ein Wasserloch befand. Schließlich blieb das Mädchen stehen, wies auf ein Versteck im dichten Buschwerk und zeigte auf einen Wildpfad, der hindurchführte.

»Da ist die Falle. Und dahinten ist der Platz, wo die Löwinnen ihre Kleinen großziehen.«

Ein Loch im Boden war mit Zweigen abgedeckt und von ihrem Versteck aus gut zu erkennen. Ranjana durchfuhr es kalt.

»So etwas setzt man in Indien zur Tigerjagd ein. Da sind angespitzte Pfähle drin …«

Mumbi schüttelte den Kopf. »Hier nicht. Die Löwinnen sollen nur reinfallen …«

Nachdem die Männer die Jungtiere gefangen hatten, wollten sie die Löwinnen wohl wieder befreien. Den Köder hatten sie schon ausgelegt. Ein halbes Zebra lag auf dem Wildpfad hinter der Falle. Die Löwinnen mussten es wittern, wenn sie ihr Versteck verließen. Im Allgemeinen geschah das in der Morgen- und Abenddämmerung. Ranjana wusste, dass Lennox die Muttertiere in der letzten Zeit häufig hatte beobachten lassen. Die Wahrscheinlichkeit, dass sie diesen Weg in Richtung Savanne nehmen würden, um dort zu jagen, war groß, selbst wenn der Köder dort nicht gelegen hätte. Wahrscheinlich lagen die Männer seit Stunden auf der Lauer und warteten darauf, dass die Löwinnen ihre Welpen allein ließen.

Die Sonne senkte sich schließlich, und während der Himmel in den schönsten roten und goldenen Farben erstrahlte, regte sich etwas in Richtung der Löwenkinderstube. Sie hielten alle drei den Atem an, als sie zwei prächtige Löwinnen erblickten, die langsam und majestätisch über den Wildpfad schritten. Eine der beiden blieb stehen, um zu wittern, sie musste den Geruch des Köders aufgenommen haben, doch sie schien unsicher. Nahm sie vielleicht auch den menschlichen Geruch wahr? Die andere zögerte nicht, sondern ging weiter – und dann brach plötzlich der Boden unter ihr ein. Mit einem Laut des Erschreckens versank die Löwin in der Falle, das zweite Muttertier rettete sich mit einem Sprung und rannte fort.

Ranjana erwartete, dass die Tierfänger sich jetzt davon überzeugen würden, ob die Löwinnen wirklich aus dem Weg waren, doch die machten sich wohl gleich daran, die Welpen einzufangen. Die Frauen hörten Stimmen, und Mumbi hielt den Finger vor den Mund. Sie bedeutete ihnen, ihr zu folgen, und so pirschten sie sich näher an den Ruheplatz der Löwinnen heran, eine Art von Buschwerk gebildeter Höhle. Vier behandschuhte Männer waren dabei, zwei fauchende kleine Raubkatzen zu greifen und in Säcke zu stopfen. Die Welpen waren keineswegs bereit, sich in ihr Schicksal zu fügen, sondern kratzten und schrien. Und dann erschien die Löwin, die sich nicht hatte fangen lassen. Sie war ganz offensichtlich bereit, den Welpen zu Hilfe zu eilen, und riss einen Mann zu Boden, bevor ein anderer nach seinem Gewehr greifen konnte. Ranjana erkannte Brooks. Er kam nicht schnell genug zum Schuss, um einen weiteren Mann vor ihrem Angriff zu bewahren. Lennox? Die Löwin schlug und biss um sich, bis es doch knallte und sie niedergestreckt wurde.

Ranjana sah, wie Lennox zu ihr ging, wohl um sich zu überzeugen, dass sie tot war, und nahm dann entsetzt wahr, dass sich ein Schatten näherte – die gefangene Löwin musste all ihre Kräfte mobilisiert haben, um aus der Grube zu entkommen. Sie schnellte auf Lennox zu, und Ranjana unterdrückte einen Schrei, als ihr Gatte sich zur Seite warf. Die Löwin konzentrierte sich nun auf Reggie Derringer, der sich ihr mit einem Messer entgegenstellte. Im nächsten Augenblick stieß er es ihr in die Brust – Brooks hatte damit freies Schussfeld. Auch die zweite Löwin fiel.

»Das haben Sie von Ihrer blödsinnigen neuen Methode!«, brüllte Brooks Lennox an und lief zu den beiden von der ersten Löwin angegriffenen Männern. Ranjana hoffte, dass sie nicht lebensgefährlich verletzt waren. Auch Reggie Derringer hatte Wunden davongetragen, sein Hemd war blutdurchtränkt, doch er wirkte stolz, die Raubkatze mit dem Messer abgewehrt zu haben. »Jetzt gehen Sie schon zum Wagen und rufen Sie Hilfe per Funk!«, wies Brooks den immer noch geschockten Lennox an. »Zumindest einer der beiden muss in ein Krankenhaus. Vielleicht reicht auch Ihre Missionsstation, aber machen Sie was …«

Mumbi riss sie und Naeku aus der Starre. »Wir gehen!«, sagte die Kleine resolut. »Mama Achera wird warten.«

»Du wirst ihr sagen, was geschehen ist?«, fragte Naeku.

Das Mädchen schüttelte den Kopf. »Nein, das weiß sie …«

»Sie wusste, dass die Löwinnen sterben würden? Und sie wollte, dass wir uns diese Abscheulichkeiten mit ansehen?« Ranjana war ganz schwindelig.

»Sie wollte, dass die Geister der Löwinnen dich finden. Sie sagt, die Mama wa Wanyama, Miss Ivy, habe die Geister der Tiere im Krieg gebannt, als unsere Männer auszogen, um für die Weißen zu kämpfen. Sie hat ihnen die Gewandtheit der Gazellen und die Weisheit der Elefanten gegeben. Du solltest nun die Wut der Löwinnen bekommen und ihre Kraft. Spürst du schon etwas?« Das Mädchen sah Ranjana gebannt an.

Ranjana schluckte. »Ich will sie … berühren …«, sagte sie leise.

Mumbi bedeutete ihr und Naeku, weiter still zu sein, bis die

Männer das Schlachtfeld in der Löwenkinderstube aufgeräumt hatten. Sie mussten ihr Fahrzeug am Rande des Waldstücks geparkt haben und brauchten nun einige Zeit, um alle Welpen zu fangen und zu warten, bis die verletzten Männer abgeholt wurden. Schließlich betteten sie den am schwersten getroffenen Mann auf eine Trage, und er wurde abtransportiert. Der andere konnte, gestützt von zwei Helfern, selbst laufen.

Als sie die Wagen abfahren hörten, verließen sie ihr Versteck und liefen zu den toten Löwinnen. Um die Kadaver hatte sich noch niemand gekümmert, die würden wohl erst am nächsten Tag abgeholt werden.

Ranjana kniete sich neben eine der Löwinnen und streichelte sie sanft. Sie war noch warm, sie meinte, ihrem Leben noch nachspüren zu können. Es war keine Wut, die sie dabei erfasste, eher das Gefühl, eins mit dem Wesen des Tieres zu werden, seine Seele zwar gehen zu lassen, aber einen Nachhall für immer in sich aufzunehmen. Sie sah, dass Naeku den Kopf der anderen Löwin berührte und die Hand auf ihren Scheitel legte, wie sie es manchmal bei ihr selbst tat. Von jetzt an würden sie beide kämpfen.

27

Ranjana betrat die Ställe zum ersten Mal seit Eröffnung der Auffangstation ohne ihren Mann und seine Erlaubnis – und ohne Naeku. Sie hatte das Gefühl, ihren ersten Kampf allein ausfechten zu müssen, also ließ sie Naeku mit Mumbi ins Dorf gehen, um Mama Achera zu berichten, und begab sich allein auf die Farm. Sie traf Lennox bei den Verschlägen der Raubtierwelpen, die leer gestanden hatten, seit die kleinen Leoparden gestorben waren. Jetzt tappten darin acht junge Löwen herum, und Lennox wies ihren künftigen Pfleger unwirsch an, sich gefälligst mehr Mühe mit ihnen zu geben als mit ihren Vorgängern. Er blickte verwundert auf, als Ranjana sich mit blitzenden Augen vor ihm aufbaute.

»Lennox, das muss aufhören!«, sagte sie mit fester Stimme, auch etwas, das er von ihr nicht kannte – das sie selbst von sich nicht kannte. Eigentlich hielt sie den Kopf immer demütig gesenkt, wenn sie mit ihm sprach. Am Anfang hatte ihn das erregt, inzwischen fiel es ihm merklich auf die Nerven. Wie sie sich jetzt verhielt, schien ihm allerdings auch nicht zu gefallen. Er starrte sie ungläubig an. »Wenn ihr so weitermacht, werden alle Tiere auf der Farm sterben«, fuhr sie dennoch unbeirrt fort. »Ihr erschießt die Mütter, um die Nachkommen an euch zu bringen und …«

»Ich habe die Löwinnen nicht erschossen«, fiel ihr Lennox ins Wort. »Das war Brooks, er …«

Ranjana ließ ihn nicht ausreden. »Und dann sterben euch die Jungtiere hier … aus Kummer oder weil keiner sie richtig versorgt.«

»Was soll das denn jetzt heißen?«, fuhr Lennox sie an. »Du weißt genau, dass ich alles tue … Ich habe extra die Ziegen gekauft!«

Tatsächlich hatte er eine Herde Ziegen angeschafft, um stets frische Milch für die künftigen Zootiere zu haben.

»Dir sterben ja sogar die Ziegen«, trumpfte Ranjana auf. »Weil deine Leute nicht mal wissen, wie man sie richtig melkt!«

Die Ziegen auf Edgecumbe Farm litten häufig an Euterentzündungen, etliche waren bei der Geburt ihrer Zicklein gestorben.

»Was kann ich dafür, dass das bei den Kikuyu Frauenarbeit ist?«, fragte Lennox. »Soll ich deren Weiber anstellen?«

»Zum Beispiel«, meinte Ranjana. »Miss Ivy hat das sehr erfolgreich getan, wie ich bei meinem ersten Besuch hier beobachten konnte. Oder verlang von deinen Leuten, dass sie es lernen. Sie können es sich ja von ihren Frauen zeigen lassen. Naeku sagt, es sei nicht einmal schwierig.«

Naeku hatte als Mädchen selbstverständlich gelernt, Schafe und Ziegen zu melken. Auch bei den Massai hatten die Männer sich allein um die Rinder gekümmert.

»Deine Naeku und du, ihr wisst ja sowieso alles besser«, griff Lennox nun seinerseits an. »Schlangen fressen Mäuse, ja? Und kleine Elefanten trinken Ziegenmilch … Euer wertvoller Ratschlag hat bisher nie was gebracht. Und überhaupt … Wer wollte denn, dass ich das Jagdresort aufgebe?«

»Du hast mich nicht gefragt«, sagte Ranjana verwirrt.

»Aber du hast dich auch nicht bemüht, mich zu unterstützen! Du warst eine lausige Hausfrau und Gastgeberin. Weiß der Himmel, ob du nicht wolltest oder einfach nicht konntest. Wie du ja überhaupt nichts kannst, Ranjana! Nur hübsch aussehen und weinen. Wenn du deine Naeku nicht hättest, könntest du dich nicht mal allein anziehen.«

Sie senkte den Kopf unwillkürlich und spürte Lennox' triumphierenden Blick, ohne dass sie ihn sah.

»Desna ist jedenfalls nicht gestorben«, erklärte sie. »Naeku und ich haben sie aufgezogen. Wir hätten auch bei den Leopardenwelpen helfen können, aber das wolltest du ja nicht. Du hast sie diesem Nichtsnutz Amal überlassen, der …«

»Die Leoparden haben die Milch nicht vertragen. Sie sind an Darmkrämpfen verreckt, da hätte keiner was dran tun können. Oder sollen wir demnächst die Mütter mitfangen, und Naeku und du werden sie melken?«, höhnte Lennox.

Der Kikuyu Amal stand feixend neben ihnen. Ranjana errötete ob ihrer Demütigung vor dem Bediensteten.

»Adrian Edgecumbe hätte wahrscheinlich genau das getan!« Ranjana wunderte sich über die unerwartete Schützenhilfe durch die Köchin Wawira, die eben mit einem Krug warmer Milch den Stall betrat. »Dann hätten die Löwenmütter ihre Welpen weiter säugen können und mit ihnen verschickt werden. Der ehemalige Bwana hätte das geschafft. Er war ein Jäger, aber er verstand den Geist der Tiere. Er wusste um ihre Magie. Genau wie Miss Ivy. Und er fürchtete weder Tod noch Teufel!«

»Soll das heißen, ich bin ein Feigling?« Lennox blickte von einer Frau zur anderen, Ranjana sah, dass er kochte vor Wut.

»Sie sollten auf Ihre Frau hören und Naeku die Löwen überlassen«, erklärte Wawira, ohne auf seine Provokation einzugehen. Sie selbst fürchtete anscheinend auch weder Tod noch Teufel – zumindest nicht ihre Entlassung. Ranjana wusste, dass sie schon lange Herscherin über die Küche auf Edgecumbe Farm war, es wäre sicher schwierig, sie zu ersetzen. »Hier ist etwas von der Milchmischung für Raubtierjunge, wie Miss Ivy sie verfüttert hat. Eine Frau aus dem Dorf hat sich an die Rezeptur erinnert. Aber ich sage Ihnen gleich, Bwana: Es reicht nicht, das einfach in die Futtertröge zu füllen. Die Tiere brauchen mehr als Milch, sie brauchen …«

»Liebe?«, fragte Ranjana.

Lennox brach in Gelächter aus. »Sagt die Frau, die schon beim

Gedanken an Liebe versteift wie ein vertrockneter Ast«, höhnte er. »Aber schön, versucht es! Kümmert euch um die kleinen Löwen, füttert sie mit Liebe, die ist wenigstens billig. Mal sehen, ob ihr es besser könnt als Amal.« Damit verließ er den Stall, gefolgt von dem beleidigten Pfleger.

Wawira ließ sich steifbeinig auf dem Boden nieder, tauchte den Zipfel eines Leinentuchs in die Milch und steckte die improvisierte Zitze in das Mäulchen eines der kleinen Löwen. Sie lächelte, als das Tierchen sofort zu saugen begann. Ranjana übernahm es, ihm nach der ersten kleinen Mahlzeit das Bäuchlein zu massieren – eine der wichtigsten Maßnahmen bei der Pflege von Raubtierjungen. Die Tiermütter leckten ihre Kinder.

Ranjana lächelte jedoch nicht, so reizend das Löwenbaby in ihren Armen auch war und so zufrieden es ihre Fürsorge annahm.

»Wie kann er meinen, dass Liebe billig sei?«, fragte sie leise. »Ist sie nicht das Kostbarste auf der Welt?«

Unter Naekus und Ranjanas Fürsorge gediehen die Löwenwelpen tatsächlich. Ivy hatte die kleinen Leoparden damals mit einer Mischung aus Ziegenmilch, Eiern und Maismehl hochgepäppelt und später Schabefleisch daruntergemengt. Naeku und Ranjana mussten ein bisschen experimentieren, da sich das Mischungsverhältnis im Laufe des Aufwachsens der Welpen änderte, und es kam schon einmal vor, dass eins der Kleinen Durchfall bekam oder besonders intensiv massiert werden musste, wenn es unter Verstopfung litt. Da sie dies jedoch stets gleich merkten, konnten sie handeln. Die Löwenkinderstube war bald ein Quell der Freude für alle Bewohner der Farm.

Um den Stall herum ging das Sterben jedoch weiter. Angeregt durch die Erfolge mit den Raubtierkindern versuchten die Pfleger, auch die anderen Tiere zu füttern, wie Wawira es ihnen erklärte, doch das funktionierte nicht immer. Die Ameisenbären schleckten die Eiermischung mit Begeisterung und begannen sich zu erholen, einigen Affenjungen, die die Massai gefangen hatten, schmeckte es ebenso – von ihnen waren allerdings nur noch drei am Leben. Bei einem sehr jungen Zebra, dessen Mutter ihr Leben bei der Fangaktion gelassen hatte, und einem unter ähnlichen Umständen gefangenen Giraffenjungen führte Wawiras Rezeptur zu Koliken. Immer noch lag der erste von Edgecumbe Farm abgehende Tiertransport in ferner Zukunft, und Wilhelm Jonas äußerte sich unzufrieden, als er das Resort wieder einmal besuchte.

»An meinen Tierfängern liegt's nicht«, erklärte der Deutsche. »Die versorgen Sie doch fast jeden Tag mit Nachschub. Sie bringen zu wenige Tiere durch, Lennox. Das muss sich ändern! Vielleicht versuchen Sie's mal mit den Weibern aus Ihrem Stamm da. In anderen Sammelstationen machen sie mit so was gute Erfahrungen. Die Kerle scheinen kein Händchen für die Aufzucht von Jungtieren zu haben …«

»Vielleicht sollten wir das wirklich machen«, überlegte Reggie laut, als er sich später mit Lennox besprach. »Sag den Leuten, sie sollen ihre Frauen schicken. Begeistert werden sie allerdings nicht sein … aus dir bekannten Gründen …«

Er verzog das Gesicht zu einer Grimasse aus Grinsen und Missbilligung. Er hatte beobachtet, dass Lennox längst das Interesse an Ranjana verloren hatte, und da sein Freund keine Zeit und kein Geld hatte, um nach Nairobi zu fahren und sich mit den Frauen des Happy Valley Sets zu vergnügen, zog er erneut Küchenmädchen und Putzfrauen in versteckte Winkel. Wieder hatte es Klagen ihrer Männer gegeben – einige von ihnen hatten sich bei der Arbeit mit den Tierfängern bewährt und zeigten sich entsprechend selbstbewusst. Sie mussten nicht auf Edgecumbe Farm bleiben – andere Tierfangexpediteure würden erfahrene Kräfte sofort einstellen.

»Von mir aus können sie ihre Weiber unter Aufsicht nehmen,

während die sich um die Viecher kümmern«, erklärte Lennox. »Ich will nichts von denen. Nur endlich mal wieder Geld verdienen. Solange wir keine Transporte losschicken, hab ich hier nur Ausgaben.«

Tatsächlich wurde er sich langsam darüber bewusst, dass er den Betrieb nicht würde halten können, wenn es noch ein paar Monate keine Einnahmen gab.

Reggie war nur unwesentlich diplomatischer als Lennox, doch diesmal löste er das Problem, indem er den afrikanischen Arbeitern erlaubte, ihre Frauen mitzubringen und einen Teil ihrer Arbeit von ihnen erledigen zu lassen, das Füttern und die Pflege. Dieses Konzept war ihnen geläufig – in den Dörfern waren die Frauen schließlich auch dafür zuständig. Schon ganz am Anfang ihrer Zeit auf Edgecumbe Farm war Ivy mit den Männern der Massai zusammengestoßen, weil die wie selbstverständlich ihre Frauen und Mädchen geschickt hatten, um die Arbeit zu erledigen, für die sie eingestellt worden waren.

Dann sahen sie sich jedoch mit einem Problem konfrontiert, mit dem sie nicht gerechnet hatten. Amal, der Raubtierpfleger, wandte sich verlegen an Lennox, als der die neuen Arbeiterinnen am nächsten Tag in Empfang nehmen wollte.

»Sie wollen nicht«, sagte der Kikuyu-Mann. »Sie weigern sich. Wir haben alles versucht … aber Mama Achera sagt ihnen, sie sollten nicht kommen, und der werden sie nicht widersprechen.«

»Wegen … des Bwana?«, fragte Reggie vorsichtig. »Hört zu, er kennt eure Sitten noch nicht so genau. In … in Schottland ist es üblich, dass der Herr über ein Dorf … sozusagen … äh … Sicher würde er euch entschädigen …«

Amal schüttelte den Kopf. »Ist nicht wegen …« Er machte eine Geste, die klar den Geschlechtsverkehr symbolisierte. »Es ist wegen der Geister. Mama Achera sagt, es liegt kein Segen in dem, was Sie tun. Die Geister zürnen Ihnen …«

Reggie rieb sich die Stirn. Er wusste genug von der Hierarchie im Stamm und dass kaum jemand es wagen würde, sich der Dorfhexe entgegenzustellen. Über die Männer als Vermittler würden die Frauen nicht zu erreichen sein.

»Wir werden ins Dorf kommen, der Bwana und ich«, erklärte er schließlich. »Und selbst mit Mama Achera sprechen. Vielleicht ... vielleicht könnten wir die Memsahib mitbringen ...« Etwas weibliche Unterstützung, überlegte Reggie, kann hier sicher nicht schaden.

»Mit der Memsahib wird Mama Achera sprechen«, sagte Amal. Auch er schien erleichtert zu sein. »Sie schätzt sie, obwohl es ihr noch an Kraft fehlt.«

»Was sollte das denn jetzt?«, fragte Lennox, als er mit Reggie zum Haus ging, um Ranjana zu holen und die Konferenz mit der weisen Frau möglichst bald zu beginnen. »Wieso fehlt es Ranjana an Kraft? Und woher kennt die Alte sie überhaupt?«

Reggie hob die Schultern. »Die Hexe weiß besser, was auf dieser Farm vor sich geht, als jeder von uns«, behauptete er. »Entweder hat sie ihre Spitzel, oder sie hat den sechsten Sinn. Und unterschätz mal deine Ranjana und ihre Massai-Sklavin nicht. Da brodelt es schon lange, wenn du mich fragst. Diese Naeku schaut uns manchmal an, als gedächte sie, ihre Wildkatze auf uns zu hetzen. Besonders, seit ich mit Afeni Schluss gemacht habe ...«

Reggie hatte seine Massai-Frau kurzerhand verstoßen, nachdem die Forderungen ihres Vaters drängender geworden waren. Auf keinen Fall gedachte er, zwei Dutzend Rinder zu kaufen, um sie weiterhin besuchen zu können. Stattdessen gab er endlich dem Drängen seiner Eltern nach und traf sich mit weißen jungen Frauen in Kijabe. Wenn die Farm endlich etwas abwarf und Lennox ihn besser bezahlen konnte, würde er vielleicht sogar heiraten. Susan Derringer hielt das auch in Lennox' Sinn für eine gute Idee. Bei ihrem letzten Besuch hatte sie gesagt, sie habe Ranjanas hauswirtschaftliche Fähigkeiten überschätzt und betrachte sie inzwischen als Fehlbesetzung für die Leitung einer Farm – sei es als Jagdresort oder als Tiersammelstation. Sie selbst als couragierte Geschäftsfrau hätte den Betrieb ganz anders auf Vordermann gebracht. Sie schlug Lennox vor, für die Verköstigung der Tierfänger Geld zu verlangen und eine Bar zu eröffnen, in der sie abends trinken konnten. Die Kikuyu verhielten sich weit geschäftstüchtiger als ihr Bwana und verkauften ihre Frauen und Mädchen jetzt an die weißen Tierfänger statt an die Jäger. »Aber dann müsstet ihr natürlich was Anständiges zu essen anbieten und nicht diesen afrikanischen Fraß von eurer Wawira!«, hatte Susan erklärt. »Die hat früher ganz wunderbar die Jagdgäste bekocht. Man muss ihr nur sagen, was sie machen soll. Aber solange der verwöhnten kleinen Hoheit das Zeug schmeckt, sieht sie ja anscheinend keinen Grund, sich da einzusetzen.«

Susan war wohl davon ausgegangen, dass die junge Frau ihr zurückhaltendes Wesen aufgeben würde, sobald sie erst mal mit einem Weißen verheiratet und damit Mitglied der Kolonistengesellschaft von Kijabe sein würde. Ranjana zeigte jedoch kein Interesse an Kirchenpicknicks und Frauenkreisen, und inzwischen legte man ihr das als Arroganz aus.

»Meine Mutter meint jedenfalls, deine Ranjana stünde nicht ehrlich an deiner Seite«, erklärte Reggie jetzt. »Wer weiß, ob die nicht schon auf einen anderen ein Auge geworfen hat … Wie damals Adrians Frau …«

Lennox konnte sich eigentlich nicht vorstellen, dass Ranjana im Kikuyu-Dorf gegen ihn intrigierte oder gar Anstalten machte, ihn zu betrügen. Dennoch zeigten Reggies Sticheleien Wirkung. Er machte sich sofort mit seinem Freund auf den Weg zum Gehege mit den Löwenjungen, doch statt Ranjana zu bitten, ihn ins Dorf zu begleiten, befahl er es ihr mit scharfen Worten.

Ranjana, die mit Naeku damit beschäftigt gewesen war, die Löwen zu füttern, reagierte mit der ihr anerzogenen Unterwürfigkeit. Mit gesenktem Kopf erklärte sie, selbstverständlich sofort bereitzustehen, sie müsse sich nur noch umziehen. Er sah, dass ihr Kleid voller Milchflecken, Tierhaare, Stroh und Staub war.

»Ranjana, ich sagte ›jetzt‹!«, fuhr er sie an. »Nicht irgendwann und nicht, nachdem du dich wieder verkleidet hast wie eine Maharani. Wir gehen, so wie wir sind, ins Dorf und sagen dieser Alten, sie soll sich aus unserer Arbeit raushalten. Die Welpen kannst du später füttern.«

Als Ranjana sich das Stroh von der Kleidung klopfte und ihm folgte, stand Naeku ganz selbstverständlich auf, nahm ihre Schürze ab und wollte sich ihnen anschließen.

»Hat dich jemand gerufen?«, fragte Lennox in ihre Richtung.

Naeku lächelte. »Ich kann gern fernbleiben, Bwana. Dann werden Sie nur keine Übersetzerin haben. Ich glaube nicht, dass Mama Achera über einen der Männer mit Ihnen spricht, und Ihr Kikuyu wird sie nicht verstehen. Selbst das von Mr. Reggie reicht nicht aus.«

Lennox würdigte sie keiner Antwort, auch Reggie sagte nichts. Sie duldeten ohne weiteren Widerstand, dass Naeku ihnen und Ranjana folgte.

Ranjana und Naeku hatten erwartet, dass Mama Achera erneut vor ihrer Hütte Hof halten würde wie beim letzten Mal, als sie sie aufgesucht hatten, doch diesmal erwartete die alte Frau sie auf dem Dorfplatz, umgeben von den anderen Frauen ihres Stammes, einschließlich der Köchin Wawira. Die übernahm auch wie selbstverständlich die Übersetzung. Naeku und Ranjana zogen sich hinter die Männer zurück.

»Was wollt ihr?«, begann die Dorfälteste das Gespräch. »Was wollt ihr von den Frauen des Stammes?«

»Ich will ihnen Arbeit geben«, erklärte Lennox. »Arbeit gegen Geld. Verstehst du? Pfund … Pennys …« Er machte die Handbewegung des Geldzählens.

Mama Achera runzelte die Stirn. »Das brauchen wir nicht«, sagte sie ruhig. »Was wir brauchen, ist Frieden.«

Lennox lachte unsicher. »Führt hier jemand Krieg?«

»Frieden mit den Geistern«, konkretisierte die Afrikanerin. »Die Geister sind erbost.«

»Und was können wir tun, um sie zu beruhigen?«, mischte sich Reggie ein. »Irgendwelche Zeremonien abhalten? Versteht uns doch, wir möchten euch gern entgegenkommen. Wir brauchen Hilfe bei der Aufzucht der jungen Tiere, die wir ins Ausland verkaufen wollen. Und wir nehmen an, dass die Frauen sich besser darauf verstehen, die Tiere am Leben zu halten, als die Männer. Also was wollt ihr?«

Wawira trat vor. »Sie müssen die Mutter der Tiere zurückholen, Bwana«, sagte sie entschlossen. »Miss Ivy hat jedes mutterlose Tier aufgezogen, das hierhergebracht wurde.«

Mama Achera erhob erneut die Stimme. »Sie hat die Geister der Tiere gebannt und beruhigt, ihre Stärke sogar auf uns übertragen. Das hielt unsere Männer im Krieg am Leben, sie kämpften mit den Geistern an ihrer Seite. Die Kraft der Mutter der Tiere ist grenzenlos, sie beherrscht sogar die Dämonen eines unter einem Fluch geborenen Kindes. Keiner unserer Zauberer hat ihre Macht.«

»Wenn Sie diese Tiere lebend in ein fremdes Land schicken wollen«, fügte eine andere Frau hinzu, »geht das nur mit ihrem Segen.«

»Die Frauen hier werden jedenfalls nicht für Sie arbeiten, solange Miss Ivy nicht zurück ist, Bwana«, erklärte Wawira. »Sie können Ihre Tiere nicht ohne ihre Hilfe retten. Es geht nicht um Segen. Da könnten Sie auch die Patres bitten, für Sie um Gottes Hilfe zu bitten. Es geht um Futterrezepturen und Erfahrung. Sie brauchen

Miss Ivy. Bis die Memsahib Ranjana und Naeku sich so viel Erfahrung angeeignet haben wie Miss Ivy …«

Lennox versuchte sich erneut an einem Lachen, obwohl ihm nicht danach zumute war. »Ivory Edgecumbe würde wohl kaum für mich arbeiten«, erklärte er. »Nach dem Ärger, den wir miteinander hatten …«

»Sie würde nicht für Sie arbeiten, jedoch für die Tiere«, erklärte Wawira.

Naeku konnte nicht an sich halten. »Sie würden sie allerdings bitten müssen, Bwana«, sagte sie mit leicht spöttischem Unterton.

Lennox wandte sich mit wütendem Blick zu ihr um – und blickte in Ranjanas sanftes, unglückliches Gesicht.

»Ich werde sie bitten«, sagte sie leise. Selbst Lennox sah, dass es sie größte Selbstüberwindung kostete. »In deinem Namen und in dem der Tiere. Wenn du also bereit wärest, sie einzustellen, Lennox, und natürlich Mr. Zulu, ohne ihn wird sie sicher nicht kommen, dann fahre ich nach Nairobi und versuche es. Vielleicht habe ich ja Erfolg.«

28

Mwalas Einzug machte Ivys Leben um vieles leichter. Sanele hatte sie ebenfalls willkommen geheißen und Mr. Tarlton um Abfallholz für den Bau eines Anbaus gebeten, in dem sie schlafen konnte. Der Verschlag wurde sogar recht einladend, doch Mwala bestand darauf, auf einer Matte im Zimmer der Kinder zu schlafen. Hope und Ebony gefiel dies ebenfalls – ihre neue Nanny unterhielt sie mit Liedern und Geschichten, bis sie eingeschlafen waren, und wenn eines von ihnen mit Albträumen erwachte, war sie viel schneller zur Stelle als ihre ständig übermüdeten Eltern. Ivy und Sanele bezogen daraufhin den Anbau – und hatten endlich wieder etwas Intimität, um ihre Liebe zu leben. Ivy brachte Mwala gleich zu Beginn am Schießstand der Company bei, mit dem Revolver umzugehen, und war erstaunt, mit welch glühendem Eifer die sonst so sanfte und freundliche Frau die Sache anging. In Mwala brannte immer noch der Hass auf die Mörder ihres Sohnes, obwohl sie wusste, dass man sie niemals finden würde. Sollte sich jemand Hope in mörderischer Absicht nähern, würde sie bereit sein, alles Erdenkliche zu tun, um das Kind zu retten.

Wenn die Mädchen in der Schule waren, bewachte Ivy jetzt mit dem Gewehr den Haupteingang, und Mwala platzierte sich hinter dem Gebäude. Hope war damit größtmöglich gesichert. Dass die Nonnen das für übertrieben hielten und sich über die Störung des Schulfriedens beklagten, war Ivy herzlich egal.

Auch im Haushalt entlastete die neue Nanny Ivy. Sie hatte als

Mädchen zwar gelernt, ein Haus zu führen, doch war dabei nie daran gedacht worden, ihr beizubringen, selbst zu kochen und zu waschen. In den letzten Jahren hatte sie sich das beigebracht, doch es lag ihr nicht wirklich gut, und wenn sie das Wasser zum Hausputz oder zur Wäsche vom Brunnen herangeschleppt hatte, war sie schon völlig erschöpft. Mwala dagegen hatte ihr Leben lang schwere Arbeit verrichtet, es wirkte fast mühelos, wenn sie einen Krug Wasser auf dem Kopf transportierte, was die Mädchen besonders spannend fanden. Als sie verlangten, es auch zu lernen, übte Mwala mit ihnen.

Ivy und Sanele beobachteten das Geschehen voller Zweifel.

»Werden sie sich wohl mal so ihr Geld verdienen müssen?«, fragte Ivy ihren Mann. »Werden alle Hoffnungen und Pläne für sie dadurch zunichtegemacht, dass die Haut der einen zu hell und die der anderen zu dunkel ist?«

Sanele legte den Arm um sie. »Auf die Dauer wird Kenia unabhängig werden«, meinte er. »Du siehst doch die Aufmärsche und Proteste … die Afrikaner wollen sich nicht mehr unterwerfen. Die Mädchen werden in einem ganz anderen Land leben.«

In Nairobi gab es an fast jedem Wochenende Demonstrationen, deren Teilnehmer mitunter auch gewalttätig wurden. Sanele hielt seine Familie dann strikt zu Hause.

»Sie wollen ihr Land regieren und mit den Weißen auf Augenhöhe verhandeln, aber sie hängen immer noch dem Glauben an, man könnte Krankheiten mit den pulverisierten Gliedmaßen von Albinokindern behandeln«, antwortete Ivy betrübt. »Also was für ein Land wird das sein?«

Während Mwalas Anwesenheit Ivys und Saneles Leben leichter machte, überschattete in den nächsten Monaten vermehrt Geldmangel den Alltag der Familie.

Die Lehrerin der Mädchen rief Ivy mal wieder zu sich, um sich über Ebonys häufiges Stören zu beklagen. »Neuerdings pflegt sie laut vorzulesen, was an der Tafel steht, und ihrer Schwester Aufgabenlösungen vorzusagen«, erklärte sie und merkte an, dass sie sich Sorgen um Hopes Sehkraft mache. Obwohl sie das Mädchen schon in die erste Reihe gesetzt hatte, vermochte Hope die Worte an der Tafel nicht zu entziffern: »Dabei konnte sie bereits lesen, als sie in die Schule kam. Sie ist nach wie vor eine unserer besten Schülerinnen. Auf einmal lässt sie nach. Vielleicht sollten Sie einmal mit ihr zum Arzt gehen.«

Ivy hielt der Schwester vor, dass Ebonys Stören und Hopes Augenprobleme mit ziemlicher Sicherheit zusammenhingen und bat sie, die Mädchen nicht zu streng zu tadeln. Dann überschlug sie gemeinsam mit Sanele ihre Ersparnisse und suchte am nächsten Tag einen Augenarzt in der Stadt auf – wieder einen Briten, doch diesmal einen freundlichen und sehr gewissenhaften. Er untersuchte Hope zunächst, hörte Herz und Lunge ab, und führte dann einige Sehtests durch. Schließlich eröffnete er Ivy und ihren Töchtern, dass Hope eine Brille brauche.

»Das ist nicht ungewöhnlich bei Menschen mit Albinismus«, erklärte er bedauernd. »Sie neigen außerdem zu Herzerkrankungen. Da sollten Sie einen anderen Facharzt aufsuchen …«

Für weitere Arztbesuche reichte Ivys und Saneles Geld allerdings nicht mehr, und wieder einmal wurde ihnen schmerzlich bewusst, dass Sanele zwar die Arbeit eines weißen Buchhalters und Organisators leistete, aber kaum besser als die Fahrer der Safariwagen bezahlt wurde.

Ivy versetzte also eines der Halsbänder, die Ranjana ihr geschenkt hatte, und versuchte, die letzten ihrer guten Kleider zu Geld zu machen, um sich wenigstens die günstigste Brille sowie die Konsultation eines Kardiologen leisten zu können. Als sie Hope ihr bestes Kleid überstreifte, bemerkte Ivy unglücklich, wie schnell sie gewachsen war und dass es ihr zu kurz war, obwohl sie schon den Saum ausgelassen hatte. Auch das Brillengestell würde Hope wahrscheinlich im kommenden Jahr nicht mehr passen – vielleicht brauchte sie dann wieder stärkere Gläser. Der Arzt hatte sie angewiesen, mit ihrer Tochter jedes Jahr vorstellig zu werden.

Als Butler hatte Sanele genug verdient, um seine Kinder angemessen zu kleiden, und Mr. Jeevanjees Nichten hatten den Kindern oft Stoff aus ihrer Heimat geschenkt, weil sie es einfach niedlich fanden, sie indisch gekleidet zu sehen. Ivy hatte daraus Kleider und Hemden genäht – leider mehr schlecht als recht. In der britischen Privatschule hatte man ihr das Handarbeiten beigebracht, sie konnte sticken und Leinen umsäumen. Kleidungsstücke entworfen und genäht hatte sie nie. Nun erwies sich allerdings Mwala als Retterin. Sie konnte in Windeseile leichte bunte Kinderkleidung nähen, wenn sie Stoff zur Verfügung hatte. Der war auf dem Markt nicht teuer.

Ivy war wieder einmal zermürbt und erschöpft vom Alltag, als sie ein Brief von Ranjana erreichte. Die Frau ihres Neffen Lennox bat um eine Unterredung.

»Was kann sie nur wollen?«, fragte Ivy verwundert Sanele und wendete den Umschlag in ihrer Hand.

Auch als Mrs. Edgecumbe schrieb Ranjana auf Büttenpapier mit Golddruck. »Bis jetzt hat sie uns doch nie besucht.« Ivy tat das weh. Sie wäre gern weiter mit Ranjana in Kontakt geblieben. Die einstige Maharani hatte allerdings nur zu Anfang ihrer Ehe gelegentlich geschrieben. Seit Ivy mit ihrer Familie das Gartenhaus der Jeevanjees hatte verlassen müssen, hatte sie weder von Ranjana noch von Naeku etwas gehört.

»Nairobi ist weit weg von der Farm«, begütigte Sanele. »Sie konnte uns nicht besuchen. Und warum sie nicht weiter geschrieben hat … Bist du sicher, dass sie unsere neue Adresse überhaupt kannte? Vielleicht hat sie auf gut Glück an Mr. Tarlton geschrieben, oder sie hat sich an Eshas Familie gewandt und Mr. Jeevanjee erreicht, als sie dich jetzt suchte.«

»Ich bin jedenfalls gespannt«, meinte Ivy. Ranjana hatte sie um ein Treffen am kommenden Samstag in einem der besten Hotels Nairobis gebeten. »Hoffentlich will sie ihrem Mann nicht weglaufen. Noch einen Kostgänger können wir nicht gebrauchen, und was Hauswirtschaft angeht, ist sie garantiert noch ungeschickter als ich.«

Trotz ihrer Skepsis freute sich Ivy auf das Treffen mit der jungen Inderin. Schließlich kam sie so gut wie nie aus dem Haus – und erst recht nicht in ein so nobles Hotel.

»Nutz die Gelegenheit und bestell dir alle Teekuchen, die du bekommen kannst«, gab ihr Sanele lachend mit auf den Weg, woraufhin Hope und Ebony sie bestürmten, ihnen unbedingt ein paar von den Leckereien mitzubringen. Dank Mwala konnte sie die Kinder bedenkenlos allein lassen, sie mitzunehmen hielt sie nicht für ratsam.

Ivy zog ihr bestes Kleid an und fühlte sich beschwingt, als sie ins Stadtzentrum kam und an den Auslagen teurer Geschäfte vorbeiflanierte, bis sie das Hotel erreichte. Ranjana wartete bereits in dem hauseigenen eleganten Tearoom. Sie passte hierher. Ivy bewunderte ihre zarte Erscheinung in einem halblangen taillierten Leinenkleid in hellem Gelb mit weiten Ärmeln. Ihr Haar war wieder lang genug, um es im klassischen indischen Stil zu tragen, mit Mittelscheitel und im Nacken aufgesteckt. Die westliche Kleidung und die dezent mit Kajal umrandeten Augen sowie das Kastenzeichen auf der Stirn standen in einem hübschen Kontrast zueinander. Ranjana war wunderschön, doch ihr Ausdruck hatte etwas Trauriges.

Ivy vergaß darüber die Überlegung, wie sehr sie selbst neben der jungen Inderin abfiel – ihr Kleid war seit Jahren aus der Mode, für Lippenrouge hatte sie kein Geld, und ihr lockiges Haar hatte keinen Schnitt mehr. Kurzhaarfrisuren standen ihr und waren praktisch, doch ihre Versuche, ihr Haar selbst zu schneiden, waren zum

Scheitern verurteilt, weshalb sie es jetzt wieder lang wachsen ließ. So schnell ging das jedoch nicht. Wenn sie es im Nacken zusammenfasste, befreiten sich immer wieder Strähnen. Ivy fühlte sich deshalb stets ein wenig ungepflegt.

Ranjana lächelte sie an, als sie an ihren Tisch kam, und stand ungelenk auf, um sie zu begrüßen. Ivy wusste nicht, ob eine Umarmung angebracht war, schließlich reichte sie der Frau ihres Schwagers förmlich die Hand.

»Ich freue mich so, Sie wiederzusehen, Miss Ranjana«, begann Ivy herzlich das Gespräch. »Sie müssen mir von der Farm erzählen. Wo ist denn Naeku?« Im Hause Jeevanjee hatte sie Ranjana und Naeku selten getrennt gesehen.

Über Ranjanas Gesicht flog ein Schatten.

»Naeku kümmert sich um die kleinen Löwen«, sagte sie leise. »Möchten Sie eine Tasse Tee, Miss Ivy?«

Auf dem Tisch stand eine zierliche Porzellankanne, außerdem eine Etagere mit Teekuchen und Sandwiches. Ranjana schenkte ihrem Gast umständlich ein, während Ivy nach den Löwen fragte.

»Haben Sie jetzt auch vierbeinige Pflegekinder auf der Farm?«, fragte sie freundlich. »In einem Jagdresort bleibt das wohl nicht aus. Wie viele sind es? Drei oder vier?«

Ranjana biss sich auf die Lippen. »Acht«, gestand sie. »Also die Löwen … und dann noch zwei Elefanten, zwei Nashörner … Die Zebras sind noch am einfachsten zu versorgen. Ach, Miss Ivy, Sie müssen uns helfen!«

Und dann sprudelte es nur so aus Ranjana heraus, sie konnte ihre Tränen nicht unterdrücken.

»So viele Tiere sterben«, sagte sie schließlich. »Und Lennox … Zuerst wollte er gar keine Hilfe annehmen, er dachte, er schafft das alles mit den Kikuyu-Pflegern, denen die Tiere völlig egal sind. Und die Frauen, die Sie damals angelernt haben, wollen uns nicht helfen, nachdem er sie endlich gebeten hat …«

»Lennox Edgecumbe hat die einheimischen Frauen ›gebeten‹?«, fragte Ivy ungläubig.

Sie konnte sich nicht daran erinnern, dass Adrian jemals eine Bitte gegenüber einem Afrikaner geäußert hatte, und Lennox schaute noch mehr auf die Afrikaner herab.

»Eigentlich hat er den Männern befohlen, sie mitzubringen«, präzisierte Ranjana. »Sie sind bloß nicht gekommen. Eine alte Frau, Reggie Derringer meint, sie sei die Dorfhexe, aber ich glaube, sie ist sehr weise, sagt, die Geister der Tiere seien erzürnt, und nur Sie könnten sie befrieden. Wenn Sie nicht zurückkommen, Miss Ivy, wird alles ein Ende haben. Die Tiere werden alle sterben, Lennox wird die Farm verkaufen müssen ... Und wo sollen Naeku und ich denn dann hin?«

Ivy atmete tief durch. Wenn sie mit irgendetwas nicht gerechnet hatte, dann war es ein Angebot von Lennox Edgecumbe, für ihn auf der Farm zu arbeiten. Bedächtig nahm sie einen Schluck Tee, um sich zu beruhigen.

»Wie steht denn Lennox zu der Sache?«, fragte sie. »Hat er Sie geschickt? Und wie stellt er sich das vor? Soll ich meine Familie verlassen, um ihm zu helfen? Warum sollte ich ihm überhaupt helfen wollen? Er hat uns die Farm unrechtmäßig genommen, er hat gelogen und betrogen ...«

»Er bittet Sie«, behauptete Ranjana. »Und natürlich Mr. Zulu. Ihre Kinder wären sicher auf der Farm. Wir ... wir würden uns alle freuen ...«

Ivy runzelte die Stirn. »Tut mir leid, Ranjana, aber das glaube ich Ihnen nicht! Lennox Edgecumbe wird sich keineswegs freuen, mich zu sehen, und Reggie Derringer hat Sanele immer mit seinem Hass verfolgt. Weder ihm noch mir wäre zuzumuten, jetzt als Arbeiter auf unserer eigenen Farm anzufangen und zu einem Lennox Edgecumbe ›Bwana‹ zu sagen. Es tut mir leid um die Tiere, und natürlich auch für Sie, Ranjana, aber das kann ich nicht!«

In Ranjanas schönen Augen standen schon wieder Tränen. »Ich … ich versteh das schon … es … es will ja keiner für ihn arbeiten, aber …«

Ivy sah sie mitleidig an. »Ihre Ehe ist nicht glücklich«, konstatierte sie. »Dabei haben Sie sich doch in ihn verliebt …«

Ranjana senkte den Kopf. »Er war der Einzige, der mich wollte«, erklärte sie. »Er war freundlich. Damals. Jetzt hat sich das geändert. Ich mache etwas falsch und weiß nicht, was … Aber ich konnte nicht mein Leben lang bei den Jeevanjees bleiben. Was wäre jetzt aus uns geworden, da Mr. Jeevanjee verarmt ist?«

Sie rieb sich die Stirn und nahm zwei Hefte aus ihrer Handtasche.

»Hier, für Ihre Mädchen. Sie haben meine Mandalas immer so gern ausgemalt.« Jedes der Hefte enthielt etliche Seiten mit Federzeichnungen verschiedener kunstvoll gestalteter Symbole.

Ivy war einen bewundernden Blick darauf. »Aber Ranjana, Sie mussten doch nicht heiraten!«, brach es dann aus ihr heraus. »Mit Ihrem Talent für Schmuckentwürfe, für Zeichnungen … Wenn ich noch an die Porträtzeichnungen von den Jeevanjee-Nichten denke … Sie könnten sich das Geld zum Leben leicht selbst verdienen!«

Die Inderin schüttelte den Kopf. »Nein, das … das ziemt sich nicht. Alle Frauen meines Standes werden verheiratet. Und das mit dem Geldverdienen … Naeku hat es versucht, sie war mit den Schmuckentwürfen bei einem Goldschmied. Er wollte sie nicht, weil sie von mir waren. Im indischen Viertel war ich verfemt. Zuerst habe ich das nicht so gemerkt, aber als Mr. Jeevanjee dann versucht hat, einen Mann für mich zu finden … Sie sagen, ich sei meinem Schicksal davongelaufen. Der Brauch verlange, meinem Gatten in den Tod zu folgen, und ich habe mich widersetzt. Nun brächte ich Unglück …« Sie schluchzte auf. »Und es scheint ja wirklich so zu sein.«

Ivy reichte ihr ein Taschentuch und verzichtete auf die Bemerkung, dass es außerhalb des indischen Viertels auch noch Menschen gab, die elegante Schmuckentwürfe und Porträtzeichnungen ihrer Familienmitglieder zu schätzen wussten. Eine Anmerkung zu Lennox Edgecumbes Unglück konnte sie sich jedoch nicht verkneifen.

»Also … an dem geschäftlichen Versagen Ihres Mannes sollten Sie sich nun wirklich nicht schuldig fühlen. In seine augenblickliche Misere hat er sich ganz allein hineingeritten. Ich würde Ihnen wirklich gern helfen, Ranjana, aber selbst wenn Lennox Edgecumbe persönlich bei mir zu Kreuze kriecht, werde ich ihm nicht helfen, die Farm zu retten, die er sich gesetzeswidrig angeeignet hat!«

Sie stand auf und verabschiedete sich kühl. Es tat ihr leid, Ranjana so verzweifelt zurücklassen zu müssen.

29

Ivys Zorn legte sich bereits auf dem Rückweg zum Hauptquartier. Natürlich stand sie zu ihrem Entschluss, aber wenn sie an die Tiere dachte, die sie im Stich ließ, tat ihr denn doch das Herz weh. Vielleicht, dachte sie, sollte ich Lennox Edgecumbe Bedingungen stellen. Ich könnte zumindest eine Teilhabe an seinem Unternehmen herausschlagen. Wobei sich allerdings die Frage stellte, an welchem Unternehmen. Einem Jagdresort? Der Sammelstation für gefangene Wildtiere? Mit ihrem Gewissen ließ sich nichts davon wirklich vereinbaren. Unglücklich ging sie an den Wellblechhütten der anderen Arbeiter vorbei zu ihrem Haus, ignorierte, dass niemand sie grüßte. Die Höflichkeit und Eleganz des luxuriösen Hotels im Vergleich zu der in der kleinen Siedlung herrschenden Gleichgültigkeit fiel ihr schmerzlich auf. Wie sehr sie die Sorge um die Gäste in ihrem Resort früher genossen hatte!

Nicht einmal der Anblick Saneles und ihrer Töchter riss sie an diesem Abend aus der Trübsal. Sanele merkte das sofort und zog sie in die Arme.

»Vorsichtig, du zerdrückst die Teekuchen«, sagte sie und wehrte ihn ab.

Weder sie noch Ranjana hatten die Leckereien auf der Etagere angerührt, und zum Schluss hatte Ivy ihren Stolz heruntergeschluckt und gebeten, sie für ihre Kinder mitnehmen zu dürfen.

Ihre Bemerkung löste Jubel bei Hope und Ebony aus. Gemeinsam mit Mwala öffneten sie andächtig die hübsche Pappschachtel, in der die Bedienung des Hotels die Küchlein und winzigen Sandwiches verpackt hatte.

Ivy und Sanele hatten damit Zeit, sich zurückzuziehen. Während die Mädchen und ihre Kinderfrau schmausten, berichtete sie ihrem Mann von dem Gespräch mit Ranjana und deren Bitte.

»Ich habe natürlich Nein gesagt«, endete sie. »Es gibt Grenzen. Ich würde ja alles Mögliche tun, um aus unserer Misere herauszukommen, aber so weit erniedrige ich mich nicht!«

Sanele legte den Arm um sie. »Ivy«, sagte er sanft. »Das kann nicht dein Ernst sein. Ich kann dich natürlich verstehen, deine Wut und vielleicht auch den Wunsch, uns gerächt zu sehen, wenn Lennox jetzt scheitert. Nur manchmal … manchmal lässt uns das Leben einfach keine Wahl. Du hast selbst einmal gesagt, dass wir seit dem Verlassen der Farm nicht mehr leben, sondern nur noch überleben. Allein dafür lasse ich mich jeden Tag von den Weißen, mit denen ich arbeite, erniedrigen. Ich spreche sie mit ›Sir‹ an, während sie mich ›Boy‹ rufen, und werde kaum besser bezahlt als ein Lagerarbeiter, obwohl ich inzwischen ganze Expeditionen allein organisiere. Und du, du siehst nur noch grimmig drein, du gehst nicht ohne ein Gewehr aus dem Haus, um zu verhindern, dass man unsere Tochter entführt oder gar Schlimmeres. Du weißt, dass das jeden Tag passieren kann. Da braucht nur einer dieser Zauberer einem Trupp Dummköpfen einzureden, er mache sie unverwundbar, wenn sie ihm nur das Geisterkind bringen. Wie viele von den Kerlen willst du erschießen, bevor ihnen Hope doch noch zum Opfer fällt? Und Ebony? Sie wächst auf wie ein rotznasiges Straßenkind. Allein der Wortschatz, den sie von den Jungs aufschnappt, mit denen sie sich prügelt! Heute kam sie mit einem Stück Stoff nach Hause, das ihr angeblich jemand geschenkt hat. Mwala soll Hope ein Kleid davon nähen …« Hope wuchs wesentlich schneller als Ebony und wurde wegen ihrer zu kurzen Kleider immer wieder verspottet. »Ich glaube ihr kein Wort«, fuhr Sanele fort. »Wenn du mich fragst, hat sie den Stoff auf dem Markt gestohlen. Du wirst noch mal mit ihr reden müssen. Aber wenn sich dieses Leben, das wir führen, irgendwie verbessern lässt, dann solltest du dafür über deinen Schatten springen.« Sanele griff nach ihrer Hand, als sie etwas einwenden wollte. »Es tut mir leid, Ivy, ich hab nie damit hinter dem Berg gehalten, dass Stolz für Menschen wie mich ein Luxus ist. Und das gilt nun für uns beide. Du hast dich für mich entschieden, einmal in guten und einmal in schlechten Tagen. Du hättest auch nach Schottland gehen können.«

»Das hätte meinen Stolz völlig gebrochen«, fuhr Ivy auf.

»In Schottland wäre Hope aber sicher gewesen. Jetzt haben wir eine neue Chance, nämlich Lennox und Ranjana zuzusagen. Es wird nicht mehr unsere Farm sein, aber vielleicht wieder etwas wie … Heimat.« Er hob ihre Hand zu seinem Mund und küsste sie.

Ivy vergrub ihr Gesicht an seiner Schulter. Sie wusste, dass er recht hatte, und ihr kamen die Tränen. Es würde ihr schwerfallen, Lennox Edgecumbe gegenüberzutreten. Doch etwas in ihr freute sich auch darauf, auf ihre Farm zurückzukehren.

Tatsächlich war Ivy beim Wiedersehen mit Lennox Edgecumbe so wütend, dass sie keinerlei Schamgefühle verspürte.

Ihr Umzug auf die Farm ließ sich schnell bewerkstelligen, nachdem sie Ranjana gleich am Abend im Hotel mit Sanele aufgesucht und ihre Entscheidung zurückgenommen hatte. Ranjana hatte sich vor Freude kaum fassen können.

»Sie können gleich morgen mit mir zurückfahren«, hatte sie gesagt.

Sie war, begleitet von Susan Derringer, mit dem Zug nach Nairobi gekommen, nun musste ein Wagen mit einer Ladefläche gemietet werden, der die Habseligkeiten der Familie zur Farm brachte und in dem Platz für sechs Personen war. Sanele übernahm die Verhandlungen in Begleitung von Susan Derringer – er bestand auf einen weißen Fahrer, was den Transport teurer machte. Ihnen erschien es jedoch zu gefährlich, Hope mit einem Afrikaner fahren zu lassen.

»Als ob es unter den Weißen nicht auch genügend Gauner gäbe, die bereit wären, das Kind einen Kopf kürzer zu machen«, brummte Susan. »Die glauben zwar nicht dran, dass man aus seinen Körperteilen Medizin machen kann, doch das Geld vom Zauberer nehmen sie genauso gern wie die Schwarzen.«

Also fügte Ivy der Liste ihrer Bedingungen hinzu, dass ein Wagen gekauft oder geliehen wurde, den Sanele dann selbst steuerte. Ranjana war bereit, allem zuzustimmen. Schließlich ruckelten alle außer Susan Derringer in einem altersschwachen Kastenwagen durch die Savanne. Viel war zwar nicht zu transportieren, doch ihre Möbel wollte Ivy mitnehmen. Sie hatte ein Nebengebäude der Farm im Auge, in dem erst die Missionsschwestern und später Sanele eine Zeit lang gelebt hatten. Ranjana erklärte jedoch, dass dieses wie eigentlich sämtliche Gebäude auf der Farm zu Unterkünften für die Tiere umgestaltet worden waren.

»Dann ziehen wir zu den Kikuyu«, entschied Ivy rasch, was bei Mwala sofort einen Angstanfall auslöste. Erst nach langen Erklärungen ließ sie sich davon überzeugen, dass Hope in der Siedlung dieser Afrikaner keine Gefahr drohte. Schließlich war ja auch sie bereit, Ivy magische Kräfte zuzugestehen, da es ihr und Sanele gelungen war, ihre Tochter zehn Jahre lang zu beschützen.

Sanele war allerdings nicht begeistert davon, in eine Lehmhütte zu ziehen.

»In diesen niedrigen Behausungen kann man kaum aufrecht stehen«, wandte er ein. »Wo willst du denn da mit den Möbeln hin? Ich denke, wir sollten zur Bedingung machen, dass Lennox Edgecumbe uns eine angemessene Wohnung stellt.«

Ivy grinste. »Wie war das mit dem Stolz, der bei unsereinem Luxus ist?«, zog sie ihn auf. »Aber im Ernst, in die Gästezimmer im Haupthaus werde ich auf keinen Fall ziehen, ich möchte nicht mit Lennox unter einem Dach leben. Wir können uns sicher eine größere Hütte bauen.«

Sanele lenkte den Wagen dann zunächst ins Kikuyu-Dorf – und Ivy war ganz gerührt über die herzliche Begrüßung, die sie hier erfuhr. Mama Achera begab sich persönlich auf den Dorfplatz, um die Mama wa Wanyama willkommen zu heißen, und die Frauen überschlugen sich mit Angeboten, ihr sogleich eine Hütte zu bauen oder ihr solange die eigene zur Verfügung zu stellen.

Sanele entdeckte derweil ein großes stabiles Holzhaus im Dorf, das sie noch nicht kannten.

»Die Schule«, erklärte Ranjana, die von den Kindern liebevoll begrüßt und Mama Ranjana genannt wurde. Sie verließen dazu den Unterricht, den Schwester Teresa gerade unter einem der ausladenden Bäume hielt. Die junge Nonne folgte ihren Schülern langsam, ein gewinnendes Lächeln auf den Lippen. »Ich habe die Schule bauen lassen«, sagte Ranjana. »Damit auch in der Regenzeit ordentlicher Unterricht stattfinden kann. Wenn die Schwestern und Patres nichts dagegen haben, können Sie sich da vorläufig einrichten.«

Bevor Sanele und Ivy antworten konnten, stürzte noch jemand auf Ivy zu, um ihr seine Freude über ihre Heimkehr zu bezeugen. Kurti hatte auf dem Baum gehockt und interessiert der Schulstunde gelauscht. Schwester Teresa gehörte zu seinen Lieblingsmenschen. Als er nun Ivy erkannte, wusste er sich vor Begeisterung nicht mehr zu halten. Mit Jubellauten, die sie nie von ihm gehört hatte, sprang er vom Baum und in ihre Arme, schmiegte sich an sie und schnatterte die ganze Zeit, als wollte er ihr alles erzählen, was sich während ihrer Abwesenheit auf der Farm getan hatte. Ivy schaffte es bei seinen Zärtlichkeitsbekundungen kaum, auf den

Beinen zu bleiben – schließlich war er längst ein ausgewachsener Pavian und kein kleines Affenkind mehr.

»So hat er sich über mich noch nie gefreut«, bemerkte Schwester Teresa gespielt eifersüchtig.

Kurti lief jetzt zu den Mädchen und begrüßte seine früheren Spielkameradinnen ähnlich euphorisch. Mit Ebony tollte er bald quietschend umher. Hope war zurückhaltender. Sie würde ihre Freundschaft mit dem Affen erst langsam wieder erneuern.

»Miss Ivy ist sozusagen seine Mutter«, erklärte Ranjana Schwester Teresa lächelnd.

Ivy wunderte sich, dass sie der Missionsschwester gegenüber gar nicht gehemmt war, sondern ungezwungen scherzte. Vielleicht, weil die beiden im gleichen Alter waren und genauso befreundet wie früher sie selbst mit Schwester Margaret.

Schwester Teresa lächelte Ivy offen zu. »Mama wa Wanyama. Ich habe schon viel von Ihnen gehört. Über Miss Ranjana und Naeku, aber auch von Schwester Elisabeth und den Leuten im Dorf.«

Ivy rieb sich die Stirn. »Sie meinen die Sache mit den Schutzamuletten?«, fragte sie vorsichtig. »Es war Krieg, wir brauchten Geld …«

»Wenn die Männer dran geglaubt haben, dass die von Ihnen gefertigten Amulette ihnen geholfen haben, haben Sie das Richtige getan. Wer sagt uns, dass nicht auch in der Weisheit der Elefanten oder der Kraft des Leoparden Gottes Segen steckt?« Schwester Teresa zwinkerte ihr zu, und Ivy begann sofort, sie zu mögen.

Über die Zweckentfremdung des Schulbaus konnte die junge Schwester natürlich nicht bestimmen, doch die nächste Regenzeit ließ noch ein wenig auf sich warten, und Ivy und Sanele würden den Tag sowieso auf der Farm verbringen und Hope und Ebony in der Schule – argwöhnisch bewacht von Mwala. Im Gegensatz zu den Schwestern in Nairobi lud Schwester Teresa die Nanny der Mädchen allerdings gleich ein, beim Unterricht dabei zu sein.

»Wenn du willst, kannst du mitmachen und schreiben lernen«, bot sie der Afrikanerin an.

Hope und Ebony bestürmten Mwala zuzustimmen.

»Wir sagen dir auch vor«, versprach Ebony spitzbübisch.

Schwester Teresa drohte ihr lächelnd mit dem Finger. »Ich höre alles«, behauptete sie.

»Und nun?«, fragte Sanele, als sie mithilfe der Kikuyu-Frauen ihre Sachen ins Schulhaus gebracht hatten.

Ranjana und Schwester Teresa machten die Mädchen derweil mit den anderen Schulkindern bekannt. Ranjana stellte sich dabei sehr geschickt an. Ivy fragte sich, warum sie selbst noch keine Kinder hatte. Der Maharadscha mochte nicht daran interessiert gewesen sein und nie nachgefragt haben, hatte er doch bereits Söhne aus erster Ehe gehabt. Aber Lennox Edgecumbe wünschte sich bestimmt einen Erben.

»Jetzt fahren wir zur Farm«, bestimmte Ivy. »Und schauen uns unsere vierbeinigen Pflegekinder an. Außerdem würde ich gern eine kleine Safaritour machen. Ob das heute Abend noch geht?«

Ranjana war sicher, dass nicht alle Safarifahrzeuge der Farm in der Dämmerung unterwegs sein würden. Ob Lennox oder Reggie allerdings Zeit hätten, sie zu begleiten, wusste sie nicht.

»Auf deren Begleitung kann ich gut verzichten«, sagte Ivy. »Sanele und ich kennen jeden Winkel des Resorts. Wir brauchen keinen Führer. Früher wusste ich ganz genau, wann ich welche Tiere wo antreffen würde, wenn ich mit meinen Gästen losfuhr.«

Ranjana biss sich auf die Lippen. »Ich fürchte, da hat sich viel verändert«, erwiderte sie dann.

30

Die ersten Veränderungen fielen Ivy und Sanele auf, als sie die Einfahrt hinauffuhren. Früher war hier alles aufs Sorgfältigste gepflegt und mit Blumen bepflanzt gewesen, um die Gäste angemessen zu begrüßen und gleich einen guten Eindruck zu erwecken. Jetzt war ein Teil des Gartens Tiergehegen und Futterlagern gewichen. Fangfahrzeuge und Käfige standen überall herum, missmutig wirkende Kikuyu-Männer schoben Schubkarren mit Heu und Mist. Einer von ihnen leerte eben eine Karre voller geviertelter Wassermelonen in den Pferch der Zebras.

Ivy war entsetzt. »Was machst du denn da?«, fuhr sie den Mann an. »Die Zebras dürfen das nicht fressen, ebenso wenig die Pferde. Das gärt im Magen, davon bekommen sie Koliken und sterben.« Dann erkannte sie ihn als Amaniel, einen früheren Hausdiener, und begrüßte ihn etwas freundlicher.

»Meine Rinder vertragen das gut«, bemerkte der junge Mann mürrisch und verriet sich dabei selbst, denn sicher war es ihm nicht erlaubt, das für die Tiere auf der Farm bestimmte Futter an seine Rinder zu verfüttern.

Sanele, früher sein Vorgesetzter und insofern immer noch eine Autoritätsperson, machte ihm das gleich zum Vorwurf, während Ivy zu Erklärungen ansetzte.

»Rinder sind Wiederkäuer«, erläuterte sie. »Mit einem ganz anderen Magen-Darm-System. Jetzt hol das Zeug schnell heraus, und gib den Zebras lieber Heu. Wo habt ihr das ganze Obst überhaupt her?«

»Kriegt der Bwana aus Kijabe«, gab Amaniel Auskunft. »Alles, was auf dem Markt nicht verkauft wird. Ist sehr billig und reicht auch für die Rinder.« Dabei sah er Sanele Entschuldigung heischend an.

»An wen verfüttert ihr das denn noch?«, erkundigte sich Ivy.

»An die Giraffen.«

Sie setzte die Ration gleich auch für die Giraffen herab, obwohl sie sich mit deren Magen-Darm-Trakt nicht so gut auskannte. Die beiden Jungtiere im Pferch nebenan vertrugen so viel festes Futter wahrscheinlich sowieso noch nicht, sie sollten lieber Milch bekommen.

»Nehmen sie aber nicht an«, erklärte Amaniel und wies auf einen Wassertrog.

Darin wartete ein Milchgemisch auf die Giraffen, die sich dafür jedoch offensichtlich nicht interessierten. Sie konnten ihren Müttern noch nicht lange entrissen worden sein – wahrscheinlich wussten sie noch gar nicht, wie man mit gespreizten Vorderbeinen den Kopf zum Trinken senkte, auch wenn sie am Heu schon ein bisschen herumzupften.

Ivy verzichtete auf eine weitere Erläuterung. Am kommenden Morgen, das hatte ihr Mama Achera versichert, würden die Kikuyu-Frauen kommen, um zu helfen. Einige von ihnen hatten schon Erfahrung mit der Aufzucht von Wildtieren, die anderen waren sicher leicht anzulernen. Vorerst setzte sie ihren Rundgang durch die Sammelstation fort, sah die abgemagerten Nashörner und Elefantenkinder und die Äffchen, die zwar angemessenes Futter zur Verfügung hatten, sich aber dennoch traurig und verängstigt aneinanderdrängten. Sie bestaunte die Ameisenbären – die Tiere waren scheu, und von so Nahem hatte sie nie einen zu Gesicht bekommen – und äußerte bei den Straußen Zweifel bezüglich der Fütterung von altem Gemüse. Die Warzenschweine – sie wurden in Fallen gefangen und erwiesen sich nicht als schwierig in der Haltung – taten sich dagegen gütlich daran und schienen es zu vertragen.

»Schweine sind ja Allesfresser«, meinte Ivy. »Und wo sind nun die Löwen?«

Ranjana lief zum Schuppen mit den Löwenwelpen voraus. Als Ivy und Sanele eintraten, war Naeku dabei, mit den kleinen Katzen zu spielen, und Ranjana gesellte sich gleich zu ihr. Ivy fühlte sich an die junge Maharani bei der Beschäftigung mit den kleinen Leoparden erinnert. Und dann bemerkte sie auch schon Desna, die Naeku in einer Ecke des Stalles angebunden hatte. Sie lag majestätisch ausgestreckt auf einer weichen, mit Goldfäden durchwirkten Decke. Ivy dachte voller Zuneigung an die Geschenke, die Ranjana ihr damals für ihre Geschwister geschickt hatte. Die goldenen Halsbänder hatten ihr in den letzten Monaten geholfen, ihren Hausstand zu gründen und Hopes Behandlungen zu bezahlen.

Naeku hieß sie und Sanele ebenfalls erleichtert willkommen. »Ich würde Sie gern umarmen«, sagte sie und sah auf ihre verschmutzte Schürze, »aber ich denke, es ist besser, wenn ich das nicht tue. Die Arbeit hier hinterlässt Spuren.«

Ivy lachte nur, als sie sich wortreich entschuldigte. »Mama wa Wanyama … ich werde dem Namen wohl erst gerecht, wenn ich so aussehe und so rieche wie eine Löwenmutter. Die Kleinen sind ja ganz entzückend!« Sie nahm einen der Welpen vorsichtig in den Arm und begann ihn zu kraulen. »Das habt ihr gut gemacht, Naeku, so traurig die Geschichte auch ist. Die Mütter sind keines natürlichen Todes gestorben?«

Naeku und Ranjana nickten und berichteten von der Fangaktion, die sie beobachtet hatten. Sie konnten nun nur noch so gut wie möglich für die Welpen sorgten.

»Bis zum Transport«, unterbrach Sanele und erinnerte sie damit an die bittere Realität. »Ihr werdet euch bald von ihnen trennen müssen.«

Ivy nickte, auch sie desillusioniert. Sie hatte die Tiere auf der Farm jetzt schon in ihr Herz geschlossen und völlig vergessen, dass sie später nicht im Resort ausgesetzt werden würden wie ihre früheren Schützlinge, sondern eine lange Reise ins Ungewisse auf sie wartete. Sie gab sich einen Ruck.

»Suchen wir uns einen Wagen«, sagte sie zu ihrem Mann. »Und schauen wir uns an, was aus unserer Farm geworden ist.«

In den Safarifahrzeugen steckten die Schlüssel, genau wie es früher gewesen war. Mit Dieben war hier in der Einsamkeit nicht zu rechnen. Sanele setzte sich also ans Steuer des nächstbesten Wagens, und Ivy nahm neben ihm Platz.

»Hoffen wir mal, dass uns keine Kugeln um die Ohren fliegen«, meinte er, doch etwas besorgt.

»Das wird nicht passieren«, erklärte Naeku, »die Tierfänger pflegen ihre Beute nicht auf größere Entfernung zu erlegen, sie versuchen meist erst, die Mütter von den Jungtieren wegzutreiben. Ich kann Ihnen versichern, dass keine Gefahr besteht.«

Das anfängliche Glücksgefühl, endlich wieder über die vertrauten Wege zu fahren, wich bei ihnen beiden jedoch sehr schnell der Ernüchterung. Früher war man schon kurz nach Verlassen des Hausbereichs auf erste Herden von Gnus, Zebras, Giraffen oder Antilopen gestoßen, jetzt ließ sich kein Tier blicken. An einem Wasserloch, in der Dämmerung gewöhnlich stark von Tieren aller Art besucht, entdeckten sie einen Nashornbullen, der sich jedoch sofort fluchtartig entfernte, als er den Wagen hörte oder sah. Eine knappe Fahrtstunde vom Haus entfernt sahen sie Geier am Himmel kreisen und entdeckten dann Hyänen bei einer Aasmahlzeit. Zwei Elefanten waren hier wahrscheinlich erst am Morgen verendet, sicher nicht ohne Zutun der Tierfänger. Zur größten Verärgerung der Aasfresser stieg Sanele aus und sah sich die toten Tiere näher an. Die Kühe waren erschossen worden.

Ivy kochte vor Wut, als sie zurück zur Farm fuhren, und Lennox

Edgecumbe im Gespräch mit Reggie Derringer in der Einfahrt stehen sahen.

Reggie grinste ihnen zu, als wäre nie etwas zwischen ihnen geschehen. »Da sind Sie ja wieder, Miss Ivy, und Sie haben Ihren Mann mitgebracht! Lennox und ich hatten uns gerade überlegt, wie Sie sich hier in Zukunft nützlich machen könnten. Einen Butler brauchen wir eigentlich nicht, aber meine Mutter meinte …«

»Es ist wirklich sehr freundlich, dass du uns helfen willst, Ivy«, unterbrach Lennox ihn und lächelte verbindlich. »Ich darf doch Ivy sagen? Oder bestehst du auf Tante?«

Ivy blitzte ihn an. »Du kannst mich nennen, wie du willst«, sagte sie, kaum in der Lage, ihre Wut zurückzuhalten. »Respekt erwarte ich ohnehin nicht von dir. Ich frage mich nur, wie du es mit deiner … eurer … Familienehre vereinbarst, das Lebenswerk deines Onkels derart zugrunde zu richten! Adrian hätte dich windelweich geprügelt, wenn er hätte sehen können, was du aus seinem Resort gemacht hast …«

Lennox lachte. »Ich hab's zurückgeführt zu dem, was er draus machen wollte. Ein Jagdresort. Keinen Streichelzoo, wie du es vorhattest. Adrian …«

»Adrian war ein Jäger«, schleuderte ihm Ivy entgegen, »und für die Jagd gibt es Regeln, an die er sich hielt. Er tötete keine Jungtiere und keine Muttertiere. Er hielt Schonzeiten ein, achtete darauf, dass der Tierbestand ausgeglichen blieb. Aber du … du bist bestenfalls ein Händler! Leider ein lausiger, denn ein guter Händler achtet auf seine Ware und auf Vorratshaltung. Er will schließlich auch in den folgenden Jahren noch etwas verkaufen. Wenn du so weitermachst, nämlich für jedes Tier, das du verkaufst, mindestens drei töten oder verenden zu lassen, ist dieses Resort in kürzester Zeit ohne Leben. So schnell können gar keine neuen Tiere ihren Weg hineinfinden …«

Adrian Edgecumbe hatte seinen Besitz mit Toren versehen,

durch die Wildtiere hereinkommen, jedoch nicht wieder hinausgelangen konnten.

»Nun stellen Sie sich mal nicht so an, Miss Ivy«, mischte sich erneut Reggie ein. »Hier gibt's noch massenhaft Tiere. Die lassen sich bloß nicht mehr so oft sehen. Das Problem liegt in der Pflege der gefangenen Tiere, das ... das haben wir noch nicht ganz im Griff.«

»Das Problem liegt darin, dass Sie sich beim Vertragsabschluss haben übervorteilen lassen«, bemerkte Sanele. »Sie hätten sich für jedes gefangene Tier bezahlen lassen sollen und eigentlich auch noch für die, die dabei versehentlich getötet wurden. Dann hätte Ihnen diese Company schon Leute geschickt, die sich auf Tierpflege verstehen, und ihren Fängern den Kopf zurechtgesetzt, damit weniger Muttertiere auf der Strecke blieben.«

»Woher willst du denn das wissen? Wie soll ich dich nennen? Mr. Zulu? Was versteht ein Eingeborener wie du vom Geschäft?«, fuhr Lennox Edgecumbe Sanele scharf an.

Ivy zuckte zusammen ob der beleidigenden Art, wie ihr Neffe mit ihrem Mann sprach. Doch ihr wurde auch klar, dass er sich ertappt fühlte. Er musste längst wissen, dass er sich bei den Verhandlungen nicht besonders geschickt angestellt hatte. Auf die Idee, selbst für die getöteten Muttertiere Geld zu nehmen, war bisher anscheinend niemand gekommen.

»Ich habe lange für Newland und die Tarlton-Brüder gearbeitet«, berichtete Sanele gelassen. Über die abfällige Bezeichnung vieler Kolonisten den Afrikanern gegenüber ging er überlegen hinweg. »Meine Frau Ivy und ich haben das Resort gemeinsam geleitet und immer gern Tiere beobachtet. Ich war oft mit dem alten Bwana auf Safari. Insofern kann ich mir denken, wie viele Verluste es gibt, wenn man Großwild lebend fangen will und den Schwerpunkt obendrein auf Jungtiere legt. Als Jäger hätten Sie das ebenfalls wissen müssen, Mr. Reggie ...«

Lennox sah Sanele genauso wütend an wie Reggie, der eine sicherlich, weil er ihn nicht als Jäger anerkannte, der andere, weil er an die Konsequenzen des Lebendfangs von Großtieren tatsächlich nicht gedacht hatte.

»Und da wir gerade beim Geschäftlichen sind«, mischte Ivy sich ein. »Wir sollten über unser Gehalt reden. Miss Ranjana hat mir eine großzügige Vergütung in Aussicht gestellt, wenn ich hier helfe.«

Ihr Neffe stand kurz davor zu explodieren. »Ranjana hat mit der Verwaltung der Farm nichts zu tun und nimmt sich in der letzten Zeit ohnehin zu viel heraus …«

Sein Blick machte deutlich, dass dies für seine Frau Konsequenzen haben würde, doch Ivy ließ sich nicht beeindrucken.

»Du hast aber doch nicht erwartet, dass wir unsere Arbeitskraft und unser Fachwissen hier ohne Bezahlung einbringen werden«, sagte sie. »Also bitte, mach uns ein Angebot!«

»Euch mache ich gar nichts!«, blaffte Lennox rüde. »Mit solchen wie dir«, er sah Sanele verächtlich an, »verhandle ich nicht, die nehmen, was ich zahle, ohne zu mucken. Was dich angeht«, er wandte sich Ivy zu, »so können wir in meinem Büro reden …«

Ivy wollte auffahren, doch Saneles Blick riet ihr, den Bogen nicht zu überspannen. Also folgte sie Lennox ins Haus und bewies in der nächsten Stunde, dass sie von Geschäften weit mehr verstand als ihr Neffe. Sie war aufgebracht genug, um sich nicht von ihrer Sorge um die Tiere beeinflussen zu lassen, sondern verhandelte hart. Schließlich bewilligte Lennox eine Vergütung, von der sie mit ihrer Familie gut leben konnte. Sie verlangte, den Vertrag sofort aufzusetzen, um sich weiter abzusichern.

Stolz auf sich stieß sie wieder zu ihrem Mann. Dann fiel ihr jedoch siedend heiß ein, dass sie für ihn keine Vereinbarung getroffen hatte. »Es ist ja auch noch nicht klar, was ich hier genau machen soll«, tröstete sie Sanele. »Ob ich überhaupt mitarbeiten soll. Wenn sie mich gar nicht brauchen, frage ich in der Mission nach. Da gibt es für jemanden, der Massai und Kikuyu spricht, immer etwas zu tun.«

31

Ivys Arbeit auf der Farm ließ sich gut an. Die Kikuyu-Frauen erschienen wie vereinbart am nächsten Morgen zur Arbeit, die erfahreneren Tierpflegerinnen machten sich gemeinsam mit Ivy an die Improvisation von Saugflaschen in allen Größen. Die anderen molken die Ziegen und kümmerten sich um die an Euterentzündung erkrankten Tiere. Euterentzündungen kamen auch bei ihren Ziegen gelegentlich vor, und alle kannten Hausrezepte, um die Tiere zu behandeln. Am Nachmittag nuckelten dann bereits die ersten Elefantenkälber an ihrer Milchmischung, die Frauen organisierten eine Trittleiter, um die Giraffen in natürlicher Haltung trinken zu lassen, und Ivy versuchte, das zutiefst traumatisierte Nashornbaby an die Flasche zu gewöhnen. Die jungen Elefanten, die anscheinend am Tag zuvor erst ihre Mütter verloren hatten, zeigten noch kein Interesse an Nahrung, die ihnen von Menschen angeboten wurde. Die Äffchen dagegen klammerten sich bereits an ihre neuen Pflegerinnen wie früher an ihre Mütter. Jedem von ihnen war eine Frau zugeteilt, die sich von jetzt an speziell um dieses Baby kümmern würde. Ivy hatte die Fänger davon reden gehört, dass sie noch nicht genügend Paviane, Meerkatzen und Kolumbusaffen für den Transport hätten, somit würden weitere Jungtiere folgen.

Sanele kümmerte sich erst mal um den Bau einer Hütte beim Kikuyu-Dorf. Sie sollte Lehmwände und ein Dach aus Weidengeflecht haben wie die traditionellen Hütten der Afrikaner, doch er bestand auf Fenstern und einer Holztür, die verschlossen werden konnte. Die Frauen, denen traditionell der Bau der Hütten oblag, halfen fleißig, sogar die Männer ließen sich zum Sägen von Ästen herab. Alle begrüßten es, ihre Mama wa Wanyama im Dorf zu haben – so groß die Ressentiments gegenüber dem Geisterkind Hope auch sein mochten. Ivy hatte sich in den Jahren der Führung der Farm ihren Respekt erworben und für allgemeinen Wohlstand gesorgt. Sie hatte ihren Leuten ebenfalls Respekt entgegengebracht, was bei Lennox und Reggie nicht der Fall war. Nun verstanden sie nicht ganz, warum Ivy und Sanele nicht mehr im Haus auf der Farm leben konnten – die Streitigkeiten unter Weißen blieben den meisten von ihnen weitgehend unverständlich –, doch sie nahmen sie gern auf.

Kurz vor Beginn der Großen Regenzeit bezogen Ivy, Sanele, die Kinder und Mwala ihre neue Hütte, die in drei Räume aufgeteilt war – einen Wohnraum, ein Zimmer für die Kinder und ihre Nanny und eines für Ivy und Sanele. Sie waren sehr klein, aber sie boten immerhin eine gewisse Rückzugsmöglichkeit. Eine Kochstelle gab es nicht, doch Mwala reichte die offene Feuerstelle vor der Hütte. Ivy verbrachte den Tag ohnehin auf der Farm und wurde von Wawira mitverpflegt.

Die Kinderfrau begleitete die Mädchen täglich zur Schule, die nun wieder in dem von Ranjana gestifteten Gebäude stattfand, und Hope avancierte schnell zur Lieblingsschülerin von Schwester Teresa und Schwester Luitgard, die gemeinsam für die Kikuyu-Schule zuständig waren. Sie war höflich, lernwillig und klug. Ebony machte den Schwestern mehr zu schaffen, fiel allerdings nicht mehr durch Streitigkeiten mit anderen Kindern auf wie in Nairobi. Das lag daran, dass die anderen es nicht wagten, Hope etwas anzutun. Sie blickten anfangs mit einer Mischung aus Angst und Ehrfurcht auf das Geisterkind, gegen das man den Schutz der mächtigen Mama wa Wanyama brauchte, doch als sie sich an ihre neue Mitschülerin gewöhnt und festgestellt hatten, dass kein Zauber und keine Gefahr von ihr ausging, vergaßen sie den Glauben der Medizinmänner. Die Kikuyu im Dorf waren längst alle getauft, und die Kinder standen von klein an unter dem Einfluss der Mission. So waren sie bereit anzuerkennen, dass Hope durch die Taufe ebenso zum Gotteskind geworden war wie sie alle und damit den Geistern entrissen worden war, die ihre Haut so weiß gefärbt hatten.

»Wenn Hope auch ein Gotteskind ist wie wir, warum hat er ihre Haut dann nicht schwarz gefärbt?«, fragte eines der aufgeweckteren Kinder eines Tages während des Religionsunterrichts.

Schwester Teresa erklärte, dass Ivory Edgecumbe das Kind gleich nach der Geburt adoptiert hatte. »Miss Ivy ist schließlich auch weiß«, fügte sie an. »Mit Mr. Zulu war sie damals noch nicht verheiratet. Nachdem sie ihn geheiratet hat, kam Ebony zur Welt, die hat deshalb eine dunklere Haut als Miss Ivy.«

Als Mwala am Abend zu Ivys Belustigung von dem kleinen Aufklärungsgespräch erzählte, kam Ebony eine Idee.

»Können wir Gott nicht ein bisschen helfen? Wir brauchen nur etwas goldbraunen Puder wie Miss Ranjana ihn hat, und bepinseln damit Hopes Gesicht. Dann sieht sie aus wie ich, und die Zauberer interessieren sich nicht mehr für sie.«

Ivy musste sich das Lachen verbeißen. Sie überzeugte Ebony letztlich davon, dass die Zauberer sich nicht so leicht in die Irre führen lassen würden. »Das hast du doch schon mal mit der Creme von Mr. Jeevanjees Nichten versucht«, fügte sie an. »Hinterher war das ganze Bettzeug verschmiert.«

Nach der Schule fanden sich die Mädchen meist auf der Farm ein – zusammen mit den anderen Kindern, deren Mütter sich dort um die Tiere kümmerten. Früher hatte Ivy das unterbunden – die Hausmädchen und Küchenhelferinnen hatten ihre Kinder im Dorf lassen müssen, um die Gäste nicht zu stören. Nun, da es keine Gäste gab, empfand sie das als überflüssig, und so wimmelte es an den Nachmittagen von kleinen Helfern und Helferinnen, die sich nützlich machten oder etwas anstellten. Ebony hatte im indischen Viertel von Nairobi ausreichend über Schlangen gehört, um zu wissen, dass man sie beschwören konnte, und Ivy holte sie gerade noch rechtzeitig aus dem Schuppen, in dem sie die Reptilien unterbrachten, bevor sie einem jungen Felsenpython ein Flötenständchen bringen konnte.

Was die Ernährung der Schlangen anging, hatte Ivy es zunächst mit Eiern versucht und damit erste Erfolge erzielt. Sie hatte in Mr. Jeevanjees Gartenhaus schon mal eine Schlange beim Plündern ihrer Vorräte erwischt. Die Kikuyu-Frauen erklärten ihr, dass die größeren Schlangen sehr gern Hühner erbeuteten – und natürlich, wie Ranjana und Naeku gesagt hatten, Mäuse und Ratten.

»Aber doch keine toten!« Mumbi, die sich jeden Tag nach der Schule zum Helfen einfand und von Reptilien fasziniert schien, lachte. »Die wollen sie selbst fangen, Miss Ivy, und dann fressen sie die mit Haut und Haaren!«

Die Jungen machten sich daraufhin an die Konstruktion von Fallen, mit denen sie kleine Nager lebendig fangen konnten, und bald hatten Ivy und ihre Helferinnen mehr Mäuse als Schlangen. Andere jagten Insekten für die Felsenagamen, eine Echsenart.

Die Tierfänger nutzten die Jahreszeit, um ihren Opfern aufzulauern, da sie während der belebenden Regenfälle oft ausgelassen spielten oder das frisch gesprossene Gras so gierig fraßen, dass ihnen das Kommen der Jäger entging.

Die Sammelstation füllte sich mit Antilopen und Hyänen – auch zwei halbwüchsige Leoparden verirrten sich in eine aufgestellte Falle. Der Umgang mit ihnen war schwierig, sie waren zwar längst noch nicht ausgewachsen, aber keine Welpen mehr. Da sie gefährlich werden konnten, hielten die Tiersammler sie in kleinen Käfigen. Ranjana blutete das Herz, wenn sie die Wildkatzen leiden sah.

Mit Ivys Rückkehr verschlechterte sich das Verhältnis zwischen den Menschen auf der Farm und den Tierfängern. Sie machte keinen Hehl daraus, dass sie die meisten der Männer, allen voran Brooks, verachtete, und die Männer machten sich ihrerseits einen Spaß daraus, Sanele zu demütigen oder – was schlimmer war – Hope zu ängstigen. Die meisten von ihnen waren lange genug in Afrika, um zu wissen, wie dort gern mit Geisterkindern verfahren wurde, und so bedrohten sie Hope immer wieder mit Überlegungen, ihr die Nase oder die Ohren abzuschneiden, um daraus Medizin gegen Schnupfen oder Ohrenschmerzen zu erstellen. Natürlich meinten sie das nicht ernst, doch Hope glaubte es und fürchtete sich zu Tode.

Ivy und Sanele konnten sich nicht darauf einigen, ob man ihr die Angst besser ausredete oder eher etwas schürte.

»Susan Derringer hat recht, Schurken gibt es unter Afrikanern und Weißen, und ein paar dieser Tierfänger sind übelster Abschaum«, bemerkte Sanele. »Wer weiß, wie weit ihre Hemmungen gingen, würde ihnen ein einheimischer Zauberer wirklich viel Geld für einen Menschen mit Albinismus bieten.«

Ivy verlangte von Lennox, die Männer zur Ordnung zu rufen, und erfuhr bei dieser Gelegenheit, dass ihr Neffe sich nach Ende der Großen Regenzeit erst einmal auf Reisen begeben wollte.

»Ich habe Jagdeinladungen nach Naivasha und auch schon lange versprochen, Freunde im Wanjohi Valley zu besuchen. Und da ich hier zurzeit nicht gebraucht werde …«

»Das Happy Valley Set feiert also wieder?«, fragte Ivy. Inzwischen wusste sie etwas mehr über Lennox' neue Freunde, von deren Eskapaden und Unternehmungen die Zeitungen in Kenia immer wieder berichteten. Während ihrer Zeit in Nairobi hatte sie selten eine Zeitung in der Hand gehabt, doch jetzt verfolgte sie die Berichte über Leute wie Geoffrey Buxton, den Earl of Erroll und Idina Sackville. »Wirst du deine Frau mitnehmen?«

»Willst du es mir verbieten?«, fragte Lennox streitlustig. »Ja, es wird wieder gefeiert, und nein, ich werde die kleine Mimose und ihre aufrührerische Dienerin zu Hause lassen. Ich hab's satt, hier nur Vorwürfe zu hören. Ich bin das Geblöke der Tiere und das Geschrei der Kinder leid und Untergebene, die sich benehmen wie die Herren …«

Sanele hatte, um sich sinnvoll auf der Farm zu beschäftigen, vorgeschlagen, die Aufsicht über das Hauspersonal zu übernehmen. Zwei Zimmermädchen und zwei Hausdiener sowie Wawira und ihre Küchenmädchen beschäftigte Lennox schließlich immer noch, um das Haus in Ordnung zu halten, und einige der Angestellten machten immer wieder Ärger. Wawira beschwerte sich, dass die Leute stahlen und dass die Zimmermädchen sowohl Lennox als auch Reggie Derringer zu mehr zur Verfügung standen als nur zur Reinigung des Hauses. Eins machte das wohl freiwillig, das andere wurde von seinem Mann dazu angehalten. Beide bewiesen sich als immer weniger gefügig und arbeitsam, je mehr sie daran glaubten, um ihrer Dienste willen von den Männern geschätzt zu werden. Sanele hatte sie sofort ausgetauscht, wie er auch der Prostitution der Kikuyu-Frauen und jungen Mädchen im Lager der Tierfänger einen Riegel vorgeschoben hatte. Die Männer im Dorf hörten auf ihn und Ivy. Es war früher verboten gewesen, sich den Männern hinzugeben, und sie stellten es nach ihrer Rückkehr erneut ein.

Lennox wollte Sanele zwar weiterhin nicht bezahlen – allerdings hatte er nichts eingewandt, als Susan Derringer ihren Vorschlag, eine Bar und einen Restaurationsbetrieb für die Tierfänger zu eröffnen, wiederholte und Sanele die Idee rasch in die Tat umsetzte. Zu Lennox' Erstaunen florierte der Betrieb vom ersten Tag an, und es gab endlich wieder nennenswerte Einnahmen. Sicher halfen sie dabei, ihm die Reise ins Wanjohi Valley zu finanzieren. Sanele erhielt schließlich eine kleine Beteiligung, doch Reggie fand selbst das noch zu viel.

»Nimmst du Mr. Reggie mit?«, fragte Ivy hoffnungsvoll, ohne dessen Lamento zu kommentieren.

Reggie Derringer, der Sanele nie hatte leiden können, ließ nach wie vor nichts unversucht, ihn zu provozieren.

Lennox grinste. »Nee, zu geschwätzig, der Junge. Wer weiß, was der danach rumerzählt. Außerdem muss hier jemand die Stellung halten …«

Ivy seufzte. Mit Reggie Derringer als kommissarischem Leiter des Farmbetriebs hatte es schon zu Adrians Zeiten Ärger gegeben.

Ranjana trug die Abreise ihres Gatten mit Fassung. Sie würde Lennox nicht vermissen, befürchtete jedoch, durch weitere Erwähnungen in den Zeitungen – womöglich in einem Satz mit Danielle van der Velt – in den Augen der Kolonialgesellschaft das Gesicht zu verlieren.

Naeku sah das gelassener. »Er ist der, der sich lächerlich macht, nicht du«, sagte sie. »Und an wem in der Gesellschaft von Kijabe ist dir so gelegen, dass du dich vor ihm für Lennox schämst?«

Ranjana wurde trotzdem glühend rot, als sie schon eine Woche nach seiner Abreise von einer Jagdgesellschaft am Lake Naivasha hörte, gegeben auf der Farm der van der Velts. Dabei merkte der Journalist humorig an, dass Danielle van der Velt bevorzugt mit Lennox Edgecumbe auf die Pirsch gegangen war, während William van der Velt der raubkatzengleichen schwarzhaarigen Schönheit Tilda Milton-Temprest nachgestellt hatte.

»Der Mann bringt es auf den Punkt«, bemerkte Ivy und hätte beinahe gelacht, als sie das Ende der Reportage las.

Wie immer bei der Betrachtung der passionierten Schürzenjäger vom Happy Valley Set, ihren Affären und Plänkeleien sowie ihrem immensen Konsum harter Spirituosen, fragt sich der Beobachter, ob man diesen Ladys und Gentlemen wirklich Schusswaffen in die Hand geben sollte. Insofern ist es erfreulich, hier berichten zu können, dass auch dieses Mal nur Löwen und Leoparden ihr Leben lassen mussten.

»Nimm es nicht ernst, Ranjana«, sagte Naeku mit einem Lächeln und nahm die Hand ihrer Freundin. »Lennox wird sowieso bald zurückkommen.«

Die Sammelstation platzte inzwischen aus allen Nähten vor eingefangenen Tieren, und Wilhelm Jonas war dabei, einen ersten Transport nach Deutschland zu organisieren.

»Das hoffe ich.« Ivy seufzte. »Sonst greift nämlich Sanele bald zur Waffe. Er hat ja unendliche Geduld, aber Reggie Derringer treibt es zu weit.«

Der hatte es sich gleich nach Lennox' Abreise zur Gewohnheit gemacht, den Abend in der Bar bei den Zelten der Tierfänger zu verbringen, wo Sanele um diese Zeit bediente. Wawira pflegte dort allabendlich einen Grill aufbauen zu lassen und unterstützt von zwei der Küchenmädchen Fleisch und Beilagen zuzubereiten. Zur Bedienung der Gäste hatte Sanele zwei frühere männliche Bedienungen rekrutiert, um die Frauen vor Übergriffen durch die meist bald betrunkenen Tierfänger zu schützen. Dabei bemühte er sich, die Würde eines Butlers zu wahren und die Tierfänger mit der gleichen Höflichkeit zu behandeln, die er einst den Gästen des Resorts entgegengebracht hatte. Er hatte die Erfahrung gemacht, dass ein professioneller Umgang auch mit schwierigen und betrunkenen Gästen diese meist im Zaum hielt. Nun machte Reggie Derringer das zunichte, indem er ihn konsequent Boy rief statt Mr. Zulu, Bier verschüttete und darauf bestand, dass Sanele es persönlich aufwischte. Mitunter begann er ein provozierendes Gespräch, indem er Sanele bat, ihm und seinen Freunden zu erklären, wie jemand wie er es geschafft hatte, eine weiße Frau ins Bett zu bekommen. Ein anderes Mal befahl er den Bediensteten der Bar und Sanele, sich legerer zu kleiden. »Ist doch hier kein Grandhotel! Lass den Frack zu Hause, Boy!«

Sanele biss sich wütend auf die Lippen, fragte jedoch trotzdem höflich nach, welche Kleidung der Bwana für die Bediensteten in der Bar wünschte. Er kommentierte es nicht, als Reggie Derringer daraufhin um Vorschläge von den Gästen bot, die sich prompt mit Ideen wie Baströckchen, Badekleidung und Schottenröcken überboten.

»Du hörst es, Boy, ich erwarte morgen ein bisschen Theater«, blaffte er und lachte.

Sanele reagierte darauf, indem er Bar und Barbecue am nächsten Tag einfach nicht öffnete, woraufhin Reggie Derringer selbst Fleisch auf den Grill warf und Bier und Whiskey ausschenkte. Ob er Geld dafür nahm oder die Tierfänger einlud, blieb Sanele und Wawira verborgen. Allerdings war das gesamte Personal den halben nächsten Tag damit beschäftigt, den Barbereich aufzuräumen und zu säubern. Ivy hatte nie geglaubt, sich einmal nach Lennox Edgecumbes Rückkehr zu sehnen, doch jetzt konnte sie das Ende von Reggie Derringers Herrschaft über die Farm kaum erwarten.

Schließlich kam der Tag, an dem endlich der erste Tiertransport aus Edgecumbe Farm auf den Weg gebracht wurde. Es war ein langer Zug, der sich in Richtung Kijabe wandte – die Tiere wurden zum Teil auf Lastwagen transportiert, zum Teil von kräftigen Männern geführt. Bei den Zebras und Giraffen und den Elefantenjungen ging das recht gut, die beiden jungen Nashörner und das Nilpferd mussten in Kisten gezwängt werden. Die Affen packte man in Käfige, was sowohl bei ihnen als auch bei den Frauen, die sie betreut hatten, zu Wehklagen führte. Ranjana weinte, als sie die Löwenjungen, für die Naeku und sie so aufopferungsvoll gesorgt hatten, in einen Transportkäfig setzen mussten. Die Welpen würden sicher überleben, sie fraßen inzwischen selbstständig, aber die Trennung fiel ihnen schwer.

»Was liegt wohl vor ihnen?«, fragte Ranjana. Sie hatte nie einen europäischen Zoo gesehen, kannte nur den kleinen Tierpark im Palast des Maharadschas, und da hatte ihr Mann Pfauen und Papageien gehalten, keine in Freiheit gefangenen Wildtiere.

Ivy schwieg. An ein schönes Leben für ihre Schützlinge glaubte sie nicht.

»Lennox wird das ja sicher nicht wiederholen«, bemerkte sie betrübt. »Die Sammelstation kann nicht so viel eingebracht haben, dass er gleich von vorne anfängt, die Ställe zu füllen.«

»Was soll er denn stattdessen tun?«, erkundigte sich Naeku. »Erneut ein Jagdresort eröffnen?«

»Vielleicht überlässt er die Leitung ja wieder uns und verlegt sich auf Gäste, die nicht schießen wollen«, erwiderte Ivy. »Das hat immer noch am meisten eingebracht. Und da Lennox ja sowieso lieber feiert als jagt …«

32

Eigentlich hatte Ivy damit gerechnet, bald in Lennox' Pläne eingeweiht zu werden. Genau genommen erwartete sie ihre und Saneles Entlassung – Tiere waren ja nicht mehr zu pflegen, und die Tierfänger waren erst mal abgereist. Der Restaurationsbetrieb konnte also geschlossen bleiben. Sie musste sich jedoch in Geduld üben, denn ihr Neffe gönnte sich zunächst eine weitere Auszeit.

Lennox plante, dieses Mal Ranjana mit zu den van der Velts nahe des Nyahururu-Wasserfalls zu nehmen. Sie wusste nicht, was ihn dazu bewog. Waren es die Zeitungsartikel, die ihn zu oft mit Danielle van der Velt in Verbindung gebracht hatten, oder fehlte den Mitgliedern des Sets ein Spottobjekt? Sie hätte sich am liebsten geweigert und wagte es tatsächlich, ihn zu bitten, sie auf der Farm zu lassen. Lennox gab allerdings nicht nach.

»Du musst ab und zu raus hier«, erklärte er unmissverständlich. »Und ein paar Partys mit den Leuten vom Set sind da genau das Richtige. Vielleicht lernst du endlich mal was dazu!« Ranjana fragte sich, was sie von Frauen wie Danielle van der Velt lernen konnte, aber sie fügte sich, als Lennox ihr immerhin zugestand, Naeku mitzunehmen. Zu ihrer Verwunderung musste sie ihn darum gar nicht bitten, er schlug es von sich aus vor. »Nur nicht die Katze!«, schnauzte er.

Tatsächlich waren die Mitglieder des Sets bei ihren Besuchen auf der Farm sehr angetan von Ranjanas außergewöhnlichem

Haustier gewesen. Die Frauen hatten sich mit Desna in freizügigen Posen fotografieren lassen, die Männer hätten ihr gern den Fuß auf den Nacken gesetzt, wie sie es mit den von ihnen erlegten Raubtieren taten. Da hatte sich Desna allerdings geweigert. Auch zu Lennox hatte die Leopardin nicht das beste Verhältnis. Meist zog sie sich zurück, wenn er sich ihr näherte, mitunter fauchte sie ihn aggressiv an – die Großkatze schien zu spüren, dass ihre Besitzerin Männern gegenüber Vorbehalte hatte. Lennox bestand deshalb darauf, dass sie eingesperrt blieb, wenn Ranjana in die Haltungsanlagen der gefangenen Tiere ging, wo sie auf die Jäger treffen konnte.

Ranjana nickte folgsam. Sie hatte Desna ohnehin nicht mitnehmen wollen – schon auf der Farm hatte sie Angst um das Tier gehabt, wenn es sie zu den Zelten der feiernden Jäger begleitet hatte.

»Miss Ivy kann auf sie aufpassen«, sagte sie.

Desna hatte ihre Retterin zwar nicht wiedererkannt, doch während Ranjanas Aufenthalt bei den Jeevanjees und jetzt nach der Rückkehr auf die Farm hatten die beiden ihre Freundschaft erneuert.

Ranjana und Naeku begleiteten Lennox also auf die schlossähnliche Farm der van der Velts. Das Ehepaar besaß Kaffeeplantagen, kümmerte sich jedoch nicht um ihre Bewirtschaftung. Beide waren von Hause aus reich und überließen die Verwaltung und die Aufsicht über die afrikanischen Arbeiter britischen Angestellten. Die ärmlichen Hütten der Afrikaner waren von der Zufahrt aus zu sehen, und obwohl sie aus Indien das starke Gefälle zwischen Arm und Reich kannte, berührte Naeku die offensichtliche Ungerechtigkeit. Dies hier war kein Dorf der Einheimischen wie auf Edgecumbe Farm, sondern eine Ansammlung notdürftig errichteter armseliger Unterkünfte, die den Bewohnern mehr schlecht als recht Schutz vor Sonne und Regen boten.

Das Haus der Plantagenbesitzer bot dagegen Luxus pur. Danielle und William begrüßten ihre Gäste mit Wangenküssen – Ranjana bemühte sich, vor Williams Berührung nicht zurückzuschrecken. Die ihnen zugewiesenen Zimmer boten genügend Platz auch für Naeku, und während die Gastgeber Lennox und andere bereits eingetroffene Gäste zu einem Ausritt einluden, ließ Naeku Ranjana ein duftendes Schaumbad in einer riesigen Wanne ein. Sie aalten sich schließlich beide darin, und Ranjana konnte ein wenig entspannen. Zur Party würde sie ein dunkelrotes Abendkleid tragen, Naeku hüllte sich in einen schlichten Sari.

»Willst du denn mitkommen?«, fragte Ranjana verwundert.

Naeku nickte. »Der Hausherr hat mich eingeladen«, erklärte sie. »Er sprach mich an und fragte mich, ob es in Indien nicht üblich sei, dass eine Leibdienerin ihrer Herrin auf Schritt und Tritt folge. Ich habe das bestätigt, und er meinte, das sei doch eine schöne Tradition, und er wolle mich nicht hindern, dich zum Dinner und zum Ball zu begleiten. Ich fand das auch sehr merkwürdig, aber ich gehe natürlich gern mit. Selbst wenn ich nichts zu essen bekomme.«

Sie lachte, als Ranjana vielsagend auf den Obstkorb und eine Schale mit Pralinés und Gebäck wies, die im Zimmer auf sie gewartet hatten.

Sie hatten sich beide hübsch zurechtgemacht, als es schließlich Zeit wurde, sich zum Dinner zu versammeln. Naeku erregte Aufsehen, als sie das saalartige Esszimmer der van der Velts betraten und sich an der Wand neben der Tür platzierte. Ranjana erhielt den Gastgeber als Tischherrn, was Tilda Milton-Temprest nicht sehr zu gefallen schien. Lennox saß ihnen mit Danielle van der Velt gegenüber – und Ranjana hatte Zeit, sich ihre Rivalin genauer anzusehen. Danielle trug ihr platinblondes Haar kinnlang und in exakt sitzende Wellen gelegt. Ihr rotes Abendkleid war schulterfrei und ließ viel schneeweiße Haut sehen – die Lady schien die Sonne zu scheuen. Ihre Lippen waren leutend rot geschminkt, sie waren breit und üppig, die Augen von einem betörenden Grün.

»Hätte ich gewusst, dass das heute als korrekt empfunden wird, hätte ich meine Zofe auch mitgebracht«, wandte Danielle sich jetzt mit süffisantem Lächeln an Ranjana. »Ich muss allerdings zugeben, dass meine Molly kein so schmückendes Element ist wie Ihre … wie rufen Sie sie?«

Ranjana bemühte sich um ein Lächeln. »Bei ihrem Vornamen«, gab sie zurück. »Naeku.«

»Ein sehr hübscher Name«, mischte sich ihr Tischherr in das Gespräch. »Indisch? Sie sieht irgendwie nicht indisch aus. Allerdings in der Tat sehr schmückend. Wo haben Sie sie her?«

Ranjana begann, in ruhigem Ton zu erzählen, wie Naeku und sie zusammengekommen waren. Es gefiel ihr nicht, von ihrer Freundin und Dienerin zu sprechen, als wäre die nicht anwesend oder taub, doch das störte in dieser Gesellschaft anscheinend niemanden.

»Naeku ist mir seitdem eine treue Freundin und Begleiterin«, endete sie schließlich und hätte Naeku dabei gern ein Lächeln geschenkt, das wagte sie allerdings nicht.

»Wie süß«, bemerkte Danielle. »Ein bisschen wie Nydia für Jone bei Edward Bulwer. Teilt sie denn auch die Liebe zu Ihrem Gatten?« Sie lächelte, als ihre Anspielung auf die Freundschaft zwischen Herrin und Sklavin in dem Roman *Die letzten Tage von Pompeji* Ranjana erröten ließ. »Ihre Sklavin können Sie ihm doch zur Verfügung stellen, oder sieht der Brauch in Indien das nicht vor?«

Ranjana biss sich auf die Lippen. Sie hatte die bereits servierte Vorspeise bislang nicht angerührt. »Sie ist nicht meine Sklavin«, erklärte sie.

Lennox grinste. »Das muss ich leider bestätigen, denn sonst gehörte sie seit unserer Hochzeit ja auch mir, und ich könnte sie hier allen anbieten. Versuchen Sie doch, sie sich gewogen zu machen, meine Herren. Ich kann Sie nur warnen, sie ist ziemlich kratzbürstig.«

William van der Velt und die anderen in ihrer Nähe sitzenden Gäste lachten. Ranjana meinte, Naekus Zorn körperlich zu spüren, doch ihre Freundin beherrschte sich ebenso eisern wie sie sich selbst.

Die Tischgespräche rankten sich jetzt um den nachmittäglichen Ausritt, die am folgenden Morgen geplante Jagd und alle möglichen gesellschaftlichen Anlässe. Ranjana konnte und wollte sich nicht daran beteiligen, sie beobachtete lieber den Umgang der Gäste miteinander. Lennox zeigte sich äußerst vertraut mit Danielle, berührte mitunter ihre Schultern oder ihre Hand – und sie stibitzte lachend ein Stück Fleisch von seinem Teller, das ihr schmackhafter erschien als das ihre. William war Ranjana gegenüber zurückhaltender, bis sie nach dem dritten Glas Wein seine Hand auf ihrem Knie spürte. Die Berührung durchfuhr sie wie ein elektrischer Schlag. Entsetzt sprang sie auf und wusste nicht, was sie tun sollte.

William blickte sie mit unschuldigem Lächeln an. »Was ist geschehen? Sie wirken, als hätten sie eine Maus gesehen«, neckte er sie.

»Ich … ich bin in der Tat erschrocken«, sagte Ranjana. »Aber ich … fürchte mich nicht vor Mäusen …«

Danielle lachte. »Tatsächlich. Mir wurde berichtet, dass unsere indische Prinzessin sie sogar höchstselbst fängt, um ihre Schlangen zu füttern. Haben Sie Ihren Tierpark erweitert, Ranjana? Vielleicht um eine Kobra? Sie würde Ihnen sehr gut stehen …«

Ranjana wusste nicht, was sie erwidern sollte, doch jetzt mischte sich Naeku ungebeten ein. »Kobras sind sehr giftig«, sagte sie. »Hier in Kenia haben sie obendrein eine interessante Angewohnheit. Sie speien ihren Gegnern das Gift ins Gesicht.«

Danielle lachte nervös, während ihr Ehemann sich entzückt von Naekus Eingreifen zeigte.

»Nicht nur sehr schön, sondern auch sehr schlagfertig, Ihre Gesellschafterin«, wandte er sich erneut an Ranjana. »Möchten Sie sich nicht wieder setzen? Und du, komm ruhig etwas näher, Naeku. Du scheinst gesprächiger zu sein als deine Herrin. Aber warum kleidest du dich indisch? Gefallen dir Saris besser als deine Stammeskleidung?«

Naeku blitzte ihn an. »Es erschien mir nicht angemessen, hier in einem schulterfreien roten Kleid aufzutreten, auch wenn das die aktuelle Mode zu sein scheint.« Sie ließ den Blick über die Gastgeberin wandern.

Lennox erhob sich. »Was nimmst du dir heraus, Mädchen?«, fuhr er sie an. »Jetzt begleite deine Herrin kurz hinaus, damit sie sich fassen kann, was auch immer sie in diesem Raum erschreckt hat, und dann hältst du den Mund und zeigst dich respektvoll!«

Naeku ließ sich nicht beeindrucken. »Ich wurde gefragt«, erklärte sie. »Kommen Sie, Memsahib, ich helfe Ihnen, sich ein wenig frisch zu machen.«

Ranjana stand im Bad kurz vor einem Zusammenbruch. »Er hat mich angefasst«, berichtete sie. »Mr. van der Velt … William. Was … was soll ich denn jetzt machen?«

Naeku seufzte. »Wieder hineingehen. Und wenn er das noch einmal macht, stichst du ihm das hier in die Finger.« Sie nahm eine Nadel aus ihrem Kleid.

Ranjana schaffte ein Lächeln. »Dann müsste er erklären, warum er aufgesprungen ist! Und ein Mann kann sich nicht mit einer Maus herausreden.«

»Diese Leute … es ist, als belauerten sie sich alle gegenseitig«, sagte Naeku. »Danielle van der Velt ist nicht die Einzige, die pausenlos stichelt, das scheint der normale Umgang miteinander zu sein. Es ist, als … als wäre die Luft aufgeladen wie vor einem Gewitter.«

»Es entlädt sich nur nicht«, überlegte Ranjana. »Jedenfalls hat es das nicht getan, solange ich dabei war. Sie scheinen die Spannung zu mögen … Ich will hier nicht sein, Naeku!«

Naeku sah sie verständnisvoll an. »Vorerst bleibt uns beiden nichts anderes übrig. Lass dich einfach nicht so sehr auf sie ein, antworte höflich, wenn man dich etwas fragt, und lass dich nicht provozieren.«

Ranjana lächelte erneut. »Sagt die Dienerin, die sich ungefragt in das Gespräch der Herrschaft eingemischt hat. Der Maharadscha hätte dich köpfen lassen.«

Naeku lachte. »Dann kann ich ja froh sein, dass es hier keinen Henker gibt. Die töten nur mit Worten, Ranjana. Hör einfach nicht hin.«

Der Rest des Dinners verlief ohne Komplikationen, Danielle war mehr damit beschäftigt, mit Lennox zu flirten, als Ranjana zu provozieren, und William blieb höflich. Er schien ohnehin weniger an Ranjana als an Naeku interessiert und sprach sie am Ende tatsächlich darauf an.

»Können Sie nicht zwischen mir und der schönen Afrikanerin vermitteln?«, fragte er. »Sie ist natürlich nicht Ihre Sklavin, doch zweifellos hört sie auf Sie. Vielleicht … kann sie mir wenigstens einen Tanz schenken …«

Nach dem Dinner wechselte die Gesellschaft in einen Tanzsaal, der sich auf eine Terrasse hin öffnete. Eine eigens engagierte Band spielte Swing, und die ersten Paare begaben sich auf die Tanzfläche. Die meisten Ladys und Gentlemen nahmen jedoch vorher noch Drinks. William van der Velt machte das mutiger. Er näherte sich Naeku, die hinter dem Sofa stand, auf dem Ranjana saß, und machte ihr Avancen. Zu Ranjana gesellten sich einige Frauen, alle modisch gekleidet und stark geschminkt. Mit ihren Zigarettenspitzen posierten sie, als ginge es hier um einen Paarungstanz. Sie tranken Cocktails, die Männer Cognac oder Whiskey.

Ranjana hielt sich an einem Champagnerglas fest und versuchte, bei unverfänglichen Themen wie Mode oder Musik mitzureden. Seit sie mit Lennox verheiratet war, hatte sie einige Frauenmagazine abonniert und studierte sie allmonatlich pflichtschuldigst. Schwieriger wurde es, als die Frauen anzüglich wurden und Fragen stellten wie die, ob sich Ranjana nicht auf ihrer einsamen Farm langweile und ob es nicht vielleicht jemanden gäbe, der ihr das Leben etwas kurzweiliger mache.

»Einen oder eine?«

Ilka von Lund, eine hübsche blonde Dänin, die gemeinsam mit einer rothaarigen Engländerin mit Namen Jean Copeland-Lytton erschienen war, kicherte. Beide trugen mondäne Hosenanzüge aus Seide, Ilka rauchte ein Zigarillo.

Ranjana wurde glühend rot. Sie fühlte sich ertappt, beschloss jedoch, sich herauszureden, auch auf die Gefahr hin, dass sie sich damit wieder lächerlich machte.

»Wir … wir haben einen zahmen Pavian, der … der das Leben auf der Farm sehr kurzweilig macht … und …«

»Ach, Schätzchen!«, rief eine der Ladys und lachte mit den anderen zusammen schallend. »Sie sind ein solch unschuldiges kleines Ding! Was macht Lennox bloß mit Ihnen?«

Lennox tanzte mit Danielle, William versuchte Naeku zu einem Tanz zu überreden. Ranjana sah voller Sorge, dass ihre Freundin sich ständig unter seinen Zudringlichkeiten hinwegducken musste. Ein anderer Mann, Geoffrey, Earl of Rennant, forderte Ranjana auf und presste sich beim Tanzen ebenso aufdringlich an sie wie Lennox an Danielle. Entsetzt fühlte sie seine Erektion.

»Lassen Sie mich!«

Sie versuchte, ihn abzuwehren, aber dazu fehlte ihr die Kraft. Der Mann drückte sie nur noch enger an sich.

»Komm, du magst es doch auch«, flüsterte er ihr ins Ohr. Als er etwas nachgab, tastete sie nach der Nadel, die Naeku ihr gegeben hatte. Sie führte eine Hand nach unten … »Ja!« Geoffrey grinste. »Ja, jetzt begreifst du. Mach's mir, Süße …«

Er löste sich von ihr, um ihr die Gelegenheit zu geben, in seinen Schritt zu greifen, und Ranjana stach zu. Sie konnte ihn mit der Stecknadel nicht ernsthaft verletzen, doch der Überraschungseffekt griff. Geoffrey stieß sie von sich, schrie auf und fasste an seine Hose, in der die Nadel steckte. Die Tänzer um sie herum hielten inne, begriffen und lachten laut los.

»Das indische Bienchen hat gestochen«, kreischte Ilka und sah schadenfroh, wie der Earl die Stecknadel aus seinem Schritt entfernte. »Oder hat dich gar die Kobra gebissen, mein lieber Geoffrey?«

Ranjana, erschrocken über ihre eigene Courage, schaute um sich, auf der Suche nach Naeku.

Ihre Freundin bemerkte ihre Notlage und entledigte sich William van der Velts mit einer schallenden Ohrfeige. Dann näherte sie sich ihr und erfasste die Situation mit einem Blick.

Mit tröstendem Lächeln wandte sie sich an den Earl. »Ich kann Ihnen versichern, sie war nicht vergiftet!«, sagte sie.

33

Ranjana schämte sich zu Tode ob des Aufsehens, das sie auf dem Fest erregt hatte, während die Gesellschaft die Angelegenheit von der komischen Seite nahm. Sowohl die Ohrfeige als auch der Nadelstich wurden ausgiebig belacht, verärgert waren lediglich die Betroffenen sowie Lennox, der ebenfalls Opfer des Spotts wurde.

»Zwei Frauen sind einfach zu viel für unseren Lennox«, stichelte Ilka von Lund. »Die kriegt er nicht unter Kontrolle.«

Ranjana entschuldigte sich am nächsten Tag bei ihren Gastgebern und bat, abreisen zu dürfen. Die Farm lag jedoch abgelegen, ohne einen Wagen war der nächste Bahnhof nicht zu erreichen.

Danielle lachte sie aus. »Ach, Schätzchen, das wollen wir doch nicht so ernst nehmen! Im Gegenteil, Sie haben ausgesprochen zur Unterhaltung meiner Gäste beigetragen. Ein sehr gelungener Abend …«

»Ich möchte trotzdem nach Hause«, beharrte Ranjana. »Ich … mein Gatte meinte, ich könne hier vielleicht etwas lernen, aber ich weiß nicht, was … und auch nicht, ob ich das lernen möchte, was es hier zu lernen gibt …«

Danielle lachte erneut. »Solange Sie's nicht lernen, Schätzchen, hab ich keinen Grund, eifersüchtig zu sein«, sagte sie gönnerhaft. »Dabei sind Sie so hübsch. Zu schade … vor allem für Lennox … Vielleicht hätten Sie ja mehr Spaß mit Ilka und Jean …«

Ranjana errötete erneut. Als sie noch einmal darauf beharrte, abreisen zu wollen, ließ Danielle einen Wagen vorfahren.

»Wir sehen uns dann ja bald wieder auf Ihrer entzückenden Farm«, sagte Danielle bei der Verabschiedung. »Wir werden uns freuen, Ihre Gäste zu sein!«

»Was meint sie damit?«, fragte Naeku, als sie aufatmend im Automobil saßen.

Ranjana sah ihre Freundin betrübt an. »Anscheinend plant Lennox eine Einladung. Jetzt, wo die Tierfänger weg sind und wieder Geld da ist … Ach Naeku, manchmal möchte ich nur noch davonlaufen.«

Lennox kehrte erst eine Woche später nach Edgecumbe Farm zurück – und Sanele war entschlossen, ihm sobald wie möglich präzise Aussagen darüber zu entlocken, was er mit dem Resort anzustellen plante.

»Ich will nicht wieder von einem Tag auf den anderen vor die Tür gesetzt werden«, erklärte er Ivy. »Zumal wir sicher nicht noch einmal bei den Tarltons unterschlüpfen können.«

Der Safariveranstalter war wenig begeistert davon gewesen, dass Sanele fristlos gekündigt hatte, um mit Ivy nach Edgecumbe Farm zurückzukehren.

Sanele wandte sich höflich an Lennox, sobald sich eine Möglichkeit ergab, und bat ihn um eine Begehung der Anlage.

»Was soll mit den Zelten geschehen, Sir?«, fragte er unterwürfig. »Während Ihrer Abwesenheit habe ich mit dem Personal versucht, dort Ordnung zu schaffen, aber es tut mir leid, für an Luxus gewöhnte Gäste sind die Unterkünfte kaum noch zumutbar.«

Als Lennox das Resort übernommen hatte, waren die mit stabilen Holzgerüsten umbauten Zelte in bestem Zustand gewesen. Die Unterbringung der Jäger dort war ein Teil von Adrian Edgecumbes Strategie gewesen, den Aufenthalt in seinem Resort einer echten mehrtägigen Safari in die Wildnis so ähnlich wie möglich zu gestalten. Die Gäste sollten das Gefühl haben, im Busch zu übernachten, sie sollten ihr Dinner unter dem afrikanischen Sternenhimmel genießen und Tiere an einem Wasserloch vom Camp aus beobachten können. In der Nacht sollten sie die Geräusche der Savanne hören, das Schreien der Vögel und das Raunen der nachtaktiven Buschbabys und Erdferkel. Dieses einzigartige Erleben war vorher nur mittels langer Ritte oder Geländewagenfahrten in die Wildnis möglich gewesen. Der Transport der Zelte und der von der verwöhnten Kundschaft erwarteten Luxusartikel war aufwendig und teuer gewesen, dazu hatten die Jäger sich viel Zeit nehmen müssen. Adrian Edgecumbes Geschäftsidee des Jagdresorts mit garantierten Abschüssen in kurzer Zeit war außerordentlich erfolgreich gewesen.

Ivy und er hatten das ihre dazugetan, den luxuriösen Stil zu erhalten. Die tägliche Reinigung der sechs Zelte durch die Hausmädchen und die sorgliche Behandlung durch die Gäste, die in ihrem Zuhause an ähnlichen Luxus gewöhnt waren, hatten dafür gesorgt, dass alles, die Außenanlagen eingeschlossen, gepflegt blieb. Nun hatte Lennox jedoch die Tierfänger in den Zelten untergebracht – harte Männer, die sich keinerlei Gedanken um die Einrichtung ihrer Unterkünfte machten und keinen Sinn für Schönes hatten. Die Reinigung hatte Lennox ihnen obendrein selbst überlassen, und der Zustand der Zelte nach dem Abzug der Männer war dementsprechend. Die Teppiche waren lehmverkrustet, die Möbel wiesen Spuren von verschütteten Getränken und ausgedrückten Zigaretten auf, die Bettwäsche und die Handtücher waren verschmutzt, die Matratzen waren fleckig und die Holzdielen der Terrassen marode.

»Sie müssen entscheiden, Sir, ob wir die Einrichtung teilerneuern, um den früheren Standard wiederherzustellen, oder ob Sie die Zelte weiterhin als Personalunterkünfte oder Unterkünfte für eher anspruchslose Gäste nutzen möchten«, sagte Sanele, nachdem er Lennox Edgecumbe durch die Zelte geführt hatte.

Lennox reagierte mit Fluchen und Schimpfen, als er die Schäden sah. Er drohte, sie den Tierfängern oder der Firma Ruhe in Rechnung zu stellen. Sanele erwartete äußerlich gelassen die Antwort auf seine Frage und somit Aufschluss über längerfristige Pläne des Bwana.

»Ich werde in einem Monat ein großes Fest geben«, erklärte sein Arbeitgeber jedoch nur. »In der letzten Zeit war ich so oft bei Freunden zu Gast, da muss ich mich mal wieder erkenntlich zeigen. Und da meine Freunde an einen außerordentlich hohen Lebensstandard gewöhnt sind, müssen wir die Zelte wohl ihren Erwartungen entsprechend herrichten. Wir werden zudem ein paar weitere, nicht so hochwertige, anmieten oder kaufen. Ich erwarte um die siebzig Leute, da reichen die vorhandenen Schlafplätze nicht aus, selbst wenn wir die Gästezimmer im Haus mit einbeziehen.«

Sanele bemühte sich, seinen Unmut nicht zu zeigen. »Wie Sie wünschen, Sir«, sagte er. »Soll ich die notwendigen Anschaffungen in die Wege leiten, oder möchten Sie das selbst tun?«

»Ich mache das selbst, Boy«, erklärte er. »Ich werde garantiert nicht so übertrieben verschwenderisch mit dem Geld für Neuanschaffungen umgehen wie mein Onkel damals. Du verantwortest nur die Organisation von Champagner und anderen Getränken nach dem Geschmack verwöhnter Gäste sowie ein gelungenes, außergewöhnliches Dinner unter den Sternen.«

Sanele schürzte die Lippen. »Für eine klare Nacht kann ich nicht garantieren«, bemerkte er.

Lennox sah ihn böse an. »Nimm dir nicht zu viel raus, Boy, nur weil ich dich hier mal brauchen kann. Gemeint war natürlich eine exklusive Speisenfolge. Ich habe geplant, Journalisten einzuladen, die meinen Freunden gewogen sind, denn ich möchte, dass das Jagdfest auf Edgecumbe Farm am nächsten Tag in aller Munde ist.«

»Das spricht für eine Wiedereröffnung als Jagdresort«, überlegte Sanele, als er Ivy später von dem Gespräch berichtete. »Und er scheint diesmal auf meine Erfahrung als Gastgeber zurückgreifen zu wollen, statt darauf zu hoffen, dass Ranjana ihre hauswirtschaftlichen Fähigkeiten entdeckt.«

»Er wird sie trotzdem brauchen«, meinte Ivy. »Sie muss repräsentieren. Wobei sich die Frage stellt, ob sie da weiterhin so widerspruchslos mitmacht. Dieser Eklat bei den van der Velts war für sie schon eine äußerst aufmüpfige Handlung. Und seit er wieder da ist, geht sie ihm aus dem Weg.«

»Du willst damit sagen, dass sie sich ihm verweigert?«, fragte Sanele verwundert.

Ivy zuckte mit den Schultern. »Also, nach dem, was ich mir da beruhend auf gelegentlichen Bemerkungen von ihr oder Naeku zusammenreime. Schwester Elisabeth machte auch so eine Andeutung. Sehr vorsichtig zwar, dennoch entnahm ich ihr, dass Ranjana sie in Liebesfragen um ihre Einschätzung gebeten hat …«

»Du und deine weibliche Intuition …« Sanele musste trotz des Ernstes ihrer Worte lächeln.

»Na ja, er scheint mit ihrer Teilhabe an den körperlichen Aspekten des ehelichen Lebens nicht zufrieden zu sein«, formulierte Ivy salbungsvoll. »Letztens muss er zu ihr gesagt haben: ›Verdammt, Ranjana, wenn ich auf einem Körper liegen will, bei dem die Leichenstarre schon eingetreten ist, hole ich mir einen Kadaver aus dem Präparierschuppen!‹« Sanele schnappte nach Luft. »Du wolltest es wissen«, bemerkte sie. »Und du musst zugeben, dass zur Interpretation dieser Worte nicht allzu viel weibliche Intuition nötig ist.« Sie lächelte traurig.

»Wer hat dir das erzählt?«, fragte er.

»Ein Hausmädchen hat's gehört, die kleine Shania. Am nächsten Morgen hat sie dann irgendwas vom Bwana und toten Tieren erzählt, und Wawira hat sie sich geschnappt und nachgehakt. Es hat sich erwartungsgemäß schnell herumgesprochen.« Ivy seufzte. »Das Kamasutra hat Ranjana sich übrigens schon besorgt, wie sie mir letztens erzählte, und ihm entnommen, dass der Mann in einer Ehe versuchen soll, sich in die Gedanken der Frau einzufühlen«, fuhr sie dann fort. »Das gelingt Lennox natürlich nur unvollkommen. Ranjana gibt allerdings zu, dass sie nicht allzu sehr von der Lust getrieben wird und nicht weiß, wie sie das glaubhaft vortäuschen soll. Wozu das Kamasutra in solchen Fällen rät.«

Sanele musste lachen. »Das klingt, als hättest du es auch gelesen!«

Ivy zwinkerte ihm zu. »Um nichts in der Welt hätte ich darauf verzichtet. Hochinteressant sind im Übrigen die Rezepte zur Erhöhung der Anziehungskraft mittels Tinkturen und Pulvern. Du mischst da zum Beispiel in einem menschlichen Totenschädel das zerkleinerte Herz eines Mungos mit den gemahlenen Knochen eines Kamels …«

Sanele runzelte gespielt besorgt die Stirn. »Muss ich mir in Zukunft Gedanken darüber machen, wenn du für mich kochst?«, fragte er.

»Erst wenn deine Leidenschaft nachlässt.« Ivy lachte. »Aber Spaß beiseite, Ranjana hat das Studium der Liebeskunst allen Anstrengungen zum Trotz nicht weitergeholfen. Ich denke, dafür ist sie immer noch zu zurückhaltend. Sie hat auch kein Interesse daran, sich Mühe zu geben, denn sie ärgert sich darüber, wie er mit ihr umgeht, wie er sie betrügt und sich nicht mal etwas einfallen lässt, um es vor ihr zu verbergen. Sie wollte eine gefügige Ehefrau sein, aber sie kann seinen Vorstellungen nicht gerecht werden. Sie war von vorneherein die falsche Wahl. Und mit Sicherheit graut es ihr schon vor dem Fest mit dem Happy Valley Set.«

»Zu dem sich der Bwana übrigens Tanzeinlagen der Massai-Krieger und der Kikuyu-Mädchen wünscht. Ein Schelm, wer Böses dabei denkt …« Sanele verzog das Gesicht.

Auch Adrian hatte Tänze der Afrikaner für seine Gäste organisiert und weggesehen, wenn sich anschließend ein gut aussehender Massai in das Zelt einer allein reisenden Dame verirrte oder Mädchen mehr oder weniger freiwillig in die der männlichen Jäger.

»Es wird eine Orgie werden.« Ivy seufzte erneut. »Hoffentlich belebt das dann wenigstens das Geschäft.«

In den nächsten Tagen kümmerte sich Reggie Derringer um die Buchung der Massai-Tänzer, Ivy schärfte den Kikuyu-Männern ein, dass ihre Mädchen für den Tanz bezahlt würden und für nichts anderes. Sanele bestellte Unmengen an Champagner, und Lennox ließ die Zelte neu einrichten, zu Ivys Leidwesen weniger geschmackvoll als protzig.

»Sieht in den Zelten jetzt aus wie in einem Bordell«, bemerkte Ivy, »also so, wie ich mir ein Bordell vorstellen würde. Mussten es wirklich rote Lampen sein?«

Sanele lachte zynisch. »Anscheinend. Vielleicht schwebt ihm ja eine ganz andere Form der Jagd vor für das Weiterbetreiben des Resorts. Adrian Edgecumbe würde sich im Grab herumdrehen, so er denn eins hätte …«

Neben den sechs Gästezelten hatte Lennox weitere aufstellen lassen. Schlichter, aber für ein paar Übernachtungen durchaus geeignet.

»Vielleicht will er das Jagdresort ja weiterbetreiben, nur auf niedrigerem Niveau«, mutmaßte Ivy. »Er könnte mehr Gäste gleichzeitig bewirten, es dafür preiswerter gestalten. Das könnte sogar funktionieren.«

Sanele schüttelte den Kopf. »Das gibt es schon«, meinte er. »Es gibt diese Angebote mittlerweile in jeder Preislage. Die Tarltons waren darüber sehr gut informiert und ziemlich verärgert. Denen macht es ja das Geschäft kaputt. Wer bucht schon teure Safaris in den Busch, wenn er bequem und für wenig Geld an einem beliebigen Tag seinen Löwen vor die Flinte getrieben bekommt?«

Für die Gäste von Lennox' Fest wurden zusätzlich Gästezimmer im Haus hergerichtet – deren mitgebrachte Dienerschaft sollte in den früheren Tiergehegen schlafen, die dazu notdürftig gereinigt und mit einem Minimum an Komfort ausgestattet wurden.

Die ersten Gäste hatten sich schon in der Woche vor dem Fest angekündigt, was in Afrika nicht ungewöhnlich war. Die Entfernungen zwischen den Plantagen oder Farmen waren groß, da kam kaum jemand nur für einen oder zwei Tage. Auf Besuch eingerichtet war man – Lennox hatte genügend Personal engagiert. Da er noch Besorgungen machte, begrüßten Ranjana und Sanele zwei Ehepaare aus der Gegend von Kakuma, zwei Junggesellen aus dem Garissa County, die gleich erklärten, dass es ihnen überhaupt nichts ausmachen würde, ein Zelt miteinander zu teilen, und eine exzentrische Frau mittleren Alters, die sich als Künstlerin sah und sofort eine Staffelei aufstellte, um das Wasserloch und die dort inzwischen wieder gelegentlich zu bewundernden Tiere auf Leinwand zu bannen. Leonora Ashley trug eine Art Kaftan und einen Turban auf ihrem braunen Haar, war stark gepudert und sprach jeden mit »Darling« an. Sie machte damit nicht mal vor Sanele halt, der wieder die Uniform eines Butlers trug und den Damen auf der Terrasse des Hauses Tee servierte.

Ranjana trug an diesem Nachmittag ein hochgeschlossenes knielanges Kleid mit einem japanischen Kragen. Die Grundfarbe war ein helles Gelb, es war mit großen Blumen bedruckt. Sie versuchte sich in einer lockeren Plauderei mit den beiden Ehefrauen und stellte fest, dass sie eigentlich ganz umgänglich waren. Anscheinend beschränkte sich ihr manieriertes Auftreten auf die ausschweifenden Partys des Sets. Es schmeichelte ihnen dazuzugehören, und sie orientierten sich am Verhalten der Wortführer wie dem Earl of Rennant oder Danielle und Willam van der Velt. Ohne ihre Freunde in der Nähe brachten sie Ranjana keinen Spott, sondern durchaus freundliches Interesse entgegen, besonders als Sanele – er hatte auch sie gebeten, ihn nicht mehr Mr. Zulu zu nennen, sondern beim Vornamen – jetzt ebenfalls eine Tasse Tee und ein Kännchen Cognac auf den Tisch neben Leonoras Staffelei stellte und die Künstlerin ansprach.

»Wenn ich mir eine Bemerkung erlauben darf …«, hörte Ranjana ihn vorsichtig sagen. »Mr. Edgecumbes Gattin zeichnet ebenfalls. Vielleicht würden Sie sich gern mit ihr darüber austauschen.«

Leonora Ashley lachte schallend. »Ach, Darling, wer zeichnet nicht? Doch der künstlerische Blick auf die Welt ist nicht jedem gegeben, und ein Austausch … Wie soll ich mich darüber austauschen, was ich fühle und gestalte?«

»Sie zeichnen, Miss Ranjana?« Lady Moreland, eine der Damen, mit denen sie plauderte, wandte sich ihr aufgeregt zu. Mit ihren halblangen Locken, dem hellen Teint und den tiefblauen Augen war sie eine sehr hübsche Frau. »Welche Motive bevorzugen Sie?«

Ranjana rieb sich die Schläfe. »Ich … äh … zeichne Mandalas. Das sind Symbole, die im indischen Glauben nicht nur schmückende Funktion, sondern auch eine spirituelle Bedeutung haben.« Da ihre Zuhörerinnen damit anscheinend nichts anfangen konnten, fügte sie hinzu: »Und ich zeichne Portäts.«

Diese Enthüllung löste dagegen einen Sturm der Begeisterung aus.

»Meine Liebe, Sie müssen uns malen!«, forderte Lady Morris-Grant, die dritte Frau in der Runde. »Bitte, nachdem Sie uns nun neugierig gemacht haben …«

»Soll ich Ihren Skizzenblock holen, Memsahib?«, fragte Naeku, die im Hintergrund stand und offiziell auf Weisungen ihrer Herrin wartete, ihr eigentlich aber Unterstützung sein wollte.

Ranjana lächelte ihr zu. »Das wäre nett, Naeku. Die Zeichenkohle und die Farbstifte …«

»Jetzt gleich?«, fragte Lady Moreland. »Wir müssen nicht stundenlang … wie sagt man … für Sie …«

»Sie meinen, Modell stehen?«, erkundigte sich Ranjana. »Nein. Es wird ja kein … also kein Ölbild …« Sie blickte auf Leonora, die großzügig Ölfarben auf die Leinwand aufbrachte.

Als Naeku zurückkam, schlug sie den Block auf und warf rasch eine Kohlezeichnung aufs Papier. Mit wenigen Strichen porträtierte sie die lächelnde Lady Moreland und auf demselben Blatt Lady Morris-Grant in einer für sie wohl typischen Haltung. Sie pflegte ihre Wortbeiträge gestenreich zu untermalen, besonders, wenn sie aufgeregt war, das wusste Ranjana jetzt schon über sie. Fasziniert blickten die Frauen auf die Zeichnung, und sie erkannten sich wieder – die eher ruhige, sanftmütige Lady Moreland und die lebhafte Lady Morris-Grant.

»Das ist unglaublich!«, begeisterte sich Letztere, während Ranjana das Bild sparsam kolorierte. »Schau mal, Leonora! Mrs. Edgecumbe hat unglaublich Talent!«

Leonora ließ sich tatsächlich zu einem Blick auf die Zeichnung herab und lächelte gönnerhaft. »Das ist ganz reizend, Darling«, lobte sie.

Lady Moreland und Lady Morris-Grant unterdrückten ein Lachen.

»Unsere Leonora ist entsetzlich unbegabt«, raunte Lady Morris-Grant Ranjana zu. »Aber sie stellt in der halben Welt aus. Alle Galeristen fürchten sie, trotzdem stellen sie ihr die Ausstellungsräume zur Verfügung, weil sie Unsummen zahlt. Verkauft hat sie noch nie was …«

Ranjana erklärte, dass sie kein Geld für ihre Zeichnungen nehme.

Naeku hatte inzwischen einige der von ihr gestalteten Mandalas geholt, und in der nächsten Stunde ergab sich ein angeregtes Gespräch über die Bedeutung der verschiedenen Symbole und Zeichen innerhalb der Yantras, mystischen Diagrammen, und Mandalas in der indischen Religion. Die Frauen fragten Ranjana nach ihrem Heimatland und seinen Bräuchen, und am Abend hatten sich alle gut unterhalten.

Zum Dinner trafen noch zwei Damen ein, eine davon in männlicher Begleitung. Sandrine, Duchess of Tane, wirkte sehr vertraut mit ihrem Partner, dessen Name – Gaylord Parton-West – Ranjana aus Zeitungsartikeln bekannt war. Er schien im Set eine wichtige Rolle zu spielen und ergriff gleich das Wort, um für die Einladung zu danken. Darauf folgten Überlegungen zur Gestaltung der nächsten Tage. Seine Begleiterin lachte viel und unterhielt bei Tisch die Gesellschaft mit dem neuesten Klatsch rund um das Set. Sanele und die anderen Diener servierten Wildgerichte und Wein im Haupthaus, da es draußen regnete. Danach gab es Cognac und Likör, doch der erste Abend blieb im Rahmen. Man war offenbar entschlossen, dem Fest nichts vorwegzunehmen. Die Duchess of Tane setzte sich ans Piano im Foyer und unterhielt die Gesellschaft mit klassischen Stücken und Jazz.

»Spielen Sie Klavier?«, fragte Lady Moreland Ranjana. »Ein wunderschöner Flügel.«

Ranjana verneinte. »Der Flügel ist noch von Miss Ivy angeschafft worden, der früheren Besitzerin des Resorts. Sie hat zur Unterhaltung ihrer Gäste mitunter Musiker eingeladen«, erklärte sie. »Bei Ihnen lernen höhere Töchter Klavierspielen«, wagte sie dann zu scherzen. »Bei uns spielt man die Sitar in den Frauengemächern.«

Lady Morris-Grant, die Ranjana seit dem Nachmittag nicht mehr von der Seite gewichen war, bat stürmisch um ein Konzert.

»Oder dürfen Sie das Instrument außerhalb der Frauengemächer nicht spielen, Miss Ranjana?«, fragte sie. »Ist das vielleicht nur für Ihre Göttinnen?«

Auch die weiblichen Gottheiten des Hinduismus waren am

Nachmittag Thema gewesen, und die Damen interessierten sich brennend für den Dienst an Kali und Lakshmi.

Ranjana lächelte. »Nein, es gibt da keine Tabus«, erwiderte sie. Sie fühlte sich in dieser Gesellschaft so viel sicherer als sie sich bei den van der Velts gefühlt hatte. »Allerdings würde eine Ehefrau, die mit ihrem Gatten auf eine Gesellschaft geladen ist, nicht mit Musik zur Unterhaltung der Gäste beitragen. Das wäre unschicklich. Damen, die für Herren musizieren, vermutet man mehr im … Harem …«

Das Interesse der Damen war nun endgültig geweckt – auch ein paar Herren hatten sich dem Kreis der Musikliebhaber im Foyer hinzugesellt. Alle bestürmten Ranjana, ihr Instrument zu holen. Einer der Junggesellen die ohne Anhang gekommen waren, Michael Mainard, schlug scherzhaft vor, Lennox vorher um Erlaubnis zu fragen. Er machte sich tatsächlich auf den Weg in die Räume, in denen sich die anderen Herren mit Jägerlatein und Brettspielen beschäftigten, während Naeku schon einmal die Sitar holte.

»Ihr Gatte gestattet es Ihnen ausdrücklich, uns mit Ihrer Kunst zu erfreuen«, erklärte er dann lachend. »Sie können sich nicht sträuben, Miss Ranjana! Bitte lassen Sie uns an der Musik Ihres Landes teilhaben.«

Ranjana spielte also die Sitar, sang dazu mit ihrer sanften Stimme, und Naeku stimmte mit ihrer kräftigeren mit ein.

»Das war wie ein gesungenes Mandala«, begeisterte sich Lady Moreland. »Ganz wunderbar, Ranjana! Hat es auch eine besondere Bedeutung?«

Ranjana fand sich unvermittelt im Mittelpunkt der Gesellschaft, und das, ohne sich zu fürchten. Sie unterhielt sich ungezwungen, und am Ende des Abends wurde Lennox von verschiedenen Gästen auf seine reizende und außergewöhnlich talentierte Frau angesprochen.

»Na, also!«, erklärte er, als er Ranjana vor ihren Räumlichkeiten verabschiedete. Er hatte einiges getrunken, und an diesem Abend schien es ihm nicht nach ihr zu gelüsten. »Vielleicht kommst du ja doch noch mal aus dir raus.«

Ranjana nahm das als Lob, fragte sich allerdings, wie es ihr gelingen sollte, in anderer als in spiritueller Hinsicht ihren Körper zu verlassen.

34

Die Tage vor dem Fest vergingen mit vielfältigen Unterhaltungsangeboten für die immer zahlreicher werdenden Gäste. Einige gingen auf die Jagd, was im Resort allerdings nicht allzu attraktiv für die Leute des Happy Valley Sets war. Sie lebten praktisch alle in wildreichen Gebieten und konnten in der Savanne und in den Bergen nach Herzenslust jagen – meistens konzentrierten sie sich dabei auf Löwen, von denen es im Resort zurzeit kaum welche gab. Auf großes Interesse stieß allerdings ein Ausflug nach Kijabe in den Waffenhandel der Derringers. Reggies Eltern machten ein gutes Geschäft, fast alle Gäste deckten sich mit neuen Jagdwaffen ein. Man machte Musik, spielte Krocket und Federball in Ermangelung von Tennisplätzen. Die Frauen ließen sich von Ranjana zeichnen und spendeten auf ihre Bitte hin für die Mission.

Ivys Töchter und der neugierige Kurti kamen ebenfalls in den Genuss der Aufmerksamkeit der Gäste. Man fand Hope apart und nannte Ebony, die Kurti hinterherkletterte, als der sich mal wieder mit dem Hut einer der Damen in die Bäume absetzte, ein entzückendes kleines Äffchen. Sanele, der dies hörte, verbot seinen Töchtern ausdrücklich, sich am Tag des Festes auf der Farm sehen zu lassen. Natürlich erregte Desna Interesse – Leonora Ashley entschloss sich, die Leopardin und ihre schöne Besitzerin auf einem Ölbild zu verewigen, das Sarah Morris-Grant anschließend mit der Bemerkung »Nehmen Sie es einfach nicht persönlich, Miss Ranjana« kommentierte.

Lennox war weiterhin zufrieden mit ihr, und Ranjana, die seine Gäste aufmerksam beobachtete und die Beziehungen zwischen Männern und Frauen registrierte, überraschte ihn damit, sich ihm immer häufiger körperlich zu nähern. Sie sah dem Fest inzwischen nicht mehr mit Furcht entgegen, sondern mit gespannter Erwartung.

Einen Tag vor dem großen Fest erschienen Danielle und William van der Velt.

Danielle van der Velt schien zu spüren, dass sich zwischen Ranjana und Lennox etwas verändert hatte – oder vielmehr zwischen ihr und der gesamten Gesellschaft, als deren Mittelpunkt sie eigentlich sich selbst sah. Sie und William wurden als Königin und König des Happy Valley Sets bezeichnet.

Jetzt jedoch hofierten Mitläufer wie die Morelands und sogar der einflussreiche Gaylord Parton-West Ranjana – teils bewundernd, teils etwas gönnerhaft, aber wohlwollend. Natürlich versuchten Männer, mit ihr zu flirten, doch niemand trat ihr zu nahe. Lediglich der Earl of Rennant, der am selben Tag wie die van der Velts eintraf, verfolgte sie mit bösen Blicken.

Danielle registrierte sichtlich verärgert, dass Ranjana und Lennox dem abendlichen Dinner gemeinsam vorstanden – es fiel etwas förmlicher aus als die bisherigen, da inzwischen fast alle Gäste anwesend waren – und die Neuankömmlinge willkommen hießen. Ranjana trug ein goldfarbenes Seidenkleid, wie fast all ihre Kleider war es hochgeschlossen. Es kleidete sie perfekt.

»Sie tragen keinen Sari, Miss Ranjana?«, sprach Danielle sie dann beim Aperitif an. »Dieses Kleid ist ja sehr hübsch, aber man kann doch nur schwer einen Dolch darin verstecken, oder?«

»Einen Dolch wird meine Frau in ihrem eigenen Haus kaum brauchen«, bemerkte Lennox.

Ranjana registrierte mit Erstaunen, dass er ganz offensichtlich verärgert darüber war, dass Danielle sie auf den Eklat mit dem Earl of Rennant ansprach.

»Sofern du ihr nicht ständig Nadelstiche versetzt, Danielle«, fügte die Duchess of Tane hinzu. »Das könnte zu einer Eskalation bei der Wahl der Waffen führen.«

Danielle biss sich ärgerlich auf die Lippen. Die Pianistin war eines der prominentesten Mitglieder des Sets. Ihre Musik – aber auch ihr Verbrauch an Liebhabern war legendär. Während des Dinners ließ Danielle Ranjana schließlich in Ruhe, konzentrierte sich jedoch auf einen Flirt mit Lennox.

»Ich möchte unbedingt morgen mit dir auf die Jagd und mehr von dir lernen, Lennox!«, flötete sie. »Es war großartig in Naivasha … Deine geschmeidige Art, dich deiner Beute zu widmen … die sichere Hand … der Ausdruck des Jägers … Bekommen Sie da auch immer Gänsehaut, Miss Ranjana, wenn er mit gezückter Waffe vor Ihnen steht, bereit, sich dem Kampf zu stellen oder sich zu ergeben?« Sie leckte sich über die Lippen.

Ranjana begann, die alte Unsicherheit zu spüren. Was meinte diese Frau nur mit der gezückten Waffe? Einige der Gäste kicherten, also musste es eine Anspielung sein … Worauf nur?

»Mein … mein Mann bedroht mich nicht«, sagte sie und erntete Lacher – nicht so viele wie früher, wenn sie etwas offensichtlich Dummes gesagt hatte, es streiften sie durchaus mitleidige Blicke. Doch kaum jemand wagte es, sich Danielle entgegenzustellen.

Auch der Earl holte zum Schlag aus, als man nach dem Dinner zusammensaß – nun schon deutlich enthemmter als in den vorherigen Tagen. Etliche Frauen schmiegten sich in die Arme von Männern, die nicht die ihren waren, und die Junggesellen Michael Mainard und Leonard of Hall saßen enger beieinander, als Ranjana das sonst bei Gentlemen beobachtete.

»Wollen wir Musik machen?«, schlug die Duchess of Tane, die

sich anscheinend noch keinen neuen Mann ausgesucht hatte, vor und sah Ranjana erwartungsvoll an.

In den letzten Tagen hatten sie das Piano, die Sitar und die Stimmen der Sängerinnen aufeinander abgestimmt und verfügten nun über ein kleines Repertoire an Musikstücken, die Harmonie und eine friedliche Atmosphäre schaffen sollten. Die Duchess war fasziniert von indischer Musik als Hintergrund für Meditation, und Klängen, die Heilung bewirken sollten. Krankheiten beeinflusste man damit eher nicht, wie Ranjana zugab, man beruhigte den Geist des Kranken und gab ihm Kraft.

»Aber nein, keine solche Einschlafmusik«, wandte der Earl ein, kaum dass die ersten Takte erklungen waren. »Da wird man ja depressiv. Lass mich mal, Sandrine!«

Er schob die Duchess von der Klavierbank und übernahm selbst die musikalische Untermalung der Gespräche. Dabei spielte er fordernden Jazz, der ruhige Unterhaltung kaum möglich machte – mit dem Ergebnis, dass bald die ersten Paare tanzten. Ranjana sah, dass Danielle Lennox mit sich zog, die Duchess ließ sich von William auffordern, und aus dem ruhigen Abend wurde eine kleine Party. Ranjana wurde ebenfalls aufgefordert, mochte sich nicht drücken, spürte jedoch, dass die Männer mit fortschreitendem Alkoholkonsum zudringlich wurden.

»Wenn das keiner abbricht, sind in zwei Stunden alle betrunken und feiern durch«, sorgte sich Ivy. »Dann sind sie morgen zu verkatert für das eigentliche Fest.«

»Die schniefen sich mit Kokain wieder in Hochform«, erwiderte Sanele. »Und dann wird es morgen richtig wild. Es gab da ja schon ziemliche Ausschreitungen …«

Es hatte seine Gründe, dass die Presse größtes Interesse an den Partys des Happy Valley Sets zeigte. Früher hatte es bereits Prügeleien und Vergewaltigungen gegeben, und der nächste Eklat wurde mit Spannung erwartet. Ivy und Sanele hatten sich vorgenommen, etwas Vergleichbares auf Edgecumbe Farm zu verhindern.

»Ich schalte jetzt den Generator aus«, erklärte Sanele nach kurzem Nachdenken.

Das Haus war seit einigen Jahren elektrisch beleuchtet, und auch wenn zum Fest Fackeln und Laternen entzündet werden sollten, um den Sternenhimmel besser wirken zu lassen – bis jetzt waren sie noch nicht einsatzbereit. An diesem Abend feierte man schließlich im Haus und nicht bei den Zelten. Ein simulierter Defekt bei der Stromerzeugung würde für Ernüchterung sorgen – und hoffentlich die Party sprengen.

»Das ist eine geniale Idee«, meinte Ivy. »Lass mich bloß sehen, wo wir Kerzen haben. Wir müssen die Herrschaften ja irgendwie auf ihre Zimmer geleiten.«

Natürlich bestand die Gefahr, dass die Gesellschaft den Stromausfall lustig finden würde und bei Kerzenschein weitertanzen wollte. Sanele hoffte allerdings, den Saal mit dem Hinweis auf möglicherweise defekte Glühlampen, die zu einem Brand führen könnten, räumen zu können. Lennox und Reggie verstanden nicht das Geringste von Elektrizität. Mit etwas Glück war das bei den anderen auch der Fall.

Die plötzliche Dunkelheit sorgte dann tatsächlich für Schreie des Erschreckens und anschließend, ebenso vorhersehbar, erfolgte das Kichern von Paaren, die sich plötzlich in den Armen eines bislang noch nicht so gut bekannten Tanzpartners fanden und das nutzten, um die Bekanntschaft zu vertiefen.

Zu Saneles Erleichterung war Lennox nüchtern genug, um sich von ihm ansprechen und darauf hinweisen zu lassen, dass man den Abend besser beendete. »Falls es ein größerer Defekt ist, Bwana, Sir, könnten wir Stunden brauchen, um ihn zu beheben. Und morgen soll doch alles perfekt sein. Es ist besser, wenn wir uns in Ruhe der Beseitigung des Problems widmen können.«

Lennox nickte. »Und wenn morgen alle ausgeschlafen sind, ist das auch angenehmer«, erklärte er unerwartet einsichtig.

»Gut, Freunde, der Busch hat gesprochen! Wahrscheinlich hat irgendein Mistvieh die Leitungen angeknabbert, und jetzt muss das Stromnetz wiederhergestellt werden. Wir werden die kleine Party hier also aufheben, und jeder möge sich in ein ihm oder ihr genehmes Quartier begeben … Ich hoffe, alle wissen, wo sie untergebracht sind!«

In dem inzwischen von Kerzen halbwegs beleuchteten Raum warf er Danielle einen vielsagenden Blick zu. Die van der Velts waren, wie auch die Duchess, Gaylord Parton-West und Geoffrey Earl of Rennant in den Gästezimmern im Haus untergebracht. Wie sich die Bewohner in dieser Nacht genau gruppieren würden, konnte das Personal nur mutmaßen.

Ivy gab Kerzen an die Paare aus. Die Zeltgäste erhielten Taschenlampen statt offenes Feuer.

»Hoffentlich zünden sie uns nicht das Haus an«, bemerkte sie, als alle sich auf den Weg zu ihren Betten machten. »Die Zelte müssen noch kontrolliert werden. Machst du das nachher?«

Sanele nickte. Für diese Nacht war die Gefahr einer unkontrolliert eskalierenden Party abgewandt. Aber am kommenden Tag, da machte er sich keine Illusionen, würde das Happy Valley Set zu voller Form auflaufen.

35

Danielle van der Velt und Lennox gingen wie geplant am nächsten Morgen um vier auf die Jagd – von welchen Zimmern aus sie aufbrachen, hatte niemand beobachtet. Reggie führte eine kleine Gruppe ins Resort – hauptsächlich Damen, die sich den großen Jagdausflügen des Sets ungern anschlossen, weil sie mit zu viel Aufwand und zu wenig Bequemlichkeit verbunden waren. Auf Edgecumbe Farm hofften nun auch sie einmal zum Schuss zu kommen, wobei sie keine großen Ansprüche stellten – das hatten sie zumindest am Vorabend behauptet. Ein hübsches Antilopengehörn oder ein Zebrafell als Trophäe würde sie völlig zufriedenstellen. Alle anderen schliefen sich aus, die letzten Festgäste wurden am Nachmittag erwartet.

Sanele und Wawira boten Frühstück im Haupthaus an, sowohl ein *petit déjeuner* für die weniger Hungrigen als auch ein aufwendiges Jagdfrühstück. Da Lennox noch unterwegs war, sollte sich Ranjana dort sehen lassen. Sie trank also Tee und knabberte an einem Toast, Michael Mainard und Leonard of Hall unterhielten sie auf recht angenehme Weise. Beide waren scharfzüngig und humorvoll und hatten keinerlei Respekt vor dem Königspaar des Sets. Tatsächlich zogen sie sogar über Danielle genüsslich her, und obwohl Ranjana sich seit dem Tag zuvor wieder unsicherer fühlte, musste sie mitunter lachen.

Dann jedoch kam Reggies Jagdgruppe wieder, unter ihnen Lady Morris-Grant. »Miss Ranjana, auf dem Hof vor dem Schuppen, in dem die Tiere präpariert werden, liegt ein toter Leopard mit einem Halsband um den Hals. Das ist doch nicht Ihrer?«

Ranjana spürte, dass ihr Gesicht sämtliche Farbe verlor. Sie stand auf, sah sich nach Naeku um, doch die war nicht in der Nähe.

»Desna …«, flüsterte sie. »Ich muss …«

»Lassen Sie mich mitgehen, Miss Ranjana!«, sagte Michael fürsorglich. »Falls etwas passiert ist …«

Ranjana hörte ihn kaum. Seinen stützenden Arm um ihre Schultern nahm sie nur wie in Trance wahr. Desna hatte die Nacht bei ihr verbracht, vor dem Frühstück hatte Ranjana sie in ihr Außengehege gebracht. Sie mochte es nicht, war dort aber sicher untergebracht und hatte mehr Platz als in dem kleinen Käfig in Ranjanas Räumlichkeiten. Wenn sie nun ausgebrochen war? Wenn jemand sie erschossen hatte?

Sie sah das glänzende, gefleckte Fell schon von Weitem, ebenso das Lederhalsband um den Hals des toten Tieres. Die Leopardin lag neben anderen Opfern der frühmorgendlichen Jagd, Antilopen, Zebras und einem Warzenschwein.

»Desna!«

Ranjana fiel neben dem Kadaver auf die Knie und wurde schon, bevor sie sich ganz zu ihm hinuntergebeugt und seinen Kopf zu streicheln begonnen hatte, von einem Schluchzen geschüttelt. Dann hielt sie irritiert inne. Die Zeichnung des Fells … sie entsprach nicht der Desnas. Sie schöpfte Hoffnung. Im nächsten Augenblick hörte sie Michaels erleichterten Ausruf.

»Miss Ranjana, hier ist Ihre Leopardin! Mit Ihrer Dienerin. Dies hier muss ein anderes Tier sein …«

Naeku kam eben mit Desna an der Leine vom Außengehege und schaute völlig verwirrt, als Ranjana weinend auf sie zustürzte und die ähnlich verdutzte Desna mit Liebe überschüttete.

»Ich dachte, sie wäre tot«, rief sie.

Die Gäste, die den Vorfall mitbekommen hatten, beobachteten

gerührt, wie das Tier ihr die Pranken auf die Schultern legte, als wollte es sie ebenfalls umarmen.

Naeku hatte den Kadaver nun auch entdeckt, und ihre Augen blitzten vor Wut. »Wer hat sich denn diesen grausamen Scherz erlaubt?«, fragte sie. »Das muss eine Katze aus dem Resort sein. Warum trägt sie ein Halsband?«

»Das ist eine Leopardin aus dem Resort, Naeku«, hörte Ranjana Miss Ivy sagen, die wohl vom Aufruhr angelockt worden war. »Die einzige, die überlebt hat, als man ihr ihre Jungen wegnahm. Sie war jetzt bestimmt wieder tragend. Wer zum Teufel hat veranlasst, das Tier abzuschießen?«

»Meine Frau hat es geschossen«, bemerkte William van der Velt kleinlaut. Er kam als einer der Letzten aus dem Haus, um zu sehen, was draußen vor sich ging. »Sie ist in unserem Zimmer und zieht sich um, aber ich traf sie im Korridor, und sie hat es erzählt. Sie ist sehr stolz …«

Ranjana sah ihn ungläubig an.

»Also der Bwana«, sagte Miss Ivy bitter. »Er muss sie ihr vor die Flinte getrieben haben.«

»Aber wie kommt das Tier an das Halsband?«, fragte Lady Moreland. »Kommen Sie ins Haus, Miss Ranjana, setzen Sie sich noch einmal und trinken Sie einen Tee mit viel Zucker. Sie sind ja völlig außer sich.«

»Das Halsband kann dem Tier jeder angelegt haben, der Miss Ranjana einen Streich spielen wollte«, sagte Lady Morris-Grant. »Mr. Reggies Leute haben die Jagdbeute von unserer Gruppe vor dem Schuppen abgelegt, und da war die Leopardin schon da. Es kann jeder gewesen sein, der von den Zelten aus zum Frühstück kam, oder jemand, der vor dem Frühstück noch einen Spaziergang gemacht hat.«

»Oder Lady van der Velt selbst«, sprach Naeku respektlos aus, was alle dachten. »Mit oder ohne Wissen des Bwana …«

Miss Ivy blitzte sie an. »Beschuldigungen helfen hier nicht weiter, Naeku. Am besten nimmst du deine Herrin und ihre Desna jetzt mit in ihre Räumlichkeiten und sorgst dafür, dass sie sich beruhigt. Ich werde Wawira anweisen, einen Kräutertee zuzubereiten, du brauchst ihn nur abzuholen. Wir werden uns inzwischen das Halsband des toten Tieres näher anschauen. Desna trägt ihres, jemand muss also ein anderes irgendwo aufgetrieben haben. Vielleicht hat ja jemand vom Personal etwas gesehen.«

Ivy glaubte das nicht – und eigentlich wollte sie auch gar nicht genau wissen, wer Ranjana diesen bösartigen Streich gespielt hatte. Wenn es rauskam, würde die- oder derjenige vermutlich nicht einmal allgemeine Ächtung erfahren. Spätestens wenn sie angetrunken waren, würden viele der Ladys und Gentlemen sich über den Vorfall amüsieren.

»Der Tag fängt jedenfalls nicht gut an«, bemerkte sie Sanele gegenüber.

Die Herkunft des Halsbands hatten sie inzwischen erkundet. Es handelte sich um den Nasenriemen aus dem Kopfstück eines der Pferde, die Lennox geliehen hatte, um seinen Gästen Ausritte zu ermöglichen. Praktisch jeder konnte es aus dem Stall geholt und dem toten Tier umgelegt haben.

Sanele nickte. »Diese Danielle van der Velt hätte Miss Ranjanas Leopardin aber auch aus dem Gehege befreien und dann erschießen können, weil sie sich angeblich von ihr bedroht fühlte. Wenn du mich fragst, ist das eine gänzlich gefühllose Frau. Ich würde übrigens auch diesem Earl of Rennant zutrauen, jemandes Haustier zu erschießen … Naeku sagte, er habe damals mit dem Wettschießen auf die Flamingos angefangen, als Lennox mit dem Set auf Safari am Lake Naivasha war. Also sieh zu, dass du Kurti heute Abend irgendwo einschließt. Am besten wäre, er ginge mit Schwester Teresa zur Mission.«

Die letzten Gäste wurden mit großem Hallo empfangen. Danielle van der Velt ließ sich allerdings nicht blicken. Sie hole ihren Schönheitsschlaf nach, erklärte ihr kleinlauter Gatte William, der sich erneut um die Duchess of Tane bemühte. Die konnte sich jedoch über den Vorfall mit der Leopardin kaum beruhigen, und schien William van der Velt persönlich übel zu nehmen, was geschehen war.

Am späten Nachmittag zogen sich alle Frauen zurück, um sich für das Fest auszuruhen und dann hübsch zu machen.

Ivy besuchte Ranjana und Naeku in ihren Räumlichkeiten und war erleichtert, als sie sah, dass die junge Inderin sich ankleiden ließ. Sie hatte sich wohl tatsächlich beruhigt. Naeku half ihr in einen mit Silberfäden durchzogenen, in verschiedenen Rottönen gehaltenen Sari, was Ivy wunderte. Eigentlich hatte Ranjana ein westliches körperbetontes Abendkleid tragen wollen.

»Nun doch ein Sari?«, fragte sie. »Sie sehen wunderschön aus, Miss Ranjana!«

Ranjana lächelte. »Man kann den Dolch in den Falten leichter verstecken«, bemerkte sie. »Und bitte, lassen wir die förmliche Anrede doch weg, Ivy, ich bin einfach nur Ranjana.«

Ivy lächelte und stimmte erfreut zu.

Naeku legte einen passenden Schleier über Ranjanas Haar, der ein so hauchdünnes Gespinst war, dass man die kunstvoll aufgesteckten Flechten darunter gut sehen konnte.

»Soll ich Sie nachher auch mit Puder und Rouge verschönern, Miss Ivy?«, fragte Naeku. »Ganz ehrlich, das reizt mich schon lange. Eine weiße Frau habe ich noch nie geschminkt.«

Ivy lachte. »Bei Gelegenheit gern, Naeku, aber heute Abend werde ich mich nicht in Schale werfen. Schon weil ich gar kein Abendkleid mehr habe, das nicht seit Jahren aus der Mode ist. Ich gedenke jedoch sowieso nicht, mich ins Vergnügen zu stürzen, sondern greife lieber dem Personal unter die Arme. Auf die

Kikuyu-Mädchen muss jemand ein Auge haben, wenn sie getanzt haben. Naeku, vielleicht kümmerst du dich um Wawira. Sie ist ganz aufgeregt, weil sie nicht perfekt lesen kann, und einige der Rezepte, nach denen sie heute Abend kochen soll, sind ziemlich verzwickt. Ich werde ein einfaches Nachmittagskleid tragen und mich ein bisschen unter die Gäste mischen, ohne zu tanzen und zu trinken. Und ich werde auch dich im Auge haben, Ranjana. Wenn jemand dir zu nahe tritt, schreite ich ein.«

»Ich behalte Desna bei mir«, sagte Ranjana entschlossen.

Ivy biss sich auf die Lippen. Damit stellte die junge Frau natürlich sicher, dass sich ihr niemand unaufgefordert näherte. Andererseits war sie sich mit Sanele darüber einig, dass man Kinder und Haustiere an diesem Abend besser von der Farm fernhielt. Schwester Teresa hatte Kurti weisungsgemäß mit zur Mission genommen und würde ihn dort verwöhnen, und Mwala hatte strikte Anweisung, Hope und Ebony in ihrer Hütte im Dorf zu beaufsichtigen.

»Pass nur gut auf sie auf«, bat Ivy.

Ranjana lächelte. »Eine auf die andere«, erklärte sie.

Ivy ging einmal um das Haus herum und überprüfte, ob Fackeln und Kerzen ordnungsgemäß aufgestellt waren. Vor dem Präparierschuppen traf sie auf Lennox Edgecumbe. Er inspizierte die Jagdbeute, vor allem die Leopardin. Ivy überlegte nicht lange. Ihr Ärger vom Morgen flackerte wieder auf, und sie ging auf ihn zu.

»War es das wert?«, fragte sie. »Ein für die Zucht unschätzbar wertvolles wunderschönes Tier zu opfern, um deiner überheblichen Freundin zu imponieren? Und wer hat sich einfallen lassen, dem Kadaver ein Halsband anzulegen? Deine Frau zu betrügen ist eine Sache, aber sie derart zu verletzen …«

Lennox wandte sich verärgert zu ihr um. »Ich hab nichts zu tun mit dem Halsband. Und Danielle auch nicht, das muss sich jemand anderes ausgedacht haben. Aber Ranjana sollte sich ein dickeres Fell anschaffen. Womöglich geht das Tier doch mal an einen Zoo, wenn wir nicht genügend Leoparden zusammenbekommen …«

»Zusammenbekommen?« Ivy runzelte die Stirn. »Soll das heißen, du öffnest die Farm wieder diesen Tierfängern? Du willst den Tierbestand, den dein Onkel und ich aufgebaut haben, weiter im Dutzend billiger verschachern? Und das Geld mit reichen Nichtsnutzen und Huren zum Fenster rauswerfen?« Sie hatte nicht so deutlich werden wollen, aber jetzt brach ihre Wut ungebremst aus ihr heraus.

Lennox konterte sofort. »Sagt das heimtückische Weibsbild, das meinen Onkel mit einem dahergekommenen Eingeborenen betrogen und von seinem Land vertrieben hat!«, schleuderte er ihr entgegen.

»Glaubst du jetzt schon deine eigenen Lügen?« Ivys Augen sprühten Feuer.

Die Konfrontation erregte die Aufmerksamkeit von Sanele und Reggie Derringer. Die beiden kamen eben aus einem der Ställe, der zurzeit als Vorratsraum genutzt wurde. Sanele schob einen Handkarren, beladen mit Getränkekisten. Wie Ivy wusste, hatte er zwar schon vormittags für ausreichende Vorräte in der Bar bei den Zelten gesorgt, doch die trinkfreudigen Gäste schienen den ersten Flaschen bereits den Garaus gemacht zu haben. Ivy sah ihrem Mann an, dass er verärgert war. Und nun baute sich obendrein Lennox bedrohlich vor ihr, seiner Frau, auf.

Sanele ließ den Karren stehen und kam festen Schrittes auf sie zu. Er wahrte allerdings die Fassung.

»Bwana, Sir, ich muss Sie bitten, sich meiner Frau gegenüber angemessen höflich zu verhalten. Wenn Sie Ihren Erfolg heute mit Ihren Freunden feiern können, so haben Sie das vor allem Ivy zu verdanken«, gab er Lennox zu bedenken.

»Ah, da spricht wieder der Hausboy, der sich für was Besseres hält, weil er sich als Butler verkleiden darf«, griff Lennox nun auch ihn an. Er schien nicht mehr nüchtern zu sein. Sicher hatte er schon am Morgen mit Danielle auf die getötete Leopardin angestoßen und dann mit den anderen Gästen weitergezecht. »Wird mich freuen, dich hier bald nicht mehr sehen zu müssen, Boy!«, fuhr er fort. »Ab nächsten Monat könnt ihr wieder nach Nairobi verschwinden, oder wo sonst man euch haben will. Wir haben es jetzt mittlerweile selbst raus, wie wir die Verkaufstiere versorgen!« Lennox drehte ihnen demonstrativ den Rücken zu und begab sich in Richtung der Zelte.

Sanele wollte beruhigend den Arm um Ivy legen, sie zitterte vor Wut, doch Reggie Derringer fuhr ihn an.

»Der Karren, Boy!«

Sanele kämpfte sichtlich mit seinem Stolz, zog Ivy dann nur kurz an sich und nahm den Transport der Getränkevorräte wieder auf.

Ivy begab sich geschlagen zurück zum Haus. Sie hätte sich nie dazu überreden lassen sollen, nach Edgecumbe Farm zurückzukehren. Nun würden sie erneut von vorn anfangen müssen – und jedes Mal wurde es schwieriger, Hilfe zu finden.

36

Das abendliche Fest ließ sich gut an. Der Vollmond und der Sternenhimmel leuchteten wie bestellt, und das Personal entzündete Hunderte von Kerzen, um die Tafel und die Tanzfläche stimmungsvoll zu gestalten, ohne den natürlichen Lichtquellen den Rang abzulaufen. Die Gäste nahmen ihren Aperitif von den Tabletts aufmerksamer Diener. Sie standen in Grüppchen zusammen, tranken und plauderten.

Ranjana hatte das aus einem Fenster ihrer Räumlichkeiten beobachtet, erschien allerdings als eine der Letzten. Sie trat würdevoll auf wie eine Prinzessin, hatte sie doch in Rajasthan gelernt zu repräsentieren, und tat das jetzt, auch wenn sie sich längst nicht so sicher fühlte, wie sie wirkte. Vor dem Dinner wechselte sie mit jedem ein paar freundliche Worte und schwebte wie eine Gestalt aus Tausendundeiner Nacht durch die Menge – an ihrer Seite Desna, die ein zu ihrem Sari passendes Halsband trug. Die Leopardin schritt ebenso stolz und gemessen einher wie sie. Ihnen folgten bewundernde, doch auch missgünstige und sogar hasserfüllte Blicke.

Lennox trug einen Smoking wie die meisten Herren und wirkte äußerst distinguiert neben seiner Tischdame Danielle van der Velt, die ihn gleich mit Beschlag belegte. Zu einem gemeinsamen Auftritt mit Ranjana und einer Begrüßungsrede nahm er sich keine Zeit, das schien jedoch niemand zu erwarten. Alle tauschten sich gut gelaunt darüber aus, wie schön dieser Abend und wie wundervoll dekoriert die Anlage war.

Als man schließlich zu Tisch schritt – das Dinner wurde an mehreren festlich gedeckten Tafeln serviert –, fand sich Ranjana neben Thomas Hargraves, dem Mann von Danielles Freundin Marian wieder. Die zwei waren erst am Tag zuvor angereist. Er zollte ihr keinerlei Aufmerksamkeit, sondern konzentrierte sich allein auf seine Frau, die mit dem Earl of Rennant flirtete – sofern man hier noch von Flirt sprechen konnte. Die beiden konnten kaum die Hände voneinander lassen, und Thomas Hargraves schien darüber immer erboster zu werden. Seine Spannung war fast zum Greifen spürbar und ließ die sensible Desna nicht zur Ruhe kommen. An Ranjanas anderer Seite saß William van der Velt, der das Werben um die Duchess wohl aufgegeben hatte. Dafür überschüttete er jetzt Ranjana und seine Tischdame Leonora, die Malerin, mit übertriebenen Komplimenten. Ständig ließ er sein Weinglas nachfüllen. Ranjana hoffte, dass Sanele das bemerken und seltener einen Diener vorbeischicken würde, doch Miss Ivys Mann wirkte an diesem Abend unkonzentriert.

Nachdem der Hauptgang serviert war, unterbrach man die Speisefolge für den Tanz der Kikuyu-Mädchen. Miss Ivy hatte ihn so früh angesetzt, um möglichst noch keine volltrunkenen Männer unter den Gästen zu haben, die sich zweifellos nicht scheuen würden, die jungen Frauen zu belästigen. Tatsächlich begann alles programmgemäß – abgesehen von den feindseligen Blicken, die Lennox Ivy zuwarf. Ranjana wusste, dass es sowohl ihm als auch Reggie recht gewesen wäre, hätten sich die Mädchen nach dem Tanz noch etwas unter die Gäste gemischt, wie ihr Mann das ausdrückte. Sie sah, dass viele der Männer – und auch der Frauen – die leicht bekleideten Halbwüchsigen mit lüsternen Blicken verfolgten. Als am Ende der Darbietung Schwester Teresa kam, die mit ihren Schülerinnen einige englischsprachige Lieder eingeübt hatte – vorgeblich, um die geehrten Gäste zu überraschen –, mussten sie den Drang, ihre Fantasien in die Tat umzusetzen, endgültig aufgeben. Die Schwester begleitete die Mädchen launig mit einem Akkordeon zu einem Lambeth Walk, und anschließend brachte sie ihre Schützlinge wohlbehalten zurück in ihr Dorf.

Sanele sah immer wieder zu Miss Ivy rüber. Ranjana wunderte sich darüber, dass sein Ausdruck so gezwungen wirkte, und sie fragte sich, was zwischen den beiden vorgefallen war. Sie hatte bisher nie erlebt, dass sich das Paar gestritten hatte, doch an diesem Abend lag so viel Spannung in der Luft, dass sie alles für möglich hielt.

Nach dem Dessert wurden wie immer Cognac und Likör gereicht, und dann verselbstständigte sich das Fest. Einige der Gäste rauchten und schauten in die Sterne, andere tanzten zur Musik eines Grammofons. Ein paar Männer zogen sich auf die Terrasse des Hauses zurück, um Poker zu spielen. Wenn sie dem Alkohol weiter so zusprachen wie bisher, würde es bald um hohe Einsätze gehen. Auf dem Platz vor den Zelten war die Tanzfläche, dort formierten sich Pärchen – immer sorgloser, je mehr die Damen und Herren tranken. Michael Mainard und Leonard of Hall tanzten ungeniert zusammen, ebenso Ilka von Lund und ihre Freundin Jean Copeland-Lytton. Marian Hargraves und der Earl rieben sich aneinander, als wollten sie gleich hier auf der Tanzfläche … Ranjana wandte sich peinlich berührt ab. Thomas Hargraves forderte sie auf, obwohl sie alles andere wollte, als mit ihm zu tanzen, fürchtete sie doch, er würde schon deshalb versuchen, ihr zu nahe zu treten, um seine Frau eifersüchtig zu machen. Desna spürte ihren Widerwillen und grollte. Thomas Hargraves zog sich daraufhin zurück, doch Lennox hatte die Szene beobachtet und fuhr Ranjana an.

»Bring die Raubkatze weg, sie belästigt die Gäste!«, wies er sie rüde an.

Ranjana erschrak, wagte es jedoch nicht, sich zu weigern. Immerhin konnte sie sich so eine Zeit lang vom Fest entfernen. Desna in ihr Außengehege zu bringen erschien ihr jedoch zu gewagt. Das Szenarium, das sich an diesem Morgen vor ihrem inneren Auge gezeigt hatte – eine angeblich aus Versehen freigelassene und dann erschossene Leopardin – war ihr noch zu gegenwärtig. Also ging sie in ihren Privatbereich und sperrte Desna in den dort installierten Käfig.

»Ist nicht für lange«, tröstete sie das Tier, bevor sie sich widerwillig zurück zu den Gästen begab. Sie würde nun unweigerlich tanzen müssen, wenn sie keinen weiteren Tadel ihres Mannes riskieren wollte.

Am Rande der Tanzfläche trank man Absinth – voller Freude an der verbotenen hochprozentigen Spirituose. Ranjana sah Danielle van der Velt mit Lennox herumalbern. Sie versuchte vergeblich, eine Champagnerflasche auf dem Kopf zu balancieren, und sprach Ranjana an.

»Kommen Sie, Miss Ranjana, Sie müssen das doch können. Tragen Frauen in Indien nicht traditionell Lasten auf dem Kopf?«

Ranjana schüttelte den Kopf. »Eine Maharani«, erklärte sie schlagfertig, »trägt nur Juwelen auf dem Kopf. Im Haar genau genommen. Die Küchenmädchen haben es aber gekonnt. Hier können die Frauen es auch. Warum bitten Sie nicht Wawira, es Ihnen zu zeigen?«

Wawira war im Haus noch damit beschäftigt, ihre Küche aufzuräumen. Sie würde gleich in die sehr viel kleinere bei den Zelten wechseln, um Mitternachtssnacks anzurichten.

Danielle lachte. »Nein, an den Künsten der Küchenmädchen bin ich nicht so interessiert. Wo steckt denn Ihre Naeku?«

Das hätte Ranjana auch gern gewusst. Sie nahm an, dass ihre Freundin noch der Köchin zur Hand ging.

Michael Mainard merkte, dass sie wieder einmal Opfer von Danielles Spott wurde. Ranjana sah, dass er seinem Freund kurz etwas zuraunte und dann kam, um sie zu retten. Sie nahm seine

Aufforderung zum Tanz gern an und glitt in der nächsten Stunde von einem Arm zum anderen – doch es tanzten nur Männer mit ihr, die sie nicht belästigten.

Danielles Freundin Marian tanzte mit dem Earl, wandte sich dann jedoch auch William zu, der an diesem Abend wohl keine andere Frau betören konnte. Den Earl schien das nicht sonderlich zu stören, Ranjana beobachtete verwundert, dass die drei sich gemeinsam zur Musik drehten – William hielt Marian von vorn umschlungen, Geoffrey drückte sich an ihren Rücken.

Thomas Hargraves dagegen tanzte nicht, er trank allein und ließ die Augen nicht von seiner Frau Marian, die ihm anfänglich noch lächelnd provozierende Blicke zugeworfen hatte. Seine Eifersucht konnte er nicht verbergen. Ranjana erwartete, dass sein immer finsterer werdendes Gesicht Marian langsam Angst machen würde, doch sie löste sich nur von ihren Tänzern, warf ihnen kurze Kusshändchen zu und schwebte dann zu Danielle und Lennox hinüber. Die beiden lachten übermütig.

»Was machen die zwei?«, fragte Ranjana ihren derzeitigen Tanzpartner Leonard of Hall.

Leonard lachte. »Ein Trinkspiel. *Ich hab noch nie* … Da sagt einer zum anderen einen Satz wie …«, er überlegte kurz, »… also so was wie … *Ich hab noch nie das Kamasutra gelesen.*«

»Ich schon«, gestand Ranjana.

Leonard lachte wieder. »Und jetzt müssten Sie etwas trinken. Weil der andere Sie ertappt hat. Die nächste Frage müssten Sie stellen.«

»Ich hab noch nie so viel getrunken«, sagte Ranjana. »Also so viel, dass ich das lustig gefunden hätte.«

Leonard lächelte sie an. »Ich fürchte, ich schon«, sagte er. »Aber heute Abend hab ich das nicht vor«, fügte er hinzu und lenkte sie geschickt von Lennox und Danielle weg.

Ranjana bekam gerade noch mit, wie Lennox zu Danielle sagte:

»Ich hab's noch nie mit einem Mann und einer Frau zusammen getan.« Sie blickte irritiert zu den beiden.

Danielles Antwort war nicht zu verstehen, doch jetzt ging sie mit Lennox zur Bar, winkte Marian, dem Earl und William zu. Dann nahmen sie mehrere Flaschen Champagner an sich und verschwanden einer nach dem anderen.

»Möchten Sie auch ein Glas Champagner?«, fragte Leonard freundlich und brachte Ranjana zu einem der Tische.

Lady Moreland und ihr Gatte rauchten dort selbst gedrehte Zigaretten, die länger und dicker als gewöhnliche waren und seltsam rochen – Ranjana fand, sie wirkten etwas berauscht. Sie war froh, als Leonard mit Michael zurückkam. Die zwei unterhielten sie und die Morelands launig, indem sie die Ausschweifungen der anderen Gäste kommentierten. Einige schoben ein weißes Pulver zu Linien auf dem Tisch zusammen und schnupften es.

»Kokain«, erklärte Michael. »Es macht wach. Die Leute halten beim Feiern länger durch, wenn sie es nehmen. Heroin, was andere nehmen, verursacht Halluzinationen. Und Marihuana …«, er wies auf die Morelands, »ist verhältnismäßig harmlos. Färbt nur die Welt etwas rosarot … Einige finden sich gegenseitig attraktiver, wenn sie vor dem … Liebesspiel etwas rauchen …«

»Und womöglich schlafen sie selig ein, bevor sie noch dazu kommen, davon zu profitieren.« Leonard lachte. »Komm, Michael, wir tanzen noch mal. Du könntest mich formvollendet durch einen Walzer führen, falls sich Musik dazu findet …«

Ranjana schaute etwas irritiert, doch wohlwollend zu, wie die beiden sich drehten. Sie kannte aus Indien überhaupt keinen Paartanz – aber nachdem Miss Ivy ihr und den Jeevanjee-Nichten einige Tänze gezeigt hatte, tanzte sie gern. Am liebsten mit Naeku, die immer noch nicht zurück war.

Irgendwann fiel ihr auf, dass sie auch Lennox nicht mehr gesehen hatte, seit er mit Danielle und den anderen gegangen war. Ob er sich endgültig mit ihnen zurückgezogen hatte? Wäre Naeku bei ihr, hätten sie die Party jetzt gemeinsam verlassen können. Aber wenn sie allein in ihre Räumlichkeiten ging, würde die Freundin sie später suchen. Ranjana entschied also, noch etwas auszuharren, wenngleich ihr die zunehmend berauschten Gäste immer unheimlicher wurden. Sie beschloss, Desna zu holen. Mit der Leopardin an ihrer Seite fühlte sie sich stets sicherer, und Desna gefiel es sowieso nicht in ihrem engen Käfig.

Danielle und Marian, Lennox, William und der Earl hatten sich im Haus wiedergetroffen. Sie waren Marians Mann Thomas erfolgreich entkommen und feixten über ihren Streich.

»Und was jetzt?«, fragte Danielle. »Öffnest du uns deine Privaträume, Lennox? Zu einem Spielchen zu fünft?« Sie wandte sich lüstern an die anderen. »Lennox hat mir gerade erst gestanden, dass er es noch nie mit einem Mann und einer Frau gemeinsam gemacht hat. Vielleicht können wir ihm da eine Nachhilfestunde erteilen.«

Lennox fühlte sich etwas vorgeführt. Für Danielle schien ein Liebesspiel zu mehreren nichts Neues zu sein. Sie streifte ihre Freunde mit lüsternen Blicken.

»Macht … macht dir das nichts aus?« Lennox wandte sich unsicher an William, er war immerhin der Ehemann seiner Geliebten.

William lachte und legte den Arm um Marian. »Sind wir nicht alle eine große, glückliche Familie?«

Marian legte ihren Arm um Lennox, und Danielle umfasste ihn von hinten, wie die anderen Männer es zuvor mit Marian getan hatten.

»Also wohin, Lennox?«, fragte der Earl. »Wir brauchen ein Bett, bevor Danielle uns noch aufs Zebrafell zerrt …« Er wies auf ein Fell, das in der Eingangshalle lag.

»Ich hab's noch nie auf einem Zebrafell gemacht!« Danielle kicherte. »Aber das Tier hier war zu klein für uns fünf. »Also los, in dein Schlafzimmer, Lennox. Oder das von deiner kleinen Maharani. Oh, ja, nehmen wir das! Wir feiern eine indische Orgie. Ich hab mich gestern schon gefragt, wie es in ihren Räumlichkeiten aussieht …«

Vom Flur zu ihrem Gästezimmer ging auch die Tür zu Ranjanas Rückzugsort ab.

Marian stimmte begeistert zu, und Lennox sah keinen Grund, den beiden den Wunsch nicht zu erfüllen. Er nahm rasch noch ein paar Champagnergläser von einem Tischchen in der Halle mit und wies seinen Freunden dann den Weg zu Ranjanas Privaträumen. Er war lange nicht darin gewesen. Mit dem indischen Stil, in dem sie dekoriert waren, konnte er nicht viel anfangen. Umso mehr staunten nun seine Begleiterinnen. Danielle und Marian befühlten bunte Stoffe, betrachteten Schränke mit Schnitzarbeiten, Sitzkissen und Götterbilder sowie den kleinen Schrein, vor dem Ranjana die Göttinnen Kali und Lakshmi verehrte. Danielle nahm spielerisch die tänzerische Pose ein, in der Kali abgebildet war. In einem offenen Nebenraum – Ranjanas Ankleidezimmer – fanden sich Kleiderschränke, ein wunderschön gestalteter Spiegeltisch und der Käfig der Leopardin Desna. Die Frauen erschraken, als sie die große Raubkatze darin entdeckten.

»Kann sie da nicht raus?«, fragte Marian nervös. Der Käfig erschien ihr wohl nicht allzu sicher, es handelte sich um eine Holzkonstruktion.

Lennox schüttelte den Kopf. »Sie ist darin von Indien nach Afrika gereist«, erwiderte er. »Und meistens schläft sie sowieso …«

Das zumindest pflegte Ranjana anzuführen, wenn er sie darauf ansprach, ob es nicht sicherer sei, das Raubtier in einem Käfig mit Eisengittern unterzubringen. Tatsächlich hatte er sie bisher auch nur auf einer Decke schlafend darin gesehen. Jetzt war das allerdings nicht der Fall. Desna schien Ranjana ihre Gefangenschaft übel zu nehmen, oder sie regte sich einfach über den unerwarteten

Besuch auf. Tatsächlich griff sie mit den Pranken durch die Gitterstäbe und fauchte. Lennox befahl ihr, still zu sein, natürlich ohne Erfolg.

Danielle hatte ihre Aufmerksamkeit schon wieder von der Raubkatze abgewandt. »Oooh! So viele Saris!« Ohne jede Hemmung hatte sie Ranjanas Kleiderschrank geöffnet und neben ihrer westlichen Garderobe eine Anzahl indischer Gewänder entdeckt. Sie zog eines davon heraus und hielt es sich an.

»Würde mir gut stehen«, behauptete sie, und dann zog ein trunkenes Lächeln über ihr Gesicht. »Hey, das ist es doch! Wir spielen Indien …« Sie schlüpfte aus ihrem Kleid und drapierte den Sari über ihre Unterwäsche. »Marian und ich sind … Tempelhuren … und ihr müsst die Götter ehren, indem ihr es mit uns treibt!«

Marian hielt das für eine großartige Idee. Sie zog sich ebenfalls aus, und die Männer waren spätestens für die Sache gewonnen, als Danielle begann, barfuß in Mata-Hari-Manier für sie zu tanzen. Marian versuchte sich in fremdländischen Gesängen, bis der Earl ihr den Mund mit einem Kuss verschloss, sie auf Ranjanas Bett warf und versuchte, sie von den um sie geschlungenen Stoffbahnen zu befreien. Lennox fing Danielle ein und zog sie an sich, ihr Mann umfasste sie von der anderen Seite …

Ihm war entgangen, dass sich die Tür zum Schlafbereich geöffnet hatte. Bis Ranjana im Raum stand und fassungslos auf das Treiben vor ihr blickte.

Danielle sah sie lachend an. »Guckt mal, wer da mitspielen will …«, rief sie.

37

Ebony lauschte auf Mwalas leichtes Schnarchen. Die Kinderfrau schlief seit gut einer Stunde tief und fest. Sie hatte früher einen leichten Schlaf gehabt, doch seit sie wusste, dass niemand im Dorf ihren Schützlingen nach dem Leben trachtete, schien sie die durchwachten Nächte nachholen zu wollen und war kaum aufzuwecken. Ebony rutschte hinüber zu ihrer Schwester – der Platz in der Hütte war beengt, und die beiden teilten sich eine breite Schlafmatte.

»Wach auf, Hope! Wenn wir zur Farm gehen wollen, müssen wir es jetzt tun!«

Hope wachte nur langsam auf. »Ich weiß nicht, ob ich das will«, murmelte sie, wie stets die gehorsamere der Schwestern. »Daddy und Mummy haben es verboten …«

Ebony schüttelte verärgert den Kopf. »Komm, Hope«, flüsterte sie, »wir haben uns den Plan doch zusammen ausgedacht. Wir dürfen uns natürlich nicht erwischen lassen. Aber du willst doch auch wissen, was eine Orgie ist!«

Ihre Eltern hatten den Begriff mehrmals scherzhaft für das bevorstehende Fest gebraucht, und sie hatten sich darüber Gedanken gemacht.

»Weiß ich schon«, wisperte Hope. »Eine Feier, auf der sich gottlose Menschen anstößigen und ausschweifenden Vergnügungen hingeben. Das sagte jedenfalls Schwester Teresa, als ich sie gefragt habe. Und dabei ist sie rot geworden.«

»Das wird sie doch immer, wenn sie eine Frage eigentlich gar nicht beantworten will«, sagte Ebony. Sie stand auf, griff nach ihrem Kleid, um es draußen überzuziehen, und sah ihre Schwester fordernd an. »Komm! Du lässt mich ja wohl nicht allein gehen!«

Das hätte Hope nie getan. Widerstrebend erhob sie sich, und sie schlichen mit nackten Füßen an ihrer schlafenden Kinderfrau vorbei in den Wohnraum der Hütte. Von dort aus ging es nach draußen. Der Vollmond tauchte das Dorf in geheimnisvolles Licht. Um diese Zeit war niemand außer ihnen unterwegs. Natürlich konnte es sein, dass jemand aus seiner Hütte kam, um seine Notdurft zu verrichten, doch ihr Haus lag am Dorfrand. Sie hatten die Ansiedlung nach wenigen Schritten verlassen und liefen den ausgetretenen Weg zur Farm entlang. Man hörte die Musik und das Lärmen der Gäste schon von Weitem.

Ebony und Hope huschten durch die Eingangstür ins Haus – es war dunkel bis auf die wenigen Lampen, die stets in der Eingangshalle brannten. Hier konnte sie also niemand ertappen. Allerdings gab es Leben auf der Terrasse. Dort spielten Männer Karten und tranken. Sehr viel Geld lag auf dem Tisch. Hope und Ebony hatten schon Kartenspieler beobachtet und kannten selbst ein paar einfache Spiele, allerdings ging es dabei höchstens um ein paar Pennys. Vor den Männern dagegen stapelten sich die Scheine, und sie machten grimmige Gesichter, während sie Sätze sagten wie »Ich geh mit« oder »Ich passe«. Eine Orgie hatten die Mädchen sich eigentlich spannender vorgestellt – obwohl sie sich denken konnten, dass auch schon Glücksspiele ihre fromme Lehrerin vor Scham erröten lassen würden.

»Wir müssen uns an ihnen vorbeischleichen«, sagte Ebony in der Hoffnung, dass es bei den Zelten vielleicht Interessanteres zu beobachten gab. »Komm!« Sie nahm ihre Schwester bei der Hand.

Hope warf noch einen raschen Blick aus dem Fenster – und traf dabei den eines der Spieler, der eben von seinen Karten aufblickte.

»Was ist das?« Der Mann sah sie und schrie auf. »Ein … ein Geist?«

Die anderen lachten.

Hope konnte sich sekundenlang vor Schreck nicht rühren und wurde so auch von den anderen gesehen. Erst als die Männer daraufhin aufsprangen, folgte sie Ebony nach draußen. Die Mädchen rannten, doch die Kartenspieler setzten ihnen nach. Als Hope stolperte, spürte sie eine kräftige Hand um ihren Arm.

»Der kleine Geist fühlt sich ganz fest an.« Der Mann, der sie gefangen hatte, grinste.

Ebony zerrte an ihrem anderen Arm, doch sie konnte gegen den Erwachsenen nichts ausrichten.

»Lass los, Ebony, lauf!«, rief Hope ihrer Schwester zu, bereit, die Strafe für den nächtlichen Ausflug allein auf sich zu nehmen.

Ebony zögerte kurz, floh dann jedoch, bevor die Männer auch sie packen konnten.

Hope wurde ins Licht der mit Laternen und Windlichtern beleuchteten Terrasse gezogen.

»Was haben wir denn da?«, fragte einer, verblüfft beim Anblick ihres Gesichts und ihres krausen Haares. »Ein Eingeborenenkind mit weißer Haut … das gibt's doch gar nicht …« Er hielt sie so ins Licht, dass alle sie sehen konnten.

Ein anderer lachte. »Doch, das gibt's, Gordon. Noch nie was von Albinos gehört? Weiß mit roten Augen? Ich hatte da mal einen Hund … hat aber nicht lange gelebt.«

»Das hier hat keine roten Augen«, hörte sie eine weitere Stimme.

»Ist ja auch kein Hund«, bemerkte der Mann, der sie festhielt. »Bei Menschen sind die Augen blau.« Er hielt Hope eine Kerze vors Gesicht, damit alle das erkennen konnten. »Und gesehen haben wir das alle noch nicht, Gordon, weil die wirklich nicht sehr lange leben, die Albinos …«

»Aber die sterben nicht von selbst!« Der vierte Pokerspieler brüstete sich. »Die werden gewöhnlich verkauft. An Medizinmänner. Weil die Eingeborenen glauben, die hätten Zauberkräfte und man könnte Medizin aus ihnen machen. Die hacken ihre Hände, Arme, Beine ab und verkaufen sie …«

Hope begann zu schluchzen. »Bitte lassen Sie mich gehen!«, flehte sie. »Oder … oder bringen Sie mich zu meiner Mum!«

Der Ärger, den sie unweigerlich mit ihren Eltern bekommen würde, erschien ihr weniger schlimm als das, was diese Männer womöglich mit ihr vorhatten.

»Nicht so schnell!«, sagte der Mann, der sie immer noch festhielt. »Wie's aussieht, bist du wertvoll. Nehmen wir sie mit, Jungs! Oder spielen wir um sie. Wer gewinnt, darf sie zu Geld machen.«

Ein anderer lachte. »Wir können sie auch aufteilen. Wenn wir sie gleich hier zerlegen, kann jeder seinen Teil einpacken!«

»Wär vielleicht ganz interessant, sie mal auszuziehen«, fand einer, der sie ganz seltsam ansah. »Du bist doch ein Mädchen, oder? So was wie dich hatte hier noch keiner von uns …«

»Hör auf, Paul, sie ist noch ein Kind, du willst sie nicht ernsthaft …« Ein Mann mit einem eigentlich freundlichen Gesicht schien ihr helfen zu wollen. »Wo gehörst du hin, Kleine?«

»Ach, die Mädchen von hier werden früh verheiratet. Wer weiß, ob die überhaupt noch Jungfrau ist …« Der seltsame Mann machte Anstalten, nach ihr zu greifen.

Hope versuchte zu treten und zu spucken, doch sie wurde eisern festgehalten. Sie dachte daran, Auskunft zu geben – die Männer wussten ganz sicher nicht, dass sie Miss Ivys Tochter war, doch sie brachte vor Angst und vor Schluchzen kein Wort heraus.

Dann entdeckte sie Ebony. Ein kleiner dunkler Schatten schlich sich am Fuß der Terrasse an. Ihre Schwester war zurückgekommen, um ihr zu helfen. Wenn die Männer sie nur nicht auch noch einfingen! Hope schrie verzweifelt, um von ihr abzulenken, und wand sich in den Händen des Mannes, der ihre beiden Oberarme umfasst hielt wie ein Schraubstock.

Sie sah, wie Ebony die Terrasse erkletterte und nach einem der

Windlichter griff, in denen dicke Kerzen brannten. Sie holte aus und schleuderte es auf die Männer. Das Licht flog wie ein Geschoss auf Hope zu, sie duckte sich instinktiv, hörte einen Aufschrei – und war plötzlich frei.

»Lauf, Hope, lauf!«

Über die Terrasse flogen weitere Windlichter. Hope sprang hinunter ins Dunkel, Ebony folgte ihr. Sie rannten in Richtung Dorf und blickten nicht zurück.

38

Naeku war die Erste, die den Brand entdeckte. Sie hatte Wawira bei der Zubereitung vieler bunter Häppchen geholfen – einem der Küchenmädchen war schlecht geworden, und Wawira hatte es gleich nach dem Dinner nach Hause geschickt. An seiner statt hatte sie kurzerhand Naeku rekrutiert, die der Weisung gern folgte. Von der Küche bei den Zelten aus meinte sie, Ranjana im Auge behalten zu können, und tatsächlich sah sie ihre Freundin häufig tanzen oder im Gespräch mit Gästen, die es gut mit ihr meinten. Jetzt, da die Bediensteten mit großen Tabletts von einem Gast zum anderen gingen und die Snacks anboten, zog sie scheinbar ziellos durch das Zeltlager, in dem erstaunlich viele Gäste feierten, tranken und tanzten. Irgendwo unter ihnen musste Ranjana sein. Naeku blickte sich suchend um. Ob sie zum Wohnhaus gegangen war?

Aber was war das? Plötzlich war dort ein riesiger Lichtschein zu sehen, weit heller als die Windlichter und Kerzen die Terrasse erleuchten konnten. Irgendetwas stimmte da nicht …

»Mr. Reggie? Sir?« Naeku sprach Lennox' Vertrauten an, besonders höflich, um nicht gleich eine Abfuhr zu riskieren. »Ich … ich glaube, im Haus brennt es.«

Reggie Derringer lachte. Er amüsierte sich erkennbar gut in dieser Nacht. Die Frauen vom Set erschienen ihm wohl weitaus unterhaltsamer als die langweiligen Mädchen aus Kijabe, mit denen seine Mutter versuchte, ihn zu verkuppeln.

»Da macht wohl einer ein privates Lagerfeuer«, bemerkte er

über ein Glas mit einer seltsamen grünen Flüssigkeit hinweg, die ihm gerade jemand eingeschenkt hatte. Großzügig hielt er es Naeku hin. »Willst du auch mal, Naeku-Maus? Macht dich vielleicht mal ein bisschen lockerer. Absinth, ein Spiel mit dem Feuer!« Mr. Reggie lachte über sein eigenes vermeintliches Bonmot.

Naeku wandte sich ab und suchte Sanele – als sie ihn fand, waren im hinteren Teil des Hauses bereits auflodernde Flammen zu erkennen. Sanele, dessen Butleruniform trotz der späten Stunde noch untadelig frisch wirkte, stellte das Tablett mit winzigen Blätterteigpasteten, die er den Gästen eben reichen wollte, sofort weg. Naeku atmete auf. Er jedenfalls war bereit, sich zu kümmern. Sie hörte die ersten Gäste rufen und schreien. Keiner von ihnen war mehr nüchtern genug, die Gefahr einschätzen zu können und ruhig zu bleiben. Sie wollte sich nicht vorstellen, was passierte, wenn eine Panik ausbrach.

Sanele hob die Nadel des Grammofons. »Meine Herrschaften, es scheint im Haupthaus etwas außer Kontrolle geraten zu sein«, sagte er mit lauter Stimme. »Wir werden das Problem sofort beheben, doch Sie bitte ich, den Bereich der Zelte zu verlassen und Miss Ivy zum Wasserloch zu folgen …« Er suchte seine Frau in der Menge und warf ihr einen beschwörenden Blick zu.

Ivy hatte sich zwanglos, aber wachsam zwischen den Gästen bewegt, um eingreifen zu können, wenn jemand dem Personal gegenüber zudringlich wurde oder als Folge von übermäßigem Alkohol- oder Drogengenuss das Bewusstsein verlor. Jetzt sah sie zum Haupthaus, und er wusste, dass sie sofort erfasste, dass er nicht übertrieben handelte. Rasch rief sie die Gäste zu sich, bemüht um einen lockeren Tonfall.

»Kommen Sie einfach alle mit mir! Freuen Sie sich auf eine Nacht in der Savanne … Ja, Ihre Getränke können Sie natürlich mitnehmen …«

Entschlossen trieb sie die Männer und Frauen zusammen. Das Feuer war jetzt nicht mehr zu übersehen. Es musste schon auf die hölzernen Tierkäfige im vormaligen Garten übergegriffen haben.

Sanele rief einen der Diener und schickte ihn zum Kikuyu-Dorf. »Eigentlich sollten die das Feuer da auch sehen, aber falls sie nicht von selbst auf die Idee kommen: Wir brauchen sie alle hier zum Löschen. Wir müssen eine Eimerkette bilden, vom Wasserloch aus …« Ein paar weitere Männer und Frauen, die zum Personal gehörten, erschienen bereits mit Eimern und Schüsseln, Ivy und er wussten, dass sie mit den Gästen als Helfer nicht rechnen konnten. »Und schau bitte nach, Kymani, ob die Kinder mit Mwala im Dorf sind«, rief er dem Boten hinterher.

Sanele überprüfte zunächst die Zelte und rannte erst in Richtung Haus, als die Funken das erste Zelt in Brand steckten. In der vergangenen Stunde war Wind aufgekommen, und er arbeitete gegen sie. Sanele musste kontrollieren, ob niemand im Haus war – der Absprache nach sollte das Fest auf den Außenbereich bei den Zelten beschränkt bleiben, doch er wusste, dass sich zumindest eine Pokerrunde auf der Terrasse zusammengefunden hatte. Die Männer meinte er jedoch schon im Gefolge von Ivy gesehen zu haben. Womöglich waren sie längst wieder bei den Zelten gewesen, als das Feuer ausbrach.

Naeku sorgte sich ernstlich um Ranjana und schloss sich Sanele auf dem Weg zum Haus an. Reggie Derringer holte sie ein. Anscheinend hatte jetzt auch er den Ernst der Lage erfasst und suchte nach dem Bwana. Er musterte Sanele mit unverhohlener Feindseligkeit – dann rannte er auf das Feuer zu, Sanele lief zu den Ställen. Falls die Angestellten der Gäste, die hier schliefen, noch nichts vom Feuer bemerkt hatten, mussten sie geweckt werden. Außerdem mussten die Pferde befreit werden.

Naeku lief durch den Haupteingang ins Haus. Im Foyer

brannte es noch nicht, doch sie roch bereits den Rauch. Eilig lief sie die Treppe zu Ranjanas Reich hoch, um zu kontrollieren, ob ihre Freundin sich schon zurückgezogen hatte. Verwundert stellte sie fest, dass die Tür zu ihren Räumen offen stand. Vielleicht war Ranjana ja hier gewesen und bereits geflohen. Sie traute ihrer Freundin zu, dass sie das Feuer früher als die anderen entdeckt hatte und sofort hinaufgelaufen war, um Desna zu befreien.

Beim Betreten der Zimmer bot sich ihr jedoch ein Bild des Schreckens. Überall lagen Champagnerflaschen und zerbrochene Gläser. Sie wollte sich nicht vorstellen, was hier vorgefallen war. Und dann sah sie, dass im Ankleidezimmer bereits Flammen loderten. Sie leckten nach der Gestalt eines Mannes auf dem Boden. Lennox Edgecumbe lag in einer Blutlache, die sich um seinen Kopf und seine Brust gebildet hatte. Naeku wollte sich zu ihm hinunterbeugen, um nachzuprüfen, ob er tot war. Doch dann entdeckte sie Ranjana, die auf dem zerwühlten Bett hockte, zusammengekrümmt, die Decke um sich gezogen. In ihrem Gesicht stand grenzenloses Entsetzen.

»Heute werde ich doch noch zur *sati*«, sagte sie kaum hörbar, den Blick aufs Feuer gerichtet, das jetzt die Beinkleider ihres Mannes erfasste. »Die Götter strafen mich …«

»Das werde ich nicht zulassen!«, rief Naeku.

Sie zerrte ihre leichenblasse Freundin aus dem Zimmer. Ob es ihr gelingen würde, sie die Treppen hinunterzutragen? Naeku rief um Hilfe und atmete auf, als Sanele am Fuß der Treppe auftauchte. Er kam zu ihnen hochgerannt und nahm Ranjana wortlos auf die Arme. Draußen trafen sie erneut auf Reggie.

»Wo ist der Bwana?«, blaffte er sie an.

»Tot«, sagte Naeku. »Bringen Sie sich in Sicherheit, Mr. Reggie, das Haus stürzt vielleicht bald ein.«

Reggie Derringer sah Sanele hasserfüllt an. »Was heißt das … tot, Boy? Hast du …«

Sanele beachtete ihn gar nicht. »Naeku, ich glaube, die Memsahib ist nicht bei sich. Bringen wir sie ins Dorf?«

»In die Mission«, sagte Naeku, ohne zu zögern. »Sie braucht einen Arzt.«

Sanele nickte. Kurz darauf ließ er die verstörte, abwesende Ranjana auf den Rücksitz eines der Safarifahrzeuge gleiten. Naeku wickelte sie notdürftig in eine der Decken, die immer hinten in den Fahrzeugen lagen, und nahm ihren Kopf auf den Schoß.

»Es wird alles gut, Liebste«, flüsterte sie auf Indisch. »Bald wird alles gut.«

39

Vor der Kirche der Missionsstation herrschte ein zu dieser Nachtzeit ungewöhnlich reges Treiben. Bei einer Mitternachtsandacht hatten die Patres und Schwestern den Feuerschein über der Farm wahrgenommen und stellten einen Hilfstrupp zusammen. Die Massai aus dem nahegelegenen Dorf waren bereits verständigt und würden ebenfalls kommen.

Sanele hielt das Fahrzeug an und sprang hinaus. Er informierte den Leiter der Station, Pater Christopher, über die Geschehnisse.

»Machen Sie schnell! Das Feuer muss im hinteren Bereich des Hauses oder auf der Terrasse ausgebrochen sein. Die Ursache ist bislang unbekannt. Schlimm verletzt wurde unseres Wissens niemand, allerdings ist jemand gestorben, Mr. Edgecumbe. Unter welchen Umständen er umkam, wissen wir nicht.«

Naeku rief Schwester Elisabeth, die gerade eine voluminöse Erste-Hilfe-Tasche in eines der Missionsfahrzeuge wuchtete.

»Schwester, bitte helfen Sie Miss Ranjana! Sie liegt hier im Wagen auf der Rückbank und ist … ich weiß nicht, was passiert ist … Ich hab sie so in ihrem Bett gefunden. Ich glaube, sie … sie wurde …«

Schwester Elisabeth überließ ihre Tasche einer jüngeren Schwester. Sie blickte in Ranjanas bleiches Gesicht, sah ihre erweiterten Pupillen und veranlasste, dass einer der Patres sie in die Krankenstation trug. Als er gegangen war und Schwester Elisabeth sie aus der Decke wickelte, schreckte sie zurück ob der Gerüche, die von Ranjanas nacktem Körper ausgingen. Es stank nach Wein, nach Urin, Schweiß und Sperma.

»Hilf mir, sie zu waschen«, wies die Schwester Naeku an, und sie reinigte den besudelten Körper ihrer Freundin, während Ranjana abgehört und ihr Puls gemessen wurde. Sie flößten ihr eine stärkende Medizin ein und Schwester Elisabeth nahm ihren Unterleib näher in Augenschein. »Einige Hämatome an den Oberschenkeln und an den Handgelenken, aber keine Blutung«, erklärte sie. »Das ist gut. Ob sie innere Verletzungen hat, wissen wir natürlich nicht, aber ich glaube, sie ist zumindest nicht schwer verwundet.«

»Und warum spricht sie dann nicht? Sie … sie ist doch wach, nur sie … sie scheint gar nichts richtig wahrzunehmen …« Naeku sah ihre Freundin verzweifelt an.

»Sie steht unter Schock«, erklärte die Schwester. »Sie ist katatonisch, so nennt man das. Wir müssen ihren Kreislauf stärken und sie aufwärmen. Und dann wäre es am besten, sie würde ein paar Stunden schlafen. Mal sehen, ob sie von selbst einschläft. Wenn nicht, müssen wir mit Laudanum nachhelfen.«

Naeku rieb Ranjanas Körper mit warmem Wasser ab, Schwester Elisabeth veranlasste, dass Wärmflaschen gefüllt wurden, und flößte ihr heißen Tee mit Rum ein.

»In diesem Fall ein Heilmittel«, bemerkte sie. »Während Alkoholgenuss ansonsten natürlich abzulehnen ist.«

Naeku bemerkte, dass Ranjanas blaue Lippen langsam wieder ihre natürliche Farbe annahmen und ihre Hände und Füße sich erwärmten. An ihrem starren Blick änderte sich jedoch nichts, außerdem zitterte sie jetzt, wenn ihr Körper nicht gerade krampfte.

Schwester Elisabeth griff schließlich doch nach einem Schlafmittel. Nach einer großen Dosis Laudanum entspannte sich Ranjana.

»Weiß man, wer ihr das angetan hat?«, fragte Schwester Elisabeth mit schmalen Lippen.

Naeku sah auf ihre Freundin, die jetzt ruhig zwischen sauberen Laken schlummerte, und schüttelte den Kopf.

»Ich hab sie so gefunden … und … und den Bwana …«

»Du meinst, das war ihr Mann?« Die Schwester warf noch einen Blick auf ihre schlafende Patientin und machte Naeku dann ein Zeichen, den Raum zu verlassen. »Reden wir draußen weiter. Man weiß nie, wie viel ein Patient in einem solchen Zustand mitbekommt …«

Vor dem Behandlungszimmer wartete Sanele. Er hatte es wohl nicht übers Herz gebracht, zurück zur Farm zu fahren, bevor er wusste, was mit Ranjana geschehen war.

»Es sind sicher genügend Leute zusammengekommen, die helfen, das Feuer zu löschen«, sagte er.

Naeku schilderte nun ihm und der Ordensfrau, was sie in Ranjanas Schlaf- und Ankleidezimmer vorgefunden hatte.

»Der Bwana lag in einer Blutlache. Er war tot, das sah man, aber ich hab nicht nachgeschaut, wie genau er getötet wurde«, berichtete Naeku.

»Du meinst, jemand hat ihn umgebracht?«, fragte Sanele.

Naeku zuckte mit den Schultern. »Ich weiß nur, dass er dalag wie ein Tier, das man hat ausbluten lassen. Woher das Blut kam, konnte ich nicht sehen. Das Feuer war nah, ich musste mich um Ran… um die Memsahib kümmern.«

»Kann sie es getan haben?«, fragte Sanele und wies auf die Tür des Raumes, in dem Ranjana schlief.

Naeku und die Schwester verneinten gleichermaßen.

»Sie hatte kein Blut an den Händen«, sagte Naeku. »Und es war auch keins auf dem Laken, auf dem sie gehockt hat. Es gab keine blutigen Fußspuren zum Bett …«

»Und Mr. Edgecumbe war ein kräftiger Mann«, fügte die

Schwester hinzu. »Der hätte sich ihrer leicht erwehren können. Wenn Barbara denn überhaupt zu so etwas fähig gewesen wäre, dieses sanfte kleine Ding …«

Die Missionsschwestern hatten Ranjana in den letzten Jahren schätzen gelernt – beharrten allerdings darauf, sie bei ihrem Taufnamen zu nennen.

»Es ist sehr wahrscheinlich, dass die Edgecumbes in den letzten Stunden in Ranjanas Räumlichkeiten nicht allein waren«, überlegte Naeku weiter. »Das Bett war zerwühlt, es lagen Kleidungsstücke herum … leere Champagnerflaschen, zerbrochene Gläser … Und mir ist vorher schon aufgefallen, dass Lady van der Velt und der Earl of Rennant in der Gesellschaft fehlten. Die habe ich im Auge behalten, um die Memsahib im Zweifelsfall vor ihnen retten zu können …«

»Du musstest sie vor irgendwelchen Leuten retten?«, fragte die Schwester irritiert.

Naeku berichtete ihr von dem Spott, dem Ranjana bei allen Treffen des Happy Valley Sets ausgesetzt gewesen war. »Sie könnte von diesen Leute in ihrem Zimmer überrascht worden sein, oder sie wurde dorthin gezwungen. Lady van der Velt neigt zu etwas derben Scherzen.«

»Nun, wenn die Memsahib morgen aufwacht, wird sie uns mehr erzählen können«, sagte Sanele.

Schwester Elisabeth zog die Augenbrauen hoch. »So Gott will«, erklärte sie. »Wie es aussieht, haben die Ereignisse, die sie mit ansehen und erleben musste, sie bis in ihr Innerstes erschüttert. Manchmal verlieren solche Leute ihr Gedächtnis oder gleich ganz den Verstand.«

40

»Wir werden die Polizei verständigen müssen«, überlegte Sanele auf der Rückfahrt zur Farm. Naeku war bei ihm. Schwester Elisabeth hatte ihr versichert, dass Ranjana mindestens bis zum Nachmittag schlafen würde, und auf der Farm wurde sicher jede Hand gebraucht. »Sein Tod muss untersucht werden.«

Naeku nickte. »Und das, was man mit Ranjana gemacht hat«, sagte sie leise, jedoch ohne viel Hoffnung.

Es war mehr als unwahrscheinlich, dass man jemanden aus dem Happy Valley Set der Schändung anklagen würde.

Die Flammen auf der Farm loderten jetzt nicht mehr so hoch, doch als Sanele die Anlage erreichte, bot sich ihnen ein Bild der Zerstörung. Obwohl immer noch Helfer eimerweise Wasser in die Glut schütteten – jemand hatte die Löscharbeiten gut organisiert, es gab drei Menschenketten vom Wasserloch zum Haus, und die Wasserleitung war ebenfalls angezapft worden. Allerdings war im Haus ziemlich viel Holz verbaut worden, die Veranda und die Terrasse waren aus Holz, und natürlich die Möbel. Hinzu kam, dass es seit Wochen nicht richtig geregnet hatte, das trockene Holz, angefacht vom Wind, hatte gebrannt wie Zunder. Die Safarizelte waren dem Feuer ebenso zum Opfer gefallen wie die Tiergehege auf der Farm.

Tatsächlich gab es keine Verletzten unter den Gästen, lediglich ein Mann war auf dem Weg zum Wasserloch gestürzt und hatte von Ivy verbunden werden müssen. Es stellte sich ihnen erst mal die Frage, was sie mit den völlig übernächtigten, immer noch betrunkenen, auf dem Boden schlafenden Gästen tun sollten. Einige wollten sicher gleich abreisen, wenn sie halbwegs wieder wach waren. Ihr Gepäck war verloren, doch die Autos waren abseits geparkt worden und nicht betroffen, die Chauffeure hatten selbstverständlich nicht getrunken und waren bereit, ihre Herrschaft nach Hause zu bringen.

Ivy war sich allerdings nicht sicher, ob sich überhaupt jemand vom Grundstück entfernen durfte, solange die Brandursache nicht geklärt war. Erst recht, da es einen Toten gegeben hatte. Reggie Derringer, der sich irgendwann auch am Wasserloch eingefunden hatte, hatte etwas vom Tod des Bwana gestammelt und Sanele damit in Verbindung gebracht. Ivy wusste nicht, inwieweit sie seine betrunkenen Behauptungen und Anschuldigungen ernst nehmen sollte, machte sich allerdings Sorgen um ihren Mann, mit dem sie sich vor der Fahrt zur Mission nicht mehr hatte verständigen können. Nun erfuhr sie von Sanele von den Geschehnissen um Ranjana.

»Glaubst du, das hatte irgendetwas mit dem Brand zu tun?«, fragte sie.

Gerade ging die Sonne auf, und sie nahmen eine erste Bestandsaufnahme der Schäden vor. Das Haus war nur noch eine rauchgeschwärzte Ruine.

»Eher nicht«, erwiderte Sanele. »Naeku hat die Flammen zuerst auf der hinteren Terrasse gesehen. Wenn das Feuer in Ranjanas Räumlichkeiten ausgebrochen wäre, hätte das Dach gleich gebrannt.«

»Und was tun wir jetzt?«, fragte Ivy. Sie blickte ziemlich fassungslos auf die Trümmer ihres Lebenswerks.

»Ein Frühstück organisieren«, sagte Sanele. »Ich suche Wawira, sie muss im Dorf irgendetwas auf die Beine stellen. Die Gäste werden Kaffee brauchen, um überhaupt wieder zurechnungsfähig zu werden. Ich bin sicher, die Schwestern stellen die Schule zur Verfügung, um die Gäste, die nicht gleich abreisen können, notdürftig unterzubringen. Vielleicht helfen sie auch mit Verpflegung, Schwester Teresa ist ja ganz pfiffig. Und dann muss jemand das Police Department verständigen. Es wäre außerdem gut, wenn wir ein paar Zelte organisieren könnten, für die Helfer bei den Aufräumarbeiten …«

»Du meinst, wir sollten einfach so … weitermachen?«, fragte Ivy.

Sanele legte den Arm um sie. »Was sonst?«, erwiderte er. »Wir machen einen Schritt nach dem anderen. Man wird sehen … jetzt, nach Lennox' Tod. Ranjana wird seine Erbin sein.«

Ivy wurde sich jetzt erst der Tatsache bewusst, dass ihr mit Lennox' Ableben ihre größte Sorge, erneut von der Farm vertrieben zu werden, genommen worden war. Ranjana würde sie sicher nicht davonjagen. Sie fühlte sich schuldig, dass ihr bei diesen Überlegungen ein Stein vom Herzen fiel. Es gab kein Haus mehr und kein Resort, doch die Tiere und die Ehrfurcht der Kikuyu vor der Mama wa Wanyama gab es immer noch. Hope war im Dorf in Sicherheit.

»Nach den Kindern müssen wir schauen«, murmelte Ivy und schmiegte sich an ihren Mann. »Und jemand muss die Pferde einfangen, bevor sie von einem Löwen gefressen werden.«

Sanele lächelte. »Eine Aufgabe für die Mutter der Tiere. Und ich treibe die Gäste zusammen und bringe sie ins Dorf.«

Die verkaterten Gäste, umsorgt von ihrer geschockten Dienerschaft, die Sanele in der Nacht tatsächlich schlafend in ihren Unterkünften gefunden hatte, waren mürrisch, verärgert oder verängstigt. Alle verlangten nach Kaffee. Jetzt bestürmten sie Sanele mit Fragen und folgten ihm eher widerwillig ins Dorf der Kikuyu, die sich als gute Gastgeber erwiesen. Wawira sowie andere Mitglieder des Hauspersonals hatten auch ohne Saneles Anweisungen begriffen, dass etwas für die verwöhnten Mitglieder des Happy Valley Sets organisiert werden musste. Die Köchin hatte jemanden in die Mission geschickt, um die Kaffee- und Teevorräte der Schwestern und Patres zu plündern, und die Schwestern, die gewöhnlich im Dorf Schule hielten, hatten mitgedacht und Brot und andere Zutaten für ein westliches Frühstück mitgebracht. Sie halfen bei der Zubereitung und hatten ein offenes Ohr für die aufgeregten Frauen und Männer, die alle von den Erlebnissen der letzten Nacht berichten wollten.

Ivy hatte die Pferde rasch entdeckt und stand dann vor dem Problem, nicht einmal mehr Stricke zu haben, um sie anzubinden. Sie fand zum Glück welche in den Safarifahrzeugen, in denen stets alles Mögliche bereitgehalten wurde, das bei einem eventuellen Unfall oder einem Defekt im Busch gebraucht werden konnte. Während sie das letzte Pferd an einen Baum band und überlegte, wie sie die Tiere am besten ins Dorf bringen konnte, fuhr ein Wagen des Police Department auf den Hof. Zwei Beamte stiegen aus und blickten auf die noch rauchende Ruine, die einmal Edgecumbe Farm gewesen war.

»Das ging aber schnell!«, begrüßte Ivy die Männer. »Mein Mann wollte Sie doch gerade erst über die Vorfälle in Kenntnis setzen. Aber gut, dass Sie da sind. Je früher Sie mit den Ermittlungen fertig sind, desto eher kann ich die Gäste des gestrigen Festes nach Hause schicken …«

»Sie scheinen es ja eilig zu haben«, bemerkte einer der Männer. »Darf ich fragen, mit wem ich es zu tun habe?«

»Das ist Mrs. Ivory Edgecumbe«, erklärte der Ältere der beiden, »die frühere Betreiberin des Safariresorts. Gestatten, Mrs. Edgecumbe, mein Name ist Sergeant Young, das ist Constable Wilbur. Wir sind hier, um erste Ermittlungen in Bezug auf den Mord an Lennox Edgecumbe anzustellen …«

»Sie sind die Witwe?«, fragte Constable Wilbur verwundert.

»Nun stellen Sie nicht so dumme Fragen!« Sergeant Young rügte seinen offensichtlichen Untergebenen. »Mrs. Ivory Edgecumbe ist, soweit ich Mr. Derringer richtig verstanden habe, weniger die Geschädigte als eine Nutznießerin von Mr. Edgecumbes Tod.«

»Wie bitte?«, erregte sich Ivy. »Inwiefern sollte ich einen Nutzen aus Lennox Edgecumbes Tod ziehen? Oder mein Mann, gegen den Mr. Derringer gestern absurdeste Anschuldigungen vorgebracht hat. In sehr berauschtem Zustand, wie ich hinzufügen muss.«

»Aufgrund eben dieser Anschuldigungen sind wir hier«, sagte Sergeant Young. »Mr. Reggie Derringer geht davon aus, dass Sanele Zulu, mit dem Sie eine Zweitehe eingegangen sind, als Sie Ihren Gatten Adrian tot wähnten, Mr. Lennox Edgecumbe zu Tode gebracht und dann einen Brand gelegt hat, um das zu vertuschen.«

Ivy griff sich an die Stirn. »Das ist lächerlich«, erklärte sie. »Mein Mann Sanele Zulu war die ganze Zeit auf dem Fest bei den Zelten, er hat da serviert. Und was Lennox Edgecumbe angeht … Sie haben noch nicht einmal eine Leiche. Nur die Aussage einer Bediensteten, sie habe Lennox in einer Blutlache liegen sehen. In den Privaträumen seiner Gattin.«

Sergeant Young wies mit dem Kinn auf die Brandstätte. »Also, wenn er da noch nicht tot war, dann ist er's jetzt«, bemerkte er treffend. »Hören Sie, wir werden wohl oder übel mit allen Beteiligten sprechen müssen. Also mit Mr. Derringer und Ihrem …«

»Mr. Zulu ist nach wie vor mein Mann und war der Geschäftsführer des Unternehmens, als ich das Resort noch geleitet habe«, sagte Ivy. »Er hat auch bei der Organisation des gestrigen Festes leitende Aufgaben übernommen …«

»Der Geschäftsführer hier bin ich!« Reggie Derringer war eben mit einem der Safarifahrzeuge auf den Hof gefahren und gleich auf sie zugestürmt. Er hatte Ivys letzte Worte mitgehört. »Sanele Zulu ist nicht mehr als eine Hilfskraft, was ihm nicht gefällt, nachdem er vorher von einer blind verliebten Frau mit Ehren überhäuft wurde. Er hegte deshalb einen Groll gegen den Bwana. Gestern erst wurde ich Zeuge eines Streitgesprächs, das beinahe in Tätlichkeiten ausgeartet wäre.«

»Tätlichkeiten gegen mich!«, verteidigte Ivy ihren Mann. »Lennox fühlte sich von mir gereizt, und Sanele sah mich bedroht …«

»Könnten wir das alles nicht in einer ruhigeren Atmosphäre klären als hier an der Brandstätte?«, fragte Sergeant Young. »Wo finden wir den Beschuldigten denn überhaupt?«

»Gestern ist der erst mal abgehauen!«, behauptete Reggie. »War stundenlang nicht aufzufinden …«

»Er war in der Missionsstation«, erklärte Ivy. »Das können Ihnen sämtliche Schwestern und Patres dort bestätigen. Und er hat die einzige wirkliche Zeugin dorthin gebracht, Mrs. Ranjana Edgecumbe. Sie ist leider noch nicht bei Bewusstsein …«

»Sie wurde verletzt?«, fragte Constable Wilbur.

Ivy musterte ihn kalt. »Sie wurde … entehrt …«, sagte sie dann. »Sie sehen, die Vorgänge hier sind keineswegs so eindeutig, wie Mr. Derringer Sie glauben lassen will. Mr. Zulu ist zurzeit im Kikuyu-Dorf in der Nähe und kümmert sich um die Gäste …«

»Die wir im Zuge der Ermittlungen natürlich befragen müssen«, erklärte Sergeant Young. »Und die Vernehmung eventueller Zeugen wird sich für uns deutlich einfacher gestalten, solange noch alle Gäste der gestrigen … Feier vor Ort sind. Wenn wir nach der Gästeliste vorgehen, sofern die nicht verbrannt ist, und die Herrschaften zu Hause aufsuchen, wird sich der eine oder die andere unwillig zeigen, mit uns zu reden …«

Ivy begriff. Das Auftauchen eines Polizeibeamten in den jeweiligen Herrenhäusern oder auf den Plantagen des Happy Valley Sets würde auf ebenso wenig Begeisterung stoßen wie peinliche Fragen zum Verlauf seiner ausschweifenden Feste. All diese Leute waren reich, viele hatten Einfluss beim Gouverneur – und einer von ihnen war vermutlich ein Mörder.

»Dann sollten wir Ihnen vielleicht ein provisorisches Büro einrichten«, sagte sie. »Am besten in der Schule im Dorf, die wurde uns nämlich freundlicherweise für die Verköstigung der Gäste zur Verfügung gestellt. Wir haben dafür gesorgt, dass vorerst keiner abreist.«

»Um die Leiche«, sprach Sergeant Young weiter und wies auf das abgebrannte Haus, »wird sich der Coroner kümmern. Er kommt heraus, sobald der Brandort begehbar ist, um den Todesfall zu untersuchen. So lange verändern Sie hier bitte nichts, und beginnen Sie noch nicht mit Aufräumungsarbeiten.«

Ivy nickte bereitwillig. Was sollte sie hier noch aufräumen?

Jetzt führte sie die Männer ins Dorf. Die Gäste tranken Kaffee oder Tee und sprachen von den Ereignissen der letzten Nacht – wer wo gewesen war und was er erlebt hatte.

»Unser Lennox versteht sich auf Feuerwerk«, bemerkte einer der Gäste launig. Es wurde schon wieder gelacht. Den Tod ihres Gastgebers schienen einige Leute noch gar nicht mitbekommen zu haben.

Ivy gab ein paar Jungen aus dem Dorf die Anweisung, die Pferde zu holen, und stellte den Beamten Sanele sowie Wawira vor und die anderen Mitglieder des Personals, die bereits wieder den Service übernommen hatten.

Sanele begrüßte die Männer höflich und besprach sich mit den Schwestern, die gleich einen kleinen Lagerraum für Schulmaterialien als Büro für sie vorbereiteten. Während sie einen Tisch und Stühle hineinstellten, erläuterte Reggie Derringer noch einmal wichtigtuerisch, was er am Vortag beobachtet hatte und dass Sanele der Letzte gewesen sei, der sich in Richtung Schlaftrakt im Haus bewegt habe.

»Da hat es schon gebrannt?«, erkundigte sich Sergeant Young. Reggie nickte. »Dann kann der Brand ja schon mal nicht gelegt worden sein, um den Mord zu vertuschen«, schloss der Beamte.

»Ich bin in den Zimmern gar nicht erst angekommen«, verteidigte sich jetzt Sanele. »Ich traf Naeku, die Dienerin der Memsahib, mit der völlig apathischen Hausherrin an der Treppe. Sie sagte, das Feuer habe schon auf die Zimmer übergegriffen. Ich hätte kaum gefahrlos eintreten können. Die Leiche habe ich gar nicht gesehen.«

Inzwischen war der improvisierte Verhörraum bereit, die Beamten ließen einen Gast nach dem anderen ein und befragten ihn. Sie ließen sich den Verlauf des Abends sowohl vom Personal als auch von den Gästen schildern. Die meisten hatten nicht viel zu sagen. Lediglich Naekus Aussage bot einen ersten Einblick in die Geschehnisse. Es gelang ihr, anschaulich zu schildern, wie sie die Räumlichkeiten der Hausherrin vorgefunden hatte, und auch sie drückte sich sehr klar aus, als es um Ranjanas Zustand ging. Dazu nannte sie die Namen der neben Lennox Edgecumbe möglicherweise an der privaten Orgie Beteiligten, woraufhin Danielle van der Velt, ihr Ehemann, der Earl of Rennant und Marian Hargraves als Nächste gemeinsam befragt wurden. Alle vier gaben freimütig zu, die letzten Stunden vor dem Brand mit den Edgecumbes in Ranjanas Privaträumen verbracht zu haben.

»Wir haben Spiele gemacht«, erwiderte Danielle auf die Frage, was sie dort getrieben hätten. »Ein bisschen … freizügige Spiele … Sie wissen schon, Constable …«

Der noch recht junge Constable Wilbur wurde glühend rot. Er wusste das ganz offensichtlich nicht.

»Und … alle haben freiwillig mitgemacht?«, erkundigte sich Sergeant Young. »Es hat sich niemand ausgeschlossen, beleidigt oder betrogen gefühlt?«

»Wir sind alle nicht prüde«, gab Marian Auskunft. »Wir hatten Spaß!«

»Spaß? Mrs. Edgecumbe soll nach Angaben ihrer Dienerin sehr verstört gewesen sein«, meinte Sergeant Young.

Der Earl zuckte mit den Schultern. »Sie hat ja wohl hinterher den Mord an ihrem Mann mit angesehen. Wir waren da schon weg. Als wir hörten, das Haus brennt, sind wir sofort losgerannt. Wir dachten, Lennox und seine kleine Inderin kämen nach. Dann hat uns Miss Ivy zum Wasserloch gelotst. Ich nahm an, dass Lennox die Löscharbeiten organisiert. Als wir ihn verließen, war er jedenfalls noch quicklebendig und die entzückende Memsahib ... sehr zufrieden ...«

Von den Beamten abgesehen, lachten alle.

Sergeant Young schloss sein Notizbuch. »Darf ich mir noch Ihre Hände ansehen?«, fragte er.

Ihm war klar, dass alle Gelegenheit gehabt hatten, sich zu waschen, falls sie mit dem Mord etwas zu tun gehabt hätten, doch womöglich fanden sich noch Blutspuren unter den Fingernägeln. Als er nichts entdeckte, atmete er auf. Eine Strafverfolgung dieser vier einflussreichen Kolonisten hätte sich nicht einfach gestaltet. Natürlich konnte Ranjana Edgecumbe Anzeige wegen Notzucht erheben – doch damit hatten Frauen selten Erfolg. Und da alle Zeugen übereinstimmend widerlegten, dass jemand zu irgendetwas genötigt worden war, waren die Chancen für die Inderin gleich null. Es würde sicher gar nicht erst zur Anklage kommen.

Bei dem Gedanken an eine Anklage fiel Sergeant Young Sanele Zulu wieder ein, und er fragte die Zeugen, ob der Butler auch ihrer Wahrnehmung nach die ganze Zeit vor den Zelten verbracht hatte.

Danielle van der Velt runzelte die Stirn. »Sergeant, Sie verlangen nicht wirklich von uns, dass wir uns den Namen von jedem der afrikanischen Boys merken? Es waren mindestens drei oder vier, die serviert haben. Genau angesehen hab zumindest ich sie mir nicht.«

Im Wesentlichen entsprach dies der Aussage der anderen Gäste. Afrikanischen Bediensteten sah man nicht ins Gesicht, man nannte sie schon gar nicht beim Namen. Lediglich die Chauffeure und Zofen erinnerten sich an Sanele und sagten aus, dass er sie geweckt und damit vor dem Feuer gerettet hatte.

»Er war also im Haus«, bemerkte Sergeant Young seinem Kollegen gegenüber. »Oder zumindest in den Nebengebäuden. Sehr viele andere Verdächtige gibt es wohl nicht.«

Natürlich bestätigten die anderen Bediensteten von Edgecumbe Farm, dass Sanele Zulu das Fest erst nach Ausbruch des Feuers verlassen hatte, doch sie waren ebenfalls Afrikaner – für einen der ihren mochten sie lügen. Die einzige Weiße, die darauf bestand, den Afrikaner den ganzen Abend gesehen zu haben, war die frühere Betreiberin des Safariresorts, und die galt verständlicherweise erst recht als voreingenommen.

»War es das jetzt?«, fragte Ivy, als am späten Nachmittag alle Gäste ihre Aussage gemacht hatten und die Beamten sich verabschieden wollten.

»Noch nicht«, sagte Sergeant Young steif. »Wir müssen jetzt zunächst die Ergebnisse des Coroners abwarten. Die Verdachtsmomente gegen Ihren … früheren Geschäftsführer … sind noch nicht ausgeräumt. Ich denke, wir werden Mr. Zulu noch einmal verhören. Für heute sind wir allerdings fertig, und ich würde Ihnen ja noch einen schönen Tag wünschen …«, er ließ den Blick über das Dorf schweifen und über den Rauch, der noch immer von der Ruine der Farm aufstieg, »… aber ich fürchte, das würde zynisch klingen. Wir werden uns melden, wenn wir wissen, wie es weitergeht.«

Ivy war beunruhigt, beschloss jedoch, die weiteren Ereignisse erst mal an sich herankommen zu lassen. Vielleicht hatte sich

Naeku ja geirrt, und Lennox war doch durch einen Unfall im Zusammenhang mit dem Feuer umgekommen. Das einstürzende Dach könnte ihn erschlagen haben, oder ein Balken, der sich gelöst hatte. Naeku hatte zweifellos nur auf Ranjana geachtet. Sie log sicherlich nicht, doch sie konnte etwas falsch interpretiert haben. Zudem stand Ranjanas Aussage noch aus. Sie war vielleicht die Einzige, die wusste, was geschehen war.

Der größte Teil der Gäste ließ ihre Wagen vorfahren, für alle anderen organisierte Sanele einen Fahrservice nach Kijabe. Sie konnten dort in einem Hotel schlafen und sich am nächsten Tag per Zug zurück in ihre Heimat machen. Sowohl Ivy als auch Sanele atmeten auf, als sie endlich Zeit hatten, sich um anderes zu kümmern. Die Sorge um Ranjana stand dabei natürlich an erster Stelle. Ivy fiel außerdem die Leopardin ein, die Ranjana gewöhnlich nicht von der Seite wich. Sie hatte das Tier seit dem Vortag nicht gesehen.

»Wo ist eigentlich Desna?«, erkundigte sie sich bei Naeku, als die sich am Nachmittag auf den Weg zurück zur Mission machte, um nach Ranjana zu sehen. »Sie … sie ist doch nicht im Feuer umgekommen? Hatte Ranjana sie nicht eingesperrt?«

»Bei all der Aufregung hab ich an Desna gar nicht mehr gedacht«, sagte Naeku erschrocken. »Sie war nicht in ihrem Käfig, als ich ins Ankleidezimmer kam, da bin ich sicher. Das Feuer hatte gerade auf den Raum übergegriffen, sie wäre noch nicht tot gewesen, man hätte sie brüllen hören. Ranjana muss sie befreit haben, bevor ihr das … zugestoßen ist …«

»Dann ist Desna wahrscheinlich in Panik weggelaufen«, mutmaßte Ivy. »Genau wie unsere Stallkatzen. Die sind allerdings wieder da …«

»Vielleicht gefällt es ihr in Freiheit«, überlegte Naeku. »Sie gehört ja eigentlich in die Wildnis. Es ist nur … merkwürdig …«

»… dass Ranjana sie einfach so hat laufen lassen?«, fragte Ivy. »Da hast du nicht unrecht, es sieht ihr nicht ähnlich. Und eine

Raubkatze frei in einem Raum voller betrunkener Dummköpfe hätte … Vielleicht war Desna ja vorher schon weg. In ihrem Gehege womöglich? Das ist am Stall angebaut … dann wäre sie wahrscheinlich im Feuer umgekommen …«

»Den Stall und die Umgebung wollte Mr. Zulu kontrollieren«, meinte Naeku. »Er nahm an, dass sich dahin Pärchen zurückgezogen hatten, die allein sein wollten. Dann hätte er Desna befreit.«

»Das hoffe ich.« Ivy seufzte. »Ranjana würde es das Herz brechen, wenn sie das Feuer nicht überlebt hätte.«

41

Ranjana war auch am zweiten Morgen nach dem Brand noch nicht ansprechbar. Sie war wach, lag jedoch nur eingerollt wie ein Fötus im Mutterleib im Krankenbett in der Missionsstation und starrte teilnahmslos gegen die Wand. Und sie reagierte weder auf Schwester Elisabeths energische Ansprache noch auf Naekus Flehen, ihr doch endlich wieder in die Augen zu sehen. Gegen Mittag sprach die Schwester ein Machtwort, drehte sie um und befahl ihr, sich aufzusetzen und etwas zu trinken und zu essen. Ranjana ließ sich hochziehen und schluckte, als Naeku sie fütterte. Dann zog sie sich sofort wieder in sich zurück. An ein Verhör durch die Polizeibeamten war nicht zu denken.

Auf Edgecumbe Farm war derweil der Coroner erschienen, ein älterer untersetzter Arzt, der sich mit zwei mitgebrachten Assistenten und einigen dazu rekrutierten Kikuyu-Männern auf die Suche nach Lennox' sterblichen Überresten machte. Reggie Derringer war ebenfalls dabei, ließ sich allerdings nicht zu den Bergungsarbeiten herab, sondern gab nur ungefähre Auskunft darüber, wo Ranjanas Ankleidezimmer gelegen hatte. Die Treppe war verkohlt, jedoch so stabil, dass sie beim Brand nicht eingestürzt war. Helfer räumten einen guten halben Tag lang verkohlte Balken, Asche und Holzreste beiseite, bis sie endlich auf Lennox' Leiche stießen. Sie war stark verbrannt, doch Dr. Holland meinte trotzdem, eine Einschätzung der Todesursache abgeben zu können, nachdem er sie gründlich untersucht hatte. Seine

Helfer betteten sie in einen Leichensack und brachten sie nach Kijabe.

Die Bewohner der Farm hörten ein paar Tage lang nichts von den Ermittlungen. Sie machten sich an die Aufräumungsarbeiten, schaufelten Schutt weg, sonderten noch verwertbares Holz aus und suchten nach Wertgegenständen, die den Brand vielleicht überdauert hatten. Viel fanden sie nicht. Ranjana besaß kaum noch Schmuck, doch die Kikuyu wurden in den Zimmern der wenigen Gäste, die im Haus gewohnt hatten, fündig sowie in der Asche der völlig verbrannten Zelte. Ivy ließ ihnen ihre Beute, anstatt die Besitzer der geschmolzenen Schmuckstücke aufzutreiben und sie ihnen zurückzugeben. Sie brauchten das Gold und Silber zweifelsfrei nicht so sehr wie die Afrikaner, die nun, da die Farm abgebrannt war, ohne Arbeit waren.

Fast einen Monat nach dem Brand sah es auf dem Grundstück schon geordneter aus, doch Ranjanas Genesung schritt nicht voran. Der Arzt aus Kijabe sprach von Katatonie, hatte jedoch keine Idee, wie sich das heilen ließ. Naeku setzte auf liebevolle Zuwendung, die Schwestern aufs Beten. Sie bezogen die junge Frau in all ihre Fürbitten mit ein und sangen Kirchenlieder vor ihrem Krankenzimmer, nachdem Naeku ein Grammofon und eine Platte mit Sitar-Musik organisiert hatte, die sie Ranjana täglich vorspielte. Wenn Musik sie heilen könne, so erklärten sie, so doch eher Gotteslobgesänge als die zarten, psychodelischen Klänge der Sitar. Naeku ignorierte ihre Mahnungen und saß stundenlang bei ihr, flüsterte Zärtlichkeiten und beruhigende Worte in Ranjanas Muttersprache. Sie erzählte ihr Episoden aus ihrem gemeinsamen Leben, und natürlich sprach sie von Desna – die immer noch nicht wieder aufgetaucht war. Bei dem Brand, da waren sich Sanele und Ivy inzwischen sicher, war sie nicht umgekommen. Die einzigen verbrannten Tierkadaver, die gefunden wurden, waren die vielen

Trophäen des Adrian Edgecumbe, mit denen das Haus dekoriert gewesen war.

Und dann erschien erneut das Police Department im Kikuyu-Dorf, die Beamten fuhren einen Kastenwagen, wie er zum Transport von Gefangenen gebraucht wurde. Es war früh am Morgen, die Aufräumarbeiten am Haus hatten noch nicht begonnen. Der Stamm ging seinen alltäglichen Aufgaben nach, Sanele und Ivy frühstückten mit ihren Kindern und Mwala. Gleich würden die Missionsschwestern mit dem Schulunterricht beginnen. Es gab Fladenbrot und ein Linsengericht, ähnlich wie es vor den anderen Hütten zubereitet wurde. Ivy und Sanele gönnten sich einen Kaffee – irgendein Wurzelgebräu oder Bier, das die Kikuyu brauten, behagte ihnen nicht als Morgengetränk.

Sie sahen erschrocken auf, als die Beamten sich nach dem Aussteigen sofort ihrer Hütte zuwandten. Sergeant Young war diesmal nicht dabei, allerdings Constable Wilbur. Der zweite Beamte stellte sich nicht vor, sondern baute sich direkt vor Sanele auf.

»Sanele, Nachname Zulu, hindeutend auf eine Stammeszugehörigkeit?«

Sanele nickte. Er ahnte Böses.

»Es tut mir leid, aber ich muss dich bitten mitzukommen. Es sind noch folgenschwere Fragen offen bezüglich des Todes von Lennox Edgecumbe, der Kommissar muss sich auf dem Revier mit dir unterhalten.«

Sanele wusste zu schätzen, dass der Mann höflich blieb – abgesehen davon, dass er ihn duzte. Afrikaner wurden von Weißen nie förmlich angesprochen, schließlich folgte der Ansprache sowieso meist ein Befehl, der sehr selten mit einem »Bitte« verbunden war.

»Bin ich verhaftet?«, fragte er.

»Noch nicht«, erklärte Constable Wilbur. »Aber es könnte

durchaus sein, dass sich die Staatsanwaltschaft entschließt, Anklage gegen dich zu erheben. Du solltest ein paar Sachen mitnehmen …«

»Sie wollen ihn dabehalten?«, fragte Ivy entsetzt. »Im Gefängnis? Obwohl er nichts getan hat?«

»Man nennt das Untersuchungshaft, Madam«, sagte der Constable. »Und sie kann bis zur Verhandlung beibehalten werden, sofern sich ausreichende Verdachtsmomente finden. Gerade bei einem so schweren Vergehen wie Mord.«

»Ich habe niemanden umgebracht«, beteuerte Sanele. »Das wäre ja gar nicht möglich gewesen, ich war nur einen kurzen Augenblick allein unterwegs, als es schon brannte. Ansonsten gibt es Zeugen …«

»Die alle gehört werden«, beruhigte ihn Constable Wilbur. »Wenn Sie wirklich nichts getan haben, haben Sie auch nichts zu befürchten …«

Ivy war wie in Trance, als sie Sanele half, etwas Kleidung zum Wechseln einzupacken. Er bestand darauf, seinen Sonntagsanzug mitzunehmen, um beim Verhör oder im schlimmsten Fall bei einer Gerichtsverhandlung ordentlich gekleidet zu sein. Sie kam erst wieder zum Denken, als der Wagen mit Sanele abgefahren war.

»Er braucht einen Anwalt«, sagte sie in Richtung der verstörten Mädchen und der verständnislosen Mwala. Inzwischen hatten sich etliche Dorfbewohner um sie versammelt, um Auskünfte zu erhalten.

»Tut mir leid, ich erkläre euch das alles später. Erst mal muss ich zur Mission …«

Die Patres verfügten über ein Telefon. Sie hoffte, dass sie es ihr zur Verfügung stellen würden, um Abraham Lorimer anzurufen. Wenn nicht, würde sie nach Kijabe fahren müssen, um ein öffentliches Telefon benutzen zu können.

»Bleib hier, Mummy!«, rief Hope. Sie und Ebony klammerten sich erschrocken an sie. »Du sollst nicht auch noch wegfahren …

Ivy erklärte ihnen, dass sie nur zur Missionsstation müsse. Ebony bestand darauf, sie zu begleiten. Ivy schüttelte jedoch energisch den Kopf.

»Nein, tut mir leid, Kinder, aber euch kann ich da nicht brauchen. Ihr geht zur Schule, und falls ich nachher noch nicht wieder da bin, kümmert sich Mwala um euch. Und Mama Achera.«

Sollte sie für mehrere Tage wegbleiben müssen, war es sicher sinnvoll, Hope noch einmal ausdrücklich unter den Schutz der alten Medizinfrau zu stellen.

Schließlich verließ sie blutenden Herzens ihre weinenden Mädchen, nahm sich eins der Safarifahrzeuge und fuhr zur Missionsstation. Naeku führte Ranjana gerade zu einem Liegestuhl im Schatten der riesigen Schirmakazie, die den Kirchplatz beherrschte. Ivy schöpfte bei dem Anblick Hoffnung – die sie allerdings verlor, als sie Ranjanas leeren Blick sah.

»Macht ihr einen Spaziergang?«, fragte sie dennoch betont fröhlich. »Das ist schön, dass du mal an die Luft kommst, Ranjana! Geht es ihr denn besser, Naeku?«

Naeku kam zu ihr und sah sie betrübt an. »Seit ein paar Tagen ziehe ich sie täglich an, um sie wenigstens für ein paar Stunden aus dem Bett zu holen«, sagte sie leise. »Schwester Elisabeth fand, sie müsste wieder am Leben auf der Station teilnehmen, vielleicht würde sich ihre Starre dann ja langsam lösen. Sie macht das alles mit, ist aber ohne jede Regung.«

»Bist du sicher, dass sie überhaupt etwas wahrnimmt?«, fragte Ivy mitleidig.

Sie wusste nicht, mit wem sie mehr fühlte – der verstörten Ranjana, der verzweifelten Naeku oder Sanele, der jetzt unschuldig in Untersuchungshaft saß, weil Ranjana ihn nicht entlasten konnte.

»Schwester Elisabeth meint, vielleicht wie durch eine dünne

Wand«, sagte Naeku. »Und ich denke, dass sie es schon spürt und hört, wenn man sie anfasst und freundlich mit ihr spricht. Sie kann nur nicht antworten … Ihre Seele ist irgendwie … eingeschlossen. Ich hab schon an eine schamanische Zeremonie gedacht. Manchmal hilft so was, in unserem Dorf ruft man immer den Zauberer, wenn jemand sich absonderlich verhält. Das lehnen die Schwestern aber ab.«

Ivy nickte. Dann berichtete sie Naeku von den letzten Vorkommnissen.

»Ich versteh das nicht, ich hab ihn doch entlastet«, erregte sich Naeku. »Ich hab den Beamten zweimal erzählt, wie es gewesen ist und dass ich Sanele erst im Treppenhaus traf. Er kann nicht vorher in Ranjanas Räumlichkeiten gewesen sein. Was sollte er da auch gemacht haben? Es muss jemand von diesen Leuten vom Set gewesen sein, die für das mit Ranjana genauso verantwortlich sind. Vielleicht wollte Lennox ihr helfen …«

Ivy konnte sich das nicht vorstellen, ihr war dennoch klar, dass Sanele sowohl der Staatsanwaltschaft als auch dem Gouverneur viel besser als Mörder gefallen würde als ein William oder eine Danielle van der Velt.

»Ich muss ihm jetzt jedenfalls einen Anwalt besorgen«, sagte sie. »Sofern mich die Patres telefonieren lassen. Wünsch mir Glück, Naeku!«

Im Büro Pater Christophers saß eine junge Ordensschwester und erledigte Schreibarbeiten. Sie fragte freundlich, wie es auf der Farm ging, und wies sofort zum an der Wand hängenden Telefon, als Ivy danach fragte.

»Rufen Sie nur an, Miss Ivy, der Pater wird schon nichts dagegen haben. Wir beten jeden Tag für die arme Barbara und jetzt für Mr. Zulu. Seien Sie nur guten Mutes! Gott will nicht, dass ein Unrecht geschieht.«

Ivy wünschte sich einen ebenso kindlichen Glauben, war aber

schon froh, dass sie ohne größere Probleme mit der Kanzlei von Abraham Lorimer junior verbunden wurde.

»Abe Lorimer. Was kann ich für Sie tun?«

Ivy fiel ein Stein vom Herzen, als der Anwalt direkt abnahm. So schnell und ausführlich wie möglich schilderte sie ihm die Situation.

Abe pfiff durch die Zähne. »Ich würde mal sagen, einen Weißen hätte man bei der Beweislage nie verhaftet … Aber gut, jetzt müssen wir damit leben. Wichtig ist, dass Ihr Gatte nichts mehr sagt, bevor ich nicht mit ihm gesprochen habe. Bei allen weiteren Verhören werde ich dabei sein. Allerdings kann ich nicht heute noch nach Kijabe kommen. Ihr Mann wird aber zweifellos binnen kürzester Zeit nach Nairobi gebracht werden – in Kijabe haben die gar nicht die Möglichkeit, Leute länger in Untersuchungshaft zu behalten. Die Verhandlung dürfte sowieso hier stattfinden. Ich werde jetzt erst mal in Kijabe anrufen und hören, wie es da aussieht, vielleicht kann ich ja telefonisch kurz mit ihm sprechen. Außerdem beantrage ich Akteneinsicht. Ich melde mich bei Ihnen, sobald ich etwas weiß.« Als Ivy auf diesen Wortschwall hin erst einmal schwieg, sprach er weiter. »Ist sonst noch etwas?«, fragte er.

Ivy nahm sich zusammen. »Ich warte auf eine tröstliche Bemerkung. So was wie: ›Machen Sie sich keine Sorgen!‹«, versuchte sie dann zu scherzen.

Abe seufzte. »Die kommt bloß nicht, Ivy. Alle Sorgen, die Sie sich machen, machen Sie sich zu Recht.«

Gegen Abend schickte Pater Christopher einen Massai-Jungen mit der Nachricht, Abe Lorimer habe angerufen.

»Mr. Zulu kommt nach Nairobi«, richtete der Kleine aus. »Und Sie möchten da auch hinkommen, damit er mit Ihnen reden kann …«

»Mr. Zulu?«, fragte Ivy mit neuer Hoffnung. »Ich kann ihn besuchen?«

»Weiß ich nicht«, erklärte der Junge. »Ich glaub, der ... der ... also der ...«

»Der Anwalt?«, ergänzte Ivy.

Der Junge nickte. »Krieg ich jetzt ein paar Kekse?«

Im Allgemeinen wurden Kinder, die mit einer Nachricht aus der Mission kamen, mit Süßigkeiten aus Wawiras Küche belohnt, doch diesmal musste Ivy den kleinen Boten enttäuschen. Wawira kochte zurzeit über offenem Feuer. Kekse ließen sich da nicht backen.

»Ich bring dir welche mit aus Nairobi«, versprach Ivy und wiederholte das Versprechen kurze Zeit später gegenüber ihren eigenen Kindern. Hope und Ebony wollten auf keinen Fall, dass ihre Mutter ohne sie in die große Stadt fuhr. Selbst dann nicht, wenn die Aussicht bestand, dass sie dort ihren Vater wiedersah.

»Nachher bist du auch noch weg ...« Hope weinte.

Ebony versuchte sie zu trösten, indem sie abenteuerliche Pläne vorschlug, wie man ihren Daddy aus dem Gefängnis befreien konnte.

»Ich verspreche, dass ich zurückkomme«, erklärte Ivy. »Und heute Nacht könnt ihr beide bei mir im Bett schlafen. Wir halten uns fest und trösten uns gegenseitig. Aber jetzt muss ich noch einmal kurz weg zu Mama Achera. Ich bin gleich wieder da. Mwala gibt euch Abendessen, in Ordnung?«

Mama Achera saß vor ihrer Hütte, bei ihr Mumbi, die ihr nach der Schule kaum von der Seite wich. Ivy nahm an, dass die weise Frau das aufgeweckte Mädchen zu ihrer Nachfolgerin bestimmt hatte, es musste nun alles lernen, was sie in einem langen Leben an Wissen angehäuft hatte.

»Hast du von meinem Mann gehört?«, fragte Ivy.

Sie war sich sicher, dass Mama Achera informiert war, wusste jedoch nicht, wie sie das Gespräch sonst beginnen sollte.

Die alte Frau nickte. »Ja. Und er ruft dich. Er braucht jetzt die Kraft der Mama wa Wanyama.«

Ivy lachte niedergeschlagen. »Ich glaube kaum, dass die ihm viel helfen wird. Aber ich bitte dich um deine Kraft. Halte ein Auge auf meine Kinder. Ich muss wissen, dass Hope hier sicher ist, obwohl ich ein paar Tage fort bin.«

Mama Achera lächelte. »Was brauchst du da mich? Ihr Weißen seid seltsam. Da hat eine einmal wirkliche Macht, mehr als euch alle Waffen der Welt und alle Schiffe und Maschinen geben können, doch sie glaubt nicht daran. Mama wa Wanyama, wir haben alle gesehen, was du zu tun vermagst …«

»Ich?«, fragte Ivy. In den letzten Stunden hatte sie sich so hilflos gefühlt wie noch nie in ihrem Leben. »Was hab ich denn getan?«

Die alte Frau sah sie prüfend an. »Vielleicht hast du es nicht wissentlich getan, und die Geister haben es für dich bewirkt. Denk einmal nach, Mutter der Tiere: Da war ein Mann, der dir unrecht getan hat und der Erde und den Tieren. Nun ist er tot.«

»Damit hab ich gar nichts zu tun«, begehrte Ivy auf.

Sie wusste jedoch gleichzeitig, worauf Mama Achera hinauswollte. Wer sollte es wagen, Hope etwas zu tun, wenn ihre Mutter sich selbst an dem weißen Bwana durch pure Magie hatte rächen können?

»Das Geisterkind ist sicher«, bestätigte ihr die alte Frau. »Mein Stamm würde ihm nicht nur nichts tun, er würde es sogar verteidigen, falls jemand anderes käme. Solange du nur auch uns unter deinem Schutz behältst.«

Ivy verneigte sich. »Ich will es versuchen«, sagte sie.

42

Ivy fuhr am nächsten Tag nach Kijabe und nahm sofort den Zug nach Nairobi, ohne noch mit irgendjemandem zu reden. Sie buchte ein Zimmer in einem einfachen Hotel, bevor sie Abe Lorimer aufsuchte, und fragte sich, wie sie all die Ausgaben bestreiten sollte, die durch diese Verhaftung auf sie zukamen.

Abe Lorimer empfing sie sofort und gewohnt eifrig und freundlich. Er war immer noch schlaksig und sein Anzug saß nicht sehr gut, aber er hatte sich einen Bart wachsen lassen, wohl um älter und distinguierter auszusehen. In den Jahren als Anwalt hatte er sicher einiges an Illusionen verloren, schien jedoch nach wie vor entschlossen, für Gerechtigkeit zu kämpfen.

»Also«, sagte er nach kurzer Begrüßung. »Ich habe hier eine Durchschrift der Akte mit den Aussagen all der Gäste, denen der Angestellten und Mr. Derringers. Außerdem den Bericht des Leichenbeschauers. Möchten Sie ihn hören?«

Ivy nickte beklommen. Abe las vor.

»In Anbetracht der Umstände, dass die Leiche stark verbrannt war, lässt sich die Mordtat nur ungefähr rekonstruieren. Tatwerkzeug dürfte jedoch ein Messer gewesen sein – sehr scharf, es hat Spuren an einer Rippe und an der Halswirbelsäule hinterlassen. Dem Opfer ist in den Hals und in die Brust gestochen worden. Das ist eine etwas ungewöhnliche Vorgehensweise, meist sticht ein Täter entweder mehrmals auf die Brust ein oder schneidet, in der Regel von hinten, die Kehle durch. Möglicherweise hat also ein Kampf stattgefunden, und der Hals

wurde zufällig getroffen. Die Wucht des Angriffs spricht sehr für einen männlichen Täter. Eine Frau müsste schon mit ungewöhnlicher Körperkraft ausgestattet sein, um auf diese Weise zuzustechen. Die Ehefrau dürfte somit als Täterin ausgeschlossen werden.«

»Und wie belastet das nun Sanele?«, erkundigte sich Ivy.

Der Anwalt legte den Bericht wieder zu den Akten. »Im Grunde gar nicht«, antwortete er. »Dennoch hat sich die Anklage auf der Basis dieser Erkenntnisse, der Befragungen Mr. Derringers und der begründeten Annahme, dass Mrs.Edgecumbe, die einzige Zeugin der Tat, geschändet worden ist, einen Tathergang zurechtgelegt, den sie nun von Mr. Zulu bestätigt hören will. Ihr Mann wird das jedoch niemals zugeben, die Geschichte ist völlig absurd …«

»Wie lautet sie?«, fragte Ivy mit erstickter Stimme.

»Die Hypothese lautet, dass Mr. Zulu nach Ausbruch des Brandes, möglicherweise sogar nach Legen des Brandes im hinteren Hausbereich, tatsächlich die Zimmer auf verbliebene Gäste kontrollieren wollte und dabei gezielt nach einer Frau suchte, weil er sexuelles Verlangen verspürte. In Mrs. Edgecumbes Räumen fand er die junge Frau, die nicht gleich zusammen mit ihren ›Gespielen und Gespielinnen‹ geflohen war, sondern vielleicht noch Sachen zusammensuchte, die sie retten wollte. Er fiel über sie her und wurde von Mr. Edgecumbe überrascht, der nach seiner Frau sehen wollte. Es ergab sich ein Kampf, in dessen Verlauf Mr. Zulu Mr. Edgecumbe tötete. Mr. Zulu floh, traf auf dem Weg zurück zu den Zelten die Dienerin Naeku und stellte sich zum Schein als Helfer zur Verfügung, als diese ihre Herrin in dem desolaten Zustand vorfand, in dem sie sich wohl immer noch befindet.« Abe rieb sich die Stirn.

»Die Geschichte kann doch niemand glauben!«, ereiferte sich Ivy und senkte den Kopf, als Abe sie bedeutsam ansah. Auch er erinnerte sich wohl an die ebenso unglaubwürdige Erzählung, mittels derer sich Adrians Bruder und Neffe damals die Farm angeeignet hatten. »Naeku und Sanele haben das Fest gemeinsam verlassen«, argumentierte Ivy trotzdem weiter. »Und vorher war mein Mann den ganzen Abend über bei den Zelten, um den Service zu überwachen. Das können alle Diener und Küchenhelfer bestätigen.«

Abe seufzte. »Aber keiner der Gäste«, sagte er. »Die haben nicht darauf geachtet, wer ihnen den Champagner serviert hat. Und es ist ihnen auch egal, wer für den Brand und den Mord zur Verantwortung gezogen wird. Sie hätten nur alle sehr gern, dass die Untersuchung zu einem schnellen Ende kommt. Mr. und Mrs. van der Velt, die Hargraves und der Earl of Rennant sind jetzt schon dreimal wegen der Sache vernommen worden. Sie drängen darauf, dass man sie in Ruhe lässt. Mr. Zulu ist natürlich der ideale Sündenbock, wir haben Glück, dass die vier ihn noch nicht explizit belastet haben. Da ist allerdings Mr. Derringer, der von einem Streit am Nachmittag des Festes berichtete. Und dass Mr. Zulu und Sie, Miss Ivy, einen Groll gegen Mr. Edgecumbe hegten, ist ja kein Geheimnis. Wenn die Sache vor Gericht kommt, werde ich natürlich alles versuchen, wobei mein einziger Trumpf bisher die noch fehlende Tatwaffe ist. Der Coroner und seine Leute haben die Trümmer des Hauses penibel durchsucht, aber kein Messer gefunden.«

»In der Küche müssen welche gewesen sein«, meinte Ivy.

Abe nickte. »Sicher, aber warum hätte Mr. Zulu sich dort bewaffnen sollen, bevor er die Zimmer kontrollierte? Und falls er das doch getan haben sollte, weil er die Tat plante, wohin hätte er das Messer verschwinden lassen können, als er Naeku auf der Treppe traf? Es gibt kaum Indizien. Wie gesagt, gegen einen Weißen wäre unter diesen Umständen nie Anklage erhoben worden. Wenn es wenigstens weiße Zeugen gäbe, die für Mr. Zulu aussagen könnten …«

»Ich bin weiß«, sagte Ivy.

Abe schüttelte den Kopf. »Sie gelten als voreingenommen. Und Ihre Beziehung zu Mr. Zulu wird man als weiteren Beweis dafür anführen, dass Ihr Mann Mrs. Edgecumbe der Notzucht unterworfen hat. Er bevorzugt ja bekanntermaßen Frauen mit hellerer Haut.«

»Mrs. Edgecumbe ist Inderin«, führte Ivy an. »Ihr Teint ist weitaus dunkler als der meine.«

Abe hob die Schultern. »Dann wird man eben anführen, ihn reizten Frauen in gesellschaftlich hoher Stellung. Auch Sie waren seine Vorgesetzte, als Sie eine Beziehung mit ihm begannen …«

Ivy sah ihn verzweifelt an. »So war das nicht. Sanele und ich lieben uns, wir sind Seelenverwandte. Die Farbe der Haut spielte da ebenso wenig eine Rolle wie meine gesellschaftliche Stellung.«

Abe strich beruhigend über ihre Hand. »Das weiß ich, Miss Ivy«, versicherte er ihr. »Ich führe nur an, wie die Gegenseite argumentieren wird. Es tut mir leid, aber einen Freispruch kann ich nur garantieren, wenn es zu einer Aussage von Mrs. Ranjana Edgecumbe kommt, die Mr. Zulu entlastet. Ist sie immer noch nicht ansprechbar?«

Ivy schüttelte den Kopf. »Nein. Die Ärzte denken daran, sie ins Krankenhaus nach Nairobi zu verlegen. Einer der Ärzte dort meint, man könne solche Zustände heilen, indem man den Patienten Kampfer in die Adern spritzt. Das würde Krämpfe auslösen, und die könnten die Starre aufheben. Aber Schwester Elisabeth hält das für Quälerei … Sie meint, man solle abwarten und auf Gott vertrauen.«

Der Anwalt seufzte. »Etwas anderes wird auch Mr. Zulu nicht übrig bleiben«, bemerkte er unglücklich.

Immerhin durfte Ivy ihren Mann am nächsten Tag im Untersuchungsgefängnis besuchen. Sie wusste nicht, wie Abe das durchgesetzt hatte, da sie offiziell ja nicht mehr als seine Gattin galt, doch sie war dem Anwalt überaus dankbar dafür. Saneles Anblick versetzte sie dann jedoch in Verzweiflung. Er wirkte, als hätte er abgenommen, und als sie sich gegenübersaßen, erkannte sie, dass seine Lippe aufgeplatzt und eins seiner Augen zugeschwollen war.

»Was ist passiert?«, fragte sie entsetzt.

Sanele winkte ab. »Ein paar übereifrige Polizisten in Kijabe wollten meiner Redebereitschaft etwas nachhelfen. Ich sollte eine absurde Geschichte bestätigen, also zugeben, dass ich Lennox umgebracht und Miss Ranjana … geschändet habe … Zum Glück kam dann ein Anruf aus Nairobi. Ich danke dir sehr, dass du Abe Lorimer sofort verständigt hast. Seit ich einen Anwalt habe, hat es keine derartigen Übergriffe mehr gegeben. Bei weiteren Verhören wird Abe dabei sein. Das Gefängnis ist trotzdem kein sonderlich sicherer Ort. Alle sind gereizt. Man prügelt sich wegen jeder Kleinigkeit, und ich … falle auf …«

Ivy hätte ihn am liebsten in den Arm genommen. Natürlich musste ihr feinsinniger, höflicher Mann zwischen den harten Kerlen auffallen, die das Gefängnis bevölkerten. Sie fragte nicht nach, ging jedoch davon aus, dass man die Männer im Gefängnis für Einheimische auf engstem Raum zusammenpferchte. Das Essen war laut Sanele schrecklich, aber er hatte unter den augenblicklichen Umständen sowieso keinen Appetit.

»Ich tue, was ich kann«, versprach sie. »Ich … ich weiß nur nicht mal, wie ich Abe bezahlen soll …« Bis jetzt hatte sie sich zurückgehalten, jetzt kamen ihr doch die Tränen.

»Ich denke, er wird uns das Honorar stunden«, meinte Sanele. »Im Augenblick gehört das zu meinen geringsten Sorgen. Wie geht es Miss Ranjana?«

Die Frage, wie es Ranjana ging, wurde in den nächsten Wochen zu Ivys Lebensinhalt. Sie fuhr jeden Tag zur Missionsstation, mal mit ihren Töchtern, mal ohne sie, und beriet sich mit Naeku und Schwester Elisabeth. Naeku tat weiterhin alles, um Ranjana ins Leben zurückzubringen. Sie führte sie spazieren, trieb einen Bottich auf, in dem sie ihr heiße Bäder bereiten konnte, erzählte ihr Geschichten und sang für sie. Wenn die Schwestern sie allein ließen, versuchte sie sogar, Ranjana zu erregen, wie sie es früher getan hatte, um sie zu trösten oder zu erfreuen. Sie fühlte sich dabei schrecklich, als würde sie die Freundin zum Liebesakt zwingen, doch Ranjana zeigte weiterhin kaum eine Reaktion. Wenn überhaupt eine Besserung eintrat, so merkte Naeku es eher an sehr kleinen Gesten – daran, dass Ranjana ihr jetzt die Arme um den Hals legte, wenn sie ihr aus dem Bett half, und dabei mitunter den Kopf an ihre Schulter sinken ließ. Manchmal zwinkerte sie mit den Augen, wenn sie zu ihr sprach, doch Schwester Elisabeth erklärte, das seien Reflexe.

»Ich fürchte, Naeku bildet sich da etwas ein«, bemerkte sie Ivy gegenüber bei einem ihrer Besuche. »Die bringt sich ja um für ihre Herrin! Eine solche Ergebenheit … Eine solche Liebe … Ich wünschte mir so sehr, der Herr würde sie belohnen, indem er die junge Frau wieder aufwachen ließe. Ich bete jeden Tag für sie. Doch all das liegt nicht in unserer Hand …«

Naeku dagegen war weit davon entfernt aufzugeben. Wenn Ranjana schlief, lief sie stundenlang durch den Busch und suchte nach Desna.

»Die Leopardin bedeutet ihr so viel«, erklärte sie. »Sicher würde sie wach, wenn sie ihr Maunzen hört und ihr Fell fühlt. Wenn ich sie nur fände! Ihr kann doch nichts passiert sein?«

Ivy wusste nicht recht, was sie darauf antworten sollte. Naeku war bei ihrem Stamm aufgewachsen, sie kannte die Gesetze des Busches und musste wissen, dass Löwen und Leoparden Todfeinde waren. Es war nicht unmöglich, dass die an die Wildnis nicht gewöhnte Desna einem Löwen zum Opfer gefallen war. Auch Elefanten waren wehrhaft, wenn sie angegriffen wurden, und sogar ein großer Antilopenbock vermochte sich gegen eine Raubkatze zu wehren, die das Jagen nie erlernt hatte. Hinzu kam Desnas hohes Alter, sie war fast neunzehn Jahre alt. Die Raubkatze war zwar immer gesund und lebhaft gewesen. Ob sie den Strapazen der plötzlichen Freiheit jedoch trotzen konnte?

Die tierliebe Schwester Teresa versuchte, das Problem auf ihre Art zu lösen, und brachte Naeku einen Korb mit einem Wurf kleiner Katzen.

»Hier, ich hab sie gerettet, sie sind von unserer Missionskatze. Aber mehr als einen Mäusefänger bräuchten wir nicht, sagten die Patres, sie wollten sie ersäufen. Ihr könnt sie gern haben, sie schnurren so schön.«

Naeku erklärte ihr, dass Leoparden nicht schnurrten. Trotzdem nahm sie die Kätzchen an und versuchte, sie Ranjana nahe zu bringen. Wieder meinte sie, winzige Reaktionen ihrer Freundin wahrzunehmen. Sie ließ ihre Hand auf dem Kopf eines der Kätzchen liegen und wandte sich einem der Tiere zu, als es maunzte.

Dennoch sank die Hoffnung immer weiter, dass Ranjana sich vor der Verhandlung gegen Sanele erholen würde.

Abe Lorimer schaute jedes Mal sorgenvoller, wenn Ivy ihm bei ihren regelmäßigen Besuchen in Nairobi davon berichtete.

»Wie sieht es denn mit der Freigabe ihres Erbes aus?«, fragte sie den Anwalt. »Ich meine … es ist eine Menge Geld auf dem Konto der Edgecumbes. Und so langsam müsste ich die Leute bezahlen, die bei den Aufräumungsarbeiten helfen … Ganz abgesehen davon, dass mein und Saneles Konto inzwischen leergefegt ist.«

Abe seufzte. »Selbst wenn das Geld ohne Mrs. Edgecumbes persönliches Erscheinen oder wenigstens ihrer Unterschrift freigegeben würde, dürften Sie auf keinen Fall darüber verfügen. Ich will Ihnen ja gern glauben, dass Sie ein sehr gutes Verhältnis zueinander hatten und dass Ranjana Edgecumbe Ihnen sicher gern unter die Arme gegriffen hätte. Doch solange sie in einem so desolaten Zustand ist … Ich würde das an Ihrer Stelle übrigens nicht an die große Glocke hängen. Wenn Lennox' Familie davon Wind bekommt, könnte sie auf den Gedanken kommen, die junge Frau entmündigen zu lassen und bekäme dann selbst das Farmland und das Geld. Das alles ist ein einziges Desaster, ich weiß beim besten Willen nicht, was wir noch anführen und wie ich Ihnen noch helfen kann. Die Verhandlung ist jetzt übrigens für den 16. Mai anberaumt. Dann wissen wir wenigstens, woran wir sind ...«

»Dann hat die Geschichte wenigstens ein Ende«, sagte Sanele mutlos, als Ivy ihn später besuchte.

Er sah fürchterlich aus, abgemagert und gealtert. Die Verletzungen waren verheilt, aber in sein Gesicht hatten sich Falten eingegraben, die sich vielleicht nie wieder glätten würden.

»Sanele, was sagst du?« Ivy sah ihn an, aufgewühlt und verängstigt. »Selbst wenn sie dich verurteilen ...«

»Wach auf, Ivy, wenn sie mich verurteilen, droht mir die Todesstrafe.« Sanele sprach aus, was Ivy all die Wochen lang nicht einmal hatte denken wollen. »Bei Mord oder Totschlag ist sie obligatorisch. Und bislang denkt niemand daran, die Anklage abzumildern. Wenn das Gericht die Geschichte glaubt, werde ich gehängt. Ivy, es tut mir so leid, aber du musst dich mit dem Gedanken vertraut machen, dass es so kommen kann.«

Ivy weinte haltlos. »Das dürfen sie nicht, sie dürfen dich nicht zum Tode verurteilen ... Wenn ich dich verliere, was wird dann aus den Mädchen? Die Kikuyu schützen sie, weil sie glauben, ich hätte Wunderkräfte. Wenn die nun versagen ...«

Sanele zwang sich zu einem Lächeln. »Vielleicht versagen sie ja nicht. Für mich hast du immer Wunder bewirkt. Gib nicht auf! Kannst du nicht für mich ein Amulett segnen?«

Ivy lächelte unter Tränen. »Das dir die Wendigkeit einer Schlange verleiht, um den Kopf aus der Schlinge zu ziehen?«

»Zum Beispiel«, sagte Sanele. »Jetzt lächelst du, das ist ein Anfang. Ich möchte dich bis zum letzten Augenblick lächeln sehen, Ivy. Willst du das für mich tun?«

Ivy versprach es, doch sie wusste nicht, ob sie dieses Versprechen würde halten können.

43

Ivy weinte immer noch, als sie nach ihrem Besuch bei ihrem Mann ihre Sachen zusammenpackte, um den Abendzug nach Kijabe zu nehmen. Sie versuchte, ihre Aufenthalte in Nairobi so kurz wie eben möglich zu gestalten, um Geld für die Übernachtungen zu sparen. Auch dieses Mal hatte sie nur für eine Nacht ein Zimmer in dem einfachen kleinen Hotel genommen. Zwischendurch hatte sie kurz überlegt, ihre Schwester nach einem Schlafplatz zu fragen, doch das hatte sie bislang nicht über sich gebracht.

Sie erschrak, als es an die Tür klopfte. Inzwischen rechnete sie nicht mehr mit guten Nachrichten. Jedes Klopfen, jede Frage war für sie bedrohlich.

Vor der Tür stand ein Page.

»Mrs. Edgecumbe? Ein Anruf für Sie von einem Mr. Abraham Lorimer. Möchten Sie herunterkommen und mit ihm reden?«

Ivy nickte erstaunt. Schließlich hatte sie erst wenige Stunden zuvor mit Abe gesprochen. Sie folgte dem jungen Mann in die Lobby des kleinen Hotels, der Telefonapparat hing an der Wand.

»Was ist, Abe? Gibt es neue Katastrophen?«, fragte sie unglücklich.

Am anderen Ende lachte jemand mit einer deutlich dunkleren und älter klingenden Stimme als Abe.

»Miss Ivy, hier ist Abraham Lorimer senior. Sie erinnern sich? Ihr früherer, sehr zufriedener Safarigast und Ihr Ermittler in Bezug auf den Tod von Mr. Adrian Edgecumbe. Mein Sohn sagte mir, Sie wären vielleicht noch in der Stadt.«

»Nur noch eine Stunde«, sagte Ivy. »Ich nehme den Spätzug nach Kijabe …«

»Verschieben Sie die Reise!«, forderte der ehemalige Detective. »Ich muss Sie dringend sprechen. Ich bin in einer halben Stunde in Ihrem Hotel. Passt Ihnen das?«

»Ich …« Ivy war völlig überrumpelt.

»Ich habe gute Nachrichten, Miss Ivy«, verriet Lorimer vergnügt. »Weshalb ich sie Ihnen unbedingt persönlich überbringen will. Also warten Sie bitte auf mich. Wir sehen uns dann gleich in der Lobby.«

Ivy hatte eigentlich keine Lust zu plaudern, und sie hatte den Mädchen versprochen, am nächsten Morgen wieder bei ihnen zu sein. Trotzdem konnte sie Abes Vater den Wunsch nicht abschlagen, und neugierig war sie natürlich auch. Sie setzte sich an die kleine Bar des Hotels, bestellte einen Kaffee und wartete auf den ehemaligen Ermittler von Scotland Yard.

Mr. Lorimer war pünktlich und begrüßte sie herzlich. »Wenn ich Sie nicht mehr angetroffen hätte, wäre ich auf Ihre Farm gekommen«, erklärte er. »Es gibt Neuigkeiten, Miss Ivy … Mrs. Zulu!«

Ivy seufzte. »Offiziell wohl immer noch Mrs. Edgecumbe«, sagte sie.

»Aber nicht mehr lange!« Lorimer strahlte über sein ganzes faltiges Gesicht, das Ivy immer an einen freundlichen – und an diesem Abend äußerst gut gelaunten – Boxer erinnerte. Dabei hielt er ihr ein Metallplättchen entgegen, das an einer schon ziemlich verrotteten Schnur hing.

»Was ist das?«, fragte Ivy.

Lorimer ließ das Plättchen vor ihr baumeln. »Das, Mrs. Zulu, ist die Erkennungsmarke Ihres verstorbenen Gatten, Corporal Adrian Edgecumbe. Und dazu habe ich die eidesstattliche Erklärung des Mannes, der sie seiner Leiche abgenommen hat. Unter Zeugen! Die Sache ist wasserdicht.«

»Aber … aber wieso ist die nicht früher aufgetaucht? Wo haben Sie sie her?« Ivy konnte das so schnell kaum fassen. Sie stellte ihre Kaffeetasse mit zitternden Händen ab.

Lorimer lächelte. »Die Sache hat mich niemals losgelassen«, gab er zu. »Es war eine so elende Intrige gegen Sie, infam, das Gericht hätte da niemals mitspielen dürfen. Jedenfalls habe ich immer wieder darüber nachgedacht, und dann fiel meiner Frau ein, dass das Gebiet, in dem Mr. Edgecumbe gefallen ist, nach seinem mutmaßlichen Tod noch etliche Stunden in deutscher Hand war.«

»Eher in der von Askari«, meinte Ivy. »Major Wiltshire zufolge wurde seine Einheit in einen Hinterhalt gelockt, um von dem eigentlich umkämpften Ort abgelenkt zu werden. Einheimische Hilfstruppen hatten sich im Busch verschanzt und konnten erst später, mittels Einsatzes schwerer Waffen, von den Briten oder Portugiesen oder wer da eben kämpfte, vertrieben oder aufgerieben werden.«

»Genau«, sagte Lorimer. »Und wir wissen, dass die Askari zur Plünderung gefallener Soldaten neigten, die Deutschen duldeten das. Wir mussten also die Männer finden, die an dem Hinterhalt beteiligt gewesen waren, auf den ersten Blick eine unlösbare Aufgabe. Nun ist meine Frau deutschstämmig, sie spricht die Sprache sehr gut, und sie hat etliche Bücher von hochrangigen Mitgliedern der deutschen Schutztruppen gelesen. Sie wissen, dass die Deutschen in Ostafrika als unbesiegt galten und in der Heimat als Helden gefeiert wurden?« Ivy verneinte. »Das ist so eine Legende oder Anekdote des Krieges«, berichtete Lorimer. »Lettow-Vorbeck, der Kommandant der Schutztruppe für Deutsch-Ostafrika, befand sich in Nordrhodesien, als der Waffenstillstand von Compiègne unterzeichnet wurde. Er ließ dann ohne weitere Kämpfe die Waffen niederlegen und erlitt insofern keine direkte Niederlage. Als die Truppen nach kurzer Internierung nach Berlin zurückkamen, feierte man sie wie gesagt als unbesiegt, und in der Folge musste natürlich einiges an Eigenlob zwischen Buchdeckel gepresst werden.« Lorimer klang fröhlich. »Meine Frau fand heraus, wer die Schlacht um Moshi befehligt hatte, und kontaktierte den Mann in Berlin. Zum Glück gehörte er zu den Kommandeuren, denen seine Askari nicht gleichgültig waren. Er wusste, zu welchen Stämmen die Männer gehörten, die diesen Hinterhalt ausgeführt hatten, und da haben wir dann weiter nachgehakt. Es war mühsam; wie Sie sehen, hat es Jahre gedauert, doch es hat sich gelohnt. Einer der Männer aus dem Stamm der Hehe sammelte die Erkennungsmarken aller Feinde, die er getötet hatte oder deren Leichen er fand. Die Dinger sind nicht wertvoll, aber für ihn waren sie Trophäen. Als wir das erfuhren, brauchte ich nur noch Adrians Dienstnummer ausfindig zu machen, und dann sind Anne und ich nach Tansania gefahren, um den Mann persönlich aufzusuchen. *Voilà!*«

Ivy schwirrte der Kopf. »Das heißt … das heißt, das Urteil von damals wird widerrufen? Es wird erneut ein Totenschein ausgestellt? Saneles und meine Hochzeit als rechtskräftig anerkannt? Und die Farm …«

»Die Farm sollte wieder Ihnen gehören«, bestätigte Lorimer. »Was natürlich mit dem Geld geschieht, dass Lennox Edgecumbe im Laufe der Zeit an Ihrer statt erwirtschaftet hat, muss noch geklärt werden. Da müssen Sie eventuell gerichtlich gegen seine Erben vorgehen.«

»Ach, auf das Geld kommt es mir gar nicht an«, erklärte Ivy. »Viel wichtiger ist, dass damit das Motiv entfällt, das Sanele für den Mord an Lennox gehabt haben soll!« Ivy fühlte Felsbrocken von ihrem Herzen fallen.

Lorimer runzelte dagegen die Stirn. »Na ja, das wäre wohl so, wenn er zum Zeitpunkt des Brandes schon von den veränderten Umständen gewusst hätte. Das hat er aber nicht, und wir können da auch nicht schwindeln, der Askari hat die eidesstattliche Erklärung erst vor zwei Wochen unterzeichnet. Tut mir leid, beim Prozess wird Ihnen die Sache nichts nützen. Wenn der Staatsanwalt geschickt ist, legt er die neuen Erkenntnisse sogar gegen Mr. Zulu aus. Denn dessen Groll gegen Mr. Edgecumbe wird dadurch noch nachvollziehbarer. Er hat sich im Recht gefühlt und ist irgendwann explodiert …«

Ivy konnte und wollte das nicht glauben. Sie verlängerte zunächst ihre Zimmerbuchung, gab ihre Fahrkarte nach Kijabe zurück und machte einen weiteren Termin mit Abe. Der Anwalt hatte eben erst von den Ermittlungen seines Vaters gehört und beglückwünschte sie, als sie am nächsten Morgen in seine Kanzlei kam.

»Und wie geht es nun weiter?«, fragte sie ihn.

Abe überlegte kurz. »Nun, ich werde die neuen Beweise bei den zuständigen Behörden einreichen und eine weitere Anhörung oder Verhandlung zur Aufhebung des damaligen Bescheids verlangen. Es wird dann sicher zu einer Strafverfolgung von Ailbert Edgecumbe kommen, und aller anderen, die fälschlich geschworen haben, Ihren Mann nach seinem Ableben noch gesehen zu haben. Meineid, Irreführung des Gerichts … vielleicht sogar Betrug. Ich schätze allerdings, das wird den Alten wenig kümmern. Der sitzt in seinem Herrenhaus in Schottland und wird den Teufel tun, sich afrikanischen Behörden zu stellen. Vielleicht wird man Amtshilfe beantragen, aber ich glaube nicht, dass ein vermögender Gutsherr belangt oder gar ausgeliefert wird. Wurde Lennox' Familie überhaupt schon über seinen Tod informiert?«

»Das weiß ich nicht«, erwiderte Ivy. »Ich habe ihm jedenfalls nicht mitgeteilt, was passiert ist, und Ranjana ist ja noch nicht in der Lage dazu. Möglicherweise Reggie Derringer. Aber gehört habe ich nichts.«

»Dann lassen Sie das erst mal ruhen«, riet Abe. »Mein Vater hat Ihnen ja schon gesagt, dass es unklar ist, was mit dem Geld geschehen soll, das Lennox erwirtschaftet hat …«

»Für das er unsere Tiere verschachert hat«, korrigierte Ivy wütend.

»Wie auch immer Sie es nennen«, meinte Abe. »Wenn Lennox noch lebte, könnten Sie versuchen, das Geld von ihm einzuklagen. Jetzt müssten Sie seine Witwe ansprechen …«

»Die bekanntlich nicht ansprechbar ist.« Ivy seufzte. »Aber lassen wir mal das Geld. Wie hilft uns die neue Entwicklung bei der Verhandlung gegen Sanele? Die Tatsachen stellen sich jetzt doch ganz anders dar. Lennox war meineidig, er war ein Betrüger …«

»Auch einen Betrüger, der einen Meineid geleistet hat, darf man nicht erstechen«, sagte Abe. »Es tut mir leid, Miss Ivy, das hat mein Vater Ihnen ebenfalls schon gesagt: Wenn derjenige, der betrogen wurde, den Betrüger umbringt, so ist das eher ein Indiz für seine Schuld. Am besten bringen wir das beim Prozess gar nicht zur Sprache. Ich könnte mir allerdings denken, dass die Staatsanwaltschaft es trotzdem erfährt. Es wird schwierig, Miss Ivy. Es wird sehr schwierig.«

»Das ist trotzdem eine gute Nachricht«, erklärte Sanele bei ihrem nächsten Besuch. »Ich werde jedenfalls ruhiger sterben, wenn ich dich und die Mädchen auf der Farm in Sicherheit weiß.« Ivy wollte aufbegehren, doch er hob die Hand und sprach weiter. »Die Kikuyu werden dich schon weiter schützen. Und vielleicht baust du die Farm sogar wieder auf. Sollte Ranjana gesund werden, wirst du dich sicher mit ihr über das Geld einigen können. Und wenn nicht … Abe sagt, dann müsste man in einem Jahr versuchen, eine Vormundschaft für sie gestellt zu bekommen, mit der man dann über einen Vergleich verhandeln kann.«

Ivy kämpfte schon wieder mit den Tränen. »Ich will sie auf keinen Fall vor Gericht zerren. Aber im Moment möchte ich sie nur noch wachrütteln, damit sie endlich wieder zu sich findet.«

Sanele schüttelte den Kopf. »Glaubst du wirklich, das hätte unsere energische Schwester Elisabeth nicht schon getan? Ich wette, sie hat alles versucht. Was ist mit der Leopardin? Immer noch nicht aufgetaucht?«

Ivy verneinte. »Ich glaube sowieso nicht an eine Wunderheilung durch die Leopardin«, meinte sie. »Naeku hat doch schon alles versucht, und die steht Ranjana wahrscheinlich näher als das Tier. Der Arzt meint, die Zeit könne es irgendwann richten und natürlich all die vielen Gebete, die jeden Tag für sie gesprochen werden. Aber die Zeit … uns läuft sie davon.«

Die Verhandlung sollte gut drei Monate nach dem Brand stattfinden. Abe bestätigte das in seiner Vermutung. »Sie wollen es schnell erledigen. Auch aufgrund der neueren Erkenntnisse zu Adrian Edgecumbes Ableben. Wenn die Zeitungen sich erst darüber auslassen, wie man Sie und Sanele betrogen hat, könnte die Stimmung umschlagen …«

»Es wird Stimmung gegen Sanele gemacht?«, fragte Ivy leise.

Abe nickte. »Ein Afrikaner, der seinen Bwana erschlagen und seine Herrin entehrt haben soll? Das ist für die Kolonisten der Feind schlechthin, die Geschichte trifft ihre ärgsten Befürchtungen. Sie wollen, dass ein Exempel statuiert wird, so schnell wie möglich.«

44

Der Tag der Verhandlung rückte näher und näher, ohne dass es Neuigkeiten gab. Abe Lorimer arbeitete an seinem Plädoyer und stellte eine Liste seiner Zeugen auf. Es waren nicht viele, er würde nur Naeku, zwei der Hausdiener, die recht gut Englisch sprachen, und Ivy aufrufen, außerdem Sanele selbst. Die Anklage verfügte ebenfalls über kein großes Aufgebot. Ihr Hauptzeuge war Reggie Derringer. Auch Lennox' engste Freunde, mit denen er kurz vor seinem Tod noch zusammen gewesen sein sollte, würden aussagen.

»Wirft das nicht ein schlechtes Licht auf Lennox?«, fragte Ivy, als Abe ihr die Zeugenliste der Anklage zeigte. »Ich meine … diese obszönen Spiele, die dort betrieben wurden …«

»Ich könnte mir denken, dass die Aussagen etwas geschönt werden«, meinte Abe. »Ich werde natürlich versuchen, den Zeugen die Natur der ›Spiele‹ zu entlocken, um vielleicht wenigstens den Vorwurf der Vergewaltigung von Sanele abzulenken. Aber diese Leute sind selbstbewusst und sicher gewiefte Lügner. Die gestehen mit größter Wahrscheinlichkeit nichts.«

»Wie trägt es Sanele?«

Ein letzter Besuch Ivys vor der Verhandlung war abgelehnt worden, um eine Abstimmung der Zeugen auf eine gemeinsame Falschaussage zu vermeiden. »Als ob wir dazu nicht schon drei Monate Zeit gehabt hätten«, hatte Ivy verbittert gesagt, als ihr das mitgeteilt worden war. »Mal ganz abgesehen davon, dass immer jemand anwesend war, wenn ich mit Sanele reden konnte.«

»Er ist sehr gefasst«, sagte Abe. »Er weiß, was auf ihn zukommt. Aber er ist äußerst erleichtert darüber, dass Sie die Farm zurückerhalten. Er macht sich sehr viel mehr Sorgen um Sie und die Kinder als um sich selbst.«

»Ebony schmiedet immer noch Pläne, ihn zu befreien«, erzählte Ivy mit Galgenhumor. »Vielleicht sollte ich anfangen, sie ernst zu nehmen.«

Naeku wollte natürlich für Sanele aussagen, gedachte die Trennung von Ranjana jedoch so kurz wie möglich zu halten. Sie würde also am sehr frühen Morgen – die Verhandlung war für den Vormittag angesetzt – den ersten Zug von Kijabe nach Nairobi nehmen. Wie sie zum Bahnhof kam, wusste sie noch nicht, aber da würde sich bestimmt eine Mitfahrt ergeben. Die beiden Hausdiener wollten schon am Tag zuvor aufbrechen und bei einem Freund in Nairobi übernachten.

Während sie Ranjana am Morgen vor dem Verhandlungstag wusch, erzählte sie ihr noch einmal von Sanele und den Sorgen, die sich alle um ihn machten – und erschrak zu Tode, als ihre Freundin plötzlich zu würgen begann. Sie übergab sich heftig und lag dann sichtbar erschöpft, doch erneut teilnahmslos da.

»Ranjana hat sich den Magen verdorben«, meldete sie Schwester Elisabeth aufgeregt, nachdem sie ihre Freundin gesäubert hatte. »Sie hat sich übergeben. Können Sie nach ihr sehen, Schwester? Gerade jetzt, da ich nach Nairobi muss … Aber vielleicht spürt sie das ja und …«

»Nun mal langsam, meine Liebe«, brummte die Schwester. Sie kam eben von der Morgenandacht zurück und hatte noch nicht gefrühstückt, was ihrer Laune nicht zuträglich war. »Wie soll sie sich denn den Magen verderben bei dem bisschen, was sie isst? Du gibst ihr doch meistens Brei oder Püree und Brühe. Was kann da schlecht gewesen sein?«

Naeku zuckte mit den Schultern. »Eigentlich nichts. Aber … aber sie isst etwas besser in letzter Zeit. Und ich glaube … also ich glaube, sie hat sogar ein bisschen zugenommen.«

Schwester Elisabeth runzelte die Stirn. »Zugenommen?«, fragte sie. »Wie soll das denn gehen, bei den winzigen Portionen? Dem pürierten Gemüse, den Puddings und dem bisschen Porridge? Wie soll sie da Fett angesetzt haben?«

Naeku zeigte auf ihren Busen. »Hat sie, hier«, sagte sie. »Ihre Brüste sind größer geworden und fester. Glaube ich …«

Schwester Elisabeth rieb sich die Schläfe. »Lass mich einen Kaffee trinken«, murmelte sie. »Bevor ich mich weiteren Katastrophen stelle … Reg dich nicht auf, Naeku, ich denke, sie ist nicht krank.«

Eine halbe Stunde später standen Schwester Elisabeth und eine jüngere Lernschwester an Ranjanas Bett. Sie lag mit geschlossenen Augen zusammengekrümmt da, seit sie sich übergeben hatte. Naeku meinte, ein Flackern ihrer Lider zu erkennen, als die Schwestern sie auf den Rücken legten und begannen, sie zu untersuchen. Schwester Elisabeth begutachtete mit ihrer Schülerin Ranjanas Brüste, die sich tatsächlich verändert hatten, und ließ sie ihren Bauch abtasten.

»Was ist mit … ihrer Blutung?«, fragte sie Naeku. »Hat sie seit dem … Brand … geblutet?«

Naeku sah sie mit schreckgeweiteten Augen an. »Nein … nein, Sie … Sie hatten doch gesagt, sie hätte keine Blutung, sie sei …«

»Ich meine Monatsblutungen«, setzte die Schwester ungeduldig hinzu.

Naeku dachte nach. »Nein«, sagte sie dann. »Ich … ich hab nicht drauf geachtet, aber natürlich, sie hätte schon dreimal bluten müssen …« Naeku hatte die Zeiten der Regel ihrer Herrin immer ziemlich genau im Kopf gehabt. Sie bereitete dann Vorlagen vor, um eine Verschmutzung ihrer Kleidung oder gar peinliche Unfälle zu vermeiden. »Es ist etwas nicht in Ordnung … es muss etwas nicht in Ordnung sein …« Sie fasste mit zitternden Fingern nach Ranjanas Hand.

»Das kann man unterschiedlich sehen«, meinte die Schwester. »Seltsam ist nur, dass sie jetzt erst mit Übelkeit zu kämpfen hat, für gewöhnlich ist das in den ersten drei Monaten so und hört dann auf. Üblicherweise pflege ich Frauen im Zustand unserer Patientin zu gratulieren. Miss Ranjana ist gesegneten Leibes. In der augenblicklichen Situation jedoch …«

Naeku suchte in ihrem englischen Wortschatz nach der Bedeutung eines »gesegneten Leibes«. Eigentlich fiel ihr da nur die Hostie ein, der Leib des Herrn, der ja auch gesegnet wurde …

»Sie ist guter Hoffnung«, erklärte die Lernschwester, die ihren verständnislosen Ausdruck bemerkte. »Sie bekommt ein Kind …«

Naeku wurde kurze Zeit schwarz vor Augen. Das konnte nicht sein! In der ganzen Zeit mit dem Maharadscha und dann mit Lennox hatte Ranjana nie empfangen. Und jetzt …«

»Ich dachte, sie könnte nicht …«, brach es aus ihr heraus. »Sie … sie war immer so zart …«

Die Schwester hob die Brauen. »Sie wurde zweifelsfrei sehr früh verheiratet. Manche Kindsbräute werden sofort schwanger, ich hatte schon mehr als genug Zwölf- und Dreizehnjährige mit Komplikationen auf dem Tisch. Andere beginnen spät zu bluten und empfangen dann nicht so leicht. Aber woran immer es lag, dass sie bisher kein Kind bekommen hat … Sie ist jetzt eine voll entwickelte Frau, es war vielleicht nur eine Frage der Zeit. Es kann durchaus sein, dass dies das Kind ihres Ehemannes ist und keine Frucht der Schande.«

Naeku, die immer noch Ranjanas Hand hielt, meinte ein Zucken zu spüren.

»Aber Schwester, ein Kind ist doch immer ein Segen!«, wagte die Lernschwester einzuwenden. »Sofern sie es in ihrem Zustand überhaupt austragen kann. Ich mache mir da schon Sorgen …«

Schwester Elisabeth seufzte. »Wenn es dem Herrn gefallen hat, ihr auch noch eine Schwangerschaft aufzubürden, dann wird sie das Kind zur Welt bringen. Was danach daraus werden soll …«

»Ich werde mich um das Kleine kümmern«, versicherte Naeku. »Und Miss Ivy auch …«

Die Schwester schüttelte den Kopf. »Wenn das nur so leicht wäre. Das Kind hat Familie. Großeltern. Auf jeden Fall in Schottland, womöglich in Indien. Die werden es aufnehmen wollen oder auch nicht … Wir können nur weiterhin für Miss Ranjana beten und versuchen, sie besser zu ernähren. Ich werde mich mit dem Arzt absprechen, wenn er wieder mal kommt. Er wird sie dann noch einmal untersuchen.«

»Und Sie sind sicher?«, fragte Naeku.

Schwester Elisabeth seufzte. »Ich hab schon so viele Kindchen auf die Welt gebracht, Naeku, von jungen und alten Müttern, von schwarzen und weißen … Ich irre mich nicht. Wir können nur beten, dass es nicht in der Brandnacht gezeugt wurde und man dann nicht mal wissen wird, wer sein Vater ist.«

Naeku wartete, bis die Schwestern das Zimmer verlassen hatten. Dann zog sie Ranjana an sich.

»Meine Sonne, hast du es gehört? Die Göttinnen haben uns gesegnet. Wir werden ein Kind haben!« Ein Zittern durchfuhr Ranjanas Körper. »Du musst jetzt nur aufwachen«, sprach Naeku weiter. »Du willst doch für unser Kind sorgen, spüren, wie es in dir wächst, oder? Es muss dein Lachen hören und dein Weinen und deine Stimme kennenlernen. Du hast deine Seele in dir vergraben, jetzt musst du sie aufwecken, sie freilassen!« Naeku streichelte ihre Freundin und spürte dann ihre Tränen. Ranjana weinte an ihrer Schulter. »Du darfst nicht zulassen, dass man es nach Schottland schickt oder nach Indien! Man darf es uns nicht wegnehmen! Ranjana, meine Liebste, hör auf zu weinen.

Wir müssen uns freuen, wir müssen Dankeslieder für Kali und Lakshmi singen …«

Ranjana hob fast unmerklich den Kopf. »Unser … unser Kind?« Ihre Stimme war rau, weil sie so lange Zeit nicht gesprochen hatte, und sie klang schwach, als käme sie von sehr weit weg.

»Ja. Lennox ist tot. Das Kind gehört allein dir. Und mir. Wenn du es willst.«

Naeku wiegte sie sanft. Sie war von unendlicher Liebe erfüllt. Zu ihrer Gefährtin und ihrem Kind.

Dann spürte sie Ranjanas Nicken. Und ihre schwachen Arme, die sie umfassten. Naeku zog ihre Beine aufs Bett und legte sich neben ihre Geliebte. Sie hielten einander umschlungen. Naeku flüsterte Zärtlichkeiten, und irgendwann begann Ranjana wieder zu sprechen.

»Er … er ist wirklich tot? Lennox? Ich hab das … nicht geträumt?«

»Liebste, wie hättest du das träumen sollen? Du hast gar nicht geschlafen, du warst …« Naeku wusste nicht, wie sie es ausdrücken sollte.

»Ich war im Land hinter den Schleiern … Du weißt doch, ich bin … ich bin immer dorthin geflohen, wenn der Maharadscha wollte, dass ich ihm beilag.« Ranjana löste sich von Naeku und blickte sie mit umflorten, aber endlich wieder wachen, sprechenden Augen an.

»Dieses Mal warst du sehr lange dort«, sagte Naeku.

Sie war unendlich glücklich, dass Ranjana wieder bei sich war, doch ihre Hoffnung darauf, dass ihre Erinnerungen Sanele entlasten konnten, begannen zu schwinden. Ranjana hatte ihr schon oft von dem Traumland erzählt, in das sie sich mit ihrem Geist zurückzog, wenn ihr Gatte in ihr Bett kam. Es gab dort keine Zeit und keine Schmerzen – und keine Erinnerung.

»Diesmal war es schwer, die Schleier zu durchbrechen«, flüsterte

Ranjana. »Ich war zu weit fort … Und es war zu … zu schrecklich …«

»Du konntest nicht hineinkommen oder nicht wieder heraus?«, fragte Naeku. »Ich hatte den Eindruck, du konntest das Land nicht verlassen.«

Ranjana schüttelte den Kopf. »Ich wollte es nicht verlassen. Ich fühlte mich … geborgen. Ich war sicher, du warst auch da. Während draußen … ich wollte mich nicht dem Schrecken stellen.«

Naeku stand auf. »Du ruhst dich jetzt weiter aus, und ich hole dir etwas Tee und Toast, etwas Suppe. Du musst essen, damit du zu Kräften kommst. Und danach … danach musst du mir erzählen, was geschehen ist. So weh es auch tut. Es hängt ein Menschenleben daran, Ranjana. Du musst dich erinnern.«

Es war mitten in der Nacht, als Naeku an die Tür von Schwester Teresas kleiner Kammer klopfte. Die junge Schwester teilte sie sich mit der anderen Schulschwester, mit der sie sich gut verstand. Beide erwachten von ihrem Klopfen.

»Ist es schon wieder Zeit zur Frühmesse?«, hörte Naeku Schwester Luitgard verschlafen fragen. »Ich dachte, ich wäre eben erst eingeschlafen nach der Andacht.«

Die Mitternachtsandacht war für die Missionsschwestern obligatorisch, zumindest, wenn sie in einer größeren Missionsstation lebten wie dieser. Wenn nur eine oder zwei Schwestern ein neues Standbein für den Orden schufen, ließen sie die nächtlichen Gebete oft aus purer Erschöpfung weg.

»Machen Sie auf, Schwester, ich bin's«, flüsterte Naeku. Es war besser, wenn vorerst niemand sonst wach wurde.

»Naeku …« Die Tür öffnete sich und ein herzförmiges Gesicht, umrahmt von kurzem blondem Haar zeigte sich. »Ist etwas mit Mrs. Edgecumbe? Wir haben gehört, sie …«

»Sie ist wach«, erklärte Naeku kurz. »Und sie hat mir erzählt, was geschehen ist. Jetzt müssen wir sie nach Nairobi bringen. Sie muss mich begleiten und für Sanele Zulu aussagen.«

Die Schwester schien das nicht sofort zu realisieren. »Will sie das auch?«, fragte sie müde.

»Sie sieht ein, dass ihr nichts anderes übrig bleibt, wenn sie Sanele retten will. Sie verurteilen ihn sonst morgen zum Tode!«

»Man kann ein Urteil doch anfechten, wenn es neue Beweise gibt«, warf Schwester Teresas Mitschwester ein. »Dann wird noch mal verhandelt …«

Naeku schüttelte den Kopf. »Sanele ist Afrikaner, seine Richter sind Weiße. Wenn ein Urteil da einmal gefallen ist … Vielleicht lässt man einen Verurteilten sogar gleich hinrichten. Es gibt keine andere Möglichkeit. Miss Ranjana muss am Vormittag in Nairobi sein.«

»Wolltest du nicht mit dem Frühzug fahren?«, fragte Schwester Luitgard.

»Ja, aber Miss Ranjana wird das nicht schaffen in ihrem Zustand, es wäre zu anstrengend. Ich kann sie nicht nach Kijabe mitnehmen und dort mit ihr am Bahnhof in den Zug nach Nairobi steigen. Sie müsste mit ihr fremden Menschen zusammen sein und danach in einer Droschke zum Gericht fahren … Ich will nicht, dass sie wieder hinter die Schleier flieht. Oder gar das Kind verliert. Wir brauchen ein Automobil und jemanden, der uns fährt. Jetzt.«

»Ich kann Auto fahren«, sagte Schwester Teresa. Sie fuhr in einem der Geländewagen der Mission jeden Tag zum Dorf der Kikuyu, um dort Schule zu halten.

»Ich weiß«, erklärte Naeku. »Aber würden Sie's auch für uns tun?«

»Die Patres und die Oberin erlauben das nie«, wandte Schwester Luitgard ein, während ihre Mitschwester bereits ihren Habit über das Unterzeug zog, in dem sie geschlafen hatte, und nach ihrem Schleier suchte.

»Wir werden sie nicht fragen«, sagte Schwester Teresa entschlossen. »Ich komme, Naeku, zieh Miss Ranjana an und bring sie vors Haus. Ich hole einen Wagen.«

»Das werden sie hören«, gab Schwester Luitgard besorgt zu bedenken. »Meinst du nicht, wir sollten auf Gott vertrauen …?«

»Die beiden müssen leise sein und schnell einsteigen«, erklärte Schwester Teresa, »dann fahre ich sofort los. Wenn wir weg sind, sind wir weg. Und falls die Oberen uns nicht hören, entschuldige mich bei der Frühmesse. Erzähl, was du willst. Aber wir können nicht zulassen, dass ein Unschuldiger gehängt wird. Gott kann das nicht wollen!« Bevor ihre Mitschwester ihr noch versichern konnte, dass es für Gott sicher weitere Möglichkeiten gab, das zu verhindern, war Schwester Teresa zur Tür hinaus. Gemeinsam mit Naeku verließ sie den Wohntrakt. »Ich werde im Wagen auf euch warten«, sagte sie. »Beeilt euch!«

Naekus Herz klopfte heftig. Sie mussten es schaffen!

45

Schwester Teresas Fahrstil zeugte von ihrem ausgesprochenen Gottvertrauen. Nachdem Naeku Ranjana auf den Rücksitz des Wagens geschoben hatte – nach dem langen Liegen war sie so schwach auf den Beinen, dass sie kaum zum Parkplatz laufen konnte –, schoss das frühere Safarifahrzeug der Farm los und holperte über die unbefestigten Straßen bis zum Eingang des Resorts. Dann schlitterte es ebenso schnell über die Asphaltstraße. Zum Glück war so früh am Morgen noch kaum Verkehr. Vor Tieren, die jederzeit die Fahrbahn kreuzen konnten, schien Schwester Teresa sich auch nicht zu fürchten.

»So eilig haben wir es nicht«, wagte Naeku irgendwann einzuwenden. »Es ist noch früh.«

Wenn sie ehrlich zu sich war, hatte sie nie so viel und aus tiefstem Herzen gebetet wie auf dieser Fahrt. Sie sehnte sich nur noch danach, lebendig in Nairobi anzukommen.

Ranjana bekam davon so gut wie nichts mit. Nach dem anstrengenden Tag und den wiederaufsteigenden Erinnerungen war sie gänzlich erschöpft und schlief tief in eine Decke gehüllt und an Naekus Schulter gelehnt.

Schließlich erreichten sie die Hauptstadt, die dreistündige Fahrt neigte sich ihrem Ende zu, und Schwester Teresa musste sich an die Verkehrsregeln halten, da inzwischen mehr Menschen zu Fuß, per Fahrrad, Pferde- oder Eselskarren und natürlich auch motorisiert unterwegs waren. In den Vororten von Nairobi sahen sie improvisierte, aus Abfallholz und Wellblech zusammengesetzte Hütten, in denen Afrikaner unter den unwürdigsten Umständen lebten. Ranjana erwachte und fühlte sich an Indien erinnert. Auch dort lebten Menschen in unvorstellbarer Armut. In den Siedlungen herrschte bereits Betrieb, die Menschen machten sich auf zu den umliegenden Farmen und in die Haushalte der Weißen, in denen sie für wenig Geld arbeiteten.

Schwester Teresa fuhr sehr langsam – schon aus Furcht, eines der Kinder zu überfahren, die auf den Straßen und im Schlamm zwischen den Hütten spielten. In der Innenstadt ballte sich der Verkehr, hier gab es Vorfahrtsregeln zu beachten. Schwester Teresa schienen sie nicht bekannt. Sie kurvte einfach durch die Menge, ihr folgte ein Hupkonzert.

»Ich hab das Fahren in der Missionsstation gelernt«, gestand sie und dankte ihrem Schutzengel. »In der Stadt bin ich noch nie gefahren. Bisher nur auf dem Gelände von Edgecumbe Farm.«

Naeku schauderte es, sie mochte kaum aus dem Fenster schauen. Trotzdem bewunderte sie den Mut der jungen Frau. Sie konnte ihr für ihre Hilfe nicht genug danken.

Jetzt waren sie alle drei hungrig und durstig, doch hatte keine von ihnen Geld.

»Wir werden direkt zum Gericht fahren«, sagte Schwester Teresa. »Wann fängt die Verhandlung an?«

»Ich soll spätestens um zehn Uhr da sein«, erwiderte Naeku. »Mr. Lorimer sagte, zuerst werde man die Zeugen der Anklage vernehmen und dann die der Verteidigung. Es könne sein, dass ich erst gegen Mittag an die Reihe komme, doch er hätte seine Zeugen gern schon früh beisammen.«

Nachdem sie sich zum Gerichtsgebäude durchgefragt und Schwester Teresa mithilfe ihres Schutzengels auch die Fahrt durch den Vormittagsverkehr gemeistert hatte, hielt sie eingeschüchtert vor dem großen, mit Wappen und Säulen versehenen Steinbau. Lediglich Ranjana schien das palastähnliche Gebäude nicht zu schrecken. Sie wirkte still und in sich gekehrt, wankte allerdings nicht in ihrer Absicht, für Sanele auszusagen.

Schließlich hakten Naeku und Schwester Teresa Ranjana unter, und sie betraten gemeinsam die Eingangshalle, misstrauisch beäugt von den Wachleuten, den Gerichtsdienern und Anwälten, die hier ein- und ausgingen. Ordensschwestern sah man an diesem Ort sicher selten, eine Afrikanerin und eine Inderin in schlichten Kleidern – nachdem ihre gesamte Garderobe verbrannt war, hatte Naeku sie und Ranjana im Store der Mission nur notdürftig versorgen können – passten ebenfalls nicht hierher.

Naeku wandte sich an einen der Wachleute, der sie jedoch nicht anhören wollte. Erst als sich Schwester Teresa einmischte und energisch nach dem Ort der Verhandlung im Fall Sanele Zulu fragte, erhielten sie Auskunft. Kurz darauf standen sie auf einem breiten Korridor, gemeinsam mit ein paar Männern mit Kameras und Notizbüchern, die sich vor dem Eingang zum Saal postiert hatten.

»Gehen wir jetzt einfach rein?«, fragte Schwester Teresa. »Und was machen die Leute da?«

»Das ist die Presse«, ließ sich Ranjana leise vernehmen. Auf ihren Reisen mit dem Maharadscha war sie häufig mit Reportern konfrontiert worden.

Während Naeku noch überlegte, ob man den Diener, der vor dem Gerichtssaal stand, um Einlass bitten konnte, hörten sie jemanden laut »Pause« rufen, dann öffnete sich die Tür. Zuschauer und Prozessbeteiligte strömten heraus. Naeku suchte nach einem bekannten Gesicht, doch alle Richter und Anwälte trugen Perücken aus Rosshaar, und Roben, die an die Talare der Priester erinnerten. Im nächsten Moment erschrak sie zu Tode – sie erkannte Danielle van der Velt, ihren Gatten, ihre Freundin Marian und den Earl unter den Zuschauern. Wenn Ranjana mit ihren Peinigern konfrontiert wurde, noch bevor sie mit ihrer Aussage an der Reihe war … Naeku durchfuhr es heiß und kalt, doch da nahm einer der förmlich gekleideten Männer seine Perücke ab, und sie erkannte Mr. Lorimer, der sie zuvor einmal in der Mission besucht hatte, um ihre Aussage persönlich mit ihr abzusprechen. Im selben Moment sah er sie ebenfalls und stürzte sofort mit fliegendem Talar auf sie zu.

»Miss Naeku, da sind Sie ja! Die anderen Angestellten von Edgecumbe Farm wollten Sie vom Zug abholen, aber Sie waren nicht drin. Wie …?« Er hielt inne. Erst jetzt sah er die Missionsschwester und Ranjana. »Miss Naeku … ist das … ist das …?« Er schien sein Glück nicht glauben zu können.

Ranjana reichte ihm die Hand. »Ich bin Ranjana Edgecumbe«, sagte sie mit ihrer sanften Stimme. »Und ich werde dem Richter sagen, was wirklich geschehen ist.«

Der Anwalt strahlte sie an, als wäre ihm ein Engel erschienen. »Ich bin Sanele Zulus Anwalt, Abraham Lorimer. Mr. Zulu ist … unschuldig?«, fragte er.

Ranjana blickte irritiert. »Natürlich«, erwiderte sie.

In diesem Augenblick entdeckte Danielle van der Velt Ranjana. Naeku sah, dass die Lady ihrem Mann etwas zuflüsterte, dann setzte sie ein strahlendes Lächeln auf und bewegte sich in ihre Richtung.

Abraham Lorimer fand gerade rechtzeitig die Fassung wieder. »Kommen Sie!«, sagte er rasch. »Wir gehen ins Anwaltzimmer. Der Richter hat eben eine Pause von einer halben Stunde angeordnet, die Anklage ist fertig mit ihren Zeugen. Wir müssen noch das Nötigste besprechen …«

Ranjana nahm Schwester Teresas Arm. Naeku schirmte sie vor Danielle van der Velt ab.

»Mrs. Edgecumbe kann jetzt nicht«, sagte sie eisig. »Und sie will auch nicht mit Ihnen reden.«

Die Lady schnappte nach Luft. Dass eine Dienerin so mit ihr sprach, hatte sie sicher noch nie erlebt.

»Mit dir werde ich …«, hörte Naeku noch, bevor sie hinter dem Anwalt, Ranjana und Schwester Teresa in das der Verteidigung vorbehaltene Zimmer schlüpfte. Erfreut sah sie, dass dort Miss Ivy und die beiden Diener warteten.

Miss Ivy fehlten die Worte, als sie Ranjana erkannte, die sich vor Erschöpfung gleich auf einen Stuhl hatte fallen lassen. Sie umarmte sie stürmisch und gleich darauf Naeku, ohne ein Wort der Erklärung zu fordern.

»Sie ist gestern aufgewacht«, sagte Naeku. »Schwester Teresa hat uns hergefahren, für eine Zugfahrt wäre Ranjana noch zu schwach gewesen.«

Naeku sah erfreut, dass Miss Ivy auch die junge Schwester umarmte.

»Das wird uns helfen«, wandte sie sich an den Anwalt. »Nicht wahr, Abe, das wird ihn retten …«

Abraham Lorimer nickte. »Das hoffe ich. Es kommt natürlich darauf an, was Mrs. Edgecumbe zu sagen hat. Aber ich denke doch …«

»Wie ist es denn bisher gelaufen?«, fragte Miss Ivy. Als Zeugin der Gegenpartei hatte sie dem Prozess nicht beiwohnen dürfen.

Der Anwalt seufzte. »Wie erwartet. Mr. Derringer hat Mr. Zulu beschuldigt und versucht, glaubhaft zu machen, dass er der letzte Mann in dem brennenden Haus gewesen ist. Immerhin sah er jetzt davon ab, Mr. Zulu auch noch der Brandstiftung zu beschuldigen. Mrs. van der Velt und die anderen haben ihre Aktivitäten in Mrs. Edgecumbes Räumlichkeiten heruntergespielt. Von unsittlichen Ausschweifungen war nicht mehr die Rede, man habe sich nur zum Reden und Sekttrinken zurückgezogen, weil Mrs. Hargraves Eifersuchtsattacken von ihrem Gatten fürchtete. Völlig unbegründet natürlich. Mrs. Edgecumbe habe sich zu ihnen gesellt, und dann habe man das Feuer bemerkt, und die Gäste hätten sich in Sicherheit gebracht, während die Edgecumbes noch ein paar Wertsachen hätten einpacken und mitnehmen wollen. Mehr wollten sie zu der Sache nicht sagen, und ich konnte ihnen die Wahrheit nicht entlocken. Dann hat der Gerichtsmediziner ausgesagt, im Wesentlichen das, was in seinem Bericht stand. Ich habe bei seiner Befragung die fehlende Tatwaffe angesprochen, und er gab zu, dass dies auch für ihn befremdlich war. Mehr hatte die Staatsanwaltschaft nicht aufzubieten, doch das wussten wir ja schon. Es wäre wieder eine Frage dessen gewesen, was der Richter und die Geschworenen glauben wollen und was nicht. Die Jury ist natürlich von Weißen besetzt, alles rechtschaffene Kolonisten, die afrikanische Hausangestellte beschäftigen und denen alles zutrauen. Wie gehen wir jetzt vor? Mrs. Edgecumbe, geben Sie mir doch schnell eine Zusammenfassung der tatsächlichen Vorfälle …«

Abe Lorimer traf die Entscheidung, den Richter gleich auf die unerwartete Entlastungszeugin hinzuweisen und förmlich um die Erlaubnis zu bitten, sie hören zu dürfen. Er wollte wie geplant die Diener, Ivy und Naeku aussagen lassen und erst zuletzt Ranjana aufrufen.

»Eigentlich könnte man sich unsere Aussagen doch sparen«, meinte Ivy. »Ranjana ist die Einzige, die etwas zur Klärung beizusteuern hat.«

Abe lächelte spitzbübisch. »Das ist meine Strategie. Wir wiegen die Gegenseite in Sicherheit. Soll der Staatsanwalt sich doch an Ihnen allen abarbeiten und die Jury davon überzeugen, dass Sie so eng mit Mr. Zulu verbunden sind, dass Sie zweifellos für ihn lügen würden. Wenn die Geschworenen dann die Wahrheit hören, werden die Menschen vielleicht doch ein bisschen … ein bisschen Scham empfinden …«

Ranjana war die Letzte, die das Anwaltszimmer verließ, um ihre Aussage zu machen. Alle anderen waren vor ihr aufgerufen worden und dann im Gerichtssaal geblieben. Immerhin wartete Schwester Teresa mit ihr und sprach Gebete. Ranjana hörte nicht hin. In Gedanken war sie bei Naeku – und bei ihren Freunden Ivy und Sanele, die auf sie zählten.

Schließlich betrat sie aufrecht und scheinbar gelassen den Gerichtssaal. Durch die Zuhörerschaft ging ein Raunen. In den Zeitungen war der Fall in den letzten Monaten ausgiebig breitgetreten worden, und so wusste jeder der hier Anwesenden von Ranjanas Vergangenheit als Maharani von Rajasthan. Als sie ihren Platz im Zeugenstand betrat, ereiferte sich der Staatsanwalt darüber, was für ein seltsamer Zufall es sei, dass sie gerade am Tag zuvor aus dem Koma erwacht sei, und ob man es hier nicht mit einem Täuschungsversuch der Verteidigung zu tun habe.

Abe Lorimer stellte richtig, dass sie nicht im Koma gelegen habe, und der Richter unterbrach den Disput mit der Äußerung seines ausdrücklichen Wunsches, die Zeugin zu hören.

Ranjana sah zu Sanele Zulu hinüber. Er trug einen guten Anzug, doch er sah darin nicht würdevoll und distinguiert aus, sondern so, als trüge er die Sachen eines anderen, kräftigeren Mannes. Sanele war abgemagert, sein Gesicht von Falten durchzogen. Er wirkte wie ein Mensch, der sich aufgegeben hatte, aber nun, da er sie sah und sie ihm unmerklich zunickte, schien er wieder Hoffnung zu schöpfen.

Ranjana bestätigte ihre Personalien und begann dann mit fester Stimme zu sprechen.

»Ich hatte eine zahme Leopardin«, sagte sie. »Desna. Und in jener Nacht kam ich in meine Privaträume, um sie zu holen. Unten bei den Zelten wurde sehr viel getrunken, die Männer wurden … anzüglich, aber ich wusste, mein Gatte würde nicht gestatten, dass ich mich vorzeitig von seinem Fest zurückzog. Deshalb wollte ich

Desna zu meinem Schutz an meiner Seite haben. Sie war in ihrem Holzkäfig in meinem Ankleidezimmer, wo sie alle Nächte verbrachte, sie wartete auf mich. Doch dann … Ich fand die Tür zu meinen Räumlichkeiten offen, und …«

Der Richter, die Anwälte und die Jury lauschten gebannt ihrer Erzählung …

»Schaut mal, wer mitspielen will!«, rief Danielle van der Velt, die in Lennox' Armen lag und ihre Blöße nur mit einem von Ranjanas Saris notdürftig bedeckte.

Ein anderer Mann umfasste sie von hinten und schien in sie einzudringen, während sie Lennox küsste. Auf ihrer Chaiselongue wälzte sich ein weiteres Paar, und dann fühlte sie selbst sich von Armen umfasst. Der Earl zerrte sie aufs Bett. Er riss ihr das Seidenkleid vom Körper, stammelte unflätige Worte, sog an ihrer Brust … Ranjana ekelte sich. Sie hatte die oft rauen Zuwendungen des Maharadschas geduldig hingenommen und sich Lennox bereitwillig hingegeben, doch das hier musste sie nicht dulden! Empört wehrte sie sich und schrie nach ihrem Mann, aber Lennox war weit davon entfernt, ihr zu Hilfe zu kommen. Im Gegenteil – er befahl ihr, den Mund zu halten. Ihr Gatte lieferte sie einem Fremden aus und wälzte sich zur selben Zeit mit seiner Geliebten auf dem Teppich. Er tat unaussprechliche Dinge, die Danielle offensichtlich genoss … Und Geoffrey, Earl of Rennant, bediente sich Ranjanas Körper mit unglaublicher Brutalität. Sie verfiel in die Starre, in die sie sich immer geflüchtet hatte, wenn die körperliche Liebe für sie unerträglich schmerzhaft gewesen war. Sie wusste nicht, wie viel Zeit verging, nur dass die Männer wechselten, die sich ihrer bemächtigten … und die Frauen … Ihr Zusammensein mit Naeku war immer von Zärtlichkeit und Wärme geprägt gewesen – Danielle und Marian fassten ebenso hart zu wie die Männer …

Ranjana war kaum mehr bei Bewusstsein, als von draußen Rufe erklangen.

»Feuer!«

»Es brennt!«

»Das Haus brennt!«

Ihre Peiniger ließen fast unmittelbar von ihr ab. Die Frauen rafften ihre Kleider zusammen, die Männer nahmen ihre Hosen an sich. Sie selbst war die Einzige, die benommen im Bett liegen blieb.

»Raus hier!«, rief Lennox.

Sie wusste nicht, ob sie es war, die er meinte, oder seine Freunde. Aber sie konnte sich nicht bewegen. Sie sah nur entsetzt in ihr Ankleidezimmer, in dem eben die Vorhänge in Flammen aufgingen. Und sie hörte Desna, die sich brüllend gegen die Gitterstäbe ihres Käfigs warf. Schließlich schien alles gleichzeitig zu geschehen.

»Der Schmuck!«, schrie Lennox und richtete notdürftig seine Kleidung, »wir müssen den Schmuck retten!«

In diesem Moment barsten die Holzstäbe von Desnas Käfig, und die Raubkatze stürmte heraus, floh in Panik vor dem Feuer. Doch im Durchgang zwischen den Räumen stand Lennox. Er versperrte ihr den Fluchtweg.

Ranjana schrie, als Desna sprang. Ihre messerscharfen Krallen bohrten sich in Lennox' Brust und Hals, ihr Gewicht riss ihn nieder. Damit war der Weg frei. Die Leopardin rannte durch das Schlafzimmer in den Korridor. Ranjana sah ihren blutenden Mann und die Flammen, die sich ihren Weg von den Vorhängen zu ihm bahnten. Jetzt würde sie doch noch zur sati *werden. Und diesmal würde sie ihr Schicksal annehmen. Sie freute sich fast auf die Reinigung durch die Flammen … und durchstieß endgültig die Schleier in ihre eigene Welt.*

»Es soll also ein Raubtier gewesen sein?«, fragte der Richter verblüfft, als sie erschöpft schwieg. »Es gibt gar keinen Mörder?«

Ranjana nickte. »Ich glaube nicht, dass sie ihn töten wollte. Sie wollte nur raus. Man darf sie deswegen nicht erschießen. Aber sie ist ja sowieso davongelaufen«, fügte sie leise hinzu. »Sie wurde seit der Brandnacht nicht mehr gesichtet.«

»Irgendwelche Fragen an die Zeugin?«, wandte sich der Richter an den Staatsanwalt.

Der schien gerade die Fassung zu verlieren. Er hätte Ranjanas Aussage wohl gern ad absurdum geführt, doch er konnte nicht abstreiten, dass dies die schlüssigste Erklärung war – für Lennox' Verletzungen, für den Ablauf der Ereignisse, wie Naeku und Sanele sie schilderten – und letztlich passte sie auch besser zu Reggie Derringers Aussage als dessen eigene Interpretation.

»Ich hätte noch ein paar Fragen an den Coroner«, sagte der Staatsanwalt schließlich. »Ich … würde gern wissen, wie … wie er sich so irren konnte. Ich …«

Dr. Hollander musste aus einem anderen Gerichtssaal geholt werden, begab sich jedoch bereitwillig erneut in den Zeugenstand.

Abe Lorimer genoss seinen Auftritt. »Ohne Ihnen wie mein geschätzter Kollege einen Irrtum unterstellen zu wollen, denn tatsächlich haben Sie die Verletzungen des Verstorbenen korrekt geschildert, möchte ich noch eines von Ihnen wissen: Könnten diese angeblichen Messerstiche an Lennox Edgecumbes Rippen und der Wirbelsäule eventuell von den Krallen einer Raubkatze stammen?«

Der Coroner lächelte. »Das könnten sie durchaus«, stimmte er zu. »Und das würde die fehlende Tatwaffe erklären. Ich wäre zweifellos selbst auf die Idee gekommen, hätte mir jemand nicht erst gerade gesagt, dass sich das Ehepaar Edgecumbe eine Leopardin als Haustier hielt. In den Trümmern deutete nichts darauf hin.«

»Die Leopardin hat den Holzkäfig gesprengt, als sie beim Anblick der sich nähernden Flammen in Panik geriet. Der ist anschließend natürlich verbrannt. Vielen Dank, Doktor, Sie haben sehr zur Aufklärung des Falles beigetragen.« Lorimer verneigte sich leicht – und konnte sich nicht verkneifen, sich noch mal in einer Art Schlussplädoyer an die Geschworenen zu wenden. »Sie sehen, meine Herren, dieser Verhandlung liegt ein Irrtum zugrunde oder der Wunsch eines erfolglosen, von Rassenhass und vielleicht auch Neid getriebenen Mannes. Mr. Derringer hat meinen Mandanten von jeher mit seinem Hass verfolgt und sah nun eine Möglichkeit, sein Leben mit einer erfundenen Geschichte zu zerstören. Es hat keinen Mord gegeben. Es war ein Unfall. Der Angriff eines sich in Panik befindenden Tieres. Sanele Zulu hatte mit der Angelegenheit nichts zu tun. Wie er übereinstimmend mit der Dienerin Mrs. Edgecumbes aussagte, hat er das Zimmer in dieser Nacht überhaupt nicht betreten. Er half Miss Naeku lediglich, ihre bewusstlose Herrin aus dem brennenden Haus zu retten. Zu den Aussagen von Mrs. und Mr. van der Velt, Mrs. Hargraves und dem Earl of Rennant möchte ich mich hier nicht äußern. Es bleibt Mrs. Edgecumbe überlassen, ob sie die Herrschaften wegen Notzucht anzeigt. Bereitwillig mitgemacht hat Ranjana Edgecumbe jedenfalls nicht. Sie kam in ihre Räumlichkeiten, um ihre zahme Leopardin zu holen, die sie nicht gern lange einsperrte. Hätte sie dort nicht ihren Gatten und seine Gespielen und Gespielinnen angetroffen, wäre all das nie passiert.«

»Womit wohl alles gesagt wäre«, bemerkte der Richter. »Ich denke nicht, dass sich die Geschworenen zu einer Beratung zurückziehen möchten, aber falls die Staatsanwaltschaft darauf besteht, kann sie natürlich noch ein Schlussplädoyer vortragen. Ich möchte mir keine Verfahrensfehler vorwerfen lassen. Sollten allerdings alle einverstanden sein, so würde ich die Verhandlung hier gern mit einem Freispruch für Mr. Sanele Zulu abschließen. Mr. Lorimer möchte sicher noch über eine Haftentschädigung verhandeln, dafür vereinbaren wir einen anderen Termin. Darf ich das Ergebnis der Verhandlung also förmlich formulieren?«

Weder die Jury noch die Staatsanwaltschaft hatten etwas einzuwenden.

Ivy hörte die letzten Worte des Richters nicht mehr, sie war zu aufgewühlt. Schwankend zwischen Lachen und Weinen warf sie sich hemmungslos in Saneles Arme, als er völlig benommen aufstand – zum ersten Mal seit Wochen ohne die Begleitung eines Wärters und ohne Handschellen. Ranjana wurde von Naeku und Schwester Teresa umarmt und Abe Lorimer von den beiden Hausdienern, die ihre Freude ebenfalls zeigen wollten. Abraham Lorimer senior und seine Frau waren ebenfalls anwesend und kamen nach vorn, um zu gratulieren. Ansonsten leerte sich der Gerichtssaal. Danielle van der Velt und ihr Anhang verschwanden gedemütigt aus Ranjanas Leben.

»Jetzt wird alles gut!«, flüsterte Naeku ihr zu.

»Es fragt sich nur noch, wer diesen Brand gelegt hat«, bemerkte Sanele Ivy gegenüber, als er unendlich erleichtert als freier Mann den Gerichtssaal verließ. Zum ersten Mal legte er in der Öffentlichkeit den Arm um die Schultern seiner Frau. Er hatte keine Angst mehr. Er würde seine Liebe nicht mehr verstecken, nur weil anderen die Farbe seiner Haut nicht gefiel. »Er ist im Salon oder auf der angrenzenden Terrasse ausgebrochen. Ich würde ja annehmen, eines der Windlichter wäre umgefallen. Aber auf der Terrasse haben Leute gefeiert … diese Pokerrunde, du erinnerst dich, ich hab dir davon erzählt. Die Männer hätten es merken müssen.«

»Sie waren womöglich so betrunken und berauscht, dass sie nichts mehr gehört und gesehen haben«, antwortete Ivy. »Oder sie hatten ihr Spiel schon beendet, bevor der Brand ausbrach. Als ich die Gäste zum Wasserloch führte, waren sie ja dabei. Wahrscheinlich werden wir es nie erfahren …« Sie seufzte. »Und eigentlich ist es mir auch gleichgültig«, fügte sie dann liebevoll hinzu. »Ich hab dich zurück, du bist am Leben und bei mir. Zudem werden wir unsere Farm zurückbekommen. Wir können neu anfangen, wieder in Frieden leben! Ich liebe dich, Sanele Zulu! Und wir werden in Zukunft jeden Tag feiern, der uns geschenkt wird!«

46

Die nächsten Wochen vergingen mit vielen Behördengängen und weiteren Besuchen beim Anwalt. Abe erstritt für Sanele eine Haftentschädigung, die höher ausfiel als erwartet. Er kümmerte sich um einen Erbschein für Ranjana und die Freigabe des Bankkontos von Lennox Edgecumbe. Schwieriger war es, das alte Urteil gegen Ivy aufzuheben und Adrian Edgecumbe erneut für tot erklären zu lassen. Hier jagte eine Anhörung die andere. Lorimer senior und seine Frau mussten detailliert Auskunft über ihre Suche nach dem Vermissten geben, es wurde zudem ein Experte für Militärgeschichte und Devotionalien konsultiert, um die Erkennungsmarke für echt erklären zu lassen. Der offensichtliche Unwille der Behörden, ihren Fehler einzugestehen und zu korrigieren, zerrte sowohl an Ivys als auch an Saneles Nerven. Das sich dahinschleppende Verfahren verhinderte jegliche Entscheidungen und Aktionen bezüglich des Wiederaufbaus der Farm. Dabei wäre es für Sanele wichtig gewesen, etwas zu tun zu haben. Er erholte sich nur langsam von den Strapazen der Haft und den seelischen Qualen, die es bedeutete, als Unschuldiger seiner Hinrichtung entgegenzusehen. Mitunter erzählte er von den Schikanen der anderen Häftlinge, den schlechten hygienischen und menschlichen Zuständen im Gefängnis und der Brutalität der Wärter. Die meisten Erlebnisse schien er allerdings für sich zu behalten, sie verfolgten ihn nachts in seinen Träume. Ivy rüttelte ihn dann wach und hielt ihn im Arm, bis er sich beruhigt hatte.

Tagsüber nahmen sie ihre Fahrten und Wanderungen in die Savanne und den Busch wieder auf. Es tat ihnen gut, das Land zu beschreiten und zu erkunden, das sie zusammengeführt hatte und das sie gleichermaßen liebten. Es machte sie zudem glücklich, dass die Tiere sich erneut sehen ließen. In der Zeit des Tierfangs hatten sie sich immer mehr in dichtere Waldgebiete oder Verstecke zurückgezogen. Selbst Herdentiere wie Gnus und Zebras, die Menschen sonst kaum Beachtung schenkten, waren geflohen, sobald sie das Geräusch eines Wagens gehört oder die Witterung eines Menschen aufgenommen hatten. Jetzt jedoch begegneten ihnen immer wieder Löwinnen mit ihren Jungen oder Nashornbullen auf der Suche nach Anschluss.

Seit nicht mehr gejagt wurde, kehrte das Wild sogar zurück zu dem Wasserloch, das von der Terrasse des früheren Wohnhauses und von den Zelten für die Gäste einsehbar gewesen war. Früher hatte man sich dort stets verstecken und die Tiere von Nahem beobachten können. Sanele und Ivy hatten seit Jahren ihre Lieblingsplätze im Schilf und suchten sie jetzt wieder auf, um ungestört allein zu sein. Bald sahen sie Giraffen, Antilopen und Zebras zum Wasser schreiten, mitunter auch Nashörner. Der Bestand an Elefanten hatte sich noch längst nicht wieder erholt, die Tiere hatten ihre hohen Verluste psychisch noch nicht verkraftet. Es gab Dickhäuter im Resort, doch den Menschen würden sie noch lange misstrauen.

Große Raubtiere hatten sich so nah beim Haus selten gezeigt, sie bevorzugten weiter entfernte, versteckter gelegene Wasserstellen. Umso mehr wunderte sich Sanele, als sie eines Tages, der Brand war ein gutes halbes Jahr her, auf Leopardenspuren stieß.

»Bist du sicher?«

Ivy war keine sehr gute Spurenleserin, und auch Sanele verstand sich nicht so gut darauf wie viele der Kikuyu und Massai. Jetzt jedoch nickte er.

»Ganz sicher. Schau, hier ist auch Kot. Sollen wir der Spur folgen? Vielleicht …«

Eigentlich hatten alle die Hoffnung, Desna wiederzufinden, bereits aufgegeben. Doch an diesem Wasserloch hatten sie nie zuvor Leoparden gesehen. Langsam und konzentriert folgten Ivy und Sanele der Spur, um sie ja nicht zu verlieren. Natürlich hätten sie mit einem Fährtenleser wiederkommen können, waren jedoch zu aufgeregt, um die Suche zu verschieben. Es erwies sich zu ihrer Freude als nicht allzu schwer, dem Tier auf der Spur zu bleiben. Es war rasch und zielstrebig zum Wasserloch gelaufen und dann wieder zurück. In ein Versteck? Gut fünfhundert Meter weiter stießen sie auf dichtes Buschwerk. Der Leopard war darin verschwunden. Sanele und Ivy zögerten zunächst, ihm in das unwegsame Gelände zu folgen. Wenn er sie bemerkte, konnte er angreifen. Allerdings war die Wahrscheinlichkeit viel höher, dass er die Flucht ergriff.

Ivy bückte sich schließlich entschlossen und folgte eine Weile dem von der Raubkatze ausgetretenen Pfad. Dann blieb sie stehen und ließ sich langsam und lautlos auf die Knie nieder, um besser durch das Buschwerk spähen zu können. Auch Sanele bedeutete sie, sich zu ducken, und dann starrten beide wie gebannt auf die Leopardin, die in einer Art Höhle aus Buschwerk ihre Jungen säugte. Sie wirkte völlig entspannt und glücklich mit ihren zwei Kätzchen. Ivy meinte, das Schmatzen der Kleinen zu hören. Sie waren entzückend – und die Leopardin genauso schön und gut genährt, wie sie das Tier in Erinnerung hatte.

»Das ist wirklich ungewöhnlich«, bemerkte Sanele. »In ihrem Alter … Dass sie überhaupt überlebt hat, ist ein Wunder.«

»Nur ihr Halsband ist verschlissen. Seltsam, dass es nicht abgerissen ist«, sagte Ivy, als sie sich, noch ganz beseelt von der Begegnung, auf den Heimweg machten. »All die Monate …«

Sanele lächelte. »Auf jeden Fall ist so kein Zweifel möglich. Sagen wir es Ranjana gleich, oder lotsen wir sie morgen als Überraschung zu ihrem Liebling?«

»Der Liebling dürfte sich inzwischen wie ein wildes Tier verhalten«, gab Ivy zu bedenken. »Desna hat ein halbes Jahr in Freiheit überlebt, sie ist kein Kuschelkätzchen mehr. Wenn überhaupt, sollte auch Ranjana sich ihr nur mit äußerster Vorsicht nähern.«

Sanele nickte. »Ranjana wird das einsehen. Wir sollten sie aber keinesfalls warten lassen. Sie hat sich so große Sorgen um das Tier gemacht, sie tut es bestimmt noch.«

Ranjana und Naeku konnten Ivys und Saneles Bericht kaum glauben und wären am liebsten sofort zu Desna aufgebrochen. Es wurde allerdings Nacht, die Zulus waren kurz vor Beginn der Dämmerung zum Wasserloch aufgebrochen, und nun, da die Sonne untergegangen war, konnten sie keinen Ausflug riskieren. Ranjana sah das ein, wollte dann jedoch gleich bei Tagesanbruch los.

Naeku riet zu einem späteren Aufbruch. »In der Morgendämmerung wird sie jagen. Dazu muss sie die Kleinen allein lassen. Wenn sie dann Menschen in ihrer Nähe wittert, könnte sie uns als Feinde ansehen.«

»Desna wird mich nie als Feindin sehen«, erklärte Ranjana, folgte jedoch dem Rat ihrer Freundin.

Ivy und Sanele waren kurz nach Sonnenaufgang zur Stelle, beide trugen Gewehre.

»Ihr wollt doch nicht auf sie schießen?«, fragte Ranjana entsetzt.

Sanele schüttelte den Kopf. »Natürlich nicht, wir würden es nur tun, wenn es sich absolut nicht vermeiden ließe. Also bitte seien Sie vernünftig, Miss Ranjana. Riskieren Sie keinen Angriff. Naeku und Ivy haben recht, Desna ist keine Schmusekatze mehr. Sie ist frei und könnte Anstalten machen, ihre Jungen zu verteidigen. Wir müssen dann zumindest in die Luft schießen können, um sie zu vertreiben.«

Ranjana sah aus, als wäre sie eher bereit, sich von ihrer Leopardin fressen zu lassen, als zuzulassen, dass jemand auf sie schoss, doch sie vertraute sowohl dem Tier als auch Ivy und Sanele. Versehentlich würde kein Schuss fallen.

»Kannst du denn überhaupt noch so weit laufen?«, fragte Ivy besorgt mit Blick auf Ranjanas Schwangerschaftsbauch. Zierlich wie Ranjana war, fiel er auf, sie war im sechsten Monat.

Ranjana lächelte. »Wenn Desna mit zwei Babys im Bauch noch jagen konnte, dann werde ich doch einen kleinen Spaziergang schaffen, um sie zu besuchen.«

Tatsächlich erschien Ivy der Weg zum Versteck der Leopardin am Morgen kürzer als am Abend zuvor, als sie und Sanele konzentriert ihren Spuren gefolgt waren. Nach einem vielleicht viertelstündigen Marsch erreichten sie ihr gestriges Versteck, und Ranjana strahlte, als sie durch das Buschwerk spähte. Desna war bei ihren Jungen und hatte ihre letzte Beute, einen kleinen Springbock, mitgebracht. Sehr viel vermochten die Kleinen sicher noch nicht damit anzufangen, doch die Leopardin selbst konnte fressen, ohne die Welpen aus den Augen zu lassen.

Die Kleinen schienen bereits satt zu sein und spielten tapsig zwischen den Beinen ihrer Mutter. Eins versuchte sich an Desnas Hals hochzuziehen und geriet dabei mit einer Tatze unter das Halsband. Es musste etwas ziehen und zerren, bevor es sie wieder freibekam. Dabei knurrte es verärgert. Ivy lächelte über das zornige Baby, doch Ranjana erschrak.

»Das ist gefährlich!«, sagte sie, stand auf und schob das Buschwerk beiseite. Die Leopardin hob den Kopf. »Desna!«, rief Ranjana.

Sanele stöhnte auf und legte das Gewehr an. Desna machte jedoch keine Anstalten anzugreifen. Sie räkelte sich wie eine satte, faule Hauskatze, die ein Streicheln ihrer Besitzerin erwartete. Ranjana sprach liebevoll auf sie ein, während sie sich ihr ganz selbstverständlich näherte.

Dann erhob sich auch Desna, vorsichtig, um nicht auf ihre Jungen zu treten. Sanele und Ivy hielten den Atem an, als Naeku ebenfalls aufstand und Ranjana folgte. Was immer jetzt geschah, sie würden es gemeinsam erleben.

Desna kam langsam und mit zuckendem Schwanz auf Ranjana zu, doch bald rieb sie sich an ihr, wie sie es früher getan hatte. Naeku begrüßte sie ebenfalls freundlich. Desna warf immer wieder einen Blick auf ihre Welpen, als wollte sie ihren Freundinnen die Kleinen zeigen.

»Gib mir das mal«, sagte Ranjana sanft, streichelte die Leopardin und öffnete die Schnalle des alten Halsbands. »Das brauchst du nicht mehr.«

Und dann meinte Ivy, in die Zeit vor neunzehn Jahren zurückzukehren, als sie der jungen Maharani Ranjana die Leopardenwelpen gezeigt hatte. Die erst sechzehnjährige Ranjana war entzückt gewesen, sie hatte ihren hüftlangen Zopf unter dem Schleier hervorgezogen und die Welpen damit spielen lassen. Jetzt tat sie das Gleiche mit Desnas Jungen, während Naeku die Leopardin streichelte. Ivy sah denselben verzückten Ausdruck auf ihrem schönen Gesicht, das pure Glücksempfinden. Doch damals war sie fast noch ein Kind gewesen, das die niedlichen Kätzchen besitzen wollte – egal, ob das gut und richtig für sie war oder nicht. Ivy hatte sich damals geärgert, dass Adrian und der Maharadscha bereit gewesen waren, ihr nachzugeben. Und sie hatte die goldenen Halsbänder und Ketten, die Ranjana dem Tier angelegt hatte, mit einer Mischung aus Lachen und Weinen betrachtet. Heute jedoch stand das Glück im Gesicht der erwachsenen Frau, die wusste, dass Freiheit dem geliebten Tier besser bekam als Schmuck, selbst wenn er aus purem Gold geschmiedet war.

Schließlich streichelte Ranjana ihre Desna noch einmal, bevor sie sich von ihr und den Jungen trennte. Vor der Geburt ihres eigenen Kindes würde sie die Leoparden wohl nicht noch einmal besuchen.

»Lebt wohl!«, sagte sie liebevoll. »Wir werden uns wiedersehen, und dann zeige ich euch unser Kind.«

47

Hope und Ebony hatten beide an Angstzuständen und schweren Träumen gelitten, solange ihr Vater in Haft gewesen war. Selbst Mwalas liebevolle Zuwendung konnte die beiden nicht beruhigen, wenn sich ihre Mutter gezwungenermaßen in Nairobi aufhielt. Jetzt, da Sanele zurück im Dorf war und dort auch blieb, während Ivy immer noch Angelegenheiten in der Stadt zu regeln hatte, entspannte sich zumindest Hope. Sie hatte sich ohne den Schutz des Vaters gefürchtet und fühlte sich nun wieder sicherer. Ebony dagegen machte Ivy und Sanele Sorgen. Das sonst so muntere und aufgeschlossene Mädchen wurde immer stiller, es nahm ab, war blass und schlief schlecht.

Ivy fuhr schließlich mit ihrer Tochter zur Missionsstation, um sie von Schwester Elisabeth untersuchen zu lassen. Dabei zog sie auch gleich Erkundigungen zum Verbleib von Schwester Teresa ein, die nach ihrem eigenmächtigen Handeln zwecks strenger Exerzitien ins Mutterhaus Mariannhill gesandt worden war. Sie hatte sich tränenreich von Ivy, Naeku und Ranjana verabschiedet. Die Wahrscheinlichkeit, dass sie zurück ins Dorf der Kikuyu geschickt werden würde, nachdem sie ihre Strafe verbüßt hatte, war nicht groß. »Ich muss dorthin gehen, wo Gott mich haben will«, hatte sie nichtsdestotrotz tapfer gesagt und Ranjanas Einwand, dass nicht Gott, sondern ihre Ordensoberen über die Versetzung bestimmten, nicht gelten lassen. »Gott wirkt durch seine Vertreter auf Erden«, hatte sie erklärend angefügt.

Ranjana und Naeku hatten ihr nur Glück wünschen können. Die beiden hatten die Mission gleich nach der Verhandlung gegen Sanele verlassen, verärgert und enttäuscht darüber, dass die Patres und die Oberin nicht bereit gewesen waren, Schwester Teresa ihren Alleingang zu verzeihen. Sie hatten behauptet, dass sie die Fahrt erlaubt hätten, sofern man ihnen die Dringlichkeit des raschen Aufbruchs nach Nairobi verständlich gemacht hätte. Bestraft worden war die Schwester angeblich nicht für das unerlaubte Entfernen von der Station, sondern aufgrund mangelnden Vertrauens, und da kannten die Patres und die Oberin kein Pardon.

Ivy wunderte sich nicht über die Härte des Ordens – sie hatte schließlich erlebt, wie unangenehm die barmherzigen Schwestern werden konnten, als ihre Freundin Schwester Margaret sich entschieden hatte, den Orden zu verlassen. Naeku und Ranjana empfanden sie jedoch als unmenschlich. Sie hatten sofort weggewollt aus dem Einflussbereich der Missionare und waren vorerst in ein komfortables Zelt gezogen, das Sanele auf dem Gelände der früheren Farmgebäude hatte aufstellen lassen.

Als Ivy jetzt mit Ebony in der Mission ankam, traf sie die Freundinnen dort zu ihrer Überraschung an. Schwester Elisabeth hatte Ranjana eben untersucht und festgestellt, dass sich die Schwangerschaft weiter erfreulich entwickelte. Die beiden Frauen waren dementsprechend glücklich, und Ivy teilte ihre Freude. Schwester Elisabeth war allerdings noch weit davon entfernt, Ranjanas Kind ausschließlich als Segen anzusehen.

»Die zwei waren ja völlig aus dem Häuschen«, brummte sie, als die Freundinnen sich verabschiedet hatten und nun Ivy und ihre Tochter an der Reihe waren. »Danach, wie Naeku sich benimmt, möchte man annehmen, sie wäre der Vater. Ob das so gesund ist, diese extrem enge Bindung zwischen Herrin und Dienerin? Ich hoffe bloß, dass da nichts Gotteslästerliches zwischen den beiden geschieht … Der Herr verurteilt die Sodomie!«

Ivy fragte sich Ähnliches, sah allerdings nichts Böses in der Beziehung zwischen Naeku und Ranjana. Auf dem Fest hatte sie Ilka von Lund und Jean Copeland-Lytton vom Happy Valley Set beobachtet, zudem Michael Mainard und Leonard of Hall. Die beiden Paare waren ihr deutlich weniger exzentrisch und ausschweifend erschienen als die gegengeschlechtlichen Gruppierungen der Gäste.

Ranjana hatte auf eine Anzeige gegen die van der Velts und ihre Freunde verzichtet – und wundersamerweise hatte auch die Presse nichts oder nur wenig über die Schändung einer jungen Frau im Rahmen des Farmfestes berichtet. Dafür stürzten sich die Reporter auf den neuesten Skandal – Danielle und William van der Velt ließen sich scheiden.

»Die berichten nur, was dem Set genehm ist«, hatte Sanele bemerkt. Er hatte das tägliche Zeitungsstudium wieder aufgenommen, las die Gazetten allerdings viel kritischer als vor seiner Haft. »Scheidungen und erneute Eheschließungen machen diese Leute interessant, von Grausamkeiten gegenüber Schwächeren oder gar Straftaten soll dagegen niemand etwas lesen.«

»Es ist doch schön, dass Naeku nun auch das kommende Kind in ihre Bewunderung und Liebe zu ihrer Herrin mit einschließt«, antwortete Ivy jetzt auf Schwester Elisabeths argwöhnische Bemerkung. »Es könnte schließlich sein, dass Ranjana irgendwann Ressentiments gegen das Baby entwickelt. Die Umstände der Zeugung waren ja sehr verletzend und beängstigend. Sollte das Kleine nun gar einem ihrer Peiniger ähnlich sehen, wäre es hilfreich, wenn es wenigstens in Naeku eine uneingeschränkt liebende Mutter fände.«

Schwester Elisabeth schnaubte. »Barbara hat sich Gottes Willen zu fügen und ihr Kind angemessen zu lieben und aufzuziehen«, sagte sie streng. Sie schien an diesem Tag besonders bärbeißig, anscheinend war sie mit dem linken Fuß zuerst aufgestanden. »Und nun zu dir, Ebony Margaret«, wandte sie sich an Ivys Tochter, die etwas eingeschüchtert in ihrem Behandlungsraum stand. Die Mission hatte den Namen Ebony bei der Taufe natürlich nicht gebilligt, sondern auf die Anfügung eines christlichen bestanden. Schwester Elisabeth war allerdings die Einzige, die konsequent daran festhielt, das Kind damit anzusprechen, wie sie auch auf Ranjanas Taufnamen Barbara bestand. »Deine Mutter befürchtet, du wärest krank. Schauen wir uns dich also mal an.«

Ebony sah aus, als verursachte ihr schon der Behandlungsraum Brechreiz, doch sie hielt still und atmete bereitwillig tief ein und aus, streckte die Zunge heraus und ließ ihre Mandeln ansehen. Nach verschiedenen Untersuchungen ließ Schwester Elisabeth das Stethoskop sinken.

»Konnten Sie etwas finden?«, fragte Ivy.

»Also, nichts Ungewöhnliches«, erwiderte sie. »Die Lunge ist frei, das Herz schlägt regelmäßig, weder sind die Lymphdrüsen vergrößert noch ist die Zunge belegt. Sie erscheint mir nur ruhiger als sonst, vielleicht wird sie ja vernünftig. Allerdings … wenn mir die kleinen Jungen aus der Schule mit solchen Symptomen kommen, plötzlich still und blass sind und keinen Unsinn mehr im Kopf haben, dann argwöhne ich immer, sie hätten ein schlechtes Gewissen. Die kleinen Mädchen haben eher vor irgendwas Angst. Meistens vor dem eigenen Vater …«

»Sie wollen meinem Mann doch nicht unterstellen, dass er seine Töchter misshandelt!«, ereiferte sich Ivy verärgert. »Und angestellt hat Ebony auch nichts. Sie kann ihren Eltern alles anvertrauen, das weiß sie genau. Nicht wahr, Ebony, das weißt du?«

Ebony nickte stumm.

Schwester Elisabeth seufzte. »Dann müssen Sie sich eben noch mal an einen Arzt wenden, Miss Ivy. Aber wie gesagt, ich würde mir keine Sorgen machen. Die Kleine erscheint mir völlig gesund.«

Ivy und Ebony flohen erleichtert.

»Warum ist sie nur immer so streng?«, fragte Ebony.

»Sie kann auch sehr nett sein«, versicherte Ivy ihrer Tochter. »Eigentlich ist sie eine Seele von Mensch …«

Auf dem Weg zum Wagen trafen sie Schwester Luitgart und erfuhren, dass Schwester Elisabeths schlechte Laune mit Neuigkeiten von Schwester Teresa zusammenhing. Die junge Lehrerin kam tatsächlich nicht mehr zurück nach Edgecumbe Farm. Sie war auf eine Station in Tansania versetzt worden.

»Dabei hat sich Schwester Elisabeth so für sie eingesetzt«, berichtete Schwester Luitgard. »Sie fand es eigenmächtig, doch nicht verwerflich, dass sie das Automobil genommen hat, ohne zu fragen. Schließlich musste alles schnell gehen, und Naeku hätte Barbara sonst womöglich mit in den Nachtzug genommen. Das wäre bestimmt nicht gut für sie gewesen. Schwester Elisabeth hat sich jedenfalls dafür ausgesprochen, Schwester Teresa zu verzeihen.«

»Ich sag es doch«, wiederholte Ivy auf der Rückfahrt zu ihrer Tochter. »Sie ist ein herzensguter Mensch … Nur manchmal ist sie wie ein Drachen.«

Ebonys Zustand verbesserte sich nicht nach der Konsultation der Krankenschwester – und auch nicht, nachdem Mwala Mama Achera hinzugezogen hatte, die das Mädchen auf den Einfluss böser Geister hin begutachtete. Sie befand Ebony nicht als besessen.

»Wer hätte das gedacht?«, bemerkte Ivy.

Sanele lächelte. »Aber irgendwas hat sie«, mutmaßte er. »Diese Albträume … Dazu neigt doch sonst eher Hope? Wann hat Ebony sich je verfolgt gefühlt?«

»Das nächste Mal stellen wir sie energisch zur Rede«, versprach ihm Ivy. »Schwester Elisabeth meinte, bei Mädchen steckten meist Ängste hinter solchen Symptomen, bei Jungen ein schlechtes Gewissen. Ich kann mir das nicht vorstellen, aber so kann es nicht weitergehen.«

»Hast du Hope mal gefragt?«, erkundigte sich Sanele. »Es gibt doch nichts, was die eine von der anderen nicht weiß.«

»Hope behauptete, sie wüsste von nichts«, sagte Ivy. »Allerdings wurde sie dabei rot, lügen konnte sie noch nie. Sie kam leider nicht mit der Sprache heraus.« Ivy schmiegte sich an ihren Mann. »Dabei sollte jetzt alles gut sein … die Kinder bräuchten sich wirklich vor nichts mehr zu fürchten.«

Als Ebony in der folgenden Nacht erneut einen Albtraum hatte – diesmal so schlimm, dass nicht nur Mwala, sondern auch Ivy und Sanele im Nebenraum von ihrem Weinen erwachten, beschloss Ivy, der Sache auf den Grund zu gehen. Sie setzte sich zu ihrer Tochter auf die Schlafmatte, auf der die Mädchen immer noch schliefen, nahm das zitternde, schluchzende Kind in den Arm und wiegte es sanft.

»Ebony, willst du uns nicht sagen, was dir solche entsetzliche Angst macht? Vielleicht ist es gar nicht so schlimm. Selbst wenn du was angestellt hast – oder Hope … Man kann alles wieder in Ordnung bringen.«

»Das nicht«, weinte Ebony. »Das kann man nicht in Ordnung bringen. Jedenfalls nicht so leicht. Und ich kann's nicht sagen, denn wenn es noch einer weiß und was erzählt, dann …«

»Ich bin deine Mummy, Ebony«, Ivy streichelte sie liebevoll. »Und ich kann Geheimnisse für mich behalten. Ganz bestimmt. Das gilt auch für Daddy und Mwala. Hope weiß es, oder?« Ebony nickte unter Tränen. »Was denkst du denn, was passieren könnte, wenn es herauskäme?«, fragte Ivy weiter. »Hast du Angst vor einer Strafe?«

Sie überlegte, ob vielleicht irgendjemand aus der Mission den Kindern Angst vor dem Höllenfeuer gemacht hatte. Seit Schwester Teresas Weggang hatten sie eine neue, viel strengere Lehrerin.

»Vor dem Gefängnis …«, erwiderte Ebony wimmernd. »Ich hab so Angst vor dem Gefängnis.«

Ivy sah ihre Tochter verblüfft an. »Wer sollte dich ins Gefängnis stecken?«, erkundigte sie sich. »Und warum? Da kommen nur Leute hin, die etwas sehr Böses getan haben. Gut, manchmal passieren Fehler wie bei Daddy. Aber einen Unschuldigen lässt man schnell wieder raus …«

»Wawira sagt, wenn man einen Brand legt, kommt man ins Gefängnis …«

Ebony konnte nicht aufhören zu schluchzen. Hope kuschelte sich jetzt auch an Ivy und weinte mit.

Ivy horchte auf. »Aber von uns würde doch keiner einen Brand legen«, erklärte sie und versuchte, böse Ahnungen zu unterdrücken.

Ebony rieb sich die Augen. »Und wenn es nicht absichtlich war?«, fragte sie. »Und wenn ich … ich musste Hope einfach helfen. Die … die haben gesagt, sie wollten ihr die Hände und die Arme und die Beine abhacken und sie verkaufen an Medizinmänner. Und sie wollten sie ausziehen.« Ebony schniefte. »Das … das waren wir mit dem Brand. Eigentlich ich. Wir wollten nur ein bisschen beim Fest zuschauen. Ich wollte wissen, was eine Orgie ist. Aber die Männer auf der Terrasse haben uns gesehen und gejagt und Hope gefangen. Ich bin erst weggelaufen und dann zurückgekommen. Hope hatte so schreckliche Angst, da wollte ich sie nicht allein lassen … Die Männer waren böse, vor allem der, der sie festgehalten hat. Da … da musste ich was tun.«

Ebony berichtete, wie sie beherzt ein Windlicht nach Hopes Peiniger geworfen hatte.

»Was sagst du da? Was haben die Männer mit Hope gemacht? Ich hoffe, dass du den Kerl wenigstens getroffen hast«, sagte Ivy. Sie wusste, dass sie ihre Tochter eigentlich hätte tadeln sollen, doch ihre Sympathien lagen ganz bei ihr – und bei Hope.

Ebony nickte unter Tränen. »Ja. Ich glaub, am Kopf. Es hat ganz doll geblutet. Und er hat Hope sofort losgelassen. Ich hab … ich hab dann noch eins geworfen und noch eins, und alle haben den

Kopf eingezogen. Hope und ich sind weggerannt. Ganz schnell, nach Hause, wir haben uns schlafen gelegt und gehofft, dass niemand uns bestraft, weil wir dort waren. Die Männer hätten sicher keinem erzählt, was sie mit Hope machen wollten. Wir wussten nicht, dass es gebrannt hat. Das hat uns Mwala erst morgens erzählt.«

Ivy wiegte ihre Tochter weiter in ihren Armen. »Dafür kommst du ganz sicher nicht ins Gefängnis«, tröstete sie. »Eher sollte man die Männer belangen, die euch solche Angst gemacht haben. Ich weiß, wer es war. Ich hab ihm selbst die Kopfwunde verbunden. Angeblich war er gestürzt, als wir alle zum Wasserloch flohen. Ich fürchte nur, dass die Männer ohne Strafe davonkämen, selbst wenn wir sie anzeigen würden. Sie könnten einfach behaupten, dass ihr lügt, außer euch hat ja keiner was gehört oder gesehen. Ich denke übrigens nicht, dass sie wirklich vorhatten, Hope etwas zu tun. Es hat ihnen nur Spaß gemacht, ihr zu drohen und sie zu verängstigen. Wie du schon sagst, es sind böse Menschen, und die tun so was. Ihr müsst keine Angst haben. Solche Leute lassen wir nie wieder hierher. Ich weiß nicht, ob wir auf der Farm wohnen oder hier im Dorf bleiben werden. Doch das Land wird uns wieder gehören. Du und Hope … ihr seid hier sicher.«

48

Sanele und Ivy beschlossen, Ranjana und Naeku von Ebonys Geständnis zu erzählen. Sie wollten keine Geheimnisse vor den beiden haben, und sie waren sich sicher, dass sie Verständnis für die Kinder aufbringen würden. Gleich am nächsten Morgen gingen sie hinüber zur Farm.

Die Freundinnen saßen vor ihrem Zelt unter dem gewaltigen Affenbrotbaum, der früher einen Teil der Terrasse des Hauses beschattet hatte. Das Feuer hatte an ihm kaum Schäden hinterlassen. Er mochte auch noch weitere Hunderte von Jahren überdauern. Ranjana und Naeku begrüßten sie erfreut. Sie hatten Weidenzweige eingeweicht und flochten daraus ein Körbchen für ihr Baby.

»Ich hab als Kind zum letzten Mal geflochten«, erklärte Naeku, »und Ranjana hat so was noch nie gemacht.«

Das Ergebnis sah entsprechend aus, aber beide waren mit Freude dabei. Dann lauschten sie gebannt Ivys Bericht. Die Kätzchen, die sie aus der Mission mitgebracht hatten, spielten zu ihren Füßen.

»Das war sehr mutig von der Kleinen«, sagte Ranjana schließlich. »Zurückzukommen und für ihre Schwester zu kämpfen.« Sie lächelte Naeku zu. »Du hättest das auch für mich getan …«

»Und du für mich«, bemerkte Naeku. »Ich weiß, du hast oft mehr Angst als ich, aber du bewältigst sie, wenn es wirklich nötig ist.«

»Ich kann euch beiden nicht genug dafür danken, dass ihr mir zu Hilfe gekommen seid«, sagte Sanele. »Das alles war ein einziger Albtraum. Ich bin froh, dass er vorbei ist.«

»Werdet ihr die Männer denn nicht belangen?«, erkundigte sich Ranjana. Nach der Verhandlung hatte sie begonnen, sich für Rechtswissenschaften zu interessieren. »Sie haben die Kinder doch bedroht und mit Gewalt festgehalten. Außerdem haben sie den Brand verschwiegen. Wenn sie ihn gleich nach dem Ausbruch gemeldet hätten, wäre sicher noch etwas zu retten gewesen.«

»Wir haben es überlegt«, meinte Sanele. »Zumindest könnte man sie auf Schadenersatz verklagen. Nur wenn irgendwelche Mitglieder des Happy Valley Sets vor Gericht stehen, sind die Zeitungen bekanntlich schnell voll davon. Das heißt, es wäre bald in ganz Afrika bekannt, dass wir ein Kind mit Albinismus großziehen. Wer weiß, was wir damit lostreten würden? Hope wäre vielleicht in größerer Gefahr als je zuvor. Das ist das ganze Geld nicht wert!«

Während er sprach, rollte einer der Safariwagen auf den Hof, und Thabo, ihr einstiger Erster Hausdiener, der ihnen weiter treu blieb, wedelte mit der Post. Ivy und Sanele schickten alle paar Tage jemanden nach Kijabe, um die Schreiben ihres Anwalts oder gar eine weitere Anfrage von einer Behörde, so früh es ging, zu erhalten.

Diesmal war ein großer Umschlag dabei – und ein längliches Päckchen, dessen Form man entnehmen konnte, dass es eine Flasche enthielt.

»Der Brief ist von den Lorimers, Miss Ivy!«, rief Thabo fröhlich. »Das ist bestimmt eine gute Nachricht, deshalb bin ich gleich hergefahren, als ich im Dorf erfuhr, dass Sie hier sind.«

»Oder es sind weitere Formulare, die ich ausfüllen soll«, meinte Ivy und nahm den Brief mit klopfendem Herzen entgegen. »Ein Einschreiben. Also auf jeden Fall wichtig.«

Sanele nahm das Päckchen in Empfang, bei dem ebenfalls die Lorimers als Absender zeichneten. Als er eine Flasche Champagner und eine Glückwunschkarte zutage förderte, wusste er, dass Ivy sich nicht fürchten musste.

»Es ist die Sterbeurkunde für Adrian«, sagte Ivy, als sie den Umschlag endlich öffnete und mehrere Papiere herauszog. »Und unser Trauschein, beglaubigt von einem Richter. Es hat also ein Ende mit Mrs. Edgecumbe. Ich habe meinen Namen wieder und meine Liebe.«

»Nur der Name wurde dir genommen, die Liebe hattest du niemals verloren«, sagte Sanele und machte Anstalten, die Champagnerflasche zu öffnen. »Habt ihr Gläser im Zelt, Naeku? Sicher nur Wassergläser, ich weiß, aber ich würde den Champagner heute auch aus einer Tasse trinken. Und dass er warm ist, macht mir gar nichts. Euch etwa?«

Alle lachten, und er schenkte formvollendet ein, als Naeku fünf schlichte Trinkgläser aus dem Zelt holte. Auch der Überbringer der guten Nachricht sollte mit ihnen anstoßen.

»Auf bessere Zeiten!« Ivy lächelte.

»Auf Mrs. Zulu!«, fügte Sanele hinzu.

»Und was wird jetzt aus der Farm?«, fragte Naeku schließlich.

»Die gehört wieder mir«, sagte Ivy und zeigte ihnen erfreut auch den Erbschein und die Eigentumsurkunde für Edgecumbe Farm. »Uns fehlen nur die Mittel für den Wiederaufbau des Hauses.«

»Wir haben das Geld, das Lennox für den Verkauf der Tiere bekommen hat«, meldete sich Ranjana. »Abe hat den Erbschein für mich gleich erhalten …«

»Und uns geraten, das Konto aufzulösen. Mit der Begründung, ihr könntet das Geld einklagen, sobald ihr eure Papiere habt«, fügte Naeku hinzu.

»Das haben wir natürlich nicht gemacht«, sagte Ranjana schnell. »Es waren deine Tiere, Ivy. Er hätte sie nicht verkaufen dürfen. Du musst das Geld bekommen.«

»Das ist wirklich großzügig von dir. Nur traurig, dass die Tiere dadurch nicht wieder freikommen«, bemerkte Ivy. »Aber …«

»Was das angeht, wollten wir euch einen Vorschlag machen«, unterbrach Sanele sie. »Wir hatten schon lange vor, mit euch darüber zu sprechen, und da es sich nun gerade ergibt … Kurz gesagt, Ivy und ich haben überlegt, ob wir uns nicht zusammentun könnten. Ihr gebt uns das Geld für den Wiederaufbau, großzügige Wohnräume im Haupthaus oder ein eigenes Haus für euch eingeschlossen, und dann führen wir gemeinsam das Resort. Über die genaueren Konditionen müssten wir uns natürlich noch einigen. Mithilfe von Abe Lorimer, es soll ja keiner den anderen übervorteilen. So würden alle ihren Platz im Unternehmen finden. Einen Hausdiener haben wir ja schon«, er zwinkerte Thabo zu. »Ich könnte mir Naeku gut als Gästebetreuung vorstellen und bei der Organisation von Veranstaltungen … du sprichst Massai und Kikuyu, nicht? Außerdem Englisch und Indisch … vielleicht empfangen wir ja mal Gäste aus Indien.«

»Das wäre schön«, sagte Ranjana leise. »Wir … wir hatten ebenfalls schon an so etwas gedacht.« Sie lächelte verlegen. »Und was das Haus betrifft … ich hab da was gezeichnet … Also es muss euch natürlich nicht gefallen …«

Sie machte Anstalten aufzustehen, doch da war Naeku schon aufgesprungen, um ihre Skizzenmappe aus dem Zelt zu holen. Ranjana öffnete sie, und Sanele und Ivy blickten hingerissen auf die kolorierten Zeichnungen einer Lodge, im Stil ein wenig angelehnt an ein afrikanisches Dorf, doch mit westlichem Komfort. Die Anlage schmiegte sich so harmonisch in die leicht hügelige Landschaft, dass sie wirkte wie gewachsen. Die Gäste würden nicht mehr in Zelten untergebracht sein, sondern in runden Hütten, ähnlich denen der Kikuyu, versehen mit Holzböden und Fenstern und einem stabilen Dach. Vor jeder Hütte gab es eine kleine Terrasse. Im Garten der Anlage spielten zwei Mädchen. Ivy lächelte, als sie ihre Töchter erkannte, die einen verspielt gestalteten Kinderwagen mit einem Baby darin schoben.

»Oh, Ranjana, das ist ... das ist ein Traum!«, rief sie. »Du kannst nicht nur Schmuck entwerfen, du bist auch die geborene Architektin! Wenn wir das hier realisieren, werden andere Hoteliers bei dir Schlange stehen, damit du ihre Häuser entwirfst.«

Ranjana errötete ob des Lobes.

Naeku blickte stolz auf ihre Freundin. »Ranjana will jetzt vor allem nach einem Goldschmied suchen, der Schmuck nach ihren Entwürfen herstellt und verkauft.«

Ranjana nickte, sie senkte verlegen den Kopf. »Ich ... ich möchte arbeiten. Nützlich sein ... nicht nur eine schöne Puppe, ein Ding, mit dem man spielt, das man verleiht ... verbrennt, wenn man es nicht mehr braucht ...« Sie benötigte ein wenig Zeit, um sich zu fassen. »Und für die Arbeit im Resort eigne ich mich nicht. Das habe ich ja schon versucht, es liegt mir nicht, jeden Tag mit fremden Menschen umzugehen. Ich sitze lieber im Garten und zeichne.«

»Es ist nur schade, dass wir so gar kein Schmuckstück haben, das sie als Muster vorlegen kann«, fügte Naeku hinzu. »Ihr Schmuck ist ja größtenteils in Indien geblieben, und der Rest ... Habt ihr eigentlich kein geschmolzenes Gold in den Trümmern gefunden?« Sie wies auf die Ruine des Hauses.

Ivy lächelte. »Wir haben nicht gesucht«, sagte sie dann. »Doch es gibt noch etwas ...« Sie öffnete die oberen Knöpfe ihrer Jacke, die sie gegen die Morgenkühle über ihre Bluse gezogen hatte, und ließ das Collier sehen, das ihren Ausschnitt zierte. Eine filigrane Arbeit aus Gold, die die Silhouetten vieler Tiere der Savanne zu einem friedvollen Bild verband. Das Schmuckstück, das Ranjana vor Jahren für sie entworfen und hatte anfertigen lassen, nachdem sie ihr Desna geschenkt hatte.

»Das hast du noch?«, wunderte sich Ranjana. »Du hast es nicht verkauft, als ihr ... als ihr kein Geld hattet?«

»Ich hab's nicht über mich gebracht«, gestand Ivy. »Die goldenen Halsbänder für die Leoparden habe ich verkaufen müssen und was ich sonst an Schmuck besaß ebenso. Aber dies … Es ist das Schönste, was ich jemals hatte! Wenn ich es hergegeben hätte, ich wäre nicht mehr ich selbst gewesen.«

Sanele lächelte. »Die Mutter der Tiere«, sagte er zärtlich. »Die ihnen jetzt niemand mehr nehmen kann!« Ivy schmiegte sich an ihn. Doch bevor es zu rührselig wurde, traf die beiden ein Schwung Affenbrotschoten. Erschrocken fuhren sie auseinander und entdeckten Kurti, der schon mit neuen Wurfgeschossen im Baum saß und auf sie herabzugrinsen schien. Er neigte von jeher zur Eifersucht. Sanele drohte ihm lachend. »Seine Mutter«, sagte er dann streng, »sollte ihm das abgewöhnen!«

Historischer Hintergrund

In Nairobi existierte tatsächlich ein großes indisches Viertel, in dem Alibhai Mulla Jeevanjee, eine historische Persönlichkeit, großen Einfluss ausübte, bis er durch Glücksspiel und/oder Börsenspekulationen verarmte. Seine Nichten und sein Anteil an ihrer Erziehung sind fiktiv. Tatsächlich hatte er zwei Söhne, deren Leben ich jedoch nicht nachrecherchiert habe, da sie für meine Geschichte keine Rolle spielten.

Witwenverbrennungen in Indien allgemein und Rajasthan im Besonderen gab es noch sehr lange nach dem Verbot durch die Briten. In Einzelfällen sterben Ehefrauen bis heute auf den Scheiterhaufen ihrer Männer – mehr oder weniger freiwillig. Es ist anzunehmen, dass es zu allen Zeiten Frauen gegeben hat, die sich wie Ranjana diesem grausamen Brauch entzogen haben, und gerade in hochgestellten Familien wie der des Maharadschas dürfte man Versuche gemacht haben, die Witwen daran zu hindern, indem man sie vorsorglich einsperrte oder bewachte.

Ruhe, Reiche und Hagenbeck schickten zur Zeit der Handlung immer wieder Tierfänger in alle Welt, um seltene Tiere für Zoos auf allen Kontinenten einzufangen. Umschlagsorte waren Hamburg und Alfeld/Leine. Die Firmen betrieben Sammelstellen in den verschiedenen Ursprungsländern und stellten dann Transporte zusammen. Die Organisation und die Umstände des Tierfangs und des Handels gestalteten sich so, wie im Text beschrieben. Ob es in Kenia allerdings eine solche Sammelstation gegeben hat, konnte ich nicht herausfinden. Der Name des Agenten, der in meiner Geschichte an Lennox herantritt, ist fiktiv, ebenso der Vertrag, den er mit ihm abschließt. Nach meinen Recherchen befanden sich die Sammelstellen für die Tiere eher auf Stammesgebiet als auf dem Besitz von Kolonisten – wahrscheinlich stellten die Stämme das Land billiger zur Verfügung und freuten sich obendrein am Zusatzverdienst als Fährtensucher, Fänger und Pfleger.

Das Happy Valley Set war in der fraglichen Zeit und weit darüber hinaus in Kenia berühmt-berüchtigt. Seine ausschweifenden Partys und der ausufernde Partnertausch waren legendär und später Stoff für Filme und Bücher. Es kam mehrmals zu – meist nicht aufgeklärten – Todesfällen und Morden innerhalb der Cliquen.

Die berühmte Baronin Blixen, Autorin des Buches *Jenseits von Afrika*, war mit einigen Mitgliedern bekannt, gehörte selbst jedoch nicht zur Gruppe.

Ranjanas Leopardin Desna erreicht in diesem Buch ein biblisches Alter, tatsächlich kommt es in Zoos durchaus vor, dass die Tiere älter als zwanzig Jahre werden. In freier Wildbahn erreichen sie meist nur ein Alter von siebzehn Jahren, wobei eine Leopardin bis zu ihrem letzten Lebensjahr Junge haben kann. So liegt auch Desnas späte Mutterschaft zumindest theoretisch im Bereich des Möglichen.

Ein Wort noch zur Sprache, die in den Dialogen Verwendung findet. Es ist der Epoche und der historischen Kulisse geschuldet, dass einige Figuren diskriminierende und nach heutigen Maßstäben unpassende Begriffe verwenden. Dieser Sprachgebrauch offenbart die Einstellung dieser Figuren zu anderen Ethnien. Wir können nicht mehr ändern, wie unsere Vorfahren Diversität gesehen haben – wir können nur heute und in Zukunft jeglicher Diskriminierung entgegenwirken. Die authentische Darstellung dessen, wie es war, kann man als eine Warnung sehen: So soll es nie wieder sein!

Christina Rey